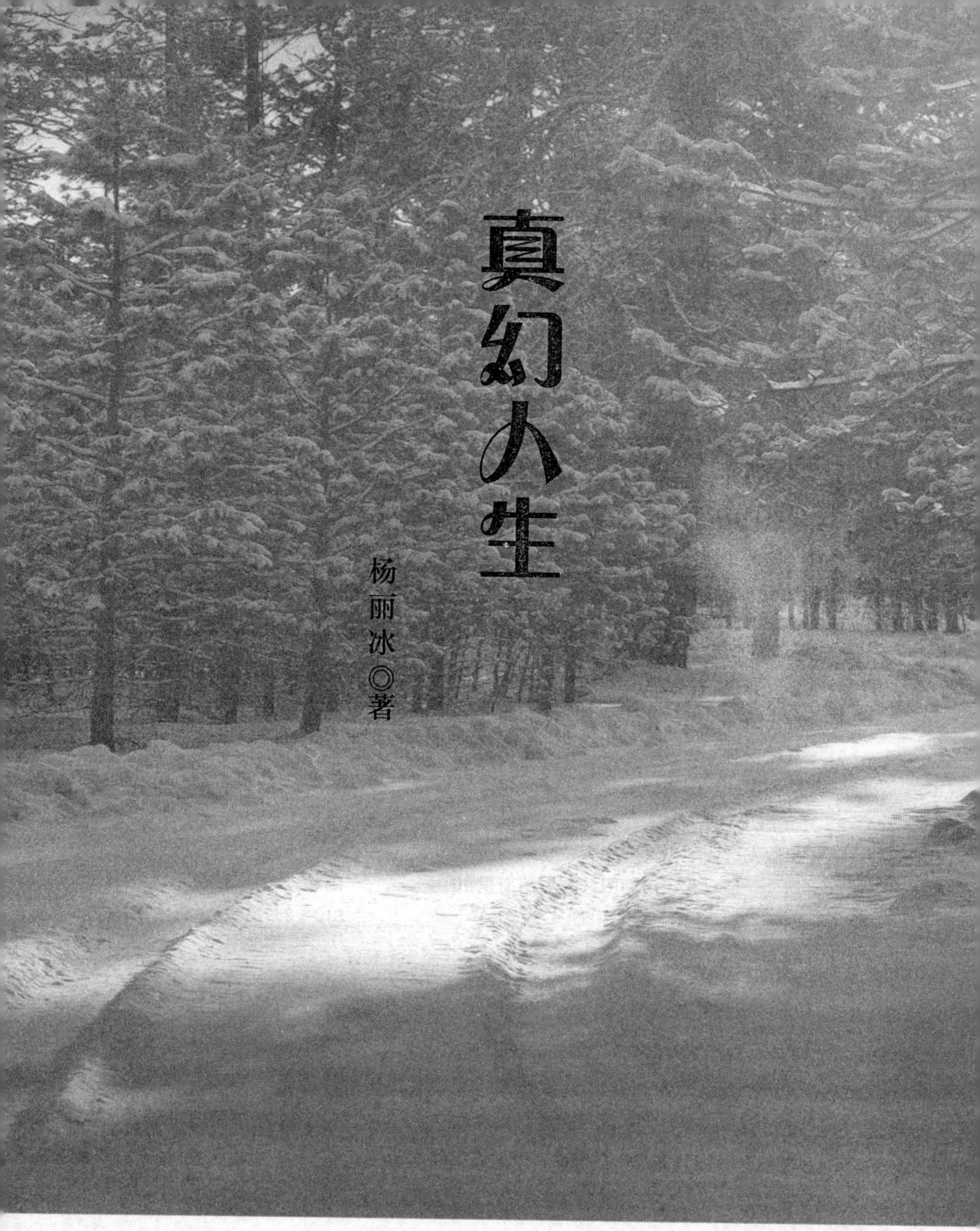

真幻人生

杨丽冰◎著

中国文联出版社

图书在版编目（CIP）数据

真幻人生／杨丽冰著. -- 北京：中国文联出版社，
2023. 10
ISBN 978-7-5190-5288-1

Ⅰ. ①真… Ⅱ. ①杨… Ⅲ. ①长篇小说-中国-当代
Ⅳ. ①I247.5

中国国家版本馆 CIP 数据核字（2023）第 185184 号

著　　者　杨丽冰
责任编辑　胡　笋
责任校对　龚彩虹
装帧设计　中联华文

出版发行　中国文联出版社有限公司
地　　址　北京市朝阳区农展馆南里 10 号　　　邮编　100125
电　　话　010－85923025（发行部）　　010－85923091（总编室）
经　　销　全国新华书店等
印　　刷　三河市华东印刷有限公司

开　　本　710 毫米×1000 毫米　　1/16
印　　张　23
字　　数　413 千字
版　　次　2024 年 1 月第 1 版第 1 次印刷
定　　价　95.00 元

目 录
CONTENTS

序 曲

秋日的一个上午，在通往中原省渠安监狱会见室那长长的路上，一个身材娇小的女人不紧不慢地走着，走姿优雅。她微卷的中长发自然散垂于颈肩处，身穿一件水墨画图案的深色风衣，细腰间束着同色腰带，步履不轻盈，也不沉重，单从背影看，在四十岁上下。

她不是一名普通的犯人亲属，这不仅源于她不凡的气度和身姿，更在于她与检查物品的女警一样，是一名监狱警察。

而她要探望的人曾经也是一名监狱警察，还是一名高级警长，如今，他成了阶下囚。这位墙内人叫王实，是她的丈夫。

四目相对时，两人竟无语凝噎。

王实率先打破沉默，看着她说："茹烟，我对不住你，对不住孩子。是我害了你们，害了你们！"他说完双手抱头，摇晃着，痛心欲哭。

看着顶无寸发、身穿囚服的王实，茹烟一时恍如隔世、幻似梦境，熟悉的亲属与犯人相见的情形，怎么出现在她和王实之间？怎会发生在管理犯人的警察身上？她下意识地环视一下接见室四周，回过神后说："王实，别说这些没用的了。对住对不住，日子都得过下去。"

"过下去？我是罪人，社会的罪人，家庭的罪人，要在里面待好几年，怎能拖累了你？"

"只要你好好的，心里记挂着我和孩子们，我就不认为是拖累。"

"茹烟，我……"王实看着表情平静的茹烟，一时不知说什么好，他本想说：我们还是离婚吧，为了你后半生的幸福和孩子们的前途。可茹烟期待和坚定的眼神制止了他，于是他改口说："为了你和孩子们，我也要在这里好好的。"说完这句，他心里轻松了些。

"你在这儿怎样？"

"还行，纪委、看守所的日子都熬过来了，现在一切都不算什么。"

"哦，这就好。"

"你，还好吗？"王实关切地问，看到茹烟的眼角、眉间、额头多了几道细纹，他的眼里充满怜爱和愧疚之意。

"你刚出事时不行，后来慢慢好起来。政治处副主任一职辞掉了，申请去了离退科，那里清闲，也少见人，不忙时，我去苏玉卿的心理工作室帮帮忙。"

"挺好，别累着了。"

"没事。"

"哦，对了，提醒你一下，给苏玉卿帮忙可以，但不要拿报酬啊。"

"知道，我主要是学习和体验。"

"子豪和君荷现在怎样？疫情仍在，我真担心君荷！她是回来了还是在美国？"提到一双儿女，王实已明显苍老的脸上现出深深的担忧。

"还好吧。子豪毕业后在广州一家制鞋公司打工，孩子很懂事，怕我寂寞和难过，隔两天就跟我视频一下。君荷没回来，回来的话光机票钱得好几万。"

"都怨我，是我害了女儿。"一听女儿远在大洋彼岸，王实的愧疚之情愈加浓烈。

"她在那边会保护好自己的，你不必过于担心。我和她经常视频，看她状态还行。"

"我的事儿，她知道吗？"

"刚开始没告诉她，后来她总是问，我觉得一直瞒着也不是办法，就告诉了她。她伤心地哭了一场后突然长大了，现在知道计划着花钱，也学会做饭了。"

"我的好女儿。"王实喃喃自语。一阵沉默后，他说："茹烟，下次来，把咱的全家福带来好吗？想你们了我可以看看照片。"

"好。"

王实感激地看着茹烟，情不自禁地去拉她柔软的小手，茹烟迟疑了一下，然后便由他抚摸着，无言的爱意和温暖经由双手传递到两人的心田。

离开接见室，茹烟走向离接见室不远处的停车场。当她坐到驾驶位关上车门时，之前一直保持的平静突然像脱缰的马儿一样四野奔散，她忍不住掩面哭泣，继而失声痛哭。良久，她止住哭泣，定定神，照照镜子，用纸巾和隔离霜补了妆容，然后驱车缓缓离开，驶向黄河南岸，驶向她和王实相识和生活过的地方——中原省西岭监狱，驶向逝去的岁月。

第一章　桂花时节初相识

1

三十年前，桂花飘香时节。

一天晚上，与茹烟比邻而居的女孩桂莉邀她打牌。彼时，茹烟刚到西岭监狱工作不足一月，与桂莉不熟，只知桂莉与她年龄相仿，在接见室上班，父亲是一名没什么职务的老警察，母亲是劳动服务公司的集体工。

桂莉常和父母同住，平时茹烟很少见到她，那晚，她回到自己房间，屋里还不时传来阵阵愉快的谈笑声。这种气氛让茹烟联想到大学时光，她心里痒痒的，桂莉仿佛知道她心思似的，很快过来叫她，说打"双升"三缺一，茹烟矜持一番就去了。

只见桂莉屋里站着两个年轻男士，一个相貌英俊、身材颀长、穿着时尚，另一个稍矮些、穿着普通，让茹烟惊诧的是他竟与吴远十分相像，眉目清俊、高鼻丰唇、长颈阔耳、宽肩直背。正愣神时，桂莉看着两位男士说："先自我介绍一下吧。""我叫韦志杰，很高兴认识你。"高个男嗓音略尖、充满热情，他说着与茹烟握手。随之，像吴远的男士用浑厚的嗓音看着茹烟说："你好！我叫王实。"说着也与她握手，当两人目光相遇时，茹烟感到他眼里流露出异样的神采，与她握手时怔了一下且微微发抖，茹烟内心不免有一丝慌乱，不过很快定了神说："我叫茹烟，今年刚分来。"

桂莉招呼他们坐下，边取扑克牌边看着韦志杰豪爽地说："我和茹烟对你俩，巾帼对须眉，咋样？""好啊。"韦志杰显得很兴奋。边玩边聊中，茹烟得知他们三人是省劳改警校的同学，一九八九年毕业后同时分回监狱，韦志杰和王实在大队，两人和桂莉一样都是劳改系统子弟。

当他们得知茹烟毕业于武汉政法学院，纷纷羡慕地说："上那么好的学校，我们望尘莫及呀!""过奖了,你们到这里专业对口,熟悉监狱,我到这里还不知能做什么呢。"茹烟轻言细语道。四个人边玩边谈,他们聊学校、聊风尚,还聊自己,聊着聊着,彼此感觉就熟悉了。

正当他们兴致正浓时,只听韦志杰冷不丁地对桂莉说:"看人家茹烟,既秀气又斯文,哪儿像你,说话粗声大嗓门的,头发理得比我还短。"桂莉立即没好气地回了一句:"你要是看不上我趁早说,别对人不对人地挖苦我啊。"韦志杰的话让茹烟很难为情,不过,这倒让她猜出他俩的关系,看气氛尴尬,王实赶忙转移话题,聊起监狱盖职工住宅楼的事来。

愉快的时光迅速滑入深夜,牌局以桂莉和茹烟一方获胜而告终。"怎么样?服气吧?"桂莉一脸不无得意的神情。"今天是你们牌好,改天咱们再比试比试,我们肯定能赢你们。"韦志杰一脸不服气的神态。桂莉摆出迎接挑战者似的说:"水平臭就是水平臭,别说我们牌好,不信,下回还巾帼对须眉?"王实赶紧接话:"那下周末我们继续,怎样?"桂莉笑着说:"没问题。"几个人笑着离开,每个人都期盼着下一次的牌局。

2

那一晚,茹烟失眠了,身心充溢着又喜又悲、又悲又喜的感觉,忽而如沙漠里遇见绿洲,忽而又如太阳被阴云遮蔽,忽而如春花烂漫,忽而又如遍山红叶被秋风吹落。初识一个与前男友相像的同事,让她如何能平静下来、等闲视之?

在武汉政法学院,茹烟属八七级经济法系五班,吴远属六班,两个班经常一起上课,两人虽未有深交,彼此却有好感。直到大二第一学期末,经济法系联欢会让两颗青春萌动的心很快贴近。

联欢会上,茹烟独唱一首山西民歌《走西口》,吴远歌伴舞一首英文版《草帽歌》,他倾心于她柔美圆润的歌喉和清纯可人的容颜,她也被他磁性的男中音和头戴爵士帽、身穿牛仔裤的英俊洒脱形象吸引。

不久,吴远向她表明爱慕之意,当收到求爱信时,茹烟犹豫不定,不知该不该接受这份表白。两人分属两省,一内地一沿海,将来分不到一起怎么办?不过,在吴远的猛烈攻势下,她的感性占了上风,开始和吴远由暗到明地恋爱了。

两人关系公开后,几乎形影不离,一起上课、吃饭、散步、唱歌、看电影、游玩。吴远对她的爱体现在生活的方方面面——每逢周末，她爱睡懒觉，他就把早餐送到宿舍，出去玩总是他付钱，坐公交车时，他奋勇当先不让她被挤着……他对她的爱浪漫、热烈，她过二十岁生日时，吴远除了买蛋糕、送礼物，还当着十几个同学的面深情地为她演唱费翔的《读你》，唱得她羞红了脸，也唱得女同学羡慕万分。

随着毕业日期的临近，柔情蜜意里渗入忧愁和烦恼。吴远要回广东惠州老家，并极力说服茹烟跟他走，说内地没什么发展前途。这让茹烟犯了难，她知道，吴远别的方面都能让步于她，唯独毕业去向，他是寸步不让的。

惠风南下的时代，有几个激情飞扬、胸怀抱负的学子甘愿平庸？从感情和前途考虑，茹烟愿意远走高飞，只是担心过不了父母这一关。

果不其然，当她向父母摊牌后，母亲坚决反对，父亲不置可否，陈明利害、苦心相求均无济于事，她一时陷入伤心、苦恼、无奈的泥沼中，最终，孝心和怯懦把她拉向父母这边。

一段令人陶醉又心碎的恋情戛然而止，吴远背她而去，留给她的只有感伤，无边的感伤。

这感伤刚淡忘了些时日，却被王实从心底唤起了。两人为什么如此相像呢？五官、胖瘦、神态俱像，只是王实矮一些、白一些、头发直一些。王实啊王实，来监狱工作本就让我落寞，难道你还要增加我的感伤吗？哦，不！不全是感伤。看到你的瞬间，我心里分明是惊喜的，与你相处的几个小时里，心情分明是愉悦的。

你知道吗？来监狱后，这是我第一次感到愉悦和轻松。过去的二十多天，我是多么地孤寂！

监狱长高看我一眼，留我在办公室工作，听起来比接见室的桂莉、大队里的女保管体面多了，可办公室是监狱的政治咽喉，等待见领导的人时进时出，我刚上班，需得谨言慎行。事情多了倒不怕，埋头干活便是，可偏偏只是些盖章、开介绍信、校对文稿之类的琐碎事，量少又简单，没事可做时我无所适从，感到压抑。

每天下了班无处可去，常独自一人躲在狱部小院里来回"散步"，走一圈不到一分钟，呵呵，"袖珍走"。周围没有适合散步的地方，横穿监狱的国道上，一辆辆大货车肆无忌惮地飞速驶过，每次从其最边沿处走过，我仍感到胆战心惊，放眼望去，到处都在施工，盖楼、盖车间、砌围墙……飞扬的尘土和刺耳的噪声让我不得不远远地躲开。

靠近宿舍的地方倒有一片僻静、空阔之地，只是，总被一些热衷于农耕生活的年长干工及家属占去当了晒场，晒完豆子晒芝麻，晒完芝麻晒玉米，只要天气放晴就不会让它闲着。纵使这片地儿空着，我也不敢轻易"招摇过市"，有两次我经过这里时，坐在道沿上的几个老妇人像看外星人一般把我从头看到脚，让我浑身都不自在。

晚上回到这个"7"型的小房间，除了听听歌、看看书，再无别的消遣之法。

这二十多天，我仿佛与外界隔绝一般，如同乘坐着绿皮火车去往遥远的边疆，列车缓慢、沉闷地穿行于光山凸岭之间，有时会感到憋闷而急于下车，有时又感觉梦魇般动弹不得，身不由己地被列车载向前方，不可知的前方。

王实，我本不喜欢打牌，今晚是桂莉屋里的说笑声把我引过去的，和你们在一起，我仿佛回到了大学校园。与你相遇，让我想到了美好的初恋，想必你见到我也是惊喜的，我的眼前仍浮现着你眼眸里异样的神采，临别时，你期待下次牌局的急切神情让我想笑，你说的时候像个热诚天真的孩子，其实心里有个小九九吧？难道，你是为我而来？难道，我们之间会发生些故事？我期待又忐忑，忐忑又期待。

3

回到监舍的王实心情久久难以平静，欣喜和难过相伴，时隔大半年后，他终于见到了茹烟，见到了他日思夜想的人。哦！心爱的茹烟，你依然那么温婉、沉静，秀发里看不出有银丝，你本来是有些许白发的，我出事后，不知又会陡添多少，应该是你染过了，我知道你一向美得精致，不愿让我、让别人看到罢了。你那美丽的脸庞上平添了几道愁苦的皱纹，更让人心痛的是，这无法像染发一样将它覆盖和抹平。这都是因为我，因为我呀！我没出事前，你仍然年轻，年过五十了，看起来却是四十岁的模样，清丽娴雅，让人爱怜。

与王实床铺相对的是一个年轻犯人，墙上贴着他和妻子幸福相依的照片。这让王实想起了他和茹烟的相识、相恋。

在那个美好得犹如桂香沁心的夜晚，他认识了茹烟。

茹烟，多好的名字啊！如江南的烟柳雨巷、湖光山影，朦胧、柔美、婉约。而这名字又多么契合这江南般的女子啊！茹烟，你大而清澈的黑眸、长而浓密的睫毛、高俏的鼻梁、红润的樱唇、粉白的肌肤、娇小的身影是多么令我心荡神摇啊！看到你的第一眼，我恍惚觉得你是从我的梦里走出，又走到我面前的。

你是瘦西湖，是黄山云雾，是春雨江南。哦，不！你是我们北方的姑娘，你是那淡雅的桂花，监狱这方封闭、沉闷的天地里本没有桂花树，可我分明感觉，你就如弥漫在空气中的桂花香一样环绕于我的周身，让我沉醉。

那一晚，我的心里充满了诗意，那儿翻涌着无数诗意的词汇，只是不曾说出口。打牌的短短几小时里，我曾多次偷偷看你，有意无意间与你指尖的碰触让我怦然心动，当桂莉说下次我们继续打牌时，我高兴极了，愉悦极了。

也许是冥冥天意在助我靠近你吧。国庆节前的一天，我和母亲、弟弟一起吃饭时，母亲对我说："今年新来的那个小闺女儿长得挺俊，你不想跟她认识认识？"我听了先是一怔，待明白母亲用意后，故作不知地问："哪个小闺女儿呀？"母亲放下筷子说："就是跟小莉住一起、穿衣服挺得体的那个。""哦，茹烟呀，咱可高攀不起，人长得好，学历也比我高。"母亲听了我的话稍显生气，"你除了文凭低，哪点儿不好？你不主动跟她接触，咋知道她会不同意？试试嘛，不同意了再说。""我不去试，万一人家拒绝了，多没面子。""哎呀，你这孩子，祺都有女朋友了，你咋一点儿不着急？晓清的哥哥大山，快三十了还没有找到对象，把你王伯老两口愁死了！"

弟弟王祺见母亲和我僵持不下，赶忙劝母亲："妈，别逼哥哥了，感情的事得两人有缘分才行，就像我和晓清——"不等弟弟说完，母亲就抢白他说："看你说哩多好听，要是光靠缘分，咱这儿的小伙子都等着打光棍吧。"

母亲的一席话让我心里很不是滋味，我心里是喜欢你的呀，茹烟！可我不敢轻举妄动啊，万一被你拒绝了，脸面往哪儿搁呀？我当时是这么想的，又不愿惹母亲生气，便说："妈，您先别急，我找机会和她接触接触。"母亲这才不再言语。

之后，桂莉和韦志杰给我创造了许多接触你的机会，他俩隔三岔五地约咱俩打牌并故意让你我一组，有时他们还约你我一起逛街、逛公园、看电影，这样一来，我与你接触的机会自然多了。通过言语表情，感觉你并不讨厌我，但也不很热情。

你对我不冷不热，我也就不敢贸然单独找你，母亲见我迟迟没有动静，就想办法和你套近乎，先是和你攀老乡，后来攀上了亲戚，说她在你老家修水库时认识了你的爷爷奶奶，你爷爷奶奶喜欢我母亲，还把她认作干女儿。

得了这个由头，母亲兴高采烈地邀你到我家吃饭，一向节俭的母亲那天准备了六菜一汤的丰盛午餐。吃饭期间，母亲得知你比我小两岁，喜得让我称你"妹妹"，还说以后让我这个"哥哥"好好照顾你。记得当时你羞红了脸，我也颇不好意思。

此后，我便以"哥哥"的名义壮着胆单独找你了。让我惊喜的是，你并不拒绝我，咱俩轻松愉悦地聊天，骑自行车郊游、逛公园、看电影，每当看到你脸上露出快乐的笑容，我甭提有多高兴，心想和你"有谱"了，一时快乐得熏熏然、陶陶然，没过多久又"清醒"过来，心里总觉得不踏实、不真实，觉得和你在一起的时光如梦幻一般，就像飘散在空气中的桂香一样不能长久。

我反复问自己："咱俩这是谈朋友了吗？你真的喜欢我吗？你到底喜欢我什么呢？我有什么吸引你的地方？"这些问题，我多次想向你问个明白，又觉突兀，时机不到，怎好意思问呢？

我的家庭条件不好，兄弟姊妹五个，父亲早逝，母亲没有工作，家庭负担重，纵然你同意跟我谈下去，我也不能保证一定会给你幸福的未来啊！还有，你是响当当的本科生，我只是个小中专生，这让我无比沮丧和尴尬！茹烟，在秀外慧中的你面前，我如何自信得起来？

我在想：你这桂香沁心、江南烟雨般的女子不属于监狱这方天地，命运对你不公，你应该去山清水秀之地、富贵安然之地、彰显才华之地。茹烟，当时我总有一种感觉：你只是监狱这方天地里短暂停留的一片彩云、一缕花香。

后来，我索性不想那么多了，和你在一起的每时每刻分明是真实的，为什么要折磨自己呢？也许你是真的喜欢我。如果确是这样，那我多虑了。即便你不是真心，我也要用炽热的心去感化你，让你爱上我！想到这些，我浑身充满了上进的动力，准备自修法律专业，直至拿到本科文凭，消除和你之间的差距，我更得努力工作，干出个样子来，让你对我刮目相看。

4

茹烟在期待与不安交织的心绪中跟王实交往起来，若即若离。

其实到王实家做客后，她心里始终不能平静，反复在想：王实母亲为何对她这般热情呢？虽说他母亲感恩于爷爷奶奶，但热情得有些出格，该不会是想让王实和自己交朋友吧？自她上班后，有好几个人给她说媒，还有人莫名其妙地对她好：老干部科的赵大伯几乎天天给她烧一壶热水，大队一姓金的男警给她送来了晾衣架、脸盆架，还请她和桂莉吃过一顿饭。原来都是"居心叵测"啊！

当茹烟明白他们的用意时，心里很是酸楚，若她跟吴远不分手，若她身边已有男友，就不会有这些乱七八糟的事儿了。想到这里，她觉得跟王实先处处也不错，显然，王实愿意当"护花使者"。

经过一段时间的接触后，她对王实的看法印证了初见时的好感。他开朗、真诚，他情切意浓，对她关爱又体贴。他积极上进，常听领导和同事们夸他，记得元旦前的一天，监狱长在办公室说，三大队王实这小伙儿行，责任心强、肯吃苦，在轴承套圈试生产工作中表现不错。茹烟听了心里很舒服。

不过，刚上班就谈朋友？就喜欢上了一个人？这个人只有中专文凭呀！不行，不行，若让人知晓，岂不是自降身份？岂不成了笑柄？

王实，你让我欣喜让我忧。

第二章 "我的大学白上了吗?"

1

翌年初,监狱把近两年未到一线锻炼过的新来大学生统一分到了基层,茹烟也不例外,由办公室调至质量管理科。去质管科之前,办公室主任找她谈了话,"今年轴承套圈锻造生产已全面启动,基层警力急需加强,考虑到未来监狱企业在经营中会遇到涉及法律的质量纠纷,你是学法律的,让你去质管科,领导希望你在那里发挥特长和作用,不要有什么思想包袱"。

主任面无表情地讲了这番话,说的时候头靠向椅背看着茹烟,他泛黄的眼珠本来就比常人显得小了点,这样的姿势看上去,双眼仿佛都是白的,使茹烟心生一丝恐惧,不过,他的话倒是带着几分温情和祝福。去基层不是她一个人,她也就没多说什么,表示服从监狱决定。

涉世不深的茹烟只想着办公室拘人心性、事少人闲,所以她并无多少留恋之意。初来乍到,她对监狱的一切充满了好奇心,徒有好单位之名、高高在上的办公室满足不了她,她急于想近距离地看看监狱和犯人,还兴致勃勃地想以一种寻幽探胜的心情去看看高墙电网圈着的世界究竟是什么样子。

质管科是年轻科室,刚成立三个多月,位于国道北月亮拱门内的小院里。月亮门造型别致,走进去就有些煞风景了:泥土地面,院中间一棵并不大的苹果树未见修剪过,两条坑洼不平的砖铺小径通往两边房屋,两排旧平房分列于小院东西,东边住着办公室主任等四五户人家,西边是质管科和由一药房两诊室组成的职工医院。

质管科办公室一大一小,科室领导在小屋,一般人员在大房间。科里人员由警察和工人两部分组成:警察四个,王科长、女副科长、茹烟与何竹;工人六个,两男四女,一部分是从其他轴承厂调来、年龄四十岁上下的技工,另一部分是高中或技校毕业后直接就业的干工子女。

单位、人员变了，氛围也明显变了。上班时，大家常常为工作上的大事小情争论不休，除了何竹、茹烟和一个女工，其他人的嗓门都很高，刚开始茹烟不习惯，甚至有些烦，难以忍受时就与何竹走出办公室躲一会儿，时间长了，她只得适应这种环境；科里女同事占了一大半，闲暇时，大家会叽叽喳喳地谈论谁的发型漂亮，谁的衣服时髦，谁的皮肤好，谁做的菜好吃，还经常评论市里哪家小吃有特色，哪个地方好玩，然后三三两两地约好周末去品尝或娱乐。

从办公室到质管科，茹烟感觉自己像是《清明上河图》里位置不同的角色，从画面核心处被移到边缘地带，从宫廷生活转入市井社会。每天，她要和同事们一起到大队去检验轴承套圈，生产尚未步入正轨，产品质量不稳定，监狱领导要求对至少一半的产品进行检验。她和同事们多数时间都待在大队，手拿游标卡尺，检验不同型号的上千个轴承套圈。

技工们在工厂干过，检验速度比茹烟、何竹她们快很多，准确度也高；干工子女们似乎认为一辈子就是做工的命了，自然很快进入角色；茹烟、何竹两人一时拉不下"知识分子"的面子，显得斯斯文文、笨手笨脚，一天下来，她俩累得腰酸背疼，每月特殊的那几天难受又难熬，她们想请假，又难于启齿。

尽管如此，茹烟并不觉得有多苦，本来就是来基层锻炼的，苦点儿累点儿怕什么？何竹和茹烟一样不怕吃苦，何况她们知识面广、领悟力强，又用心琢磨检验技巧，一个月后，逐渐得心应手。

何竹毕业于省内一财会学校，她和茹烟是同乡，比茹烟小几个月，两人初、高中就是同学，经常在一起吃住。茹烟学习一直比何竹好，一次高考跃龙门，何竹在高三复读两年，也只考了个中专。不过，两人的友谊未曾因学历差异而淡化。何竹也是去年毕业，因为不愿意到分配的乡财政所上班，看茹烟在监狱工作，就让她在乡政府的父亲活动一番，来了西岭监狱，去年年底正式上班。同乡兼同学的两个人，分到同一个单位，又同在一个部门，两人惺惺相惜，业余时间经常泡在一起。

让茹烟和何竹常得日子不苦的另一原因是，大队男警比她们更累、更辛苦。每天早晨，男警要在七点左右带犯人到车间，生产安顿下来后要完成劳动现场巡查、半小时点名、带犯人接见等繁杂事务。虽说她们天天经受风吹日晒，与车间内虎啸狮吼的机器轰鸣声相比，毕竟要好得多，男警整天在车间里耗着，彼此说话时，常常是高音喇叭般的嗓门，这样对方才能听得见。和他们一起交谈，茹烟也不得不提高嗓门，猛然抛却了惯有的淑女之态，她被自己吓了一跳，不过心里倒是畅快，完全没有了在办公室时的压抑感。

只是，几个月过去了，每天就是检验套圈，没遇到一起涉及法律的质量纠纷。这让茹烟有些烦恼。

2

大学同学段亦鸣的到来打破了茹烟平静单调、偶有烦恼的生活，改变了她的想法，使她陷入了深思。

中秋节前的一天上午，刚上班不久，狱政科副科长安泉给茹烟打电话说："你有一个同学来监狱办事，想见见你。"茹烟一边接电话一边想：哪个同学会来监狱办事？挂了电话，她向王科长打声招呼后去了狱政科，到了狱政科，方知是在县法院民庭工作的段亦鸣，他来监狱办理一起犯人为被告的离婚案件。

段亦鸣和茹烟是一个县的，还是大学同学。大二之前，他曾多次向茹烟示爱，同学们也都觉得他俩是老乡，成为一对顺理成章，可茹烟偏看不上他，觉得他木讷、缺乏朝气，跟吴远谈朋友后更是对他不屑一顾。记得父亲送她入校时见过段亦鸣，后来她同父亲提起段亦鸣向她求爱的事，父亲说："他不中，谈朋友也许是一时，将来万一成了，可是一辈子的事，一定得慎重，别黑馍堵住嘴，白馍就吃不进了。"父亲的印象和看法让她对段亦鸣更加冷淡、"绝情"，她不愿回县城，一个很重要的原因，就是想远远地躲开段亦鸣。

此一时彼一时。茹烟热情地与段亦鸣打招呼，段亦鸣见到她也很激动，上前与她握着手说："茹烟，毕业后第一次见到你呀！"然后他看着同来的人介绍说："这是我们王庭长。"茹烟微笑着与王庭长握手。问起段亦鸣上班一年来的情况，他侃侃而谈，与在校时的沉默寡言判若两人，再看他身穿法院制服、理个平头，显得精神利落。记得在校时，段亦鸣的头发经常是长得快要遮住眼睛和耳朵。"若他现在这个样子，我也许不会拒绝他的。"茹烟不禁暗生感慨。

两人聊了会儿，安泉对茹烟说："让他们先办事，完后跟你联系，怎样？"茹烟说："好，中午请你们吃饭。"段亦鸣说："行啊，先谢谢老同学啦。"

中午近一点时，段亦鸣他们的事情才办完。让茹烟意想不到的是，当她再次到狱政科后，王实竟也在那里，正和段亦鸣他们兴奋地谈论着，见她进来，他们逐渐停止。安泉对她说："准备到哪里请你同学呀？"茹烟不假思索地说："王记川菜馆吧，你们也去。""你们同学好不容易见一面，我们不便凑这个热闹吧？"安泉看着她坏笑道。"人多了才热闹嘛。""是啊。今儿多亏你们大力协助，事情才办得这么顺利。"王庭长接过话，说着拉安泉和王实两人一起出门，安泉见推辞不过，就说："那恭敬不如从命啦。"

在前往饭店的路上，王实走到茹烟身边小声问："段亦鸣是你同学？"他的话语里透着酸意。"是啊。"茹烟轻描淡写道。

五个人在一包间坐定后，茹烟点了四凉四热八个菜。凉菜很快上齐，等安泉、茹烟、王实作为东道主一一敬过酒后，饭局气氛逐渐活跃。

王庭长端起酒杯看着安泉说："哎呀，老弟，今天的事情办得漂亮！我和亦鸣原以为当事人离婚成定局了，没想到经你们做工作，两人又和好了，为表示感谢，我先干为敬啊。"他说着端起满满一杯酒干了，然后为安泉倒酒、敬酒，安泉喝了酒接过王庭长的话说："王庭长谦虚了，你们前期工作做得也很扎实嘛。今天虽说时间长了点儿，但换来了我们都想看到的结果。"大家都点头称是。

这时，安泉拍拍王实的肩膀说："今天你的思想工作做得好啊，来，干一杯。"王实忙端起酒杯一脸谦恭道："哪里，哪里，主要是安科长指导得好。""我看都甭谦虚了，这是咱们共同努力的结果。"王庭长总结工作般官腔十足地说道。

茹烟一边津津有味地听他们讲，一边招呼他们吃菜。酒酣耳热时，每个人都显得神采飞扬，你一言我一语地谈笑着。段亦鸣的话越发多了起来，绘声绘色地讲述着工作中的逸闻趣事。茹烟心想：莫非职业和环境能改变人？段亦鸣一年来的变化真令她刮目相看呐！这时，安泉小声对她说："快到上班时间了，今天就这样吧。"茹烟便问大家吃好没有，只听段亦鸣舌头僵硬地吐出几句话："吃——好了，也——喝——好了，谢——谢——你们！"见此情景，王实上前扶他起身，茹烟前往柜台结账，一问服务员，说已结过，她愣了一下，很快明白怎么回事。

段亦鸣和王庭长要走，可茹烟看段亦鸣摇摇晃晃的模样，说："你们先到我办公室喝点儿水，休息一会儿再走吧。"安泉接过话："这样，让王庭长到我们办公室休息休息，你们同学再叙叙旧。"看着段亦鸣醉醺醺的样子，茹烟心想叙什么旧啊，不过嘴里仍说："好吧。"于是，安泉扶王庭长去了狱政科，王实把段亦鸣扶到茹烟办公室后便离开了。

茹烟为段亦鸣冲了杯茶水。段亦鸣歪坐在椅子上，眯眼左右看看，只见七八张桌子把房间挤得满满当当，鼻子里还能嗅出一股药味，便晕晕乎乎地说："你——就在这儿上——班啊？条件——这么差！上班都——干——些啥？"茹烟心中掠过一丝不快，却不失礼地解释道："这是临时办公室，明年我们就搬到新盖的办公楼了，每天主要是检验轴承套圈。"

段亦鸣一听这话立马坐正，酒好像一下子醒了，吃惊地、不解地问："检验套圈？一个警察咋能干这种活?!"茹烟克制着内心的厌烦情绪说："监狱让新来的大学生到基层锻炼，女同志不便分到队里去，就来这儿了嘛。""那总得和法律沾点儿边吧？像我——到乡镇法庭锻炼，即使当个书记员，也可以为今后的独立办案积累——经验，可你，干这种活，有啥——发展前途啊？"段亦鸣满脸的疑惑。

茹烟感到自己的忍耐已到极限，不过，她仍极力克制住被羞辱的感觉说："和法律沾边啊，要解决一些有关质量方面的法律纠纷。"段亦鸣立即接过话："监狱就是执行法院判决的，哪儿有——那么多法律纠纷？你在这种单位工作，本来就——没啥意思，现在又干这种活，简直是浪费青春！我看——你这大学是——白上了！"

茹烟怒不可遏，她没有想到，毕业后第一次见面的段亦鸣敢这样对她说话，更不能容忍他对自己如此放肆地羞辱！若这话出自他人之口，她也许会感到不那么刺耳，现在居然由段亦鸣说出来，无论如何她都接受不了。这时，她已顾不得他是客人，抬高嗓门吼道："我就是大学白上了！怎么啦？我乐意！你管得着吗?!"被她的话一激，段亦鸣先愣了一会儿，仿佛清醒了过来，拍拍脑门后很后悔地说："对不起，对不起，我喝多了，不该这么说！"

正尴尬时，何竹推门进来，茹烟这才意识到上班时间已到，于是她竭力掩饰着不自然的表情，送段亦鸣离去。

3

茹烟下午没去大队检验套圈，何竹问她，她不说。下了班，她饭也不吃，直奔宿舍，关上门，躺在床上生闷气。

段亦鸣为什么敢如此侮辱她茹烟？在校时，段亦鸣对她是仰视的，曾因为被她无情地拒绝而黯然神伤，在她的毕业纪念册上自称"窝囊废""糊涂虫"，现在，他竟敢这样对自己说话！这让茹烟怎受得了？怎能不感到锥心的刺痛？

刺痛归刺痛，难道段亦鸣说的话没有一点道理吗？平心静气地想一想，他刺耳的话不能不令她深思。上班一年来，自己被动地接受着命运的安排，谈不上浑噩度日，心里却是混沌的，有时还沾沾自喜于能自食其力，拿着不算低的工资。可是，就在今天，段亦鸣的话如巨石般砸进她平静的心湖，如强劲的打击乐般冲击着她脆弱敏感的神经，她的脑海乱作一团，开始反问自己：我的大学真是白上了吗？我现在的状态是不是非常糟糕？我在监狱待一辈子值吗？……一连串的疑问使她开始自卑自悯起来。

"咚——咚——咚——"，一阵有节奏的敲门声响起。不用问，王实无疑，若在以往，茹烟会开门的，这次，她佯装没听见，王实又敲了一次，她不耐烦地问了句："谁啊？""是我。"王实小声回答。她语气生硬地回道："我不舒服。"王实用温厚的声音说："给你送几个鸡蛋煎饼，还是热的呢。"一听这话，茹烟心软了，于是起身开门，见王实拎着煎饼笑盈盈地站在那里，便知是他母亲做的。"趁热吃吧。"他递给她煎饼，茹烟用手一挡说："我没胃口，不想吃。"说着坐回床边。

王实关切地注视着她问："看你脸色不好啊，怎么了？""没啥，有点儿累。""不对，你肯定有啥心思！是不是今天来了男同学，内心起波澜了？哈哈。"他带着酸意继续追问。茹烟避而不答，反问道："你说，我会在质管科长时间待下去吗？""怎么突然想起问这个？"王实一脸疑惑地看着她。她软中带硬地说："我只要你回答，会还是不会？"

王实感到茹烟今天有些不对劲，沉吟片刻后，他以非常肯定的语气说："不会。""真的吗？"茹烟眼睛一亮，抬起头，半信半疑地问。王实再次强调："是真的，相信我。"听了王实的话，茹烟一时好像吃了定心丸，对王实的态度温和了些。他走的时候，茹烟说感谢他中午替她付账，并拿出二百元递给他，他说不用谢，然后闪身离开了。

次日上午，何竹再次询问茹烟怎么回事，茹烟说："等晚上跟你细讲吧。"

中午快下班时，段亦鸣给茹烟打来电话，再次表达歉意，停顿片刻，他继续说："茹烟，别在那儿干了，没啥前途。考个律师证，回县城当律师也不错。你若回来，有啥困难，我会帮你的。"听了这话，茹烟淤积在心中的怒火和屈辱消了些，但很快又意识到段亦鸣的语气是居高临下的、自信的，自信得让她反感，办公室有同事，她不便多说，只简单回了句："没什么，让我考虑考虑。"便挂了电话。哼！你太自以为是了吧？我才不回那小县城呢。

晚上，何竹来到茹烟宿舍。待茹烟跟她细说了段亦鸣来监狱的情形后，何竹也很气愤，说："他怎么能这样说话？在法院工作就了不起啦？以后甭理他！"

"我肯定不理他，只是，你觉得咱们这工作有意义吗？"茹烟明知从何竹那里得不到什么答案，还是若有所思地问了一句。

"有意义没意义也得干啊。"

"可我觉得没意义，整天工人一样地检验套圈，算哪回事啊？你觉得这没什么，可我烦透了，这样下去，我会越来越被同学瞧不起的。"

"谁让咱们在男犯监狱哩？这叫'英雄无用武之地'。"何竹双手一摊，答非所问。

"我想考律师证，考上了辞职当律师！"当茹烟说出这话时，自己都被自己吓了一跳，稍停顿一会儿，她接着说："要不，你也考会计证吧？趁咱们年轻，到外面闯荡闯荡。"

"哎哟，我可没那雄心壮志。上学时一向没你用功，现在上了班，更不爱动脑子了，我啥也不想考，对工作没啥要求和奢望，将来领导能开眼，给我换个会计岗位就行。你有这种想法也无可厚非，不过，茹烟，你可得想好了，辞职不是闹着玩儿的，先干着，等考过了拿到证再说。本姑娘觉得混日子挺美，哈——哈——哈。"何竹说完自嘲地大笑起来。

茹烟听了何竹的话也跟着笑了，她说："现在，我感觉好受多了。"茹烟感激地看着何竹，又补充一句："注意保密啊。"何竹亮了一个"OK"的手势。

聊完这个沉重的话题，茹烟显得轻松了些，她看着最亲密的朋友，思忖片刻后说："竹子，给你介绍个男朋友吧？"

"行啊，反正早晚都得谈，再说每天的日子怪单调。"何竹嘿嘿一笑。

"嗯——，桂莉的哥哥桂珉咋样？体格健壮，个儿高，有男子气概。我跟他接触过几次，话不多，人宽厚、正直，不爱张扬。"

"对他印象还行。他跟王实差不多大吧？哪个学校毕业的？"何竹问。

"两人都是六八年的，比咱们大两岁。好像是文河市警校的。"

"市警校毕业一般都到公安局了，他咋来了监狱？"何竹不解地问。

"我问过，他说他热爱监狱工作。"

"哦，境界挺高嘛。"

"怎么样？约个时间，你们单独见见？"

"行啊。"何竹爽快应道。

4

也许是投缘，何竹和桂珉接触后谈得很顺利，不像茹烟和王实两人若即若离的样子。

茹烟工作之余，除了准备律考，还盼着能早点儿离开质管科，只是天不遂人愿。

一九九三年二月，监狱进行了一次人事调整。茹烟、何竹原地不动，桂莉由狱政科接见室调到供销科。看着桂莉笑逐颜开地去新部门报到,茹烟与何竹心里颇不是滋味,茹烟尤甚。

"咱们跟桂莉私交不错,你将来还有可能成为她嫂子,按理说不该讲她坏话,只是她去供销科很令人意外呀。她几个月前被监察室通报批评过,监狱这是什么样的用人导向?"茹烟尽量不带感情色彩地说。

"你说的是那次'蛋糕事件'吧?桂莉把关不严,她负责接见的一个犯人收到妻子送来的一个藏有大哥大的蛋糕。"

"是啊,这犯人用大哥大跟家里通了话,造成恶劣影响。"茹烟补充道。

"我也搞不懂领导是怎么用人的,犯了错的能去好单位,咱们这老老实实干活的反而被晾在一边。"何竹的语气稍显激动。

"供销科能经常出差,还有油水可捞,我听王实说不少人托关系想进去。桂莉能去那儿,八成是巴结住哪个领导了。"茹烟猜测着说。

"有可能,她好像跟政委媳妇的关系不错,一次,我和桂珉逛街,看见她和政委媳妇一起说笑着买衣服哩。"

"难怪呢!咱俩要是也跟领导走近些,送送礼、托托关系,这次也能跳出火坑了。"

"可惜我不会这一套呀,你会吗?"

"我也不会。"茹烟沮丧地说。

"那只能听天由命啦。"何竹说着伸了一个懒腰。

在王实面前,愤愤不平的茹烟就没有那么克制了,得知调整结果后,她好几天不理王实。王实理解和同情茹烟的处境,同时他自知理亏:谁让他曾说,茹烟不会长期在质管科呢?

第三章　催眠术，我喜欢

1

茹烟探视王实归来后的次日，苏玉卿打来电话："茹烟，告诉你个好消息，明天张老师来文河，我知道你很想体验一下催眠术，这次把机会给你。"茹烟听了兴奋地说："是吗？那太好了。张老师什么时间到？""上午十点。不过，你明天早点来吧，咱们准备一下。"

"好的，明天见。"放下电话，茹烟仍沉浸在兴奋的情绪中。张老师是苏玉卿的督导师，也是一名催眠师，山东人。一个多月前，茹烟观看了一个完整的暗示催眠过程，那是让她大开眼界的两小时，催眠师正是张老师。

在张老师若有若无的诱导下，一个三十多岁的女子在恍惚状态中回溯了她的一个创伤性事件：一个不经意的关门动作致使她无比心爱的猫咪死亡，为此她一直自责、痛苦、无法释怀，以至于影响到工作和生活。

茹烟记得，催眠前后，该女子从意识清醒到恍惚迷蒙，从神情正常到表情激动再到痛哭流涕，最后归于平静、释然，女子将长期淤积于内心的自责、懊悔、焦虑等情绪完全释放了出来。当时，茹烟看得如临其境、暗自称奇，她也想体验一下，只是张老师给那女子做完催眠后要赶火车，说下次来了给她做，还问她想接受催眠是出于什么动机和目的。

她说，自丈夫被纪委带走、判刑入狱以来，我在应对家庭变故的同时，总会不由自主地回想过往的经历，回想自己的职业生涯，回想我的爱情和婚姻。我想梳理和反思一下自己的人生，想探究一下走过的路是否有偏差，看是否丢失了什么。催眠可以深入人的潜意识，在人非常放松的状态下进行，应该有助于我达成愿望，我喜欢这种方式，也喜欢老师带给人的亲和感。

张老师说，谢谢你的信任，这是催眠成功的前提。你所说的类似于人生回溯，一次催眠不一定能达到什么目标，不过，若你想象力丰富、暗示感受性强、好奇心强、专注力高，第一次接受催眠，就会有意想不到的效果。

她说，这些我基本具备，很期待老师的到来。

"玉卿，谢谢你让我认识了张老师！"兴奋之余，茹烟心里感念着苏玉卿。

和茹烟一样，苏玉卿是一名监狱警察。文河市有一东一西两所监狱，西岭监狱在西，东川监狱在东。苏玉卿是东川监狱服刑人员心理健康指导中心的一名心理咨询师，六年前，因单位工作陷入低迷局面，她不愿荒废专业技能，便把精力放在大墙外的求助者身上，一边学习一边实践。三年前，她办理了提前退休手续，开了一个名为"心灵之约"的工作室。

茹烟刚参加工作不久就认识了苏玉卿。苏玉卿比茹烟大一岁，两人结识于省劳改局组织的一次办公室业务培训班上，苏玉卿当时也在她所在监狱的办公室任职，培训时两人住一个房间，巧的是，通过聊天，茹烟得知苏玉卿也是在武汉上的大学。

两人一见如故，姐妹相称。同为女性，两人能相互欣赏，茹烟欣赏苏玉卿的温润静雅、气质如兰，苏玉卿欣赏茹烟的婉约柔美、脱俗气质。两人有很多共同点——穿衣素雅、不爱浓妆、喜欢读书。

后来，两人相继离开办公室，去了不同的部门，但她们的联系不仅从未中断，反而愈加紧密，成了知心之交。

2

苏玉卿的工作室位于文河市南郊，是她自家的一座独门独院两层小楼。门前和院子里种着翠竹、月季花等绿植花卉，春夏两季，各色花卉相继盛开，爬墙虎覆盖了楼体的大部分外墙面，整座楼显得既幽静雅致又富有生机。每次去，茹烟都有回乡之感，心顿时静下来。

一进门，迎面为接待台，台后面是一排国风图案的屏风，右首摆着沙发和茶几，屏风后是团体活动兼做瑜伽的场地，很宽敞，墙角放有绿植。二楼有一个带阳台的客厅和四个独立房间，分别是心理咨询室、沙盘治疗室、音乐放松室和读书室。

茹烟八点半到达工作室。一楼大厅里，苏玉卿正保持着"金鸡独立"般的瑜伽姿势，见茹烟进来，她并未停止，说："我九点去接张老师，还有点儿时间，你也来舒展一下？""好。"茹烟说着脱下外套和鞋子，未穿瑜伽服的她只做了几个简易动作。"张老师几点到？我跟你一起去接？"她问。苏玉卿说："九点十六分的高铁。你留下吧，把房间准备一下。""好的。"

一呼一吸间，茹烟说："我去看王实了。""哦，他状态怎么样？"苏玉卿关心地问。"还行吧，有些焦虑，很自责，但不颓废。"茹烟的语气尽量平静。"那就好。王实性格开朗，心理承受力较强，经历了大起大落，相信他会重新思考人生，困境对他来说也许不全是坏事。"苏玉卿宽慰茹烟道。"但愿吧。"

九点四十，苏玉卿引张老师进了房间，沙发上坐定后，茹烟端一杯茶水双手递给张老师。喝茶的工夫，茹烟暗自打量了一下张老师，他言语平和、表情从容，有着中年男子的成熟、稳重、睿智和豁达，发型、着装给人以洁净清爽之感。闲聊一会儿后，三人上楼，去了音乐放松室。

"你们准备得挺好嘛。"看着干净简洁的房间，张老师满意地说。"谢老师肯定，我们做好准备，以便给您多留些时间。"苏玉卿沉静地说。"嗯，不错，房间的温度、湿度、光线、躺椅弧度都比较合适。时间宝贵，那就现在开始？"张老师的声音低沉浑厚，茹烟听着很舒服。"好的。"茹烟愉快应道，说完，她轻手轻脚地躺下。张老师坐在她侧面头部右边偏上一点的位置。苏玉卿悄无声息地关上门，坐在一边。

"你觉得这种姿势是最舒服的吗？如果不是，可以调整一下。"

听了老师的话，茹烟身子微微动了动，把放在腹部的双手移到两边，掌心向上，这是瑜伽放松的手势。

"现在，请你闭上眼睛，深呼吸，从头到脚开始放松，专注于默想放松你身体的每一块肌肉……"

老师轻柔舒缓的声音微风般拂过茹烟的身体，她感到自己的脉搏和呼吸都在减慢，内心越发宁静。

"接下来，放松你脸部的肌肉，特别是颌部肌肉，牙齿分开一点使它放松……当你集中放松身体每块肌肉的时候，你将进一步放松。你将更注意到内部功能，对感觉的感受性增加。"

老师的声音如古琴曲《太极》般缥缥缈缈地传到茹烟耳朵里，她感到身体的每一块肌肉像加了安琪酵母的面团一样逐渐变松变软，身体仿佛要离开躺椅，口内开始生津，脚底微微发热，头脑里没有思维，意识模糊而迷离。

"你感觉越来越轻，飘向完全放松的越来越深的境界。感觉到一个很重、很重的东西吊起你的肩膀……当'重物'吊起你的肩膀时，你肩膀的紧张就释放了，你的身体越来越轻盈了。"

老师若有若无的声音诱导着茹烟进入恍惚状态，她感觉要昏昏欲睡了，又感觉要进入一个梦游般的境地。

听不到老师的声音了，一辆类似越野车的交通工具载着茹烟沿时光隧道往前行进，到了法院门口，车停下，茹烟却不愿下车，耳边响起了法官的声音："王实犯受贿罪、挪用公款罪，被判处有期徒刑三年零六个月，并处罚金二十万元。"茹烟听了瘫软在座位上，她催促司机快走，往前走。

不多时，车开到她家门口，这次她下了车，上楼，开门一看，纪委、公安局的人正在她家里四处搜查，还问她一些问题，她不情愿地回答了他们的提问，然后，趁他们不注意，她变成一只小鸟飞离家门，等再次上车时，她变回原形。司机看她失魂落魄的样子，就说："你的状态有些不对啊，还往前走吗？""走，走快些。"她惊魂未定地说道。

下一站是王实当了政委那一年，茹烟脸上露出欣喜之色，司机看着她也松了一口气。可是，没过多久，她的脸上便现出愤怒、失望、伤心的神情，"不停留了，咱们继续往前走"。听了她的话，司机一脸的茫然，试探地说："这样好不好？你来当司机，想到哪儿停，就在哪儿停。"茹烟想了想说："好。"

坐在驾驶位上，茹烟把握方向朝前走，尽管车速较快，她仍然嫌慢，车辆好像知道她心思似的忽然变成了一列高铁，一个个小站飞驰而过，她不愿意停下，忽然，她看到一个名为"接见室"的车站，便兴奋地踩了刹车。司机说："想下去看看吗？""是的，我要看看。也许时间会长点儿，你得有耐心等我哦。""行，你去吧，我会耐心等你。"

茹烟走进接见室门口时，摇身一变，成了她二十二岁的模样。

西岭监狱要求大学生到基层锻炼时，茹烟向领导提出：她能不能不去质管科，而去狱政科接见室？她说的时候言辞恳切，说自己到接见室能更好地发挥专业特长，主任念及她在办公室干得不错，经请示监狱长后特批了她的请求。她高兴万分。

一次接见登记时，茹烟看见一个三十多岁的女人走进接见室，让她感到不解的是，女人一副失魂落魄之态，眼里含着泪。问及缘由，女人说，她是乘长途汽车从百公里外来看她弟弟的，弟弟名叫厚辉。由于她一夜工作的劳累，车行不久，她就睡着了，醒时才发现身上的钱全被偷走。到文河下车时，她揣着仅剩的一元硬币，步行一个多小时才来到接见室。

得知厚辉姐姐的遭遇后，茹烟一边安慰她一边将身上仅有的五十元塞进她手里。厚辉姐姐感激地问茹烟姓名，茹烟笑着说："这点小事不值一提，不必问我姓名。"在她再三追问下，茹烟只好说："你记住我是监狱警察就行了。"

后来，经询问其他警官，厚辉姐姐才得知资助自己返乡车资的监狱警察叫茹烟，是一名刚参加工作不久的监狱警察。厚辉从姐姐口中得知这一情况后感激万分，他含泪给茹烟写了一封感谢信，信中有感激、羞愧与自责，也有思索后的感悟和对未来的追求，内容大致是这样的：

尊敬的茹烟警官：

我叫厚辉，是二大队的一名犯人，也是您前天资助的那位外地女工的弟弟。以前写信，每当使用"尊敬"这个词时，总以为那只是一种修辞手法，但今天给您写这封信，"尊敬"二字却是我心灵深处油然而生的一种敬佩与尊重……面对您的义举，回首我走过的罪恶之路，我的内心久久不能平静。我曾给社会带来危害，而当我的家人遭遇困难时，是您伸出了慷慨的援助之手。从您的善举里，我知道了什么是正义、善良和胸怀。

资助我姐姐车费，对您来说，也许只是所有善举中小小的一项，但是，对于一个曾经只知索取、不懂付出的罪犯来说，那种震撼是您无法想象的。从您身上我感受到，原来人与人之间是可以这样不求回报地付出，可以这样传递温暖与爱心的。

您的善举让我的人生观发生了一次巨大转变，那就是在以后的生命中，永不懈怠地洗涤身心的污垢，坚定地追求真善美的人生。

我要做的就是重塑自我、回报社会，我想，这也是对您最大的回报吧。

再次向您表示衷心的感谢！

厚辉

1992 年 4 月 26 日

近三十年过去了，厚辉现在哪里？他应该成为他自己希望的人了吧？若真如此，我怎能不为他欣喜？

这样想着的时候，茹烟已变回现在的模样，她转过头，缓缓离开，走向"高铁"。

"师傅，让你久等了。"她歉意说道。

"没什么，看你很高兴啊。"

"是的，我很高兴。"

"那就好，还往前走吗？"

"嗯——，再走走，这次你开。"

"好咧。"

列车继续向前飞驰，茹烟漫不经心地望向窗外，她仍沉浸于自己小小的善举给一名犯人带来的变化之中，心想：究竟是什么让她壮着胆子向领导提出去接见室的？思索半天，她忽然对司机说："直接开到我九岁的时候吧。"

"哦，好的。"

茹家凹。一个夏日清晨，小茹烟正在酣睡中，猛然间，一阵刺耳的警笛声刺破村野上空，她忽地睁开眼，一骨碌爬起来，跑到厨房，紧紧搂住母亲胳膊，心惊胆战地说："妈，出什么事了？我害怕。"母亲搂住她说："别怕，可能是谁家出了坏人，公安局来抓他们哩。""坏人？咱村有坏人？"茹烟瞪大眼睛迷惑不解地问。"到哪儿都有好人、有坏人，你长大就知道了。"茹烟不再说话，手松开母亲胳臂，坐在小凳子上，想着到底谁家出了坏人。

不一会儿，一阵伤心的哭泣声传到茹烟耳朵里，再一听，是她的好伙伴小芹。小芹急速地从院门外走进来，径直来到厨房，一只手放在眼睛上，哭着说："婶儿，小璐，我爸让公安给带走了！""啊？你爸被带走了？"茹烟一听吃惊得睁圆了眼、张大了嘴，母亲也很吃惊，她把小芹拉到身边说："乖，不哭啊，你先跟小璐在这儿，我去看看你妈。"说完，母亲出了家门。

不多时，母亲回来了，茹烟看到她脸色不大好，猜想小芹的母亲不知会惶恐、伤心成什么样子。

后来，茹烟得知小芹的父亲因投机倒把罪被判刑三年，小芹母亲在她父亲出事后不久就精神失常，每天要么疯疯癫癫、乱踢乱打，要么闭口不言、目光呆滞，生活不能自理，整日蓬头垢面。看小芹可怜，茹烟经常叫她到自己家里，一起吃住、上学。母亲也很心疼小芹，给茹烟做衣服时也给小芹做一套，小芹来家里从不另眼相看。只是，懂事的小芹并不能一直待在茹烟家，她还要回家照顾弟弟、妹妹。

家庭的不幸使得小芹初中没毕业就回家务农了，二十岁嫁人，怎奈遇人不淑，丈夫好吃懒做且赌博成性，没钱就问她要，不给，就骂她打她，结婚第四年，因忍受不了丈夫的打骂，她跳井自尽。

小芹及她一家的不幸深深印刻在茹烟幼小的心灵里。

3

"小芹，你好可怜！小芹，你在哪里？"恍惚中，茹烟听到自己在喃喃自语，奇怪的是，她的声音怎么跟小女孩一样？

"茹烟，你好像睡了一个长觉啊。"张老师轻柔舒缓的声音传到茹烟耳朵里。

茹烟仍然迷迷糊糊，不愿睁开眼睛，觉得就这样躺着很舒服，不过，意识在慢慢苏醒。

"茹烟，刚才你回到童年了吧？"

听到老师的问话，茹烟"嗯"了一声，眼睛慢慢睁开。

"刚才你说的小芹是你儿时的好朋友？"

"是的，我们从小学到初中都是同学，平时经常在一起玩耍。她很漂亮，很聪明，可惜命不好。"

"哦，你觉得她的命不好主要是什么原因造成的？"

"她的家庭，首先是她父亲犯罪入狱，接下来母亲精神失常。"

"你很同情她，是吧？"

"嗯，这么多年了，但我一想起她就心痛。"

"你有一颗悲悯的心。"

"谢谢老师。嗯，老师，为什么刚才我的语气像个小女孩，催眠能让人的声音也改变吗？"

"深度恍惚的状态下，人一旦进入某种场景，就会像舞台上入了戏一样沉浸其中，你刚才回溯到了九岁，那么你就会感觉自己真的回到了九岁，声音自然是那时的了。"

"哦，明白了。"

"茹烟，刚才的催眠场景里，你母亲和小芹叫你'小璐'，小璐是你的小名吗？"

"是的，我父母觉得单叫'烟'不顺口，就给我起了小名，上高中以前，我随母亲姓，叫辛璐。辛璐是我的曾用名。"

"哦，是这么回事。"

"老师，还有一个问题，刚才我回溯到了接见室，可实际上我没有在接见室工作过呀，催眠能让人想象出不曾有过的经历和事情吗？"茹烟说着坐了起来。

"你的情况的确奇特，不过，也并不奇怪。这种现象叫'创造性想象'，是催眠的一种形式，你的那些想象是用来帮助创造或支持你达到预期想要的结果。也就是说，在你放松前，你已经预想过会出现与以往经历不一样的事情，你曾经对我说过，想探究一下自己走过的路是否有偏差，是否丢失了什么。我了解你这种预想后，在诱导过程中并没有给你过多的干涉，尽量顺着你的感觉走，而你丰富的想象力和高暗示感受性实现了这一预想。"

"哦，是这样啊。这种感觉真好。下次催眠，若还能出现创造性想象就好了。"

"祝你好运，不过，每次情况都不同，不可强求，遵从潜意识的召唤就行了。"

"谢谢老师，下次您什么时候来？"茹烟下了躺椅，穿上拖鞋。

"不客气，还说不准。不过，下次不一定由我给你做了，玉卿也可以。"

"我没有经验，怕把握不好。"苏玉卿站起身说。

"别担心，你已有丰富的理论知识，只需实践几次就能掌握要领了。"

"好吧。"苏玉卿迟疑了一下说道。

"你有空看看曹兴泽的《催眠术：越简单越实用》一书，慢慢就能学会自我催眠。其实，所有催眠实质上都是自我催眠，今天的催眠如此顺畅，以至于最后我都没有唤醒你，得益于你对我的信任、你适合催眠的种种特质。"老师对茹烟说。

"好的。"

三人说着走出音乐放松室，向客厅走去。休息了一会儿，苏玉卿说："十二点了，咱们吃饭去吧。"

第四章　外面的世界

1

好事不经意间眷顾了茹烟。

监狱人事调整两个月后的一天下午，主管生产经营的赵副狱长把王科长和茹烟叫到办公室。赵狱长笑眯眯地看着王科长说："老王，你总说质管科没有出差机会，这回有了。"王科长眼睛一亮："哦，是吗？让我们去哪儿啊？""广东，不错吧？"一听赵狱长说是广东，茹烟心里乐开了花，上个月，大学室友李诗华曾打电话让她去南方看看呢。王科长忙说："好地方，好地方！谢谢领导关爱。""先别忙谢我，这次你们去，一定得把东莞轴承厂和中山轴承厂两家的质量问题处理好，质量是企业生存的根本，何况我们是监狱企业，更要讲信誉。"王科长听了赵狱长的话连连点头。

停顿一会儿，赵狱长看着茹烟说："小茹，这次质量纠纷很可能牵涉到法律问题，你尽快熟悉一下资料，做到心中有数，到时候依法据理力争，既要保护客户利益，也力图把我方损失降到最低。""好的。"茹烟愉快答应。最后，赵狱长说："你们回去再好好商量一下，做好充分准备，五一前就动身。"

真乃天赐良机耶！从赵副狱长办公室出来后，茹烟高兴得直想蹦起来，太棒了！回到质管科，她立即拨通李诗华电话："华华，告诉你个好消息，单位派我去广东出差，近些天就去！"诗华听了也很兴奋，说："耶！太好了！到时我去车站接你。""好的，票订好后告诉你啊。"茹烟很激动，激动得差点儿忘了是在办公室。

晚上，茹烟一边哼着《千年等一回》，一边翻寻着衣服，她在想去广东穿哪些衣服合适。"哟，这么高兴呀，有啥好事，分享一下呗。"桂莉向她房间探着头说。听到桂莉的声音，茹烟惊了一下，回过头说："高兴就是高兴呗，没有好事就不能高兴啦?""能啊,只是难得见你这么乐呵。到底有啥好事,快跟我说说。"茹烟本不想显摆,又一想桂莉已出去两三次,便脱口道:"我最近要出差去广东,处理轴承质量纠纷问题。"

桂莉一听,脸上露出惊讶之色,表情不很自然,不过,她很快恢复了常态说:"大好事呀,广东是人人都想去的地方,你这回有福气了。"茹烟说:"你还用羡慕我?到供销科后,你外交官似的连连出访。""嗨,都是在省内兜圈,哪儿能赶上广东?山清水秀、时尚前沿、繁花似锦。"听了这话,茹烟不再言语,心里有几分得意。桂莉接着问:"和谁去呀?去几天?""王科长,大概四五天。""哦,祝你们一路顺风啊。""谢谢。"

2

临睡前,茹烟憧憬着即将来临的美差,想象着和李诗华相见的情景。

诗华与茹烟是大学室友,也是闺密。诗华是文河市人,容貌俊俏,性格活泼,说话、做事总比茹烟快半拍。茹烟是文河市郊县人,虽来自农村,相貌、学习诸方面并不输诗华,且性情随和,言行举止不土不俗。有了这样的前提,入校不久,诗华和茹烟很快熟识并交好,比别的室友更亲近些。诗华在校时也有男友,也是广东人,与茹烟不同的是,诗华毕业时跟男友直接去了广州。毕业后,诗华每年回文河一两次,每次回来,自然要跟茹烟见面。每次见面,两人友情依旧,只是茹烟觉得诗华越来越"广味",从外到内都离自己越来越远了。

伴着憧憬和想象,茹烟渐渐进入梦乡。

夏日傍晚,暖风习习。她和诗华坐在校园外的汉湖边,两人望着波光粼粼的湖面,一时默不作声。诗华打破了沉默:"我再奉劝你一次,跟吴远去广东吧,我的茹小姐!你回文河没前途,去监狱更是鬼迷心窍!"茹烟看了诗华一眼,目光又转向远方,还是默不作声。性急的诗华看她无动于衷的样子,站起身,撂下一句"真搞不懂你!"便返身回了学校。

茹烟依旧望着远方,忽然,一只水鸟在她头顶盘旋,她并不害怕,反而抬起头,仔细欣赏它洁白的羽毛、明亮的眼睛。正与鸟儿对视时,水鸟凑近她耳旁用悦耳的声音说:"去监狱挺好的呀,你是一个天使,带着光明和善意,到那里完成你今生最神圣的使命吧。""我是天使?要去监狱完成一项神圣使命?"茹烟半信半疑道。"是啊。"水鸟说完便扑闪着翅膀飞走了。

天渐渐黑下来，茹烟准备返回校园，可是怎么使劲都站不起身，正着急时，一群鳄鱼从湖底涌上来，她顿感恐惧，想快速离开，身子却动弹不得。恐惧感越来越强烈，于是她闭上眼睛，把头埋进身体里，一动不动。

不知过了多长时间，只听耳边传来一只鳄鱼粗重的声音："美丽的姑娘，我们不会伤害你，你不用害怕。其实，我们原来不是鳄鱼。"茹烟忙问："那你们原来是什么？""我们是人，人！"鳄鱼的情绪微微有些激动。

"啊？你们是人？真的吗？"惊讶的茹烟连问着，当她意识到自己在说话时，已经醒了。半梦半醒间，她回想着梦境，觉得离奇又费解：毕业前夕，她和诗华是在汉湖边对坐交谈过，当时的她为分到监狱工作苦恼、难过，诗华劝她去广东，她一时拿不定主意，可是，梦中怎么没有痛苦也没有犹疑呢？水鸟怎么说了那样一番话？我来监狱是要完成一项神圣使命？太玄乎了吧？鳄鱼到底是什么？真的是人吗？

屋内光线渐亮，茹烟不再思索，起身下床。

3

茹烟和王科长于四月二十六日启程，次日下午五点多到达广州。李诗华已在出站口等候，看见茹烟，边挥手边大声喊："嗨，茹烟，这里。"茹烟也很激动地喊道："诗华！"两人走近后紧紧拥抱，诗华说："我已在车站附近为你们订了房间。""那多谢你了！"王科长向诗华表示谢意，茹烟遂介绍说："这是我们单位的王科长。""你好王科长，欢迎来广州。"诗华与王科长握手时大方又有气度。"谢谢，给你添麻烦了。"王科长用中原话答道。"不用客气。"诗华说着带他们前往宾馆。

进了房间，诗华说："你们先休息一下，我和几个同学联系好了，晚上为你们接风。现在我回所里处理点儿事情，七点钟过来接你们。"茹烟忙说："好的。"诗华走后，王科长感慨道："出门在外有人照应就是好啊。""那当然。"茹烟话语中难掩喜悦之情。随后，王科长离开。

茹烟这时才感觉疲累，离约定时间有一个小时，于是她打开窗户，哇，窗外是什么树啊？光秃秃的枝条上竟开出如此美丽的花儿！一朵朵硕大有型、红艳似火的花儿挺立枝头，艳而不俗。她边欣赏边思索：到底是什么花呢？广州市花木棉花吗？她不敢确定，只是尽情欣赏着，默默赞叹着。

七点钟，诗华准时来接她和王科长，就餐的酒店离宾馆不远，步行约十分钟即到，广东省人民检察院的欧阳序、广州市政府法制局的温舒平和在一家保险公司就职的游芳早已在酒店门口迎候他们。茹烟和几个老同学一一握手，然后他们说笑着走进酒店。

酒店大门是旋转式玻璃门，茹烟第一次见识这样的门，看着它不停地旋转，她感到眩晕，其他人神态自若地进出，她心里却阵阵紧张，就像跳大绳时不知该何时进入才不会被绊倒，她小心翼翼地紧跟游芳，生怕被挤撞住。她还提醒王科长当心一点，可他仍被旋转门重重地撞了头部，大家都问王科长："有事没？"一口土话的王科长手摁头部强作镇静说："渺事儿，渺事儿。"他把"事"的发音说成去声的"si"，温舒平、游芳都怔怔地看着茹烟，茹烟知道他们没听懂，赶紧解释说："王科长说没事儿，你们不用担心。"雅间里坐定后，茹烟看见王科长的头部已拱起一个大包，这让她觉得仿佛自己撞了一般地尴尬。

坐定后，诗华拿着菜谱让茹烟点菜，茹烟翻了一遍菜谱，觉得都很贵，看到"蚝油时菜"，她小声问诗华："时菜是什么？""嗨，时菜就是时令蔬菜嘛。"她的脸腾地红了，为自己的幼稚提问感到羞惭，也许是处于尴尬状态，不免心神恍惚，就问了一句傻话。她浑身越发不自在，感觉她和王科长来到广州，如同刘姥姥进了大观园一样，但她竭力保持平静，尽量不让同学们察觉出她内心的慌乱。

见茹烟迟迟没点，诗华就接过菜谱很快点了，白斩鸡、粤式烧鹅、白灼虾……令人赏心悦目的一大桌粤菜很快呈现在茹烟面前。大家边吃边聊，同学们谈笑风生，声情并茂地谈论茹烟闻所未闻的法律业务以及最前沿的社会风尚，茹烟想：广东不愧是改革开放的前沿地带，内地没法与这里相比啊！

孤陋寡闻的茹烟只能多听少言，当温舒平问及他们的行程安排时，她才简单地说了两句，不过很快被诗华接过话头："你们明天去东莞可以找李向南。他去年辞掉江西司法系统的工作到了东莞，在一家轴承厂当法律顾问，说不定就是你们要去的东莞轴承厂呐。还有啊，梅乐青在珠海，要去的话可以找她。"说完，诗华把两个同学的联系电话给了茹烟。"太好啦。"茹烟甚是高兴。

觥筹交错间，茹烟注意到，每当服务员给广东同学添茶时，他们都会用食指、中指和无名指同时在茶杯边上轻叩几下桌面以示感谢，茹烟觉得这个动作很文雅，她也想照着做，又怕做得不自然，只好仍按传统习惯轻轻地说声"谢谢"。正感慨时，诗华看着她说："我跟你讲啊，现在内地好多人都乘着改革开放的东风大批南下，仅去年一年涌入广东的打工者就有一千万，特别是和我们一样的大学生来得更多，你这次来，好好感受感受吧，若有意留下，我们帮你联系单位。"

这时，欧阳序用广味十足的普通话说道："茹烟来了，联系单位的事包在我身上。"其他同学也随之附和，诗华甩一下长发说："要我说呀，茹烟干脆辞了监狱的工作来这边，大家在一起热热闹闹的，多好！"诗华这样说时，似乎并没有要茹烟急于表态的意思，她继续饶有兴致地讲着，话语权被她控制了近一半。茹烟想：诗华在校时也没这么伶牙俐齿和泼辣呀。

不过，诗华说的是事实，茹烟知道，诗华在大一下学期就开始跟着录音机学粤语，做好了"孔雀东南飞"的准备，毕业时直接联系了广州的单位。湖北的游芳、孟真毕业后也陆续来了广州和深圳，更不用说那些嘴上可怜兮兮地说着"背井离乡"，实则是胸怀梦想来南方谋求发展的男同学了。

诗华的话很有诱惑力，茹烟本想半真半假地来一句"那你们帮我联系单位呀"，又一看王科长在旁边，怕传回单位影响不好，就说："我恐怕适应不了南方的气候和生活习惯，再说，我一个人到这里能行吗？万一站不住脚怎么办？""嗨，有这么多同学呢，怕什么？再不然，先找个男朋友，不就有依靠了？"诗华快人快语地接过话。

"就是，可以找吴远嘛，本来……"游芳的话尚未说完，诗华便用脚轻踢了她一下，并用眼神示意她不要再说下去，本来茹烟听到吴远的名字就神情黯然，心情顿觉沉重，又见诗华神神秘秘的样子，不免心生疑窦：吴远怎么了？诗华为什么不让游芳提及吴远？看茹烟的神情因听到吴远的名字而变得不自然，同学们暂时都沉默了。

不过，紧张气氛很快被诗华打破，她说："找男朋友根本不成问题，广州本地加上内地来的男同学起码有六七个，足够你茹烟挑了，退一步说，男同学要是看不上，我们还可以帮着介绍其他的啦。"游芳忙附和说："就是，就是。"

这样一说，气氛又变得活跃起来，游芳和温舒平都说要给茹烟介绍男朋友，"远——在——天边，近——在——眼前，欧阳序就很不错哦。"诗华又接了话，她看着欧阳序故意拉长腔调，说得茹烟的脸红得像木棉花一样，欧阳序倒是泰然自若："行啊，反正我是'王老五'一个，现在，美女同学找上门来，我有何不乐意的？"大家听了都哈哈大笑。

晚宴在欢声笑语中结束。

4

二十八日一早，茹烟和王科长前往东莞。大巴车出广州市区就用了近一个小时，有一路美景相伴，茹烟并不着急——高楼大厦鳞次栉比，次第闪过；红艳的木棉花惊艳了她的目光，透过车窗望去，火红的花朵连成一片，微风吹过，如同身着石榴裙的少女翩然起舞；望天空一片蔚蓝，看眼前繁花似锦。啊！好一派南国风光。

她一时忘却了吴远被游芳提及时带给她的不快和怅然。

到东莞轴承厂后，厂方供应部负责人和质管部一名工作人员接待了他们，一阵寒暄后进入正题。果不出茹烟所料，厂方提出"轴承质量不合格的原因主要是原材料存在问题"，质管部的人说，"你们产品所用的轴承钢的金相组织不合格"，还让王科长看他们厂的化验单。王科长说："我们轴承钢进厂后都进行了严格检验，怎么会不合格呢？"对方绷着脸说："我厂是军工企业，产品用于军事领域，质量标准控制非常严，是不是你们的原材料检验环节出了问题？"王科长也不示弱："不可能吧？我们的检验人员都要经过文河轴承研究所严格培训后才能上岗，况且是按照国家标准检验的，怎么会出问题呢？"

茹烟见双方僵持不下，就及时发表意见："不管原材料是否有问题，根据合同约定，责任不在我方，原材料金相组织必须达到军工产品的标准，这一点合同上并未详细规定。""即便如此，你们作为供货方理应对产品质量负责，责任怎么不在你方呢？"对方毫不客气。

这时，厂方供应部负责人见气氛紧张就出来打圆场："这样吧，我把法律顾问叫来，咱们从法律角度分析一下责任归属。你们单位是监狱企业，应该是讲信誉的。我去过你们那里，对客户非常热情，现在你们远道而来，已说明你们有解决问题的诚意。问题既然出了，咱们妥善解决就是了。"说完，他给法务部打电话。

不一会儿，厂方法律顾问来了，谁知茹烟一见，惊讶不已，激动得说不出话：这不是李向南吗？李向南也很吃惊，先是瞪大眼睛愣了一下，然后很快回过神来，说："我没看错吧？茹烟，哪阵风把你给刮来了？"茹烟讲了原委，李向南听后哈哈一笑，说："还以为你专程来看我呢，没想到是来跟我唱'对台戏'的。""你呀，一点没变，跟在校时一样爱贫嘴。"说话间，茹烟的神情已由紧张转为轻松。

李向南的到来冲淡了之前的火药味，双方交涉在宽松友好的氛围中进行，最后的结论：轴承质量确实存在问题，但根据合同规定，责任不在监狱方。监狱方虽不承担责任，让厂方接收这批轴承显然不妥，于是王科长说："要不我请示一下领导，看能否重新提供一批符合你们要求的产品？"厂方供应部负责人说："不用了，这次我们的产品供货期比较紧，你们单位远，运输时间长，下次我们再合作。"王科长说:"那好吧,随后我跟领导汇报一下,把预付款退给你们。"供应部负责人接着说:"好的。其实,这批产品作为一般民用是完全可以的,只不过我们是军工企业,质量标准要求格外高一些,你们可考虑就近联系一家民用企业,把产品转卖出去。"

王科长豁然开朗,思忖片刻后对茹烟说:"番禺轴承厂也是咱们的客户,离这里不远,我和他们联系一下。"他立即打电话联系,恰巧番禺轴承厂急需一批同型号轴承,因而一谈即成。事情得以圆满解决,三方皆大欢喜。

中午,厂方请他们吃饭。饭后,茹烟和王科长欲乘车前往中山,厂方供应部负责人挽留说:"不要急着走嘛,下午带王科长和茹美女到市区转转啦。"李向南也调侃地对茹烟说:"咱们老同学两年多没见面,来两个钟头就走啊?那以后还让我去你那里不?"盛情难却,他们留了下来。

下午,厂方供应部负责人和李向南陪他们参观了林则徐销烟池、金鳌洲塔等景点,东莞没有知名的风景名胜,不过,在茹烟看来,整座城市处处皆景:亚热带季风气候孕育了它钟灵毓秀的自然风光,雄厚的经济实力造就了它现代时尚的城市形象。

李向南与茹烟边走边聊,他说:"来东莞一年多了,总体感觉挺好。这里的体制机制比内地灵活,又有很多优惠政策,干着比较舒心。在这里啊,追逐梦想说着有点儿大了,不过发点儿小财的愿望不难实现。现在的流行语不是有句'东西南北中,发财到广东'嘛!"茹烟听了半开玩笑说:"那我也来东莞吧?"李向南顺口应道:"行啊,我正愁没有女朋友呢。"茹烟一听羞红了脸,赶紧往后瞧瞧,见王科长他们离他俩还有百米远,便轻推他一下:"去你的。"李向南坏坏地哈哈大笑。

次日上午,茹烟和王科长前往中山轴承厂,依然是厂方供应部负责人接待他们,监狱与该厂的质量纠纷并不复杂,仅是产品包装不当,长途运输过程中部分轴承生锈的问题。王科长清楚责任在监狱方,就真诚地向对方道歉,并表示愿意赔偿对方损失。对方也非常友好,说你们监狱企业刚起步,不容易,对出现的问题表示理解。双方本着诚信、长期合作的宗旨很快达成共识。

中午,厂方设宴款待他们。席间,茹烟注意到厂方人员并不力劝王科长喝酒,他们敬酒碰杯只是礼到为止,也不与客人吆五喝六地猜拳行令,她还注意到饭局快结束时,厂方人员会用右手拿着牙签、左手捂在右手上悠闲地剔牙。这些情形与她在东莞轴承厂以及第一晚同学聚餐上看到的情形大体相同,而这些文明时尚在文河市是看不到的。

吃完饭,供应部负责人邀请王科长和茹烟下午在中山转转,王科长说:"谢谢你们的好意。我们出来的时间有限，小茹有同学在珠海，我们想趁周末过去，下次吧。"对方见王科长和茹烟执意要走，就热情地说："那好吧，我派车送你们过去。""不麻烦了，我们自己过去就行。"王科长忙说。"不用客气啦，我们现在已是朋友，你们远道而来，我们当尽地主之谊嘛。"王科长不好再推辞。

5

上车后，茹烟即拨通梅乐青的电话，乐青接到电话先是感到意外，然后兴奋地问茹烟"何时出发""怎么来的"，还不忘嘱咐茹烟在什么地方下车。

下午四点多，茹烟和王科长到达珠海。未下车，茹烟已看见梅乐青站在路边等他们，乐青比在校时瘦了许多，倒显得清秀和精神了。乐青的家是一幢依山势而建的两层别墅，外观和装饰看起来虽旧了些，仍不失典雅与气派，乐青说最近父母回内地了，只她一人在家，所以就让茹烟和王科长住在家里，茹烟问她："这合适吗？"乐青摆摆手说："不要紧，这么大的房子，我一个人住挺空的，你们这两天正好可以跟我做伴呢。"王科长连忙致谢。

说话间，乐青已给他们端来了一盘荔枝、杨桃等水果，他们边吃边聊了一会儿。六点钟时，乐青带他们到离家不远的一个大排档品尝海鲜。酒菜齐备后，乐青端起酒杯煞有介事地说："有朋自远方来，不亦乐乎！今天茹烟特地来珠海看我，我打心眼里感到高兴，欢迎你们哈！"说完，她举起酒杯与茹烟和王科长一一碰杯，茹烟和王科长连声感谢，接下来，他们兴致盎然地边吃边聊。

乐青在讲起她入律师行当两年多来的感受和经历时侃侃而谈、风趣生动，一扫在校时少言寡语、清高孤傲的形象。茹烟心想：在校时，她与乐青交情并不深，她想接近乐青，但乐青总是避而远之，乐青跟班上其他同学也是如此，经常独来独往。现在出了校门，感觉乐青换了个人似的。也许，有些同学是外冷内热、校内不亲校外亲吧。

吃罢饭，时间尚早，乐青带他们到街上随意走走，珠海的夜色是那样迷人：虽不及广州的华灯璀璨，但柔和的马路灯光和万家灯火辉映得恰到好处，温馨静谧；街面干净、平整、宽阔，不多不少的车辆不疾不缓地行驶其间，人行道上的男女老少悠闲自在地踱着步，轻松惬意，不似广州街上的众人步履匆匆；生长繁盛、形态各异的南国树木和花草让茹烟目不暇接，淡淡的花草香扑鼻而来；屏息细听，不远处，海浪"扑——扑——扑"的拍岸声有节奏地应和着街上飘来的轻柔音乐，茹烟第一次体会到自然之声与人间雅乐契合得如此完美……她沉醉其中，以至于乐青说"你们今天一路奔波，回去休息吧？明天带你们到景点看看"的时候，她还意犹未尽，恋恋不舍。

次日，乐青陪他们游玩。他们欣赏了"珠海渔女"的迷人风姿，饱览了丽岛银滩的海上风光，在拱北一带隔海瞭望了澳门。对于生在农村、长在内地、没见过大海的茹烟来说，珠海的海滨城市风光让她如痴如醉。这不正是她儿时曾无数次在心中勾画出的理想的城市景象吗？当她穿行于秩序井然、如花园般的街区，置身于烟波浩渺、蔚蓝无垠的大海时，她流连忘返，真想永远驻足在这片如梦境般的乐园。

6

南粤归来，茹烟并没有如桂莉和其他同事想象的那么惬意和满足。

于公，她圆满完成任务，王科长对她满意，赵副狱长表扬她，可她却高兴不起来。这小小的成就感在同学眼里算什么？从同学们的话语里，她感受到的是他们对监狱工作的轻视，诗华那句"辞了监狱的工作来这边"，与其说是对她的关心，不如说是对她职业的否定。在他们面前，不要说水鸟托梦对她说的那种神圣使命感，连起码的职业自尊都没有。

于私，她见到了近两年未见的同学，品尝了各具特色的广东美食，欣赏了秀雅葱茏的岭南山水，领略了南粤的富庶、活力和文明。然而，两相对比，茹烟愈觉内地落后，南行归来，她看周围什么都不顺眼，总觉得这不如广州，那与珠海差得远，自己与同学们相比更是相形见绌。

还有，她心底的痛再次被诗华和游芳勾起。当谈及吴远时，诗华为什么不让游芳说下去呢？会不会吴远已有了女朋友，甚至准备结婚了？一想到这些，她的心不禁一阵刺痛。

第五章　心随境转

1

南粤归来不久，茹烟给李诗华打了电话，诗华说，吴远离开法院当了律师，在惠州当地找了个女朋友并准备结婚，吴远让诗华转告她，说他对不起她，让茹烟把他忘了。末了，诗华说，你来广州时，没有告诉你，是看你难得出来一趟，不想扫你的兴致，吴远是对不住你，不过，事情既然已经这样，你想开点……

茹烟心情本就不好，诗华一番话让她更加失落和懊恼。这个结果是她预料到的，但她一时不愿信以为真，不愿相信吴远会这么快另觅新欢。

吴远，毕业时你离我而去，我的心里只是失望、无奈和感伤，现在，我对你充满了愤恨和不屑！我怎么会爱上你这样一个虚伪、浅薄、自私的人？我恨你！再也不要见到你！

被生活猛击一拳的茹烟撕碎了吴远写给她的所有信件。

2

失意的茹烟在职场遇到转机，这让她的心情渐渐由阴转晴。

五月底，一张干部调配单让她重回办公室，职位是法律顾问。她想：终于离开质管科了，不仅离开质管科，还得到了一个能发挥她专长的职位，嗯，不错，上天没有那么虐待我。欣喜之余，她有些纳闷和担心：监狱怎么突然有了法律顾问一职？现在监狱的法律事务很多吗？第二次去办公室，还会感到压抑吗？她知道李诗华是广州一家公司的法律顾问，可她不像诗华有律师证，实践经验又少，自己能胜任这个角色吗？

让茹烟没想到的是，回到办公室当天，监狱长就找她谈话，他先是意味深长地说："小茹，这次回来，可要好好发挥一下专长。"然后他郑重讲道："当前，我狱正在进行现代化规范化建设，与外界的经济交往日益增多，经常要与客户谈判、签订合同，稍有不慎，监狱就会遭受损失，甚至是重大损失，你可要当好领导的参谋，把好法律关啊。""吉狱长，我一定会尽力的！"茹烟表决心一样回答。"嗯，通过一年多的基层锻炼，想必你对监狱情况更熟悉了，相信你能干好。"

从吉狱长办公室出来，茹烟的心情久久难以平静。吉狱长的一番话让她想起自己初到监狱时的情景——报到那天，政治处胡主任领着她去了吉狱长办公室，吉狱长说了一番让她如沐春风又热血澎湃的话："欢迎你来西岭监狱工作，这里的大学生很少，女大学生更少，我没记错的话，你是来这儿的第一个高学历女学生。这里是男犯监狱，条件又艰苦，所以，你来这里可有点儿屈才呀。你是学法律的，考虑到让你到大队当会计、保管什么的不合适，嗯，你就留在办公室吧。年轻人，来日方长，好好干！"

现在，吉狱长的话同样让茹烟欣喜和温暖，不同的是，她多了一种沉甸甸的感觉。

仅相隔不到两年的时间，新的办公室已今非昔比，它位于新落成的监狱办公大楼二楼东边，室内面积两倍于原来的小平房，安装了程控电话，配备了全新的办公桌椅、铁皮柜，看起来宽敞明亮、整齐规范。因为工作的忙碌，茹烟恐惧的压抑感不复存在。

一天，吉狱长问茹烟法人和自然人有何区别，她觉得这个问题容易，就迅即做了回答，查阅条文后，方知自己的解答正确但不够严谨。这让她很不安，怎么办呢？也许吉狱长不会觉察出什么，不过她又想：法律是严肃的，来不得半点含糊，说不定之后吉狱长会依据自己不严谨的解答形成偏颇认识，从而做出错误判断，那样后果就严重了。她不再顾及颜面，立即把法人和自然人的区别以书面形式一一列明，然后呈递给吉狱长，红着脸低声说："吉狱长，不好意思，我原来的解答不够全面。"吉狱长笑了笑，点点头说："小茹工作很认真啊，好，我知道了。"

此后，在回答问题前，茹烟先查阅法律法规，有时还打电话向李诗华或其他同学求证，然后给问询者一个满意答复。除法律咨询外，她要负责审核合同、参与监狱重要业务的谈判、与省劳改局法制室以及文河市法院的沟通协调工作，这类工作复杂一些，每一件她都认真对待、谨慎处理。

随着法律事务的增多，茹烟体会到，无论单位还是个人，法律意识、维权能力的提高有赖于法律知识的普及。当这种感觉越发强烈时，她觉得应该主动做点什么，显然，首要一步是进行法制宣传。为此，她建议在全狱范围内举办法律知识讲座、组织业务培训。建议得到领导的认同和支持后，她便利用闲暇时间积极准备，不仅自己为干警工上课，还联系文河市的律师同学来狱以案说法。

一段时间后，她发觉干警工的法律意识有了提高，掌握了基本的法律知识，没有再听到"法人就是单位一把手""文河市中级检察院"之类笑话一样的说法，也没有看到合同中出现明显的错误。

一天，教育科科长对她说，监狱正在犯群中开展普法教育，问她能否给犯人讲次课。"当然可以。"她欣然应允。

干警工也经常让茹烟提供一些法律帮助。有时是咨询，比如，儿媳妇能否继承公公的遗产，小两口离婚后孩子归一方抚养，另一方探视权得不到保障怎么办；有时是请她代写法律文书，有时会直接委托她当诉讼代理人。对于这些，她总是愉快答应，尽力帮助，他们信她而来，怎能让他们失望呢？

每当听到领导和同事们肯定或赞许的话语，看到向她求助的干工满意而归的表情，茹烟甚感欣慰。

3

几个月前，茹烟还纠结于是否去南方发展，现在，她打消了念头并安慰自己：身处一个稳定的单位又有了用武之地，这样不是挺好吗？

心情好转的茹烟开始和王实正式交朋友了。

王实只有中专文凭，不会唱歌，缺乏情调，没有艺术气质，不能让我去魂牵梦萦的江南，可他上进、乐观、沉稳、口碑好，与我同在一个单位，没有两地分居之忧，他爱我，仰视我，温暖我。这就够了，不想那么多了。

中秋节前的一个晚上，在茹烟位于新楼房的单间宿舍里，王实第一次拥抱和亲吻了她。那天是周末，两人下午去看了一场电影，观影时，男女主角热烈亲吻拥抱的场景激荡着两颗日趋靠近的心，王实情不自禁地握住了茹烟的手，见茹烟不像以往那样躲躲闪闪，他心中窃喜，把她柔软的小手握得更紧，之后，他"得寸进尺"，试探着用手臂搂她的肩膀，茹烟也不拒绝，还把身子往他怀里靠了靠。王实心花怒放，把茹烟紧搂入怀，爱的荷尔蒙让他身心荡漾在阵阵眩晕的焦渴和幸福感中，他已记不清后面的电影情节。

一轮明月见证了他们的浓情时分。在茹烟布置得温馨淡雅的房间里，王实紧拥着茹烟柔软馨香的身体，用自己激动的双唇啄住了茹烟精巧的樱唇，阵阵战栗感滑过全身，他幸福得闭上双眼，他的热烈传染了她，两人的亲吻一轮比一轮狂热，时间仿佛停止。当他欲把茹烟裹在身下时，茹烟推开了他，娇喘未定地说："王实，别这样。"

听到这话，王实仍抱着茹烟，那一刻，他是一匹狂野的狼，多想把羔羊般的茹烟吞进嘴里，让鲜美的羔羊肉与他合为一体，让鲜香味渗入他身体的每一个细胞、每一根神经，只是，理智渐渐回到他的头脑——茹烟已对我够好了，来日方长，我需等待，耐心地等待。

回到家，王实仍沉浸于浓情蜜意中，兴奋地望着天花板，久久难以入睡。啊！美丽的茹烟，心爱的茹烟，我真高兴，真幸福！你的唇是那么热，你的脸是那么娇羞，你的脖颈是那么光滑，你的身体是那么柔软。我想永远地拥有你，吻你、抱你、爱你，你愿意吗？

想到这里，王实突然觉得该向茹烟提亲了，他想和她永结连理，对，明天就向她提。哦，不，再等等，高中上数学课时，老师总说"欲速则不达"，我不能操之过急，得尊重茹烟，随着她的节奏行事。

只是，母亲隔三岔五地问他和茹烟处得怎样了，弟弟王祺和王晓清已开始谈婚论嫁，韦志杰和桂莉已结婚，桂珉和何竹也谈得差不多了。他已二十五岁，不能不急啊。

十月中旬，于九月成婚的李诗华携新郎回到文河，在文河市最好的酒店宴请亲朋好友。新郎是诗华的昔日男友，个儿不高，其貌不扬，一副眼镜和一身西装倒衬得他几分斯文和精神，他总是一脸幸福地偎在诗华身旁。

茹烟带王实如约参加诗华的婚宴，席间，看着俊俏靓丽、珠光宝气、笑容可掬的诗华，茹烟打心眼里为她高兴，同时感到莫名的惆怅。诗华向来爱追潮流、讲档次，当律师有不菲的收入，新郎家条件应该也不错，她才能穿得起高档衣服，戴得起名贵首饰，办得起豪华婚宴。而她茹烟，虽不喜奢靡，但也想穿得更好些，也能跟上潮流，将来结婚了也有一个体面的婚礼。只是，她如何与诗华相比呢？每月仅有的三百来元工资，她还要接济父母，王实与她相差无几，若这样下去，她只有羡慕诗华的份儿，永远赶不上诗华，很有可能差距会越来越大。想到这里，她不免感到失落，一时觉得不如听诗华的话去广东，又觉得跟王实谈朋友是不是错了。

酒席进行到一半时，诗华来到茹烟身边，她礼节性地微笑着和王实打招呼，还问什么时间能吃到他和茹烟的喜糖，王实看着茹烟说："我不知道，你问她。"茹烟羞红了脸说："早着呢。"诗华一听打着手势说："抓紧时间啊，王实你可得盯紧茹烟，不然，我要把她介绍给我们同学了。"

在返回单位的路上，王实对茹烟说："你同学挺泼辣啊，与她的名字不很配呀。"茹烟说："她是刀子嘴菩萨心，她原名叫李琼，当律师后觉得谐音理屈词穷不吉利，便改了名。她是美女，也是才女，只是性格不那么淑女罢了。"

王实不再作声，心想：李诗华说的也许是玩笑话，他却不能不认真思考一番，近来，他和茹烟的关系虽然稳定，却一直没有突破性进展，他曾试探着同茹烟说，双方父母见个面，把亲定了，茹烟一直不吐口，总说再等等，他心里再急也没办法。

他相信茹烟是真情对他，只是，危机感时时袭扰着他，尽管他已和茹烟公开相处，单位仍有些男同事向茹烟献殷勤，也难怪，茹烟才貌双全，哪个像他一样的青年男子不钟情于她？茹烟上大学时肯定有男生追她吧？应该有！只是，她为什么形单影只地来了监狱？

3

十二月底，全国律师资格统一考试成绩公布，茹烟落榜，仅两分之差，她一时心情低落。何竹安慰她的同时帮她分析了原因："回办公室后觉得领导器重你了，工作得心应手，慢慢也就安于现状，不再把考律师证当回事儿了。"茹烟听了觉得在理，为自己的想法和心情因环境而变、意志不够坚定感到羞惭。

何竹还中肯地对她说："我提醒你一句，法律顾问在监狱算不上固定职位，现在的领导看重这个，将来换了领导就不一定了，所以呀，你得从长计议，若真想当律师，就下定决心好好复习，准备下一次的考试。若觉得现在挺好，那就随遇而安喽。"

听了何竹的话，茹烟陷入沉思。

考律师是为了寻求更好的出路，除了收入高些，她并没觉得当律师有多好，诗华整天东奔西颠地跑，经常低三下四地求人，哪儿有她这样身处一个稳定的单位、生活规律舒服？再说，下次律考在两年之后，考上了好说，若考不上，该如何收场？在单位，落得个不安分之名；于个人，和王实的关系总不能一直悬着吧？

若不考，她又不甘心命运的安排，一辈子待在西岭监狱。

茹烟一时陷入矛盾、迷茫之中，不知该何去何从。

一九九四年年初，茹烟得知一个能跳槽的消息：文河市检察院面向社会招录四十名检察官。当检察官曾是她大学时的梦想，如果能通过自身努力实现这一梦想，那再好不过了，只是报名条件里要求女的身高在一米六以上，而她只有一米五八。

因两厘米的身高差就要被拒之门外吗？茹烟不甘心，不愿错过这个能改变命运的机会，她决定试试。

茹烟忐忑地拿着报名资料前去报名时，谁知工作人员没有异议地为她办理了报名手续。她一颗悬着的心暂时放下，过后又担忧：这种考试从报名程序开始就如此不严肃，仅凭考试成绩行吗？她隐隐觉得准备考试的同时有必要托托关系。

她想到了姑妈，姑妈的一个同学在文河市委上班，茹烟在姑妈家见过，姑妈让她叫他"王叔叔"，在茹烟的所有亲戚中，这是最神通广大的人了。向姑妈说明情况后，姑妈说会把这事放在心上，还高兴地说，她若能考上检察院可就太好了，同时嘱咐她好好准备。

茹烟有两个姑姑，姑妈是她的二姑，大姑在西安，不经常回来，回来了跟茹烟也不亲热，还总是瞧不起家在乡下的茹烟一家，在茹烟心里，她只有一个姑姑，平时称呼二姑时直接叫"姑"或"姑妈"。姑妈家在文河市内，她有三个孩子，且都是男孩。姑妈喜欢茹烟，因此茹烟自幼就是姑妈家的常客，考上大学后姑妈更喜欢她了。

姑妈是一名中小学老师，文河师范学校毕业。在茹烟眼里，姑妈是她欣赏和敬仰的长辈女性，除相貌不如母亲漂亮外，姑妈知书达礼、举止优雅、爱讲情调、厨艺精湛。让茹烟叹服的是，姑妈能把做饭当成一门艺术，能把不宽敞的家收拾装扮得整洁雅致，能把普通市民的生活过得比那些有身份有地位的人更滋润、更高贵。长大些后，茹烟觉得，很大程度上，她是母亲和姑妈的混合体。

考试分笔试、面试和体检三个步骤，笔试于元月中旬举行，面试定于二月上旬。笔试那天，茹烟竟然遇到了七八个大学校友，还有单位的同事小王，小王毕业于西北政法学院，比她晚一年分到西岭监狱。她暗自思忖：莫非大家对现状都不满意，都想通过这次考试改变命运？

笔试结束后，茹烟感觉自己答得还行。可即将到来的面试却让她惶惶不安，谁也猜不准主考官会问哪些冷门的问题，况且，茹烟从小到大参加过无数次笔试，面试从未经历过，虽然她在台上唱歌落落大方，却害怕在众人面前说话，因而她对自己能否通过面试很是担心。茫然也好，胆怯也罢，既然想往高处走，就必须硬着头皮面对，于是，她反复设想考官可能会提到的问题并自问自答，经常站在镜子前练站姿和表情。

面试那天，茹烟早早地在考场外等候，开始前的二十分钟，考生每十人被分成一组，每人随机在十个顺序号中抽一个。与她同组的还有在文河大学任教的大学师兄冯谷青，看到她局促不安的样子，冯谷青说："没事儿，我第一个上阵还不怕哩，做个深呼吸，问什么答什么，最主要的是别紧张。"冯谷青比她高一届，曾是大学文艺队的骨干，颇具表演才能。听了他的话，茹烟"嘣嘣嘣"直跳的心放缓了些，紧绷的神经也舒缓了些。

六七分钟后，冯谷青从考场出来，茹烟看他眼含泪花，便问怎么了，他不好意思地摇摇头，对茹烟低语道："他们问我为啥报考检察官，触到了我的痛处，就不由得想掉泪。"茹烟轻声说："你回答得肯定很好。"冯谷青耸耸肩说："听天由命吧，只要自己努力了就不后悔。"茹烟表示认同，然后问："主考官还问了哪些问题？"冯谷青做了简要介绍。

其实，茹烟知道主考官不可能问她同样的问题，不过听了师兄的介绍，心里似乎有了底，进考场后不那么紧张了，只是注意力高度集中，以致出了考场竟想不起说了些什么，也无从判断自己的表现究竟如何。

面试结束后，茹烟盼结果心切，她向姑妈打探消息，姑妈问了王叔叔后说："结果要过了正月十五才公布，你不是说感觉不错吗？"茹烟说："不错啥呀，面试一点儿把握都没有，体检一关还不知能不能过呢。"姑妈安慰她："不要紧，'吉人自有天相'，有消息了我及时告诉你。"

过完春节上班后的次日，姑妈给茹烟打电话说："这两天有可能组织体检。"茹烟忐忑地问："姑，我身高不够，医院里你有没有熟人？""医院系统没有熟人，不过，我给你想个办法。""什么办法呀？"姑妈神秘地说："你不就差两厘米吗？这样，体检前穿一双厚袜子，然后把脚后跟处垫一沓硬纸片，再穿条长裤盖住它，这样准能过关。"茹烟半信半疑地问："这，行吗？被发现了丢人不说，搞不好会弄巧成拙的。"姑妈说："我做梦都想让你离开监狱，不得已才让你这么做的，胆大、谨慎一点，应该没事。"

姑妈透露的消息没错，事隔一天，茹烟被通知去体检。她心里一直很忐忑，一会儿担心体检不过，一会儿害怕露了马脚，自己一时也想不出更好的办法，最后，她决定孤注一掷。量身高时，从来不会作假的她紧张得手心脚心直冒汗，硬纸片不争气地都移到了脚前部，量出来的身高依然是1.58米。

结果不出茹烟所料。元宵节过后没几天，一向不爱拐弯抹角的姑妈来电话说："小璐，你的成绩在五百多名考生中排名第二十四，你王叔直夸你呢！他在检察院的朋友说现在正需要你这样的科班生。"茹烟着急地问："我到底被录取了没有啊？""你王叔说今后这样的考试会越来越多，你还年轻，肯定还有机会……"姑妈仍不急不慢地说。

"姑，别说了！"没等姑妈说完，茹烟就生硬地打断了她。姑妈的声音随即低沉下来："璐儿，你因为身高没有被录取，我和你王叔都很惋惜，希望你想开点……""姑，您别再说了！"茹烟无心听下去，泪水已在眼眶里打转。

周末，茹烟去了姑妈家，她不死心，总想着姑妈是不是说错了，即使错了，也要问问姑妈是否有扭转局面的可能。见茹烟来了，姑妈显得比往常更亲热，闭口不谈考试的事，只是说："璐儿，我准备做你最爱吃的红烧带鱼、五彩山药、炝汁莲菜……"

茹烟无心听，打断姑妈的话，问："姑，王叔说我的考试结果准确吗？是不是您听错了？""璐儿，姑要是听错就好了，可惜没听错呀，你王叔专门来家里一趟，就你考试的事说了半天，说身高不是啥重要因素，你没有被录取，他也很遗憾。""既然身高不是啥重要因素，况且我只差两厘米，现在结果还没公布，您能不能再让王叔找找人，说不定有改变的可能啊！"姑妈摇摇头说："晚了，体检结果已提交上去，咋改变呀？你王叔说，的确有个别身高不够的人被录取，他们要么医院找了人，要么有后台，他认识的人可能级别还不够，无能为力呀。"

听了姑妈的话，茹烟低头不语，不一会儿，眼泪忍不住流了下来，姑妈一扭头见她哭了，赶紧安慰说："哎哟，璐儿，怎么掉'金豆'了呀？别伤心，这次不过，还有下次嘛。"茹烟哽咽道："我今年二十四了，律考两年一回，还有多少个下次？""哦，可不是嘛。"

一阵沉默后，只听姑妈半牢骚半生气地对姑父说："你说这次考试真是不公平，选检察官又不是选模特，个子低点儿怎么了？能耽误办案喽？我们璐儿娇小玲珑，我看比那些傻大个强。"半天不言语的姑父附和说："谁说不是呢？"姑妈的话说得茹烟忍不住破涕为笑，见茹烟笑了，姑妈长舒一口气，说："不哭了啊，在单位食堂吃腻了吧？今天我要让你好好解解馋。"

没过几天，检察官招录结果在《文河日报》上公布，尽管茹烟已知自己榜上无名，但当她在榜上看到几乎所有参加考试的校友和单位小王的名字时，心里依然难过万分，觉得自己从未这么失败过。

第六章　失去自由的荀向生

1

一辆公安警车停在省西岭监狱门口。荀向生、张黑子和赵老福坐在车后座，一个中年民警看管着他们，另一年轻民警下车去为他们办理入狱手续。

荀向生左右张望着，右前方是戒备森严的监狱大门，大门两边各有侧门，上方有一层房间，透过宽敞明亮的玻璃窗，影影绰绰地看见里面有人走动。上面是什么场所呢？他正思忖时，张黑子说："看，接见室。"荀向生循声望去，只见一层最右边墙沿处挂着"接见室"的长方形牌子，"接见"，荀向生心里默念着这两个字，想起了日夜牵挂的远方的妻子，阿兰什么时候能来看他呢？想到这个，他不禁黯然神伤，于是把目光转向左前方，远处是笼罩在薄雾中的村庄，田野里油菜花开得正盛，公路上一辆辆的大货车和小汽车疾驰而过，路两旁的梧桐树已含翠吐绿，紫荆花开得正艳。

一左一右，两个世界；墙内墙外，两种人生。荀向生心里充满了恐惧、懊悔和孤独。

约十分钟后，办理手续的公安民警和一名体型稍胖的监狱民警上了警车，狱警坐在司机旁边。车缓缓驶入监狱大门，穿过一段两边植有翠柏的缓坡路，车向左转，又一个深灰色大门呈现于荀向生眼前，车停后，狱警下车，进了大门右首写着"外监管"的房间。荀向生往外瞧了瞧，左边一条砖铺小径通往头道大门上方的接见室，右边是一条蜿蜒的缓坡路，路旁种有绿草和花卉。

荀向生正暗自感叹监狱环境比他想象的好时，狱警上了车，两扇深灰色大门缓缓滑向两边，车驶进后又缓缓合上，直行五百米后，右拐上了一个小坡，在一幢四层楼前停住。狱警先下了车进到楼里，不一会儿，一名高个儿年轻狱警和他一同出来，这时，车上的中年民警对荀向生三人说："到了，下车。"荀向生、张黑子和赵老福遂起身拿着物品下车，胖狱警带警车驶离监狱。

荀向生三人被年轻狱警带到一个房间，狱警说："把你们的东西打开让我看一下。"三人赶紧把随身物品拿给他看，狱警一边翻看一边说："这个可以留下，那个不能在监狱放……随后给你们寄家里。"物品检查完毕，狱警对他们说："这里是入监教育队，你们要在这儿待一个月，我姓韦，以后叫我韦队长就行，有啥事儿向我或队里其他干警报告。你们先整理一下东西，待会儿我带你们去体检。"

体检完毕，韦队长带他们到二楼的一个大房间，对他们说："这是你们的宿舍，荀向生睡靠窗户那个上铺，张黑子和赵老福睡靠门口这张床。"

监舍有八张床，十六个人，这让荀向生想起自己初到广东打工时的集体宿舍。哦，不，这不是广东，是监狱！一个没有自由、难见到亲人的地方。一想到亲人，荀向生心情顿时沉重下来：自己美丽贤惠的妻子现在境况如何？儿子会不会因我这个判刑入狱的父亲遭到周围人的白眼和欺负？

荀向生的下铺住的是一个长得五大三粗的黑圆脸犯人，看起来凶巴巴的，听组长叫他"戴克"。荀向生第一眼见到戴克就没什么好感，尤其让他不舒服的是，晚上他见戴克往监舍地上随口吐痰，这让爱干净的他阵阵作呕，心想：我怎么摊上这样一个邻铺？

那一晚，荀向生失眠了，他躺在床上胡思乱想：一会儿想自己被判死缓已属幸运，一会儿又想妻儿今后如何生活，一会儿想着一二十年的铁窗生活怎么熬，一会儿又想在监狱会不会荒废了自己的毛织技艺。

次日，在韦队长指导下，荀向生、张黑子和赵老福三人填写了《罪犯入监登记表》，写了自传和认罪书，学习了《犯人守则》《犯人改造行为规范》等。

荀向生一整天都显得无精打采。晚上，韦队长找他谈话。

"看你今天上课老走神、打哈欠，也不见你咋说话，是不是刚来不适应啊？"

"没，没事。"荀向生看了一眼韦队长又低下头，欲言又止。

"有啥想法说出来，不要有思想顾虑。"

"韦队长，真没事，就是昨晚没休息好。"荀向生本来想说能否调换个床位，又觉不妥。

"好吧，那说说你的情况，家里都有谁？"

"妻子和儿子。"

"你父母呢？"

"我十岁时父母离婚，不久父亲离世，母亲改嫁，至今没有见过她。爷爷把我抚养大，我被抓后，年迈多病的爷爷经受不住打击，也去世了。"

"哦，我知道你是因故意杀人罪判了死缓，说说具体情况吧。"

"我一九六四年出生于南州市社平县的一个普通农民家庭，十一岁时得了一场大病，是爷爷求亲托友借钱治好了我的病，此后，我和爷爷相依为命。

"周围邻居都欺负我，骂我贼难听的话，他们还经常打我，为了复仇，我将仇人杀死。当时我刚二十岁，心想自己年纪轻轻进了牢房，一辈子不就完了吗？于是，我三十六计走为上，开始了长期的逃亡生活，到广东东莞一家毛织厂打工。

"刚去时，我低声下气地给人家打下手，忍气吞声地做工，白天干活，晚上找来毛织方面的书籍开始学习，凭借吃苦耐劳的韧劲儿和钻研精神，我很快掌握了毛衫设计和生产制作的工艺流程，成为打工仔中的佼佼者，并被厂家任命为高管兼毛衫设计师。此后，我为厂里精心培养了一大批技术骨干，成为业内小有名气的人物，连东华大学毕业的白领们见了我都称师傅呢。"

"不简单，看来你的经历比较复杂呀，说下去。"望着身材魁梧、相貌英俊的荀向生，韦志杰的心情复杂又好奇。

"由于声名远播，许多厂家慕名而来，都想聘我担任技术总监。一九八八年春，我带着三十多个徒弟去梅岭市镇远县的一家新建工厂，开始了一段让我终生难忘的新生活。那是一个风景如画、人杰地灵的好去处，淳朴的民风、热情好客的客家人，让我深深地喜欢上了那个地方。我想，如果能在那里了此一生，何尝不是一件美事？

"后来，不期而至的爱情让我坚定了这一想法。一个名叫阿兰的姑娘走进我的生活，我对她一见钟情，她也很喜欢我，我俩感情急剧升温，半年后，我们走进婚姻殿堂，并于次年生下一个儿子。两年后，我筹资办起了自己的加工厂，当上了老板。一家三口，其乐融融，日子过得红红火火，引得邻居们艳羡不已。

"然而，生活的幸福、日子的美满并未冲淡我心中的不安，反而使我无时无刻不在担忧，这美好生活随时可能失去。我深知天网恢恢疏而不漏的道理，于是开始做最坏的打算，为妻儿存钱、写信，我害怕有一天因为自己的突然离去会使妻儿生活无着。我把一封又一封和着泪水写成的信，连同存折锁在家中的柜子里，心里暗暗祈祷：永远都不要打开。"

"那你自首了吗？"

"我想自首，可又下不了离开妻儿的决心。九二年四月十号那天，当冰凉的手铐戴上我的手腕时，我才大梦初醒，望着惊愕万分的妻子，我深深地低下了头。去年十二月十九日，我被南州市中级人民法院以故意杀人罪判处死刑，剥夺政治权利终身。当死刑犯的镣铐戴在我身上，我忽然感觉如释重负：从此再也不用提心吊胆、东躲西藏了。然而，一想起远方的妻儿，我是多么不舍，心是多么痛！我写了遗书：我深爱的妻子和儿子，我对不起你们，这份愧疚将会伴我走完剩余不多的日子，待来生，来生我一定报答你们，做牛做马也在所不惜！正当我万念俱灰时，命运之神再次眷顾了我，二审中，法院认为量刑过重，裁定判处我死刑，缓期两年执行。"

"你的经历不仅复杂，而且传奇呀。不过，你是幸运的。"韦志杰一边在本子上记着一边说。

"是的，韦队长。生活已待我不薄，只是一想到远方的妻子和儿子，我心里就难受，也不知他们现在到底咋样。"

"听了你的讲述，能感到你的犯罪与不幸的童年经历有关，你本质不坏，有上进心，也有责任心，希望你能尽快适应这里的环境。过两天我们会把入监通知书寄给你妻子，不久你就可以跟她通信了。"

"谢谢韦队长。"

2

回到家里，韦志杰跟桂莉说起了荀向生。

"我问你啊，一个人犯了罪没有被发觉，在社会上逃匿，多数情况下他会做什么？"

"很有可能破罐破摔再干坏事，祸害社会，也有可能隐姓埋名过平常人的生活，不过迟早会被抓住。"桂莉不假思索地说。

"你说得没错，不过，我今天谈话的一个犯人有些特别，挺让人同情的。"

"哦？有啥不一样？"

"这个犯人童年不幸，因长期受欺负报复杀人，之后逃到广东，在一家公司打工，他干得很不错，当高管、带徒弟，然后在一个山清水秀的地方自己办厂、遇到爱情、娶妻生子，如果没有之前的犯罪经历，他的人生将会是另一番景象。可惜了！"韦志杰说着摇了摇头。

"你不是常说监狱里面能人很多吗？这不算啥呀。"

"细想是不算啥，只是这个犯人很重感情、有责任心，他反复说起因他犯罪而死去的爷爷，还有不知近况的妻子和儿子，说到亲人时，他眼里充满了牵挂和凄楚之情，那神态一直在我眼前晃动。"

"人之常情嘛，不过，这个犯人是重感情、想得细。志杰同志，你得向他学习呀，不是我批评你，我出差在外，你牵挂过我吗？问候过我几次？"

"这哪儿跟哪儿呀？好好好，以后多问候你。"

"别光卖嘴，看行动。"

之后的几天，韦志杰一直关注着荀向生，发现他有时情绪较平稳，有时情绪低落，独自一人面对铁窗发呆。韦志杰知道他还在牵挂妻儿，而一时适应不了监狱环境，也是造成他情绪不稳的原因，于是不断找他谈心。

荀向生入狱二十天的时候，同监舍的戴克和另一个叫丛艺新的犯人分到生产大队，听说去了三大队。戴克离开，荀向生很高兴。至于丛艺新，他则有几分不舍，丛艺新与他邻铺，脚顶脚，个子比他稍矮些，脸庞白净，五官俊秀，四肢修长，看着像个大学生，浑身散发出一种艺术气息。丛艺新在监舍几乎不与他犯交流，一副时而高傲时而忧郁的神态，可对荀向生却是例外，偶尔会跟荀向生主动聊几句，态度也不傲慢。

一天晚上，只有他们两人在监舍时，荀向生偶然发现丛艺新的被褥下藏着一幅画，画上是一匹神态逼真的马，荀向生眼睛一亮，禁不住问："你会画画？真漂亮！""是的，谢谢。"丛艺新淡然说道。"替我保密，不能跟任何人说。"丛艺新警告似的嘱咐荀向生。"好的，一定。"

发现丛艺新的秘密后，荀向生心里很激动，他也是喜欢画画的呀！上小学时，老师就发现他有一定的绘画天赋，他画过爷爷，画过村里的花花草草，只是家庭的不幸让他无心上学，也无心画画。后来在东莞的毛织厂打工时，他还画过衣样。现在犯罪入狱，他发现了一个与他爱好相同的人，不，应该是他的老师，丛艺新笔下的马活灵活现，仿佛要从画里奔腾而出，专业级的绘画水平才能达到这种效果。如果自己能跟随丛艺新在狱内继续学习绘画，该多好啊！

现在，丛艺新下队了，他荀向生也能分到三大队吗？能和丛艺新继续在一起吗？

丛艺新和戴克下队后，监舍暂时没进人，荀向生和张黑子、赵老福等犯人渐渐熟悉起来，熟悉的同时也让他产生了鄙视、好奇、愤恨、无奈、同情等感觉：张黑子是强奸罪，强奸的不是别人，而是自己的亲侄女，这让荀向生很瞧不起他；一个面容和善的五十多岁的犯人是因无法忍受妻子长期给他戴绿帽子并对他颐指气使，以残忍手段杀死妻子、碎尸万段，然后自首；赵老福是毒品犯罪，一天，他对同来的荀向生和张黑子说："你们猜个谜啊！"说完他故意清一下嗓子，"走起路来风摆杨柳，躺到床上长短不齐，蹲到地下撮马歇蹄，打一人物"。他说着还夸张地比画动作，张黑子看了说是瘸子，赵老福说："不对，是个'兑家儿'，哈哈。"（"兑家儿"，在这里是指自伤自残的罪犯）荀向生正迷惑不解时，张黑子已跟着赵老福大笑起来。

苟向生心想：在同改眼里，自己是什么样子的？

马上要下队了，依然没有妻子的音讯，苟向生心神不定，站在铁窗前，他看着其他犯人在干警带领下前往接见室会见亲人，羡慕不已，想象着自己也走到监狱大门前，向外监管干警报告后，右转沿着砖铺小径去接见室，妻子悲喜交加地从对面向他走来……

入狱一个月后，苟向生如愿以偿地分到了三大队，赵老福也分到了三大队。

第七章 以爱疗伤

1

　　检察官招录考试的失败让茹烟深受打击，几乎摧垮了她的意志。此前，她的人生之路一帆风顺，从不知道失败是什么滋味，现在，让她如何接受冷酷无情的事实？可是，事实真切地摆在面前，她懊恼、羞愧、伤心、迷惘……

　　怎么办？正视失败、服输认命，从此安分守己地在监狱待下去？果真如此，岂不被人耻笑？何况，之前的努力不都白费了？那么，不放弃、不服输，继续参加律考或别的考试？

　　茹烟很清楚，周围环境已对她形成不容忽视的压力：桂莉、何竹以及与她年龄相近的女同事都相继结婚；而她，也只有她一直不把个人问题当回事，虽说和王实像模像样地谈着，一旦想到定亲、结婚，她就犹豫了，觉得这些不该来得那么快。如今，她的婚姻大事已成了亲朋好友关注的焦点，想躲都躲不开。这种情况下，她怎能淡定自若地去奔"远大前程"呢？

　　考试失败后，也许是心理作怪，茹烟觉得周围人对她的态度都变了：以前，他们见到她总是面带微笑，她感受到的是友好；现在，当她与人相遇时，感觉他们都似笑非笑、躲躲闪闪的，有的还投以鄙视的眼神。

　　一天下班路上，她隐约听到身后不远处两个女同事小声嘀咕，似乎在说着讽刺、挖苦她的话："她一个本科生又咋样？瞧不起监狱工作，想远走高飞，可惜呀，没走成，领导对她有看法了。我看她，现在还不如我们中专生呢！""嘿嘿——，这叫'落驾的凤凰不如鸡'。"

　　茹烟顿觉羞愤难当，恨不得找个地缝钻进去，又恨不能像泼妇一样上前扇她们几个嘴巴。但她什么也没做，只是加快步伐往前走，径直回了宿舍，一头倒在床上大哭起来。两名女同事的话，犹如洒在她尚未愈合的伤口上的盐巴，让她疼痛难忍；又像一记响亮的耳光抢在她脸上，让她感到异常的疼痛、窝囊、屈辱、恼怒。她从来没有受过这么无情的嘲讽和打击，对于这样的情形，她没有丝毫的抵抗力，只能以泪洗面。

之后，茹烟的情绪更加低沉。对于工作，她只是被动地应付着，难以集中注意力做完一件事，总是不由自主地兀自愣神，不由自主地胡思乱想，因而不免出错，也难免受到领导的批评。

这种境况加剧了茹烟的不良心境，让她的生活变得一团糟，她整日沉默寡言、脆弱敏感。不愿见人也不想同任何人说话，有时候别人交谈，她总怀疑是在议论自己、嘲笑自己；晚上经常失眠，一大堆消极悲观的念头和想法层出不穷地涌进脑海，好不容易睡着一会儿，总是做噩梦，早晨醒来后头疼、浑身酸痛；每天常常只吃两顿饭，有时吃一顿，且饭量极小，经常以方便面充饥。

这种状态持续了二十多天，茹烟的体重从百余斤降到九十斤，身体抵抗力明显下降，经常感冒，她不得不请假休息。可是，休息并没有改善她的身心状况。无疑，这时的她最需要亲人及朋友的温暖陪伴，只是从外在看，她显得若无其事，亲朋好友未察觉到她有什么异常。

她不想主动跟亲友袒露自己的境况。现在一败涂地、声名狼藉，有何颜面跟何竹、桂莉她们说？跟母亲说吗？不！母亲正心焦于她的婚姻大事，她最近怕见母亲，再说，即使同母亲讲了，母亲准会说："你上了大学，跟我们在家种地的人想法不一样，我觉着你吃了商品粮，有个铁饭碗、穿着警服已不错了，可你不这样想，那烦恼自然来了，你妈我初中没毕业，说不到你心里，也宽慰不了你呀。"

苦闷和孤独困扰着不愿见人却又找不到合适倾诉对象的茹烟，这时，一向爱干净整洁的她什么也不想做，只是整日躺在床上胡思乱想。她很清楚这种状态不正常，可她从未遇到过这种情形，想改变和摆脱，又苦于找不到办法，她感觉自己被一堵由脆弱、敏感、痛苦、沮丧、懊恼等感觉和心绪围成的高墙严密地封了起来，动弹不得、寸步难行。她被困在了心狱里。

2

春分后的一天晚上，王实提了一袋水果来到茹烟宿舍，看茹烟面容憔悴地斜靠在床上，他很吃惊，急切问道："你怎么了？谁欺负你了吗？对不起，也许我不该这么问，都怪我，出差这么长时间，没能来看你！"

一看到王实，茹烟多日来的压抑、忧郁、烦恼都变作汩汩流淌的泪水一涌而出，她泣不成声，用被子蒙上头，扭身面向墙壁大哭起来。

王实一时不知所措，看到茹烟失声痛哭的样子又难过又心疼，他情不自禁地走上前，用有力的双臂一把搂住了茹烟，把她紧紧搂在怀里，把她所有的不幸和烦恼都挡在身外。他在她耳边柔声说："茹烟，既然你想哭，那就痛痛快快地哭出来吧，这样你会好受些。"

茹烟的身体震颤了一下，忍不住哭得更厉害了，王实找来毛巾为她擦眼泪。十几分钟后，她止住了哭泣，王实轻声问："喝水吗？"茹烟摇摇头。"那吃个香蕉吧？"还是摇头。王实只管掰下一个香蕉剥了皮。"不吃不喝怎行？来，听话。"他说着将香蕉送到茹烟嘴边，茹烟不张嘴，他继续温柔地劝着她，她只好吃了两口。见茹烟情绪稳定了些，王实问："到底出什么事了？""我现在不想说，你先回去吧，让我冷静冷静。""好吧，我明天再过来。"

王实走后，茹烟心里空荡荡的。

次日晚，王实带了人参蜂王浆、奶粉等营养品来看她。"你现在需要补养，不知这些你喜不喜欢？"茹烟说："现在没胃口。""那也得强吃点儿，这样身体才恢复得快，最近你想吃什么了跟我说，我让母亲给你做。""不用麻烦阿姨了。"王实说："我妈不是说了吗？你跟我们家有亲戚，既然是亲戚，这就不叫麻烦了。"

茹烟听了哑然失笑，看她笑了，王实温情脉脉地看着她也笑了，她不好意思地低下头，两人一时都不知说什么好。沉默半晌，王实用低沉的语气问："到底发生了什么事，今天能跟我说说吗？"茹烟想了想，便把最近发生的事跟他说了。

王实听后说："是挺可惜的，像你这样的法律本科生都进不了检察院，那谁还能进？不过，既然事已成定局，你想开点，其实，咱单位里没有谁会知道你去考检察院了，现在你在办公室，专业对口，离领导又近，别人只有羡慕你的份儿，没有谁会笑话你的，即使有人笑话你，你自己不当回事就行了。你若这样消沉下去，反而会引起别人的猜疑，所以，我盼望你能尽快振作起来，好好吃饭，把自己身体养好，早日回到工作岗位上。"

听了王实的话，茹烟觉得既温暖又有道理，她伤感地说："这段时间，我像做了一场噩梦，陷入一个无底的黑洞，越挣扎就越往下沉。"王实内疚地说："我很惭愧！这段时间去杭州学习了，咱俩通信，你也不告诉我这些情况。"茹烟道："这不怪你。"

两人正聊着时，王实突然抓住茹烟的手，动情地说："茹烟，请你嫁给我，好吗?"听到这话,茹烟心里很慌乱,说:"我,我不知道,我还没想好。""茹烟,我爱你,我们结婚吧!"王实热切地看着她。"给我点儿时间,让我想想。"在情难自抑的王实面前,茹烟仍保有几分冷静。

临走时,王实从裤兜里掏出一个宽信封递给茹烟,说:"这是杭州的风光明信片,送给你!""谢谢。"王实走后,她急切地打开明信片,正欣赏时,发现里面夹着一封信,她害怕面对它,又迫不及待地打开。

心爱的茹烟:

你好!

茹烟看到这个称呼,一阵耳热心跳。

请允许我这样冒昧地称呼你!其实,这个称呼在我心里不知默念了多少次,从我们认识的那天起,我的心里就荡起层层涟漪,但我不敢当着你的面说出来,怕你不接受,怕你……

可是现在,看到你满面愁容、孤单悲戚的样子,我再也抑制不住内心的焦灼和期待,不断涌起保护你、照顾你的渴望,这种感觉是如此强烈和迫切!昨晚我失眠了,于是披衣起床,坐在桌前,拿起笔又放下,放下又拿起,最后终于鼓足勇气写下了这封信。我不知道你是否会答应我,但我必须把心里话向你倾诉出来。

与你的第一次见面是我生命中最美丽的相遇!你知道吗?当我第一眼看到你时,你仿佛是从我的梦里走出,又来到我的面前,你名如其人,像一幅江南画、一首朦胧诗,当时,我真的想了好多优美的词汇来形容你。

从那时起,我不敢相信有朝一日会走进你心里,却仍执着地试图走进你心里,你总是与我保持着距离,直到去年九月的那个月圆之夜,我拥抱了你,亲吻了你,当时我以为从此我们可以亲密无间,可以走进婚姻了,没想到你仍然与我保持着距离。不过,既然我爱你,我愿意耐心等待。

现在,你不快乐、不如意,你瘦弱的身躯急需一双有力的手来搀扶,低落的情绪需要一颗炽热的心来温暖!茹烟,我条件不如你,我文凭低,兄弟姊妹多,家庭条件不好,但我是个有责任心的男人,如果你愿意让我一生呵护你,我将感到万分荣幸和欢喜!我不会花言巧语,也没有信誓旦旦的保证,但请你相信:如果我的人生之路能与你携手同行,你的快乐和幸福将是我永远的追求;如果你的人生之路遭遇困境和黑暗，我会是你前行路上一盏永远明亮温暖的灯！

看到这里，茹烟不禁热泪盈眶，她仿佛看到了王实深夜挑灯执笔书写的身影，感受到了他热切的期盼。信的最后，他写道：

此刻，我的心是忐忑的，无论你做出什么样的决定，我都尊重你的选择，因为，我是你永远的朋友和——哥哥！

王实

写于 1994 年 3 月 25 日深夜

看完信，茹烟的内心再也无法平静，仿佛冰雪在阳光的照耀下开始融化。其实，自她认识王实后，心里何尝不是装着他呢？只是，以世俗的眼光和现实的标准来衡量，两人并不般配，重要的是，她原本没有扎根监狱的打算，她要远走高飞！

以前，她总以优越者的姿态跟王实相处，现在，她优越不起来了。细想想，除了文凭，挑不出王实什么毛病：长相不用说，论人品，他稳重、可靠、厚道；论工作，他敬业、有能力。他文凭不高，但上进心强，听说他正在自修法律本科课程。他自称家庭条件不好，可她自己的家庭又好到哪儿去？

想到这儿，茹烟开始思量如何给王实回信。终身大事非儿戏，就算走过场，也要听听父母的意见再做决定。为此，她精心安排了一次父母对王实的"无意"相婿，不知是王实真的让父母满意，还是她年龄"大"了，父母亲尤其是母亲特别急着把她嫁出去，母亲很高兴地对她说："我看王实这孩子中，说话、办事挺招人待见，你们又在一个单位，你老大不小了，赶快成个家我才放心。"

悲哀多于欣喜的茹烟清醒地意识到：一旦接受了王实的求亲，就等于为自己的前途判了死刑，意味着她从此要泯灭一切梦想和期望，安分守己地过日子了。然而，不这样，又能怎样？毕竟现在遇到了一个真爱她的人，她也是爱他的，这就够了，还能奢望什么？想到此，她给王实回了信。

王实：

你好！

谢谢你对我的这份真情。此时此刻，我像在矿井里待了很长时间的矿工回到地面上一样，没有人比他们更渴望阳光和温暖，你的信、你的表白就是那束阳光！回想起来，我们已认识快三年了，你是一个沉稳、认真、负责的人，我相信你说的每个字、每句话都是在无法抑制的情感驱使下写成的，也是经过反复斟酌写就的。

我的答复应该不会让你失望——我接受你这束阳光！我不是个很感性的人，但也不是一个特别理性的人，我无法用理性判断这个决定是否正确，但是，我已经决定了。写到这里，你应该知道，我不会在乎文凭、家庭之类的外在条件，我在乎的是你能否永远对我好，能否一辈子都像阳光一样温暖着我，不过，这一点我也许不用担心，相信你不会让我失望的。是吗？

茹烟
3 月 30 日

此后，两人的关系驶入快车道，双方父母见面、定亲，国庆节前夕，两人领取了结婚证。在王实爱的抚慰下，茹烟逐渐从心理阴影中走出来，身体也慢慢康复。

3

一九九五年春节前的腊月二十六，茹烟和王实在双方父母、亲朋好友的恭贺声里步入婚姻殿堂。

婚车是从姑妈家走的，在茹烟心中，姑妈本来就是半个母亲，所以她觉得这样并无不妥。姑妈说，王实家毕竟是城里的，茹烟也得从城里走才体面，若让婚车从茹家凹把茹烟接到王实家，时间紧不说，婚车会被乡间土路弄得灰头巴脑，遇上雨雪天会更糟。姑妈的理由让父母无可辩驳，他们觉得姑妈的确是为女儿的婚事着想，也就半情愿半不情愿地同意了姑妈的提议。

王实比弟弟王祺的婚礼仅晚三个月，这对于他的家境来说无疑是捉襟见肘的，即便如此，王实仍然为茹烟准备了一个隆重的婚礼，六七辆接亲的小轿车、全程录像、婚纱西装……他知道茹烟是个爱体面的人，别的钱可以省，这个钱他不想省，他要让茹烟在这一天充分体验到当新娘的荣光、幸福和尊贵。

新婚之夜，窗外悄无声息地飘着雪花，它们仿佛一个个俏皮好奇的孩子，要偷听一对新人的私房话。有着暖气的新房温暖如春，两人斜靠在床头，新郎紧紧搂着新娘，新娘也紧紧依偎在新郎怀里，也许是筹备婚事的劳累，两人只是静静地感受着彼此爱的心跳，新郎打破沉静，吻了一下新娘的额头，深情地说："烟儿，能娶你为妻是我今生莫大的幸福，你嫁给我幸福吗？后悔吗？""我很幸福，怎么会后悔呢？"茹烟抚摸着王实那宽阔平滑的胸脯温柔地说。

"可是，你看，新房布置得这么简单，电视是你姑妈买的，我们家没买一样电器，更别说给你买首饰了，前天你表姐来说，两室一厅的新房看着还行，只是连个沙发都没有，当时，我真感到无地自容！"王实扫视着新房，显得十分愧疚。"这有什么？你家情况我又不是不知道，你哥结婚没几年，王祺刚结婚，你妈一个人挺不容易的。不要紧，咱俩有固定收入，东西可以慢慢添置，相信日子会越来越好的，'好女不穿嫁时衣'嘛，只要你一辈子对我好，比什么都强。"

听了茹烟善解人意的话，王实把她搂得更紧了，"烟儿——烟儿——"，随着深情的呢喃，他灼热的双唇压在她的粉唇上，茹烟也闭上眼迎合着他，一阵狂热的拥吻后，王实关了灯。

阳春三月的一天，茹烟发现自己怀孕了，王实得知后乐得在屋里扭来摆去，还把她抱起来不停地转圈，直到她指着腹部提醒他，他才把她轻轻地放到床上，给了她一个长吻后喜滋滋地说："老婆，你现在可是咱家的重点保护对象，我要精心呵护你和宝宝，以后家务活我全包了，你想吃啥尽管说，保准把你养得白白胖胖的，好给我生个美丽的小公主。"茹烟嗔怪道："才结婚几天，就改称老婆了？真俗气，以后不许这么叫。"王实闻言迅即起身，笔直地站在床边并向她敬个礼，一脸认真地说："是，夫人，遵命！"

茹烟忍不住笑了，她纳闷地问："别人都盼着生个大胖小子，你怎么想要女孩呀？"王实神气地说："我喜欢女孩儿啊，你想，我的帅加上你的美，生出来的姑娘肯定漂亮嘛。再说了，咱哥家已添了男孩，王家已不需要我们来传宗接代了。"其实，王实的想法和茹烟不谋而合，她也特别想要女孩。

自此，两人的话题大都围绕着未出世的胎儿展开，从吃什么食品茹烟的营养才全面，又聊到选择哪些音乐有助于胎儿的健康生长，从如何给孩子起个好听又有意义的名字，又聊到如何避免茹烟有病吃药对胎儿生长不利……王实对茹烟关爱有加，婆婆一家人对她也是有求必应，所以，尽管妊娠反应很厉害，十月怀胎很辛苦，茹烟仍感到是幸福的，脸上总洋溢着身为准妈妈的愉悦笑容。

十二月十六日，孩子出生，居然是龙凤胎！王实高兴得合不拢嘴，趁病房没人时，在茹烟耳边低语道："亲爱的，你真有能耐。"他没说完，护士就进来了，羞得茹烟苍白的脸顿时变红。

孩子出生后，两人给孩子选定了早准备好的名字——男孩叫王子豪，女孩叫王君荷，两人的小名分别为豪豪和小荷，豪豪是哥哥，比小荷早出生一小时。茹烟坐月子期间，大部分时间是婆婆伺候她，王实因工作忙只请了一周的假，但他下班后总是急急地赶回家，精心照料茹烟和孩子。孩子哭了，他马上抱起来晃悠；孩子睡了，他赶快去刷碗、拖地、洗尿布。

茹烟看在眼里疼在心上，每天总会给他一个深情的吻，并温情地说："你辛苦了。""为王家的有功之人效劳咋会累呢？再说了，我把你伺候满月了，好让你伺候我呀，你不知道我快憋坏了吗？"王实嬉笑着，茹烟听了先是一愣，等明白他的"坏意"后便狠狠地推他一下，"去去去"。

让茹烟欣慰的是，王实体贴周到的爱消除了她的疲劳感，他知道她带两个孩子很累，也知道她自孩子出生后睡眠一直不好，所以下班回到家尽量多做些家务活，只要他不值夜班，晚上总是他起来侍弄孩子，宁愿自己不睡也要让茹烟多睡会儿。

时间既慢又快、既快又慢地一天天过去，一个月、两个月、三个月、百天、半年……茹烟看着孩子会笑了，会坐了，能发出"妈——妈——"的稚嫩声音了，她怎能不发自内心的喜悦呢？

闲暇时，她常常会专注地盯着两张可爱的小脸，仔细端详他们的眼睛、眉毛、鼻子、小嘴、耳朵、头发，孩子七个多月大的时候，她已能清晰地辨别出她和王实的基因在两个小家伙身上的优美组合和呈现了。

豪豪的五官像她，同时吸取了王实的某些优点：眼睛有着和她一样的比一般人显得大些的黑眼珠，看人时仿佛身上所有的精气神都集中在了眼睛里，这样的眼睛格外地明亮有神，尤其是在婴幼儿时期；儿子也是明显的双眼皮，闭上眼睛熟睡时，另有一番令人喜爱的模样，两条细细长长的眼线上镶嵌着微卷的黑睫毛；耳朵形状像她，但耳片更大更厚些，外沿离头部的距离更宽，婆婆说这是福相；他的鼻子不高不低，鼻尖儿微微向上翘着、向前伸着，鼻子的轮廓像她，高度更接近王实；小嘴的轮廓几乎与她一样，只是两片嘴唇比她更宽些，这对于男孩的他是适合的。

女儿小荷与其说像王实，不如说更像他的姐姐王玲。一双忽灵灵的大眼睛几乎占了小脸四分之一的地方，沉在略高于眼睛的眼眶与高挺的鼻子间，好似两弯湖泊嵌在岸边坡地与一座小山之间，长而浓黑的眼睫毛就像湖边生长茂盛的晨曦中的青草；鼻子线条流畅，柔美的鼻尖儿下是两个圆圆的、小小的鼻孔，显示出精巧之美；红润的嘴唇不厚不薄，轮廓清晰灵动，小嘴比豪豪显得略大些，但丝毫算不上是大嘴，反而跟她眼睛、鼻子的比例很协调；小荷因吃得不够多，体重总是比豪豪要少两斤左右，小脸并不显得瘦，只是不像豪豪那样的婴儿肥，她的椭圆脸形已能较清晰地看出来。

两个孩子的肤色、头发各不相同，却很适宜于他们。小荷也许是肤色太白的缘故，发色偏黄，浅棕色的黄，不过头发是浓密的；豪豪的肤色不白不黑，发量适中，头发乌黑发亮。

一对漂亮的孩子！当茹烟这样想时，油然而生出一种成就感，哦，还有喜悦感。每当孩子"咯咯""嘻嘻"地对她笑，露出或呆萌或俏皮的神态，肉嫩嫩地偎在她怀里，她都深切体验到了做母亲的幸福和快乐。

这种温馨惬意的氛围弥漫于茹烟的产假生活，她仿佛置身于童话世界里温暖静谧的山间小木屋，忘却了外面的纷杂世界。

第八章　这一天

1

在苏玉卿的工作室接受了张老师的暗示催眠后，茹烟感到新奇的同时也在思索：老师并未像对待丧猫的女孩那样对我有什么明显的诱导，为什么我能很顺畅地进入恍惚、类似梦游般的状态？神奇的是，在恍惚状态里，我被施了魔法般从中年回到青年，又从青年回到少年，遇见了我想见的人和事。

老师说这叫"创造性想象"，是催眠可以达到的一种幻觉般的境界，真不错！但愿下次催眠时我依然能达到这种境界。

暗示催眠的当晚，茹烟做了一个梦，梦见了催眠状态中的服刑人员厚辉。梦境开始于深灰色监狱大门的位置，厚辉面露难色地站在门后，她走上前，关心地问他怎么了，厚辉一见是茹烟，忙站起身向她鞠了一躬，然后说："我要出狱了，可是，面对期待我早日回家的妻儿，面对多种选择，我不知该怎么办。""哦？能说给我听听吗？""可以。"

厚辉从身上掏出几个古铜色的牌子让茹烟看，上面写有字，有"轴承锻造人才""申报知识产权""五次减刑""六次记功""四个单位的高薪聘请""监狱挽留他担任技术骨干""有恩于他的再生之地"……茹烟看后欣喜万分，祝贺厚辉有这样可喜的改造成绩，然后问他是不是纠结于留在狱内还是接受大墙外的高薪聘请，厚辉点点头。"怎么选择，我很难提供给你什么有价值的意见，最好你自己决定。"听了茹烟的话，厚辉并不作声，片刻后，厚辉不见了，一只鳄鱼出现在茹烟面前，不过，她并不感到恐惧，鳄鱼向她摇头摆尾一番后游进监狱，这时，监狱变成了一汪湖泊。

醒来后，茹烟一时沉浸于喜悦之中，之后，她有些疑惑：厚辉怎么变成了鳄鱼？监狱又为何成了湖泊？"鳄鱼，湖泊？湖泊，鳄鱼？"茹烟喃喃自语着，思索着。忽然，她想起了自己多年前做的一个梦，那个梦里，她在大学校园的湖边梦到了一群鳄鱼，一个鳄鱼说"他们原本是人"，当时茹烟不明就里，现在，她猛然觉得鳄鱼就是犯人，是服刑人员！

顿悟梦境，茹烟一时兴奋不已，厚辉变成鳄鱼的意象解开了她多年来的一个谜。兴奋之余，她感到惭愧，自己仅仅是出于本心给了厚辉姐姐五十元钱，这个小小的善举就能对厚辉的改造起到举足轻重的作用吗？她这样想时，觉得那不过是催眠中的"创造性想象"罢了，现实中不可能有。不过，她仍希望苏玉卿为她做催眠时能再现让她感到美好和满足的幻境。

2

按照茹烟与苏玉卿的约定，她们一周后见面，即张老师为茹烟催眠后的第七天，周六。

茹烟急于让苏玉卿为她催眠，周五晚，她打电话给苏玉卿："明天上午可以进行吗？""正要跟你说呢，上午郁迪和他父母要来，下午吧，不过，你上午得过来，他们这次来可能是最后一次，咱跟他见个面。"苏玉卿平静地说。"好的。"

提起郁迪，茹烟不禁回想起往事。郁迪是个音乐系大二男生，大一下学期开始休学，历时达一年三个月之久，从去年七月开始，苏玉卿为他做了三十余次咨询，今年八月，苏玉卿因事情较多，征得郁迪及其父母同意后，将他转介给了茹烟。

茹烟介入后，系统阅读了苏玉卿对郁迪的咨询记录，了解到郁迪长期休学的根源要追溯到他的中小学时期。那时，他多次受到男同学的欺负，有几次还被打得鼻青脸肿，但他父母每次都说是郁迪的不好，要他和同学们搞好关系，从来不去学校问个究竟。委屈、愤懑的情绪早就在郁迪幼小的心灵里扎了根。

原来，郁迪一家来自农村，父母都没上过大学，因而对他寄予了厚望，想方设法在文河市给他找了个好学校，靠打工收入供养他。父母总觉得找个好学校不容易，如果因为郁迪在学校跟同学闹个矛盾、受点儿欺负就去找学校，担心老师会让郁迪转学，所以就采取息事宁人的态度，而郁迪也就免不了多次受同学欺负，久而久之，他产生了怨恨、孤僻、自卑的心理，怨恨父母和欺负他的同学，怕去学校，不愿跟人接触。

幸好郁迪有音乐天赋，文化课也不错，不健康的成长经历没有严重到阻碍他跨入大学校门的地步，他顺利考入国内一家音乐学院。然而，大学生活并不顺利，入校没多久，他就与同室的同学产生矛盾，有个来自城市的同学取笑他，说他土气，不像个学音乐的。他内心埋藏已久的屈辱、愤懑旧伤疤一样被撕开，他动手打了那个同学，对方还手。接下来的情况可想而知，他越来越不想回宿舍，越来越厌倦学校，上课没心听讲，大一上学期期末考试有两门挂科，下学期开始休学。

苏玉卿在咨询笔记中写了如下内容。

初次咨询，是父母硬拉着他来的，郁迪的头低垂着，黑发蓬乱，衣着随意，不愿意说话，身子侧对咨询师，父母显得很焦虑，说孩子平时好好的，咋说不去上学就不去了？还焦急地问我："孩子到底哪儿出了问题？""我没问题！"郁迪摆出这么一句就再也不吭声了，然后是父母不停地诉说，郁迪在咨询开始十几分钟后就出了咨询室。

后来的咨询中，我通过单独接待郁迪父母，让他们逐步认识和领悟到：问题看似在孩子身上，其实父母有着不可推卸的责任，孩子受欺负固然有学校环境的因素，父母不恰当的处理方式也是造成孩子人格没有得到健康发展的重要原因。

咨询中后期，郁迪加入咨询，在我引导下，他与父母开始沟通、相互理解，父母向他道歉，他也感受到了父母深切的爱，横亘在他们之间的心门慢慢打开，多年以来，他第一次拥抱了父母。

茹烟第一次接触郁迪，已感受到苏玉卿在咨询笔记中所说的变化，郁迪说他不再像以前那样，遇到事会好几天心里都四分五裂的。他母亲言语不多，父亲善谈一些，他们表示了想让郁迪回到校园的想法，郁迪也有这样的意愿。

于是，茹烟与郁迪所在学校的心理辅导员和班级辅导员联系，针对郁迪休学一事共同商讨办法。茹烟本以为事情不会那么顺利，谁知结果很让她欣慰，她与校方联系后不到一个月，郁迪就回到校园，并以焕然一新的姿态去面对他的同学，面对一切。

郁迪现在状态会更好了吧？茹烟这样暗想着。

次日上午八点半，茹烟到达"心灵之约"工作室。天气晴好，苏玉卿身穿休闲服在院子里来回踱步，见茹烟来了，她只是微笑着点点头，继续不紧不慢地转圈，茹烟也向她笑笑，站在院子里呼吸清新空气。正当茹烟专注地做着深呼吸时，苏玉卿说："郁迪他们来的时间不会长，结束以后咱们进行个团体活动，下午专门为你做催眠，这样安排可以吧？""可以。是袁珍珍他们几个吗？""是的。""好。"

过了一会儿，郁迪和他父母如约而来。郁迪走在前面，手里拿了一把小提琴，他穿戴整齐，微笑着和苏玉卿、茹烟打招呼，苏玉卿、茹烟也走上前与他打招呼，苏玉卿以轻松的语气问他："今天是不是打算给我们演奏一曲啊？""是的，老师。""太好了。"

郁迪母亲紧随其后，只是看着苏玉卿和茹烟，并不说话，父亲在最后面，手里提着一个大大的编织袋。"苏老师，茹老师，这是我们自家的柿子和绿豆，向你们表示一点心意。"他说着把编织袋放在院墙角落处。苏玉卿说："大哥客气了，我们已收了你们咨询费，怎好意思再收东西？"郁迪父亲说："你看我们条件不好，咨询费减半收取，我们已经很感谢了，这点农产品你要不收，可就是瞧不起俺庄稼人了。""那好吧，谢谢啦。"

苏玉卿和茹烟带郁迪一家进了屋，苏玉卿问他们："去二楼咨询室还是在楼下？"郁迪说："大厅就行，现在又没什么可保密的。"郁迪父母也随声附和，于是他们在大厅坐成了一个圆圈。

"郁迪，最近在学校怎么样？"苏玉卿问。

"挺好的，能与同宿舍的人和睦相处了，遇到问题能冷静对待，学会了及时与老师沟通。"父亲高兴地说。

"学习成绩也上去了。"母亲补充道，脸上露出轻松的笑容。

"我参加了两个校园社团。"郁迪兴奋地说。

"哦，什么社团？"茹烟问。

"一个是演讲，一个是小提琴。"

"真不错，能不能现在就给我们演奏一首？"苏玉卿欣喜地问。

"好。"郁迪说完站起身，拿起放在旁边的小提琴，略想了想，开始执琴弄弦。

《梁祝》悠扬、清澈、舒缓、深情的旋律在大厅里飘荡、回响，郁迪时而闭眼，时而望向远处，忘我地演奏着。几个人都屏息静听，陶醉于郁迪为他们营造的音乐世界。茹烟听得入了神，以至于尾声已袅袅而尽，她还沉浸其中，听到掌声时，她也赶紧为郁迪鼓掌。

"流畅、自然、投入，郁迪，你真棒！继续加油哦！"苏玉卿赞叹道。

"谢苏老师夸奖，个别地方处理得还不够好，我会继续努力的。"

"郁迪能有今天，多亏了苏老师和茹老师的帮助呀。"父亲感激地说。

"这主要是郁迪自己有天赋，你们当父母的也支持他、关心他，有了问题能及时来求助我们。这一点很难得，有些父母就没有你们做得好。"苏玉卿说。

"当时郁迪不上学时，我们快愁死了，心想孩子这样下去不是完了吗？多亏了一个亲戚的推荐，我们才找到这里，把郁迪从危险边缘拉了回来，真不知该怎么感谢你们。"郁迪父亲说。

"也得感谢你们相信心理咨询的力量，现实中，有好多父母遇到孩子出现问题时，宁愿到处求医吃药，也不愿寻求心理咨询师的帮助，有的像你们刚开始一样，只认为问题出在孩子身上，觉得当父母的没什么事，其实不然。"苏玉卿说。

"爱孩子是人之常情，但是爱的能力并不是每个做家长的都具备，当今社会，物质生活满足之后，怎样给孩子一个健康的家庭环境，怎样以一种适当的方式与孩子相处，都是我们当父母的需要思考和面对的问题。可喜的是，你们有这方面的意识，并且努力在营建一种健康的亲子关系。"茹烟接过话说。

"孩子的健康成长，一方面是身体的、物质的，另一方面，也是很重要的一点，就是心理健康。"苏玉卿总结说。

"是的是的，以后我们会按照两位老师所说，多跟孩子沟通，多看看心理健康方面的书，孩子能健康成长，我们才能快乐无忧嘛。"郁迪父亲说。

"谢谢两位老师，通过咨询，我切身体会到自己的生命状态从紧缩到舒展，心情从悲观、低落、痛苦到轻松、自在和快乐，我和父母的关系也不再是敌对、冷漠的了，现在我和他们经常通话，我感到生活从未有过的美好。"郁迪说时眼含笑意。

"真为你高兴，也为你们家高兴，祝福你们！"苏玉卿说。

"谢谢，我可不可以拥抱一下两位老师？"郁迪提出请求。

"可以呀。"苏玉卿说完站起身，做拥抱郁迪之势。

苏玉卿和茹烟同郁迪分别拥抱，如同母亲与孩子，温暖、信任、希望、祝愿在彼此间传递。

送走郁迪和他父母，苏玉卿和茹烟站在院子里稍事休息。苏玉卿说："每次看到郁迪这样的孩子愁眉苦脸地走来，一脸喜悦地离去，看到他们的生命从凝滞到流动，从退缩萎靡到恢复生命活力，我心里充满了成就感，这是最令我们咨询师欣慰的事。"

"是啊，你说得没错，但愿郁迪这样的父母再多一些就好了，现在青少年心理健康问题真不容忽视。"茹烟说。

"没错，这也是我坚持做个体咨询的理由，通过与一个个家庭背景、成长经历、职业、性格各方面都不相同的求助者的心灵对话，我能触摸到时代跳动的脉搏，了解到生活万象下面的真实，团体咨询达不到这种效果。不过，团体咨询也是必要的。"苏玉卿意味深长地说。

"是的。"

两人正说话间，袁珍珍和另外几个参加团体活动的人陆续到了。

袁珍珍曾是苏玉卿的来访者，因婚姻问题求助，她多次遭受家暴，却不愿也不敢离婚，怯懦、善良到没有底线，对于这样的来访者，苏玉卿作为咨询师能做的工作有限，只是听袁珍珍倾诉，陪伴她，给予她理解和温暖。后来，苏玉卿主动提出终止咨询或转介，袁珍珍说在苏玉卿这儿能感到温暖、安全和放松，她不想转介，鉴于这种情况，苏玉卿建议她参加自己的团体小组，袁珍珍同意了。

团体活动由苏玉卿主持，茹烟协助，活动依然按以往的程序进行：暖场、个人分享，小组讨论、总结。茹烟注意到袁珍珍在参加活动的三个女性中是最漂亮的，她整齐乌黑的眉毛像修饰过一样，鼻子和嘴唇的轮廓具有一种温厚端庄之美，只是一双透着善良的大眼睛显得郁郁寡欢。茹烟不禁为她的命运暗自感叹，为袁珍珍感到惋惜的同时又想到了自己的家庭，想到了身陷囹圄的王实。唉，大概幸福的家庭都是相似的，不幸的家庭各有各的不幸。

3

后半天属于茹烟和苏玉卿两个人。

三点，暗示催眠开始。第二次舒适地躺在放松椅上，茹烟心里充满了期待，她闭上眼睛，等待着苏玉卿。苏玉卿坐在她侧面，头部右边的位置，离她约有半臂的距离。两人沟通后，苏玉卿放了一曲瑜伽音乐。

开始的放松诱导与张老师主持的那次大同小异，苏玉卿的女中音本来就让人沉静，这时更低缓入耳了。随着身体的放松，茹烟的意识逐渐模糊，只是这种模糊一直停留在某个点，无法让意识完全消失，耳边不时传来苏玉卿的低语和瑜伽缥缈的乐声，与她平时入睡前听催眠音乐的感觉相似，似醒非醒。

"你现在回想到了什么？"

"想到了一份判决书。"茹烟嗫嚅着说。

"判决书让你联想到了什么？"

"一个词，普法教育。"

"哦，能跟我说说这和判决书有什么关系吗？"苏玉卿好奇地问。

一阵静默，过了一会儿，茹烟悠悠说道："一九九三年，我在办公室当法律顾问的时候，给犯人上了一次普法课，没想到这次普法课让一个犯人打赢了一场官司。"

"是吗？具体情况是什么样的？"

又一阵静默。

"一天，王实对我说，他所在大队的一个犯人收到老家县法院的民事判决书，说是他打赢了民告官的官司，还说这是在听了狱内的普法课，又学了法律知识后才有的结果，他很感谢监狱，感谢讲课的老师。我听了很高兴。"

"民告官的官司？"

"嗯。那个犯人入狱后，一双儿女由妻子抚养，生活全靠家里的四亩责任田，一天，县公路管理部门在拓宽道路时，承包修路任务的乡干部李某为加快施工进度，指示民工从该犯家责任田中挖土铺路，他妻子多次劝阻，李某都置之不理。几天后，李某又带民工到他家田中挖土时，他妻子与李某发生争吵和厮打，村干部调解时，李某以自己被打伤为由，强行将他家的猪拉走做补偿。后来，乡派出所对他妻子处以三百元罚款。他妻子感到冤屈，向县公安局提出申诉，公安局复议后维持了派出所的处罚决定。"

"这事处理得是有些不公。"

"该犯不识字的妻子怀着万般无奈与悲伤的心情，领着一双儿女冒雨来到西岭监狱，向该犯哭诉了自己的屈辱。'呜呜呜，你住了监，家里人都跟着你受欺负。此事如果不能圆满解决，我就不活了，呜呜呜。'"茹烟叙述的时候也带着哭腔。

"这事咱们看着不算什么，在农村就是天大的事。后来呢？"

"后来，该犯把情况向大队干警做了汇报，取得干警们的支持后，他用在监狱学到的法律知识，向县法院提起诉讼，把乡派出所和县公安局告上了法庭。法院经审理认为，李某损害了他家的合法权益，且不顾他妻子劝阻，引起争吵和厮打，派出所的认定与事实不符。县公安局做出的申诉决定事实不清，证据不足，判处撤销县公安局的处罚申诉决定书，并做出李某对他家赔偿八百元经济赔偿的判决，并得到执行。"

"这确是一个可喜的结果。"

"你知道吗？王实说，这个犯人拿到判决书时激动得热泪盈眶，说无法用语言形容他高兴的心情！他在给妻子的信中说，要不是监狱开展普法教育，他哪会懂法？一个正服刑的犯人哪儿敢去告政府？"茹烟如临其境，激动地说。

"茹烟，看起来你很为这个犯人感到高兴呀。"

"我当然高兴啦，没想到自己一个微不足道的行动起到了这么大的作用。"

"茹烟，还想沉浸在过去吗？"

"我，暂时不需要了。"

"那么，现在回到当下？"

"好的。"

"你可以在这种愉悦的氛围里再享受一会儿，然后我从 1 数到 10，你开始恢复完全意识，好像休息了很长时间而精神振奋。现在开始恢复，1——2——上来——3——4——5——睁开你的眼睛，完全回来，感觉好极了，非常好。"苏玉卿放慢了语调，做总结诱导。

茹烟逐渐恢复了清醒意识，她伸了个懒腰，慢慢坐起来。

"怎么样？今天对我的引导满意吗？"苏玉卿微笑着说。

"挺好的，谢谢你，玉卿。"

"你刚才说的也是一种创造性想象吗？"

"嗯——，好像不是。"茹烟想了想说。

"那么说，你今天没有达到深度恍惚状态。"

"不知道，可能每次感觉都不一样吧。"茹烟说着与苏玉卿走出房间。

"是的，每次催眠感觉都不一样，以后你就知道了。"

"我感觉今天一会儿回到过去，一会儿又和你在一起。"

"我能感觉得到。"

"不过，刚才说的若不是在催眠状态，平时我根本想不起来，现在还纳闷，王实何时跟我提起过这件事。"

"所以说，潜意识是一座宝库，就看人们能否发现里面的宝藏，通过什么方式发现，催眠、梦、沙盘等，都是发现宝藏的途径。"

第九章　升职了

1

　　一九九六年仲夏的一天，王实对茹烟说："最近监狱要组织正科级以下人员职务晋升，你有想法吗？"茹烟听了兴奋地说："当然有想法啦，我上班已五年，做梦都想提副科了。""这次僧多粥少，竞争很激烈。你的优势是文凭高，又在领导身边工作，只是你休假在家，是个减分项啊。""那我停止休假上班去。""上班？孩子咋办？王祺一家跟妈一起住，你上班了，孩子去妈那里不是事儿啊。""那请个保姆，我老家有个远房表妹，前段时间还让我给她找工作呢，让她过来就行了。"王实问："一个月准备给她多少钱？""管吃管住，一百元。""这还行，只是农村姑娘带孩子，我有点儿不放心啊。""不是有咱妈的吗？让咱妈看着点儿，我上班期间也可以回来看看。""那，好吧。"

　　沉默片刻，王实又说："这次咱俩都面临升职，一家提两个人难度较大，保险起见，咱们到领导那里走走吧。""送礼吗？我不会这一套，要去你自己去。"王实改了语气说："嘿嘿，你叫烟，就得食人间烟火嘛。""我是烟雨江南、烟花三月的烟，这可是你说的啊。""好好好，为了我的烟雨江南能进步，我去食人间烟火，行了吧？""行，我不反对。"

　　两天后，王实提着礼品去了秦政委家。谁知一进门，见韦志杰和桂莉也在那里，他们一时都很尴尬，桂莉先开了口："赵姨这两天身体不舒服，我们过来看看。"王实看着政委媳妇问："姨您怎么了？"政委媳妇摇摇头说："没事，就是血压高，头晕，歇两天就好了。""哦，阿姨注意休息。"

　　见王实来了，韦志杰和桂莉起身告辞。

　　秦政委明白王实的来意后，很家常地说："你家跟我家那是世交啊，能给你办的事，你不用说，老叔也会办。这次提职，男警指标多，你又在基层，希望自然会大些。茹烟，可有点儿难办，女的指标少，符合条件的人多，给谁不给谁是个麻烦事儿啊。"王实赶紧说："叔，这事让您费心了，先谢谢您！"

临走时，秦政委给了王实两条黄河大鲤鱼，说是老家送来的，让王实给他妈带回去补补身子。

半月后，西岭监狱科级干部晋升结果公布：韦志杰为入监教育队副大队长，王实为三大队中队长，桂珉为五大队中队长，桂莉为供销科副科长，茹烟为犯罪与改造研究所副所长，何竹仍是科员。

面对这样的结果，三个家庭、几个好朋友反应不一。

茹烟家。

"王实，这犯研所是干吗的？我知道省局有个犯研所，在那儿待的人好像都是退了二线的老干部，我年纪轻轻地去那里干什么？养老？那还不如我在办公室当法律顾问呢。"提了副科，茹烟却高兴不起来。

"就是研究罪犯改造那些事儿呗，犯研所刚成立，听说唐所长这方面有一套，写过不少文章，还出过书。要不是有个犯研所，你这次还不一定能提呢，凡事需往好处想，级别先上去再说。"

"办公室副主任不是提了正科吗？为什么我不能原地提职？"

"提拔的事没有那么简单，就像我、桂珉、志杰三人，同为副科，人家志杰是副大队长，中层班子成员，我和桂珉是中队长，是三级班子成员，差一截呢。"

"就是，我觉得志杰不比你和桂珉出色到哪儿去啊，为什么他能提副大队长？"茹烟不解地问。

"志杰的一个表叔在省局，他本人干得也不错，当然与我们不一样了。"

"哦，怪不得呢。"茹烟听了恍然大悟，觉得生性敏感的自己对官场的事儿反应却是迟钝，同时觉得王实这方面有些悟性，以前，她没发现这一点。

"那你失落吗？"茹烟问。

"不失落啊，各有各的命，再说，我觉得一步一步走上去更踏实。"

"哎哟，觉悟挺高嘛。"

"咱父亲三十八岁才提个中队长，我比父亲强多了。"

"哦，你不说我差点忘了，咱父亲抓逃犯因公牺牲，单位也应该高看你这个烈士的后代呀。"

"这是两码事。"

桂莉家，晚饭时间。

"祝贺你啊，韦大队长。"桂莉嬉笑着举起酒杯。

"也祝贺你，桂科长。"韦志杰也举起酒杯，愉快地与桂莉碰杯。

"祝贺爸爸妈妈。"三岁的女儿韦若桐奶声奶气地看着爸妈说。

"谢谢宝贝女儿。"桂莉说着亲了女儿一下。

桂莉和韦志杰边吃边聊。

"这一提职，突然感觉压力大了，以前只管扫净门前雪，现在得考虑我分管的西北片区能否完成销售任务，奖罚按月兑现哩，弄不好工资都发不全。"桂莉说道。

"我还不一样，入监的前两个月是犯人的心理危险期，思想大多都不稳定，打架的、想自杀的、不吃不喝的，啥情况都有，需要干警工作细而又细，稍不留神，就会出纰漏，甚至是事故。"

"可是你工资能保证啊。"

"各有各的难处，尽力干吧。"

"你说，茹烟休假刚上班，这次也提了，看来王实去政委那儿不白走啊。"

"人家茹烟是本科生，女警当中文凭最高，能力又强，本来就应该提拔嘛。"

"哟，挺会为美女辩护的呵！"桂莉话里带着醋意。

"不是辩护，事实就是如此嘛。你要不是跟秦政委老乡，平时跟人家老婆走得近，这回能有你的戏？"

"快打住！这还越说越上劲了，我虽说文凭低了点，工作干得也不赖呀，孩子这么小，我不是照样出差？"

"可你回来休息了啊，再说，这两年咱家的生活水平比茹烟家高，你自己心里清楚咋回事吧？"

"好好好，不跟你说了。志杰同志，我提醒你一句，关上门说我可以，只是胳膊肘别往外拐了啊。"桂莉起了高腔。

"爸爸妈妈，别吵了。"小若桐手背到身后，噘着嘴说。

"乖，我们不是吵架，是谈话。"桂莉摸摸女儿的头说。

"好，不说了，吃饭。"韦志杰说着开始快速地吃起饭来。

何竹家。

"何竹，桂莉和茹烟这次都提了，你心里不是滋味吧？"桂珉担心地问。

"没有啊，我提职不提职的无所谓，只要你能混出个名堂就行。俺素来胸无大志，当好你的贤内助、带好孩子就知足了。"何竹说着给两岁的儿子桂何玮手里递了一个旺旺饼干。

"你能这样说，我很高兴。只是质管科环境不好，要不，我找找人给你换个部门？你不是说想去财务科吗？"

"我是想离开质管科，不过，咱可不来送礼那一套，顺其自然，能调了调，不能调了拉倒。"

"都像你这样想，领导的工作就好做了。"

"就是嘛，监狱应该多几个我这样的。"何竹在儿子面前做个鬼脸，神气地说。

2

犯罪与改造研究所在机关办公楼四楼，只有唐所长和茹烟两个人。

唐所长名叫唐书文，去年从省淮南监狱调来，四十多岁，圆脸上架副眼镜，中等个，微胖，不太修边幅，警服上总有饭渍，头发也没有型，不过人看起来很和善。

上班第一天，唐所长用浑厚的嗓音对茹烟说："听说你是法律高才生，来犯研所再合适不过了。"茹烟赶忙说："唐主任过奖了。"唐所长问她有律师证没，她轻摇一下头说："没。""哦，那来这儿可以看看书，你有基础，去考的话很容易通过，考上了，说不定将来会有用的。"唐所长的话让茹烟心里很不是滋味，这是她不愿提及的话题。"我会看书的。"面对尚不熟悉情况的唐所长，她只说了一句他想听的话。

几天后，茹烟知道唐所长写了很多罪犯改造方面的文章和专著，有些已应用于实践，唐所长送给她一本《监管改造工作三十六法》，茹烟翻了翻，感觉他写得颇有深度和新意。通过聊天，茹烟还得知唐所长是省监狱系统内第一个在犯群中开展心理矫治工作的人。

茹烟本以为在犯研所会很清闲，没想到上班不久，唐所长即给她安排了一件能发挥她专长的事情——写一篇关于罪犯行政处罚的论文。

唐所长说："当今在注重保障人权、罪犯维权意识日益增强的背景下，如何充分发挥行政处罚的积极作用，及时、准确地打击狱内违规违纪行为，消除其不良影响，使行政处罚更合理、更科学，需要我们理论研究工作者深入思考。"

"哦，那罪犯行政处罚的现状是怎样的？"茹烟问。

"在实际运用过程中，行政处罚措施起到积极作用的同时，也存在许多弊端，比如，罪犯的行政处罚是与其刑事奖励挂钩的，现在对罪犯的改造表现普遍实行计分考核，一旦他们受到行政处罚，当月基础分就成了零分，还要扣减大量的考核分，并且罪犯在严管、禁闭、隔离审查期间考核会中断。"

"是挺严厉的。"

"考核分的高低直接影响着罪犯的表扬、记功、评积、减刑、假释等行政或刑事奖励情况，特别在减刑方面，行政处罚直接关乎罪犯能否减刑以及减刑的间隔和幅度，所以，罪犯都非常关注和重视，这就要求我们对待行政处罚必须慎之又慎。"

"唐所长说的是。"

"以往对罪犯的行政处罚只强调客观方面，即只要符合规定的受处罚条件就予以相应处罚，不考虑罪犯的主观情况和个体差异，这样在实际运用中就带来一些问题和弊端。"

"主要有哪些弊端呢？"

"表现在三个方面：一、长刑犯与余刑三年以下的后期改造犯相比较，不利于后期改造犯的改造；二、初犯、偶犯、过失犯与故意违纪犯、屡次违纪犯相比较，对初犯、偶犯心理打击较大，容易使其丧失改造信心；三、改造情绪异常犯与改造情绪正常犯相比较，同样的处罚对改造情绪异常犯更为不利。"

"罪犯在家庭出现变故、评积减刑愿望得不到满足、服刑期间调换大队等情况下容易情绪异常，也最容易发生消极抗改、打架骂人之类的违纪行为，且往往不计后果。这时候，及时做思想工作比给予行政处罚更重要，即使给予行政处罚，也应与改造情绪正常犯有所区别，这样才有利于其心态调整和监管秩序的稳定。"

"唐所长不愧是罪犯改造研究方面的专家呀，把行政处罚总结分析得这么全面和透彻，只是，问题提出来了，怎么解决呢？"

"这就看你了。"唐所长呵呵一笑说。

"我？"

"对呀，刑法上不是有个缓刑制度吗？"

"是的，对于被判处拘役、三年以下有期徒刑的犯罪分子，根据其犯罪情节和悔罪表现，适用缓刑不致再危害社会的，可以宣告缓刑。"

"你觉得被宣告缓刑的犯人表现如何呢？"唐主任问。

"没调查过，应该会表现不错吧。"

"我了解过这方面的情况，大部分被宣告缓刑的犯人都珍惜法律赋予的考验机会，考验期内真心悔过、改恶从善，缓刑制度在实践中发挥了积极作用并取得了良好的社会效果。"

"我明白唐所长的意思了，在罪犯行政处罚上引入'缓罚'制度，对符合条件的违规违纪罪犯暂缓行政处罚，增加一个考验期。"

"对，下一步工作就由你来做。"

"好的。"

茹烟愉快地接受了任务，不到一周的时间，《完善罪犯行政处罚体系的思考》一文完稿，唐所长略作修改，定稿后投到省局《犯罪与改造研究》杂志社。

3

当了中队长的王实明显感到了压力，尽管之前他代理过中队工作，走马上任的第一周里，他仍然寝食难安，满脑子想的都是如何尽快理清思路、尽快打开新局面，以至于有一次他给孩子蒸鸡蛋羹时水烧干了竟浑然不知。茹烟并未责怪王实，对于他的心不在焉，她只是装作没事地淡淡一笑说："要工作，还要生活嘛。""夫人说的是，下不为例啊。"

说归说，王实照样"心不在焉"，不过，他心里渐渐有了谱。

首先，抓中队犯群的稳定，监管安全是做好监狱一切工作的前提，也是根本所在，中队长是小小的副科，是监狱最不起眼的官，但中队是一个监狱的细胞，监管安全又是基础之基础，中队长需要深入了解犯人的思想状况。王实决定对中队所有犯人逐个谈话一次，做到心中有数，进而对犯人加以区分，分别登记造册，筛选出那些急需干警关注的犯人。

其次，根据所掌握情况区别对待，对重点罪犯给予重点关注，找准管控重点，以便对症施教。对于犯人反映的问题或困难，自己这个中队长能够解决的尽力解决，靠一己之力不能解决的，依靠大队领导或组织加以解决。

还有生产、"三防"、犯人的"三课"学习……一想到这些，王实就深感职务带来的不仅仅是荣耀，更多的是责任，不过，他并不惧怕，毕竟已有七八年的基层工作经验。

在将思路付诸行动的过程中，王实沉下心来，逐件落实着计划之事。就任一个月后，每天两眼一睁忙到熄灯的工作时长和强度让他很快掌握了中队的整体情况，摸清了每名犯人的底细，在他带领下，中队各项工作平稳有序地向前推进。

然而，他清楚，监管工作如同船舶在浩瀚无际的大海上航行，平时看起来风平浪静，其实，各种危险时时处处潜藏于周围，必须做好随时应对暗礁、鲨鱼、狂风、大浪、海盗等一切危险因素的准备，否则，就有人船两毁的可能。

王实知道，犯人形形色色、情况不一，概括起来大体是"中间圆，两头尖"，即表现一般的占多数，表现不好或异常的是少数，好或很好的也是少数。抓少数、稳多数是确保监管安全的有效做法。

整个中队让他担心的犯人有两个——苟向生和戴克。

苟向生自分到三大队后改造态度是端正的，不怕干活，也不惹事，只是他家里频出状况，先是他在广东梅岭市镇远县的毛织厂被徒弟霸占，妻子一直没有稳定的工作，他借给同事的两万元，妻子索要未果，接着是今年初他妻子因车祸丧失劳动能力，他们刚上小学的儿子无人抚养，面临失学危险。

这些情况让挂念妻儿的苟向生寝食难安，特别是妻子出车祸后，他情绪几度失控，甚至想自杀。王实很同情苟向生的遭遇，多次做思想安抚工作，也曾联系苟向生的母亲，如果能由母亲接管抚养他儿子的责任，苟向生在狱内会稍安心一些，只是联系到他母亲后，对方说自己现在组建了新的家庭，做不了主，不方便把苟向生的儿子接过去。

这样一来，苟向生陷入几近绝望的境地中，中队把他列为自杀危险犯，一直重点关注。王实知道妻儿在苟向生心中的分量，他妻子卧病在床，儿子面临失学，现实问题得不到解决，单靠做思想工作，效果甚微，该怎么办呢？王实冥思苦想着。

至于戴克，让王实很是头疼。戴克一九九三年因故意伤害罪被昌河市人民法院判处无期徒刑，九四年三月入狱后一直不服管教、抗拒改造、自私自利，仗着一身蛮力在狱中称王称霸。戴克整天思量的不是多干活挣分减刑，而是如何让周围的犯人都怕他，把这当作一种"威"，觉得只有这样才能显示他的"价值"。吃饭，他要双份；睡觉，他要住下铺；与人交流，有理没理，他都要逞个强，稍一不顺心，张口就骂。

慢慢地，同改们开始疏远戴克，不理睬他，他却把这一切当成能耐和本事。他今天跟这个吵架，明天又和那个闹别扭，把监规狱纪抛至脑后，把干警的耐心规劝当成软弱，把同改们的忍让看成他个人的本事。

去年七月，戴克曾因打架斗殴受到禁闭和严管处罚，事情起因却很简单：与他同监舍的一名犯人老不理睬他，他便在走过该犯身边时小声骂人家，该犯一质问他，他就开始打……纯粹挑事儿嘛。

王实还记得，今年的狱内新春晚会上，有一个快板节目叫《大家千万别学他》，里面"他"的原型就是戴克。

曹登今年三十八，

72

生的腰圆膀又乍。

……

学员们背后叫他是"霸王",

胆小的远远躲着他。

一天晚上他对着洗碗池就撒尿,

学员们指责他不讲卫生品格差。

霸王一听怒火炸,

挥拳就要把人打。

值班员闻声来解劝,

好说歹说才拉开了架。

第二天中午改善伙食打肉菜,

他瞪眼伸碗叫喳喳:

"必须给俺来双份儿,因为俺的饭量大!"

炊事员说:按规定只能给你打一份儿。

霸王开口把人骂:

"小龟孙,我看你是活够了,

一会儿,我叫你是先哭爹来再喊妈!"

他把饭菜送到监舍里,

闯开门岗到楼下。

五六个学员去阻拦,

这才没能打成架。

第二天黑板报上出通告,

霸王违反监规受处罚。

霸王爬到床上写字条,

控告检举又揭发。

……

面对这样的学员,有一个简单省事的办法,那就是向领导申请将其调队。王实不是没想过,只是他不想轻易地"踢皮球",也许,戴克这样的犯人到哪个大队都改造不好,可是,王实想试试,哪怕有万分之一的希望,他都不想放弃。

王实看到了一线希望。10月的一天,他检查监舍时,突然发现戴克手捂胸口、表情痛苦,便迅疾将他送往医院。医生诊断后对戴克说:"你心跳达每分钟160次,属快速性心律失常,再晚来几分钟,性命就难保了。"戴克听了一阵后怕。

病愈出院后，戴克主动找到王实说："王队长，没想到我这样一个不受待见的人，你还这么关心我，谢谢你！"王实说："关心每一个在这里服刑的人是我们的职责，你痊愈出院我很高兴，希望这件事能让你有所感悟，对以前的行为有所反思。"戴克赶忙说："好，好，王队长，以前我太浑了，太对不起你和其他干部了，以后我改。"

之后的一天，王实抓住时机，针对戴克入狱后的违规违纪表现，说："你即将步入中年，不妨静下来想一想，犯下这样低级、愚蠢的错误，其实都是自私自利和狂妄自大的思想在作怪，往远处说，是你长期养成的狭隘人生观造成的，如果没有一个彻底的改变，你的人生之路将会越走越窄，最终走向'死胡同'。"

一阵沉默后，戴克说："王队长你说得对。这两天经过反思，我认识到，作为一名犯人不能事事以自己为主，只讲自己的感受，不顾他人的利益。"王实说："你能这样认识，很好。"

经过这次教育，戴克的思想有了难得的转变。也许，戴克从此会洗心革面，也许没多久，他又恢复到从前的样子。这一点，王实心里很清楚，但不管怎样，他不会放弃戴克。

两头尖的另一头，有几个管理对象是让王实感到欣慰的，比如，丛艺新。九四年三月，丛艺新背负着强奸罪、死缓的罪名和刑期来到西岭监狱，当时他不足二十岁，青春年少的他没料到会被判死缓这么重的刑，觉得自己这辈子完啦。

刚入监的那段时间，丛艺新情绪低落、意志消沉，加上在外过惯了灯红酒绿、奢侈腐化的生活，面对大墙内生活的清苦和监规狱纪的约束，他感到无所适从，常常独坐一隅，忧心忡忡。

韦志杰和入监教育队几个干警多次找丛艺新谈心，可他总是唉声叹气地说："你们不用谈了，就我这样，出去了也是废人一个，什么都干不了，过一天算两晌吧！"

不过事情出现了转机，丛艺新的变化是从一张画开始的。分到三大队后，一次突击清监查号时，王实发现他褥子下压了一张素描画，画的是一匹骏马，王实虽不懂画，但凭直觉能感受到画者非凡的审美和功力。王实问："是你画的吗？"丛艺新支支吾吾地说："是。""嗯，不错，如果是其他违禁品，我就没收了，这个，你留着吧。"

丛艺新听了这话眼睛一亮，他感激地说："谢谢！谢谢王队长。""不用谢，既然你对绘画感兴趣，并且画得挺好，以后劳动之余可以练练，这是一门技艺，丢了可惜。""我……"丛艺新犹豫着，没有往下说。

之后，王实找来许多绘画类书籍给丛艺新看，并劝导他要正确面对人生挫折，监狱生活不一定是灰色的，通过改变态度和认知，也可以使失去自由的日子变得充满色彩。丛艺新一看书画作品就两眼放光，可目光很快又暗淡下去，经王实多次与他谈话，他才吐露了心声。

原来，丛艺新从小就喜欢画画，中学毕业后上了美术学校，因与同学打架被学校劝退，进入社会后经商卖陶瓷产品，不赚反赔。陶瓷店里有个女店员很漂亮，丛艺新想跟她处朋友，女孩刚开始愿意，后来嫌他文化程度低，又没有正式工作，便改了主意，丛艺新依然追求女孩。一天，店里只有他们二人，丛艺新春心萌动，强行与女孩发生了关系。

随着他的锒铛入狱，绘画的梦想也几乎随之破灭。如今，监狱干警给了他重拾梦想的机会，这时，他才意识到梦想并未破灭，它就像一颗期待破土的种子般一直深埋在心底，现在，破土的机会来了，他激动得快要喜极而泣，可是，一想到自己入狱后给干警添了那么多麻烦，就觉得心里有愧，还有，自己现在是戴罪之人，怎能用一双肮脏的手去破坏心中那曾经美好、神圣的梦想呢？

明白原委后，王实被丛艺新这种对艺术尊重的态度打动，进一步开导他说："犯罪只是人生某一阶段的错误，不代表你的思想终生都是污浊的，一个犯人美好愿望的实现正是思想转变的最好证明。我丝毫不怀疑你追求理想的心是纯洁的，既然这样，为什么不大胆地去实现它呢？"

王队长的一番话终于让丛艺新解开了心中的死结，他眼里又放射出了希望的光芒，灵魂复活了。

在王实及三大队其他干警的鼓励帮助下，丛艺新终于焕发出了改造热情，业余时间一头扎进色彩的海洋里，用画笔尽情描绘着自己心中的春夏秋冬。

第十章 为伊消得人憔悴

1

茹烟的职业生涯中，一九九七至一九九八年前半年有一个关键词：创建部级现代化文明监狱。

一九九七年二月下旬的一天，唐书文所长向茹烟和调入犯研所刚两个月的男警董文宇传达了一番监狱党委关于创建部级现代化文明监狱的重要性、意义之类的话后，提到一项具体要求：五十岁以下男警、四十五岁以下女警都要参加警体训练，为了训练的整体效果，监狱要求女警一律剪短发，三天后政治处统一检查。

"啊？剪短发？"唐所长的话让茹烟惊讶万分，她的惊讶也让唐所长感到惊讶。茹烟心想：唐所长呀，你自然不懂长发对我有多么重要，就像我不懂吸烟对你有那么重要一样。

茹烟下意识地摸摸自己的长发，上大学起一直留着的长发，生育孩子都没舍得剪，因为这讨厌的警体训练要剪掉它吗？她一时烦恼无比，只是唐所长面前不好说什么。

回到家，她终于可以对着王实发一顿牢骚："参加训练已经让我够烦的了，这还让剪短发，我就不信，女警不剪短发，西岭监狱就创建不成现代化文明监狱了?! 现在光强调保障罪犯人权，干警的人权谁来保障？"王实劝她说："我也不舍得你剪掉长发呀，可你得知道，创建是咱单位目前最要紧的事，你总不能顶风违纪吧？"

稍停一会儿，王实故作轻松地说："小娘子，你长发短发都相宜，甭纠结了啊。"茹烟没好气地回他："就会拿好听话哄我，我就不剪，看他们能把我怎样？""行行行，你不剪我没意见，只怕躲过了初一，躲不过十五。""我不管，躲一时是一时！"

其实，王实心里也替茹烟难过，他知道穿警服、训练已够委屈茹烟了，若剪了短发，茹烟江南烟雨般的气质不知会减损多少，只是警令难违啊。

茹烟不再言语。之后，她看着何竹等人相继把头发剪短，不免无望地哀叹一声，极不情愿地去了理发店，飘飘长发在理发师无情的剪刀下瞬间落地，她难过得闭上了眼睛。

唐所长给他们开完会没几天，茹烟和董文宇就被抽调到监狱新成立的创建办公室，帮助收集整理资料，再之后一周，唐所长也被抽调去负责筹拍一个大型组歌。犯研所成了空壳。

三月起，茹烟上午在创建办干活，下午参加监狱统一组织的警体训练。创建办有四个人——安泉、何竹、茹烟和董文宇，已是狱侦科科长的安泉临时兼创建办主任，茹烟负责日常工作，何竹主要负责科室资料的收集整理，董文宇主要负责监区。

三月里，创建办频繁开会，创建部级现代化文明监狱是前所未有的大举动，没有经验可循，需要理清头绪和思路。一般情况下，安主任开完会、交代完工作就回狱侦科了，负责一项项、一条条具体落实的是茹烟。

根据司法部《现代化文明监狱考核评审细则》的规定，共有三项否定性指标和八项四十二条考核性指标，每一项、每一条都要收集相关资料。茹烟一想起这项工作的浩繁琐碎就头疼：创建资料需要一九九五年至一九九七年三个年度的，虽说将任务分解到了监狱各部门，但创建办作为中枢机构，要做的工作仍然很多，要协调的事项也很多。各部门都会向创建办反映问题或困难，一会儿是工作做了但没有留文字资料，一会儿又说没有电脑无法打印了，再不然就是要的资料根本没有，要的话得造假……面对这些令人头疼的问题，茹烟要么向安主任汇报，要么自己与何竹、董文宇商量解决。

警体训练对茹烟来说简单得多，只需按要求参加就行，不过，这于她而言，却是别有一番滋味在心头。

训练分队列和擒拿格斗两大科目、三个阶段。政治处要求参训干警每天下午一上班到机关办公楼前的广场集合，男警被分成六个中队，女警被分成两个中队，每中队四十人左右，每十人一班，驻狱武警士兵担任教官。与茹烟一个班的有企管办副主任高云、办公室的唐韵、劳资科的韦志苓，还有桂莉、何竹等人。

第一天，从最基本的站军姿开始，教官一边讲解一边示范，然后让茹烟她们照着做，练了一会儿，韦志苓小声嘟囔说："一个站立的姿势，要求这么高，腿都站麻了。"教官只当没听见，继续要求她们把动作做规范。训练结束讲评时，教官表扬了桂莉和唐韵等人，然而教官口里更多的是问题，比如，有的人没有收腹、五指岔开，当他模仿这些动作时，茹烟她们都忍不住笑了。这时，站在教官旁边的政治处胡主任绷着脸说："严肃点，嘻嘻哈哈的像什么样子？"大家立刻机械地收了笑容。

乍暖还寒时节，一身薄棉衣、一顶遮不住耳朵的呢绒警帽根本抵挡不住阵阵寒风，茹烟站不上十分钟，耳朵和鼻子就冻得通红，脸上针刺一样地疼，没几天时间，她和几个人相继感冒。寒冷难耐时，高云向教官提议："别让大家站那么长时间好不好？再站下去，我们快成冰棍了！可以走走跑跑嘛。"教官说："这时间算长啊？我们一站就是个把小时，你们这是缺乏锻炼。""你年轻力壮，我们可以当你阿姨了，哪儿能跟你小年轻儿比呀？"高云半开玩笑的话让小教官无言以对。之后，他做了调整。

训练一段时间后，茹烟发现单调中也不乏乐趣。休息的间隙，当女警看到哪个男警的动作或蹩脚或滑稽时，会嬉笑着小声嘀咕："快看，李志军像不像卓别林？""赵文海咋跟别人不一样啊？哦，是顺拐了，哈哈！""你们瞧，张新像不像刚学走路的小孩？"……

若这种情形被胡主任碰到，他会两眼一瞪，拉着脸对她们说："还笑人家呢，听听你们喊的口号，猫叫一样，一个中队的声音抵不上一名男同志。"这时高云就接话："胡主任，没办法呀，女人天生嗓子尖嘛。"胡主任呵呵一笑说："别狡辩了，主要是你们不好意思大声喊，怕丢了淑女形象。"高云扭头左右看看她们，煞有介事地说："听见没有？以后听领导的，扯开嗓子喊，别淑女了啊。"茹烟她们表面上点头称是，心里却想：胡主任，你要是个女的，还不一定胜我们呢。

不过，自被胡主任非正式地批评后，她们收敛了许多，开始正眼打量男警。一次休息时，唐韵对何竹说："看你家桂珉昂首挺胸、两眼炯炯有神，个子又高，肯定是护旗手的料。"韦志苓对茹烟说："你们家王实虽说胖了些，但走得坚实有力，正步踢得很标准哦。"茹烟听了不以为然道："他警校毕业的，这算不了什么。"韦志苓说："咦——，别牛啊，你走两步试试？""走就走。"茹烟说完便各走了齐步与正步的连贯动作。"还别说，茹烟走得挺标准，是不是回到家王实给你开小灶了啊？"韦志苓嘻嘻哈哈地问她。"哪用他给我开小灶？我在大学军训过，本来就走得不赖嘛。"

高云接了话："我看呀，茹烟、唐韵、桂莉你们几个迟早要被选为标兵。"听高云这么一说，茹烟心里一沉，是呀，五月初政治处要从参训人员中选出标兵，听说标兵要按照更高标准进行班表演，一次次地接受检阅。对于不喜欢警体训练、不爱抛头露面的茹烟来说，这该是多么糟糕的事！想到此，茹烟决定伪装，在以后的训练中动作故意不做到位，好让自己"落选"。

孰料，挑选结果让茹烟很沮丧，当胡主任念到她的名字时，她脑袋"嗡"一下蒙了，再看看与她同时被挑中的唐韵、桂莉、韦志苓几个人，神情倒是轻松。茹烟想：也许在她们看来，当标兵是很自豪很有面子的事，对她茹烟来说却不是，要知道，当标兵意味着她要参加马拉松式的高标准训练，在众目睽睽之下接受无数次的检阅。

怎么办？茹烟同桂莉谈了自己的想法，想找个理由跟胡主任说去掉自己的名字，谁知桂莉说："训练多好啊，大家在一起说说笑笑的，又能锻炼身体，比在办公室干活强多了。再说，当标兵是个露脸的机会，程狱长刚来咱单位，好多人他都不认识，现在机会来了，你还不抓住？标兵就十个人，班表演时，咱们往监狱长跟前一站，还愁他认不出咱们？就算叫不出你我名字，也能混个脸熟吧？""说训练能强身健体没错，不过，我可没你想得那么多。"

标兵选定后，胡主任把所有参训干警集合起来训话，开场白不外乎"大家克服工作繁忙、天气寒冷等因素认真训练，效果是明显的……"之类的套话，存在问题和要求才是他着重要讲的。"相当一部分干警动作不规范，与标准还有很大距离。""大家一定要认识到警体训练的重要意义，它体现的是西岭监狱警察队伍的整体风貌，展现的是每名干警的精气神，大家一定要重视，被选为标兵的同志不能有骄傲自满情绪，要继续以更高标准投入训练，其他干警要继续规范动作，你们都要接受上级的考核验收。"

之后，训练场的气氛愈加紧张，领导盯得紧，教官的要求更严，动作逐个纠正，细节逐个规范，尤其是男女标兵班的训练格外认真。女标兵共十人，茹烟虽说动作还行，离标准动作仍有距离，她看看其他人，感觉她们都比自己强，唐韵的正步踢得漂亮，摆臂和抬腿有韵律感，韦志苓的敬礼标准又潇洒……茹烟自然不敢懈怠。

2

眨眼间到了年底，茹烟不禁回想着自己的一九九七，觉得自己像被抛入了预设轨道的陀螺一样不停地旋转。即将进入新的一年了，她希望这种飞速旋转能减缓些，可是，新的一年，"陀螺"旋转得更快了。

元月中旬，监狱一九九八年度工作会上，程狱长（吉狱长因公去世后的接任者）做重要讲话："去年监狱工作上了一个新台阶，实现了'三创一超两改善'的工作目标——创建成省级现代化文明监狱，创建成省级文明单位，创建成国家大型二级企业；超额完成省局下达的各项经济指标，罪犯的改造环境和干工的生活条件得到了明显改善……"

最后，他着重指出："创建部级现代化文明监狱是今年的重中之重，全体警察职工要打破常规，超前工作，以只争朝夕的紧迫感和忘我的工作态度投入创建中去！"

会后，茹烟又开始陀螺般地旋转。她与何竹、董文宇三人进一步完善台账资料，继续参加愈加严格的警体训练……二至四月，平均每周她都要参加一次创建工作推进会，每开一次会，她都感觉自己像陀螺被鞭子抽了一下，不得不更快地旋转。

五月中旬，茹烟终于盼来了省局对西岭监狱进行司法部验收前的最后一次自查式验收，三天的严格考核让她听到振奋人心的消息：监狱硬件建设全部提前到位，从建立健全规章制度等七个方面加强了软件建设……监狱创建工作取得了决定性成效，很快将迎来司法部的正式验收！茹烟和同事们一样内心激动，激动之余，她又清醒认识到，任何事情，越到紧要关头就会抓得越紧。

果然，省局验收组走后，监狱立即召开创建部级现代化文明监狱迎接验收动员大会，程狱长再次做动员讲话，他语调高昂又神情严肃地说："现在创建工作已进入攻坚阶段……广大干警工要紧急行动起来，加班加点，完成验收前的各项任务，确保我狱顺利通过司法部的正式验收！"

此后的一个多月里，全监狱的人几乎都放弃休息，夜以继日，一鼓作气，进入最后的冲刺状态，干工家属和离退休人员也自觉组织起来打扫家属区卫生，形成了人人为创建、家家都参与的可喜局面。

一天，茹烟、何竹和董文宇正在创建办忙着，狱侦科的顾副科长来交资料，茹烟说："顾科长亲自送来，让我们不好意思呀，你们科小李呢？"顾科长以他惯常的慢语调说："小李去忙别的了。就是上个四楼嘛，不碍事。"茹烟知道顾科长工作一向认真敬业，只是他身体不好，经常吃药，于是，她试探着问："现在这种日子我们年轻人都受不了，顾科长您——，能受得了吗？"顾科长哈哈一笑说："能受得了。我们这代人呐，虽说没有你们喝的墨水多，但受毛主席教育多年，不敢说特别能吃苦、特别能战斗，自感还是对得起党、对得起这份工资的。再说，创建是咱单位前所未有的大事、好事，我们能赶上并参与进来，自豪啊。"茹烟听了不禁肃然起敬。

连轴转的节奏加上天气炎热，茹烟身心俱疲！可比她更疲惫的是王实，除了繁忙的本职工作、参加警体训练，他还要配合教育科完成一项特殊任务——排练大型组歌《西岭印象》，中午经常不回家，晚上回家也很晚，有时竟然不洗脚就上床，让茹烟很受不了。

六月二十三至二十五日，是司法部考核验收工作组对中原省西岭监狱进行部级现代化文明监狱验收的时间，通过听取汇报、观看专题片、查阅资料、召开座谈会、实地查看等形式，考核组对西岭监狱的最终评定结果：三项否定性指标全部达标，近三年考核性指标的平均得分超过部级标准近三十分。

验收阅兵仪式上，文质彬彬、双目有神的高个儿验收组组长（司法部监狱管理局刘主任）发表了讲话，他声音洪亮地说："今天的检阅给我留下了深刻印象，中原省西岭监狱警察队伍纪律严明、警容严整、充满朝气，精神面貌良好，整体素质很高。通过三天的考评，我们认为西岭监狱在部、厅局的领导下，用不到十年的时间，从一个老单位、一个新搬迁的单位发展成一个现代化文明监狱，创建工作取得了显著成效：监狱布局规划合理，四大区域划分明确，干净整齐，绿化美化得很好；严格依法治监，正确执行刑罚……一千多人参与的大型组歌《西岭印象》规模宏大、气势磅礴，运用 MTV 形式富有创意，管弦乐、声乐等形式同时运用，达到了全国监狱系统文艺汇演的一流水平，更重要的是，它集中展现了监狱的执法成果，增强了犯人的集体荣誉感……"

听着部领导的讲评，茹烟和大家一样，一直提着的心不仅放了下来，而且美滋滋的。

阅兵仪式结束后，茹烟回到创建办，心里甭提多轻松了。她和何竹、董文宇兴奋地谈论着，董文宇笑着说："今天你们女警喊口号可不像猫叫。"茹烟得意地说："那是，关键时刻我们怎会掉链子？""不错，真有些《红十字方队》里的女兵风范。"他竖起了大拇指。茹烟感慨道："为了创建把头发剪短，一年多来风吹日晒，一个个黑不溜秋的。"董文宇听了嘿嘿一笑。何竹说："听说创建结束后领导有意让大家放松放松，今年夏天不再要求穿警服了。""是吗？"茹烟一脸的惊喜，董文宇也补充说："我也听说了。"

茹烟欣喜地想：可以把长发留起来，也可以穿裙子了。正在她憧憬着验收后的自由时，教育科副科长侯海军走了进来，他从甘肃监狱系统调回内地，说一口标准的普通话，有时会故意用生硬的中原话和周围人打趣。"茹烟两口子今天一个护旗手，一个标兵，风光得很哪！"茹烟听着他可爱的中原腔，忍不住笑出声来。

3

中午回到家，茹烟一边做饭一边对王实说："终于可以歇口气了，是不是该庆祝一下？"正逗孩子玩的王实满脸喜悦地说："你们的妈咪说创建成功了，要好好庆祝一下，宝宝同意不同意呀？"小荷立即拍着小手说"咚——意——"，女儿吐字不清的稚语逗得他俩开怀大笑。

茹烟说："孩子知道啥是创建呀，净拿孩子寻开心。""孩子就是我的开心果嘛。"王实振振有词，茹烟娇嗔道："那我，是你的什么？""你是我的减压阀啊。""啥意思？"对玩笑话、荤话一向不敏感的茹烟一头雾水。"没有小娘子，我的压力往哪儿释放呀？哈哈。"茹烟突然明白，假装生气说："低俗！"王实得意地嘿嘿一笑。

"我真生气了，你想办法将功补过吧。"茹烟仍绷着脸。王实对着孩子摊开双手："你们的妈咪生气了，我该怎么办呢？"豪豪嘴里蹦出两个字"亲——亲——"，茹烟和王实不约而同地对看了一眼，很是惊讶，都感到还不到三岁的孩子怎么啥都懂。

稍停片刻，王实兴奋地说："我想起来了，今天是你生日呐，晚上请你吃大餐，怎样？"茹烟眨眨眼睛说："你不说我差点忘了，今天是我二十八岁生日呐。"王实得意地说："嘿嘿，还是我把你放在心上吧？""得了，别贫嘴，快说晚上在哪儿请我？"王实想了一会儿说："樱红山庄吧，离家近。""孩子咋办？外面的菜辣。""孩子让咱妈和晓清今晚照看一下，咱们叫上志杰、桂莉、何竹、桂珉四个，好久没和他们聚了。你看怎样？"茹烟噘着嘴说："还能怎样？你这人又不浪漫，不会给我买花、买蛋糕。""乖，明年给你买。"

樱红山庄。服务员把茹烟和王实引至二楼的露天观光餐厅，他们走向临近金明湖的一个桌位。看何竹、志杰他们还未到，两人便离开座位手扶栏杆眺望远处。清澈的湖水在微风中悠悠地荡着縠纹，好似和煦安然、气定神闲的母亲，四周的花草绿树则像她的无数个子女，被炽热的阳光晒了一天，显得没精打采，便以慵懒的倒影深情地投入母亲的怀抱，趁太阳下山，好好休养一番，明天再抖擞精神，迎接烈日的考验。

清凉的风阵阵扑向脸颊、掠过周身，茹烟顿觉心旷神怡，她对王实说："好凉快，真舒服呀。"王实也感慨道："好久没有和大自然这么亲密接触了。"

正心醉神迷时，只听得服务员说："凉菜上齐了。"茹烟和王实看另外两家还没到，便又面湖而立了一会儿才转身坐下。茹烟看到桌子上放着一束叫不出名的淡粉色花，便问："这是什么花？"王实瞅了瞅，摇摇头："我也不知道，可能是这园子里种的吧。""放上一束花，显得有情趣多了。"茹烟欣喜地说。王实听了突然起身，手捧花瓶递给她，说："借花献夫人，祝你生日快乐！"

这时，桂莉和韦志杰走了过来，茹烟显得很不好意思，桂莉一句"咦，趁我们没来，可劲儿浪漫呐"更让她涨红了脸。只见桂莉身穿一件黑底红花连衣裙，把高挑的身材凹凸有致地勾勒出来，平添了几分女人味。"怪不得左等右等不到，原来是在家打扮呢。"茹烟上下打量着桂莉，称叹着。桂莉说："今天创建终于结束了，花木兰解甲还乡，重现女儿身嘛。""谁说不是呀？我举双手赞同。"韦志杰开了口。只见韦志杰淡粉色 T 恤配浅灰色休闲短裤，极富青春活力。

不多时，另一对闪亮登场：何竹身穿一袭白底碎花连衣裙，茹烟仿佛看到了她少女时的样子，桂珉白 T 恤配黑休闲短裤、白运动鞋，既清爽又精神，茹烟知道，桂珉平时穿着较随意，没有志杰讲究，今天却不同。茹烟仔细打量他俩一番后说："你们穿得比谈恋爱时还……"不等茹烟说完，何竹就"抱屈"道："不穿行吗？桂珉说，我再不好好打扮一下都不像个女人了。"几个人听了都哈哈大笑，然后各自落座。

王实打开酒和饮料，一一倒上。他端着酒杯站起来说："今天我和茹烟做东，一是咱们好长时间没聚了，二来庆贺创建成功，来，干杯！"几个人站起来兴高采烈地碰杯，这时桂莉问王实："你的意思好像没说完吧？"王实赶忙说："顺带，顺带。"桂莉埋怨茹烟说："也不早说一声，好让我们准备个礼物啊。"茹烟淡淡一笑："准备什么呀？你们能来就是最好的祝福。"

这时，桂莉、何竹、桂珉、志杰四人与茹烟碰杯后齐声说："生日快乐！"茹烟也与他们一一碰杯并致谢，接着几个人边吃边聊。桂莉说："时间过得真快，转眼间，我们都快三十了，刚上班时是二十岁的小姑娘，现在都是孩儿她娘了。""可不是嘛。"茹烟和何竹附和道。

过了一会儿，桂莉对茹烟、何竹说："创建结束，单位该表彰了，你俩抽到创建办，这次至少能捞个嘉奖。""管它嘉奖不嘉奖，我只是服从命令听指挥，没想那么多。"何竹不以为然道。茹烟没吭声，她没想到这种轻松的场合下桂莉会说出这种话。

三杯酒下肚，气氛越发热烈。三个男士轮流坐庄猜拳行令，吆喝一阵笑一阵，吆喝累了就吃口菜，低声交谈一会儿；茹烟、何竹和桂莉则是"三个女人一台戏"，先是何竹提议周末一起逛街，然后讨论是否留长发，紧接着话题又转向孩子。她们恣意的说笑声不绝于耳，一浪高过一浪，使得男士不停地"抗议"："嗨嗨嗨，淑女点儿好不好？比我们的嗓门都大。"

"抗议"无效，她们依然谈笑风生，三个男士见气势压不过她们，就以更大的嗓门猜拳、阔谈，于是她们改变策略，开始小声揭发各自男人的短处。何竹皱着眉头说："桂珉晚上打呼噜能把楼板震塌，烦死我了。"桂莉紧接着说："你们别看志杰在外面穿得光鲜，回到家一点都不讲究，脚特臭，真让我受不了。"茹烟也诉苦说："王实以前勤快得很，现在懒死了，到家就知道睡觉。"

话音刚落，王实便口齿不清地拖着腔说："不是——我不想——干，是太——忙了，没时——间干啊。"茹烟看他两眼迷离，知道他喝高了，这时与他辩不出个是非来。"好，你忙，我不忙，行了吧？""这话——还差——不多。"王实说完打了个饱嗝，向茹烟喷出一股酒气，她赶紧用手挥了挥，别过脸去。

这时，何竹对茹烟说："他们喝得差不多了，结束吧？"茹烟看看志杰和桂珉，一个趴在桌上，一个半眯着眼睛用手支着下巴，就说："好。"

进了干工生活区，茹烟见程狱长、秦政委、常副狱长、赵副狱长等监狱领导在那里握手、拍肩、寒暄。"今晚可以睡个安稳觉了。""哈哈，你说得太对了，我要把多天来缺的觉补回来。"满脸通红的常副狱长握着程狱长的手说。茹烟心想：今晚，一个难得的同庆同欢之夜！

第十一章　探亲又访友

1

一辆崭新的枣红色大阳摩托小心翼翼地行进在茹家凹的石子土路上。王实紧握车把，双眼紧盯前方，生怕一不留神就人仰车翻。摩托车买回家还不到三个月，第一次行驶在这样的路面上，他自然心里紧张。坐在后面的茹烟也是提心吊胆，她用手臂紧搂着小荷，眼睛却忍不住左顾右盼：几近干涸的小溪、破败的小学校址、校门口那棵高大的泡桐树、摩托车刚刚经过的长约八百米的岭底路……

不管茹烟喜不喜欢，故乡都是梦里常客了。随着时间的推移，她不再像刚大学毕业时对故乡充满了鄙夷和逃离之心，渐渐对故乡恢复了接近儿时的一些好感，广阔静谧的乡野、清新纯净的空气让久居钢筋混凝土之中的她心旷神怡。

此时此刻，故乡没有市里热闹的节日氛围，但大自然的气息和浓浓的秋意向她扑面而来：高高低低、一块块或规则或不规则的黄土地已播种上小麦，少量尚未清理的玉米秆仿佛在以枯黄的枝叶宣示着它们对人们的丰硕贡献，还有蓝的天、绿的树、红的柿、黄的花，一片片黄土地经它们加以衬托或点缀，便不再单调和沉寂。

"兔子！兔子——"豪豪的大声叫喊把茹烟的视线引向车的左前方，只见一只雪白的兔子受了惊吓般飞快地跑向远处。"在哪儿呀？"小荷伸长了脖子叫道。"看啥兔子啊，都坐好。"听到王实严厉的声音，茹烟赶紧让两个孩子坐好并扶紧他们。

车终于到了村口大槐树下，茹烟让王实停了车，从大槐树到她家的几百米路是个陡坡，开车下去很不安全。车停稳锁好后，王实提着月饼、肉、水果、香烟等礼品，茹烟牵着豪豪和小荷，左瞅瞅右看看，带着笑意向村里走去。

父亲和母亲正在院子里剥玉米，看见女儿一家人来了，便丢下手中的玉米棒起身迎接。父亲接过王实手中的礼物，王实赶忙叫"爸、妈"，父母高兴地应着，母亲笑眯眯地说："我就想着你们今儿个会来。"这时，豪豪和小荷奶声奶气地叫"姥姥""姥爷"，喜得母亲把他们夸个不停，父亲则亲昵地将小荷抱起来逗乐。母亲拉过凳子让王实和茹烟坐，并说给他们打几个荷包蛋，王实忙说："早上吃过了，不饿。""我要吃鸡蛋——"，坐在父亲腿上的小荷用乌溜溜的大眼睛看着母亲说。

"中，姥姥这就给你做。"母亲说着转身去了厨房，茹烟也站起来跟了进去，同母亲说小荷爱吃鸡蛋羹，母亲说这容易，于是从一个瓦罐里取出新鲜鸡蛋打在碗里，然后切了葱花，加水、盐、五香粉，搅拌均匀后放锅里蒸。

凉爽宜人的小院里，王实一边和岳父聊天，一边看着俩孩子，豪豪新奇地瞅着靠墙围起来的栅栏里的一群鸡，还用肉乎乎的小手抓了一把玉米粒撒进去，小荷看见后从姥爷身上哧溜下来，和豪豪一起看鸡啄食。

母亲准备给女儿女婿做手擀面，茹烟说人多，擀面太累，不如大家一起包饺子。她知道，家里买肉要到几公里外的镇上，所以事先买好了肉馅和芹菜，母亲见女儿想得如此周到，便说："中啊，你洗菜切菜吧，我来和面。"茹烟知道母亲的胳膊经常疼，就说她来和面，母亲却说："你掌握不住软硬。""我都多大了，和面还不会？"茹烟一脸的无奈，她知道勤快能干的母亲总是爱一手包揽，对别人做的饭或干的活总是不放心。"你轻易不回来，还是我来吧。"

见争不过母亲，茹烟只好作罢，心想：母亲的身体跟铁打似的，别说好的时候闲不住，小病小恙的也没见她少干活。像母亲这样又漂亮又能干的女人在茹家凹是数得着的，可以说是唯一，茹烟很为母亲这一点骄傲。

母女俩一边忙乎一边聊，说着说着，母亲的话语里就充斥了不满、失望和焦虑，说父亲干活真让她着急，别人家的玉米秆都刨完了，咱家的还在地里杵着，又说哥哥愁死人了，离婚后把俩闺女丢给她，整年不见他捎一分钱不说，也不知道正儿八经地找个媳妇儿再成个家，还说弟弟二十四五了，女朋友也不见个踪影……

茹烟已经习惯了母亲的唠叨和埋怨，虽然她很不想听，但难得回来一次，特别是今年，从春节到现在仅回来了两次，况且现在大过节的，说什么也不能惹母亲不高兴，于是，她抑制着内心的不愉快，耐心听母亲的絮叨。

"啊——哇——"小荷尖利的哭声把母亲和茹烟都吓了一跳，茹烟赶紧走出厨房，只见小荷张大嘴巴哭着，王实蹲下身子搂着哄着她："乖，没事儿，不怕啊。"茹烟也蹲下身，看女儿身上有伤没。原来，小荷和豪豪逗鸡玩时，一只大公鸡很不友好地扑棱起翅膀要啄小荷。安慰了女儿一阵，茹烟返回厨房，父亲让王实带小荷和豪豪去屋里看电视。

饺子馅调好后，茹烟端到院里的餐桌上，父亲看了立即起身去洗手，扎起包饺子的架势，王实也从屋里出来去洗手，茹烟和母亲擀皮儿，一家人一起包饺子。饺子包到一半时，茹烟的两个侄女晓丹和晓静从外面回来，她们一人提了一篮猪草，晓丹叫了声"姑"，茹烟笑着应了，晓静只是腼腆地朝她笑笑。这时，母亲从厨房出来，对她们说："乖娃儿，你们饿了吧？奶这就下饺子去。"茹烟听了直想笑，心想：刚才还埋怨俩孩子是负担呢。

晓丹和晓静一回来，小荷和豪豪也不看电视了，缠着姐姐要玩游戏，晓丹跟茹烟说想带小荷和豪豪去外面玩，母亲不让她们去，说外面沟沟坎坎的不安全，于是四个孩子回到屋里，他们的叽喳叫喊声几乎盖过了电视的声音。

"姑，你来看！"听到晓丹的叫喊，茹烟赶快放下小擀面杖，去到隔壁屋，只见满地的纸屑和散乱的书籍、相册。她知道这是小荷和豪豪干的"好事"，便训斥了他们几句，并以严厉的语气让他们把书捡起来。谁知，豪豪低下头站着不动，小荷受了委屈一样小嘴噘着、大眼睛红红的，好像错的不是她，而是茹烟。

无奈，茹烟忍住怒火开始捡拾书籍，晓丹和晓静也帮她捡，有《妇女生活》《大众电影》等杂志，有茹烟的姑姑、伯父和父亲上学时的课本，还有父亲整理的相册、集邮册以及曾祖父遗留的中医古籍，她看了又生气又心疼，特别是相册、集邮册和中医古籍，在她看来，是比母亲珍藏的印有袁世凯头像的银圆还要珍贵的传家宝。

相册里的照片多数是黑白的，少量是上了色的"彩照"，保存着从茹烟的曾祖父那辈到她这一辈的照片，父亲颇费心思地把所有照片进行了整齐又有造型的排列，每张照片旁边都做了标注，父亲的字迹工整硬朗，茹烟曾多次看过这些照片。

集邮册里的邮票是一张张贴在本子里的，茹烟记得里面的蝴蝶、金鱼和花卉邮票很好看。她翻了翻，大部分没有受损，可是有一张蝴蝶票和金鱼票被撕了下来，她顿时怒从心生，大声问道："小荷，豪豪，你俩谁撕的这个?!"豪豪吓得忙说不是他，小荷圆睁着眼睛愣在那里，茹烟已猜出是小荷干的，没等她开口，小荷已张大嘴巴哭了。茹烟也不去哄她，仍然怒气冲冲地说："还哭呢，看你干的好事！"

这时，父亲和王实走了进来，看到这场景，父亲张了张嘴没说什么，茹烟知道父亲很心疼他珍藏多年的宝贝，王实见状说了小荷两句，然后就拉着小荷出了屋。茹烟和晓丹、晓静继续把几本厚厚的中医书拾起，虽然茹烟没看过也看不懂这些古籍，她对未见过面的曾祖父却是心生敬意的，听父亲说曾祖父是个老中医，在村里开药铺，治疗臌症方面远近闻名。茹烟把中医古籍放到条几式的书架上后，嘱咐父亲一定好好保存这些物品，父亲"嗯"了一声，几个人出屋后，父亲上了锁。

十二点多，几碗热气腾腾的饺子上桌，茹烟端上母亲炒的土鸡蛋、凉拌黄瓜，然后把烧鸡、牛肉摆盘，还摆了一盘月饼，一家人开始坐下来吃饭。准备动筷时，茹烟没料到王实发表了一段开场白："爸、妈，祝你们节日快乐！身体健康！今年我们工作上事儿多，回来得少，还望二老多多包涵。"未见过世面的父母不知该怎么应对王实颇有仪式感的彬彬有礼，只是乐呵呵地笑着，"啊——嗯——好——"地应着。

也难怪，王实许久没来，自然要在岳父母面前表现得殷勤些，他先问了父亲的身体情况，说少抽烟对身体有好处，还关心地问母亲血压控制得怎样。母亲说真是多亏了邢医生，人家开的药又管用又便宜，还说等过了节想见见邢医生，看是否需要调一下药。王实说邢医生退休回老家了，母亲听了很惊讶地问："是不是？那以后看病咋办？"茹烟说："邢医生开的药咱都知道，只要您觉得这几样药管用，我以后直接去药店买就行。"母亲说："人家邢医生真是个好医生啊。"王实接过话："可不是嘛！他走的时候，我们单位送行的人把他家楼道和门前路围得水泄不通，那送行场面真让人感动。"母亲听了也不住地感叹。

邢医生是西岭监狱职工医院的医生，茹烟刚上班时，带母亲找他看过病，母亲自从吃了他开的降压药，血压一直比较稳定。这邢医生是一个有着特殊经历的人，听王实母亲说，邢医生曾是西岭监狱的犯人，因为有外遇，想毒死他又丑又没文化的老婆，后良心发现，把他老婆救了过来，判了死缓。

他上过医学院，入狱后在监狱里当犯医，时间长了，西岭监狱的人都知道他看病有水平，特别擅长心脑血管病的治疗。他服刑满十二年时就开始给干工们看病，曾救过一个监狱政委的命。一九八五年，他刑满留厂就业，把老婆接了过来，老婆来后没工作，就专职在家伺候他，他回到家就能吃上现成饭。茹烟经常能看到老两口晚上一起散步，她多次想：邢医生的老婆心真好，如果换成她茹烟，能宽宏大量地不计前嫌吗？能原谅曾经想害死自己的丈夫吗？

正当茹烟陷入沉思时，母亲对她说："小璐，我清早烙了些葱油饼，你们走时带点儿。""好。"茹烟很喜欢吃母亲烙的各种饼，她自己却不怎么会做。

吃完饭，母亲包了三个葱油饼，父亲装了一袋枣、一袋花生，茹烟并不推辞，王实谢了岳父母，然后他们起身返回，父母将他们送到大槐树下。

2

未进家门，茹烟就听见客厅座机"叮铃铃""叮铃铃"地响个不停，她急忙开了门，抓起话筒，让她惊喜的是，电话那头传来李诗华的声音："妈呀，终于打通了，你去哪儿了？从上午到现在我拨了 N 遍。"茹烟说："回老家了。你回文河了？""是滴，昨天回来的。本来想中午咱们聚聚的，现在只能晚上喽，我明天一早的飞机。"茹烟一听忙说："好。""带上老公和孩子啊，我老公和孩子也回来了。""好的。"

放下电话，茹烟和王实商量了一下，准备在一家中档酒店宴请诗华一家。傍晚时分，他们一家四口早早地来到一个烤鸭店，然后给诗华打电话说了酒店位置和房间号。

等两个老同学见了面，茹烟甚是惊讶，和诗华站在一起的不是她原来的老公，而是另一个男人，不等茹烟开口，诗华就介绍说："这是我老公，曾文生。""哦，你好。"茹烟微笑着和曾文生打了招呼，王实已热情地伸出手与曾文生相握。

茹烟注意到，诗华比结婚前胖了些，黑灰色的休闲服下隐藏着小肚腩和长着赘肉的腰，她不禁为诗华的变化感到惋惜，同时庆幸自己依然保持着纤细的腰身和平平的腹部。

诗华走到子豪和君荷身边，亲昵地说："来，让阿姨瞧瞧这一对漂亮的双胞胎！"说完，诗华分别在子豪和君荷的脸蛋上亲了一下，子豪和君荷懂事地叫诗华"阿姨"。几乎同时，茹烟也走到诗华的儿子旁边，满怀喜悦地问："小帅哥，几岁了？叫什么名字？"诗华儿子忽闪着一双大眼睛说："我叫马超，今年四岁了。"茹烟俯下身亲昵地抱了抱他，然后对诗华说："你儿子像你，五官标致，帅得很呢！""嘿嘿，我也觉得我儿子挺帅。"

谈笑中，他们进了雅间。王实忙着点菜、倒酒、倒饮料，茹烟和诗华热烈地交谈着。茹烟说一晃好几年没见面了，上次是诗华结婚的时候。诗华说这几年回来过两次，只是时间紧就没联系她，还问茹烟为什么不配一个传呼机，要有传呼机的话，就不会像今天这样把电话打爆了也联系不上她。茹烟半开玩笑道："没钱呗。"谁知诗华说："没钱我借给你，赶快买一个，方便联系嘛。""好啊，你借，我就买，哈哈。"诗华一本正经地说："你别笑，我回广州后就给你买。""谢谢，不用不用。"

　　四个凉菜上齐后，王实代表茹烟一家发表了几句很得体的欢迎词，然后和曾文生、李诗华一一碰杯。他们边吃边聊，通过聊天，茹烟得知曾文生是一个普通的海关干部，他的言语表情透着对诗华的爱慕和顺从。茹烟望着个子不高、长相一般的曾文生，心想：诗华为什么离婚了呢？她看上曾文生什么了？

　　诗华说，她现在主要做民事业务，刑事案件代理费是高些，但风险太大。她还说，刚出道的时候，没有经验，没有知名度，没有人脉，总之，除了资格证和执业证，什么都没有，开展工作很困难。不过，现在好很多，不能说轻车熟路，最起码干得顺手了。当诗华说到这里时，曾文生接过话："广州律师行中，诗华小有名气哩。"

　　茹烟听后不禁一阵唏嘘，感到律师这个"金饭碗"不是那么好端的，同时为诗华的良好发展感到高兴。

　　诗华还向茹烟"通报"了广州其他几个同学的情况：欧阳序已是广东高检的一名正科级检察官，有自己独立的办公室，他终于结束了"钻石王老五"的生活，今年和一个漂亮女人结婚了；温舒平在天河区法制办干得也不错，副科级，他女儿三岁了，长得很像温舒平，可爱得很；李向南不在东莞干了，考上暨南大学研究生；游芳有了孩子后在家当全职太太……

　　听了诗华的"通报"，茹烟感觉同学们的现况都不错，都比自己强，广州是大都市、经济发达城市，同为副科，温舒平要比她这个监狱的小副科不知强多少倍，游芳真自在啊，想必她老公很有钱，她才能潇洒地当全职太太……唉，如果不见诗华，不和同学们比较，茹烟觉得一切都还不错，可是一见一比，心理就不平衡了。

　　诗华问起茹烟的近况，茹烟说："目前在犯罪与改造研究所上班，没听说过吧？就是监狱的一个科级单位，分内事儿不多，分外事却很多，加上孩子小，感觉挺累，以前我一到周末就逛街，现在一个月能逛一次都不错了。"

　　诗华说："依我看啊，这个研究所不是久待之地，年纪轻轻的搞什么理论研究？有机会尽早出来。"这时，王实接过话："她去那儿，主要是先解决副科问题，等有机会了，我也希望她出来。"诗华说："哦，这样也好。"

　　聊了一会儿，茹烟问诗华梅岭市有认识人没，诗华看一眼曾文生说："他就是梅岭人啊，怎么了？"茹烟兴奋地说："那太好了，我想让你们帮个忙。"

　　接着，她把犯人荀向生的情况同诗华和曾文生说了，问他们能否帮荀向生要回他借给同事的两万元，诗华说："这种事光认识人不行的，他妻子已要过，没要出来，说明他同事看他入狱，不打算还了，若想要回这笔钱，得走诉讼途径。"茹烟就请求诗华帮这个忙，诗华想了一下说："好吧，既然你开了口，我只好答应喽。"茹烟赶忙道谢，诗华向她做个鬼脸说："跟我还客气。想不到你还有一颗菩萨心啊，不过，我有言在先，这事我尽力，能否办成，不敢打包票哦。""尽力就行，先谢谢你啊。""跟我还客气。"

饭局结束时，茹烟和诗华同上卫生间，茹烟小声问："你真潇洒啊，说离就离，什么时候的事？"诗华随意地说："去年。合不来就离呗，婚姻上我绝不凑合。""你跟马超爸爸认识好些年了，离了可惜。""没什么可惜的，他有外遇了，这种男人我怎么可能跟他过下去？嘁——"听诗华这么说，茹烟不再言语。

诗华回广州没几天，果然给茹烟寄来了一个传呼机。

第十二章 复归本行

1

又是一年春草绿。一个暖意融融的上午，茹烟正在电脑前写一篇关于西岭监狱近十年来罪犯脱逃情况的论文，董文宇在帮她整理有关数据。开完中层领导干部会议的唐所长回到办公室，他没坐下来就对茹烟和董文宇说："咱犯研所撤了，职能划归教育科，董文宇去那边继续从事这项工作，我和茹烟归属监狱新成立的法制室，办公地点在管教楼二楼，教育科隔壁。文宇啊，我们以后还能常见面。"

听了唐所长的话，茹烟和董文宇不免有些意外，董文宇说："唐所长，这犯研所怎么说撤就撤了呀？这两年跟着你干，我的理论水平提高了不少，以前在监区只知道干活，不知道总结，也不知道站在更高的角度和更广阔的视野看待监狱工作。"

唐所长说："我也舍不得你走啊，你勤学上进，思维敏锐，有一定的写作能力，很适合搞理论研究。只是这次调整是上面的统一要求，省局成立了监狱学会，各监狱也相继成立分会，并且都放在了教育科。只要你喜爱这项工作，不管谁当领导，你都能干好。"

董文宇说："谢谢唐所长对我的认可，以后还望唐所长多多指教。""谈不上指教，我们虽不在一个办公室了，但还是邻居，你有什么问题随时可以找我，咱们一起探讨。"

唐所长和董文宇交谈的工夫，茹烟心想：成立法制室对她茹烟来说也许是好事，毕竟可以在独立的专业部门做自己擅长的事情了，这也许是她在监狱工作的最好归宿，只是，岗位频繁变动，会不会影响她将来晋职？上班几年来，有干得不错的同事因工作调动或岗位调整影响了职务晋升，她担心这种情形落在她身上。

中午回到家，茹烟有点儿沮丧地和王实说起成立法制室和岗位调整的事，不料王实说："好事呀，干吗不高兴？你这个法律顾问又有用武之地了。""好啥好，顾问还不是顾上了问，顾不上就不问？也许我想法悲观了，总觉得法制室是个临时机构，过两年解散了，又得换部门，我可不想换来换去的。"

王实解释说："这你就不明白了，最近几年，尤其是创建部级现代化文明监狱以来，执法工作越来越规范，成立法制室是监狱走向法治化的一大进步。"

茹烟一撇嘴："真的？这话听起来真冠冕堂皇，照你这么说，我得为这次调整感到庆幸？""最起码不是坏事，而且，"他停顿了一下继续说："你可能不知道，这唐主任跟程狱长都是从省淮南监狱过来的，两人是铁哥们，你跟着他干，不会吃亏的。"

王实一番话让茹烟的心情好了许多，不再认为这次调整有什么不好了，甚至心里在盘算：自己要时来运转了吗？跟着唐主任干，提职、入党、评先评优什么的是不是都会很顺利啊？自己要成为女警中的佼佼者了吗？

当她这样想时，不由得想到了桂莉。桂莉去年以来挺红的，年初的监狱工作会上，程狱长点名表扬她，说她肯动脑筋、肯下功夫，销售任务完成量居供销科第一名。当时听了这话，茹烟一方面为桂莉感到高兴，同时心里又不是滋味：照这样的发展势头，在犯研所坐冷板凳的自己是不是要落在桂莉后面了？

当她听王实说起唐主任跟程狱长的关系时，觉得自己能跟着一个背后有靠山的领导工作不仅有面子，而且好运气就在前面招手呢。

下午，唐主任、茹烟和董文宇正式搬家，有驻狱武警的帮助，大小物品很快被搬到新办公室。让茹烟没想到的是，她的桌子并未和唐主任的放一起，而是放在他隔壁一间房里，她纳闷地问唐主任："唐主任，我，一个人坐这儿吗？"唐主任哈哈一笑说："我吸烟多，怕烟味儿呛了你，这次行政科分给我们两个房间，这间你先用着，让你享受一下正科级待遇，怎么？不乐意？"茹烟赶紧说："唐主任想得周到，谢谢了。"

茹烟享受正科级待遇不到十天，法制室先后来了两个人：副主任侯海军和副主任科员张宏喜。侯海军原为教育科副科长，创建部级现代化文明监狱时，他配合唐主任排练大型组歌《西岭印象》，两人关系处得很好，听王实说，是唐主任把他要来的。

张宏喜比侯海军晚到法制室两天。对于张宏喜，茹烟更熟悉些，刚上班时，张宏喜也在办公室，当时他四十多岁，又因两人是同乡，茹烟私下称他"张叔"，记得那时他很羡慕上了大学、去过大城市的茹烟，说他可怜得连省城都没去过，还记得张宏喜说他父亲曾是西岭监狱的监狱长，在一次上山检查工作的途中遭遇车祸身亡。张宏喜的长相很有特点，脸部就像一块圆圆胖胖的品质优良的红薯，虽然看着土气和缺乏棱角，却给人以清甜、愉快之感，他也的确常给周围人带来轻松和愉悦的感觉。

两人到来后，侯海军与唐主任同屋办公，张宏喜则与茹烟坐在一个房间。

到法制室的第一天，张宏喜感慨地对茹烟说："真是山不转水转哪！相隔几年后我们又在一起工作了。"茹烟说："可不是嘛，不知不觉，我上班快八年了。"两人聊了一会儿，张宏喜悄声对茹烟说："其实我不想来这里，领导非让我来，说我熟悉监区工作。可你看，唐主任、侯海军还有你，都是领导，就我一个兵，再说我年龄最大，如果换成你，你心里能舒服吗？"

听了张宏喜的话，茹烟很理解他的心情，并为他感到难过，便安慰他说："张叔，领导让你来是有道理的，法制室的工作有很多需要跟监区打交道，唐主任、侯副主任和我，你看哪一个对咱监狱熟悉？你虽然不是领导职务，在我心里，你就是无冕之王，就是西岭监狱的活历史，我想，唐主任、侯副主任他们都会尊重你的。"张宏喜叹口气说："尊重归尊重，可我面儿上挂不住嘛。"

茹烟一时不知该说什么，沉默片刻，张宏喜继续说："不过，我啥事儿都想得开，五十多了，还能有啥非分之想？只要把分配的活干好，对得起这份工资就行了。我父亲常说，革命是块砖，哪里需要哪里搬。上班这么多年，我向来是服从命令听指挥的。"茹烟不由得向他竖起大拇指："张叔，好样的！"

2

张宏喜到法制室后的次日，唐主任主持了一次四人会议。会前，侯海军用中原话戏谑道："老张一来，我们法制室成'四人帮'了。"唐主任摇摇头："不雅。"侯海军更正说："那就是唐僧师徒，唐主任带领咱们三个徒弟取法律真经。"唐主任又摇头："我来西岭监狱不足三年，怎敢称师傅？你们三个在这儿的时间都比我长，老张更是监狱元老级的人了，以后我得向你们学习。"张宏喜说："那可不敢。论年龄，我最大；可论学历论知识，你们都比我强。"侯海军说："都甭谦虚了，大家互相学习呗。"唐主任吸一口烟说："对，相互学习。"

过了一会儿，唐主任的表情由轻松转为严肃，话题转向工作。"现在咱们开个会，主要有三项内容，一是传达监狱党委的要求和部署，二是明确一下分工，三是布置近期工作。"说着，他戴上眼镜，翻开笔记本，一字一句地念道，

"……党的十五大提出依法治国、建设社会主义法治国家的基本方略，依法治监是依法治国对监狱的必然要求，也是现代化文明监狱的应有之义。成立法制室是监狱工作适应形势的需要，我们的任务是为监狱的健康发展保驾护航。"

唐主任用手扶了扶眼镜，清清嗓子继续说："下面我宣布一下分工：张宏喜负责检查、指导监区执法工作，收集犯群中的法律问题，以便我们及时地提供法律服务；侯海军负责与科室特别是管教科室的联系沟通，督促检查建章立制、开展法制教育等工作；茹烟负责审核、登记合同，提供法律咨询服务以及起草各类法律文书和材料。需强调的是，分工不分家，具体开展工作时，大家要相互配合。随着工作的逐步展开，法律事务可能不仅仅限于以上提到的这些，这需要我们之间的密切协作才能更好完成。"

最后，唐主任说："法制室刚成立，党委对我们给予了厚望，所以我很有压力，咱们要尽快打开局面啊。"侯海军一拍胸脯说："唐主任一声令下，我们立即照办。""好，我相信你们。眼下就有个急活，看你们能不能干得漂亮。"唐主任说着摘掉眼镜。侯海军问："啥急活？"唐主任说："四月中旬，省局将在我狱举办一期法律业务培训班，省属监狱的主管领导和法律工作者都要参加，咱们得做好会务组织和接待工作。""领导你放心吧。老张和茹烟是从办公室过来的，都有办会经验，再说俺也不差呀。"侯海军的中原腔把大家逗乐了。

之后，他们通力配合，筹备培训班事宜。十二日，培训如期开班，这是茹烟参与组织并参加的系统内第一个法律业务培训班，她原以为西岭监狱很早就开展法律业务，现在又成立法制室，工作应该是数一数二的，听了其他监狱的发言，她才知道有些单位做得更好，有的早在九三年就成立了法制室。

听了省局李副局长和法制室赵主任的讲话，她感受到上级领导对法治建设的重视，感到了形势的紧迫。李副局长说："依法治监是大势所趋，我们每个法律工作者都有义不容辞的责任来推动这项工作。各单位要结合司法部从今年下半年在全体监狱警察中开展的综合素质教育活动和全省开展的'争创法治建设先进单位'活动，依照《宪法》《监狱法》《人民警察法》等有关法律法规，依法、科学、文明地办理监狱事务，正确执行刑罚，切实解决目前存在的个别干警法制观念淡薄、以权谋私、与罪犯界限不清等问题……"

赵主任针对系统内法制工作现状指出："同志们，目前的形势不容乐观，特别是监狱企业经营方面涉及的法律事务，有些监狱不懂得拿起法律武器保护自身利益……今后，各监狱要以这次培训为契机，学习先进单位的经验，加强联系沟通。省局将进一步做好组织协调工作，密切关注监狱系统法治建设的新动向，及时解决基层出现的困难和问题，为监狱工作的法治化做出不懈努力！"台下响起"哗哗哗"的掌声。

培训结束后，几个人很快进入角色。作为负责人的唐主任更像一个业务带头人，尽管他曾自修过法律本科课程，每天仍抽出一定的时间来学习。他常说，法律在不断更新，光吃老本是跟不上形势的，还对茹烟他们三人说"打铁必须自身硬，只有将法律法规熟记于心，才能得心应手地做好工作"。

曾当过老师的唐主任还跟他们"约法三章"：每人每周业务学习不少于十小时，每半月由茹烟出题对他们考试，每月为全狱干警工上一次法制课。刚开始，侯海军和张宏喜很不适应这种学校式的规定，特别是张宏喜，他对唐主任说："唐主任，你一天让我跑十趟监狱都行，可我不是学习的料，别让我考试和讲课了。"唐主任就说了一通活到老学到老之类的道理，可张宏喜依然坚持他的想法，见拗不过，唐主任只好同意他不参与讲课，不过，考试仍要参加，只是改为一月一次，学习也不能少，最起码要掌握基本的法律知识。

侯海军和张宏喜大多时间待在基层，每天，他们只要一回办公室就新闻不断，像什么"监狱黑板报绘画艺术被省电视台报道了""文河市中级人民法院的法官来狱为犯人提供免费的法律咨询了""教育科董文宇编写了大型豫剧剧本《殊途异归》，经犯人文艺宣传队排练后在狱内演出了"……诸类消息不绝于耳。

不过，他们说得更多的是法制工作，例如，"个别犯人在劳动中不慎受伤，按照《监狱法》规定可以鉴定为工伤并给予一定的经济补偿，但应该怎么补偿没有相关规定，遇到这类问题该怎么办？""有的犯人提出，家里很穷，没有其他兄弟姊妹赡养父母或者无力赡养，监狱是否可以规定对这类犯人进行救助？"……遇到这类问题，唐主任都会认真对待，和大家一起多方了解情况，探讨解决途径。

对茹烟来说，审核登记合同是一项基本业务，与以往有所不同的是，合同量大、种类多，内容涵盖了管教、生产、政工、行政后勤等方方面面，如果是涉及监狱重大事项的合同，经办部门还要组织由监狱长或主管领导参加的评审会，要求纪检、财务、法制等部门人员参加，与会人员充分发表意见和建议，共同把好合同关。

茹烟发现，如今签订的合同比以前规范了很多，这让她省心不少，然而，跟踪了解合同履行情况时，她又有些担忧：生产方面的轴承购销合同履约率较低，履行过程中，常出现产品卖出后货款回收困难的情形。

为此，她建议销售人员之后签合同时注明"先付款后发货"，销售人员告诉她："你是不了解现在的市场行情呀，受东南亚金融危机的冲击，全国轴承市场严重萎缩、疲软，这种情况下，有哪个买家肯付全款？能预付三分之一的货款就相当不错了。"销售人员跟她说时大都一脸的无奈，茹烟听了也很无奈。

这种情况势必导致监狱企业外欠款居高不下，流动资金日益紧张，进而造成企业向原材料厂家的货款赊欠，形成三角债、多角债。茹烟心想：这个问题已超出法律本身，想必监狱领导也解决不了这种问题，也许需要国家政策的支持和社会环境的改善，也许还需要监狱体制机制的转变。

除了合同，茹烟要分出相当的时间和精力去处理一项新业务——为犯人提供法律咨询和解决问题。每隔三四天，张宏喜会转递给她一个法律问题，对此，她先查找法律条文作为解答的准确依据，后结合问题条分缕析，解答时不仅依法说理，还从语言上对犯人体现真诚和关心。

慢慢地，犯人所提问题越来越多，于是，张宏喜建议在狱内报刊《启明导报》上开辟一个"启明信箱"专栏，能让全部犯人看得到所提问题和答案，避免同类问题重复提问，同时也普及了法律。茹烟将建议汇报给唐主任，唐主任很赞同，鼓励她好好做下去。

除了面向干警和犯人，《启明导报》还发往省局和省内兄弟单位，影响面很大，茹烟自然得谨慎。除了查资料、查条文，她常常跟张宏喜一起深入监区，与提问题的犯人面对面，全面了解问题的来龙去脉和犯人的内心需求。此外，每回答一个问题，她都要跟踪问效，通过张宏喜或其他干警询问犯人的实际问题解决了没有，权益是否得到了保护。

这项工作让茹烟对犯人有了多方位的认识：他们无疑是有罪的，其中的极少数不安心改造，总想伺机逃跑或者搞其他破坏活动，让人感到可恶可憎；但他们中的多数是悔过思改、弃恶从善的，有相当一部分犯人洗心革面，爱学习、勤钻研，改造成果可观——获得职业技能等级证书、自学考试毕业证书，在刊物上发表文艺作品，发明专利，等等，他们让茹烟真切感受到了"浪子回头金不换"的巨大能量。

与此同时，茹烟又觉得犯人在某些方面是弱势群体。像其他公民一样，他们是可以享有大部分民事权益的，但这些权益的行使，会因其特殊身份受到很大限制，其权益往往得不到有效保障，甚至影响到家人的正常生活。她记得，一个犯人入狱后，村委会以他在监狱服刑为由，收回他原有的责任田及承包的河滩荒地，他委托家人要求村委会撤销决定，继续履行承包合同却遭到拒绝……每每想起这些，茹烟同情之余，还想方设法帮助犯人及其家属维护权益。

闲暇时，她会想起自己初上班时张宏喜说的"女同志一周的工作一天就能完成"这句话，并常拿这句话"质疑"张宏喜，张宏喜总是笑呵呵地说："那是老皇历了，以后我得与时俱进，不能拿老眼光看你们女同志喽。"

3

不知不觉到了年底，又到了写工作总结的时候。茹烟动笔前，唐主任召集侯海军、张宏喜和她三人开会，梳理法制室成立以来的工作开展情况。唐主任爱开会，几乎每周一次，不过，他组织开会并非简单地念念报纸、文件，大部分时间是用来探讨业务、交流思想的，通常先听听他们三人的意见和看法，然后他头头是道地总结出个一二三来。

这次，他一改往日惯例先发了言："法制室成立不到一年，在监狱党委的带领和支持下，工作取得了长足进展……"然后，他扳着指头一条一条地讲：

一是依法治监制度化。主要表现在建章立制上的全面、系统、明确，可操作性强，制度化建设把干警的一切活动纳入法律允许的范围内，使罪犯改造工作更加严格、科学、文明，为依法治监奠定了扎实基础。

二是准确执行刑罚，加强了执法监督。监狱执法活动更加规范，比如减刑，严格按照修改后的"三公开一推荐"制度执行，本着"公开、公平、公正"的原则严肃认真实施，不省略一个环节，纪检监察机关全程监督。

三是依法经营。监狱企业从原材料供应、检验到生产、销售各环节都在法制轨道上运行。

四是干警工的法律意识越来越高，依法治监理念逐步入脑入心并化为干警的自觉行为。"

说完，唐主任让大家补充。

侯副主任说："的确，现在执法活动越来越规范，比如，进一步健全了准予保外就医的工作程序，初审罪犯保外就医材料时，实行三级合议制，对拟予保外就医的犯人，在犯人所属分监区会议讨论通过的基础上，实行分监区、监区、监狱三级领导集体评审；还有，现在考察罪犯保外就医的程序越来越严密，要求考察干警在实地考察中必须做到'五见面一检查'，由于制度完善、程序合法、考察及时，一年来没有一名警察因保外就医而发生索贿受贿等违法违规行为，有力保障了罪犯的权益和刑罚的正确执行。"

茹烟好奇地问："什么是'五见面一检查'啊?"侯副主任说："就是负责考察的干警要与当地公安机关、村委会或居委会、当地群众、具保人（犯属）及罪犯本人见面，并亲自带领罪犯到县级以上医院进行病情检查。"茹烟一一记录着，生怕漏掉一句话、一个字。

侯副主任讲完后，茹烟简要总结了合同和法律咨询方面的情况，她顺便提到，经自己一律师同学的不懈努力，通过诉讼手段为犯人苟向生要回他入狱前借给同事的两万元。

张宏喜立即向她竖起大拇指："茹烟这是做了一件大好事，了不起！"侯副主任也高兴地说："那应该宣传出去呀！"唐主任接过话："我把这件事情汇报给了领导，领导已安排教育科写一篇专题报道，准备投稿给《中原法制报》。"茹烟忙说："谢谢唐主任。"

接着，张宏喜也有板有眼地讲起来：

"这几年咱监狱的'三自'创收，也就是自种、自养、自制工作在全省监狱系统是出了名的，丰富了罪犯的食物品种，进一步提高了他们的生活水平，食物量超过部颁标准，有不少犯人跟我说，能在西岭监狱服刑是一种幸运。

其次是今年监狱在犯群中推行了分级管理并积极兑现分级处遇政策，开通了亲情电话，对宽管级犯人实行了奖励探亲，对符合条件的犯人实施了亲情共餐，等等吧。"

"哈哈哈，哎呀，大家这么一说倒像是监狱工作总结啦。"听完三人的讲述，唐主任大笑起来，然后扶了扶眼镜。

侯副主任像个受了委屈的孩子一样眨眨眼，嘴角微微向下撇，他看着唐主任说："不跑题啊，唐主任，法制工作本来就是全局性的嘛。"唐主任收起笑容，若有所思道："你说得没错，依法治监的确事关全局，只是——这么多内容，让茹烟怎么写啊？""唐主任，放心吧，这点儿活难不倒茹烟的。"

茹烟只是笑而不语，就在她以为会议要结束时，唐主任清了清嗓子说："最后啊，我还得说说不足和问题。"说到这里，他停顿一下，其他几个人的表情也复归严肃。

唐主任说："法制室刚成立，我们的工作还有很多不到位的地方，有的干警执法意识不够强，在执法程序、执法文书、执法行为等方面均不同程度地存在问题，有的干警在平时执法过程中不注重程序和文书的规范化，不注意保存书面材料，导致犯人特别是刑释人员及家属控告干警，使监狱处于不利境地。此外，罪犯死亡处理中涉及的法律问题、罪犯工伤的认定和处理、罪犯刑满释放后交接工作的完善问题等，都有待于我们的法制宣传和业务工作进一步加强。当然，这些问题有些是深层次的，涉及监狱执法的法律依据如何完善的问题，有些需要监狱和地方单位的共同配合和努力才能解决。但是，作为监狱法律工作者，我们首先要练好内功，会发声、勤发声，为早日实现全面依法治监做出努力。"

听了唐主任的一席话，茹烟心想：唐主任其貌不扬，也不修边幅，不过，他性格随和，工作能力和领导方法很有一套。

第十三章　茹烟与苏玉卿

1

"心灵之约"工作室。

上午九点多，苏玉卿和茹烟同时忙碌着，她俩在主持一次团体活动，茹烟当苏玉卿的助手。

团体小组成员共有五人：包括袁珍珍在内的三女一男仍是上次的团体组员，另一个四十多岁的男士第一次来，他自我介绍说是文河市看守所的，因同事工作上走不开就顶替他来了。这名男士的到来让茹烟有些担心，其他成员会不会因为他的到来而不满？会不会在活动中封闭自己，以示对团体更换成员的抗议？

果然，在自由发言环节，其他三人尚好，平时很活跃的张女士变得沉默寡言，不时还用敌意的目光看着新来的男士。茹烟见状，心里有些慌乱，苏玉卿倒是沉着，她把这位男士叫到一边悄声说："我知道你们单位是预交了一年费用的，你那位同事不来，钱也不会退，你们领导觉得浪费了可惜，就换个人来。这我能理解，不过，你的到来会让他们产生不满和抵触情绪，这样吧，你既然来了，向大家道个歉，取得他们的谅解，气氛会缓和些。"

这位男士按苏玉卿说的做了，他诚恳的态度起了作用，张女士不再敌意地看他，最后也发了言。

五个人的分享中，婚姻情感方面的内容居多：三位女士中，两个离异，一个遭家暴；两位男士，一个被妻子戴了绿帽，一个因婆媳关系紧张而焦头烂额。

当初，苏玉卿找茹烟来工作室帮忙，茹烟曾犹豫过，觉得王实出了事，自己的心理尚处于脆弱状态，怎能帮到别人？苏玉卿说，不用过于担心，你已有心理学基础，也有资格证，具有较强的心理修复能力，再说，一旦接触了一个个来访者，走进他们的内心，说不定啊，你认为的不幸将不再是不幸，问题也将不再是问题。

苏玉卿说得没错。听着他们的诉说，茹烟暗想，自己是不幸的，但在某些方面，她是幸运的：袁珍珍与她一样，在家里是唯一的女孩，却遇上一个重男轻女的父亲，而她茹烟一直是父亲的掌上明珠；张女士离异又失业，儿子也没有正式工作；看守所的男士有一个自闭症的女儿……

2

中午，两人去工作室附近的一个饺子馆就餐。饭吃一半时，苏玉卿接到一个电话，只见她的表情从平静到不安。"……嗯，好。"挂了电话，她说："我得去隆安小区一趟，布兴的妈妈说，布兴这两天又逃学了，我过去看看，工作室你们招呼着。""好，你去吧。"茹烟应道。

布兴是一个小学六年级学生，前段时间，他妈妈带他来找苏玉卿做过咨询。

茹烟心想：苏玉卿下午不知何时能返回，两人之前约定的催眠可能要落空了。落空就落空吧，让孩子回到学校要紧。

吃完饭，茹烟回到工作室，在一楼休息。躺在沙发上，茹烟散开长发，盖上毛毯，打开手机里的古筝曲《云水禅心》，音量调到让耳朵舒服的状态，闭上眼睛，袁珍珍、张女士、布兴、王实、张老师依次进入脑海，于是她将平躺改为右侧卧，双手合掌，专注于舒缓优美的音乐中，慢慢地，进入脑海的人一个个远离了她的意识，身心渐渐放松、放松……

李诗华来到茹烟面前，茹烟问："你老公不是梅岭人吗？能帮一个孩子在那里联系一个学校吗？"诗华问她怎么了，谁的孩子没学上了，茹烟就把荀向生家里的遭遇跟诗华说了，诗华并不作声，只是领着她腾云驾雾地到了梅岭市，一个山清水秀的地方。

她们沿着一条林荫小道走，不一会儿，茹烟看到一个院子，院门上方的拱形牌上写有"梅岭太阳村"几个大字，正迷惑不解时，诗华说："喏，可以把孩子送这里。"茹烟问她这是什么地方，"这是专为服刑人员子女设立的学校，公益性质，不收费。"茹烟听了兴奋地说："哦，还有这种学校，太好了！那咱进去问问吧？""问过了，你直接把孩子送来就行。""好。"

后来，不知在什么地方，茹烟见到了荀向生的妻子和儿子。他妻子半躺在床，下肢全被截掉，美丽的脸庞显得憔悴而忧郁。她瘦弱的儿子胆怯地看着茹烟，茹烟跟荀向生的妻子说了事情原委，可怜的女人听了很高兴，感激地探着身子要拉茹烟的手。茹烟走上前，拉着她的手，让她不要难过，还给了她一千元，然后带着男孩离去。

意象转换成西岭监狱，苟向生向茹烟鞠了一个九十度的躬，感激涕零地说："我儿子不会失学了！不会失学了，茹警官，真不知该如何感谢您！"茹烟并未说话，只是拍拍他的肩。稍后，她感觉自己一个女的单独与犯人待在一起不合适，也不安全，想离开，却找不到走出监狱大门的路径。

茹烟感觉身上有点冷，她动了动身子，把毛毯往肩部拉了拉，虽然眼睛仍闭着，意识已渐渐复苏。刚才她睡着了，还做了一个梦，梦见诗华，还有苟向生！怎么会梦见犯人呢？她思索着，苟向生？他是谁？哦，想起来了，就是那个曾有恩于他家的人，在王实队里待过。王实曾跟她谈及苟向生的事儿，说不知道该怎么帮他渡过难关，让他儿子回到学校，还问茹烟能否从法律上给苟向生提供一些帮助，比如，他借给同事的两万元能否要回。

3

下午四点多，苏玉卿回到工作室，她看起来很疲惫，脱了鞋就歪倒在沙发上，茹烟递给她一杯水。"怎么样？布兴愿意回到学校吗？"苏玉卿摆摆手说："无能为力啊，布兴说，想让他上学可以，除非他爸妈复婚。可他妈妈说复婚是不可能的事，你说，遇到这种情况，我们咨询师有什么办法？"

"要我说啊，你完全可以不去的，咨询师又不负责解决来访者的现实问题。"

苏玉卿解释说："这不是孩子家长打来电话了嘛，咨询师是不解决来访者的现实问题，可是现实问题的解决往往有助于他们心理问题的解决呀。"

两人一时沉默不语。过了一会儿，苏玉卿接着说："茹烟，你知道吗？布兴让我想到了自己，记得曾经跟你说过，我十一岁时，也就是跟布兴差不多大时，父母离了婚。当时我觉得世界末日要来临了一样，原本幸福的家庭说散就散了，我哀求父母，却没用，我多么不想让他们离啊！所以，我完全能理解布兴合情但不现实的要求。"

茹烟叹口气说："是啊，离婚对孩子的伤害太大，现在很多问题少年都出自离婚家庭。"

"这是我一直担忧的，也是我致力于做青少年心理治疗的原因。"

"你很了不起。"茹烟由衷称赞道。

"可我常常感到无能为力。"

"只要我们尽心就好。"

聊了一会儿，茹烟说准备回家，苏玉卿说："不回了吧？咱俩等会儿做做瑜伽，晚上聊聊天。"茹烟没想到苏玉卿会挽留她，又想回家也是孤身一人，就答应了。

茹烟跟苏玉卿练瑜伽已三个多月，自王实出事后，她的心总处于焦虑、恐惧、担忧之中，常常失眠、做噩梦，苏玉卿建议她做瑜伽，瑜伽会让人的心静下来，甚至能进入禅定的境界。她相信苏玉卿的话，只是她怕自己坚持不住，担心有些高难动作不会做或做不到位，苏玉卿说不一定天天做，随心就好，刚开始可以做一些简单动作。于是，她就跟教练级的苏玉卿练起瑜伽了。

换好衣服、放好垫子后，茹烟正欲打坐冥想，苏玉卿说："稍等，燃根香。"说完，她去拿了香和香插，放在大厅的一角，将其点燃，然后坐回瑜伽垫。茹烟把音乐调至起始位置，她知道，苏玉卿爱讲情调，做瑜伽时常会点上熏香，还把灯光调至自己最喜欢的柔和度，说这是最优雅的瑜伽习练方式。

随着腹部、胸部的一呼一吸，两人不再说话，闭上眼，仔细体会着深呼吸带来的身心放松和平静。

4

次日，茹烟在家休息。

午后时分，她躺在书房阳台的摇椅上闭目养神，这是她近几个月来才养成的习惯。一个人待在四室两厅的阔屋里，她感到孤独、寂寞，甚至害怕，所以，即使不看电视，她也常常打开电视，让声音与她做伴。晚上，她会打开各屋的灯，驱走黑暗和阴影，睡觉前，会下意识地检查一下大门锁好了没有。王实出事后，何竹来与茹烟同住过几晚，见她形单影只，何竹就劝她养只猫或狗，给家里增添些生气，茹烟喜欢可爱的猫狗，却不愿费工夫侍弄它们。

昨晚，她和苏玉卿聊了很久。

"下午尝试自我催眠了吗？"苏玉卿问。

"没有，不过，做了一个让我高兴的梦，一个有意味的梦。"接着，茹烟叙述了梦境。

"不知你发现没有，从第一次张老师给你催眠到上周，再到今天，无论在你的催眠状态还是梦境，犯人是不可或缺的重要角色，而你往往是摆渡人的身份。

这很有倾向性，说明你潜意识里有强烈的帮助犯人的愿望，这愿望也许很早就在你潜意识里扎了根，但是现实中你忽视了它，意识屏蔽了它，现在，潜意识让它浮现了出来。"

"哦，你一说还真是这么回事。记得张老师问我催眠的动机，我说想探究一下走过的路是否有偏差，是否丢失了什么。也许，这就是我丢失的东西吧。"

茹烟想了想，继续说道："玉卿，我想起来了，这愿望萌生得很早，准确说，是在我九岁的时候。那时，我的一个同学也是好朋友叫小芹，她父亲在一个夏日清晨被公安局抓走，从此她们家成了悲惨世界，母亲疯了，小芹和弟弟妹妹生活没有着落，经常饥一顿饱一顿，衣服破破烂烂的。我看他们可怜，就经常给他们送吃的、穿的，难得的是，我母亲知道后并没有阻止，还说我做得对。可是，我们的善心改变不了小芹的苦命，她后来辍学，嫁给一个爱赌博的男人，男人还不起赌债就打她骂她，小芹不堪忍受折磨，跳井寻死了。可怜可惜呀！"

"所以，你对犯人子女有一种自发的同情心，你总想为他们做点儿什么。"

"是的。不仅仅是犯人子女，我还想为犯人做点儿什么。"

"可是，当初我劝你去服刑人员心理健康指导中心，你不听啊。"苏玉卿遗憾地说。

"唉，别提了，那时糊涂。"

"梦是愿望的达成，梦也可以滋养人。尽管你已回不到过往，但通过梦幻的方式实现一种想象的人生，不再困于心、囿于事，获得心灵的升华，这也是你以渡人者的角色出现在梦幻中的缘由吧？"

"你这样一说，我心里越发清晰了。"

"那就朝这个方向走下去吧。不过，由我给你暗示催眠，时间上不能保证，再说这也不是我的强项，张老师又不能经常来，你最好试着自我催眠，效果可能更好些，其实，所有的催眠本质上都是自我催眠。"

"好，曹兴泽的《催眠术》我已看完，回去试试再说吧。"

茹烟眯着眼，回想着她和苏玉卿的对话，后来，她不再去想，放空思绪，让身心沐浴在初冬的暖阳中。

醒来时已三点，她慵懒地起身，然后到客厅喝了茶，接着回到书房，再次拿起《催眠术》翻起来。"如果决定进行自我催眠，首先，要明确你的目的……即使你的目标只有你自己能够明白，而其他人根本无法理解你，你也完全不需要担忧，不要悲观，不要放弃。"

看到这里，茹烟觉得这段话简直就是为她而写！是的，她的目标很明确，别人无法理解就让他不理解好了，我自己能理解就行，哦，不对，苏玉卿也能理解。

"最好是在很放松的状态下，也就是在轻微的半睡半醒状态下选择目标……"

"列出目标"……

"不需要，我的目标就是帮助犯人和他们的亲人，这个目标早在我心里扎根了，还用列出来？"茹烟这么想着，还是拿了本子和笔，记下目标，并备注一个词：创造性想象。

她继续看了一会儿书，把自我催眠的步骤熟记于心，为晚上临睡前的实践做准备。

合上书，茹烟站在书柜前，想找出第一次接受催眠后写的心得笔记，翻了半天也没影，于是她打开书柜下部的柜门，里面是不常用的书籍和本子，翻了一会，还是没找到。到底放哪儿了呢？正思忖时，一个牛皮纸封面的小笔记本吸引了她的目光，上面写着"工作记录"，时间落款是"一九九五年"。这是王实的工作笔记，茹烟饶有兴致地翻看起来，里面内容有每天的日程安排、需完成事项、与犯人谈话片段、工作心得等。茹烟随意翻阅着，目光停在一页关于"张黑子"的记录上。

张黑子，一九五五年二月出生，中原省东峡县人，强奸罪，死缓，九四年三月入狱，因强奸对象是他侄女，入狱后，别的犯人都瞧不起他，他也感到抬不起头，心理负担重，不爱与人交谈，烦躁、焦虑、内疚，情绪变化无常。

近些天，将他带到新成立的女警教育中心，负责心理咨询的女警经过几次网络谈话，他情绪渐趋稳定。他对我说，是女警帮他突破了自己的心理障碍。看来，开展心理咨询有助于罪犯改善情绪和接受改造，有助于他们人格的完善。

看到这里，茹烟一阵兴奋，心想：她要是去女警中心就好了，不行，自己当时还不懂心理咨询，怎么帮犯人？那是哪个有专长的女警帮张黑子稳定情绪并突破心理障碍的呢？王实，你为何写得这么简单笼统？

茹烟接着往后翻，看到这样几段话：

"戴克不讲卫生，让同监舍人都很反感，荀向生尤其讨厌他，问我能否调换监舍。看来这已不是件小事，有机会找戴克谈谈，同时加强监舍卫生管理。"

"赵老福爱捣鼓事儿，好搬弄是非，还经常在狱内捣鼓日用品、熟食品、香烟等，见啥捣鼓啥，犯人背地里都叫他'老捣鼓'。队里曾处罚过他，可他屡教不改，向领导申请把他调出三队，领导不同意。唉，真让人头疼。"

中队工作，点点滴滴；犯人管理，实属不易。看着王实的笔记，茹烟心生感慨，忽然，她兴奋地把张黑子具体化到暗示目标里，写在本子上。后来，她打开书柜下部另一柜门，继续找自己的心得笔记，这次终于找到了。

五点钟的时候，茹烟坐在古筝前，她先练了基础指法，然后弹奏《云水禅心》，这首曲子是她近几个月的最爱，永远也听不厌、弹不烦。以前她爱弹《春江花月夜》《女儿情》《忆江南》《琵琶语》《声声慢》……这些曲子妩媚、清丽、柔美、动情，《云水禅心》让她安宁，让她进入禅定的境界，她现在正需要禅定般的宁静和超脱。

5

晚上十点钟，一身轻松、满心期待的茹烟躺在床上。卧室只开了一个离她远一点的床头灯，光线柔和朦胧，耳边萦绕着手机里流淌出的《云水禅心》的宁静乐声，她屈膝仰卧，双手缓慢地做腹部按摩以放松身体，这是她自我催眠尝试的第一步。她想：在自己的私密空间更自由自在，想怎么放松就怎么放松，不拘泥于书本所写。

随着手在腹部做太极，身体开始微微发热，呼吸变得深长，头脑里没有了思维，浑身每一块肌肉逐渐松软，茹烟感觉要昏昏欲睡了。

不过，她已设定了闹钟——十点一刻，这个时间差不多是她昏睡感浓郁之时，当闹钟一响，她就会缓缓地睁开眼睛，再次确定自我催眠的目标，然后将仰卧改为更为舒适的右侧卧，放松地反复默念暗示台词：我去了女警中心，帮助张黑子的女警是我，我知道了王实没有写出来的详细情况。

茹烟不知道自己念了几遍暗示台词，也不知道从哪一瞬间起，她进入恍惚状态，潜意识开始演情景剧。

得知监狱要成立女警教育中心的消息，茹烟对王实说："我要去女警中心。"王实担忧地说："女警中心要接触犯人，你去了我不放心，还有啊，若这两年晋升职务，办公室肯定比你在女警中心有利。""又不是我一个女警，有什么不放心的？只要能帮助犯人，我不在乎提职不提职。"王实见她态度如此坚定，也就不再说什么。

茹烟高兴地去了女警中心，她很开心地工作着。一名性格内向的犯人，有心事不愿对别人讲，经常闷闷不乐，许多犯人都说他像"木乃伊"。在茹烟教育和帮助下，他像变了个人，他对周围同犯说："茹警官像姐姐一样亲切，你们可以找她聊聊。"

一天，王实把他队一名叫张黑子的犯人带到心理咨询室。让茹烟感到奇怪的是，站在她面前的张犯是人面鳄鱼身，头部用长长的白头巾层层包裹着，只露出一双大眼睛，眼神里充满不安和期待。经询问，张犯才吞吞吐吐地说，他因强奸侄女在监狱抬不起头，其他犯人都躲着他，他也不敢跟他犯交往，一直陷入对侄女的内疚之中。妻子跟他离婚了，没人来看他，他整日烦躁不安，觉得自己不配做人，活着没什么意思。

面对这样的犯人，茹烟其实心里也充满了鄙夷和憎恨，但她知道，张犯能主动前来寻求帮助，说明他已对犯下的罪行有了忏悔之心，有改恶向善的动机，所以，她应该摈弃自己的鄙夷和愤恨之心来帮助他弃恶从善。于是，她耐心细致地开导张犯说："你能鼓起勇气向我吐露心声，说明你已走在向善的路上，这是非常难能可贵的一步。别的同犯瞧不起你，孤立你，这一方面说明他们心里有个善恶对错的标准，一方面说明你有了知耻之心，俗话说，知耻而后勇，只要你认识到自己曾经犯下的错误，重新做人，积极改造，相信别人会改变对你的看法的。"

这时，王实接了话："黑子，咨询师的话你也听了，不用背思想包袱，将过去画上句号，从现在开始，用你的洗心革面和改造成绩改变他犯对你的看法，弥补你对侄女、对家庭造成的伤害。"张犯认真听着，下决心似的点了点头。

一段时间后，王实对茹烟说："张黑子最近情绪又不稳定了，整天不怎么说话，有时抱头痛哭，有时又烦躁不安。问他，他说要谈也是跟咨询师谈，看来你上次的开导效果不错啊。""那当然，我是帮助犯人的天使，嘿嘿。"

王实把张黑子带到心理咨询室之前，茹烟通过王实及其他带过张犯的干警了解情况，查阅了张犯的档案，基本掌握了该犯的精神状况。来到咨询室后，茹烟看到张犯不再是人面鳄鱼身，头上也不再包白头巾了，她用温暖和期待的眼神望着张犯，只说了一句话："你如果相信我，就把你的心思说出来。"在具有亲和力的茹警官面前，张黑子放下戒备之心，倾吐了内心的苦衷：

"在我的案子开庭审理前，我哥哥赶去法院听审，可是人并没有到法院，也不见回到家里。从九二年到现在，三年了没有一点音信，活不见人，死不见尸，我父母已七十多，我嫂子带着她的小女儿和我十岁的儿子，苦撑着家。我入狱后，从无亲人接见，也没有收到家中的信件和钱物。茹警官，我知道这是我活该的下场，怪不得家人，只是我哥哥现在到底在哪里？他是死是活总得有个信儿啊！"

茹烟问："你上次来，这个情况怎么不说呢？"

"上次来，我是听说茹警官待我们犯人亲切，不歧视我们，有什么知心话可以同您讲，不过，当时有试试看的心理，也想着一次不能说两个事。这些天总是看到同犯接见，我就想起了不知下落的哥哥，心里很不安宁，觉得自己对家庭负罪太重。"

"你对哥哥、对家里的担心我能理解，可是，再担心也改变不了他们的处境，你不能一味地陷在烦恼、苦闷、痛苦、悔恨之中，只有争取早日新生，才能对父母尽孝，对家庭尽责。希望你能培养开朗豁达的性格，提高自己的心理承受力，每逢想不开时，多找队里干警谈话，争取他们的信任和理解。随后我会和你们队的干警商量，看能否打听到你哥哥的下落。"

"好，谢谢您，茹警官。"

不久，茹烟和王实前往张黑子的老家了解情况，得知他哥哥在去法院的途中遭遇车祸，成了植物人。他嫂子在家既要照顾病人又要养育两个孩子，很难抽出时间去监狱看他。父母恨他害了他侄女，说这辈子都不想见到他。

茹烟和王实跟他们讲了黑子在监狱的情况，说黑子很想念他们，母亲听后不住地流泪，说儿子丢了张家的人，他们在村里也抬不起头。茹烟和王实就跟他们讲了一番道理，还劝他们去监狱探视一下黑子，母亲勉强答应，父亲和嫂子死活不肯。

得知家里情况后，张黑子悲喜交加。他说："不管怎么样，哥哥有下落了，他没死，哥哥的不幸是我造成的。父亲和嫂子不来看我，我不怪他们，谁让我犯下不该饶恕的错误呢？茹警官和王警官，谢谢你们！今后我的人生目标就是赎罪，赎罪，再赎罪。"

后来，茹烟看到张黑子刑满了，出狱前，他找到茹烟，给茹烟深深鞠了个躬，说："谢谢您！我接受咨询后，从沉重的思想包袱和负罪感中解脱了出来，去年春节被批准回家探亲一次，服刑期间共减刑四次，刑期减少两年半。"

茹烟睁开眼睛，隐约听到《云水禅心》的乐声，她看看手机，已经十一点，于是关了音乐，又躺下，回味着刚才的梦境。

第十四章　彩笔绘心声

1

他怎么都没想到，他会在监狱当起老师。一天，董警官来到教育科直属分监区习美室，对他说："艺新，三月要举办西岭监狱首期粉笔画培训班，决定让你当教员，荀向生做你助手，这几天好好准备一下，领导和我们都相信你。"他听了欣喜万分地说："好的，董警官，我一定圆满完成任务。"

董警官走后，丛艺新仍很激动，望着墙上一幅幅他绘就的粉笔画，感慨万千。

三年前，也就是一九九七年二月，丛艺新初次接触粉笔画。当时，他在三大队，一天，中队长王实拿着一张照片对他说："这是教育科干警四五年前在文河轴承厂参观学习时拍摄的粉笔画，当时干警想找个懂绘画的学员，研究一下其中的门道，找了两个人都没弄明白。你现在好好揣摩一下，看能否研究出它的配方及着色方案，研究出来了，在我狱推广。"

丛艺新接过照片，仔细端详着。画面色彩清雅、层次分明、明暗有序、远近适宜，作者将蓝天、白云、绿树映衬下的黄果树瀑布描摹得气象壮丽，宛如真境，就连瀑布跳荡起的团团白雾都逼真可见，让人叹服。"好画！好画！"丛艺新连连赞叹着，同时在心里打起了问号："这是变魔术吧？不起眼的粉笔也能将锦绣河山描绘得如此瑰丽多彩？"

怀着极大的兴趣，丛艺新专心投入粉笔画配方及着色的研究中，拿着照片不断揣摩，找窍门、搞实验，可是很长时间内，他都找寻不到黑板如何挂住粉笔颗粒这个问题的答案。为此，他经常夜不能寐。

一次上厕所时，丛艺新边解手边拿粉笔在水泥地上写写画画，眼前的地面很快被画满，又移不了地方，他就用手擦掉想重新画，可怎么擦也擦不掉。他灵机一动，如果把黑板处理成类似地面的质地，不就能挂住粉笔颗粒了吗？

受到启发的丛艺新根据狱内现有的材料，找来水泥、墨汁、胶类等物品，开始在黑板上做实验，研究几种材料的比例搭配，经过一个阶段的试验，终于克服了黑板表面质地处理的大关。他欣喜若狂，经过长达一年多、两百多次的反复试验，终于成功了！

难题解决后，他和苟向生等几个懂绘画的学员开始在黑板上创作粉笔画，并在狱内广场展览，引得干警和学员都前来观看，一块块多姿多彩的画面上呈现着秀丽的山水、青绿的树林、鲜艳的花卉……有的学员说："真不敢相信自己的眼睛，没想到印象中单调呆板的黑板上竟能画出如此逼真细腻的画来。"

特别是丛艺新创作的"自由的港湾"一画，看到的人无不啧啧称叹。画面上是一望无际的大海，海岸边上是鲜花簇拥的别墅，别墅侧面的山峦逶迤伸向远方，蔚蓝的天上飘着几朵棉花似的白云，几只帆船在海鸥陪伴下由远而近地向海岸驶来。画面辽阔细腻，色彩艳丽。这幅画，如今已挂在习美室的墙上。

他记得，画名"自由的港湾"是苟向生起的，苟向生当时动情地描述道：漂泊的船归来了，它们是经过大海的惊涛骇浪后胜利返航的，又回到了生活的港湾。你看，这船像不像我们服刑人员的回归？这港湾不正是我们对自由生活的期盼吗？

丛艺新正陷入沉思时，苟向生从外面进来，见他正在愣神，就问："想什么呢？"丛艺新说："你不知道吗？监狱准备下个月举办第一期粉笔画培训班，教育科董警官刚才说让咱俩当教员，我从没当过老师，感到压力很大。苟哥，正好你来了，咱俩商量一下，到底该讲些什么内容？"他说着拉一把椅子让苟向生坐。

"我还不知道这事，监狱办培训班是个好主意，我举双手赞成，能把这一文化成果在监狱发扬光大，是功德无量的事儿。我很乐意参与其中，不过，我只能给你打打下手，做些辅助工作，你才是粉笔画的开创者，老师还得由你来当，我全力配合你。至于讲什么嘛——"苟向生想了想说："我一时也说不好，不知道这次报名的学员有没有绘画基础，不过，有没有基础，我觉得绘画的基本知识都得讲。"

"对，基础很重要，董警官说这次培训共二十天时间，我准备用一周时间讲基础知识。"

"然后是粉笔画的基本技法。"

"是的，单线画法、平涂画法、点彩画法……对了，如果时间允许的话，我还要讲讲粉笔画的历史。苟哥，我有主意了。"丛艺新顿时豁然开朗，他高兴地打了个响指，还在室内蹦跳着转了两圈。

　　苟向生望着这个比他小十岁与他有着共同爱好的同改好友，心里充满了喜悦、自豪和满足。自入狱后，他和丛艺新大部分时间都待在一起，先是在入监教育队同住一个宿舍，后同在三大队服刑，去年因为绘画这个特长，他俩先后被调到教育科直属分监区，专门从事粉笔画创作。两人生活上相互关照，技艺上相互探讨，亲如兄弟。

2

　　五监区犯人厚辉看到通知后想报名学粉笔画，只是自己没有一点儿绘画基础，能学会吗？同改会不会笑话他？他把这个想法跟分监区长桂珉说了，桂警官说："既然你有兴趣学，就不要有顾虑，我问过当教员的丛艺新，讲课时，他会先普及一下绘画的基础知识。你年轻，脑袋瓜又好使，只要用心学，不愁学不会。"听了桂警官的话，他不再犹豫了。

　　与厚辉情况类似的还有三监区犯人张黑子。张黑子也不会画画，但他喜欢，自记事起，他就知道家人及村子里的男男女女劳动之余爱画荷花，听父亲说这个风尚是一个从村子里走出去的美术家带动起来的。近些年来，每年夏季乡里举办荷花节的同时，还举办荷花绘画大赛，他哥哥曾得过奖呢。耳濡目染了那么多年，张黑子自己却不会画荷花，仔细想来，他十分遗憾。

　　现在，监狱给了他弥补遗憾的机会，他怎能不紧紧抓住？可是，当他想报名时，内心又犹豫了，因为自己羞于与人提起的罪名，他在狱内总觉得抬不起头，更不敢显山露水，总是藏在同改堆里。直到女警心理咨询师对他予以心理疏导并进行家访，他的自卑感、羞耻感才逐渐消减，情绪才渐渐稳定下来。

　　一朝酿祸千古恨，所以他要用认真辛勤的劳动洗刷自己的罪恶。只是，劳动之余，每天就是看电视、打扑克、下棋，时间长了未免单调乏味，每当他看到文艺队的犯人潇洒自如地吹拉弹唱，他很是羡慕，过年时看到有文艺特长的犯人又是踩高跷又是敲锣打鼓，他也很向往，特别是前年在狱内文化广场上看到粉笔画展览后，他的眼前一亮——丛艺新画得真棒啊！那幅《自由的港湾》就像拍摄出来的一样，不，比拍摄的还要美！简直看不出它是用粉笔画的。

　　如果能学会画画，那自己的业余生活就丰富了，当张黑子想到这里，坚定了报名的决心。

　　通往艺术殿堂的路并不平坦。张黑子报名后，陆续听到一些讽刺挖苦他的话：

有的说他奔五的人了，还异想天开地想学画画，真是不自量力；有的说他长得土里吧唧的，哪儿像个画画的样；更可气的是，戴克竟当着他面说："你也不撒泡尿照照自己啥德行，干那么肮脏的事儿，还想学高大上的东西，快别糟蹋这神圣的艺术了。"张黑子听了又羞又气，要不是组长劝解，他和戴克差点儿打起来。

受到挖苦和打击的他一时想放弃报名，多亏王实警官做他工作，鼓励他说："无论遇到多大的挫折和打击，都不要自暴自弃，干警不会戴着有色眼镜看待任何一个学员，想学画画是积极正向的想法，是热爱生活的体现，放心大胆地去学吧，我相信你。"听了王警官的话，他最终坚定了学画画的决心。

3

丛艺新得知报名学粉笔画的学员有三十多个，心里又高兴又焦虑。离开班时间只有四天了，准备工作还不少，监狱很重视，干警很支持，荀向生也帮他分担了许多，备课却是别人代替不了的，二十天的课程，需要准备大量课件，绘画基础知识部分已写好，接下来要准备粉笔画的讲解内容了。

他翻着手头资料，内心不禁再次涌起对干警的感激之情：入狱以来，如果不是干警的关注、支持和激励，他丛艺新能有今天吗？能站在讲台上当一名传授技艺、让同改羡慕的老师吗？显然不能，为了能办好这次培训班，干警专门为他买来、找来绘画方面的书籍报刊，好让他拓宽视野，他从干警手里接过书籍报刊时，感激的心情无以言表。

他翻开一本书看着以下内容——

俗称的粉笔画与美术界内所称色粉画非常相似，都是以绘画材料命名的画种。

粉笔画可追溯到十八世纪的法国，最初并不被人重视，人们只用它来绘制小品、打草稿、画速写，它只是美术"交响乐"中一首微不足道的小夜曲，几乎少有大幅画、大题材、有力度的传世之作，更缺乏大范围的观众。一个多世纪以来，世界各地全国性大型画展中，色粉画作品展出甚少，美术理论家更多地关注其他专业画种，对色粉画少有技法、形式、材料的评议。

十九世纪，埃德加·德加、玛丽·卡萨特等印象派画家经常用色粉笔作画，他们的色粉画兼有单色画和油画两种绘画的优点，作品引人入胜、精美绝伦，或风景，或静物，或肖像，或风俗画，令观赏者赞叹不已。现代中国也有多位从事色粉画创作的著名画家，如颜文樑、杭鸣时、李习勤等，他们努力探索色粉画的材料技法，在我国色粉画的发展上功不可没。

读到这里，丛艺新颇为兴奋，他以前也以为粉笔画只是极小众的画种，登不了大雅之堂，看了这段文字，看法大变。他得把粉笔画的历史讲给学员们听，第一课就讲，让其知道他们学的不是画界的雕虫小技，而是一门可以和其他画种相媲美的美术种类。

当他看到《文河日报》上一篇关于粉笔画的报道时，才知道三年前警官为什么没能告诉他粉笔画秘方，而是让他来研究。

20世纪70年代末，以文河轴承厂为代表的几个大厂的群众文化活动蓬勃开展，"文化大革命"时期的大字报逐渐为灵活机动的黑板报所取代。起初，黑板表面未做处理，表面挂不住粉笔颗粒，效果仅停留在宣传品的水平上，称不上艺术品。

在厂工会及教育部门举办的美术培训班中，有学员在细砂纸上用粉笔画素描，习作展后，有人受到启发，依靠厂内砂轮分厂有大量金刚砂的优势，尝试用黑板漆、稀料、细金刚砂在黑板上做成类似细砂纸的质地，目的是让黑板吃得住色粉的细微颗粒，让作品呈现令人满意的效果。

尝试的结果非常成功，在处理过的画板上，作品可以多层次地表现，在黑色衬底下，画面色彩明快响亮，远距离就可先声夺人。人站在作品前，大幅的绘画、逼真的效果，使人有一种身临其境的戏剧效果。这时的黑板报不单单是宣传品，也是艺术品了。以前在美术培训班上，画色彩作品易出现花、腻、散、脏等毛病而被老师评为一般的学员，如今在黑板粉笔画中都有上好的表现，其"毛病"则被发扬光大为特点和风格，大大激发了他们的绘画积极性，提高了自信心。

此后两三年间，粉笔画作为文河轴承厂的"绝招"成为宣传特色，一遇黑板报展，文河轴承厂大门前几百米的展区，人流如织、观者如潮，作品琳琅满目、精妙绝伦，有的几十块板拼成一幅超大型的画，场面壮观震撼。观者当中有工厂职工，有各行各业人员，也有业内同仁前来学习观摩，揣摩其中奥妙，希望从中学得"绝招"，可是，当时的人受思想境界的局限，此"绝招"在该厂板报宣传员中"密不外传"，画室工作当中全封闭，谢绝外人参观。

我是在厕所研究出秘方的，丛艺新这样想着，不禁哑然失笑。

4

西岭监狱第一期粉笔画培训班如期举行。让丛艺新没想到的是，负责管教工作的常副狱长出席开班典礼并讲了话，常副狱长说："……粉笔画在西岭监狱已初成气候，涌现出丛艺新、荀向生等专业人才，画出的作品令人称奇，绘画水平不亚于文河轴承厂的师傅，适逢新千年的第一个春天，开办这次培训班有着非凡的意义，其目的在于让这一技艺发扬光大，让它逐渐成为监狱文化的一大特色、一个品牌，让更多学员在绘画过程中陶冶心灵、丰富业余生活。"

等教育科科长讲话完毕并让丛艺新上台授课时，丛艺新的心紧张得怦怦直跳，两条腿也直哆嗦，拿教案的手也直发抖。不过，当他看到警官们鼓励和期待的眼神，看到台下学员们专注的神态，他慢慢平静下来，稳步走上讲台，打开教案，开始讲课。

丛艺新认真负责地悉心传艺，从粉笔画的历史讲到发展现状，从绘画的基础知识讲到粉笔画的造型、用光、用色……

他毫无保留地讲解着他的艺术积累和课本知识，对听不懂的学员做到随问随讲随指导，三十几个学员如饥似渴的态度更激发了他的讲授热情，二十天课下来，他没有睡过午觉，也很少喝水，虽然累得腿几乎不会打弯，嗓子也干疼得难受，不想多说一句话，可他心里是快乐的。

结业典礼上，学员代表厚辉在发言中向在座的领导、警官和学员们汇报了二十天来学习的收获，他说：

"……回顾这二十天走过的路，心中涌起无限感慨，最激动的是，自己由初始的一个'门外汉'到现在能像模像样地画一幅作品，都归功于这次培训班把我这个'门外汉'拉进了艺术的殿堂。今天培训结束了，许多感激的话无法用语言表达，我已珍藏起这珍贵的二十天，把它当成一生美好的回忆。

"学习期间，两位教员注重理论与实践相结合，课堂教学内容系统、实用，浅显易懂，使我初步掌握了绘画基础知识，对粉笔画有了基本了解。教员示范环节，我通过观摩学习丛老师的人物、花卉、风景等绘画全过程，初步掌握了绘画步骤，这对零起步的我是很有益处的。

"上板练习对训练学员的动手能力，培养上板绘画的胆量和自信心都有很大的帮助。刚上板时，我曾有畏难情绪，不敢画，丛老师鼓励我思想放开、大胆画，画坏了由他修改，不行就涂掉重来。正是在这样的激励指导下，我的绘画能力才有了提高，直至独立作画。结业作品创作中，我早已想好了绘画内容，那就是《致我尊敬的女警官》，我满含激情地动笔开始我的创作，感受到每一道线条都像刻刀，深深剔除掉我灵魂里残存的污点。"

厚辉发言完毕后，台下响起热烈的掌声。典礼最后，监狱领导、组织培训的警官、教员丛艺新与荀向生以及所有参训学员在欢乐与笑声中合影留念。

然而，警官和学员们仍意犹未尽，驻足流连在一幅幅生机盎然的山水风景画、栩栩如生肖像画前，三十六幅作品将狱内文化广场装点成一派艺术景观，他们再次观赏起来。

最耀眼的当然是教员丛艺新创作的《忏悔》肖像画，作品里，主人公那茫然空洞的眼神和眼角的泪滴，把作者对往昔罪恶的忏悔和改造中的深切体会传神地表达了出来，使学员们的心灵再次受到极大震撼。

教员荀向生创作的《奋飞》也可圈可点：湛蓝色的天空下，两只白色的大雁展翅高飞，大雁伸长美丽的脖颈，黑色双足奋力向后蹬着，双翅呈一百八十度向两边延展，整幅画面显得张力和动感十足，呼之欲出。

"黑子你看，厚辉画的是你们三监区王区长爱人吧？"一个学员指着《致我尊敬的女警官》一幅画说道。

张黑子仔细瞅瞅那幅画，恍然大悟似的说："欸，你这一说还真是，我第一次看时，只觉得厚辉把女警官画得面目和善、亲切，眼睛挺传神，美中不足的是眼睛到嘴巴之间距离短了点，给人以局促感，嘴巴也大了点，比例好像不太协调，没去多想她像谁。现在一看，的确像王区长的爱人，不过，王区长爱人真人比厚辉画的女警官漂亮多了。"

"没有绘画基础，第一次能画成这样已相当不错了。"丛艺新接了话。

"嗯，是的，丛老师。"张黑子连忙说道。

"你画的《荷花》也不错嘛，一看就是对荷花特点很熟悉的。"丛艺新继续说。

"谢老师夸奖，画得还不行，线条生硬了些，明暗处理得也不够好。"张黑子谦虚地说。

"平时没事儿多练练，画多了，自然就能画好。"

"嗯，好。"

他们继续欣赏着、品评着、交谈着，很久才散去。

第十五章　又见汉湖

1

九月的一天晚上，茹烟接到大学室友吴凯华的电话，一口浓郁的湖北腔从话筒里清亮亮地传过来，"茹烟，国庆节我们班在学校举行毕业十周年聚会，一定要来撒"。"是吗？你放心，我一定会去的。欸，咱们毕业不是才九年吗？怎么说是十年聚会？"凯华说："是九年，可是已经十个年头了呀，我跟老师、班长还有湖北的几个同学商量了，他们说今年是新千年的第一年，聚着更有意义。""哦，好的。"

茹烟和凯华是上下铺，个儿高高、脸儿圆圆、体态丰满的凯华与茹烟同月同日出生，比茹烟整整大一岁，在宿舍五个人中排行老三。

多年不见的两个室友兴奋地聊了一会儿，彼此问及工作和家庭情况，她们聊得最多的是孩子，凯华有个女儿，比小荷大十个月，五岁半了，凯华言语中流露出为宝贝女儿深感自豪的快乐心情。

临睡前，茹烟跟王实说起同学聚会一事，不料遭到反对。"别去了吧？孩子从来没离开过你，你一出去几天，我工作又忙，你走了，我怕应付不过来呀。再说，这段时间咱家刚买了冰箱，生活费都很紧张，你若去的话少说也得三四百吧？"

茹烟知道王实说的是实情，不过，让她不舒服的是，自结婚后，王实从未跟她唱过反调，现在，他居然"不顺从"她了。于是她恼火地说："同学聚会我肯定要参加的！孩子都快五岁了，有咱妈帮照看着，怎么不行啊？我们同学十年了才见次面，就是花点钱又算什么？小心眼儿！"

可能是她强硬的语气和一句"小心眼儿"激怒了王实，他也略带怒气地说："那去吧，去吧！""你！"茹烟气咻咻地转身背对他，可躺在那里怎么也睡不着，越想越生气，越想越不明白王实怎么会这样对她。接下来的几天，他俩谁也不搭理谁，不过，王实的态度并未让茹烟改变决定，她认准的事一定会去做的。

十月一日，茹烟和曾来过西岭监狱的段亦鸣、焦山市检察院的高军、兰昆市公安局的于东、省高级法院的林智杰等几个省内同学按事先的约定在省城聚齐，吃过午饭后一同乘火车前往武汉。

车上，几个人你一言我一语地闲聊。

"南方同学厉害，欧阳序已是广东高检的一名副处长，不过这家伙发福了不少，前段时间我出差到广州，猛一下见到他，差点儿认不出来了。李向南吃成了小胖墩儿，温舒平职务上去了，身材倒没咋变。"高军提了话头。

林智杰接着说："好几个同学都发福了，像班长啊，盛仁和董玉修呀，不过，女同学胖的不多，就伍丛彦和李诗华胖了点，其他还都瘦了，就像茹烟，身材保持得多好。"

茹烟接过话："那当然。你们男生整天在外面又吃又喝的，能不发福吗？女生除了工作，还要带孩子，比你们辛苦得多，当然会瘦了。"

段亦鸣说："女生也发展得不错，我出差见过伍丛彦、凌馨月和李诗华，馨月已是单位的部门主管，丛彦也是正科级了，诗华当律师很赚钱，人家收入不是咱们能比的。"

于东兴奋地问："那咱们的一千元是不是只相当于诗华手里的一元？"

高军斜了一眼于东说："太夸张了，相当于他们的十元、几十元还差不多。"

"诗华很辛苦的，整天出差，还得在你们这些法官、检察官面前低眉顺眼的，她的钱来得并不容易。"茹烟为诗华辩解。

"哦，我想起来了，你和诗华是闺密，哈哈。"林智杰恍然大悟道。

聊了一会儿，四个男生开始玩"双升"，茹烟则闭目养神，心里暗想：毕业十年了，自己第二次出省，不像你们男生三天两头出差，我好可怜啊！

他们下午三点多到达母校，吴凯华热情地把他们迎进校内宾馆，一一安排了房间。同学们陆续到来，有广东的温舒平、欧阳序、游芳、李向南，广西的刘协，湖南的伍丛彦、李湘绪、舒亮，安徽的田柱山，浙江的董玉修，四川的盛仁，湖北的王涵、邹世龙等二十余个同学。

相隔十年再相聚，大家都激动万分，见面后纷纷握手、拥抱、热谈。将近五点时，班长李湘绪提议："咱们去李老师那里坐坐吧？"大家纷纷赞同，于是，他们说笑着前往在校园居住的班辅导员李老师那里。李老师一人在家，他笑呵呵地招呼同学们落座，激动得又沏茶又端水果，还不停地问这问那。当看到茹烟时，他问："茹烟是中原文河市的吧？在哪儿上班啊？""中原省西岭监狱。"茹烟脱口而出。

话音刚落，有几个同学哄堂大笑，她顿觉尴尬万分，不知所措，李老师为她解围道："监狱这种单位也挺好，我去过湖北的几个监狱，环境不错，不是我们原先想象的监狱的样子，女同志的工作好像比较清闲。"还没等茹烟说"不是那么回事"时，盛仁抢先开了口："巴适倒是巴适，可在监狱工作就等于判了无期徒刑嘛。"

也许盛仁是开玩笑，也许是茹烟敏感了，她只觉得这玩笑明显带着对她职业的当众贬低，本来想反驳，又一想同学久未见面，她说不出伤和气的话，也不会泼辣地将盛仁抢白一顿，她只是皱着眉头冷眼看了盛仁一眼，这时，坐在她旁边的刘协说道："盛仁你区分清楚哦，人家茹烟是管无期犯的警察，别在这儿胡说八道。"刘协的话让茹烟稍感挽回些面子，不过心里仍乱乱的，直到李老师把话题转向其他，她尴尬的情态才慢慢归于正常。

半小时后，同学们起身告辞，李老师说："晚上我为你们接风，咱们师生好好叙叙旧，乐一乐。""谢谢老师！""好啊好啊！"同学们都连声道谢。

离开李老师家，同学们沿着宾馆西边的湖滨路慢悠悠地走，茹烟的目光和思绪在眼前风景和往日记忆之间交互穿行。蜿蜒的道路两边，笔直挺拔的水杉树已经长到六七层楼那么高，红黄绿三色相间的鸟羽状树叶连成一片，在清凉微风的吹拂下摇曳生姿，与湖水相映成趣的水杉树以它优美的姿态迎接着昔日的莘莘学子。

在校时，茹烟非常喜欢和几个室友漫步于这条林荫道，欣赏水杉树四季不同的风姿，现在，想必夜晚会有更多的师弟师妹特别是小情侣们漫步于此吧？

不知不觉，他们已走到湖滨路西边的校礼堂处，右前方的图书馆、足球场一一扑入眼帘。茹烟记得在校时，整个母校掩映在湖光山色之中，曲线优美的汉湖像一位风姿绰约、性情温柔的母亲，从西、北两面静静地环抱着美丽的校园，南面是一道蜿蜒起伏、小村庄点缀其间的红土岭，东面又是一个秀美淡雅如江南女子的湖泊。

母校位于武汉东南郊，与地处闹市区的武汉大学、华中师范大学等众多名校相比，少了繁华和便利，却平添了静谧宜人。

同学们沿着行政办公大楼前面的主干道继续向北边的校门口走去，走出高大的校门，不少男同学站在那里摄影留念，有的兴奋地指指点点着。

茹烟和伍丛彦、游芳、吴凯华、欧阳序、温舒平几个同学走向湖边，驻足欣赏让他们魂牵梦绕的汉湖风景。夕照下的汉湖依然波光粼粼、蒹葭苍苍，只是湖面看上去小了些，更让茹烟怅然若失的是，连接母校与武汉民族大学的那片湖面已被篮球场、足球场、商店和宿舍楼取代，这里曾经是他们观赏"接天莲叶无穷碧，映日荷花别样红"的地方！

茹烟伤感地说："还是我们上学时好啊。"其他同学和她一样感叹不已，谁知伍丛彦说："你们这是怀旧心理在作怪，社会要发展，时代在进步，思想不能老停留于过去嘛。"丛彦湖南味的普通话比在校时更明显了。正当他们感慨于时光流逝带来的变迁时，温舒平说："时候不早了，咱们走吧。"

2

到了餐厅，又一批同学陆续到来，有南阳的沈旗峰，广西的郝宜晗，江苏的苏明文，珠海的梅乐青，深圳的侯发，还有茹烟的室友凌馨月和李诗华。

吴凯华看四张圆桌基本坐满，便拿起话筒满怀激情地说："尊敬的老师，亲爱的同学们——今天，我们分别十年之后又相聚了，我作为东道主和这次聚会的组织者，非常感谢同学们从四面八方赶来参加聚会，下面有请李老师致欢迎词，大家欢迎！"

李老师在一片掌声中站起身，激动地说："哎呀，今天我特高兴、特激动！欢迎同学们重回母校啊！老师想你们——"说到这里，李老师一时语塞，茹烟看到他眼里有泪光在闪烁，继而看到不少同学也眼含泪花。

"嗨，讲了十几年的课，这会儿怎么不会说话了？"李老师自嘲着，他把话筒从右手换到左手，又从左手换到右手，调整一下状态后接着说："亲爱的同学们，在这美好而又短暂的相聚时光里，希望你们吃好、喝好、玩好。来，我们为欢聚一堂共同举杯，干！"

说完，李老师端起酒杯一饮而尽，接着，他挨桌给同学们倒酒祝福，然后是不同形式、不同对象的敬酒和碰杯：除了同学们轮番敬老师，每桌之间、各省之间、各宿舍之间、男女同学之间、同一职业之间互相碰杯致意，气氛格外活跃，欢声笑语溢满厅堂。

茹烟自然也融入其中，不过，一个不易被人察觉的细节让她感到不快。当她准备与盛仁碰杯时，官态十足的盛仁以一句"按顺时针方向走呗，先从班长这儿开始嘛"敷衍她，说完还起身溜了，直到茹烟与他们一桌人碰完杯，他都没返回座位。

这让茹烟很失颜面，也让她的心情瞬间低落下来。听凯华说，盛仁已是四川省某市检察院的一个副处长，莫非他职位高了，瞧不起茹烟这等平凡之人？

当茹烟无趣地回到座位时，吴凯华、李诗华、欧阳序、沈旗峰、刘协、郝宜晗、舒亮、温舒平几个人正聊得起劲，可她再也兴奋不起来，只是默不作声地坐在那里，传入耳朵的言语更使她失落和难过：凯华已是母校法学院副院长，男同学一个个不是庭长、主任就是处长、局长。而她自己呢？毕业十年了，只是一个小副科！

正当茹烟失神落寞时，苏明文端着酒杯走到她跟前说："老同学，咱俩碰一杯？"在校时，苏明文曾给茹烟写过含蓄的求爱诗，情感真挚、文采斐然，茹烟也动过心，只是她和吴远那时正处得火热，就没有把苏明文放在心上，这让他伤感了好一阵子。

苏明文主动前来碰杯，说明茹烟在他心里仍有一席之地，不过，这时的茹烟心情低落，强装笑脸与他碰了杯。苏明文笑着问她："毕业后一直没见你，还以为你失踪了呢。现在哪儿高就啊？忙不忙？"茹烟本想说"监狱"，可一想到下午的尴尬，又听苏明文说的"失踪了"，便改口用低沉暗淡的语气说了一句："下岗了！"苏明文听了一愣，随即摇摇头说："不可能！怎么会下岗呢？"

这时，欧阳序接过话："下岗了就到广州去。"茹烟暗暗感谢欧阳序帮她解了围，诗华瞪大眼睛看看欧阳序，又看看茹烟，用手指着欧阳序说："你要说话算数哦。"然后她又看向茹烟说："前些年让你去广东，你不去，这次有人专门邀请你，快把工作辞了到广州嘛！"诗华的语气狡黠又干脆。

欧阳序和李诗华的应景话把茹烟从低落情绪中暂时带了出来，她顺着诗华的话低声说道："现在拖家带口的怎么去啊？"刘协坏笑着说："离婚嘛，然后来个孔雀向南飞。"茹烟哭笑不得地说："你们又是怂恿我辞职，又是挑拨我离婚，拿我开涮呢！""哈哈哈。"几个人都开怀大笑。

刘协、欧阳序、温舒平、舒亮、沈旗峰、郝宜晗、田柱山七个人是同一宿舍的，茹烟、吴凯华、李诗华三个女生在校时和他们同属一个团小组，经常约着看电影、野炊、郊游、打牌、溜冰，玩得很开心，关系很好，情同手足，十年后再聚首，他们彼此之间丝毫没有陌生感，说话依然像过去一样随意。

说笑间，不少同学陆续拿起手机接打电话，这时茹烟才注意到，参加聚会的三十多个同学，大部分都有手机，没有手机的只有茹烟、郝宜晗、邹世龙等寥寥几人。这种情景又刺痛了她敏感的心，尤其是看到丛彦、馨月、诗华三个人用手机和远方的孩子柔声细语地说话时，她心里不免涌起羡慕、嫉妒、自卑的复杂感觉。

再看看几个室友的穿着打扮，茹烟更是自感不如：丛彦手腕上戴着一个白绿相间的温润玉镯，馨月身着一袭晚礼服式的长裙，领口处的珍珠项链分外耀眼，凯华穿着崭新的红色及膝风衣，诗华虽一身休闲装扮却不难看出是高档名牌服饰。她自己穿了一身淡绿色中式裙装,虽然很得体也显气质,但衣服半新不旧的,况且不是名牌,看起来不上档次。

"来来来,大家把联系方式写一下。"班长李湘绪的话拉回了茹烟的思绪,她接过班长手中的纸笔,一时踌躇起来,怎么写呢?同学们除了直拨的固定电话,又是手机又是寻呼机,而她的联系方式只有那种通过总机再转分号的固定电话,李诗华送给她的寻呼机已让孩子给摔坏了。通信地址也让她难堪,她本想写"中原省西岭监狱法制室",又一想"监狱"不好听,于是改写成监狱的企业名称。写完后,她不禁黯然神伤,再也坐不住了;趁同学们不注意,提前离场,回了房间。

次日吃早餐时,吴凯华告诉大家饭后要师生合影。八点半,同学们分三列站立于学校新落成的礼堂台阶上,老师们坐在最前面一排,摄影师提示大家将姿势和表情调整到最佳状态,然后引导他们笑得灿烂一些,可茹烟就是笑不出来,感觉脸部肌肉僵硬得很。

照完相,同学们乘车开始故地重游。车上,大家的目光不约而同地投向窗外,深情地观察着第二故乡的十年变迁,经过一座雄伟壮丽的大桥时,凯华介绍说这是新建成的武汉长江二桥,大家都"哇——"地惊呼起来。一路上,时而欢歌笑语,时而静默无声,车行近一小时后到达磨山公园门口。

下了车,凯华去买票,这时,有人提议在门口合影留念,于是,班长主动履行"职责",只听他激动地高声喊道,"一个宿舍的来一张""一个省的来一张""当法官的来一张""律师的来一张""检察官的来一张""公安线的来一张""党员的来一张"……

茹烟只有同宿舍和同省两张合影,当同学们一次又一次地合影时,她只能孤零零地站在一边,心头掠过阵阵的尴尬和不爽。全班同学只有她一人在监狱工作,谁能想起和她这个职业有点儿另类的同学合影啊?不过,监狱不是属于司法行政系统吗?班长怎么不提司法行政线的合个影呢?正当她兀自愣神时,凯华买了票过来,让大家排队进园。

磨山公园位于东湖之滨,以前,茹烟和同学们尤其是团小组的几个人经常来此游玩。进入园里,同学们边走边看边聊,兴高采烈地诉说着昔日的游玩情景,回忆着昔日的美好时光。怡人的景色让她暂时忘掉了合影时的不快,她回味着青葱岁月的美好感觉,找寻着记忆中的乐园。

景如是,又不是:山顶上的八角亭还在,满山青翠依旧,新建的山间滑道、儿童游乐场等人工景观平添了许多热闹,可青山却失去了往日的淳朴韵致。感觉如是,又不是:荡舟湖上,依旧能呼吸到清新湿润的空气,依然能醉心于东湖的烟波浩渺，依稀能望见充满诗意的湖中道，但是没有了以往的美妙听觉。她永远不会忘记，当年她一边欣赏东湖美景，一边侧耳聆听张行倾情演唱《一条路》，他那清澈、舒缓、悠远、略带忧伤的歌声让茹烟至今回味无穷，哦，还有他的《迟到》，还有费翔的《读你》，张蔷的《爱你在心口难开》，还有……

在东湖边的一个酒店吃罢晚饭，同学们乘车返回学校，参加在校宾馆会议室举行的座谈会。座谈会从八点半一直持续到近十一点，大部分同学都发了言，说起自己的工作感悟来头头是道。茹烟不好意思拿监狱的话题与他们交流，她没怎么说话，只是孤单无趣地坐在那里。

3

十月三日聚会结束，她和几个中原同学一同乘车返回，下午四点多到家。王实在床上睡觉，两个孩子在看动画片，见她回来了，子豪和小荷围过来，"妈妈""妈妈"地叫个不停，小荷问她："妈妈给我带好吃的没?"茹烟忙打开包，取出两盒凯华送的孝感麻糖。

茹烟没有理会王实，可王实一听她回来了立马起床，讨好地对她说："夫人回来了?"她不吱声，自顾自地收拾东西，王实见讨个没趣，就转而对孩子说："宝贝儿，晚上想吃什么呀? 爸爸给你们做。"小荷说："我要吃醋溜土豆稀(丝)。""我要吃红烧排骨。"子豪也大声嚷着。王实一拍手说："好嘞，今晚爸爸给你们露一手。"说完，他进了厨房。吃饭时，茹烟仍然不理他，饭后，王实主动刷锅洗碗，茹烟装作没看见，带小荷洗澡去了。

奔波了几天，茹烟感到很疲惫，晚上孩子睡下后也准备睡觉，睡意蒙眬时，王实也上了床，轻声问她："参加聚会感觉不错吧?""当然!"王实听了她语气生硬的话并不生气，还酸溜溜地问她："是不是见到旧情人了?"她本来就因参加聚会而烦闷，听王实这么一问更是气恼，于是故意气他："就是啊，不但见到了旧情人，还准备跟人走呢。"

王实一听，把一条腿压在她的腿上嬉皮笑脸道："我不信，你怎么会舍得我和孩子呢?"她用力推开他，余怒未消地说："就舍得，谁让你气我呢!""我怎么气你了?"王实显得很无辜。"咋气我，你知道!"王实"哦"了一声，眨眨眼，若无其事地说："天上下雨地下流，小两口吵架不记仇。我早忘了，你还记着。以后不气你，行了吧?"他说着就要搂住她亲热，她推开他，王实看她余怒未消，不好强求，只好兴致索然地关灯睡觉。

第十六章 七年之痒

1

同学聚会后，茹烟一想起自己受到的轻视和冷落，心里就不是滋味，甚至后悔不该参加聚会，一想到同学们神采飞扬、志得意满的样子，便不由得又自卑起来。

王实非但不体察她的感受，反而言语里时时冒出醋意来，给她平添烦扰。其实，两人结婚后，王实对她一直很好，她也觉得嫁给他很幸福，已把昔日男友吴远丢到了爪哇国，决意跟王实好好过日子，况且，和吴远谈朋友又分手的事儿，她已跟王实说过，聚会时又没见吴远。王实对她怎么就不放心呢？

聚会使两人产生了隔阂，对彼此的看法发生了改变：茹烟觉得王实小气又小心眼，因为怕花钱不同意她参加聚会，还疑心她在聚会中遇到了昔日恋人；王实则认为茹烟任性又固执，他已经向她认错，还解释说"吃醋"是因为太在乎她，只是说说而已，相信她不会有二心，可她仍然耿耿于怀，整天对他不理不睬。

接下来，茹烟买手机一事让两人的分歧和隔阂加深了一层。

十月份发工资后，她没有同王实商量就买了一部近两千元的诺基亚手机。他俩一个月的工资加起来还不到三千元，王实本打算发工资后归还买冰箱时借同事的一千元，可是，茹烟买了手机只剩下一千多元，勉强够一个月的生活费，怎么还账？

王实很生气，本想说茹烟一顿，只是，一想起他阻止茹烟参加聚会后适得其反的情景，又想到近些天她的怒气冲冲，话到嘴边又咽回肚里，知道自己拗不过她，况且结婚时他曾保证过不惹她生气，罢罢罢，为了维护家的安宁，还是沉默为好。

王实没有言语，但茹烟能感觉到他的不满，其实，她也觉得买手机的行为太冲动，她知道最近家里紧巴巴的。不过，一想到同学们拿手机时的得意神态，她就按捺不住羡慕和嫉妒的情绪，心想：我也要买手机！可是，钱紧张啊，参加聚会已花掉近千元，若买手机，王实肯定有意见，但满足虚荣心的强烈冲动驱使她一意孤行地将手机买回。

手机拿在手上是满足了一时的心愿，不过，茹烟也感到自己的确任性了些，可"江山易改，禀性难移"啊，记得母亲跟她说过，小时候父母给她算过卦，算卦仙儿说她的个性是"说坐不立，说东不西，说要打狗不打鸡"，父母怕算卦仙儿的话一旦应验会影响她的命运，担心她将来找不到好婆家，就在她十岁时给她认了个干娘。父亲带着她年年春节去干娘家好吃好喝，临走时干娘还给她发那个年代数额不小的压岁钱，她的秉性却没见有多少改变。

想到这里，茹烟不禁哑然失笑，原本想着王实会因为她的任性而和她吵一通，谁知王实装作没看见，这反而让她心虚，意识到不能再跟他闹别扭了，得到手机的新鲜感也让她的心情好了一些。这样，家里恢复了往日的平静，不过，平静中其实隐藏着波翻浪涌，表面上和以前没什么两样，但她能感觉到王实对她不再像往日那样亲密无间了，两人之间如同隔了层面纱，彼此看得很清，却都不去主动捅破它。

2

糟糕的是，茹烟去四川出差的事更加剧了两人间的矛盾，使婚姻陷入危机。

十一月初的一天，唐主任召集法制室全体人员开会，他说："从今年年初起，清欠成为法制办的一项重要业务，监狱党委非常重视和支持这项工作，给我们增加了四名得力人员，我们充分运用法律手段清理和追讨监狱企业外欠款，取得了明显成效。目前，清欠工作已进入攻坚阶段，大家要齐心协力，一鼓作气，想方设法打好这场攻坚战。"

稍作停顿，唐主任看看大家接着讲："下面我宣布一下分组情况——侯主任和唐韵去山东，老张和茹烟去四川，赵龙和韦志苓去广东，我和小李去甘肃。"听到要出远差，茹烟、唐韵和韦志苓三个女的你看看我，我看看你，她们并非不愿出差，只是放心不下孩子。唐主任看出了她们的心思，说："我知道，除了我和老张，你们都有后顾之忧，毕竟孩子小的小，上学的上学嘛，可是，任务艰巨，时间不等人呐，希望大家克服困难，把家里安排好，尤其你们女同志，要向家人说明情况，取得他们的支持，这样后顾之忧会少点儿，你们说呢?"茹烟几个迟疑着点了点头。

会后，他们立即按照唐主任的吩咐行动，每组的两个人开始理清分片的欠款数额、对方企业情况，复印有关资料，商议如何要回欠款以及何时出发等事宜。

张宏喜和茹烟也在认真商议着，他们去四川有两项任务：一是贡安轴承厂申请破产，监狱企业已申报债权，那边的法院通知监狱方去参加第一次债权人会议；二是滨江轴承厂欠监狱企业二十多万元货款，多次催要都杳无音信，他们去看看到底什么情况，是否有希望要回货款。

茹烟问张宏喜："什么时候动身?"张宏喜沉吟片刻说："十号吧。"茹烟问："大概需要多长时间?"近一年来张宏喜经常出远差，他说："贡安的事情简单，开个会，然后去厂里看一下。滨江那边比较麻烦，时间可能要长些。顺利的话一周差不多了，若不顺利，十天半月的没个准。"茹烟听了不由得心里咯噔一下。

茹烟喜忧参半，喜的是可以出去散散心，愁的是放心不下孩子。果然，当她向王实说了出差的事后，王实吃惊地说："那么多天? 这段时间我很忙，咱妈身体也不好，你出去了，孩子咋办? 跟领导说说，不去算了。"茹烟说："那怎么行? 法制室的人全出动了，志苓孩子还不到一岁呢，不照样得出去?"

王实一时没言语，片刻后，他皱着眉头说："既然领导定了，我不反对，可你们一男一女的出去，不怕别人说闲话?"茹烟知道他在勉强找理由阻止她外出，就说："老张已是父辈的人了，你有什么不放心的? 两个女的出去当然方便，我也希望是女伴啊，唐主任这样定，自然有他的考虑，给对方递根烟或者遇到对方耍赖之类的情况，男同志总是更合适一些吧?""那你去吧。"

茹烟听出王实话里有十二分的不情愿，越发觉得他自私，平日里总强调说让她多支持支持他的工作，他为什么不能支持一下她呢? 她只是偶尔出趟差啊! 不过，她没有多说什么，只是默默地把家里尽量安排得妥当一些。

临行前的夜晚，王实躺在床上一动不动，她心里掠过一丝不快，不过又想：他不主动，自己就主动吧，毕竟自己出差了，他会更辛苦一些。于是，她从背后搂住他，谁知，他竟然无动于衷! 结婚以来第一次受到这般冷落，这让她如何承受得了? 她一赌气转过身去。就这样，两人背对背地度过了分别前的一夜。

茹烟黯然神伤地离开家，让她没有想到的是，这一去竟长达二十余天，在贡安市只待了两天事情就完结，其余时间全窝在滨江市。她和张宏喜先到滨江轴承厂打探情况，一周后才见到厂长。厂长答应他们以库存轴承抵部分货款，却迟迟没有行动，然后他们只能等待。

等待的日子漫长又难熬，虽说滨江市有独特的三江源风光和五粮液集团的壮观场景，但茹烟无心欣赏。十一月二十九日，经验丰富的张宏喜软硬兼施地迫使厂长兑现承诺，然后他们立即联系火车站，商洽货运事宜，车站答复他们四天后才能发货。

不管怎样，归家日期终于确定了，茹烟激动地给家里打电话。电话没人接，又打到婆婆那里，电话另一端传来女儿小荷的声音，小荷一听是妈妈的电话，一句话也不说，开始嘤嘤地哭起来，茹烟鼻子一酸，眼泪忍不住簌簌而下，她极力稳住情绪，说了几句安慰女儿的话。

接着，话筒里传来儿子的声音，子豪带着哭腔委屈地说："妈妈，你怎么还不回来啊？我的书包坏了，爸爸也不给我买，奶奶给我找了一个军挎包，小朋友们都笑话我，说我好可怜。"茹烟听了儿子的话心如刀绞，再次泪流满面，那一刻，她感觉自己是天底下最十恶不赦的母亲，她恨不得立刻插翅飞回家，回到孩子身边，赎清自己的罪恶！

2

茹烟出差的这段时间，王实忙得焦头烂额，一向能沉得住气的他变得烦躁不安。在单位，他已是代理副监区长，负责监区的生产工作。自年初起，传统的轴承套圈锻造项目规模逐渐缩小，监狱企业的产业结构逐步向来料加工过渡，他所在的三监区是试点单位之一，准备上马毛织加工项目。这样的话，要拆移原有的轴承锻造设备，要做好车间改造、水电安装等一系列基础工作，要安装、调试毛织设备，还要对犯人进行技术培训……

他经常加班，回家很晚，无暇照看孩子，孩子上幼儿园、吃饭穿衣基本上都靠母亲，有时弟媳王晓清也帮着照看一下，遇到他值夜班，孩子还要跟母亲睡。茹烟出差一周后，母亲的胃病犯了，他只好忙了工作忙家里，一天下来只觉心力交瘁。

十天了，茹烟没有回；半个月时，茹烟仍然没有回，烦闷、恼怒的情绪在他心中堆积。茹烟出差二十多天回到家后，他实在高兴不起来，呈现出一副不冷不热的面孔。

茹烟并没有介意，她能想象出他在家里焦头烂额的情景。晚上临睡时，离家多日的她一直在等待着王实的爱抚，可等来的却是他的冷若冰霜！毕竟她心有愧意，尽管他没有久别重逢后应有的喜悦和热情，她并没有太放在心里，相信自己一个热吻就能融化他所有的怨气，让她没想到的是，当她吻了他之后，他仍然不予回应，竟然碰都不碰她一下！

茹烟想：纵然他再有怨气，也不至于这么冷淡吧？他怎么如此反常呢？她开始胡思乱想：会不会王实有了外遇？现实中，妻子外出几天，丈夫在家"采野花"的例子并不少见，况且她这次出去了快一个月！想到此，她有点儿忐忑和害怕，再一次从后面抱住王实，把嘴贴在他光滑温热的脊背上亲吻起来。

如果是以往，王实会激动不已地转身把她紧紧抱住，然后亲吻她……此刻，他却向床边移动身体。这让她恼羞成怒，她猛地掀掉他身上的被子，高声喊道："你起来给我说清楚，是不是我不在家你有新欢了？"王实把被子拉到身上，头也不回地丢了一句："没啥可说的，我困了，想睡觉。"

茹烟一听这话更恼火了，气急败坏地把被子又掀到一边，声嘶力竭地吼道："你不说清楚，今晚别想睡觉！"王实憋了多天的怨气和火气终于爆发，只见他腾地坐起身，怒视着她，冷冷地说："我就是有外遇了，你怎么着？"茹烟原以为他说几句软话就没事了，谁知他不仅不害怕她的"威胁"，还针锋相对地抛出如此混账的话，她的脑袋都快要气炸了，一句"你说怎么着？离婚！"脱口而出。"离就离。"王实用冷淡的语气说出这三个字，她气得嘴唇直哆嗦，从牙缝里挤出一句："行，明天就离！"他们的吵闹声把孩子惊醒，茹烟只好强忍着溢满胸口的疼痛去哄孩子。

次日早晨，王实没吃饭就上班了，茹烟头很痛、嗓子也痛，浑身无力，她打电话向领导请假。唐主任说："你出差刚回来，先休息两天吧。""谢谢唐主任。"

茹烟把孩子送进幼儿园后，一个人躺回床上，不禁思绪万千，近两个月来，她和王实的关系越来越紧张，可他们自结婚后一直很恩爱啊，究竟是什么原因让他们到了如此境地？因为聚会？因为她多花了钱？因为王实吃醋？还是因为她出差？……她想起婚姻的"七年之痒"一说，屈指算来，他俩结婚已有七个年头了，难道他们也难逃这魔鬼定律？她很困惑，很苦恼。

王实同样很苦恼。上班后，王监区长召集监区班子成员开会，传达监狱党委对他们监区的工作部署和要求，王实显得心不在焉。"王实，生产上的事儿你记住没？"王区长的话把他烦乱的思绪打断，他"嗯，啊——"了半天答不上来。

开完会，王区长把他叫到一边问："今儿你是咋了？是不是有啥心事？"王实忙掩饰说："哦，没事，昨晚孩子拉肚子，起来了几次，没休息好。"王区长接着问："茹烟出差还没回来吗？""回来了。"王区长拍拍他的肩膀说："回来了就好。"王实苦笑了一下，尽管他心乱如麻，但工作不容许他分散注意力，今天合作方的技术人员要对犯人讲解生产操作技能，并指出前一时期培训中存在的问题，刚才王区长传达党委指示说，十二月中旬监区要正式投产。

忙碌了一天，下午快下班时，王实打电话问桂珉："晚上有空没？一起坐坐？"桂珉知道他一打电话准有话要说，便爽快答应了。他又给茹烟打电话："晚上有事，不回去吃饭了。"茹烟本来气就未消，一听他不回来吃饭，一句话也没说就重重地挂了电话。

干工生活区附近的一家小饭馆。桂珉看王实半天没言语也不怎么吃菜，只是低头喝闷酒，就开门见山地问："是不是又受茹烟欺负了？""不是。""那怎么闷闷不乐啊？""唉——"王实长叹一声，看到桂珉期待、关心的眼神，便皱着眉头说："你说茹烟怎么越来越任性了呢？认准的事儿九头牛都拉不回来！现在办公室、家里都有电话，她非要买个手机，有必要吗？不是我不让她买，你是知道的，我家经济条件不好，结婚时没有置办什么家当，这几年节衣缩食的，好省点儿钱添置些生活用品。前段时间买个冰箱，欠下一千元，可她又是参加同学聚会又是买手机，你说这日子还过不过了？说她也不听，唉——"

桂珉听他讲完，开玩笑说："多少顽危犯都让你给转化了，还拿不下一个柔弱女子？"王实摇摇头说："你别看茹烟外表柔弱，其实内心倔强着呢，原来我觉得她挺温柔、文雅，现在啊，发起脾气来像河东狮吼，真让我受不了！"桂珉问："你们吵架了？就因为这点儿事吗？"王实苦恼地说："我没想和她吵架，是她要跟我吵的，不单是手机的事。她前段时间不是出差了吗？我也不能不让她出差。""出差怎么了？"桂珉很纳闷。王实说："茹烟这次出去了快一个月！你知道，最近咱们几个调整项目的监区忙得不可开交，回到家里我还得照看孩子，你说我又当爹又当妈的，受得了吗？所以，她回来后，我没给她好脸色，也没怎么搭理她，她不愿意了，跟我闹了起来，还说要离婚。"

桂珉听后凑近王实耳边小声问："是不是你没和她那个啊？"王实白了他一眼，桂珉哈哈一笑，说："你这美满的婚姻也出现危机了？"王实摇摇头，又"唉——"了一声。桂珉与他对饮了一杯，接着说："也许人都是'当局者迷，旁观者清'吧，平时我跟何竹拌嘴斗气时你总劝我，告诉我夫妻之间该如何相处，现在轮到你迷茫了？""可不是嘛。"王实很不好意思。

他俩又碰了杯，桂珉继续说："依我看啊，茹烟的任性，一半来自她自己，一半是你惯的。"王实不解地问："这从何说起？""听何竹说，茹烟父母只她一个女儿，茹烟人漂亮，又上了大学，父母自然很宠爱她，这样的家庭环境，她能不任性？嫁给你后，你对她百依百顺的，时间一长，自然任性了。"

听了桂珉的话，王实若有所思，他摸摸后脑勺，困惑地问桂珉："你说，以前我觉得她的任性很可爱，现在为啥难以忍受啊？"桂珉呵呵一笑说："那是因为两个人在一起久了，你对她的新鲜感、忍耐度都降低了，再加上咱们工作的紧张和抚养孩子的劳累，哪儿还能整天'相看两不厌'？""哦"，王实一只手托着下巴，沉思不语。

过了一会儿，他说："你这一讲，还真是那么回事。其实，道理我都懂，就是最近很烦，控制不好情绪。""要我说呀，你俩之间没啥原则问题，她手机已经买回来了，也许她有她的想法，现在用手机的人越来越多，不要太计较这事。咱们男人得大度点，多给女人说点儿好话就没事了。"经桂珉这么一点拨，王实心里释然了许多，他决定晚上回家向茹烟道个歉，和她重归于好。

王实醉意蒙眬地回到家，看见茹烟在洗衣服，凑过去说："我，我来帮你洗吧。"茹烟闻见酒味儿，便用胳膊肘把他挡了过去，看茹烟还在生气，他就讪讪地说："对不起，我错了，向夫人赔个不是。"说着用身子蹭了她一下，她扭头瞪了他一眼，他只好没趣地坐到沙发上和孩子一起看电视。

刚坐下，小荷捂着鼻子说："爸爸喝酒了，好臭！"小荷说着还把小身子趔得离他远远的，他见状只好上床休息。大约一小时后，他感觉酒劲儿下去了不少，于是起来喝水，茹烟正给孩子洗脸洗脚，他四处瞅瞅有没有可干的活，看厨房的水池子里泡着锅碗，便赶紧给洗了出来；见她给孩子洗完了，又赶忙去拖地板。

可是，他所做的一切，茹烟视而不见，一句话也不说，自顾自地上床睡觉。他刷牙洗脸上床后，猴急地要抱住茹烟亲吻，谁知她拼尽全力挣脱他，气冲冲地说："你不是要跟我离婚吗？咱们明天就签协议！"他笑嘻嘻地说："一时的气话，我早忘了。""你忘了我可没忘！"她仍然气咻咻地说。"你气性还真不小啊，千错万错都是我的错，以后不惹你生气，行了吧？"王实向她讨饶，他以为说了这话她会原谅他，准备再次拥她入怀，她又把他挡回去，看来，一时半会儿她不会跟他和好了。

茹烟休息一天后开始上班。她好长时间没见到同事们，本来有很多话可以说。交流出差期间的逸闻趣事、谈论单位新近发生的事情、孩子的教育问题等，可她心情不好，不想说话，只是埋头整理出差票据。

唐韵见她沉默不语，凑到她耳边小声说："去了人人向往的天府之国，回来咋不高兴呀？"她抬头看了一眼唐韵说："没有，出去久了，感觉很累。"唐韵说："是啊，虽然我和侯主任出去时间不长，但一天一个地方，确实挺累。"

聊了两句，茹烟便不想言语了，一想起和王实的关系就心烦，尽管他已赔礼道歉，她仍然无法原谅他，对婚姻出现的裂痕感到伤心和迷茫。一连串的问号在她头脑里盘旋：当初，王实的求爱信多么令她动容啊！她以为他会像信中说的那样永远给她温暖和幸福。现在，曾经的誓言都去哪儿了？从他们认识至今，王实对她一直很宽厚、体贴、怜爱，可最近，他总是和自己闹别扭。当她生气时，他不但不哄劝，反而采取置之不理的态度，更让她受不了的是他竟用粗暴生硬的话来和她"针锋相对"！他为什么会变成这样？如果婚姻正经受"七年之痒"，那她该如何度过？

不少女人和丈夫吵架或怄气了爱回娘家诉苦，茹烟不愿意这么做。在父母面前，她向来是高兴的事多说，不高兴的事少说，苦恼的事不到万不得已不说。去姑妈家诉诉苦？姑妈、姑父是她的第二父母，在他们眼里，王实是个没有缺点的好女婿，有时她说起王实念错别字、花钱小气、不讲卫生等毛病，姑妈总替王实辩护，说什么"这孩子好着哩，你要好好和他过日子"之类的话。想到此，她打消了去姑妈家的念头。

3

正当茹烟苦于无处诉说时，唐主任看出了她的心思。一天，他把她叫到办公室，关切地问："小茹，看你心事重重的，是不是遇到什么事儿了？"茹烟吞吞吐吐地说："啊我，没什么事。"唐主任温和地说："你在法制室时间不短了，对我应该比较了解。工作上呢，我是你们的领导，但工作之余我们可以是朋友，我希望大家都快快乐乐地工作和生活，有什么话不妨跟我讲讲，说不定能帮上你呢。"

茹烟听了唐主任的话心里很舒服，她想向他倾诉一切，又不知该如何说起，"唐主任，我……"唐主任扶了扶眼镜说："这些天，我看你不爱多说话，特别是你出差回来后整天愁眉不展，我猜啊，你很可能遇到了不愉快的事儿。别不好意思，说出来，也许我能给你些启发。"说完，他沉静而期待地看着茹烟，他的表情给她一种值得信任之感。她不再犹豫，讲了最近她和王实之间的矛盾。

唐主任认真地倾听着，并不轻易打断她的话，只是用"嗯""哦"等语词来呼应她，当她情绪激动地细数王实的不是时，唐主任会适时说一些"我理解你当时的心情"之类的话，让她感到很放松。她讲完后，唐主任微笑着说："说出来，心里感觉好些了吧?"她点点头，接着他讲:"你说的情况，许多家庭都遇到过，包括我在内，这是婚姻的第一危险期。"

茹烟诧异地看着唐主任说:"不会吧? 我看你和嫂子相处得很好啊。"唐主任幽默地说:"我们如今的和平共处是经历了无数'战争'换来的。你不知道啊，这过日子比飘树叶还稠，哪能没有摩擦和磕绊呢?"她一听笑了，好奇地问:"那你们之间的'战争'激烈到什么程度啊?"他呵呵一笑说:"离婚呗。小茹啊，这婚姻生活和恋爱时期不同。打个不恰当的比喻，两者就像河流与瀑布，虽然都是水，差别很大的。"

唐主任拉开抽屉翻找出一个小本子，边翻看边说:"以前我和你嫂子闹过几次矛盾后写了一些心得，你悟性好，看看是不是有同感。"唐主任说着把小本子递给她，一段优美的文字呈现在她的眼前。

　　两人初见时，感觉朦胧而美好，一个羞涩的眼神、一次指尖的触碰……都能在彼此心海里激起翻卷的浪花，每一个寻常的日子都让相恋的人儿心摇神荡，随着感情的升温，无数爱的浪花汇聚成气势磅礴、奇美壮丽的瀑布，恋爱时期的情女痴男像清澈的河流遇到巍峨的高山，自然跳荡出摄人心魄的瀑布。

　　奔腾激越的瀑布固然让人心醉神迷，不过，它只是水呈现的少有的瑰丽姿态，大部分时间、大多数情形下，水流是和缓而平淡的。这就如同婚姻生活，高山飞瀑渐渐变换为长长的平地静流，如果它的流经之地是茵茵绿草、碧空蓝天、阳光和煦，它就会显得明媚、清澈、温润;若遇狂风暴雨、峡谷险滩或干旱沙漠，它要么乖戾咆哮，要么横冲直撞，要么干涸断流。

　　我在想，婚姻如水却有所不同，自然界的水顺势而行，可人是有能动性的，只要两个人发自内心地想把这个家经营好，完全可以用春风般的语言和关爱对方的行动去化解矛盾，避开婚姻的礁石……秀玲，以前我有很多做得不好的地方，以后我会努力和你处好关系，共同经营好这个家!

暗暗佩服唐主任文采的同时，茹烟仔细体味着他写的每一句话，一时陷入沉思，唐主任见她的视线已离开本子，便接着说:"婚姻出现这样那样的问题，一部分原因是两个人虽然已在婚姻里，思维还停留在恋爱阶段，也就是瀑布状态，总以那个阶段的标准来衡量和要求对方，特别是结婚不久的小夫妻。另一部分原因是双方常从自己的角度考虑问题，缺乏沟通和包容心。我说的，你有同感吗?"茹烟不好意思地笑笑说:"有。"

唐主任喝口水接着说:"所以啊，要经营好婚姻，得学会转换思维方式，更得学会宽容忍让。就拿你和王实来说，只要两个人冷静下来，分析一下矛盾的症结在哪儿，多考虑对方的感受和处境，彼此宽容一些，就没有化解不了的怨气，也没有调和不了的矛盾。"

茹烟认真听着，觉得唐主任的话不无道理，转而又想:关系的改善不是一个人的事啊，需要两个人共同努力才行。于是她说:"让王实也来听听才是。"唐主任略加思索说:"嗯，改天你们上我家，让你嫂子做几个菜，我和他喝两盅，顺便再劝劝他。""好。"

这时，电话铃响起，唐主任对她说:"那今天先说到这儿! 改天再和你聊，我去开个会。""好的。"

第十七章 勇敢的人

1

二〇〇一年的夏天格外热，爱美不爱美的女士大都撑起了遮阳伞，戴上了太阳镜，有的还把脸、手、胳膊包得严严实实，可太阳丝毫不知趣，不肯往云层后躲藏几天，依然每天兴致勃勃地挂在天空，仿佛它是天地间的唯一主宰，要把它积蓄了三季的巨大热量肆意地释放出来。

从六月初开始，文河市几乎每天都是三十六摄氏度以上的高温，二十多天了不曾下过一滴雨，人们被酷暑炙烤得像叶子软塌塌的路边草，个个无精打采，却也颇有韧性地与炎热抗衡，知道太阳不会一直逞威下去，凉爽的秋季一天天在临近。

对茹烟、对西岭监狱不少人而言，六月二十八日是让人酷热难耐又心惊胆战的一天。早晨上班后，茹烟准备和张宏喜到五监区询问一名犯人，该犯提出一个问题，即犯人服刑期间能否要回儿子的抚养权并委托父母抚养，茹烟想找该犯问问具体情况。

八点半，趁太阳还未展露出令人窒息的热辣面孔，茹烟拿着事先列好的询问提纲和张宏喜一起去了五监区，监区管教干事把他们引到警察办公室，然后叫来提问题的犯人。张宏喜让该犯坐在一个塑料圆凳上，然后示意茹烟可以提问了。茹烟一边提问一边做着记录，有时张宏喜会插上一两句话。

询问持续了近半个小时，茹烟准备结束提问时，只听得张宏喜惊恐地喊道："不好，出事了！"茹烟立即紧张地四处张望，只见一个犯人手持单片剪刀，蹿到正在车间检查服装质量的一名女技术员背后，猛地用左手勒住她的脖颈，右手将剪刀架在她脖子上。事情来得太突然，该犯的举动惊呆了在场的所有人，一场恶性事故眼看就要发生！

"王之图，放下剪刀！"茹烟循声望去，只见桂珉从离王犯四五米远的地方冲过去。

"都别动，谁过来就捅死谁！"王犯一手勒住女技术员的脖子，一手挥舞着剪刀，狂妄地叫嚣着。

茹烟哪儿见过这般情形，心早已提到了嗓子眼上，两手紧紧地攥成拳头，她替桂珉捏了一把汗，担心王犯会对他下毒手。只见桂珉没有片刻的犹豫，一个箭步跃到王犯跟前，猛地扑向王犯，与王犯展开了殊死搏斗，王犯急红了眼，丧心病狂地用剪刀对着桂珉的胸部、腹部乱扎，鲜血顿时从桂珉身上涌出，可他并不畏惧，奋力夺下王犯手中的剪刀，与闻讯赶来的几名干警一起将王犯制服。

一场突发的恶性事件被制止，作为人质的女技术员平安了，桂珉却捂着伤口倒在地上。

茹烟呆呆地站在那里，下意识地将手放在张大的嘴巴上，眼睛依然惊恐地看向捂着伤口的桂珉。她想上前拉他起来，可腿是哆嗦的。几分钟后，只见桂珉被几名干警抬到急速开进来的警车上，警车飞快地驶出监狱。

"茹烟，我们回办公室吧。"张宏喜的话把她从惊心动魄的场景中拉了回来，茹烟没有言语，惊魂未定地跟着张宏喜离开五监区。

回到办公室，茹烟很长时间都无法恢复平静，眼前总浮现着桂珉捂着伤口倒地的情形，后来，她突然想起该给何竹打个电话。

"送到哪家——医院了？"何竹颤抖的声音从话筒里传过来，茹烟另一只手放在脑门上说："哎呀，我忘问了，现在就问车队。"何竹语无伦次地应道："哦，我等着！啊——不！"茹烟放下电话赶紧又打车队电话，得知桂珉被送到了文河市第二人民医院。

茹烟陪何竹立即去了医院，到那里后，看见五监区金监区长和几名干警在抢救室外面等候，金区长对何竹说："医生准备给桂珉做手术，桂珉体质好，相信他不会有事的。"何竹听着，忍不住哭泣起来，茹烟搂着她的肩膀。"桂珉体质好，不会有事的。"她重复着金区长的话，然后与何竹坐下来，开始焦急地等待。

傍晚时分，桂珉从抢救室被推了出来，何竹和茹烟急忙上前，医生告诉她们："手术做得很成功，病人的主要体征都正常，不过伤口太多，仍需要转入重症监护室继续观察，你们可以回去了，今晚不用陪护。"听了医生的话，何竹将信将疑，执意要在医院陪桂珉，大家都劝她回去，经一番劝说，何竹才跟大家一起回了单位。

回到家，茹烟感到异常疲惫，她没有去婆婆那里接孩子。她很饿，却不想做饭，只是一动不动地躺在沙发上发呆，不一会儿，眼皮就沉得睁不开了。恍惚中，她看见桂珉满身是血地倒在三监区车间地面上，后来不知怎么回事，桂珉的身体变换为王实，王实强忍疼痛用一只手捂住伤口，另一只手强撑着地面，他的脸越来越苍白，慢慢地，他倒在地上，闭上眼睛。王实死了！茹烟不顾一切地扑过去，用胳膊搂住他的脖子哭喊道："王实——王实你不能倒下啊！"

"王实，王实，你不能倒下！"茹烟被自己这一句凄厉的叫喊声吓醒，她定定神，思忖片刻，方知白天那可怕的一幕入了梦。她浑身是汗，于是起来开了灯，然后洗脸擦汗。钟表时针已指向晚上九点，王实还没回来，神志尚未完全清醒的她便胡思乱想起来：王实监区的犯人是不是也出事了？他会不会有人身危险？

茹烟正陷于疑惧之中时，婆婆把小荷和子豪送了回来，婆婆说："今天单位有事？咋回来这么晚？我在楼下看了几次，屋里都没亮灯。这是今天蒸的包子。"茹烟一天都没怎么吃东西，这时才感到饥肠辘辘，婆婆蒸的鸡蛋粉条豆腐丁馅包子她一口气吃了三个，然后让孩子洗脸洗脚。

王实十点半才回到家，孩子已睡着，等王实上床后，茹烟小猫似的紧紧依偎在他怀里，王实也一声不吭地搂紧她。她本想跟他说很多话的，可又不知说什么好，只是喃喃道："王实，我怕，我好怕！"王实什么也不说，轻拍着她的肩膀柔声说："不怕，有我在呢。"茹烟想到了刚才做的梦，想把梦境说给王实，又一想，深更半夜的，不说为好，于是她很乖地"嗯"了一声，紧紧地依偎在王实怀里。

几天后，茹烟和王实去医院看望桂珉，这时的桂珉已能半靠在床头，但不能进食，靠输液和时间恢复元气。何竹说："他身上有七处刀伤，小肠被扎穿四处，医生说，多亏他体格健壮，恢复得快，过两天能吃饭了就可以出院。"茹烟和王实听了都欣慰地点点头。

七月六日上午，桂珉出院。当茹烟和王实赶到医院时，已有许多人等候在那里：秦政委、常副狱长、政治处主任、办公室主任、工会主席、金监区长、五监区几名干警，桂莉和韦志杰也来了。桂珉不好意思地对秦政委说："领导搞得这么隆重，让我受宠若惊啊！"秦政委喜悦地说："你是咱监狱的大英雄，现在痊愈出院了，我们当然得用鲜花和掌声欢迎你回家啊。"说完，秦政委让旁边一名干警递给桂珉一大束鲜花，然后大家簇拥着他，回了单位。

几天后，西岭监狱下发了关于向桂珉同志学习的通知。看到通知后，张宏喜对茹烟说："桂珉这孩子不错，有事儿敢冲上去，为咱西岭监狱人长了脸。""是呀，当时要不是桂珉，我真不敢想象会是什么样的后果。以前，我只在影视里或报刊上看到过这种情景，觉得英雄、勇士离我很远，没想到，我亲眼看见了一个英雄、一个勇士的诞生。"茹烟感慨地说。

张宏喜接道："其实细想想，咱单位像桂珉这样勇敢的人还能数出好几个哩。

远的不说，就说教育科的小董，去年从黑传销团伙里解救出他老家的一个远房堂弟，堂弟父亲向他求救后，他没有多想跟传销团伙头目交涉的危险，孤身一人开一辆旧面包车前往河北救人，没有胆量的话，即使有救人之心，也不敢这么做。"

"是啊，你一说我想起来了，文宇跟我说过，他那天夜里到了河北后，一方面争取当地公安民警的全力支持，一方面通过电话、短信等方式与传销团伙头目保持'密切'联系，取得他们的'信任'，几番周旋后，最终将堂弟救出。所以，文宇不仅有胆量，还有智谋呢。"茹烟补充道。

"小董真是好样的。茹烟，我又想起一个人，设备科的小刘，前两年在文河里游泳时救了一个落水儿童。"

"嗯，不光干警中有勇士，咱们的工人也有好样的。听说小刘去年还加入文河市神龙搜救队，成了一名专业搜救员呢。"茹烟说。

"咱们光说别人了，其实你公公就是英雄，就是勇士。他八三年追逃犯可勇敢了，跑在最前面，不料被逃犯一枪打中，死时年仅四十三岁，可惜呀。"

"我常听婆婆和监狱其他人说起他，公公的确是王家的骄傲。逢年过节，省厅局的领导经常来慰问我婆婆呢。欸，张叔，你父亲也是英雄啊，当年在山下，你父亲明知上山检查工作危险，还是去了，结果发生车祸，很不幸啊。"茹烟惋惜地说。

"你是听谁说的？"张宏喜问。

"我婆婆。她说你父亲人可好了，关心下属，急人所急，不搞特权，从来不考虑自己，说上级几次拨给西岭监狱'农转非'指标，他都让给其他干警了，牺牲时，你们五个兄弟姊妹没有一个安排工作的。"

"我父亲是从战争年代过来的人，解放战争期间，参加过十五次战役，立过两次特等功，在白河战役、淅川战役中两次身负重伤。无论在战场还是转业到地方，他从来不把个人生死和利益放在心上。任西岭监狱负责人后，他一心想着监狱发展，牺牲的那天，他是乘坐一辆拉矿石的卡车上山的，准备与干工商讨硫磺矿开采的事儿，结果山高路陡，卡车刹车失灵，突发机械事故，连车带人坠入山底，那年，父亲才五十九岁啊。唉——"张宏喜说着，不禁伤感起来。

茹烟也随着张宏喜伤感了一阵子。

2

樱红山庄，一个雅间里。桂莉和韦志杰一家做东，庆贺桂珉出院，顺带与茹烟、王实一家聚聚。席间，因桂珉不能喝酒，韦志杰和王实也喝不起来，大家以吃饭、聊天为主。

茹烟问桂珉："当时冲上去的时候，你不怕吗？我看着都害怕了。"桂珉平静地说："当时只想快点儿夺下王犯手中的剪刀，救出人质，哪儿还顾得上害怕？"王实接道："桂珉让我们佩服呀！听金区长说，你手术醒后，不是想着自己缝了多少针，有没有生命危险，还一心想着王犯，说最好能给他买些方便面和香烟，稳定一下他的情绪。"

韦志杰补充说："你们不知道吧？事情发生后，被关在禁闭室的王犯朝他行凶的方向磕了三个响头，说他太没良心了，对不起桂队长，说他那天上午看到女技术员后，不知咋回事，突然想逃跑，只是万万没有想到，桂队长会不怕死。"桂莉自豪地说："俺哥这次给西岭监狱立功了！"

"哇，舅舅真了不起耶！"桂莉的女儿韦若桐用一双不大却很明亮的眼睛看着桂珉说。"我爸爸也很了不起！"茹烟的女儿君荷不服气地接过若桐的话，于是若桐问君荷："你爸爸怎么了不起啦？"君荷一脸认真地说："我爸是优秀党员，得过很多荣誉证书呢！""那也没有我舅舅勇敢！"若桐得意地说。"就勇敢，就勇敢！"争强好胜的君荷急得直想哭。子豪见君荷急成这样，圆睁双眼看看母亲，又看看妹妹，不知该怎么好。何竹六岁多的儿子桂何玮看两个同伴为他父亲而斗嘴，一时看看这个，又看看那个，一张笑脸纯真烂漫，并不多说话。

"哈哈哈，孩子们，别争了，你们的爸爸都很了不起，他们整天和犯人打交道，不勇敢就完成不了任务，也没有工资给你们买好吃好玩的呀。"何竹爽朗又充满慈爱的话终止了两个孩子的嘴仗。

说笑一阵后，何竹对他们说："其实桂珉这么做，我一点儿也不感到意外。说一件事你们就知道了。"她清了一下嗓子，然后绘声绘色地讲起来——

"大概是一九九三年五月的一天吧，我和桂珉乘汽车从文河市回老家，中途遇到一帮歹徒持刀抢旅客身上的钱，桂珉这时站出来，喝道：'你们想干什么！'四名歹徒一起向桂珉围上来，桂珉鼻子被打流血，眼睛也被打青。我当时吓坏了，不过，桂珉毫不示弱的架势镇住了歹徒，这时其他乘客也过来，帮着他制服了几个坏蛋。当时我心里想，这小伙子行，怪勇敢，我没看错人，将来我出门了有个又高又壮的保镖护着，不愁安全问题了。"

王实以戏谑的语气对何竹说："原来是英雄赢得美人归啊。"何竹立刻瞪他一眼，摆摆手说："我可不是美人，你家茹烟才是美人呢。"谁知桂珉温柔地接了一句："在我眼里，何竹就是美人！""对嘛，这叫老公眼里出西施。"韦志杰立刻补充道，几个人的话说得何竹一时涨红了脸。

这时，茹烟也接了一句："哟，我还没见过你害羞的样子呢，挺可爱的嘛。"何竹得意地说："我害羞什么呀，没啥不好意思的，桂珉对我好着呢。"桂珉接过话："你们不知道，其实是何竹对我好。我工作忙，家里照顾得很少，玮玮上幼儿园，我几乎没管过，都是她在操心。""唉，有啥办法呢？接送玮玮上幼儿园的差事都让我承包了，有一次，我有急事不能去接玮玮，就打电话让他去接，谁知他接玮玮时，老师竟然不认识他，就问玮玮接他的是谁，玮玮噘着小嘴一句话也不说，用小手直抹眼泪，桂珉非常尴尬，拿出工作证和身份证，对老师说他是孩子的爸爸，才把玮玮接回家。"

"是的，我妈说得一点儿不假。"何竹话音刚落，儿子玮玮就一字一顿地说道。

众人听了都哈哈大笑起来，而后，一时又都默不作声。过了一会儿，王实打破静默说："咱们监狱警察是两眼一睁忙到熄灯，两眼一闭提高警惕啊！"

桂珉接道："其实不光我们监狱警察辛苦，公安干警跟咱们差不多，有时比咱们还要忙，面临的危险比咱们还要多，牺牲或受伤也比咱们多。我干公安的同学中一个牺牲了，一个受了重伤，听我一个同学说，近二十年以来，文河市共有三十余名公安干警因公牺牲。"

茹烟说："没错，公安干警的确辛苦，牺牲也多，为社会稳定做出的贡献也大，要不每年春节，国家都会为公安干警举办一台文艺晚会呢。"

桂珉接着说："话又说回来，咱们狱警的功劳也不能小视，若没有我们日复一日、年复一年的坚守，没有我们对一批批犯人的悉心教育，国家将不会安定，社会也不可能和谐，要是犯人脱逃，逃出去后又重新作案，那对社会的危害就更大了。"

"一句话，我们的工作没有那么多的轰轰烈烈，多的是平凡中的坚守、平淡里的坚持。"一直没怎么说话的韦志杰接了腔。

王实说："没有我们平凡中的坚守、平淡里的坚持，也就没有社会安宁嘛。"

"别再说这些高大上的了，来点儿实际的好不好？"桂莉有点儿不耐烦地接了腔。

"那来点儿啥实际的？"何竹问。

"咱讨论一下这周末去哪儿玩吧？"桂莉饶有兴趣地问。

"好呀，好呀。"韦若桐兴奋地拍着小手说。

于是三家人你一言我一语地讨论起来，直到九点方散。

第十八章　明和暗争

1

金秋送爽的开学季，茹烟像中小学生一样踏入校门，参加省司法厅组织的为期一个月的监狱劳教人民警察警衔晋升培训，经培训合格后，她将从一级警司晋升到三级警督，跨入中级警官行列。

承办培训的省政法干校地处偏僻的省城南郊，周围没有商场、公园，宿舍没有电视、卫生间，学校的伙食也差强人意，不过，这有什么大碍呢？远离了工作环境，没有了做家务、带孩子的琐碎和劳累，茹烟在久违的集体生活中感到轻松和快乐。

来自全省几十个兄弟单位的上百名同行聚在一起，同样的职业和相似的经历让彼此很快产生了亲和感，她愉快地和大家一起上课、走队列、练擒敌拳，课余则三三两两或三五成群地散步、聊天、打球、玩纸牌。让他们欣喜的是，学校不计收益地为他们精心安排了周末聚餐、中秋文艺晚会、秋游少林寺等活动。

培训期间，来自单位的两个好消息让茹烟喜上加喜。

在西岭监狱组织的部分科级领导职位竞争上岗活动中，经过笔试、演讲、民意测评、党委研究等多道程序的选拔，王实脱颖而出，被任命为狱政管理科科长。

电话里，茹烟听出王实无法抑制的欢喜，"烟儿，我做梦都没想到能这么快提科长，为我高兴吧？"茹烟当然打心底里为王实高兴，她知道狱政科是一个重要部门，不过，不知出于什么心理，她想故意消减一下王实的兴致，便以揶揄的语气慢悠悠地说："王科长，祝贺你呀！这俗话说，'人逢喜事精神爽'，干啥都有劲儿，这回我出来这么长时间，一个人在家不会感到累了吧？"

王实知道茹烟在借机"报复"他，但他异常兴奋的大脑对此并不介意。"不累，不累。你安心学习吧，孩子我照看得好着呢。"茹烟听了扑哧一笑，继续慢悠悠地说："这——还——差——不——多。"听到她的巧笑软语，王实忍不住传送给她一个吻。

不久，茹烟接到一个有关自己的喜讯：9 月 16 日，政治处通知她参加省厅组织的首批入党积极分子培训。得知此讯后，她自然是欣喜的。

这个讯息给她带来了希望，会让她成为西岭监狱女警中引人注目的一个，所以，为什么不欣然接受呢？她参加培训结业后，年底就能跨入党的大门了。

又一想，她犯了愁：两种培训碰在一起，能兼顾过来吗？入党积极分子培训在省城最北端的司法警官职业学院，与政法干校相距几十公里，要换乘两次公交车才能到达。一想到每天要早出晚归地辗转于两校之间，茹烟有了为难情绪，打算放弃这次机会，转而一想，又觉得不妥。

党组织主动向她敞开大门，她怎能前功尽弃呢？不，不能放弃！于是，她找到政法干校的校领导说明情况，为她着想的校领导给出一个让她满意的答复：在不耽误考试、确保培训过关的前提下，可以参加入党积极分子培训。

之后十天里，茹烟脚步匆匆地奔走于省城的南北两端。如果说警衔晋升培训让她感到充实和快乐的话，入党积极分子培训则让她感到严肃又不乏趣味。

在茹烟的固有印象中，党的知识都是些大道理，除了枯燥还是枯燥，什么"为共产主义奋斗终身"，什么"革命先烈抛头颅洒热血"，处于和平年代的她一直觉得自己离这些很遥远。

可是，入党积极分子培训改变了茹烟以往的看法：专家教授们用丰富的党史知识、驾轻就熟的讲课技巧、鲜活生动的典型事例、亦庄亦谐的语言表述把原本枯燥无味的党课讲得引人入胜、活泼风趣、贴近实际，不时博得热烈掌声，以至于下课铃响了，很多同学还不愿意离开教室，围着老师问这问那。

茹烟很享受这样的听课过程，其实，她无论听什么课都容易受老师外表、仪容、嗓音、举止等方面的影响，倒不是说非得俊男靓女或者播音员一样的老师讲课她才愿意听，而是站在讲台上的人得让她看着顺眼，不然听课效果会大打折扣。

这一次，讲课的几个老师并非看着都顺眼，比如，那个高高胖胖的短发女教授，锅盖大的脸，缺乏女人味的五官，如果不是她黑色西装里露出的红衬衣，如果不是站在讲台上，茹烟会把她认作饭店里的男厨师。可就是这样一个让茹烟看着不顺眼甚至有点儿丑的女教授，讲起课来自信沉稳、引经据典、亦庄亦谐、气势如虹，让茹烟越听越想听，以至于多少年后，女教授还在她心里留有清晰的印象。

不知不觉，十天时间很快过去，茹烟恋恋不舍地离开省司法警官职业学院。这次培训让她受益匪浅，虽谈不上对党有多么透彻的了解，她的思想却在不知不觉间发生了一些变化，为自己当初狭隘的入党动机不免感到羞耻。

2

王实向茹烟报喜讯的当晚，桂珉打来电话，祝贺他高升、在新的岗位顺心如愿、稳步向前，话语不多却朴素真诚。次日，韦志杰也打电话祝贺他当了管教第一科室的一把手，还半开玩笑说要王实以后多关照他们七监区，能少扣分就少扣，能不扣的就别扣，王实一边表示感谢，一边含混应承道："好，好，咱哥们相互支持，相互关照。"

王实想，他一个警校毕业的中专生，工作十一年后走上中层领导岗位，也该庆幸和知足了。自己并无什么关系和靠山，不像韦志杰"朝里有人"，有个在省局工作的表叔，所以比他早进入监狱二级领导班子，比他早一年提为中层一把手，去年已是七监区监区长。

桂珉则和王实、韦志杰的想法有所不同，劫持人质事件后，监狱领导欲将他提为监区长，没料到他婉拒了，理由是自己在监区副职的岗位上历练还不够，当一把手的能力仍有欠缺，等自己准备好了再说。领导又劝，他依然不愿接受别人求之不得的职位，领导只得遵从他的意愿，继续让他当管教副监区长。

王实很钦佩桂珉的思想境界，自己却做不到。他追求进步，希望通过自己的努力得到组织的认可，希望自己的努力和职位提升成正比，所以，一旦机遇来了，他绝不放过。这次竞争上岗给了他极好的机会，他也没有辜负这次机会。

激动、欣喜之余，王实感到了前所未有的压力。科室工作不同于监区，狱政科又不同于其他科室，它的重要性可以这么说，假设一个监狱只能设立一个职能部门，那么，其他部门可以不要，狱政科则必须有。犯人收监释放、亲属会见、日常管理、考核奖惩、减刑假释、防逃追捕、犯人通信、省内外调遣，等等，都是狱政科的事儿，尽管狱内侦查和刑罚执行两项业务相继分离出狱政科，但是狱政科的业务量仍然可观，任务依然艰巨。

负责管教工作的常副狱长嘱咐王实，狱政管理工作以稳为先，保证偌大的一个监狱不出事儿是前提和根本，有了这个大前提，监狱生产、队伍建设等工作才能无后顾之忧地有序进行。王实也觉得领导的话不无道理，上任伊始，他就像初上路的新司机一样缓慢稳妥地前行，以保证车辆和人身安全为第一要务，一系列动作均按规定的程式完成。

然而，时间一长，车速自然会随着驾驶技术的熟练渐渐加快，再者，王实为人处世虽谨慎稳当，骨子里却带着一股冲劲儿。他看重常规，遵守既有规则，同时希望在按部就班中有所突破，特别是工作上遇到问题或看到不正常的现象时，这种想法尤为强烈。

上任一个多月后，他这个新官点了第一把火，即不准服刑人员在狱内穿皮鞋。新世纪的头几年，服刑人员的服装是统一配发的，但鞋子尚未统一，因此，他们穿的鞋各式各样，有布鞋、皮鞋、运动鞋……家境好的、特殊岗位的、有关系的服刑人员穿皮鞋的较多，他们中有的比干警穿的皮鞋还高档，有些人整天一副不可一世的样子，有的甚至不把干警尤其是一般干警放在眼里。他们是犯群中的一小部分，却影响了一大片人，穿布鞋、运动鞋的认为他们搞特权，是干警不管不问的结果，因而与这些人产生对立情绪，或者产生自卑心理。

王实在监区就发现了这个问题，透过这个问题，他认为服刑人员穿什么鞋看似小事，其实关系到服刑人员的身份意识和在刑意识，换句话说，服刑人员就该有服刑人员的样，就得有规矩，这个规矩不光体现在服刑人员行为规范上，还体现在着装上。为此，他曾给狱政科提过建议，但并未引起重视，现在，他主政狱政科，问题就不难解决了。

这项新规的落实总体顺利。不过，让王实没想到的是，小小的新举措惹下一个不大不小的麻烦，韦志杰因此对他产生不满，一时影响了两人的友谊。

事情起因：王实带领狱政科的人去监区检查时，发现七监区有个服刑人员仍穿着皮鞋，没有在狱政科规定的期限内换掉，当时王实只是让手下人把情况如实记录，并未直接扣分。

回到科里后，他和副科长们商量如何处理全狱明知故犯的六个服刑人员。其实，若按规定办事，没什么好商量的，扣分就行，只是以前在制度落实过程中，往往有监区找狱政科说情的现象，处罚上也的确有厚此薄彼的情况，王实之所以跟副科长们商量，一是程序上的需要，二是想探探他们的想法。

副科长们的想法果然不一，有的说既然有规定，就按规定来，一视同仁，有的说穿鞋不是什么大事，批评教育一下就行了，监区也不容易，最好别轻易扣他们的分。

王实听了，心里也犹豫，他知道，扣分与其说是一项权力，不如说是得罪人的事，现在扣了监区的分，说不定什么时候监区就会"报复"狱政科，给工作带来麻烦和障碍。再者，违规的服刑人员有一名是韦志杰监区的，若扣了分，韦志杰肯定心里不舒服，两人的关系也会紧张。

不管那么多了，这次若不按规定办事，以后就难以树立狱政科的威信，树立他这个新任科长的威信，工作会更难做。想到这儿，王实拍了板：照章办事。

韦志杰得知监区被扣分后，很快找到王实，说他不够哥们。王实耐心跟他解释，希望他换位思考一下，韦志杰嘴上说着没什么，"原谅"了王实的公正办事，其实心里打了问号，并在以后两人的交往中提高了警惕。

王实烧的第二把火：在罪犯行政处罚上引入缓罚制度。

茹烟曾在唐书文所长的指导下写过一篇论文，题目为"完善罪犯行政处罚体系的思考"。当时，茹烟为写好这篇论文，曾向王实"调研"过罪犯行政处罚的具体情况，后来王实听茹烟说，论文引起省局《犯罪与改造研究》杂志社的极大兴趣，并被推荐到司法部《中国司法》杂志社。论文在该杂志上发表半年后，天津一个监狱的狱政科科长给唐所长来信说，论文中提到的观点很新颖，也很切合实际，他所在的监狱已在罪犯行政处罚实施过程中引入缓罚制度。

墙内开花墙外香。唐所长和茹烟合写的这篇论文，尽管早在几年前就被外省监狱应用于实践，但是在西岭监狱，除了让唐所长和茹烟被评为省级监狱理论研究先进工作者，得了几百元稿费外，并未引起多大反响。

据王实了解，唐所长曾向领导详细介绍过有关情况，领导也曾一度对此感兴趣并欲实施，但由于种种原因，这项制度始终没能在西岭监狱得到施行，在王实看来，主要是某些干警、某些部门怕麻烦、因循守旧的思想在作怪。

如今，这种思想依然存在。如果王实主张施行这项制度，依然有阻力，可他已下定决心要把它推广开来。之所以会这样做，原因有二：一是他赞同文中观点，觉得有必要把缓罚制度尽快引入罪犯行政处罚中，这样才能使监狱执法工作更加科学合理；二是奔着如今的法制办主任唐书文来的，唐主任是现任监狱长的铁哥们、亲密战友，又是茹烟的上司，如果跟他关系处好了，自然对他王实、对茹烟都有利。

一箭双雕的好事施行起来并不容易：跟唐主任沟通，说服监狱领导，管教会上介绍详情，制定实施细则……自二〇〇二年起，经过王实和唐主任的不懈努力，这项制度终于从沉寂了几年的文字中活了过来，变成一个个既有法度又有温度的行政处罚。

3

二〇〇一年十二月三十日上午，西岭监狱下半年新党员宣誓仪式上，茹烟和其他七名新党员昂首挺胸地走上主席台，依次站在鲜红的党旗下，举起右手，紧握拳头，跟着政治处主任的领读，庄严地、一字一句地宣誓：

我志愿加入中国共产党，拥护党的纲领，遵守党的章程，履行党员义务，执行党的决定，严守党的纪律，保守党的秘密，对党忠诚，积极工作，为共产主义奋斗终身，随时准备为党和人民牺牲一切，永不叛党。

此时此刻，当茹烟紧握拳头掷地有声地读着入党誓词时，只觉得周身的热血在奔涌，内心真实地升腾起一种神圣感、使命感，脑海中突然回闪出一些人和画面：西岭监狱创建部级现代化文明监狱的一幕幕情景，张宏喜的父亲、王实的父亲、因公牺牲的吉狱长、"中国十大杰出青年卫士"桂珉、董文宇、救落水儿童的工人小刘等一个个新老党员的面孔。

宣誓结束，新党员重回座位，茹烟的心跳依然很快，她暗暗做着深呼吸，竭力使自己平静下来。宣誓仪式的最后一项是程狱长讲话，他首先祝贺新党员跨入党的大门，并勉励他们今后要以党员的标准严格要求自己，发挥党员的先锋模范作用，为西岭监狱的安全稳定和长足发展做出积极贡献，接着他讲了目前监狱党建工作的现状和其他事项。

茹烟一边听，一边思忖着领导讲话和自己内心想法的契合点。程狱长勉励新党员的一番话其实是年年讲的套话，不过，刚宣誓过的茹烟清晰地意识到，入党对她来说的确是一个新的人生起点，就像她来西岭监狱工作是一个新的起点一样。

当想到两个起点的不同时，茹烟不免感慨岁月不居、青春易逝。屈指算来，她已上班十年了！这十年，茹烟自感没什么收获，更谈不上什么成就，又一想，好像也有收获——结婚生子、提职入党，如果这算收获的话。

哦，还有最重要的一点，那就是，她不再像以前那样心猿意马了，已渐渐认可并开始喜欢监狱警察这一职业，她不确定自己今后能否达到"为共产主义奋斗终身，随时准备为党和人民牺牲一切"的高度，但她想：在西岭监狱工作一辈子，生活一辈子，为党的监狱事业积极奉献，这一点她是能做到的。

4

二○○二年元月中旬一个周末的中午，桂莉、韦志杰夫妇邀请兄嫂一家小聚。桂莉、桂珉兄妹很少单独聚，要么去父母那里，要么加上茹烟、王实，三家一起聚。

邀请是韦志杰提出的，他说想答谢一下桂珉、何竹，理由是桂莉经常出差，他不怎么会做饭，有时工作也忙，以至于女儿若桐经常往妻哥家跑。何竹从没说过什么，还对若桐特别好，时间长了，若桐都不想在自家待，总说要跟表弟一起写作业、一起玩，还说舅妈做的饭好吃。

听了志杰的话，桂莉觉得有些道理，又是新的一年了，她也想和哥嫂见见面、说说话。为了款待好哥嫂一家，不怎么会做饭的她自有招数：冰箱里有出差带回来的道口烧鸡、许都牛肉等熟食，有从文河最大的超市买回的宫保鸡丁、油焖大虾、粉丝扇贝等半成品，再凑几个凉菜、素菜，即成一桌家宴。

桂珉、何竹携儿子如约来到妹妹家。何竹提了一个长条形纸盒，对桂莉说："没啥给你拿的，这是前两天我哥送来的红薯粉条，知道你不缺啥，估计这你会喜欢。"桂莉赶忙接了盒子，说："谢谢嫂子，你说对了，我就喜欢吃粉条，像猪肉炖粉条啊，酸辣粉啊，我都爱吃。"

说话间，四凉六热十个菜很快上桌，兄妹两家六口人各自落座。大人举酒杯，孩子端饮料，愉快地开启了家宴的第一道程序——碰杯，韦志杰和桂珉、桂莉和何竹、若桐和玮玮三对组合相互碰杯，一时间其乐融融。

既是家宴，自然充满了浓郁的亲情。桂珉、桂莉兄妹聊起过年给父母置办的物品来，桂莉说她给爸妈各买了一套衣服和一双棉靴，桂珉说何竹给父母也买了羽绒服和羊毛衫，桂珉还说他准备把父母家的玻璃给擦擦，韦志杰赶忙接话说他和桂珉一起擦，桂莉扭头看着志杰说："嗯，像个好女婿的样儿。"

谁知志杰毫不谦虚地说："怎么是像？本来就是嘛，你忘了那年咱爸住院，是我背上背下、跑前跑后的？"桂莉说："没忘，没忘。"她说完看着桂珉说："哥，咱爸妈有福了，你看，不光咱俩孝顺，嫂子和志杰也孝顺。"桂珉说："是啊。"

聊了一会儿，话题不知不觉转到工作上。桂莉引头说："茹烟、王实两口子现在风头正劲呀，一个当了科长，一个入了党，最近王实跟唐主任走得很近，看来呀，王实的前途一片光明，哥、志杰，你们可得奋起直追啊。"

桂莉话音刚落，桂珉便以近乎训斥的语气说："你别瞎琢磨，人家王实靠的是真本事，跟唐主任走得近，是因为狱政科今年要推行犯人行政处罚缓罚制度，唐主任熟悉这方面的情况，王实是向他请教的。"

韦志杰接了话说："哥，我承认王实有能力，也不反对他推行新规，只是觉得他刚当上狱政科长，步子迈得大了点儿吧？你也知道，去年狱政科刚查了犯人穿皮鞋的事儿，现在又要在行政处罚上做文章，监区不配合还不行，否则就要被扣分，依我看，他想打开新局面，在狱政科站稳脚跟是真，也不排除邀功请赏、出风头的可能啊。"

韦志杰本以为桂珉会赞同他的观点，谁知桂珉不以为然道："老弟呀，你这么看问题就不对了。王实接连推行新举措，看似急了点儿，其实是迟来的公正。依我看，他推行的两项措施针对性很强，犯人穿皮鞋现象早该杜绝了，行政处罚中引入缓罚制度，我觉得也挺好，它将革除简单执法的弊端，虽然可能会加大干警的工作量，但从长远说，利大于弊。"

韦志杰听了依然不服气地说："就算推行新规，也不能刻板行事，六亲不认啊。"桂珉知道志杰言外之意是什么，也知道志杰因七监区一名违规穿皮鞋的犯人被罚分，因为那名犯人是志杰表叔的"关系犯"，该犯被罚分一事很快被他表叔知道，表叔不轻不重地说了志杰一通，说该犯马上要呈报减刑了，突然被罚分，减刑又得往后推。志杰跟表叔好一番解释，只是，表叔对他的不满已无可挽回。

桂珉正在想如何接志杰的话，桂莉说："我不是向着志杰说话啊，王实做的是过分了些，不看僧面还看佛面呢，恐怕他已忘了我是他和茹烟的媒人。"

听了妹妹的话，桂珉心里有些不舒服，但在妹妹家，又是工作上的事，于是他说："都是好朋友，我相信王实不会有意跟你们过不去，相互理解吧。"

听着三人的谈话，何竹一直没吱声。她不知该怎么说，一边是小姑子和妹夫，一边是好朋友茹烟的老公。从感情上说，她站在他们中间，甚至还稍稍偏向桂莉夫妇，一方面是亲情使然，一方面是桂莉和志杰对她真心不错，别的不说，她能从质管科调到财务科，很大程度上是桂莉的功劳。可是从理智上讲，她站在丈夫一边，觉得桂珉说得句句在理，也觉得王实的做法是对的。

何竹想：自己还是不发表意见为好，一旦她开了口，就会让桂莉和志杰不舒服；而如果让他们耳顺了，她自己又会觉得别扭。正在她不知如何是好时，玮玮说："妈，两点我有奥数课。"儿子的话为她解了围，她赶忙说："哦，我差点忘了，那赶快吃，吃完了我带你去。"

第十九章　天各一方一家人

1

王实站在监舍走廊的铁窗前，遥望着远方，他在想亲人。

先想到了母亲。半月前，哥哥姐姐来探视他，问及母亲的身体状况，他们吞吞吐吐的，只是说，母亲身体还行，就是吃饭不多，整天不怎么出门，一天为你祷告两次，希望你早日出狱。王实听了羞愧又难过。

母亲啊母亲，您本来有胃病，又吃那么少，长期下去，可怎么行啊？我知道，您是因为我才不肯出门的，我犯下了大错，是个不孝子！您老已经八十岁了，本该安享晚年，可是……母亲，我很担心，担心您等不到我出狱的那一天。如果真是这样，我岂不是害死您的罪魁祸首？我的余生又怎能安宁？

母亲，我原本是个孝子啊，在您面前，我没有大声说过话，父亲走后，我知道您的艰辛，总是尽量抽时间多陪陪您，帮您做些家务，分担些忧愁。我结婚有了孩子后，知道您为我们带孩子辛苦，因而要么给您点钱，要么让茹烟给您买些衣服，不忙的时候，我们会自己带孩子，好让您得到片刻的休息。

后来我升了职，官越做越大，陪您的时间却越来越少，可您打心眼里是高兴的，哥哥和弟弟不在场的时候，您说我是弟兄三个中最有出息的。我能感受到，那时，您是多么为我自豪！

我怎么变了呢？怎么从一个身着警服的监狱长变成囚服加身的犯人了呢？

想到这里，王实不禁哀叹一声。

渐渐地，茹烟的身影代替母亲浮现于眼前，入狱以来，他想得最多的是自己心爱的妻子，又一个让他愧对的人。

茹烟，距离上次你来狱探视，已过去一个月了，这几天你会来看我吗？你回去的这一个月是怎么度过的？晚上一个人在家里，害怕吗？一个人吃饭，是不是很难做也很无味？……我原本想着自己已成阶下囚，咱们离婚算了，不再拖累你和孩子，可你不肯，说会等着我出狱，以后还好好过日子，当我听到这话时，心里是多么温暖和感动！你是一个多好的女人啊，是我不珍惜你，毁了自己，也毁了咱们的幸福！

茹烟，你知道吗？我天天都在想你，想我们的初见、我们的爱恋和婚姻，想你美丽的容颜，想你温婉的气质、你的温柔、你的娇嗔、你的多才多艺，也想我对你的伤害，一想到因我的过错对你造成的身心伤害，我愧悔得无地自容，恨不得扇自己两个耳光，所以，我有何资格，要求你来看我？你若来看我，我当然会很高兴；你若不来，我不奢望，也不怪你。

茹烟，两个孩子好吗？电视里，美国疫情仍不见明显好转，君荷在那里安全吗？你常说我娇惯君荷，可是，她一个女孩儿家与我们远隔重洋，我真的不放心啊！当我看到别的犯人给家里打电话时，我是多么羡慕和失落！不过，我的亲情电话卡也快办下来了，等办好了，我一定得打电话问问你：家里情况如何？君荷怎么样？子豪还好吗？

"王实，想什么呢？"任同普走到王实身边，温和地问。

"哦，我在想，我爱人这两天会不会来狱探视。"

"来不了啦，我正准备告诉你，最近疫情加重，监狱暂停接见。"任同普看着王实说。

"暂停了？"王实心里"咯噔"一下，失望地问。

"是啊，你们鸿雁传书吧。"

"好吧。"

"怎么样？现在适应了吗？"

"好多了。同普，谢谢你的关照，要不是你给我调换监舍，我还得受那个打呼噜胖子的折磨。"

"咱俩不用客气。"

"真得谢谢你，以后还需要你关照呢。"

"没事，有什么你尽管说，只要不违反原则，能办到的尽量给你办。"

"同普，先谢谢你了。"王实双手合拳向任同普深深致谢。

任同普走后，王实又陷入沉思之中：生活真富有戏剧性啊！任同普和他，曾经的同学，如今的管理者与被管理者。任同普是他上警校时的同班同学，毕业后分到他服刑的这个监狱，工作至今，目前是入监教育监区干警，二级警长警衔，没什么职务，任同普和他同岁，今年五十三了。

从上警校到参加工作，任同普在同学中一直都不起眼，长得不帅，学习中等，不怎么受女同学喜欢，不爱抛头露面，不惹事，工作上没有突出业绩也没什么失误，除了当过中队长，未任过什么领导职务，同学聚会时常常被忽略……

就是这样的一个同窗，现在成了王实生命中的贵人。曾几何时，任同普在他眼里是那么平凡和渺小，特别是他当了处级领导干部后，看任同普就像鹤看鸡、富翁看穷人、成功者看失败者，他觉得自己和任同普是两个世界的人。

他奋发向上，努力工作的同时追求事业的成功，谋求职务的提升，成长进程中，他的工作和生活环境越来越舒适，仪容仪表越来越讲究，在亲朋好友中的威望越来越高，社交圈越来越广，圈中"层次高"、有"品位"、有钱的人越来越多。随之而来的，是他的自我价值感、优越感越来越强，与周围的同事、同学及兄弟姊妹相比，他觉得自己都是佼佼者。

曾经，在王实看来，同学任同普本来平凡，又自甘平凡，没有人生追求，混日子，从没有品尝过成功的喜悦，也不知道生而为人应该有平凡生活以外不平凡的追求，人生过半，一事无成，生命终将如草芥一样自生自灭，可悲可叹。

如今，草芥一样的任同普依然在人世间焕发着生命活力，安稳地度过他平凡的一天又一天，没有大起大落，也没有大悲大喜，不会因为做了什么亏心事而吃不下饭、睡不着觉，也不会让单位蒙羞、同事耻笑、家人担忧，呈现着他平凡生命的本真状态。

而他王实，一个昔日的佼佼者、人生赢家，现在从"琼楼玉宇"重重地跌到了地面，不，跌入地下几十米、上百米，就像失事的飞机从八千米高空轰然坠落一样，惨不忍睹。

想到这里，王实不禁感慨：难道这就是自己辛苦经营几十年想要的人生结局？不，不是的。早知如此，像任同普一样做个平凡的人，过平凡的日子不也挺好吗？小草最不起眼，可它是大地上最常见的植物。

2

夜晚，茹烟坐在客厅沙发上，回看央视十二套的《心理访谈》节目，忽听手机在震动，她拿过一看，是条短信：

服刑人员家属：鉴于当前新冠肺炎疫情防控再次面临复杂的形势，为进一步做好监狱疫情防控工作，根据上级有关要求和规定，自 2021 年 11 月 30 日起，暂停服刑人员亲属现场会见，恢复时间另行通知，给您带来不便，敬请理解。

[中原省渠安监狱]

"不能去看王实了?!"看了短信,茹烟感到意外,又有些沮丧,本来打算明天去的,何竹与她一起去。疫情啊疫情,你怎么没完没了?

心烦意乱的茹烟很快被《心理访谈》平静了情绪。节目里,主持人沙玛阿果、心理专家马勇正和一个二十多岁的女孩交谈着,这个女孩可不一般,她是基层组织中的"儿童主任",专门负责帮助那些留守儿童,解决他们的现实和心理问题,用爱温暖他们。茹烟一边看一边想:如果不是看这个节目,她真不知道有"儿童主任"这一职务,看来,国家为解决留守儿童问题,的确想了不少办法。

看完节目,茹烟准备弹古筝,这时手机又响起,君荷出现在屏幕里,茹烟兴奋地摁了接听键。

"妈,在干吗呢?"君荷轻松愉悦的神情溢满屏幕。

"刚看完电视,准备练一会儿古筝。"

"哦,安排得挺充实嘛。"

"那是,你妈我怎么舍得浪费时间?"

"嗯,我妈真棒!"君荷说着竖起了大拇指,接着她又说:"妈,告诉您个好消息。"

"快说说,什么好消息?"茹烟期待地问,家里已好久没有什么好消息了。

"嘿嘿,我有男朋友了。"君荷俏皮地说。

"好啊,他是你同学?也是大陆过去的?"

"是同学,不过不是咱中国人。"

"哦,老外?哪国的?"茹烟心头掠过一丝不快。

"嗯,美国佬。"君荷的脸上洋溢着幸福。

"美国小伙?那你不打算回来了?"茹烟担心地问。

"回去,等疫情过去了,我就和他回中国。"

"回来好。对了,他叫什么名字?父母是干什么的?"

"他叫约翰逊,父亲是公司职员,母亲是中学老师,普普通通的美国公民。"

"哦,他对你好吗?"

"老妈放心吧,您这么优秀的女儿,他能不对我好?我们认识已两年了,他很宠我、呵护我的。疫情以来,有的美国人歧视和排斥我们中国人,他怕我受欺负,尽量不让我出门,必须出去时,他总是保镖一样地陪着我。他虽说是美国人,不过在中国待了四年,对中国很熟悉,他说他爱中国,爱中国人。"

"那就好。"听了君荷的话,茹烟心安了一些,沉默片刻,她接着说:"我不太赞成你找老外，可你似乎已经决定了，我只能尊重你的意见。你已长大，个人问题自己做主吧。"

"谢谢老妈。"君荷一边说一边对着屏幕亲吻了一下。

"把他照片发过来让妈看一下吧？"茹烟忽然想起什么似的说。

"OK，我先挂了。"

不一会儿，君荷发过来几张照片，有约翰逊的个人写真，有君荷与他的亲昵合影。从照片看，约翰逊长相英俊、表情温厚，不像个轻浮浪荡之人，茹烟心里增加了几分好感。再说，她的潜意识里一直存有对外国英俊男人的好感，这感觉来自她看的外国影视片，她曾经幻想：将来自己有女儿的话，嫁个英俊的老外也不错，混血儿最漂亮，那样她就有俊美的外孙或外孙女了。

现在，这个心愿即将实现，茹烟却是担心多于满足，忧愁多于喜悦：君荷对约翰逊足够了解吗？跨国婚姻能幸福长久吗？看两人的亲密劲儿，结婚可能很快会提上议事日程，在这个结婚越来越晚甚至有些孩子不愿意结婚的时代，君荷能在二十六七岁成家，当妈的应该高兴才对，可是，茹烟不能不考虑一些现实问题。

婚礼在哪儿举办？君荷和约翰逊即使回中国，也不太可能回文河，八成去大城市，大城市高昂的房价令人咋舌，若买不起房子，君荷难道租房子结婚？当妈的又能给女儿准备什么嫁妆？美国父母与孩子在经济上分得很清，向来不为成年子女的未来买单，那么，君荷结婚的钱从哪儿来？

如果是以前，她和王实为女儿置办一份体面的嫁妆不成问题，可现在，家里没有多余的钱财了，房子仅剩下这一套，现金没有。

茹烟愁绪纷纷地走到古筝前，缠上古筝指甲，坐下来，按惯例先练指法，指法过了一遍后，她开始弹《云水禅心》，一曲未了，她的心已静下来，不再胡思乱想了。这也是她喜爱《云水禅心》的原因，哪怕它能带来短时间的心安神宁，她也很知足。

正当她准备弹第二首曲子时，手机又响起，拿起一看，是儿子子豪，她赶忙用小指摁了接听键。

"妈，弹古筝呢？"子豪微笑着问。

"嗯，要不我给你弹一曲咱们再说话？"

"行啊。"子豪应道，一副洗耳恭听的样子。

茹烟灵巧的双手开始舞动，《忆江南》柔美、婉约、轻快的旋律在房间飘荡，也传到了千里之外的儿子耳朵里。

"好听，妈您弹得真棒！"子豪夸赞道。

"比以前有进步吧？"听到儿子夸奖，茹烟心里很舒服。

"嗯，可以上台表演了。"

"真会夸你妈，离表演还有距离呐。"茹烟一边去掉指甲一边说。

"那就继续努力。"

"肯定的。"

"妈，最近疫情又反弹了，您当心啊。"

"嗯，广州那边人多，你也当心。"

"我知道，每天基本是两点一线的生活，很少外出。"

"最近忙吗？公司形势怎样？"茹烟关心地问。

"不很忙，公司情况还行，工资能保证，奖金时有时无。先干着，明年我想换个单位。"

"要不，明年去你诗华阿姨的律所吧？"

"我想通过自己的努力混个样子来，不想靠关系发展。"

"这算靠什么关系？去你阿姨律所，也得靠自己本事吃饭嘛。"

"明年再说吧。"子豪不愿意就这个话题说下去。

"子豪，要不是你爸爸出事，你就可以考公务员，可以去公检法了，我们对不起你。"茹烟难过地说。

"妈，事情既然已经这样了，不用太自责。我当不了法官、警官、检察官，可以当律师、教师、心理咨询师呀。"

"儿子……"茹烟一时五味杂陈，不知该对儿子说些什么。

"儿子，谈朋友了吗？"茹烟转换了话题。

"啊？怎么想起问这个？"子豪有点儿不知所措地摸摸后脑勺。

"随口问问，刚才君荷跟我聊天说，她有男朋友了，就想着你是不是也有女朋友。"

"她也跟我说了。我……，算是有吧。"子豪欲言又止。

"怎么叫算是？"茹烟有点儿纳闷。

"读研时，一个女同学喜欢我，她家是江门的，小家碧玉型，我对她也有好感，不过，她家条件比咱家好太多啦，我担心自己配不上人家，就对她一直不冷不热的。她现在广州一家律所打工，明年准备考检察院或法院，最近，她一再问我的态度，还说让我去她家里一趟，见见她爸妈。我正头疼呢。"

"儿子，你真沉得住气啊，都要去姑娘家里了，还不告诉你妈。"

"我一直没想好是否和她正式谈，就没告诉您。妈，您说我该不该去她家呢？"

"她父母做什么的？条件怎么个好法？"

"主要做陈皮生意，她爸爸原来是机关干部，后来辞职经商了，目前资产至少几千万吧。她爸爸送她上学，开的是上百万的豪车。听她说，她家里好多亲戚在新加坡、马来西亚等国家，开平碉楼里有一幢楼就是她祖上留下的。"

"哦，富豪家庭，是比咱家强得多。"茹烟心里有些犹豫，不知该怎样回答儿子。

"妈，条件悬殊太大，我不和她谈了吧？也不去她家了。"

"谈，女孩能看中你，说明在她眼里，你本人才是最重要的，她家条件好是好事啊，你们可以不用再像我们这辈人白手起家了，不用把它看作洪水猛兽，不卑不亢地去她家，你这么好的小伙子，相信她爸妈会看上的。"

"好嘞，听您的。"

放下手机，茹烟一时陷入恍惚之中，心想：今晚是怎么了？子豪和君荷赶趟似的跟她视频，且有好消息告诉她：先是君荷说找了个英俊的美国小伙，接着子豪说他要与一个富豪的千金明确关系了。两个孩子的婚姻大事都有了着落，她高兴、激动，同时又觉得有些不真实。关于儿女的朋友、关于亲家，她设想过很多种，就是不曾想过女儿会选择老外，也没有想到儿子会找个富家小姐。这样的结果离她的设想有点儿远，她一时无法确信这是真的，也不知道他们的未来会怎样，当母亲的只能祝福他们了。

第二十章　步步高升

1

　　自二○○二年起，为适应监狱工作理念的转变，西岭监狱内设机构做了部分调整，比如，财务科实行"收支两条线"制度，分为监狱财务和企业财务，停办子弟小学，等等。

　　法制室仍然保留，但成员陆续从八人减至四人，这四人已不是原班人马：侯海军提任法制室主任，赵龙提任副主任，工作人员是唐韵和韦志苓，唐主任到新成立的狱志办负责监狱志编纂工作，张宏喜提任生活卫生监区教导员，小李去七监区当了管教干事，茹烟则被调到纪检监察室任纪检员。

　　二月九日晚，侯主任做东，欢送唐主任、张宏喜、茹烟、小李四人。席间，唐主任对侯主任和张宏喜的升职表示祝贺，然后对茹烟说："小茹，你没升职，但是办公室升格了，同样值得庆贺呀。"茹烟心情复杂地看着唐主任，不知怎么回答才好。侯主任接过话："那是，纪检干部是管干部的干部，很牛哩，这回茹烟是被重用了。"

　　唐主任意味深长地笑了笑说："不瞒你们说，是我把茹烟推荐到纪委的。她懂法律，办事谨慎、为人稳重，纪委正需要这样的人。""报告领导，补充一条，茹烟现在是党员了，完全符合纪检干部的条件。"侯主任举起右手用中原话说道，大家一听都笑了。

　　茹烟站起身说："谢谢唐主任和侯主任，谢谢兄弟姐妹们的支持和帮助！"这是茹烟的心里话，从一九九九年至今，她和他们有缘在一起工作，得到了他们特别是两位主任的帮助和关照，她不想离开他们，也不想丢弃法律本行。

　　可是，不知为什么，茹烟对新岗位也充满了期待和向往：纪检工作是不是比法制工作更重要？到了那里升职会更快些吧？桂莉已是供销科正科级副科长，这听着有点儿费解，具体情况：桂莉于去年8月由副科提为正科，虽然仍为副科长，职级已是正科。

当时全狱只有政治处、财务科、供销科三个科室寥寥几人被提职，之所以会这样，监狱党委给出的理由：三个科室是近几年来的先进群体，工作实绩突出，与其他科室相比，晋职指标应向这些科室倾斜。这项听起来似乎合情合理的举措，曾引起包括王实、茹烟在内的不少干警的不满，但他们只能眼巴巴地看着别人提职而自己原地不动。

茹烟想：若去了纪委，她提正科就指日可待了吧？也许不久的将来，自己会被任命为纪委的正科级副主任呢！当她由此及彼地浮想联翩时，不免被潜意识里的"野心"吓了一跳，进而开始审视自己的职业目标取向：是致力于发挥专长，彰显自己的价值呢，还是追求职位的步步高升，从而在仕途上春风得意？她一时不得而知，在欣喜与迷惑中去了纪委。

2

挂着"监察室"牌子的纪委实际是纪检监察和审计合署办公，这么一个充满阳刚、冷峻之气的单位却是由几个女人领管着：主任高云、主管审计工作的副主任和一名副科级审计干部均为女性，唯一的"党代表"是一姓温的五十多岁的正科级纪检员。

茹烟的加入是高主任热切期盼的，她拍拍茹烟的肩膀说："你能来这儿可太好了！现在纪委的事儿多得很，像查办案件呀，开展行政效能监察呀，还有永远写不完的文字材料，不过，你一来我就不愁了。"

茹烟被高主任热情的态度打动，表态说："高主任，你放心，我一定全力支持你工作。"高主任赞许地点点头，然后表情变得严肃了一些，她说："在这儿上班不同于其他科室，自我要求须更高更严，不该说的不说，不该问的不问，不该吃的不吃，不该要的不要。时间长了，你自然会明白的。"茹烟听了她的话，表情也立时严肃起来，郑重地说："嗯，我记住了。"

初到纪委，就有一项迫在眉睫的任务等着茹烟：起草监狱2002年纪检监察工作会议有关材料，包括年度工作实施方案和领导的讲话稿。两份省厅局文件、高主任提供的一个党委扩大会议纪要和几句原则性话语是茹烟能利用的仅有素材，经仔细阅读资料，她大体上知道需要把上级的指示精神、工作重点与监狱实际相结合，把上级要点式的工作部署转化为监狱具体的可行性方案。

让茹烟头疼的是，如何将上级指导性的意见转化并细化为监狱的具体计划。像在浓雾中登山一样，她一时辨不清方向和入口，对首次以领导口吻写讲话稿更是一筹莫展，她感到了莫大的压力，寝食难安。

三十余年的人生经历告诉她：每个人的生命历程中，或多或少都会经受困苦、磨难和考验，有些可以借助外力度过或解决，有些则需要独自承受和咬牙坚持。茹烟现在面临的是后一种情形，别无他法，只能硬着头皮迎上。

动笔前，她再次研读上级文件，揣摩党委扩大会记录中每一句话的意味，又查阅了纪委近几年的工作资料。时间的紧迫促使她用一天半的时间完成了两份文稿，然后，她诚惶诚恐地将它们呈送给身兼纪委书记的魏政委，忐忑地等待着领导评判。魏政委从其他监狱调来，秦政委已退休。

魏政委改好两份文稿后给了茹烟，温和地说："实施方案总体上就是这样，基本内容也可以，只是具体工作措施显得单薄了些；讲话稿站的高度还不够，你再写的时候，可以把自己设想成监狱长、政委来布置工作、提出要求，高度就上去了。不过，你第一次能写成这样已很不错了，以后多练练笔，自然会熟能生巧。嗯——你等会儿去我办公室一趟，我把以前的讲话稿、述职报告整理一下，你看看做个参考。""好。"

魏政委的点拨和鼓励让茹烟一颗悬着的心落了地，同时她意识到自己应该尽快了解和掌握纪检工作的特点、内容，还得学会从纪检干部的视角去关注和思考监狱方方面面的工作，然后用心揣摩公文写作的规律，只有这样，才能胜任新的角色。

在法制室工作如同在宽广的平原上行走，偶尔会越过两三处丘陵，纪委则不同，茹烟感觉就像是爬一座座陡峭的山峰，每前行一步、每翻越一道山岭，她都觉得费神费力。

繁花盛开、春光明媚的日子里，纪委却弥漫着与时令不相协调的氛围。刑释人员郭某的一封举报信递到纪检干部手里。

> 尊敬的西岭监狱领导、纪委干部：你们好！……1999 年 10 月，我送给副监区长韦志杰两千元现金，韦区长当时答应给我成（"呈"）报减刑却没对（"兑"）现，后来钱也没有退给我。这个事，我跟当时住一个监舍的崔某说过，你们纪委可以亥（"核"）实……

看了举报信，茹烟心头掠过一些疑问：郭某为什么要告韦志杰？他怎么会收服刑人员的钱？

虽说戴个眼镜、白面书生模样的韦志杰的清纯外表与处世态度不太相称，他眼皮儿爱往上翻，喜欢接近有头有脸的人，他前年就提了监区长，妻子桂莉也提了正科，这在西岭监狱曾引起一些非议。韦志杰的工作作风也没有王实和桂珉扎实，不过，大是大非面前他是讲原则的，为人也比较正直，所以，茹烟不相信他会有事儿。

四月十九日上午，在高主任询问韦志杰的前半小时里，做记录的茹烟观察到韦志杰的情绪一直很激动，有时还很气愤。高主任对他说："举报内容是真是假，纪委自然会调查清楚，监狱既要维护服刑人员的合法权益，也不会冤枉我们一个无辜的干警，如果你觉得被诬告了，那你就要实事求是地把事情经过说出来，我们好做调查核实。"

一番解释后，韦志杰的情绪渐渐平复下来，仔细回忆起事情的来龙去脉，他说："这个事儿，可能是我处理郭某的违纪问题引起的。记得九九年十月，郭犯因私藏现金被处理，没几天，他和李犯打架被关了禁闭，这两个违纪行为影响了他的减刑。"高主任问："郭犯为何要打李犯？"韦志杰说："李犯是耳目，平时和干警走得近，郭犯总怀疑李犯是向干警告发他私藏现金的'杂鱼'，两人先是口角，后来李犯骂了郭犯几句，郭犯就动了手，将李犯眼睛打得出血。这些情况，你们可以查当时的关禁闭记录和值班记录。"

高主任说："好。他私藏现金是怎么回事？""九九年国庆期间，郭犯利用接见之机，让家人把两千元现金缝进鞋底的夹层里面带入监狱，然后找到我说'韦队长，该减刑了，这是我的一点心意'，问了钱的来处后，我批评了他，将钱予以没收并交到狱政科，最后对他说：'只要你好好干，自然能挣够减刑所需要的分，给我钱是没用的，减刑不是我一人说了算，这样做只能害了你。'这件事没过多久就发生了打架一事。"

下午的调查结果与韦志杰所说相吻合，只是崔犯已于二〇〇一年一月刑满出狱。于是，高主任就是否需要找崔某核实情况征求温主任（对主任科员的习惯称呼）的意见，经验丰富的温主任强调说这个环节必不可少，法院办案要求有完整的证据链，纪委办案同样需要充分的证据。请示魏政委后，高主任让温主任和茹烟次日前往崔某家进一步调查核实。

晚上，茹烟正在给孩子检查作业，桂莉打来电话，急切地询问韦志杰的情况，茹烟本想说"没事的，犯人是诬告"，又一想案件尚未了结，就说："还没有调查完，不过，纪委很快会查清的。""跟我也打起官腔了？"茹烟解释道："不是打官腔，现在真没有调查清楚，我们有纪律，不能随便说的。"

桂莉立即又换了不安的语气说："你是不知道，志杰回来说你们纪委找他，我一直心神不定。他不会有事吧?"茹烟安慰道:"你一向拿得起放得下,别太为他担心。真的假不了,假的真不了。"

放下电话茹烟想:今天的桂莉与往常不大一样。以前,桂莉总是一副神情自若的样子,很少有什么事儿让她惊慌失措,即使前些年在接见室遇上"蛋糕事件",她也能处变不惊地应对,化险为夷,变不利为有利,从未在茹烟面前显露出胆怯和无所适从的样子。相反,无论是职场还是生活中,她总能让事情顺着自己的意愿走,总给茹烟一种混得好、没烦恼、过得自在的印象。

此刻,隔着话筒,茹烟依然能感受到桂莉一颗焦急担忧的心,仿佛看到了桂莉像她以前遇到事儿时那种六神无主的情态,而她第一次,泰然自若地面对着往日如定海神针般的桂莉。

温主任曾对她说过:干警不怕检察院找上门,就怕纪委来调查。她问为什么,温主任说:"检察院找上门,大多是触犯了刑律,干警知道要判刑,也就不想那么多,反正没什么指望了。纪委调查则不同,一般是违规违纪或者被诬告的情形居多,虽然事情不大,可干警名誉受影响,还要受罚款、处分、免职等处理,这样一来,他在同事尤其是领导心中的印象就差了,好几年都翻不了身,啥好事也甭想了。"茹烟听了恍然大悟。

二十日早上,茹烟和温主任乘车去了文河郊县的崔某家。事情办得很顺利,崔某很配合他们的调查,详细忆叙了当时情形。当温主任问他:"你和郭某关系那么好,这样说不等于出卖他了? 不怕他报复你?"崔某沉默片刻后动情地说:"我跟郭某关系是好,但我不能昧着良心说话。在监狱里,韦队长对我很好,刚入狱时,我父母对我这个不孝子失望透顶,一直不去看我,当时我心灰意冷、自暴自弃,要不是韦队长多次找我谈心,还为我安排亲情帮教、家访,恐怕父母到现在都不认我这个儿子哩。现在,我如果不说实话,不是害了韦队长吗? 那我不成忘恩负义的人了?"听了这话,温主任欣慰地点点头,然后让他在询问笔录上签名、摁手印。

前往汽车站的路上,茹烟问温主任:"其实,仔细想想,郭某的举报是经不起推敲的,稍加调查,就能证明他说的不符合事实。我想他不是傻子,举报时应该能意识到这一点,但他为什么还要举报呢?"温主任前后左右看看没什么人才小声对她说:"现在犯人的维权意识越来越强,纪委收到的举报信很多,有些经查证是属实的,不过,也有少数刑释人员出狱前因受到干警处理而一直耿耿于怀,他们在监狱里不敢告,就等着刑满后出这口气哩。他们往往会回避事实真相,再添油加醋地描述一番,目的就是想报复干警,败坏干警的名声,扰乱正常的监管秩序。你说,他是一无所获吗?""哦。"茹烟应了一声,陷入沉思。

经过两天紧张的调查取证，郭某举报信所说的情况被查清，高主任向魏政委做了汇报，之后，茹烟根据调查结论写出"关于刑释人员郭某举报干警韦志杰收受现金问题的调查报告"，经高主任、魏政委审阅后归档结案。这一次的办案经历让茹烟受益良多，不仅仅是党性的锤炼、认识的深化、业务能力的提升，还有领导的信任、与同事们的融合感。

之后，对一起群众来访事件的大胆处理让领导和同事们对茹烟刮目相看。八月中旬的一天上午，一个膀大腰圆、穿着人字拖的中年男子找到纪委，声称："你们监狱一个姓桂的警官在我的烧烤摊吃饭时和别人打架，弄坏了我的桌子、餐具，一个服务员的胳膊还受了伤，可桂警官只赔了我五百元，抵不住损失。"他要求纪委给他做主，让桂警官再赔他五百。高主任让茹烟将他的叙述记到一个专用本子上，还记下他的手机号、身份证号并让他先回。

他所说的桂警官即五监区副监区长桂珉，桂珉向纪委说明了事情原委。

之前两天的某晚，我和同事小王、小夏去中年男子的烧烤摊吃饭，其间，有一女孩在我们周围叫卖卤花生、毛豆，邻座一帮小青年见女孩长得好看，便对她说些下流的挑逗话，还说把她的东西全买了，条件是陪他们喝点儿酒，女孩不肯，他们就你拉我拽地拽她。

看他们欺负女孩，我实在坐不住，就起来制止他们，谁知他们当中的一个站起来指着我的鼻子嚣张地喊道："你他×的狗逮耗子多管闲事，老子高兴，碍你啥事了？"一听这话，我立即呵斥道："把嘴放干净点！这事我管定了，你们敢再欺负她试试？"

没等我说完，只见一把明晃晃的尖刀向我扎过来，我来不及躲闪，情急之中把桌子掀翻来抵挡，小王、小夏也赶忙起来与我一起制止他们，小王迅疾将拿尖刀的人的两只胳膊扭成反剪手，我夺下尖刀对他说："以后放老实点，别再干欺弱逞强的事！"这时，他的一个同伙小声说："我认识他，他是西岭监狱的警察，好像姓桂。"拿尖刀的人一听这话沮丧地说："既然是警察，我认栽。"我说："甭管我们是不是警察，以后好好做人才是。"

按理说，我是在十分危急的情形下才掀桌子的，不应该承担责任，不过，考虑到店家毕竟遭受了损失，因此我当场给了男店主五百元，他嫌钱少，让我再拿点儿，我说"就这五百了，这是给你的补偿而不是赔偿"。

高主任又询问了小王和小夏，桂珉所说属实，事情真相水落石出。次日，高主任在电话里郑重地对中年男子说："桂警官是损坏了你的物品，但当时他迫不得已才那样做的，从法律上说，他的行为属正当防卫，不过，考虑到你们做生意不容易，他给了你五百元，你再要求人家拿钱是没有依据的。"男子听了不服，在电话里粗声大气地说了半天，高主任耐心地向他解释。

之后几天，男子没有再来也没有打电话，茹烟以为这事过去了，孰料，十余天后，他又来纪委了。当时只茹烟一人在办公室，她正赶写一份材料，若高主任或温主任在的话，她根本不用犯愁，可现在，该怎么办呢？焦急、惶恐的她只好试着让自己镇静下来，硬着头皮接待男子。

男子的语气与上次不同，他可怜巴巴地说："烧烤店因修路这两天要拆，我的生意做不成了，家里现在没有收入，你们行行好，让桂警官再给我点儿吧。"茹烟耐心地说："你的困难我理解，但桂警官出于同情已给了你五百元，没有再给你钱的道理啊。"男子一听这话换了语气："都说你们监狱在周围群众中口碑不赖，可现在看着老百姓有困难都不管，我找你们领导说理去。"他边说边出门。

茹烟一看阵势不妙，就因为这点儿事让他闹到领导那里吗？这时，她身上不知从哪儿冒出来一股巨大的勇气，就像能量蓄积已久的火山突然喷发一样，音量比平时提高了好几倍，喝道："你回来，我有话跟你说！"在任何人听来，这样凌厉的声音与她柔美的外表都是极不相符的。

男子被镇住了，站在那里一动不动，她声色俱厉地继续说："你听着，监狱是国家的执法机关，不是慈善机构，也不是救助站，更不是哪个公民可以随随便便无理取闹的场所！你反映的情况我们已调查清楚，道理也已经给你反复讲明，如果你还在这里无理纠缠，我可要报警了！"男子一时愣在那里，半晌才回过神来，满脸堆笑地说："嘿嘿，妹子，你别报警，我这就走。"他说完仓皇离开。

男子走后，茹烟如释重负，一下子瘫坐在沙发上，她没有想到一向腼腆、不会与人争执的自己怎么变得这般泼辣大胆，惊奇的同时也暗暗佩服自己的急中生智、急中生胆。事后，魏政委、高主任和同事们纷纷向她竖起大拇指，夸她这事处理得好。

随着时间的推移，通过各方面的锻炼，茹烟像一块质地优良的金子般放射出越发耀眼的光芒，二〇〇三年五月，茹烟被提拔为监察室正科级副主任，这是一个水到渠成的结果，是对她敬业精神、工作业绩和能力的最高褒奖。

当看到自己的名字出现在监狱任职文件里时，茹烟百感交集，一年多来的不同场景一幕幕地浮现眼前：为维护监狱利益及服刑人员的正当权益，她一次次地参与服刑人员减刑审议、大宗物资招标采购等重大事项监督；为及时完成一篇又一篇的公文，她经常加班到深夜，即使眼干燥症、颈椎病、腰肌劳损反复地折磨自己也在所不辞；为了让"讲身边廉政事迹"报告会、"中层领导干部廉政歌咏比赛"更出彩,她费尽心思,半天顾不上喝口水,既当组织者又当主持人,既当"导演"又当"演员";她忘不了每次写材料前常常苦寻创作思路,因为专注地想思路,有几次回家竟多上了楼梯;忘不了一向孝顺的自己在父亲骨折住院时无法前去照顾的心痛时刻……

不过,当茹烟一想起自己出色完成任务时领导赞赏的神情和话语,想起省西岭监狱被省局综合评定为二〇〇二年度纪检监察工作第一名时自己得到的高度评价,她顿感无比自豪,认为一切的付出都是值得的。

茹烟当了副主任后,工作内容与以往没有明显的不同,但职位的改变和工作领域的扩展带来了人际关系的微妙变化:涉及监狱党委研究讨论的重大事项,她参与得更多了,因而她与领导接触的机会增多,在与领导们的往来中,她感觉到他们不再单单地把她当成一般下属,称呼上也从"小茹"渐渐转为"茹烟"或"茹主任",别以为这样的称呼会使她和领导们之间的关系疏远了,相反,除了布置、交代工作时的严肃语气,工作之余,他们会跟她开一些无伤大雅的玩笑或者聊起他们的爱好和有趣经历。

这种轻松随和的氛围,缓解了茹烟的工作压力,让她多了几分自信和从容,可以在领导面前自如地表达思想和看法,渐渐地,她内心有了一种优越感,感到自己在领导心目中是有别于一般下属的,从周围不少同事的目光和话语里也能感觉到他们对她多了几分尊重和客气,连一直混得很展的桂莉也开始羡慕"后来居上"的她,开玩笑说要换个离领导近一点儿的岗位。听桂莉这么说,茹烟嘴上会谦虚两句,心里颇有些得意。

3

无心插柳柳成荫。监察室副主任的职位已让茹烟感受到"春风得意马蹄疾"的快意,她没有其他奢想,或者说暂时感到很满足,但不知哪儿来的一股风力推她更上了一层楼,二〇〇五年一月,她被监狱党委任命为负责党务工作的副科长。

从监察室副主任到政治处副科长,看似副科级领导职务间的平调,其实有很大不同:政治处虽说与监察室一样是科级部门,但它是党委的喉舌,承担着传达和执行党委工作部署和管理全狱干部的重要职能,被大家私底下封为"一等科室"。相应情形是,政治处主任一般身兼党委委员,副主任(或副科长)身兼党委秘书,而党务副科长很有可能被提为副主任,而副主任相当于科级部门负责人。这意味着茹烟将在一个更高阔的平台上施展才华,也意味着她将走向更宽广的仕途。

初到新岗位的她，顾不上平复一下自己因角色转变带来的新奇、不安、兴奋等心绪，也没有来得及熟悉一下基本业务，一场全国范围内的保持共产党员先进性教育活动就以磅礴的气势向她"压"来。她具体负责党务，自然是该活动的主要组织者和实施者。由于活动自上而下要求严、抓得紧，监狱党委更是高度重视，加上茹烟刚接手党务工作，一切都要边干边学、边学边干，因而，开展活动的半年时间里，她几乎天天都处于连轴转的状态，上班期间经常顾不上喝口水，加班加点更是常有之事。

活动开展到第三个月的时候，茹烟感觉自己撑不住了，身心异常疲惫，"一干三痛"，即眼干、头痛、颈椎痛、腰痛经常折磨着她，日渐消瘦的身躯、陡然生出的白发、疲倦的面容和眼角的细纹是她为活动的顺利开展付出的代价，她曾经想过退却、请病假，但这种想法只是在脑海中一闪而过，坚韧不拔的毅力、做事善始善终的信念、领导的重托以及王实的关爱支撑着她坚持、再坚持。忘我的付出换来了活动的有序开展和明显成效，活动期间，她起草的各类材料多达十万余字，有几篇宣传报道被省厅局采纳并通报表扬，和同事们组织各项活动二十余场次，创造性地推出了许多好点子、好措施。

有人说，这次活动就像前几年的"三讲"教育一样是轰轰烈烈地走过场、走形式，劳民伤财，起不到什么作用。茹烟不这么认为，举个最实际的例子，干警工体检制度化常态化就是在这次活动中确立的。对她自己而言，这次活动是对她意志品质和工作才能的总检阅，更像是为她这个转岗的"跳高运动员"撑起的一根难以逾越的横杆，激发了她的诸多潜能，使她完成了精彩的空中一跳。这次活动结束后，她仿佛战场上凯旋的将士，觉得工作中再也没有什么可以难倒她了。

俗话说：跟着组织部，年年有进步。对茹烟而言，只需一步一个脚印地往前走，前途就会一片光明，她并不奢望平步青云，不过，好运气就像透进窗户敞亮的房间里的阳光，想挡都挡不住。二〇〇五年八月中旬，她被监狱党委提任为政治处代理副主任兼党委秘书。

这一次的升迁让茹烟一时难以相信和适应，就像在路上捡到一枚钻戒，知道它不是自己的，因而攥在手里很不安，更不敢戴上，然而，当她作为党委的特殊一员频繁地参加着党委会，晕晕乎乎地听着同事们每天喊着"茹主任""茹秘书"时，她才逐渐相信这是真的，开始静想这等好事是怎么降临她头上的。

原来，省厅局于近期进行了一次小范围的处级领导干部调整，涉及省西岭监狱的有三人：程狱长调往其他监狱，接替他的是原省函谷监狱的巩狱长；政治处副主任兼党委秘书李密升任为副监狱长并调往其他监狱。这样，李密的职位出现了空缺，也许是一时没有合适的人选，也许是茹烟近年来的出色表现让党委瞩目，总之，她填补了李密的空缺，成了西岭监狱中层领导干部中一颗耀眼的新星。

然而，也许她太耀眼，除了何竹、唐韵几个人向她表示祝贺外，其他人并未表示出与她同乐之意，其中就有桂莉。任职文件刚公布的几天里，茹烟没有见到桂莉，也没有接到她的电话，当茹烟在一次中层领导干部会上见到桂莉时，桂莉坐得离她远远的，她想跟桂莉打招呼时，桂莉只是怅怅地看着她笑笑，让茹烟很尴尬。

茹烟想：自己提监察室副主任时，桂莉的祝福应该是真诚的，那时她与桂莉不分高下，都是正科级副职，现在不同，她不仅当了相当于部门主管的副主任，还做了党委秘书；而桂莉这时的职务不进反退了，供销科于几个月前合并到监狱新成立的劳动改造科，现在桂莉是这个监狱企业综合科室的副科长，在三个副科长中排在最后。

茹烟知道，桂莉是习惯于什么都占上风的人。尽管她俩是朋友，但她们的友谊不同于茹烟和何竹间的友谊，所以，看到茹烟超过了她，桂莉心里肯定充斥着羡慕嫉妒恨的复杂情绪，她这么对茹烟也就不难理解了。

第二十一章　秋日悲歌

1

就在人们喜气洋洋地迎接中秋佳节的来临时，王祺的家却笼罩在一片凝重的哀伤氛围中，王祺于二○○五年九月十六日上午因公殉职。

初闻噩耗，母亲先是呆怔地看着王实，身体被深度催眠了一般僵在那里，表情惊愕，王实抱住母亲，唯恐母亲会像雷电击中的树桩一样轰然倒地。他本不想告诉母亲，怎奈母亲和王祺一家共同居住，无论如何，都瞒不过去。

上午八点四十分，连续值班三天的弟弟到监狱办公楼向常副狱长汇报完工作后，准备回监区安排一下再回家休息。谁料，在监狱大门前的更衣室里，他却一头栽倒在地。

王实接到电话后，火速赶到更衣室，医生已在那里，王实问弟弟情况如何，医生说还有呼吸和心跳，但情况很糟糕。不一会儿，救护车赶到，王实跟随医生把弟弟送往市内医院，然而，弟弟是突发脑出血，医生已回天乏术。上午十时许，弟弟永远离开了人世，离开了所有爱他的人。

王实把母亲扶到床上，母亲弓着身躺着，双手蒙住脸部，刚开始，母亲睡着了一样没有动静，约半小时后，王实听到时断时续的哭泣声，而后是令人难过万分的泣诉："我的祺儿，你咋走这么早啊？还不如让我替你去死。""你还没过三十五岁生日啊。""你留下这一家咋过呀？"……

近午时分，王实的哥嫂、姐姐及姐夫、妹妹及妹夫、茹烟，六个孩子已到齐，弟媳王晓清却还在回家的路上，她去省城开会了。

哥哥王健、姐夫、妹夫和王实商量着丧葬事宜，嫂子和茹烟默默地准备着祭品，姐姐、妹妹一左一右坐在母亲身边，大点儿的孩子一副随时听候吩咐的样子，小点儿的恐惧地偎在妈妈身边，十岁的小侄子趴在姐姐腿上伤心地哭泣着，让亲人们不忍目睹。

弟弟英年早逝，王实兄弟姊妹几个无不悲痛万分，可是他们的悲痛远抵不过母亲。母亲痛彻心扉的啜泣和时断时续的哭诉让孩子们心如刀割，他们知道，母亲中年丧夫、晚年丧子，搁谁身上都会难以承受的。母亲的苦与痛，他们能体会一些，可是，又怎能完全体会呢？

王实记得，一九八三年父亲因追捕逃犯牺牲，当时母亲年仅三十九岁，他兄弟姊妹五个，大的十九岁，小的十一岁，待业的待业，上学的上学，母亲没有工作，家里一时失去了经济来源，日子异常艰难。勤劳坚强的母亲为了养活一家人，为了不让孩子失学，她上山拾碎矿石、养羊养鸡、种菜、学缝纫……母爱是无私的，让王实记忆深刻的是，那时家里的鸡蛋母亲总舍不得吃，总是留给他和弟弟、妹妹三个小一点儿的孩子。

王实还记得，父亲去世后第三年，母亲学会了抽烟，当时王实虽已成年，却仍然无法理解母亲这一怪异行为。在他年轻的认知里，吸烟的女人差不多等同于坏女人，母亲并不是坏女人啊，她美丽、温柔、贤惠、善良、勤劳、勇敢，中国女性所有的美德，母亲几乎都具备，可是，母亲不培养别的爱好，为什么偏偏学会了抽烟呢？

不过，母亲从不在子女面前抽。王实是从姐姐王玲口中得知的这一"秘密"，姐姐又是从弟媳王晓清母亲那里得知的，晓清母亲对姐姐说："你爸不在后，我多次劝你妈再找个伴儿，她不肯，可她过得比那黄连还苦，她心里有啥不爱跟人说，只知抽几口烟消消愁、解解闷，你们当儿女的别责怪她，兴许哪天日子好了，她心情好了，就把烟给戒掉了。"

母亲是在八年前戒了烟的，九七年，王实兄弟姊妹五个均已成家，日子也一天天好起来，没有人劝，母亲自己戒了烟。二○○二年，王祺买了单位三室两厅的集资房，在他和晓清的再三劝说下，一直与他们同住的母亲才搬了过来，他们原来住的两室一厅租了出去。王祺和晓清很孝顺，从未惹母亲生过气。

如今，王祺走了！母亲的幺儿再也不会承欢膝下了，留给母亲的只有撕心裂肺的痛苦和悲伤！王实兄弟姊妹们想替代却无法替代的痛苦和悲伤！

另一个悲痛万分的人是王祺的爱妻王晓清。王晓清是王大山的妹妹，与王祺同岁，两人青梅竹马，同时上的中小学、高中直至警校，又一起分到西岭监狱，他们的婚姻基础比王实和茹烟更为牢固。对王晓清来说，王祺的意外去世无异于晴天霹雳！

火车上，王晓清竭力控制着自己的悲痛，尽量不让它转化为眼泪，可是，亲密伴侣的猝然离去让她怎能控制得住？她虽没有失声痛哭，却是泪水涟涟，幸好她靠窗坐，可以把头转向窗外，用手遮住脸部。

祺，前些天你说头疼头晕，我说陪你去医院看看，你不肯，说等忙过了这段时间再说，谁能料到这一等，竟等来了你的撒手人寰！你走了，让我和儿子怎么过啊？儿子才十岁，就没了父亲，且不说再也没人陪他弹钢琴，没人带他去游泳，单是幼小心灵的创伤，需要用多长时间来愈合？而我，就像环绕高山的水流失去了依傍和方向，像形影不离的鸳鸯失去了另一半。

祺啊，我的好丈夫，你性情温和，对我几乎是百依百顺，虽然你不会做饭，但你总是主动刷碗，只要有空，家里其他活你都抢着干。你还是一个好女婿，结婚后，我妈经常说你比我对她还好，说你心细，天冷天热了会记着给她买几件衣服，你对我妈则说我对婆婆比你还好，说如果不是我心地善良、孝敬老人，不可能跟婆婆一起住这么长时间。

回到家后，王晓清跟一家人说要到殡仪馆看看王祺，王玲姊妹几个劝她休息一下，吃点儿东西，她不肯。无奈，王实、茹烟和嫂子三人陪她去了殡仪馆，车上，晓清只是小声哭泣，可当她见了躺在玻璃罩中的王祺，顿时放声痛哭，王实、茹烟和嫂子见了弟弟的遗容也忍不住泪眼婆娑。

王晓清边哭边断断续续地说："你咋忍心撇下我们母子走了呀？你咋躺在这儿了呀！我要在这里陪你呀，啊——啊——"

晓清的哭诉撕心裂肺，她早已站立不稳，瘫坐在地。茹烟和嫂子分立两边，弯腰扶着她胳臂，几次扶她起来，都拉不起。晓清足足哭了有十分钟，茹烟和嫂子再次拉她，怎奈她身高体丰，又伤心过度，根本拉不起，王实见状只好上前帮茹烟一起拉弟妹，谁知晓清起身后用双手死死地扒在玻璃罩上，情绪激动地高声哭喊道："我不走！我不走，祺在这儿多冷啊，我要在这里陪他！"几人见状，只好任由晓清再哭诉一会儿，他们本来就悲伤不已，又被晓清和王祺的生离死别打动，再次泪眼婆娑，王实几次转过脸去，不忍看弟弟冰冷僵硬的遗体。

下午，前来家里吊唁的人渐渐多起来，有监狱领导、十监区干警、监狱各部门自发前来的干工、王祺生前好友以及家里的亲戚。

王健、王实、王玲、王静兄弟姊妹四个及他们的爱人一边接待着前来吊唁的人，一边分工料理着王祺的后事，两姐妹、两妯娌还要照顾好母亲和晓清，免得她们出意外。

2

王祺的死不仅仅是他一家人的痛，还是西岭监狱所有人特别是十监区服刑人员的痛。

十六日上午，王祺以身殉职的消息传到十监区，服刑人员自发组织了一场独特的追悼会：没有遗像，就用粉笔勾勒出一幅画像；没有香烛，燃一支圆珠笔芯敬上一炷心香；没有酒肉果蔬，贡一个馒头作为祭品；没有挽幛，硬纸板上糊一层白纸，"沉痛悼念王祺警官"几个大字在低沉的云幔下庄严肃穆；没有花圈，一缕缕白纸、一串串千纸鹤寄托着他们的哀思，在秋风中悲鸣。

服刑人员包新伟悲伤之余，他要用粉笔在黑板上为他敬重的王警官画一幅遗像，再现王警官的英容。包新伟是丛艺新的得意弟子，监狱粉笔画的新手，也是高手，在他专注画像的过程中，其他服刑人员主动上前帮忙，以便早日完成画作，他从午饭后一直画到太阳偏西，每一笔都那么沉重，每一笔都寄托着哀思。他一边画像一边喃喃自语："王区长，我们没有你的遗像，画个粉笔像祭奠你，我知道这粉笔像保存不了多长时间，但我一辈子都不会忘记你。"

粉笔像画成后，包新伟找出一支圆珠笔芯，对正在值班的监区教导员说："教导员，借个火让我给王区长上炷香吧！"教导员看了一眼"严禁烟火"的警示牌，欲言又止，掏出打火机，转过脸去，泪水簌簌而下，包新伟点燃笔芯，恭恭敬敬地插在画像前，静静地守候着，直到心香燃完。

包新伟今年三十五岁，九九年因破坏交通工具罪被判处死缓，同年被送到西岭监狱，刑期漫长，加上自己身体单薄，在劳动生产中常常完不成任务，因而对改造失去信心，混一天只当减刑一天。当他二〇〇二年被调整到王祺任管教监区长的十监区改造时，已经抱定了破罐子破摔的想法。

让他没想到的是，王区长第一次和他谈话就燃起了他希望的火花，说："不要认为自己犯罪入狱而自暴自弃，也不要认为自己刑期长就心灰意冷。尺有所短，寸有所长，我已了解过，你虽然劳动生产上不如别的学员，但你爱看书，也很爱画画，这些都是你的长处，能否在十监区取得好的改造成绩，关键看你能不能扬长避短。"

王区长的一番话说得包新伟心里热乎乎的，从此他放弃了混刑度日的想法。以后的日子里，王区长把他调整到一个对体力要求相对较低的劳动岗位，把监区黑板报的出刊任务交给他，还自费给他买来彩色粉笔、碳化铅笔等，创造条件让他学习粉笔画技能。

包新伟从此振作起来，他把刑期当学期，一有时间，就向丛艺新、荀向生等人学画画，再也不是以前整天无精打采、无所事事的样子，他放弃下棋、打牌等爱好，全身心地投入粉笔画的学习和研究之中。

一年下来，包新伟在一块黑板上能反反复复作画二百多幅，心得笔记写了四大本，天赋加努力，他的粉笔画水平迅速提高，自二〇〇三年四月起的八次粉笔画评比中，他三次得第四名，两次得第三名，一次得第二名，今年六月的比赛中竟得了第一名。

包新伟的变化，王区长及其他警官看在眼里，喜在心上。今年上半年，他获得了第一次减刑，当时，他是多么高兴和激动啊！

还有一件事让包新伟对王区长心存感激。二〇〇二年十一月，妻子向他提出离婚，他一时心绪不宁，无心练习画画，恼恨妻子的薄情寡义，担心离婚后孩子没人管，又觉得改造没了奔头，寝食难安、心情烦躁。

一个周日的中午时分，他到水房打水，另一名犯人在他旁边接水时将热水溅到了他手上，该犯不仅不向他道歉，还吹着口哨准备扬长而去，如果搁在平时，他并不会发火。

那天，他控制不住自己的情绪，一时火起，上前揪住该犯的衣服说："烫住我手了，你没看见呀？"谁知该犯满不在乎地说："就几滴水星子，值得这么大惊小怪吗？"他一听更恼了，就顺势推了该犯一把，结果该犯没站稳，摔倒在地，该犯正准备挣扎着起来跟他厮打时，犯人值星走了过来，把他俩劝开，该犯嚷嚷着说他手伤着了，要包新伟陪他去医院检查，无奈，他只好和值星一起把该犯送到医院，经检查，该犯右手手腕处轻微扭伤。

按照监规狱纪，包新伟是要被处罚的，毕竟他动了手，而且造成了一定后果。他暗想：自认倒霉吧，谁让他一时心情烦躁而失去理智呢？又一想，这并不是违规违纪的必然理由啊。

然而，让他没想到的是，王区长得知此事后，除了对他批评教育并责令他写出检查、向那名犯人赔礼道歉外，并没有对他予以扣分、关禁闭等行政处罚。

王区长对他说："经监区研究，这次决定对你暂缓处罚，一是后果并不严重，二是因为你这段时间一贯表现较好，加上你事出有因，如果不是你妻子提出离婚，相信你不会惹这种事。我理解你这一非正常行为，也希望你不会让我失望，学会控制情绪，不要再犯这种低级错误。""好，好，我一定不再让您失望！王区长，谢谢您！"听了王区长的话，包新伟忙不迭地点头称是，感激地向王区长鞠了一躬。

十七日中午开饭时，服刑人员戴克像往常一样领了两个馒头，看着王祺的画像，他咬了一口，却再也吃不下去，他把那个没咬过的馒头用手仔细擦了擦，恭恭敬敬地放到画像前，嘴里念叨着："王区长，俺还没有报答你，你就先走了。"

戴克原判无期徒刑，因被发现有余漏罪，在狱服刑期间由法院带回重审，再次判刑，服刑六年后又回到无期徒刑的起点，这让他对未来不再抱任何希望，吵架、打架等严重违反监规狱纪的事儿他几乎犯了个遍，可谓"大错三六九，小错天天有"。

去年五月，戴克因再次严重违纪被调整到十监区，与王区长的第一次谈话，他就显得桀骜不驯："王区长，我看十监区楼层高，用水啥的也不方便，环境更不行，我还得换地方。"谁知王区长对他说："你已经换了好几个监区了，不可能再换地方，只能把这里作为你改造的最后一站。"

退路被堵死后，王区长又鼓励他："戴克，只要你好好改造，你的每一点进步，我们都会看在眼里，记在心上的，也会兑现在你的减刑奖励上。"王区长随后通过多次交流，了解到他对电脑知识很感兴趣，也有一定的基础，便以此为突破口，促使他改变。

习艺车间里，王区长郑重地把他叫到一台新机器面前，语重心长地对他说："这台机器要懂电脑才能玩得转，我派个师傅教你操作，希望能让你的特长得到发挥和提高。这高科技的家伙六万多元呢，是咱监区的宝贝，我把它交给你，相信你能珍惜机会。"

警官的信任给了他改恶从善的信心和力量，从那以后，他用心钻研，熟练掌握了电脑操作技术，在劳动上变了样，而且再也没有违反过监规狱纪，有时一个月能得到全监区最高分的奖励。

回想往事，戴克悔恨地自言自语道："我太不是人了。前些年在我突发疾病时，王区长的哥哥及时把我送往医院抢救，我的命才保住了，我本该以感恩之心投入改造，可我没个正形，好不上几天就回到原样儿，辜负了他对我的真心挽救。来到十监区，在我都不把自己当人看的时候，王区长对我不抛弃、不放弃，还把高级电脑交给我，我要再不好好做人，真对不起死去的王区长了！"

九月二十日上午九时三十分，西岭监狱十监区习艺车间内哀乐低沉，这是王祺遗体即将火化的时刻，服刑人员无缘见上他们的王监区长最后一面，便自发组织起来，捧着亲手折叠的千纸鹤，来到王祺的画像前，以特殊环境里的特殊方式为他送行。

第二十二章 闽国行

1

二〇〇六年八月十二日，茹烟被监狱党委正式任命为政治处副主任兼党委秘书，三十六岁的她成为西岭监狱女警中寥若晨星的佼佼者。"我是凭自己的努力才走到今天这一步的。"茹烟这样想着，"不过，难道没有贵人相助？仔细想想，好像不尽然。如果唐主任没有举荐我到纪委，如果没有高云主任的提携，如果没有魏政委的赏识和程狱长的认可，我很可能在法制室原地不动呢。"

想到自己的幸运，看着任职文件里排在首位的名字，茹烟脸上浮出一丝不易察觉的微笑，全身每一个细胞都洋溢着春风得意的快感。

当然，一年来，她也体会到了"高处不胜寒"的滋味，高高在上的职位带来的不仅仅是快意和风光，更多的时候意味着责任和压力，她几乎每天早出晚归，睡觉前总要把次日甚至一周的工作在脑海中逐项过一遍，上班时需要全神贯注地对待一件件大事小情，慎重处理一个个或简单或棘手的问题，经常像走钢丝一样地小心翼翼，唯恐出错，至于没完没了的材料，更是她这个当秘书的责无旁贷的职责。

尽管异常辛苦，她仍然很享受这个职位带来的荣耀和满足感，也很享受成功走完钢丝后的喜悦：她喜欢被领导赏识，喜欢被同事们羡慕，喜欢站在舞台中央的感觉，喜欢体面地向亲戚朋友介绍自己的职位……有时，她脑海里甚至会萌生出几分"野心"来，梦想着有朝一日能跻身处级领导干部之列。

就在茹烟顺风顺水地当着政治处副主任兼党委秘书时，来自王实的一个喜讯切断了她的光明仕途，使她灿烂的职业生涯陡然黯淡下来。

十月初，省厅局组织了一次较大范围的处级干部职务晋升及调整工作，常副狱长晋升为调研员后退休，从省黄河监狱调来的岳恺威副狱长接替他，全面负责管教工作；政治处胡主任晋升为副调研员后退居二线，六监区的沈监区长接替其职位，不久，桂珉升任六监区监区长；与茹烟休戚相关的是，王实也在这次晋升中被提拔为省西岭监狱副狱长，协助岳副狱长抓管教工作。

按照党政领导干部任职回避的规定，王实当监狱领导后，茹烟便不得在人事、纪检、财务等部门任职，更别说任领导职务了。如果不是王实的荣升妨碍了她，她一定打心眼里为王实高兴，可面对自己得而复失的"显赫"职位，她如何高兴得起来？在家里，她对王实脸上掩饰不住的喜悦神情感到厌烦，一时间，她把自己关在卧室里伤心地流泪。

看茹烟这样，王实的喜悦之情开始收敛并为她感到难过，他很清楚，是自己影响并断送了她的大好前程！在他眼里，茹烟才貌双全，是近乎完美的女人。两人刚认识时，茹烟吸引他的更多的是容貌和气质，那时，他对茹烟的才华仅停留在她的一张大学本科文凭、一手好钢笔字和会唱歌上，他甚至对茹烟产生过偏见：一个美丽秀雅的女本科生来监狱工作有些不正常，可能是才华不够出众或者其他什么原因。

后来的事实证明，王实错了，茹烟凭借聪慧、辛勤和坚毅在工作中展现了非凡的才能。在西岭监狱女警中称得上出类拔萃，无论是一般琐事还是法律事务，无论是身为科员还是中层领导职务，茹烟都能做得很好，尤其是她的写作能力，这几年的表现让王实刮目相看，他也打心眼里佩服自己秀外慧中的妻子。

要说有什么缺点和不足的话，那就是茹烟的社交能力较弱，不像桂莉那样善于和各种人打交道，有时给人以清高之感。不过，自从到了纪委后，茹烟改变了很多，居然敢拉下脸来说话，居然能义正词严地把人高马大的烧烤摊摊主给镇住，居然能站在台上对着上百人泰然自若地讲话了。

王实想：如果在更高的平台，茹烟在官场上可能会走得更远，就像那些女处级领导干部那样，在厅局里当个处长或者到监狱当个副狱长。退一步讲，茹烟若在政治处副主任兼党委秘书的岗位上一直干下去，仕途也会一片光明。

"都怪我！如果不是我，茹烟也不会在职场上昙花一现。"王实这样想着，为茹烟感到惋惜，他觉得这时唯有多给茹烟一些理解、体贴和关爱，她受伤的心才会尽快平复。

无情的现实不理会茹烟的眼泪，一切都按照既定程序向前走。省厅局来西岭监狱宣布任职决定后，新任的监狱领导很快就位履新，随后不久，茹烟即离开政治处，被任命为工会副主席兼工青妇主任。尽管从监狱领导到一般同事见到她仍然笑容可掬，与以往没什么区别，巩狱长、魏政委还专门到工会办公室看望她。可是，她仍然无法释怀，感觉自己像正在舞台上用心表演的A角，因发生意外不得不停止演出，位置被 B 角代替，舞台表演很快恢复正常，她只能退居幕后，充当跑龙套等辅助角色，感伤地望着舞台上一幕又一幕的演出。

让茹烟感到有意思的是，她到工会后的次日上午，桂莉就来"慰问"她，笑眯眯地跟她并排坐在沙发上，情真意切地说了一番安慰的话，后来，她拉着茹烟的手说："我以后没事了多来工会陪陪你，免得你寂寞。"这让茹烟一时竟有些感动，如同唐诗里常见的惜别情景：桂莉是一个尚在官场的人，而她是桂莉要送别的被贬谪的友人。不过，桂莉走后，茹烟的这种感觉很快消失。

去工会不到一周的时间，一天下午，茹烟正在办公室无聊地翻看着《妇女之友》杂志，政治处沈主任兴致勃勃地来告诉她："茹主任，告诉你个好消息，领导让你去福建参观学习哩。""哦，好。"听了这话，茹烟只是礼节性地应了一声。她心里很清楚，去福建参观学习之事早在一个月前就定了，当时确定的十个人中并没有她，现在突然冒出这等好事，她很快明白了其中缘由：有人临时有事不去了，领导让她替补上，借此安慰一下她失落的心而已。这是官场上常见的平衡术。

领导越是这么做，茹烟越心酸，回想起自己因长时间超负荷的工作而头痛欲裂的难受滋味，想起自己一向规律的例假因连续加班而紊乱的现象，想起在纪委时因参与清产核资工作掉进副业队猪圈的狼狈情形……她感到委屈，不过，她很快像被家长哄劝的孩子一样，一边哭一边接过领导送的"这块糖"。她的确需要出去散散心，毕竟福建是一个诱人的地方，况且，参加工作以来，她还没有享受过因公外出旅游参观的待遇。

2

福建之行由省监狱管理局统一组织，参加人员是各省属监狱推荐的优秀警官，共分四批，每批六天。茹烟参加的这一批有四十多人，十月十八日，他们从省城统一乘火车前往厦门。远离了单位，一张张沉闷的脸庞很快鲜活生动起来，车上，几个活泼的同伴用俏皮话和游戏点燃了大家的激情，使得情绪低落的茹烟也不由得融入其中。

次日早晨，他们抵达厦门，当地导游已安排好车辆、食宿及游览线路，全程为他们做专业讲解。两天时间里，她和同伴们游览了嘉庚公园、集美学村、胡里山炮台、南普陀寺、鼓浪屿等景区，陈嘉庚先生的爱国情怀、厦门大学秀丽迷人的风光和中西合璧的建筑、南普陀寺里的白瓷观音、景区里处处可见的精美石雕让她称叹不已。

厦门旖旎迷人的滨海风光和底蕴丰厚的人文景观让茹烟忘记了所有的烦恼，尤其是鼓浪屿的宁静、闲适、雅致和浪漫气息像阵阵温暖的海风一样抚慰着她的身心。

在茹烟看来，面积尚不足两平方公里的鼓浪屿积聚了远远超出它体量的世间精华，每一寸土地都堪称风景，且不说"园在海上、海在园中"的菽庄花园、让人大开眼界的钢琴博物馆、可以登高望远的日光岩等著名景点，仅仅是随处可见的南国花草、蜿蜒洁净的小路、异国情调的建筑、大榕树下吉他手的悠扬弹唱、别具特色的小吃就已让她心醉神迷。

当他们行至林语堂和夫人廖翠凤的故居前时，林语堂每天的生活场景在导游的讲解和茹烟自己的想象中交替展现：读书、写作、品茶、逗猫、赏花、登高、观海，看日出日落、听轻柔琴声。不过，林先生若生活在当代，恐怕就没有这份惬意了吧？因为美丽的小岛吸引了太多游客，纵然岛上有禁止机动车通行的规定，它的幽静和安适还是被打扰了。

离开厦门，茹烟和同伴们先后去了武夷山和泉州。到了这两个地方，他们要去两个监狱参观学习。坐在前往武夷山监狱的大巴车上，茹烟暗自思忖：监狱有什么好看的？地域各异，高墙电网、监舍岗楼都是一样的嘛。

不过，望着车窗外的如画景色，茹烟暗自揣测：这里的监狱也许与北方的有些不同吧？也会像这里的自然风光一样赏心悦目？果不其然，武夷山监狱的花园式环境让她和同伴们难以相信它竟是一个监狱所在地！

监狱掩映于青山秀水中，监狱大门堪称一件由廊柱、石雕与花草巧妙结合的艺术品，进门后，茹烟和同伴们感觉像进了一个花团锦簇的山间花园。沿石阶而上，不断有细密清凉的水雾迎面扑来，抬眼一看，原来是一个花瓣形状的喷泉，再往上走，即看见依山势而建，具有福建建筑特色的办公楼。茹烟不由得暗自称叹：在这样幽美的环境里办公，该是何等惬意啊！

带着好奇、羡慕的神情，茹烟和同伴们参观了监狱行政办公楼、会见室、教学楼、监舍等地方。参观完，她和同伴们一致认为，武夷山监狱服刑人员极低的违规违纪率（特别是暴力倾向）与这里的优美环境不无关系。

泉州监狱是他们第二个参观学习的地方。该狱地处平坦地带，虽不似武夷山监狱的美丽清幽，却以它先进的监管设施、现代化的管理手段见长：监狱大门是此开彼关的 AB 门，大大提高了防逃能力；服刑人员的劳动场所、生活区域等重要部位都安装有电子安检门，能有效杜绝服刑人员携带违禁物品；每个监舍都有独立的卫生间和晾衣阳台；走进劳动车间，是一派繁忙有序的景象，让茹烟感到惊奇的是，车间里还播放着舒缓身心的音乐！

参观完两个监狱，茹烟和同伴们慨叹不已，有的说"本以为咱西岭监狱是部级现代化文明监狱，各方面已不错了，但一看南方的监狱，真是不在一个级别上啊""啥时候咱们也有这样的办公条件就好了"……每个人的心里都充满着羡慕之情。

回到单位，福建之行"这块糖"逐渐失去甜味，带给茹烟感官愉悦和心灵慰藉的九曲溪、鼓浪屿、美丽的厦大、从泉州到福州的沿途风光特别是树形优美的水杉树……所有这些，随着旅程的结束渐次消散，就像她小时候吃西药片，因为不会一口把药片吞进肚里，包裹药片的糖衣早被她舔舐掉了，苦涩的药芯仍在口中难以下咽。

当日子复归平常，茹烟的身心又被失意和落寞填满，整日陷入无所事事、郁郁寡欢的状态。她无心熟悉工会的职能及业务，好在上有爱操心又认真的工会主席乔金明，下有踏实肯干的副主任韦志苓，无论看望患病职工，还是慰问困难职工，抑或开展文体活动……所有的工作，她都不需要怎么费心。

工会在机关办公楼五楼的最西边，楼高风大，也许是心情作怪，每当她听到办公室的窗户因刮风而哐当哐当地响个不停时，内心就格外凄然，常常悲哀地想：难道年纪轻轻的自己要在工会待到退休？

第二十三章　爱上舞蹈

1

百无聊赖的日子里，茹烟跟柳梅学起了舞蹈。

柳梅是副监狱长岳恺威之妻，监狱职工书屋的图书管理员，她虽是一名工人，却没有谁敢小瞧她，在茹烟看来，领导夫人的身份固然是一重要因素，柳梅典雅柔美的气质和形象也着实令人赞赏。

无疑，柳梅是一个美女，不过，茹烟觉得她的美不是用大眼睛、长睫毛、柳叶眉、高鼻梁、好身材这些描绘女性美的常用语可以涵盖的，柳梅总让人联想起身着旗袍、撑着油纸伞走在江南古镇小巷里的女子，美丽朦胧、娴雅静淑、超凡拔群。

其实，茹烟与柳梅有很接近的气质，江南风景般的气质，只是柳梅身上的这种气质更浓郁、更纯粹，况且，她还有让茹烟羡慕的一米六五的身高。同为美女，茹烟对柳梅是欣赏多于嫉妒的，觉得柳梅的美是那种增一分妖气、减一分俗气的恰到好处之美，这种美带着一股仙气，这一点，茹烟自感欠缺了点儿。

柳梅已是四十好几的年龄，眼角聚着几道细纹，皮肤也不是很白，但多年的舞蹈生涯让她依然保持着婀娜的身姿和富有韵致的容颜，更难得的是她谈吐不凡、格调高雅。

柳梅刚调来西岭监狱时，不少男警有事儿没事儿总爱往图书室跑，名义上是借书，其实是想多看几眼柳梅，胆大风趣的还同她开两句无伤大雅的玩笑。女警们难免会对她心生几丝妒意，不过同茹烟一样，更多的是欣赏。

茹烟想，西岭监狱乃至别的监狱，其实不乏姿色出众、身材凹凸有致的女警花，但也许是职业环境的熏陶和威严警服的多年包裹，警花们呈现的美多为干练和矫健，少有柳梅身上散发出的柔和、婉约和灵动感，特别是她风摆杨柳般的轻盈步态更与其他女警不同。

十一月底的一天，茹烟到职工书屋想借本名著看，见柳梅正专心致志地练写毛笔字，写的是唐诗，字迹颇显几分功力，茹烟看了很是惊讶，便不由得赞叹几句并好奇地问她缘何练起字来，也许两人同在工会上班的缘故，柳梅不加设防地微笑着说："上班空闲时间多呗，练字可以消磨时光、陶冶性情啊。"

闲聊中，茹烟言语里流露出失落、伤感的情绪，柳梅听了并没有立即搭话，沉默片刻后，以悠悠淡淡的语气谈起她自己。

我以前在学校教舞蹈课，还经常到社会上的舞蹈班当老师或者被邀当评委，二十多年了，一直在为自己喜爱的舞蹈事业忙碌着。恺威调这里后，我迟迟不愿过来，心想来这里做什么呀，后来没想到的是，巩狱长亲自上我家，极力劝说我，说恺威一个人在这里工作忙，生活上没个人照应不行。监狱长开了口，我不好意思拒绝，就答应来了。

可是，这里的环境与原来完全不一样，刚来时我很不适应，突然感觉自己像一个多余的人，一时不知道该怎么打发时光。这期间，唐韵、韦志苳曾说教我打牌、玩电脑游戏什么的，我对这些不感兴趣。后来，我想到自己曾练过毛笔字，现在正可以利用白天的大把时间来练练，自从练字后，再也不觉得无聊了，反而每天过得很快呢。

听了柳梅的话，茹烟感到阵阵的汗颜，论学历、职务，柳梅都比不上她，但柳梅遇到变化了的人生境况时不怨天尤人，不自哀自怜，而是及时调整心态，坚持所爱，并能以高雅的爱好温润着时光。

柳梅的一番话让茹烟深受启发，正在她愣神时，柳梅看着她轻柔一笑说："你也练字吧？我见过你写的钢笔字，很有功底的。"茹烟摇摇头谦虚地说："不行，不行。毛笔字与钢笔字是两码事，我一点基础都没有，而且我对练字不怎么感兴趣。""哦，那跟我学跳舞吧？这个你应该会喜欢。"柳梅的声音依然很轻柔。"好啊，能跟你这个舞蹈名家学习，我求之不得呢！"

"不敢当，你过奖了。"柳梅摆摆手，姿态很优雅。茹烟又问："那，在哪儿跳舞啊？"柳梅指指书屋的中间位置说："就在这里。"茹烟看看仅有八九平方米的一块长方形空地，疑惑地问："这么小的地方，身子能伸展开吗？""可以的，我编排了一些适合小场地练的舞蹈，只要心中有舞，想跳，哪里都是舞台。""好。"茹烟愉快地答应了。

2

此后，茹烟上班不再玩游戏、听歌、看电视剧，反而开始看搁置了多年的法律书籍，她知道看这些已没多大用处，不敢奢望通过看书拿到法律执业资格证，但她觉得，看书至少表明了自己精神状态的改变，表明她已随遇而安，不再消极地对待职位的改变了。

晚上只要有时间，她就到职工书屋跟柳梅学跳舞，一起跳舞的还有唐韵和韦志苓。唐韵比茹烟大三岁，与柳梅身高相近，头发黄棕色，有轮廓感的圆脸形，一双大眼睛很有亲和力，淡淡的眉毛，高低适中的鼻梁，薄薄的嘴唇。虽然在边疆地区待的时间较长，她依然皮肤白皙，脸颊处时常泛着红晕，只是皮肤略显干性、松弛，她身材丰腴且爱穿旗袍，因为她胖而紧致、曲线分明，穿起旗袍来韵味儿十足。

韦志苓是韦志杰的妹妹，小茹烟一岁，从中央司法警官学院毕业后回到西岭监狱，先后在监区、劳资科、法制室等部门待过，目前是工会副主任。韦志苓和她哥哥一样，有着高挑的身材、洋气的外表，她爱人是教育科的董文宇。

通常情形是，柳梅先带她们练压腿、踢腿、压肩、搬腰、小跳、行进步等基本功，而后在《樱花雨》《船歌》《睡莲》《斯卡布罗集市》《羚羊过山岗》《观音》等柔美曼妙的旋律伴奏下翩翩起舞，让身躯尽情舒展。

初练时，茹烟的全身都很僵硬，没有一个基本动作能做到位，更跟不上柳梅曼妙轻盈的舞步，总是一边紧盯着柳梅的身姿变化，一边手忙脚乱地比画着动作，这样练了几天后，茹烟浑身酸痛得碰都不敢碰，但对跳舞的极大兴趣促使她认真地坚持下去，渐渐地，她有了舞感，不用频繁地看柳梅不断变化的舞步了。

柳梅编排的舞蹈说不上是哪一种风格，兼具芭蕾舞、民族舞和现代舞的元素和神韵，显得典雅、优美、流畅，这正是茹烟所喜欢的舞蹈类型。她学得很用心，闲暇时反复揣摩和体会，遇到哪个动作不会做或做得不标准时，就让柳梅再教她，直到学会为止。

唐韵和韦志苓学习的劲头不亚于茹烟。看到她们专注好学的样子，柳梅很乐意细细地教她们，不厌其烦地讲解要领并反复强调：跳舞一定得练好基本功，还要学会听音乐节奏和风格，每个舞步要撑满音乐，动作要舒展大气，等等。

对于这些，茹烟道理都懂，多数时候她也能按照柳梅的要求去做，只是跳舞要学会用气息这一点，她常常顾此失彼，动作和呼吸总合不上拍。唐韵和韦志苓比她好不到哪儿去，柳梅对气息重要性的强调又让她们三个深切认识到：要想跳好舞，必须过气息这一关。

一天，柳梅对她们说："学会跟着动作吸气呼气，把气息用上，舞蹈看起来才有韵味，不然，就是简单的伸胳膊伸腿了，这个区别，有点儿像古筝里的上下滑音和在琴弦上直接弹奏。"快人快语的韦志苓接过话："我们不懂什么滑音，改天你给我们弹奏一曲，让我们辨别一下吧？""就是，就是。""早就想听你弹古筝了。"唐韵和茹烟也随声附和着。

见她们说得恳切，柳梅就在之后不久的一个晚上给她们弹了一曲《忆江南》，柔美、温婉的旋律仿佛把茹烟她们带到了如诗如画的烟雨江南，弹奏完毕，柳梅用细长灵巧的双手舞蹈般给她们弹奏了上下滑音，然后只用右手食指在琴弦上弹了两下，让她们听区别在哪儿，果然是双手并用的滑音听起来更婉转动听。多年以后，茹烟自己学古筝时对两者的区别体会得更为深切。

自从跟柳梅学跳舞后，茹烟满脑子想的都是音乐和舞步，总在想哪曲舞里的哪个动作还不到位、不标准或者遗漏了哪个动作。她学舞心切，当得知唐韵手里有柳梅在公园里跳舞的示范性视频时，便立即借了过来反复看、反复练，回到家也不忘在王实面前亮几个舞姿，王实说她练舞练得走火入魔了，她听了只是神气地"嘿嘿"一笑。

对跳舞的炽热兴趣勾起茹烟对儿时的回忆。记得上小学五年级时，在乡里组织的小学生文艺汇演中，茹烟所在学校选送的舞蹈《北京的金山上》荣获一等奖，而她就是该舞的主跳者。当茹烟兴高采烈地拿着荣誉证书和奖品回到家给爸爸妈妈看时，爸爸刮了一下她的鼻子以示赞扬，然后笑眯眯地对妈妈说："看咱闺女有出息吧？不但学习好还会跳舞哩。"妈妈没有说话，只是笑了笑。爸爸的话让茹烟的小脑袋瓜里突然萌生了一个不切实际的愿望，她天真地说："爸，妈，我想学跳舞！"

听到这话，喜好文艺的爸爸高兴地说："行啊，女孩子跳跳舞长大了身材好，气质也好。"谁知妈妈给她泼了一头冷水："农村孩子跳啥舞？甭说咱没钱了，就是有钱，在这穷山沟里到哪儿学去？好好学习吧，考上大学才是正事儿。"妈妈的话骤然冲淡了茹烟获奖的喜悦，对舞蹈的向往从此像一颗刚萌芽的种子一样被丢弃在了茫茫沙漠里，她本以为它早已枯萎，不承想，犹如一股清泉般的柳梅让它复活了、发芽了，并且开始茁壮地生长起来。

天气越来越冷，茹烟跳舞的热情却丝毫没有减退。元旦过后，柳梅教的舞蹈内容有所调整，第一阶段的基本功训练仍然保留，第二阶段的舒缓舞曲减少了近一半，代之以几首节奏激越明快的曲子，这样她们跳起来能快速驱散周身的寒气，也显得更有活力。

茹烟学舞比韦志苓和唐韵晚三个月，但不久就赶上了她俩，动作比她俩还要标准，她俨然成了柳梅最满意的学生。一次舞间休息时，柳梅对着她们三人说："以后哪天我若有事儿不能来，就让茹烟带着你们跳吧。"一句话说得茹烟心里美滋滋的，这给了她莫大的鼓励。

身随舞动，心因舞变。随着时间的推移，茹烟的身心悄然发生了变化：头痛发作次数减少，浑身的不舒服感减轻，胃口好于以前，面色恢复了红润，最让她增加自信的是小肚腩不见了，身材恢复到当姑娘时的模样，走起路来虽然比不上柳梅的风摆杨柳，但自感比以往多了些摇曳生姿的韵味；她的心情也随着跳舞变得轻松愉悦起来，当她跟随柳梅在一首首令人心荡神摇的舞曲中舒展着身体时，感到全身每一个细胞都浸润在舒适放松的情绪里，仿佛进入了远离世事纷争的世外桃源，什么也不去想，只管跳舞，只想跳舞。

跳舞使得茹烟和柳梅、唐韵、韦志苓之间的友情加深了一步，了解加深了一层。一天晚上，唐韵和韦志苓有事没去，只有茹烟和柳梅两人在跳，也许相处久了的缘故，也许是只有她们两人，那晚，柳梅显得特别放松和随意，跳完舞换鞋换衣服时，她坐在凳子上端详着自己的一双脚对茹烟说："我的脚现在宽了些，不像年轻时那么好看了。"

茹烟看着柳梅白而秀雅的脚说道："你对自己要求太高，这双脚够好看了，我们四个人中，就你穿上黑舞鞋好看呢。"茹烟说的并非恭维话，柳梅穿上黑高帮软底练功鞋的确好看，一双脚不肥不瘦地把鞋面撑了起来，鞋的前脸呈现出一条柔和优美的曲线，既不过分浑圆又不显得尖瘦。

见柳梅穿上这种鞋好看，茹烟、唐韵和韦志苓三人也去买了穿上，不过唐韵的脚肥了些且鞋码大，韦志苓的脚侧面有块突出的骨头，茹烟自己的脚则显得有点儿瘦。总之，她们三人穿上黑舞鞋都不如柳梅好看。

听到茹烟的赞美，柳梅笑了笑说："这双脚还算完美，不过，跳舞的人怎能没有一双好看的脚呢？不光脚，外在的、内在的，包括身材、穿着、谈吐、举止各方面也得完美，让别人挑不出什么毛病来，这样跳起舞来看着才美，人才会有脱俗之感。"

3

腊八节过后的一天，乔金明主席组织茹烟、韦志苓和柳梅几个人开会，他说："春节前夕，工会要代表全体警察职工前往文河市敬老院开展献爱心送温暖活动，监狱党委的意思是新年新气象，工作要创新，除了送去米、面、油、水果、对联等物品，还要送去精神食粮。"

乔金明传达了监狱党委的指示精神后，几个人开始你一言我一语地出主意、提建议，乔金明也与她们一起商议如何别出心裁地为老人们送去欢乐和祝福，最后决定出三个文艺节目，即男女小合唱、二胡独奏和舞蹈。男女小合唱由茹烟和监狱一名男警合作，二胡由教育科一名会拉二胡的中年男警准备。

舞蹈节目由柳梅负责，她稍加思索后看着茹烟说："我来编排一个舞蹈，你和唐韵、志苓、李筱几个人跳吧?"茹烟一听连忙摆手说："不行，不行。我就是跟你私下里练练舞，再说只有十几天的准备时间，我怎么敢去大庭广众之下出丑呀?"柳梅胸有成竹地笑笑说："不用担心，你们几个已跳得很不错了，这次我不编复杂的舞步，你们肯定能学会的。""真的?"茹烟半信半疑地问，柳梅微笑着点点头。

仅一天的时间，柳梅即选好了曲子，编好了舞步。接下来，茹烟和唐韵、韦志苓、李筱几个人立即进入紧张的排练状态，白天练，晚上也练，伴随着《走进新时代》一遍遍优美抒情的乐曲声，她们的舞步越来越熟练自如。

慰问表演那天，当茹烟她们身着兼具民族和现代风格的舞服踏歌而舞时，敬老院的老人们不断地送给她们掌声，茹烟看到有的老人笑得合不拢嘴，有的还激动得流下了眼泪。

表演结束时，老人们都恋恋不舍地拉着她们的手，茹烟她们也激动地望着老人们幸福的脸，连声说道："我们还会再来的!"

从敬老院返回单位的路上，大家兴奋地说笑着，乔金明主席也一改往日的严肃表情和语气，从副驾驶位上侧过身，笑着对一行人说："今天的活动效果真不错，三个节目让老人们高兴得合不拢嘴了。""当然啦，有柳老师指导，能不精彩?"坐在茹烟右面的李筱接过话。李筱是监狱指挥中心工人，年近五十，生性活泼，她说的时候眼睛、鼻子都在动，得意中带着几分对柳梅的讨好。听了她的话，大家也用类似的语言随声附和着。柳梅忙说："不敢当，不敢当。"

这时，乔主席半开玩笑地看着茹烟说："原以为你会写材料、唱歌已了不得啦，没想到还会跳舞，而且跳得还不赖哩。"茹烟也答非所问地半开玩笑道："嘿嘿，看你当我几年领导了，还这么不了解我，太官僚了吧?"听了他俩的对话，大家都哈哈大笑起来。

笑声停下后，韦志苓接话道："茹烟和我们几个能学会跳舞，是柳老师的功劳，柳老师要是早来咱这儿几年，监狱成立一个舞蹈团都不成问题啦。"

听了韦志苓的话，大家又夸赞柳梅一番，使得她很不好意思地连连说着"过奖了""不敢当""千万别这么说"之类的话，于是大家转了话题，依然说笑着回了单位。

第二十四章 居家隔离

1

不能去监狱探望王实，茹烟准备接母亲来住几天，谁知尚未出门，她就接到小区通知，大体内容：因查出一个确诊病例，即日起所有人员不得离开小区，居家隔离，接受核酸检测。

糟糕！又被禁足了！茹烟很沮丧，一时不知所措。很快，她想到家里已没什么菜，一个人吃得少，她又懒得像标准的家庭妇女一样天天去买菜，往往是去趟超市，采购一周的量，有时买着吃，所以，八九天不买菜的情形是常有的。

茹烟接着想到的是，不能去苏玉卿工作室了，想必苏玉卿也不能接触来访者，个体咨询、团体活动等，都要改为线上。

还有，茹烟不能跟古筝老师上面对面的课了，而上视频课效果又不好。

还有，她所在的离退科向省局选送的舞蹈节目《十送红军》也要推迟，甚至有可能取消了。

还有……

疫情啊疫情，你何时能不再跟人类作对啊？转眼间，你已肆虐近两年时间，难道人类冒犯了你？跟你有不共戴天之仇？

茹烟心烦意乱地拨拉着手机，不知该干什么，忽然，她看到公众号《每日音乐》推送的一个视频，题目为"疫情两年，地球发生的惊人变化"，视频让她颇为震撼，最重要的是，里面的内容让她的心理重归平衡，心也慢慢静下来。

致命病毒让人们按下暂停键、觉得日子难熬的同时，却让自然界有了一次喘息和修复的机会，自二〇二〇年以来，人类赖以生存的星球发生了惊人变化，空气更清新，水质更干净，噪声更少，在雾霾后隐藏了三十年的喜马拉雅山清晰地呈现在印度人的视野，海面下变得异常安静，座头鲸会和同伴长时间的交流，濒危动物海龟开始快速繁殖。总之，大量的动物以几十年来从未有过的规模繁衍生息……

茹烟是一个热爱大自然的人，她想：如果疫情能让自然界发生上述的可喜变化，她失去自由、禁足在家又何足挂齿呢？

想到这里，她的心情变得舒朗起来，她先给母亲打了电话，询问近况，得知母亲身体尚好，茹烟安心了许多，而后她说："本打算上午回去接您来的，谁知小区刚发现一个病例，被封了。"

母亲说："去不去的不要紧，我在家有吃有喝的，你甭担心。你在市内，人口稠密，可得注意安全，吃饭不要对付，过段时间没有疫情了，我去给你烙油馍吃。"母亲的话让茹烟感到温暖和幸福，她五十多岁的人了，本应伺候老母亲，可她却常常享受母亲为她做的美食。

放下电话，茹烟看看挂钟，不到十点，离午饭时间还早，不过她仍走向厨房，也许是母亲的话影响了她，也许是觉得敷衍口腹多日，该认真做顿饭了。冰箱里只有一个西红柿、半棵白菜、一小把蒜黄、两根葱、一块姜、半袋鸡蛋和一小块五花肉，她又打开壁柜和抽屉，看到一袋木耳、一袋香菇、一包虾片、一把粉条和两包方便面。

就这点儿家底，怎么做呢？茹烟想了一会儿，决定做香菇肉饺，她先把香菇泡发上，将肉取出冰箱解冻，接着择洗葱、姜、蒜黄，切碎备用，然后将面和上。

趁香菇在时间里焕发鲜味的工夫，茹烟坐回沙发，打开电视，从"1"到"15"浏览了一遍，最后定在"15"，央视音乐频道。云飞正在深情演绎《天边》，这是她喜欢的一首歌，悠扬、舒缓、深情、辽阔，尤其是布仁巴雅尔版的《天边》让她百听不厌，那种让人沉静的力量不亚于《云水禅心》，只不过它的情歌意味多了一点。

是的，它是一首情歌，一首凄美的情歌，茹烟忽然想到了王实，想到了她和王实的爱情，他们的爱情不也带着几分凄凉吗？

以前，只要王实在家，她几乎不用下厨房，不用倒垃圾，不用下楼打水……时间长了，茹烟觉得自己不知究竟该归类于哪种女人：说贤妻良母吧，她最多给自己打七十分；说事业型女人吧，她也只能给自己打七十分。

最让茹烟困惑的是，别人对她的印象和评价常常与她的自评有出入。在周围同事眼里，她不仅美丽温柔、教子有方，还是一个事业成功的女人，最起码是职场上的佼佼者；而在她的大学同学或校友眼里，特别是在那些做了处级以上领导干部的同学或校友眼里，她除了姿韵犹存的容貌、举手投足间的优雅，似乎再无值得他们谈论的闪光点，她只是一个平凡的同学，一个只会相夫教子的女人。

平凡就平凡吧，平凡没什么可悲可耻的，相反，平凡是生命沉淀后的常态，姜育恒不是唱"平平淡淡从从容容才是真"吗？自己虽然平凡，却是老母亲的骄傲、一双儿女的依靠、王实走向自由的动力。每一天，她只要过得踏实、充实、无愧于心就行。这是生活和阅历教给她的，是去苏玉卿工作室后认识到的，更是王实大起大落的人生让她体悟到的。

茹烟正思绪纷纷时，手机响起，是苏玉卿，真乃心有灵犀，她也正想联系玉卿呢。两人寒暄几句后，苏玉卿说："要不是疫情，张老师这两天就会来文河，你可以再次体验催眠了。"茹烟不无遗憾地说："可不是嘛，如果能见到张老师该多好。"苏玉卿叹口气说："疫情来了，谁也没办法，不过也不能坐以待毙。""哦，你有什么妙招吗？"

苏玉卿说："现在面对面的咨询难以开展，势必影响工作室的业务，我准备申请加入咨询师之家，一方面可以和全国的同道们相互学习和交流，一方面说不定可以接一些个案。你有兴趣的话，也可以加入。我了解过，这个平台办得很用心，口碑不错。"

茹烟问："你说的是壹心理旗下的咨询师之家吗？"玉卿说是的，茹烟就说："这个我知道，我还听过里面的公开课呢，曾奇峰、仇剑崟、徐凯文、李松蔚等人的课，我都听过。""原来你对它并不陌生呀，那更好了，这段时间咱们虽然不能见面，但云中相会丝毫不影响，哈哈。"苏玉卿很难得地大笑着，茹烟也开心地笑了。

放下电话，看时间已过十一点，茹烟起身去了厨房。

2

吃罢饺子，茹烟觉得很累，她没有整理厨房，只是简单洗漱一下，将脸和手补水后去了书房阳台，拉上窗帘，躺在摇椅上休息。并无多少困意，只是腿有些疼、酸软，剁肉、调馅儿、擀皮儿、包、煮，一套程序下来，她有点儿吃不消。以往吃饺子，她只负责和面、擀皮儿，其他程序均由王实完成，即使这样，她有时还嫌王实包的饺子边儿厚了、宽了，嫌他拌的馅儿淡了、咸了。现在想想，真是身在福中不知福啊。

回忆是幸福的，也是苦涩的，类似于《天边》表达的情感。想到《天边》，茹烟拿起手机，找到这首歌，将音量调到利于身心放松的位置，很快，布仁巴雅尔清澈、悠远、深情的嗓音梦境一样慢慢笼罩了她，她闭上眼，看到了辽阔的大草原，看到了绿毯似的青草和珍珠般的牛羊，看到了一对深情的恋人，后来画面又渐渐模糊、远去。

醒来已是午后近三点，茹烟起身走到书柜前，快速浏览一遍后，她鬼使神差地拿出两本《西岭之窗》。这是西岭监狱创办于二零一一的双月刊物，她是责任编辑，每一期都凝聚了她的辛劳、智慧和喜悦，她对它们充满了母亲对孩子般的感情，尽管刊物因种种原因于二〇一四年停办，但她对它的感情并没有随其终止，而是将三年零两个月共十九期的刊物完整地收藏起来，每过一段时间，她总要拿出一本翻翻、看看，就像和去了远方的孩子隔几天要说说话、聊聊天一样。

茹烟拿的是二〇一三年第五、第六期，反映的是那一年九至十二月的监狱风貌。她随手翻着，"管教工作""基层聚焦""警官手记""理论研究""大墙纪实""警苑风景线"……忽然，她的目光定在了题为"可贵的选择"一文上，文章的主人公是服刑人员茍向生，作者为教育科董文字。

茹烟对该文感兴趣，很大程度上是因为茍向生，对于茹烟来说，茍向生不仅仅是一名普通的犯人，他是危害过社会又贡献于社会的人，是接受过茹烟帮助又救了她女儿的人，是一个人生轨迹远不能用"浪子回头金不换"一句话去概括的人。

文章前面的"题记"里写了如下内容。

车间里，机器有节律地响成一片，像一曲美妙的交响乐，更衬托出生产的紧张有序。服刑人员茍向生站在机器旁，一会儿操作机器，一会儿在一张纸上写写画画。厂家又发来了新的产品工艺单，他得抓紧时间翻译新工艺，打出样衣，计算配比和操作工时，并估算出日产量和材料消耗率，然后写出说明，交到监区和监狱劳动改造科。这些都是监狱和生产厂家谈判，以及今后生产管理与制订生产计划的重要依据。他一丝不苟地重复着那些他再也熟悉不过的动作，那么认真，那么细致，那么专注，举手投足间流露出一种艺高人胆大意味的自信。转眼间，似乎不费吹灰之力，一张崭新的工艺单就完成了。

提起茍向生的名字，上至监狱干警，下到监区服刑人员，没有不熟悉的。在警官眼中，他是个生产技术超群、踏实改造的好学员；在同改眼里，他浑身充满着神秘的光环，多才多艺，样样精通，大家都把他当作毛织产业队伍里的定海神针。无论多么复杂的工艺，多么难搞的机器设备，一到他手里立刻就变得那么听话，那么驯服。

看完题记，有关荀向生的记忆立刻浮现于茹烟脑海里。记得王实曾跟她说过，他所在的三监区刚从轴承套圈锻造转型为毛织生产时，监区服刑人员中没有一个会毛织技术的，单纯依靠合作方技术人员的培训和指导又让监区长和管生产的王实不放心，正在他们担忧时，荀向生如同及时雨一样调到他们监区，有了荀向生，监区生产很快步入正轨并呈良性发展势头。但是，荀向生去三监区之前，是经过了一番内心挣扎的，正如文中所说。

二〇〇〇年十月，当荀向生听说监狱要上毛织加工项目时，他平静的心田又一次掀起了巨澜。对别的学员来说，毛织可能算不了什么，但对他荀向生而言，有着特别的意义，它意味着辛酸往事，更意味着幸福的回忆，他事业的辉煌、爱情的收获都与毛织紧密相连啊！

经过一番深思熟虑，他决定放弃习美室优越的改造环境，到毛织生产一线去，更大限度地发挥自己在毛织方面的特长，尤为重要的是，国家给了他重生的机会，他要用自己的一身本领来报恩，向亲人和社会忏悔。他的申请顺利通过，于当月底来到正在筹建的三监区毛织车间，对车间建设提出了不少合理化建议，又很快培训了几十名毛织操作工。

十一月二十八日，毛织加工项目正式投产，在荀向生和五十余名技术骨干的带领下，全监区服刑人员迅速掀起了一股学技术的热潮。听到车间里机器轰鸣，看到机器旁一片忙碌，他打心底里感到充实和自豪。他踏实改造、真诚悔罪的精神感动了监区领导，监区安排他负责生产调度这一重要岗位。在这个岗位上，他兢兢业业，细致周全，把各工艺环节之间的衔接搞得停当妥帖，丝毫不乱，多次受到监区领导的表扬。同时，他还利用自己丰富的毛织经验，结合生产实际进行技术改造，搞研发。三年来，他发明了自动织领机，让生产效率一下子提高了五倍；他研制的自动翻针器不仅提高了产品质量，还使效率提高20%；他改良的倒纱机使该工序用时缩短了40%……

重读《可贵的选择》一文，茹烟再次对荀向生心生敬意，其实，有些细节并未写进文章里。记得董文宇给她送稿子时曾说，荀向生去三监区前是经过了一番思想斗争的，因为他是逆流而行，远安逸近辛劳。

在西岭监狱，犯人医院、伙房、超市、绿化队等部门或岗位都是犯人争相前往的地方，更不用说教育科直属的习美室、小报室、图书室了。这些部门要么岗位改造环境好，要么有生活上的便利，要么可以凭特长让警官高看一眼、厚爱一层。

董文宇说，喜爱绘画的荀向生在习美室如鱼得水，又有好朋友丛艺新做伴，如果不是思念妻儿之苦，有时他会忘了是在监狱服刑。如果去了监区，从事毛织生产，且不说他每天要跟着其他犯人早早列队出工，车间环境也远比不上小小的习美室，更不用说劳累和紧张程度远高于习美室了。

其实，监狱里知道他懂毛织技术的人并不多，也没有人动员或要求他去。他不去监区，继续待在习美室完全可以，可是，他若不去监区，又整日心神不安，觉得对不起西岭监狱和这里的警官。思来想去，他终于向警官提出申请，决意为监狱企业的顺利转型和发展贡献出自己的聪明才智。

文章最后引用荀向生写过的一段话作为结尾：

"一个人要学会用自己的双手编织人生。虽然人的一生不可能是完美无缺的，但是，只要我们热爱生活，热爱生命，那些曾经灰暗的过去，都会随着生命之火的燃烧而渐渐褪色，带我们走进下一个黎明。"

读着这段话，茹烟心想：荀向生那"灰暗的过去"何止是褪色了呢？它已随着他走向一个又一个黎明而消失了、涅槃了。

那天晚上，茹烟做了一个梦，梦见荀向生微笑着向她走来，双手捧着一个包装精致的衣袋，说："茹警官，这是我亲手织的一件羊绒衫，送给你，以表达我的感激之情，希望你喜欢！"说完，他转身离去。

第二十五章　原来帮扶的是他

1

在敬老院演出引起的良好反响愈加激发了茹烟的跳舞热情，而且她开始重新审视工会职能，工作态度由之前的漫不经心转为关注和融入了。

二○○七年的"三八"节前夕，工会主席乔金明、副主席茹烟召集监狱妇委会成员及女工会小组长开会，商议怎样过一个别出心裁的有意义的节日。会上，乔主席先开了口："巩狱长曾多次指出，对特别困难的服刑人员家庭进行帮扶，将对服刑人员的教育改造起到有力的促进作用，所以，我觉得，工会、妇委会今年可以搞一次针对服刑人员的慰问帮扶活动，女同志在这方面说不定能发挥独到作用。"

茹烟平时常听王实说起和乔主席类似的话语，有些家庭困难的服刑人员若能得到及时帮扶，将非常有助于他们安心改造，听乔主席这么一说，顿时有了主意，她对乔主席的提议表示赞同，然后谈了自己的具体想法和打算，与会人员你一言我一语地做了补充。意见统一后，茹烟对这次特别慰问活动进行了分工，乔主席提出具体要求。

会后，茹烟立即联系教育科，让其对因家庭困难引起思想波动较大的服刑人员进行摸底排查，很快，教育科为她提供了符合条件的一名服刑人员信息：姚犯，三十九岁，文河市孟阳县常会乡人，因抢劫罪被判处有期徒刑十三年，入狱后，一个未成年的儿子由年迈多病的父亲抚养，父亲因眼疾几乎失明，很少来狱接见，偶尔来一次也是由村民陪同，姚犯因此经常处于担忧、焦虑的状态之中，无心改造。

看了姚犯的情况后，茹烟觉得姚犯和他的父亲、儿子是挺让人担忧的，同时，她对姚犯产生了进一步的探究心，因为姚犯和她同乡，也是孟阳县常会乡的。茹烟暗想：姚犯是一个什么样的人？他为什么犯罪？他妻子呢？

带着好奇和疑问，茹烟查阅了姚犯的档案，不查便罢，一查让她大吃一惊，原来，姚犯的妻子是茹小芹！她的发小、同学、好友，因丈夫赌博成性，加之丈夫的打骂虐待，可怜的小芹不到三十岁就跳井自尽。

这个发现让茹烟顿时对姚犯充满了愤恨和憎恶之情，害死她好朋友的人，帮他做什么？当她这样想时，立刻给教育科科长打电话，问还有没有其他符合条件的服刑人员，教育科科长回话说筛查了三个人选，只有姚犯比较合适，其他两个服刑人员，一个离文河市较远，一个家庭状况比姚犯强些。

听了教育科科长的话，茹烟有些沮丧，"三八"节即将来临，没有多余时间在人选上摇摆不定，她极不情愿地接受了对姚犯家庭进行帮扶的事实。当承认了这个事实时，茹烟想：姚犯固然令人憎恨，可他年迈的父亲是无辜的，他的儿子既无辜又可怜，为了死去的小芹，去看看他们也许是必要的。

想到这里，茹烟忽然想起了"爱我所恨"四个字，这句话是她在省局组织的一次个别教育先进事迹巡回报告会上听到的。提出这个观点的人是省女子监狱教育科的赵科长，年近退休的赵科长说："⋯⋯每一个服刑人员都身负着让人痛恨的罪名，如果翻看一下他们的档案，惨无人道甚至是灭绝人性的犯罪手段会让你胆战心惊、深恶痛绝，你心底立时会涌起对他们的无限恨意，觉得对他们采取多严格的管教措施都不为过。可是，当今的监狱不仅仅是刑罚执行机关，还是学校、医院、工厂，监狱警察不仅仅是执法者、管理者，更是特殊的园丁和灵魂的拯救者。所以，监狱警察在工作中不能一味地'恨我所恨'、以恨对恨，应把狭隘的恨转化成宽广博大的爱，即以'爱我所恨'的工作理念和态度去面对和改造每一个服刑人员。这样我们的工作才能做好。"

茹烟不再犹豫，向乔主席汇报了姚犯的情况，乔主席同意她的意见。然后，她代表妇委会在广大女警中发出倡议书，号召她们对姚犯家进行慰问帮扶，女警们纷纷伸出援手，自发捐款五百余元。

2

三月八日一早，乔金明、茹烟、韦志苓及部分女警在教育科两名男警的陪同下前往孟阳县常会镇姚家坡村的姚某家，送去书包、文具、衣服等慰问品和慰问金。

乔金明拉着姚父的手嘘寒问暖，茹烟为姚犯的儿子穿上新衣服并把他揽在怀中。

茹烟望着姚犯的儿子，不由得想起了小芹，孩子那双乌溜溜的大眼睛跟小芹一模一样，这是一双充满了纯真、惶恐、无助的眼睛，让人看着心疼，他的嘴巴也像小芹，轮廓浑圆分明，如果小芹还活着，她漂亮、可爱的孩子就不会像根草一样地被丢在生活的风雨中。

茹烟收回思绪，用纸擦拭干净孩子脸上的鼻涕，慈柔地问："你叫什么名字？今年多大？"孩子说："我叫姚鹏，今年十三岁。""上几年级？喜欢学习吗？""六年级，喜欢，我能考到班前五名哩。"说到学习，姚鹏显得放松和自信。"哦，好孩子，继续努力，下次考到前三名了，阿姨给你奖励！"茹烟脱口而出。

姚鹏疑惑地问："真的？你还会来吗？""会的。"茹烟本想加一句"我和你妈妈是好朋友"，又一想当着乔主席及其他同事的面，说出来不太合适，就作罢，她接着问姚鹏："你姐姐呢？""我姐姐去广东打工了。""哦。"

当姚父得知他手中的慰问金来自监狱女警的捐助时，老人激动得两眼泛红、嘴唇颤抖、喉头哽咽，半晌说不出话来，过了一会儿，他拉住乔金明的手说："我那孩子是个罪人，危害了家庭，也危害了社会，这都怪我和他妈从小太娇惯他了，才落得如此下场，是你们给了他重新做人的机会，还拿着东西和钱来家里看我们，真不知该咋感谢你们呀！"

乔金明说："老人家，您见外了，这是我们的职责，监狱会帮助你儿子往好的方面改变，好让他早日回归社会，承担起家庭责任，也希望您多鼓励他、关心他，不能去看他的话，就多打打电话，让他树立重新做人的信心。"姚父眼含热泪连连点头。

从姚家坡返回单位后，乔金明、茹烟一行人在第一时间到狱内教学楼多功能厅，召集包括姚犯在内的十余名服刑人员共同观看慰问帮扶视频。当姚犯从画面中看到日夜牵挂的父亲和儿子，看到那催人泪下的一幕幕场景，特别是女警把他儿子搂在怀中并为其擦拭鼻涕的情形时，感动的泪水禁不住夺眶而出。

这一幕也触动着在场的每一位服刑人员，乔金明还对姚犯进行了个别谈话，引导他调整心态，坚强地面对人生路上的不幸和困苦。结束时，姚犯眼含泪花地对着乔金明和茹烟他们深深地鞠了一躬。

对姚犯的家访结束了，茹烟的思绪仍沉浸其中，她既感到欣慰又心情沉重，家访时的一幕幕场景反复在她的脑海里闪回：姚犯贫穷破烂的家、姚鹏那双酷似小芹的眼睛、姚鹏说到学习时兴奋的神情……尤其是姚父那双因患白内障几近失明的眼睛让茹烟心酸，老人在她们面前绝口不谈家庭困难，嘴里念叨的唯一遗憾是，他怕眼睛失明后就再也看不到儿子从监狱回来了。

老人的境况和话语让茹烟生发了深深的恻隐之心，她悄悄地通过姚犯所在监区进一步了解情况，知道了更多令人心痛的细节。今年春节前夕，姚犯十七岁的女儿在接见时告诉他：爷爷多年没有犯的气管炎复发了，患白内障的双眼也快看不见东西了，可他每天还得拄着拐杖摸索着下地干活。爸爸，我不上学了，我想出去挣钱给爷爷看病，也能让弟弟安心上学……

听着即将高中毕业又懂事的女儿的话语，姚犯心如刀绞，接见后情绪很不稳定，晚上失眠，出工时神情恍惚。

原来姚父担心双目失明后看不到儿子，主要是因为家里经济困难无钱医治！而身在狱中的姚犯想到家庭的困境，特别是父亲即将失明的双眼时显得焦虑异常，无心改造。

得知详情后，茹烟反复在想：姚犯所在监区干警已对他进行了谈话和开导，这一定程度上缓解了他的心理压力，工会、妇委会的家访也让他深切感受到了监狱的关爱，但这些只是暂时安抚了他的心，他担忧的问题并未得到彻底解决，从长远看，若能让他父亲重见光明，让他儿子能安心上学，帮他解除后顾之忧，才是稳定其思想的根本所在。

想到这儿，茹烟不免自嘲地摇摇头，觉得自己太自不量力：难道一个女警还能帮服刑人员解决实际问题？一方面她很怀疑自己，一方面暗暗地开始做有心人。

先从容易的做起，姚鹏的姐姐已外出打工，决不能让姚鹏再辍学，这一点茹烟是能做到的。和王实商量后，她决定以后资助姚鹏上学，每月给姚鹏爷爷寄两百元。

接下来，茹烟抱着试试看的心理四处联系能帮姚父治疗眼疾的医院。机缘凑巧，三月下旬，在文河市工会组织的业务培训班上，她认识了市明仁眼科医院的眼科专家兼主治医师郝大夫，并向他说明了事情原委，当郝主任得知茹烟是在为一名服刑人员亲属四处奔波时，动情地说："你能热心地帮助一个服刑人员亲属，很让我感动，让我们一起完成这次有意义的救助行动吧。"

很快，郝主任向院领导汇报了这一情况，经研究，医院安排郝主任亲自主刀，免费为姚父做白内障手术。

这个好消息让茹烟喜出望外，她立即向乔金明主席做了汇报，乔金明听后也很高兴，又迅速汇报给监狱党委，巩狱长、岳副狱长非常赞同工会的做法，表示监狱将全力配合眼科医院为姚父做好手术。

手术日期确定后，监狱派车前往孟阳县常会镇姚家坡村接姚父，当姚父得知是监狱女警的多方努力才让他得以接受免费手术治疗时，一时感动得竟说不出话来，激动的泪水止不住地从他满是皱纹的脸上流下来。

手术做得很成功，姚父痊愈后，监狱特批姚犯到医院看望父亲。

对姚犯来说，重新见到父亲的那一刻，他永生难忘，一世铭记。当年逾古稀的老父亲扔掉拐杖，健步向自己走来的一刹那，姚犯简直不敢相信自己的眼睛，做梦都没有想到父亲会这么快重见光明！他也根本没有想到，自己犯罪危害了社会，伤害了无辜，如今戴罪服刑，监狱和社会为了挽救他、感化他，对他的家庭进行看得见摸得着的帮扶。他满含热泪地对警官和医生说："这大爱和真情，我一辈子也还不完啊！"

受监狱领导委派，茹烟也去了医院。她站在教育科和监区干警身后，默默地看着姚犯和他父亲相见相拥的一幕，听着姚犯的感激之语，心里甚是欣慰，涌起几多感慨。这一幕正是她期盼的，这一幕又来得多么不易！如果当时她没有坚持"爱我所恨"，放弃对姚犯的家庭帮扶，就不会知道小芹孩子的情况，姚犯父亲的眼疾也不会得到这么快的治疗，更不会有今天父子相拥的场面。

茹烟相信，这一切将成为姚犯弃暗投明的重要转折，化为他改造路上的充沛动力。她想：姚犯若改造好了，减刑了，早点儿出狱了，担当起他该担当的家庭责任，他儿子姚鹏的人生想必不会糟糕到哪儿去。如果真是这样，她的好朋友小芹在九泉之下也能瞑目了，她茹烟也算尽了朋友之谊。

"这就是为您四处联系眼科大夫的茹警官，她还每月给您寄去两百元，好让您孙子上学。"茹烟正陷入沉思时，只听得教育科副科长董文宇看着她对姚父说。

"谢谢你呀，谢谢你！茹警官！"姚父拉着茹烟的手哽咽道。

"姚伯伯，别客气，这都是我力所能及做的事，看到您重见光明，我非常高兴！"茹烟微笑着说。

正当他们交谈时，姚犯扑通一声跪在茹烟面前，他一边磕头一边感激地说："谢谢茹警官，你的大恩大德我永世不忘！"

这一切，均被随同警官前来医院采访的《文河日报》"法治时空"栏目记者一一摄录下来。

第二十六章 　一波未平一波又起

1

　　四月底的一天中午，小荷放学回家后一句话也不说，绷着脸、瞪着眼，气呼呼地奔入自己房间，重重地把门关上。见此情形，茹烟和王实面面相觑，王实见不得宝贝女儿不高兴、受委屈，便忍不住去敲门，门未开，于是他侧脸贴门上问："是不是男生欺负你了？告诉爸爸他是谁，爸爸找他去！"

　　小荷不听则罢，一听爸爸的话霎时"呜——呜——呜"地哭起来。王实慌了，赶紧说："宝贝儿，别哭，别哭啊！有什么委屈说出来，爸爸给你撑腰出气。"小荷仍然哭得很伤心，王实在门口来回转着身子，不安地搓着双手，不知如何是好。

　　看到这种情形，茹烟是又急又气又恼，她早已看不惯王实溺爱女儿的做法，担心这样下去小荷迟早会被他惯坏了。以前遇到类似情形，茹烟总是试图以疾风般的严厉话语把弥漫在父女间的甜腻空气扫开吹散，有时能起到一点儿作用，但总体上收效不大，这让她感到无比忧虑又无可奈何。

　　王实的"故技重演"让茹烟厌烦至极，她走上前推开王实，隔门喊道："有啥事你快说，该上初中了还这样闹脾气、哭鼻子，像不像话啊?!"干脆、凌厉的话语穿过紧闭着的门直达小荷耳根。

　　听到妈妈的呵斥，小荷抽抽噎噎地止住哭泣，她感觉妈妈是真生气了，不过，她还是带着情绪地冒出一句："我不上学了！"

　　这话让茹烟和王实都吓了一跳，以前女儿在学校受了委屈，比如，哪个男孩"欺负"她了，哪个女孩嫉妒她了，她回来也会闹情绪、耍脾气，却从未说过"不上学"之类的话。茹烟开始意识到问题的严重性，便改用温和的语气说："你把门打开，跟爸妈好好说说是怎么回事，行吗？"小荷依然抽泣着不开门。

　　这时，子豪高声叫道："我饿了，快做饭吧。"王实瞄一眼钟表，已十二点半，于是赶紧进厨房炒菜。茹烟看小荷仍然不开门，只好转身坐在沙发上，心里直纳闷：到底是什么事儿让女儿情绪波动得如此强烈呢？她小声问子豪是怎么回事，子豪用怪怪的语调告诉她："呵呵，这回你女儿失宠啰。"茹烟看一眼儿子说："小孩子家懂啥叫'失宠'？快说说咋回事。"

　　"事情是这样的——"子豪故意拉长腔调，继续说，"早上一到学校呢，小荷就跟班主任说她的好记星学习机不见了，还非说是忘在了教室里，班主任就让我们全班同学帮她找，嘿，耽误我们一节语文课没上成不说，学习机也没找到。班主任感到被小荷耍了，就非常严厉地批评了她，有几个女生也跟着落井下石，所以嘛，你们的小公主受不了啦。"

　　"哦，原来是这样。"茹烟听了忍不住想笑，但又假装生气地问儿子："小小年纪咋那么多怪词儿啊？刚才怎么不告诉我？""刚才你们只顾哄她，把俺冷落到一旁了呀。"子豪一脸的委屈。茹烟摸摸儿子的头算是安慰，并问他知不知道学习机到底忘了哪里，子豪想了想，瞪大眼睛说："前天下午我俩回来后直接去了奶奶家，也许在那儿吧。"茹烟想起前天下午她和王实有事都回家很晚，而两个孩子多年来养成了只要他们不在家就去奶奶那里的习惯。

　　于是，茹烟立即起身去婆婆那儿，怕老人担心，只是简单说了几句，然后同婆婆一起到处寻找，最后，在电视柜与茶杯柜之间的缝隙里看到了学习机。婆婆埋怨自己说："哎呀，看我这啥记性，昨天倒水时看到这下面好像有个东西，可当时腰疼，就想着等子豪、小荷过来了让他们取，后来不知忙啥哩，就把这茬事儿给忘了。"茹烟没有责怪婆婆，只是笑着说了句"找到就好"，然后拿着学习机出了门。

　　回到家里，王实已和儿子在吃饭，茹烟把学习机举得高高的让父子俩看，王实忙用眼神向她示意着小荷的房间，茹烟乜斜他一眼后隔门大声说："学习机在你奶奶家找到了，把门开开吧。"

　　小荷听母亲这么一说先怔了下，继而才猛然想起是自己记错了：前天下午放学后，她把书包放奶奶那儿了，昨天学校开运动会，晚上把书包拿回来后因贪看电视，忘了检查须带物品，直到妈妈说找到之前，她都以为是前两天写作业忘教室里了。现在真相大白，她感到很羞愧，因为一个小小的学习机，班主任发动全班同学帮她找，结果耽误了一节课也没找到，反而在家里找到了。她知道班主任和其他老师都一贯地宠着她，只是今天的事情也太离谱了，难怪班主任当着全班同学的面批评自己！想到这里，她起来开了门，眼睛低垂着不敢看母亲。

茹烟看女儿两眼通红,脸上挂满泪痕,只说了句"赶快吃饭吧",然后把学习机放在她书桌上。看见女儿的可怜样,王实忙去取毛巾要给她擦,茹烟用手挡住他说:"让她自己擦。"小荷乖乖地接过毛巾,自己擦了脸,王实进厨房为母女俩盛饭。吃饭的时候,小荷一声不吭,把饭扒拉了半天也没吃几口。

茹烟看着小荷欲言又止,她想了想说:"下午到学校给班主任认个错,向同学们道个歉。"谁知小荷蹦出一句:"我不想上学了!"茹烟吃惊地看着女儿,面露愠色道:"就因为这点小事不上学了?"小荷哭丧着脸说:"我怎么上学啊?班主任以后再也不会相信我了,那几个可恶的女生说不定还会欺负我,对我冷嘲热讽,我没脸也没勇气去学校了。"

茹烟一听急了,提高嗓门说:"小孩儿家脸皮咋这么薄啊?学校是随随便便可以不去的?小嘴金贵得连道个歉都不肯?!"这时,王实接了一句:"她不想去就先不去呗。"听到这句话,茹烟一直忍着的火气终于爆发,两眼狠狠地瞪着王实说:"都是你惯的!行,你来管她,以后我不管了!"王实听了张着嘴巴愣在那里,一时不知说什么好,看看表已将近两点,他来不及和茹烟理论,便穿上警服出了门,下午的管教例会在等着他呢。这时,子豪对小荷说:"跟我一起上学去,别担心,谁敢欺负你了,哥哥给你出气。"小荷瞥了子豪一眼没吱声,也不动,茹烟见状便示意子豪只管自个儿上学去,她也换上警服准备上班,把小荷独自一人留在了家里。

2

上班后,茹烟心烦意乱、眉头紧蹙,苦恼于女儿怎么会变成现在这样,望着窗外,她回想着女儿的成长历程:一两岁的时候,女儿美丽、聪颖、可爱,很招周围人喜欢;三岁时能背一百余首唐诗,会跟着音乐翩翩起舞,茹烟和王实自然非常喜爱宝贝女儿,尤其王实把她奉若珍宝,宠爱、呵护有加,百依百顺;上学后,女儿的学习成绩一直位居全班第一、全校前三,三年级时,班主任和校长极力劝说茹烟和王实让小荷跳级,他们没同意,不过这件事足可反映出老师是怎样地以小荷为傲……

十几年来,女儿都生活在赞扬、掌声和鲜花的氛围中,不知不觉间,女儿的脾性显现出令人担忧的一面——急躁、任性、唯我独尊、好占上风。这与双胞胎的儿子迥然不同,子豪脾气随和、遇事谦让,只是中等的学习成绩与他那张一休似的俊秀脸庞和一双圆溜溜的机灵眼睛不太相称。

小荷的脾性和子豪的学习是茹烟最担心的方面，小荷的脾性更让她担忧，她曾多次和王实谈及这些，告诫他不要一味地顺着女儿，该管就得管，该批评就要批评，反复跟他说娇惯孩子的不良后果。

让茹烟气恼的是，王实表面上答应得很好，貌似听进了她的劝告，行动上却没多大改观，对女儿的坏习气听之任之，有时还"助纣为虐"。比如，上个月的某一天，小荷回来向王实告状说，有个男生想请她看电影，她拒绝了，可男生把电影票偷偷放在了她的文具盒里，王实一听火冒三丈，不跟茹烟商量，径自去学校把那男生斥责了一顿，结果男生的母亲找上门来，害得茹烟强压着心中怒火给人家赔不是。

王实对女儿的娇惯和"保护"不仅影响到她和同学之间的关系，还使得家里来客越来越少，这几年，家里若来了人，小荷一不高兴就会给人家脸色，有时还说难听话，这让茹烟很难堪。

茹烟的思绪又回到今天发生的事情上，她不免又气又急，这样下去，岂不是毁了女儿吗？

下午四点多，王实开完会回到办公室就给茹烟打电话，问她向老师请假没有，茹烟没好气地回他："没有，我说了已经不管了，要说，你跟老师说去！"

王实碰了一鼻子灰，犹豫片刻，他以谦恭的语气给班主任打电话："喂，王老师，您好！我是王君荷的爸爸，实在是不好意思，现在才给您打电话。上午的事情，我替女儿真诚地向您道歉，她的好记星学习机在家里找到了，请您放心。"

"没事的，找到了就好。其实上午也怪我没给王君荷面子。"电话那头，班主任语气温和。

"这哪儿能怪您呢？是我家丫头不好。"

"上午主要是耽误了一节课，在同学中影响不好。这之前我从未批评过君荷，她中午回去是不是闹情绪了？"

"是，哭了半天，饭也没好好吃，下午还死活不肯上学，我和她妈也没办法。"王实照实说了。

"这丫头气性还真不小啊，一下午不来上课，对她来说影响不大，晚上你们好好和她谈谈，明天来上学就行了。"

"哎，好的，好的，王老师，谢谢您！"王实的语气依然很谦恭。

挂断电话，王实疲惫地闭上眼睛，身子往后紧靠着椅背，陷入沉思：今天茹烟生他的气纯粹是因为女儿，他自知理亏，同时又觉得茹烟在孩子面前缺乏足够的耐心。随着孩子一天天地长大，他俩总是因孩子摩擦不断，特别是在女儿的教育问题上，茹烟经常跟他红脸，责怪他教育无方，他心里也清楚自己对女儿有些溺爱和偏心，有时看到小荷任性耍横的样子觉得也应该管管，但他就是下不了狠心，总觉得茹烟已经在女儿面前一副严母的形象，自己就得做个慈父，他不想让女儿受委屈。不过，今天的事情着实吓了他一跳，他感到是得和女儿好好谈谈了。

晚上，小荷房间。

"闺女，下午在家干什么？"

"不干啥，很烦恼，很郁闷！"

"小孩子家有点儿烦恼很正常，这哪儿来的郁闷啊？"

"谁是小孩子？我快十二了，别老把我当成小孩子！"

"好好好，你是小大人了。跟爸爸说说，学习机已找到了，我也替你向老师道歉了，你还郁闷啥？"

"我不想见那几个叽叽喳喳的女生，听豪豪说，她们嘀咕着要向学校反映情况，说班主任为了我什么过分的事都做出来。爸爸，你知道我最忍受不了的是什么吗？"

"什么？"

"倩倩也参与到她们的阴谋中！你想不到吧？"（倩倩与小荷同班，是王实一个姨表弟的女儿）

"哈哈哈，闺女呀，你真是温室里的花朵经不起风吹雨打啊，就这点小挫折都受不了啦？那爸爸在工作中遇到那么多难题，比方说，受到领导批评或者他人质问啊啥的，如果像你一样，岂不是早被打趴下，不能上班了？"

"我……"

"别想那么多了，只当什么事都没发生，明天上学去。若有同学跟你过不去，你就向班主任反映。"

"我不，心里这股气儿还没下去呢！"

"可是，不上学总不是个办法呀。"

"反正那些课我都懂，我才不稀罕听老师讲。"

"爸爸相信你不会落下功课，但是，你也明白，学校是一个讲纪律的地方，就像我们上班一样，哪儿能说不去就不去呢？"

"反正我这两天不想去，等这股气儿顺了再说。"

"闺女，你这不是为难爸爸吗？你说，我怎么跟老师请假？又怎么跟你妈说？"

"我不管，那是你们的事。"

王实摇摇头，很无奈地走出女儿的房间，茹烟看他皱着眉头的样子，知道"谈判"没啥好结果，王实走近她低声说："我看她这两天决意不上学了，我说服不了她呀。"茹烟吃惊地大声问道："什么？不上学？"她边说边要去小荷房间，被王实拦住了，她又顺势把王实拉到他们的卧室，把门关上，气恼地说："看你把她惯成啥样了?!"看茹烟生气了，王实辩解道："不是我不让她上学啊，是……""行了行了，你甭跟我解释，要请假你跟老师请假，这回我彻底不管了！"她打断了他的话。

茹烟这一说提醒了王实，他赶紧拿起电话向班主任请假，难为情地说："王老师，这么晚了还打搅你，真不好意思，那个，王君荷晚上拉肚子，需要休息两天，这两天先上不学了，可以吗？"电话那头传来班主任迟疑而平静的声音："这么巧啊？那好吧。"

临睡前，茹烟背对着王实躺在床上，王实仰脸躺着，手臂交叉放在脑后。两人默然不语，都在为女儿心烦不已，不知道下一步该怎么办。

3

女儿尚未让茹烟安宁下来，母亲又来家里添堵。母亲是在五一前的一个工作日中午来家里的，她面容愁苦、眼神忧伤、双眉紧蹙，茹烟一看这神情就知道母亲又生气了。母亲不生气一般不会来她家。

说心里话，她害怕母亲在生气的时候来，她已听了太多次母亲的倾吐、抱怨和哀叹，实在很怕听，可是，她不听，谁听？哥哥和弟弟才没有耐心听母亲的唠叨，只有她这个"小棉袄"才是母亲认为合适的倾诉对象。母亲大老远地来闺女家寻求安抚，尽管茹烟心里一百个不愿意，也只能硬着头皮听了。这一次，母亲是因为啥事儿生气了呢？

吃饭时，母亲没怎么动筷子也没多言语，茹烟知道母亲还是有所顾忌的，只她一人在家时，母亲才会打开话匣子。下午，单位没什么要紧的事，她请了假在家陪母亲。

"你又生啥气了?!"她不耐烦地问母亲，语气生硬，表情也不是晚辈对长辈该有的恭顺样子。母亲并不在意，自顾自地倾吐着，痛批着父亲的种种不是，茹烟感觉母亲的"新仇旧恨"像决了堤的洪流一样快要把她淹没掉，又觉得母亲的每句话都如毒虫一般在她身上噬咬，让她想狂跳起来狠狠甩掉。

"这点儿事你都值得生气？""你真是爱生气！""你不是信基督信耶稣吗？

咋还是遇到啥事儿想不开呢?""我爸就那样,你不跟他一样,不就没事了?"……茹烟一次次无礼地打断母亲,不过,她的无礼对母亲来说根本没用,母亲依然声泪俱下地控诉着父亲的"恶行"。

其实,茹烟听得出来,母亲这次生气,父亲的不是多一些。去年弟弟把他照相馆的一台旧电脑给了父亲,本想让父亲闲暇时解解闷,始料不及的是,父亲对电脑一下子着了迷,且痴迷至极,除了吃饭、睡觉、干必要的活,其他时间都给了电脑,往往一坐就是四五小时,以前晚上九点多他就睡了,现在经常熬到深夜。

父亲跟弟弟学过照相,旧电脑刚拿回家时,他对 Photoshop 很感兴趣,戴上花镜拿着教科书一点一点啃,同时在电脑上一步一步学如何操作,愣是在不到两个月的时间里学会了照片编辑、图片设计等技术,学会后还乐滋滋地给家人、村民制作和修复照片。

父亲给母亲拍摄制作的一张头像照看着颇有风度,用王实的话说俨然一个女县长,母亲自然很高兴,当时逢人便夸父亲心灵手巧,茹烟也曾把自己挑选的二十余张个人写真让父亲修复,效果让她格外满意。她挺佩服父亲的,觉得一个六十多岁的人竟然能学会用好 Photoshop,要知道,弟弟的水平也比父亲高不到哪儿去。

然而,茹烟对父亲的敬意没持续多久,来自母亲的抱怨就传到她耳朵里,父亲学会 Photoshop 后,兴趣开始转移,编辑照片渐渐少了,开始用 QQ 聊天、玩红心接龙等游戏。他玩起来是没有节制的,母亲把饭端到他跟前,他要么一只手端着饭碗,一只手继续手握鼠标在电脑世界里遨游;要么接着玩,饭凉了再热,把母亲气得不行。

茹烟和弟弟曾劝父亲少玩电脑,父亲当时答应得很好,过后依然我行我素。他像迷恋上网的孩子一样,在自己的一方小天地里玩得不亦乐乎,却不知老伴及子女们的担忧在与日俱增。

母亲说,前些天让父亲跟她一起去磨面,好说歹说他就是不去,催急了,父亲在电脑前头也不回地丢一句"非得磨面,不能买点儿面吃",母亲听气更大了,连吵带骂地非要逼他去,父亲一时也气上心头,就动手打了母亲,母亲大哭一场,然后带上降压药和几件衣服来了茹烟家。

母亲的哭诉持续了一个多小时,茹烟看她说得没劲儿了,就趁机让她睡会儿,母亲长叹一声,茹烟知道她的倾吐已告一段落,也知道母亲接下来该睡觉了,于是去卧室铺了床。

母亲睡下后,茹烟也觉困意袭身,便斜靠在沙发上眯眼打盹儿,倏忽间,她便进入似梦非梦状态，不过，她很快醒了过来，看看表，四点一刻，她起来喝了水坐回沙发，糟糕的心绪又逐渐蔓延到她的周身，一连串疑问和想法在脑海里集聚：为什么母亲这样爱生气？为什么她一见母亲来家里就头皮发麻？不管母亲说得对与不对，她都不想听，她也知道语气生硬地抢白母亲不应该，过后也很自责，可每次听到母亲的抱怨和唠叨就忍不住想发火。

4

茹烟想，母亲生气了只管一股脑地往外倒，不顾女儿是否愿意听，能否承受，她可从来没有向母亲倾吐过工作或生活上的矛盾、烦恼和不顺，母亲在其他方面是常替别人着想的，怎么一生气就变得这样自私了呢？再往深里想，她觉得母亲不仅自私，而且有点儿"欺负"女儿！从体型上看，比自己高五厘米的母亲天生一副好身板，除了血压高没什么毛病，体格康健、身材丰满。母亲啊母亲，您为什么不想想，身材纤弱的女儿能否承受得了您一次次的精神折磨？

想到这里，茹烟居然恨恨地看了母亲一眼，特别是听到母亲轻微的鼾声时不由自主地咬紧了牙关。天哪，她竟然憎恨母亲！要是母亲或别人知道了她的心思该多么可怕啊！

别人？桂莉、何竹、唐韵的父母都是怎样的？茹烟不清楚，但她知道婆婆跟母亲不太一样，她性情温和、不急不躁，跟孩子们相处得很好，据王实回忆说，他父亲在世时跟母亲没有拌过嘴，更别说争吵打架了。还有姑妈，整天乐呵呵的，不仅没有听她说过姑父的不是，相反，整天夸姑父这好那好，和姑父恩爱得一塌糊涂。唉，父母的关系怎么不能像姑妈姑父那般融洽呢？母亲这一点为什么不像婆婆和姑妈呢？

可是，母亲和父亲的关系并非一直这般糟糕啊。自茹烟记事时起，父母恩爱的情景多得像天上的星星数不清。

过年时，父母一起忙着做好吃的，有次是父亲把母亲喂了一年多的肥猪杀掉后处理猪头、猪脚和猪皮，一遍遍地洗净猪下水，母亲则把父亲加工过的猪头、猪肉分别煮了做成皮冻、卤肉；有次是母亲一边准备着各种花样的面点，父亲则用筷子在油锅里拨拉着令茹烟垂涎欲滴的炸食……

忙完吃的，初一那天，父亲会为母亲染了头发才出去和同辈人打牌、聊天，还会在小院上方的墙头装上高音喇叭，播放母亲喜爱的经典戏剧唱段。

茹烟记得十岁秋季的一天，父亲带母亲去看日本电影《望乡》，她闹着也要去，父亲不让她去，以至于从那时起她对这部充满神秘感的电影就一直很向往，等她上大学时看了该电影，才知道父亲不让她看的原因。

母亲高兴时经常同茹烟说起父亲的各种好：父亲写的字好、文章好，会吹口琴、会唱歌跳舞，说他们订婚前父亲在一次乡文艺演出中唱的《红星照我去战斗》赢得了她的芳心，说刚结婚时父亲拉着她的手在山坡上割草，说父亲从不阻拦她往娘家拿东西，比茹烟的两个姨父大方，还说若不是父亲在乡中学上班，茹烟的小舅就上不了高中……

母亲和父亲什么时候开始失和的呢？茹烟想着，回忆着，大概是从一九八三年开始的吧。那一年，因为政策原因，在乡中学教书的父亲回乡务农，个子高大身体并不强壮，一身书卷气的父亲不善于干农活，而家庭联产承包责任制的实行、母亲勤快又急活的脾性，像两把锯一样把原本恩爱的夫妻关系拉开越来越大的裂痕，争吵、怄气、摔东西、打骂，矛盾不断升级。

哦，对了，母亲当村干部应该也是导致两人关系每况愈下的重要原因。母亲是一九七六年被举荐当上村妇联主任的，在那个年代，抓计划生育是头等大事，因为母亲认真负责，头脑又机智灵活，干了几年后，深得乡里领导的好评，奖状、奖品经常拿回家。

渐渐地，母亲喜欢在父亲及亲友面前夸耀起自己的"丰功伟绩"，语气中多了些"领导干部"的意味，在从教师跌落到农民身份的父亲眼里，母亲不再单单是以前那个美丽、贤惠、温顺、靠他供养的妻子了，她的精明能干博得了他人的欣赏和感恩，却成了破坏夫妻感情的"第三把锯"。

母亲醒来时已五点半，见母亲起来了，茹烟给她倒了一杯水，母亲喝完药便开始了新一轮的倾诉，又说起父亲以前惹她生气的事，还扯到离婚后一直未成家的哥哥，说起惹她生气的弟媳时，又把她如何与茹烟的爷爷奶奶和睦相处的件件往事自豪地叙述一遍……

这一次，茹烟耐着性子听，克制着自己胸中的反感和怒火，以平和的语气回应母亲，谁知母亲受到鼓励一般说得更起劲了，语调也渐渐高起来，茹烟顿感自己的厌烦情绪又在胸腔里翻涌，她忍不住说了句："妈，您小点儿声，周围邻居会听到。"母亲只好不情愿地降低语调。

晚上，茹烟跟母亲说让她多住几天，散散心，也趁机歇息一下，等过节了陪她逛逛街。母亲在她家是住不踏实的，一会儿说鸡狗没人喂食了，一会儿又说晓丹晓静放假回去了奶奶不在家不中，所以，尽管茹烟给母亲做好吃的、带她下馆子、逛公园，还买了鞋服，但她能看得出，母亲的心早已飞回了家，只是在等父亲来接。

　　母亲住到第四天时，父亲果然来了茹烟家，当着她的面向母亲赔不是，母亲自然少不了复仇般地数落父亲一番，茹烟也苦口婆心地劝父亲少玩电脑，父亲连连点头承认错误，表示再也不像以前那样玩电脑了。父亲能不能做到，茹烟和母亲都说不好，不过，父亲的到来和认错为一场台风般的家庭风波画上了句号。

　　母亲跟父亲回去了，看着他们远去的背影，茹烟暗自猜想和祈祷：下一次他们的矛盾会是什么时候呢？但愿与这次的间隔时间能长些吧！

第二十七章　心理探秘

1

在工会，让茹烟感到欣慰的一点是出差机会较多，她时不时地能参加一些省里或市里组织的业务培训，并能在培训班上认识一些她想认识的人，比如，明仁眼科医院的郝大夫，省黄河监狱的赵华。

五月中旬，在省局工会组织的业务培训班上，茹烟结识了赵华，并有幸通过赵华了解到一门与大众工作生活息息相关的学科——心理学，从此，茹烟踏上了心理奥秘的探寻之路。

赵华也是工会副主席、工青妇主任，长茹烟三岁，两人同住一室，当得知彼此都认识柳梅并跟她学过舞蹈时，关系便近了一步。赵华高挑个儿，身材匀称，皮肤细白、紧致，圆润的脸上架着一副近视镜，短发型看起来干练清雅，容貌和气质让茹烟想起影视演员徐帆。

两人聊得很投机，深聊时，茹烟说起女儿教育和母女关系方面的烦恼和困扰，赵华就劝她学习心理学，说学了心理学，她的烦恼和困扰不敢说完全消除，至少会减少许多，赵华还以自己的经历说到心理学的作用，她问茹烟："你看我是不是浑身都洋溢着幸福感的女人？"茹烟说是的，赵华意味深长地笑了笑，对茹烟讲了一段她曾经的痛苦经历。

"我是一个离过婚的人，妹妹你想不到吧？"赵华悠悠地说着，渐渐陷入回忆之中。

"是吗？姐，我看不出啊。"赵华的话着实让茹烟感到意外。

赵华停顿片刻，平静地说了起来。

三年前的事了。我因前夫有外遇离的婚，当时我苦恼极了，对前夫出轨怎么都想不通，我和他是四年的大学同学，感情基础很好，婚后有个聪明可爱的儿子。他是个浪漫的男人，过情人节或者我生日啊什么的，都会送我鲜花，还经常为我买衣服、首饰，周围的小姐妹们都很羡慕我，我更是幸福得掉进蜜罐里一样，从未想过他有一天会背叛我。

可是，当我发现他回家越来越晚、衣着越来越讲究并闻到他身上不熟悉的香水味时，我的心碎了，当我斥责怒骂他一通后，他索性离家住到单位长期不回，我只能整日以泪洗面，一个月都没上班，不知道该怎么办。

这时，闺密向我介绍了一位心理咨询师，我抱着试试看的心态走进心理咨询室。意想不到的是，埃利斯的合理情绪疗法帮我一步步地走出情感困境，那段发人深思的"苏格拉底与失恋者的对话"让我幡然醒悟，于是我不再一味地痛恨那个负心郎，而是从迷惘无助的受害者角色平静转身，意识到维持婚姻无望后决然离婚。

一年多以后，我有了新的生活，现在的丈夫没有前夫长得帅，职位、收入也没有前夫高，人却是忠厚本分，对我关爱体贴，我的伤痛慢慢得到了疗愈。

讲到这里，赵华的语气中多了一些感慨和感激，她说："茹烟，如果那段日子没有心理咨询师的温情陪伴和专业引导，我真不知道能不能从婚姻危机中走出来，也不知道自己现在会是什么样子，当我亲身体验到心理咨询的好处后，毅然参加了心理学的学习，并于去年拿到三级心理咨询师职业资格证。"

讲完这些，赵华还特意补充一句："茹烟，生活中所谓的不幸、困扰与痛苦，全在于你怎么认识它，换个角度看问题，心就会豁然开朗。"

茹烟对赵华说的合理情绪疗法不甚明了，但猜想它一定有神奇的力量，于是点点头表示认同，同时兴奋而好奇地问她一连串的问题："学心理学难不难？""枯燥吗？"……

"只要你想学，就不会觉得难，并且越学越觉得有意思呢。"赵华笑着回答，然后饶有兴致地谈起精神分析大师弗洛伊德、荣格，谈到他们关于人性的论述和梦的观点，谈到人格的完善和自我成长，教茹烟如何运用系列位置效应让老师关注孩子的技巧。

茹烟听得津津有味，连连感叹着、问着："哎呀，真不错！""我也要学！""怎么报名？""学费多少？"

交谈中，赵华问茹烟认不认识东川监狱的苏玉卿，茹烟欣喜地说："当然认识呀，我和她是多年的好朋友呢。"赵华一听也很兴奋，说："这越说越近了，我和她是在武汉的一个精神分析培训班上认识的，和她很谈得来，我俩同时拿的三级证。"

2

　　培训归来，茹烟很快将意愿付诸行动。通过多方打听，她得知文河市有好几家机构开展心理咨询师职业资格考试培训，还了解到尚源培训学校比较正规，师资力量较强，更吸引她的一点是，该校比其他培训机构开课时间早，六月九日即正式上课。如果选择该校，她就有近半年的学习时间，通过考试的可能性会大得多，当她这样想时心里便有了主意。

　　报名交钱时，该校一名矮矮胖胖的女工作人员一边递给茹烟书，一边笑着说："先从社会心理学和发展心理学两章开始看吧，这两章容易理解，看了这两章，你能很快对心理学产生兴趣。"茹烟欣然应道："好。"回单位后，茹烟像个听话的学生一样认真预习这两章，利用闲暇时间阅读近两百页的内容，对不太理解的部分一一予以标注。

　　一天晚上临睡前，王实看她手捧书本专注学习的神情便忍不住问："有这么好看吗？""嗯，啊？当然好看啦。"茹烟眼睛不离书本，心不在焉地应着。"是吗？让我瞧瞧。"王实一听来了兴致，她极不情愿地递给他，说："我今天的任务还没完成呢，你快点儿。"

　　王实接过书，随手翻看着——需要层次理论、气质、人格理论、沟通与人际关系……当他翻到"青春发育期的心理发展"一节时多看了几眼："少年期的主要特点是身心发展迅速而又不平衡，是经历复杂发展又充满矛盾的时期，因此也被称为困难期或危机期。""容易出现心理和行为偏差。"

　　这些内容让他想到了女儿，好记星学习机丢失事件很快浮现于眼前，内心陡生一种恐惧感，他脱口说了句："我跟你一起学吧？"茹烟先是惊奇地睁大眼睛，然后说："行啊，你真有必要学学。"王实无奈地摇摇头，说："很想学，可惜抽不出时间啊，要不，你学了给我讲讲吧？""就知道你会说这话，得了，赶快把书给我，有好几页没看完呢。"王实说："这都十一点了，睡觉吧，明天再看。""那可不行。"茹烟说着从他手里夺过书。

　　尚源学校位于文河市东南部，距西岭监狱二十余公里。六月九日清晨，茹烟早早地起了床，当她洗漱完毕、捯饬一番后，王实已做好饭，她笑着看他一眼说："表现不赖呀，对我第一次上课挺支持嘛。""那当然，今天你尽管放心听课，我来当家庭妇男。"王实嘿嘿一笑。吃完饭后，王实骑摩托车送她去学校。

　　到校时，离上课时间尚有二十分钟，茹烟找了一个第二排中间位置坐定后，开始打量教室：白色墙壁上疏密有致地挂着几幅书法作品，内容是名人名言和心灵寄语之类，墙角放了几盆吊兰和文竹等绿植，教室里弥漫着王菲、汪峰等人的歌曲，这种氛围她很喜欢。

教室里陆陆续续到了有十几人，女的居多，看上去年龄从二十多岁到五十多岁不等，直到九点正式上课，茹烟只看到两名年轻男士。

讲课的是尚源学校的负责人兼讲师杜嘉，茹烟报名时见过她，三十岁左右，整齐不等分的黑短发，个子小得比茹烟矮半头，除了白皙的皮肤和一双粉嫩的手，茹烟没发现她身上还有什么女性魅力，不过，杜嘉自信的目光、自如的谈吐以及讲究的服饰让茹烟觉得她不可小觑。果然，杜嘉台上一站，小身板里散发出的阳光气息和自信洒脱的气质立刻吸引了所有听课人员，她抑扬顿挫的声调、生动活泼的讲课风格更是让大家屏息静听。

讲课之前，杜嘉在黑板上写了一首《插秧歌》，然后边朗诵边配以肢体动作，接着带领大家一起做，课堂气氛立时轻松活跃起来。

正式上课后，杜嘉从《心理咨询师（基础知识）》一书的第二章社会心理学开始讲起，解释说："相对于第一章基础心理学而言，社会心理学比较浅显易懂，而且它与每个人的工作生活息息相关，从某种意义上说，人人都是业余的社会心理学家。"

杜嘉讲课并非照本宣科，而是在书本知识与课外链接之间来回穿梭，这让茹烟既熟悉了课本又开阔了视野。她喜欢看杜嘉播放的有关社会心理现象的图片和视频，喜欢听杜嘉讲心理学的发展趋势和在现实中的运用，有这样一段介绍让茹烟触目惊心。

二○○一年全国第三次精神卫生会议上公布的数据显示：我国每百人中就有一人患严重的精神疾病；平均每天有近600万人死于自杀；17岁以下青少年中，每7人中就有1人受到各种心理行为问题和精神障碍的困扰；心理或精神疾病约占全国疾病总负担的五分之一，位居榜首。根据相关部门的预测，今后我国各类精神卫生问题将会更加突出，2020年精神疾病的负担将上升至疾病总负担的四分之一。

当她看到这段文字时，想起了赵华，想到了女儿小荷，想到了父母。思想正跑神时，她听到有人问："老师，咋会有这么多人患心理疾病？我瞧着周围的人都很正常啊。"

杜嘉听了淡淡一笑，沉稳地说："这个问题问得好。由于咱们国家心理卫生工作起步较晚，宣传力度还不够，所以，人们对心理疾病了解得很少，甚至存在一些偏见，其实，人的身体会得病，心也会罹患疾病，就像人会感冒发烧一样是很正常的现象，有不少专家提出'心理健康是一个人健康的核心'的观点，心理是一个动态的过程，几乎每个人在其一生中的某些时刻都会遇到一种或几种心理疾患，但大部分人习惯于看身体上的疾病，而不大愿意或不知道医治心理疾患，这样你自然认为周围的人都很正常了。"

杜嘉停顿了一下接着说："值得欣慰的是，现在咱们国家越来越重视国民的心理健康问题，普及心理健康知识，大力培养心理学专业人才，你们学了这个既可自助又可助人。"茹烟听后心中充满了喜悦和期待。

下午正式上课前，杜嘉看到大家无精打采的样子，就轻声说："现在天热，你们中午可能都没休息好，现在我用几分钟的时间让你们体验一下全身放松，好不好？"大家齐声说："好。"

当柔美、低沉、舒缓的催眠音乐开始在教室弥散时，杜嘉用极其柔和缓慢的语调轻语浅吟：请你坐好，调整一下姿势，尽量地使自己感到放松和舒适，闭上眼睛，深呼吸……

当茹烟做完深呼吸时，感到内心沉静了下来，杜嘉继续指导他们从头到脚依次放松时，茹烟感到全身每一处肌肉都松软了，眼皮沉沉地想进入梦乡，而当她迷迷糊糊地听到杜嘉说"你来到了夏日的海边，海风轻抚着你的脸，海浪轻拍着你的脚……"时，她仿佛一下子回到了几年前曾去过的山东日照海边，惬意地躺在清澈温暖的海水里，海风沁人心脾，海浪荡人心怀。

正当茹烟沉醉其中时，蒙眬中听到一句"现在我数三二一，请你们慢慢睁开眼睛，三——二——一——"，茹烟很不情愿地睁开眼睛，看到杜嘉模糊的身影，才猛然想到是在教室，随后，杜嘉开始上课，茹烟感到昏昏沉沉的脑袋清醒了许多，睡意全无。多么奇妙呀！仅仅不到十分钟的时间，她像是清晨从做了美梦的夜晚醒来，感到全身舒坦极了。

一天的课程即将结束时，杜嘉让每个人用一两句话谈谈学习心理学的初衷和目的。通过各人的分享，茹烟发现大部分人与她有着共同的需要和目标：疗愈自己，提高生活质量，让自己身心更健康；处理好家庭矛盾，使家庭关系更和谐；改善各种人际关系，等等。

茹烟怀着浓厚的兴趣上了第一次课，而第一次课的精彩激发了她的学习动力。此后，无论炎炎烈日还是刮风下雨，也无论遇到多大的困难，她都坚持按时到课。

这是不容易做到的，大部分时间，她坐公交车前去，王实偶尔会送她一次，他总说当了监狱领导骑摩托车不体面，听他这么说，茹烟有些不高兴但也没办法，有时会跟他说不如家里买辆车，反正他俩都已拿到驾照，王实就说她只是学习几个月，家里钱不宽裕，先凑合一下，若豪豪和小荷考上文河市第二外国语学校，为了接送孩子，哪怕借钱也要买，茹烟知道他说得在理，也知道他花钱一向保守，心里有几分不高兴，却也没说什么。

听课的兴致消减了茹烟来回奔波的劳累，每一章节的内容都如同儿时看的《一千零一夜》故事般强烈地吸引着她，让她迫不及待地探求未知，寻找答案。当她学习了发展心理学一章后，深切意识到遵循心理发展规律抚养教育孩子的重要性，认识到父母拥有健康的人格和心智是孩子健康成长的前提，对照书中所讲，她开始反思自己教育孩子的得失，并和王实共同探讨如何对待正处于生长发育关键期的孩子，探讨如何应对心理出现偏差的女儿；学习埃利斯的合理情绪疗法时，她又想到了赵华，还试着用这种方法重新看待和分析以往看不惯想不通的事，竟然有了不同的领悟，情绪也随之改变；阅读大量的案例时，她发觉案例中的许多情节似曾相识，从而回想起十几年前自己因两次考试失败后产生的不正常心理，为那时候没有接触到心理学感到遗憾。

老师们的授课，除了少数时候让茹烟感到没劲、想打瞌睡外，其讲课水平总体上没让她失望。

讲"基础心理学"的王老师深入浅出，把晦涩枯燥的知识讲得形象生动、便于记忆，比如，当提到科学心理学诞生的标志是德国心理学家冯特于1879年在莱比锡大学建立世界上第一个心理学实验室时，她说你们可以把1879联想成"一把气球"，那么就会永远记住这个时间了。

讲"测量心理学"和"咨询心理学"的江兰老师和茹烟年龄相仿，她讲课时神情沉稳、语调平和，能把茹烟最不擅长的心理学公式、量表等知识讲得鲜活生动。她站到讲台上不说话，茹烟就能感到她身为心理咨询师特有的气场，让人不由自主地想听她讲，想找她倾诉。

讲"发展心理学"的罗老师曾经是中小学的校医兼心理辅导员，这个背景让她讲起课来能够将理论和实践紧密结合，工作中积累的大量个案让她信手拈来。

讲"变态心理学"的章老师是文河市精神病院的主治医师，实践经验丰富，讲课诙谐幽默，爱穿插些心理学小笑话，因而教室里不时荡漾起阵阵笑声。

在监狱工作久了的茹烟非常渴望与社会上的不同人员交流，了解他们与她不一样的工作和生活，五个多月的学习正好满足了她的愿望。

随着时间的推移，十几个学员彼此从不认识到认识，从认识到熟悉，学习结束后，茹烟与其中的几个学友还时有联系，比如，曾女士，广东人，三十岁，一双水汪汪的大眼睛，一头瀑布似的黑发，身材娇小柔美，浑身散发着南国女子的灵秀气韵，大家都称她"小美女"，还说她跟茹烟有几分相像。"小美女"还是才女，身为文河市一家知名幼儿园的老师，工作中敬业勤奋、肯动脑筋，探索出许多适合幼儿的教学方法，受到家长和社会的广泛好评。学习期间，她经常对大家说："我学心理学不单是为教育好自己的孩子，也是为了更专业地带好幼儿园的孩子们，让家长满意。"她学习非常用功，上课时，因与茹烟坐得近，茹烟见她的书本上用各色笔细致标注，笔记也记得很认真。

"小美女"的热心肠也给茹烟留下了深刻印象，她经常给大家带水果吃，老师讲课的电脑出了故障，她主动帮着维修，还为茹烟提供了不少课外心理学书籍和信息。

课间休息为她们提供了难得的短暂交流机会，学校组织的以"我是谁"为主题的沙龙活动一下子拉近了她们彼此之间的距离，每周一次的相伴是她们期待的美好时光。

不过，学习毕竟是学习，不可能总是有趣、轻松和愉悦。随着学习的深入，头疼、疲惫、单调、焦虑甚至郁闷的感觉和情绪时常袭扰着茹烟，她曾经以为法律学科里的概念最多也最难记，现在却感到心理学有过之而无不及。

感觉阈限、力比多、内脏性幻觉，突触、深度知觉、晶体智力、移情等多如牛毛的心理学概念像跟她玩捉迷藏一样，总是不肯清晰地进入她的脑海；勒温、杜威、艾宾浩斯、铁钦纳、桑代克、郭念锋、许又新、钟友彬、李心天等一个又一个中外心理学家的名字让她总记不清；离差智商、明尼苏达多项人格量表、九十项症状清单、抑郁自评量表等诸多难以理解的心理学公式、量表更让她头疼，她时常为记不住也分辨不清它们而焦虑。

随着考试日期的临近，大量单调地做题、满脑子飘浮的"幻觉""妄想""神经症"等概念，一个个案例中当事人的不健康（或异常）思维和行为在增加茹烟焦虑情绪的同时，也在磨蚀着她的热情，不断考验着她的心理承受能力。除了学习本身的困难，她还要抵御身体的劳累和疲惫，解决好学习与工作以及照顾家庭的矛盾。

不过，学习中初步培养的觉察力和自我修复能力帮茹烟一点一点地转化了不良情绪，从而让学习成为累并快乐着的过程。考试前的那段时间，她想办法提高记忆效果，比如，将课件录制到 MP4 上，充分利用一切可利用的时间反复听、反复记；她放弃以往逛商场、做美容、唱歌跳舞等所有爱好，专心投入考前学习中。王实也给了她有力的支持，消除了她的后顾之忧。

十一月中旬的周末，茹烟胸有成竹地走进了心理咨询师国家职业资格统一考试的考场，一上午的时间，她专注地书写着答案，走出考场后，满脸的疲惫掩饰不住她的笑容，当别人问她考得怎样时，她嘴上说"一般吧"，其实内心感觉自己答得很不错。果然，两个月后公布的考试成绩印证了她的判断，理论知识和操作技能均以较高的分数顺利过关，她一时兴奋地在王实和孩子面前跳起了欢快的舞蹈。

3

等待三级心理咨询师资格证书颁发的日子里，茹烟并未停止学习：坚持看中央电视台每周播放一次的《心理访谈》节目，阅读《诊疗椅上的谎言》《日益亲近》《登天的感觉》等书籍，观看《当尼采哭泣》《心灵捕手》《爱德华大夫》等心理电影，还经常与苏玉卿、赵华、"小美女"及江兰老师等人交流心得。

二〇〇八年元旦过后的一天晚上，王实看她靠在床头专注地看着心理学书籍，开玩笑说："我对你有意见了啊，对心理学比我还亲，这样下去怎么能行？"茹烟顺着他的话说："没错，它是我的另一个亲密伴侣，而且不会惹我生气，比你强多了。"王实佯装生气，说："那你以后跟它生活吧，看谁给你做饭、捶背。"

茹烟抬起头，向他展现一个娇媚的笑容，温柔地说："它是我的精神伴侣，你是我的生活伴侣嘛。"王实被她的软语撩动，于是把她紧紧搂在怀里。

过了一会儿，王实说："告诉你个好消息，我也准备学心理学了，和你来一个妇唱夫随，怎样？"茹烟惊奇地问："真的？""那还有假？前段时间，西岭监狱和文河市心理学会达成协议，春节过后，咱单位将在干警中开展三级心理咨询师资格学习培训工作，据政治处统计，现在已有八十余人报了名。"茹烟兴奋地说："那好啊，以后我来当你的辅导老师，有不会的尽管向俺茹老师请教。""能的你。"王实轻捏一下她的鼻子，关了灯。

第二十八章 成长体验

1

半年后，茹烟终于拿到了国家三级心理咨询师职业资格证书。看着大红烫金的资格证，她暗自思忖：它究竟能让我做些什么，又能给我带来什么呢？像杜嘉一样站在讲台上，把众多心理学爱好者引向自助助人之旅？为那些需要走出心灵困境的人提供帮助？参与服刑人员的心理矫治工作？

不过，茹烟越想越觉得很不自量力，考三级证时学的那点儿东西怎能支撑起她美好热切的愿望？下一步该怎么办呢？她想到了赵华，于是立即拨通赵华手机，告诉她自己已拿到证书，同时表达了随之而来的茫然和无力感。

赵华向她表示祝贺后提议说："你可以继续学习呀，社会上的团体成长小组、读书会、心理沙龙、欧卡牌、沙盘游戏什么的，很多的，文河那边应该也不少，我现在每周至少参加一次这样的活动，有时一周要参加两三次，我还到北京、上海、武汉学习呢，妹妹呀，学得多了，体验得多了，你自然会明白自己想要什么，可以做什么啦。"一番话让茹烟茅塞顿开，她也要像赵华那样，继续在心理的海洋里探寻奥妙、汲取营养、提高自己。

经打听，文河市有六七家学校或机构组织开展心理学方面的活动，除了茹烟知道的尚源职业培训学校、文河市心理学会，还有文河心理咨询研究会、文河市龙唐区心理健康研究会等组织。她多方询问并时刻关注着它们的活动信息，一旦有了感兴趣的信息就立即行动，从八月初到国庆节，近两个月的时间里，她像一个异常饥饿的人四处寻找食物，乐此不疲地参加了近二十次形式和内容各异的心理学活动。

文河市心理学会组织的读书会上，茹烟和同道们共同阅读和探讨《精神分析入门》一书，曾教过她《变态心理学》的章军老师也是读书会的成员，他曾师从首届中德班学员李晓驷，对书中内容的理解比别人更深一些；在文河心理咨询研究会组织的欧卡牌体验和分享活动中，她第一次见证了欧卡牌在反映人的潜意识直觉方面的神奇；在尚源学校组织的沙盘游戏中，她了解到沙盘游戏在发现和治疗青少年心理疾病方面的独特优势；在文河市龙唐区心理健康研究会组织的团体成长小组中，她倾听每个团体成员与自己不同的人生经历，体会他们的痛苦、无助甚至绝望，然后在团体带领者的引导下，彼此给予支持、温暖和力量，还第一次体验到美国心理学大师兼作家欧文·亚隆团体心理治疗的魅力……

在茹烟参加的所有活动中，让她最感兴趣且直接获益的是尚源学校组织的以释梦为主题的系列沙龙。首次是在八月初的一个周二晚上，主持人是曾教过她《咨询心理学》的江兰老师，这让茹烟欣喜不已，三级证考试培训结束后，她一直想再次见到江老师。

活动开始前，江老师让女性占绝大多数的十余名参与者围坐成圆圈，然后用温和轻松的语调说："这里是一个让心灵休息的地方，大家只需遵守必要的会场纪律即可，尽量放松，怎么舒适怎么坐，这样才能很好地进入状态。"

她这么一说，茹烟和其他人都动了动身子，面部表情也放松了许多。正式开始后，江老师简要介绍了梦与潜意识的关系，梦在心理治疗中的作用以及释梦的一些基本知识，比如，梦的象征意义、释梦的基本流程。

接下来，她让参与者自由发言，或分享自己的梦，或谈对梦的认识，她说完后现场静默了一分钟左右。一个身着黑衣黑裤、皮肤白皙、面容冷艳的年轻女子先开口发言，谈到自己经常做关于死亡的梦，而且是周围亲人的离去，醒后感到非常恐惧；第二个发言的是看起来比实际年龄苍老许多的中年女性，她说梦中经常与丈夫和婆婆吵架，谈到她生了两个女儿，感到很自卑，总认为婆婆家看不起她，自己又总想与他们抗争。

接下来发言的是个二十多岁的男孩，他说在母亲生日那天给母亲买了礼物，晚上却梦见自己把母亲杀了，醒后感到很恐惧很困惑；茹烟第四个发言，她鼓足勇气说出了多次出现在她梦境中的可怕情形：梦见自己得了癌症，梦中的她感到很恐惧，而后在梦魇中醒来，醒后她不敢对其他人讲，心理负担很重。

……

每讲完一段梦境，江老师都会加以解析，梦者若有疑惑会继续提问，其他人可以借此谈自己的看法，江老师会再次阐释和总结。

对于茹烟的梦，江老师是这样解释的：梦见自己得癌症，如果经体检没有什么器质性病变，很可能是工作或生活中遇到了难以解决的矛盾或问题，自己感到束手无策，一种绝望而无能为力的情绪困扰着自己；还有一种可能是对自己身体的过分担心，人到中年以后或多或少都会有疑病症状，不必过于担心。茹烟听了豁然开朗，联想到她和母亲关系中难以改变的部分，再想想小荷性格中让她头疼的一面，觉得江老师说得不无道理。

活动持续了两个小时，虽然每个人分享的梦境都像灰暗阴沉的雾霾一样笼罩着茹烟的身心，但整个释梦、析梦过程带给她的是明朗美好之感。就在那天晚上，她做了一个让她惊喜万分的好梦，梦境如一幅动态的写意中国画一般让她喜悦和难忘！梦境的前半部分琐碎而生活化，与后半部分的如诗如画形成鲜明的对比。

看到同事韦志苓正忙着工作上的事情，她主动提出帮其带会儿小孩，地点却是自己的老家茹家凹，并非西岭监狱，当她牵着小孩的手往家门外走时，小男孩走走停停，显露出不愿跟她走的神情，这时，她满怀爱意地告诉他："我和你妈妈很熟悉，我们还一起外出游玩过呢，别怕啊。"听了这话，小男孩就跟着她走了。

当走到离家门口一百多米远的老井前面的一块带沟沿的空地时，茹烟看到两三岁模样的子豪趴着沟沿往下看，顿时担心起儿子来，怕儿子掉到沟下面，想松开小男孩的手去把儿子挪到安全地带，可没过多长时间，这种担心的感觉就没有了，她觉得儿子会有自我保护的意识和行动，果然，子豪回转身，站起来走向她，并没有出现让她担惊受怕的画面。

这时，梦境出现令她惊讶的转换，一轮明亮皎洁的圆月出现在她眼前，月亮呈淡雅的碧绿色，如一枚光洁温润的玉质平安扣，位于老井后面绵延起伏的黛青色的丘陵下方，离地面较近，圆月下面是一汪清澈的水。不大一会儿，她的左前方天空上出现一个长方形的红黄色太阳，之前朦胧淡雅的画面顿显勃勃生机，方圆相补，红绿互衬，看起来赏心悦目。

清晨醒来，茹烟反复想此梦的现实意义却始终不明就里，但它带给她多天的好心情。从那晚起，她早上醒来不再感到脑袋上像被扣了个铁盖子一样地难受，眼睛也不那么干涩了。

要知道，她因多梦而身体明显不适的状况自生小孩后一直持续着，曾经多次寻求各种治疗都收效甚微，为此她非常苦恼。如今，一次释梦沙龙活动及其衍生的月亮梦不经意间改变了这种情形，即使这个梦只带给她几天的好睡眠，她也是高兴的，因为，除了好睡眠，它还给她的生活带来喜悦、生机和转机。

"梦是可以滋养人的"，她想到了江兰老师说的一句话。

此后，茹烟兴致盎然地继续参加了三次释梦活动，更多人的自我暴露和分享让她知道并非只有她自己经常被多梦甚至噩梦困扰着，一二十岁的年轻人也有和她类似的情况。这样的暴露和分享加上江老师的解析让她改变了对梦的态度，她不再敌视它，不再把它当成沉重的枷锁，而是把梦视作一笔宝贵的财富，当成朋友一样友好共处，并听从江老师的建议，开始认真及时地记录梦，尤其是大梦、重复做的梦。

最后一次释梦沙龙于桂花飘香时结束，茹烟怅然若失，像是刚刚品尝了文河水席二十四道菜里的三四种，正美滋滋地期待着下一道菜时，却被告知菜已没有了。

她又拨通赵华电话并说了这种感觉，"哈哈哈，想不到你会这样走火入魔啊。"电话那头传来爽朗的笑声，稍停顿一会儿，赵华继续说，"你不是对那个女老师有好感吗？可以找她做个体咨询呀。不瞒你说，我已经有近百次的个人体验经历了，如果你愿意成长，它会给你带来不一样的体验和感受哦。"

2

茹烟知道，自我体验和分析是心理咨询师的必修课，不管将来是否从事这一职业，它在深入了解自我、人格整合等方面都有益处。但是，这一次，她迟疑了一个月才付诸行动，怕周围人知晓是她首要的、最大的顾虑，虽说她知道有不少同事和朋友在学习心理学，社会环境也在不断营造心理健康应受重视的氛围，但除了赵华，她还没有听谁说去接受个体咨询的，包括苏玉卿。

所以，一旦周围有人知道她去接受心理咨询，会不会认为自己很另类甚至有"神经病"？王实会同意吗？另外，她想不清楚自己到底有什么心理问题，是母女关系、夫妻关系中的矛盾或冲突产生的烦躁和无奈情绪？还是因担心女儿性格会畸形发展而存在的焦虑和担忧？这些在常人看来再平常不过的现象也要看心理医生，自己不会是无病呻吟吧？

她试探性地跟王实说了自己的意愿，王实倒是理解她的想法，只是一提花钱，语气就变了，说什么"花一百多元让咨询师陪你聊一小时？这有点儿奢侈吧？咱单位每名干警不是发有《健康从心开始》的书吗？看看书就行，再说，你在外面还参加着活动哩"。听他这样说，茹烟便没有耐心解释："我就知道你会说这话！"看她生气了，王实没再说什么，只嘟囔了一句："那，你真想去，我也拦不住。"

没错，王实是拦不住茹烟的，犹豫了近一个月后，她终于拿定主意，要体验一下个体咨询。然而，准备给江兰老师打电话时，她又迟疑了，不断地自问：我到底因何困惑而咨询？要去除什么心病？对了，就从婚姻家庭关系开始吧，近两年因孩子特别是女儿的教育问题与王实经常磕磕绊绊，心里总是疙疙瘩瘩的，希望能通过咨询有所改善。

想好后，她准备拨江兰的电话，当她拿起手机又犹豫了，觉得自己仍无勇气在电话中说自己要做咨询，思虑再三，她给江兰发了一条在她几年以后想起来仍觉可笑的信息：

江老师：你好！我是一名国家公务员，女性，去年曾听过你的"咨询心理学"课程，觉得你水平很高，很有亲和力，所以想找你做个体咨询，请问你最近有时间没？

半小时后，江兰打电话过来，问清茹烟的姓名、年龄、单位等基本情况后，用清雅温和的声音说："让我想想，嗯，国庆节前没什么重要安排，根据你们的上班规律，可以周末来。"茹烟欣喜地说："好。"两人还就咨询时间、费用等问题进行了简要商议并达成一致意见。

首次咨询定于中秋节后的周六上午九点，江兰想得很周到，把详细的路线信息提前发给茹烟，以便她顺利到达。心理咨询室位于文河市龙唐区一写字楼的十九楼，隔窗远眺可以望见白茫茫的文河水，咨询室约有十平方米，沙发、茶几、绿植等物品的摆放与书上所说基本一致，属于比较标准的咨询室。

两人坐定后，茹烟不知为何突然感到有些紧张，扭头瞥了一眼虚掩着的房门，又看看外间摆放的几十张椅子，江兰会意，起身把房门关上，说："这是我和另一咨询师合办的心理工作室，外间通常开展一些团体活动，为了保护来访者，我和同事有个约定，不管谁有个体咨询，都不再安排其他活动。现在这套房子里只有我们两个人，你尽可放心，我会为你保密的。"

茹烟这才放了心，她决定直奔主题，不能浪费了一百五十元买来的近一小时咨询时间。她从几个月前女儿君荷引发的那场风波谈起，详细说到王实对女儿娇惯的种种表现，围绕着她和王实因孩子教育问题产生的矛盾足足说了有半小时。江兰很少打断她，只是很专注地听她讲，适时插上一两句或提问或阐释的话，听起来既有专业味道又很生活化。

江兰的提问多是启发性的，比如，"在女儿身上能看到你过去的影子吗？""你说女儿之所以成为现在的样子，主要是你先生长期对她娇惯的结果，但你有没有考虑过，当你经常抱怨先生时，他的感受是怎样的呢？"

"你是否想过自己在女儿成长过程中有哪些做得不妥当的地方？"当江兰问到这个问题时，茹烟心里有些不快，还有一丝愠怒，感觉心仿佛被针尖轻轻扎了一下，有些微的疼，她本打算像在家里对待王实那样不客气地回一句"我有什么不当之处"，不过很快改变了想法，她知道，来访者可以在咨询师面前比较恣意地表达想法和情绪，呈现真实的自我，可她是第一次前来咨询，况且江兰还是个需要与之保持距离的人，而她已养成与尚不熟悉之人客气说话的习惯，于是她选择沉默，低头不看江兰。

时间一分一秒过去，江兰打破沉默说："没关系，你不用立即回答，可以好好想想，也作为家庭作业留给你，下次来时咱们再探讨。""好。"

返程路上，茹烟回想着刚刚过去的一小时里自己都体验到了什么，收获了什么。她喜欢和江兰待在一起的感觉，喜欢江兰的声音，江兰沉静、温和、从容、知性，她愿意相信这样的心理咨询师，乐意向其倾诉；她喜欢江兰为她营造的咨询氛围，她的情绪和感受被江兰无条件地接纳，被充分关注和耐心对待。江兰与她保持着距离又不失亲和感，其存在仿佛和煦春风环绕于她的周身，又如雨后的清新空气般让她神清气爽。

当茹烟这样想时，便觉得首次咨询收获的其实是一种让她喜欢的关系和从未有过的放松感，江兰说的话她大体能记得，但与这种关系和感觉相比显得不那么重要。当然，她并不认为这次咨询是完美无缺的，最明显的是江兰还没有真正领会她所说内容的深意，没有做到与她完全共情，这让她感到遗憾，不过，毕竟是第一次，不能操之过急。关系的根扎下了，其他都是枝节问题，可以在以后的咨询中向江兰提出。

回到家里，茹烟时不时地琢磨江兰所说的话，她愿意顺着江兰所提问题反思自己：在女儿的教育方面全是王实的错吗？在对待王实的态度上自己就没有毛病吗？当她这样想时，仍然不愿承认自己有什么过错，但是，她开始仔细回想孩子的成长过程，回想和王实发生冲突的一幕一幕，开始意识到自己指责王实的多，与他平心静气探讨问题的时候少。当她意识到这些时不由得暗自诧异，仅仅一次五十分钟的心理咨询就带给她如此不同的人生反思吗？嗯，看来选择江兰老师没错。

一周后的第二次咨询。她依然是在江兰沉静的眼神关注下叙说，不过，这回不像第一次那么顺溜，时断时续地回答了江兰上次提到的问题，在谈到自己对待王实的态度上显得有些难为情，因而，刚开始她说得零零碎碎的，感觉嘴里像有个料理机一样的东西要把准备说的每句话、每个词都先搅碎了才肯吐出来，以至于失去了原样。

江兰对她观察得很仔细，坦诚地说了对她言语、表情及肢体动作的感受，启发她发展出自己的内省力，江兰的话并不刺耳却令她再次深思。沉默了足足五分钟后，咨询才变得流畅起来，她去掉"料理机"，开始不加掩饰地把该说的话说出来，江兰及时肯定了她的变化和领悟力。

　　如果说第一次咨询像文河水席里的假海参那道菜的味道，初尝时滑溜可口，细品则辣舌酸心；第二次咨询就像焦炸丸子，刚入口扎扎挂挂的，细嚼起来却爽滑顺口，回味无穷。

第二十九章　梦的延伸

居家隔离第三天，多云转晴。

早饭后，茹烟打开书柜，直接取出二〇一二年的《西岭之窗》第五期，这一期里，有关于她和董文宇帮服刑人员荀向生找到儿子的文章。

昨晚，她做了一个梦，梦见荀向生儿子荀小亮结婚的场面，地点好像是广州的一个大酒店。

让茹烟感到惊奇的是，她看到一位眼熟的美丽少妇，想了半天，才猛然想起她就是号称"小美女"的曾女士，考三级心理咨询师资格证时认识的幼儿教师。茹烟正纳闷曾女士为何来参加荀小亮的婚礼时，曾女士向她走过来，惊喜地说："茹姐，你也来参加我外甥的婚礼？"茹烟也欣喜地说："是呀，小美女。"

她们正聊着时，荀向生走了过来，他身穿白衬衣、黑长裤、黑皮鞋，头发有型、面部泛光，整个人显得高大魁梧、精神焕发。他热情地与茹烟握手、交谈，然后让茹烟坐在贵宾席的位置。两人具体说了什么，茹烟记不清。

后来，婚礼开始，程序逐道地过，气氛热闹不喧闹，一对新人的表白深情不煽情。忽然，茹烟看见新娘变成了自己的女儿王君荷，这让她感到意外又有些生气：君荷不是找了个美国小伙吗？怎么成了荀小亮的新娘？纵然荀小亮现在是高富帅，可他毕竟是一个刑满释放犯的儿子呀！君荷怎么会和他结婚？

就在茹烟感到困惑不解时，她醒了。醒来后，她觉得这个梦不太寻常，就把它尽量原汁原味地记了下来。梦境让她回想起很多与荀向生有关的往事，首先想到的是帮他找儿子。

再读题目为"监狱警官QQ上守四年　为服刑人员找到儿子"的文章，茹烟仿佛回到了十几年前。

二〇〇八年七月的一天上午，教育科副科长董文宇去工会，对茹烟说："茹姐，荀向生你记得吧？王哥在队里的时候，曾经带过他，听说你帮他要回入狱前同事欠他的两万元呢。"

"荀向生啊，很熟悉，那是过去的事儿了。他是一个不寻常的犯人，你怎么突然提起他了？又发生什么事了吗？"茹烟有些纳闷地说。

"还真让你说对了，这两天我正考虑他的事儿呢。"

"哦？怎么了？"茹烟问。

"不知你是否记得，四年前，荀向生年仅十五岁的儿子荀小亮离家出走，重病在床的荀妻得知后，托人四处寻找，可音讯全无，在悲伤、绝望中割腕自杀。身在监狱的荀向生得知家里发生的不幸后深受打击，整天一言不发，伤心流泪，跟干警说自己活着已没有任何意义。了解到他的情况后，我和监区干警一起对他进行了心理危机干预，并对他说监狱会提供力所能及的帮助，尽快帮他找到离家出走的儿子。"

"你这一说，我想起来了，当时我听你说了他的情况后心里也很着急，真想帮你们做点儿啥，无奈心有余而力不足，只能祝愿荀向生在监狱好好的，不要寻短见，也希望你们能帮他找到儿子。"

"这是咱们共同的心愿，不过能否如愿，我当时心里真没底，荀向生的工作我们可以做，可是，到哪里去找他儿子呀？后来，经多方打听，我们只知道小亮外出打工了，至于去哪儿，不清楚。四年来，我们从未放弃过寻找小亮的行动，但对找到他已不抱多大希望。"董文宇沮丧地说。

"也是，线索太少，大海捞针，希望渺茫。只是找不到小亮，你们再做工作，荀向生也无法安心改造啊。"茹烟担忧地说。

"嘿嘿，我今天来，就是想告诉你，现在事情有转机了。"董文宇的表情和语气瞬间变得轻松明快，好像刚才的沮丧是故意装出来逗茹烟似的。

"快告诉姐，有啥好消息？"

"几天前，小亮的一个同学告诉我小亮的 QQ 号，我立即加小亮为好友，小亮也同意加我了！"

"好事啊，打听到小亮的下落没？"茹烟激动地问。

"没，我每天都给他发消息，还发送抖动窗口以引起他注意，可无论我采取什么办法，小亮就是不理我，唉，也不知他到底啥情况，为啥加了我又不跟我说话。"董文宇又是一副沮丧的表情。

"哦，是这样啊。"茹烟若有所思，沉默片刻，她说，"不管怎样，总算跟他联系上了，他加你为好友，说明他对你并无戒心，一时不跟你说话，可能他有难言之隐，再耐心等等，只要跟他保持联系，说不定哪一天奇迹就会发生的。"

"我也这么想。茹姐，我有个想法，不知你是否感兴趣？"

"说说看。"

"我每天差不多一半的时间待在狱内，回到科里事情也很多，做不到及时看QQ信息，所以，我很想让你帮我盯着，以免错过了和小亮及时联系的机会。"董文宇恳切地说。

"我很愿意帮你找到小亮，可他加的是你的QQ，我怎么帮你盯啊？"

"告诉你登录密码就行了呗。"

"这个我知道，我的意思是，你不怕我发现你QQ上的秘密？比如，跟哪位美女的聊天记录？"说完，茹烟哈哈大笑起来。

"你看我是那种人吗？你弟我老实得很，对韦志苓百分百地忠诚。"董文宇一脸认真地说。

"老实不老实，只有自己清楚，我可不想窥探你的隐私。"

"哎呀，没事，真没啥可保密的，我的QQ号是因工作上的事儿才申请的，你放心用好了，为了咱们共同的心愿，姐就不要再推辞了。"

"好吧，你既然这么说，那我就答应你了。"

"太好了，谢谢姐。"董文宇高兴得像个小孩似的直拍手。

从此以后，茹烟一上班就挂上董文宇的QQ，下了班在家用电脑挂上，总之一天二十四小时不离线，可是，一个月、三个月、半年、一年、两年过去了，网名叫"小小鸟"的小亮却毫无反应，茹烟也曾想过放弃，又一想小亮虽没有说话，可也没有删除董文宇这个好友。还是要坚持下去，耐心等待。

后来，她回到政治处，工作忙了，她就和董文宇轮流盯小亮的QQ。她知道，董文宇让她帮着盯QQ，是信得过她，知道她熟悉苟向生的情况，知道她乐意为服刑人员做点事，所以，无论如何，她都要善始善终，无论再忙，无论希望多渺茫，她都不能放弃。

功夫不负有心人。二○一二年七月初的一天，茹烟上网时突然听到几声清脆的声音，原来是"小小鸟"在呼叫董文宇，啊，小亮愿意和狱警叔叔对话了，四年的等待和守望终于有了结果！茹烟一时激动得心咚咚直跳，她赶紧和小亮打招呼，随后立即给董文宇打电话。

接到电话，董文宇火速赶到茹烟的办公室，他和小亮聊天，茹烟在一边紧张地看着。

小亮说，当年家里发生了那么大的事，别人的议论和歧视几乎使他崩溃，于是他离家出走，到广州打工，想挣些钱为母亲治病，并下决心干出个名堂再回家，所以多年来一直没和父母联系，也没和其他人联系。

了解到小亮的心思后，董文宇介绍了他父亲苟向生的近况，说父亲很爱他，没有一天不牵挂着他，希望他能来监狱看望父亲，让父亲早日安心。

听完董文宇的劝说，小亮沉默片刻，然后发来信息："不管之前发生了什么，不管我父亲是犯人或是别的身份，我永远都是他的儿子，都要尽自己的义务，近期我就请假去看望父亲。其实，您发的信息我都看到了，可当时刚出去打工，年龄小，收入不高，手头没有多少钱，无法前去，现在情况好了，可以体体面面地见父亲了。"

董文宇很高兴，问小亮在哪里打工，是不是已经干出名堂了，小亮很快回了信息，后面还附了个害羞的表情：在广州一家化妆品公司，目前是销售部副经理。看了小亮发的信息，董文宇和茹烟欣慰地相视一笑，然后董文宇打出两句话，并附了个笑脸：你父亲知道你的情况会很高兴的，期待早日见到你！

与小亮聊天后，董文宇和茹烟都很高兴，茹烟感慨地说："这真是喜上加喜呀，小亮不仅联系了我们，现在情况还不错，年纪轻轻就当上了副经理。""这一点像他父亲，聪明、上进心强、有经营头脑，不出意外的话，他前途会一片光明的。""你说得没错，我们祝福他吧。"

得知离家出走八年的儿子终于有了着落，并且当了一家公司的销售部副经理，苟向生喜极而泣，由于过分激动，他在和儿子通话时，拿电话的手不停地颤抖着，电话里，父子二人悲喜交加，感慨万千。

七月中旬，苟小亮千里迢迢来到中原省西岭监狱，探望多年未见的父亲。茹烟应邀参加了他们父子相见的场面，看着父子相拥、低声交谈的情景，茹烟既高兴又心酸，激动得泪花在眼里直打转。

这是苟向生朝思暮想的一天，也是她和董文宇以及所有关心苟向生的干警共同期待的一天。为了这一天，她和同事们努力了八年，和董文宇在QQ上守了四年。

他们可以不这么做，这不是他们的法定职责，但他们做了，不是为了沽名钓誉，也不仅仅是为了犯人及其亲属一个深深的鞠躬、一面致谢的锦旗。他们这样做，是为了苟向生们能安心服刑，为了能让他们的家庭尽量不支离破碎，为了能让监狱更稳定，社会更安宁。

茹烟收回思绪，放下《西岭之窗》，走到阳台上，看到太阳出来了，她忽然想起茹家凹一个九十多岁的老爷爷，他曾在自家北墙上贴过一张长方形纸片，上面用毛笔工工整整地写了这样几句话：此梦不祥，挂在北墙，太阳一照，化为吉祥。

这几句话是老爷爷对待不祥之梦的态度，是他解梦的法宝。茹烟第一次看到纸片是在二〇〇六年，当时她的直觉是老爷爷的长寿和豁达跟这几句话有关，对它的迷信成分并不在意。等她接触了心理学、参加了一些释梦课程后，觉得这几句话并非完全迷信，有一定的道理和价值，至于什么道理，她说不清，也许是积极阳光的意念会让梦逢凶化吉，也会让人平安无事吧。

想到这里，她便觉得昨晚的梦没什么大不了的，其实，昨晚的梦根本谈不上凶梦，相反，总体上它是一个吉祥之梦，只是君荷跟小亮结婚的意象让她不舒服，但它毕竟是梦，无逻辑性，天马行空，何必担心和不悦呢？

她又觉察到一个问题：君荷跟小亮结婚的意象为啥让她如此不舒服呢？她仔细思索着个中缘由，渐渐地，她明白了，她梦中生气、醒后不舒服的原因：她不应该和一个刑满释放犯成为亲家。这种观念和认知由来已久、根深蒂固，即使荀向生是一个犯罪主观恶性少、狱内表现良好、出狱后造福社会、救过自己女儿性命的人，她也难以改变这种观念。

如果一个监狱警察都抱着这种观念，戴着有色眼镜看待荀向生们，那如何让其他人改变和根除这种观念？荀向生以及荀小亮们还怎样能受到社会大众的尊重，得到平等的对待？

再想想，自己有什么可自傲的？子豪和君荷不也是服刑人员的孩子吗？如果美国小伙的父母和子豪女友的父母也抱有她这种观念，那君荷和子豪的幸福岂不是要化为泡影了吗？

思考和自问让茹烟一阵汗颜和羞愧，现实处境让她意识到了自己的偏颇和自私。

茹烟坐在书桌前，打开"我的梦"专题记录本，把上面的所思所想写了出来。

第三十章　联欢晚会

1

霜叶与秋风共舞时，茹烟刚刚开始的心理咨询不得不暂时中止，江兰去北京学习两个月，单位里的事情也让茹烟脱不开身，她要和同事们一起为工会接二连三的活动做准备，尤其是该筹备新春联欢晚会了。

在省西岭监狱，职工新春联欢会并非年年举办，是否举办，要看主要领导是否重视，是否对此感兴趣，也要看当年监狱的大势如何，最重要的是看监管安全工作是否做得好，没有发生服刑人员脱逃、凶杀等事件，领导的心情才好，举办联欢晚会的可能性才大些。

茹烟记得她上班后的十几年时间里，西岭监狱举办过六七次新春晚会。

二〇〇八年是不寻常的一年，西岭监狱实现了连续十五年监管安全，创建成全国文明单位，取得这样的非凡业绩，西岭监狱上至领导下至普通干工，都觉得应该好好庆祝一下。

茹烟主动和乔金明主席沟通商议，然后两人一起向魏政委、巩狱长做了汇报，谈了工会关于举办晚会的设想，领导的指示和他们的想法不谋而合，巩狱长特别强调指出：要把这届晚会办成监狱历年来规格和水平最高的一次，要像央视春晚那样体现出年度特征，展现广大警察职工的拼搏进取精神和良好的文明风尚，展现……

巩狱长的话令人振奋，同时也让茹烟陡增压力，她知道，根据去年的经验，对于联欢会或其他活动，工会一班人都会密切协作，柳梅会做专业的指导，可是，今年领导要求特别高，这让她一时感到心里没底。

乔金明主持的第一次筹备会拉开了新春晚会的序幕，与会人员有茹烟、柳梅、韦志苓和五六个工会小组长代表。他们就如何举办好本届晚会各抒己见，之后，韦志苓根据会议达成的一致性意见起草了"中原省西岭监狱关于举办二〇〇九年新春联欢晚会的通知"，规定了节目的报送时间、奖项设置等事项。

十一月初，韦志苓将上报的节目单做了汇总整理，狱属各部门参与晚会的积极性出乎乔金明和茹烟的意料，居然有近五十个节目！按以往惯例，晚会的节目数量一般控制在二十个以内，可现在多出一半以上，这可怎么办呢？还是柳梅有经验，在尊重各部门意愿的基础上，她将节目做了整合，比如，几个独唱节目合并为歌曲联唱，或将太极拳和书法、古筝表演组合在一起。

经整合的节目共二十四个，仍然超过以往任何一届晚会，乔金明和茹烟就此向魏政委、巩狱长又做了汇报，乔金明解释说："我们已想了很多办法压缩节目，现在确实不好再减了。"谁知巩狱长笑着说："好现象啊，节目多，说明我狱人才济济，大家参与的积极性高嘛，不用减。"

节目就这样敲定了，之后，工会一班人商议并确定了从排练到演出的具体安排：十一月，各部门自行排练，工会指导；十二月中上旬，工会组织集中排练，下旬初次试演；二〇〇九年一月十日前第二次试演，腊月二十三前后彩排和正式演出。

2

晚会从筹备到演出，茹烟在"执行导演""后勤部长"和"演员"的几种角色里转换，既要把领导的指示和柳梅的设想逐一落实，又要和乔金明、韦志苓一起做好召集人员、租借舞台设施、购买物品、协调有关事宜等各样杂事，还要参与两个节目的排练，所以，她整天忙得团团转，感到每个角色都不轻松。

最让茹烟头疼的莫过于召集参演人员到指定地点集中排练，各部门都很支持工会工作，参演人员积极性也很高，但是，确保监管安全以及完成年度目标任务的压力让工作和排练成了一对不好调和的矛盾：有时正排练节目，参演人员所在监区来电话，让其回去研究服刑人员的减刑事宜，男同志经常是值了夜班还要拖着疲惫的身躯参加排练……

茹烟当然知道，监管安全是监狱的头等大事，工会必须顾全大局，只能在不影响监狱基础工作的前提下挤出时间排练节目。每次排练时，看着参演人员中缺甲少乙的情形，她不免焦急和发愁，为此，她和韦志苓想了不少办法，参演人员也很配合，比如，让其他人代替参演人员完成其工作任务，或者晚上、周末及节假日加班排练。

《欢乐中国年》和《文明花开》是茹烟参演的两个节目，前者是柳梅编排的八人舞蹈，因茹烟已有舞蹈基础，且该节目有唐韵、李筱几个人带动着，她并不怎么操心。可《文明花开》却让她费了不少心思，这个节目以戏曲形式反映监狱一年来的显著变化，歌颂警察职工爱岗敬业、无私奉献、团结拼搏的精神风貌。

去年的联欢会上，茹烟曾和几名戏曲爱好者表演了豫剧名段《朝阳沟好地方名不虚传》，得到不少好评。今年她仍然有意和他们表演一个戏曲类节目，可要有所创新并非易事，她苦思了好几天都没有灵感，同柳梅谈了想法后，柳梅建议她采取戏曲联唱的方式，把豫剧、黄梅戏、京剧等多个剧种糅合在一起，表演起来会更丰富、更有看点。

这个主意让茹烟很兴奋，她立即着手编写剧本，用两天时间完成了《文明花开》的剧本创作，柳梅仔细看了剧本后赞道："很不错，好好演，一定能成功。"茹烟听了很受鼓舞。随后，经反复挑选和对比，她最终选定豫剧《五世请缨》《穆桂英挂帅》、戏歌《唱脸谱》、黄梅戏《女驸马》和《天仙配》中的六个经典片段作为《文明花开》的唱腔模板。

应她的请求，柳梅根据戏词和唱腔设计了整套动作，还将编排的动作一一做了示范。让茹烟没想到的是，柳梅不仅舞跳得好，戏剧方面也很在行，一招一式都像是受过专业训练一样，茹烟喜得让人将柳梅的示范动作一一摄录下来，以供排练之用。

紧接着，要招募节目所需的五个演员了，即一个老太太和两个儿子、儿媳。茹烟自己当然是演员之一，再选四个人，其实，她心里已有底，去年《朝阳沟》的原班人马就很合适：扮演王银环的李筱，从小上过戏校，参与演出的积极性非常高，是戏曲节目的不二人选；扮演拴保的董文宇，喜爱戏曲，有些表演天赋，台上一站专业范儿十足，一开口字正腔圆；扮演女青年的唐韵是个全才，爱唱歌会跳舞，对戏曲也感兴趣，演起戏来颇有韵味儿；扮演男青年的赵龙形象好，性格活泼，很能撑台面，不巧的是因病住院了，找谁来代替他呢？茹烟很快有了主意，设备科的小刘就很合适，他喜欢戏曲，平时总爱哼唱几句，对了，就选小刘。

演员确定后，《文明花开》剧组正式成立，角色也予以明确：李筱扮演一个退休老警察的遗孀，董文宇和小刘分别扮演她的两个警察儿子，唐韵和茹烟则扮演两个儿媳（一个监狱警察，一个职工）。茹烟把台词分给其他四人，让他们在一周内背会台词，然后五个人按照柳梅编排的动作一遍又一遍地排练。

为了把晚会中唯一的戏剧节目演好，茹烟和四个伙伴不厌其烦地练啊练，像演练《朝阳沟》一样用摄像机录下每次排练的全过程，然后回放，仔细查找每个人动作、表情上的瑕疵，分析节目整体上的不足，而后纠正、再排练。

功夫不负有心人，一个月后，他们的表演已颇有味道。同时，茹烟发觉自己瘦了。当柳梅发现她日渐消瘦时就问她是不是经常失眠，她说是的，还说饭量也减少了，柳梅就说："组织晚会、排演节目很耗费心神和体力的，以前我经常排节目、上晚会，每一次活动结束都会掉几斤肉，这倒没什么，主要是失眠一直伴随着我，演出的时候失眠，平时也会失眠，晚上一两点入睡是经常性的。我知道睡得晚容易让女人衰老，对身体也不好，可我总是调整不过来，索性就顺其自然，睡不着了就练字、画画，早上多睡一会儿补补觉。你这是刚开始，得想办法调整状态，不然时间一长，失眠一旦形成习惯就不好改变了。"

以前，茹烟只知道柳梅睡得晚，早上起得也晚，并不清楚其中缘由，听了柳梅的话，她感到的确不能任失眠再发展下去，是得想办法调整一下，只是，新春晚会还有那么多事情要做，她的压力和焦虑一时不可能减轻，失眠状态也就不可能很快消失。

3

与茹烟参演的两个节目同步，其他节目也日趋成型，元旦前，工会按计划组织了第一次集中试演，试演结束后，茹烟主持召开筹备会第四次会议。会上，先由柳梅对所有节目逐一讲评。接着，茹烟代表工会对大家的辛勤付出表示由衷的感谢，然后以领导的口吻提出希望和要求："距离正式演出只有半个多月了，为保证晚会质量，从即日起，所有节目都要按照柳梅老师确定的排练时间进行提高性的排练，柳老师会对每个节目逐一指导，使节目更趋成熟，希望大家再接再厉，克服困难，把节目排练好，向广大警察职工奉献一台高水平的晚会。"

这次会议的作用在第二次试演中得到了充分体现，参演人员在舞台上越发显得灵活自如，所有节目都趋近完美，乔金明、茹烟、柳梅和韦志苓几个人看后都比较满意。接下来，他们要为演出前的各项事宜做准备了：租借服装、租借电子大屏和舞台灯光设施，购买晚会所用物品，等等。租借电子大屏和灯光设施是前所未有的，柳梅的提议和巩狱长的点头促成了此事。

茹烟原以为租借服装一事比较好办，按照惯例，此事通常由各节目的选送单位自行解决，工会也有一些历年的演出服装供参演人员选择，谁承想，其他节目的演出服均有了着落，唯独《文明花开》的演出服还悬在半空。

穿戏服是李筱、唐韵、董文宇、小刘和茹烟商议后的一致意见，可是，到哪里租借呢？这个节目的五个演员分属监狱的不同部门，况且是茹烟主动提出演此节目的，理应由她牵头租借服装，于是她同几个人商量，李筱说她原来有文河市豫剧团一朋友的电话，但现在已联系不上，董文宇说前些年的晚会上他穿过为服刑人员春节演出购买的戏服，若不想费事就凑合着穿一下，唐韵说现在监狱管理严格了，再穿服刑人员的演出服不合适，不如直接跟市戏剧界联系，反正好几个剧团呢，总能联系上一个。

茹烟同意唐韵的意见，但是她跟市戏剧界没打过交道，找谁呀？唐韵提醒她可以直接拨打114查询，茹烟想想也对。

拨打市豫剧一团的电话之前，茹烟犹豫了半天，担心没有结果，不过，事实证明她的担心多余了。电话拨通后，一个沉稳、平和的男中音传过来："我姓茹，市豫剧一团的团长。你有什么事？"

得知对方与自己同姓后，茹烟顿生亲切之感，于是赶紧做自我介绍并彬彬有礼地说明原委，没想到茹团长很爽快地答应说："当然可以，有时间你们来看一下需要什么样的戏服。""好"，茹烟很高兴，然后问了剧团地址。

次日，她就和李筱、唐韵三人前往市豫剧一团。茹团长说剧团办公地点在文河市老城区十字街的一条小胡同里，茹烟已预料到不好找，果不其然，几经打听，她们才找到剧团位于地下室的所谓办公地点。茹烟环视着没有窗户的房间，内心不由得同情起剧团的境遇来，"你们就在这儿办公啊？"一句话本想脱口而出，但茹团长一脸阳光、怡然自得的神情让茹烟立时感到这样的问话愚蠢且多余。

交谈中，茹团长对剧团艰难的生存现状虽然担忧却没有抱怨和牢骚，与身为监狱警察的茹烟、唐韵相比，茹团长他们收入微薄，社会地位也不高，可这丝毫不影响他乐呵呵地领着同事们坚守阵地，认真落实着政府关于"移动剧场走进千村万户""豫剧大板车下乡义演"等一系列活动的部署，给喜爱豫剧的老百姓送去欢乐，让中原地方戏流传下去。

交谈一阵后，茹团长带她们到一个类似仓库的大房间看戏服，里面有一股怪怪的味道，当茹烟看到戏服时大失所望，式样、品种不多的戏服用两个木质框子装着，脏兮兮地缠在一起，根本没有她想象中的做工精良、配饰华美的凤冠、罗裙和绣花鞋。

茹团长看她们皱着眉头不吭声，便解释说戏服一经水洗就不鲜亮了，舞台效果不好。唐韵问茹团长："就这些？没有更好的吗？我看女戏服多为花旦装，我们想穿青衣装。"茹团长微笑着说："团里固定演职人员没几个，演出时若人员、戏服不够，我们会和其他剧团相互借，好一点儿的戏服倒是有两三套，价格昂贵，每套都在万元以上，怕放在这里给弄坏了，所以都由主角演员自个儿保管，不对外出租。青衣装倒是有几套，不过另一个单位比你们说得早，人家借走了。剧团条件不好，戏服也很有限，你们真不想租了也没关系。"

听了这话，茹烟和李筱、唐韵到外面一起商议，唐韵说："咱们又不是专业演员，只是偶尔娱乐一下，不必太在意衣服咋样，花旦装说不定穿上会显得咱们年轻几岁哩。"李筱看着茹烟说："茹团长这人不错，他刚才说剧团能为咱们做免费的表演指导和化妆，要不，咱们就凑合着穿吧？"

茹烟知道她俩说的有一定道理，可一想到领导对晚会提出的高标准，又觉得不能凑合，即使离演出时间很近了，也要去其他地方看看再说，于是她小声说："领导的要求你们也知道，如果因为这个节目使整台晚会的质量打折扣，咱几个可担当不起这责任。我想是这样，等会儿见了茹团长，咱不把话说死，再问一家，若真租借不到合适的，还来这里。"李筱和唐韵一听在理，就决定按茹烟的意见办。

离开豫剧一团后，她们很快通过114联系了市豫剧二团，问询结果却让她们失望，符合她们要求的戏服有是有，不过团里演出要用，说要租借的话只能等到腊月二十五以后。茹烟一听傻了眼，监狱的演出时间不可能往后推延，临近春节，各剧团的情况大抵相同。

她们返回市豫剧一团，很快与茹团长谈妥相关事宜，此后的几天，茹团长指派一名年龄与李筱相仿的女演员指导他们排练《文明花开》，别看这位大姐穿着打扮很不起眼，可一亮嗓、一亮相，专业范儿十足，颇有豫剧名旦马金凤的神韵，问起她来，果然跟马金凤学过戏，在她指导下，从头到尾把节目做了进一步的规范和提升。

茹烟知道戏曲的功夫很深，《文明花开》只能说具有戏曲的基本样儿，与专业演员的表演还差得远，但即使这个"基本样儿"，茹烟也要让它很像样，其他四个演员是很上心的，她更是颇费了一番功夫，甚至到了神经质的地步，走在路上、闲暇时、睡觉前，她都会不自觉地揣摩每个动作、每句唱腔。

4

元月19日下午，彩排时间。乔金明、茹烟、柳梅和韦志苓坐在台前的第一排座位上仔细观看每个节目，以近乎苛刻的标准审视着台上每个人的表情动作、台词熟练程度、演员之间的默契度、精神风貌。

节目进行到三分之二时，茹烟无意间扭头，看见巩狱长、魏政委和岳狱长站在大厅后方入门处，正兴致勃勃地观看着，她知道领导们对晚会一直很重视，巩狱长、魏政委经常询问他们"筹备得怎样了？""需要党委哪些支持？"之类的问题。

见领导来了，乔金明和茹烟忙起身走过去，乔金明让领导提提意见，巩狱长边看边说："总体上不错，每个节目都很有特色，明天就要正式演出了，你们再想得周全些，细节决定成败嘛。"乔金明和茹烟点头称是。这时，魏政委笑着说："大家都别担心，有岳狱长夫人在，这台晚会一定精彩。"岳狱长赶紧接过话："你们可别把她捧得太高喽。"几个人一听都笑了。

《监狱人民警察之歌》铿锵有力的乐曲声把几个人的注意力引回台上，三十名身着春秋常服的监狱警察雄赳赳气昂昂地走上舞台，当他们用嘹亮的歌喉开始唱"在高山，在平原，一个个监区，一座座校园……"，茹烟和领导们默然肃立、屏息静听，魏政委郑重地说："这是今年获得省司法厅纪念改革开放三十年歌咏比赛一等奖的节目，晚会的压轴戏呐。"

巩狱长感慨道："正是因为有一支忠诚党的监狱事业、团结拼搏的警察队伍，我狱去年才取得了一系列非凡的成就，你们的晚会名字'飞歌赞辉煌'起得好。"多天的付出得到了领导的认可，乔金明和茹烟听了很是高兴。

次日晚八点，省西岭监狱二〇〇九年迎新春联欢晚会在机关办公楼六楼多功能大厅举行。大厅里张灯结彩，"飞歌赞辉煌"五个字在色彩斑斓的灯光下欢快地摇曳着，富有中原地方特色的唢呐合奏《百鸟朝凤》把会场气氛烘托得热烈而富有节日气息。台下座无虚席，座位中间的两条过道及大厅后面都坐满或站满了观众，离退休职工、省局驻狱督导组领导及成员、驻狱武警官兵、监狱领导、警察职工以及干工亲属欢聚一堂，共度美好夜晚。

晚会开始前，魏政委发表的简短讲话让现场很快静下来，紧接着，开场舞《春暖花开》让观众感受到浓浓春意，轻灵温馨的氛围里，四个主持人闪亮登场，观众的目光即刻被他们靓丽的服装吸引，情绪被他们饱满的激情点燃。

接下来，灯光变幻，主持人依次退场，一群天真烂漫的孩子上场，少儿舞蹈《茉莉花》开始上演，茹烟和其他观众一样被孩子们富有童趣的表演逗乐了，不少观众还哈哈大笑起来。

就在茹烟沉浸其中时，唐韵扯一下她衣袖，她立刻意识到她们要为第三个节目《欢乐中国年》做准备了，她和舞伴们起身去了五楼等待室，在武警士兵表演的相声《南北哨》快结束时，她们进到舞台后面的候演室，个个神情紧张地相互提示着注意事项，当茹烟听到主持人说"……表演者——唐韵、茹烟等"时，心不由得咚咚直跳，不过有了去年的演出经历，她很快镇静下来，和舞伴们上了场，熟稔于心的音乐和舞步让她战胜了紧张和胆怯，不时响起的掌声也让她的表演越来越自如。

表演完毕，茹烟还不能回到现场观看节目，她得和李筱、唐韵赶紧换戏服、化妆，准备《文明花开》的演出，这是第二十个节目，因戏妆费时，柳梅特意将她参演的两个节目间隔时间拉长，茹团长派了两名化妆师来狱为他们现场化妆，董文宇和小刘早已化好妆，等茹烟、李筱和唐韵化好妆时，第十八个节目男声独唱《警察本色》的表演者已下到五楼，歌伴舞《精忠报国》正在上演，茹烟知道他们该上场了。

当他们登台开始演出后，茹烟趁李筱深情演唱的间隙望了望台下，看到巩狱长、魏政委、岳狱长等几个领导都专注地看他们表演，其他观众尤其是上了年纪的，更是津津有味地欣赏着，有的还跟着哼唱起来。

表演结束后，茹烟和同伴顾不上卸妆就匆匆回到现场，为的是能认认真真地观看一下最后几个节目：歌曲联唱《怒放的生命》唱出了大家对国家成功举办奥运会和监狱创建成全国文明单位的喜悦和自豪之情；三句半《巨变》表达了离退休老同志对监狱数十年来巨大变迁的感慨；葫芦丝合奏《月光下的凤尾竹》配以令人神醉的云南傣族风光幻灯片，优美动听，让人沉醉其中。

茹烟正意犹未尽时，《监狱人民警察之歌》雄壮激昂的音乐响起，电子大屏幕的背景随之转换，她的心也随着三十名合唱演员的歌声而激情澎湃，每唱一句，电子大屏幕都会播放出与歌词相呼应的动人画面："我们虽然穿着威严的警装，但有着严父慈母般的情怀，威严的铁门虽然紧闭，大墙内却充满明媚春天，我们是光荣的监狱警官，满腔热血为祖国保平安，我们愿做中华民族的坚强脊梁，我们是光荣的监狱警官。"

当唱到第二段时，茹烟看到监狱领导及现场大部分人都站了起来，跟着台上的人一起唱，她也情不自禁地唱出声来："在塞北，在江南，一个个监区，一座座校园，我们肩负着神圣的使命，让新的生命走向新的明天，勤劳艰辛度过青春年华，为了中华民族繁荣富强，我们是光荣的监狱警官，满腔热血为祖国保平安，我们愿做中华民族的坚强脊梁，我们是光荣的监狱警官。监狱警官——"

演唱结束，晚会气氛也达到高潮。《监狱人民警察之歌》虽不如流行歌曲婉转动听，也不像优美的舞蹈让人赏心悦目，不过，它是最能表达监狱警察心声的旋律，它唱出了监狱警察的默默奉献和无悔青春，唱出了一代又一代西岭监狱人的豪迈和坚守，唱出了监狱先后创建成部级现代化文明监狱和全国文明单位的成就和自豪！

茹烟的眼里已盈满激动的泪水。我也是其中的一员啊，怎能不心潮澎湃、热血沸腾？想到这里，她的眼前顿时浮现出姑父常说的柽柳景象，一排排、一片片的柽柳大多位于沙漠、盐碱地等偏僻环境中，它们日复一日、年复一年地发挥着防风固沙、改善环境的作用；它们不与其他树种争宠比美，耐得住寂寞，抗得起风寒；它们一年花开三季，积极阳光。监狱警察与它们何其相似啊！

在《难忘今宵》的经典旋律中，监狱领导为获奖者颁奖，然后是不同组合的合影——监狱领导与全体演职人员合影、各节目组合影、各部门领导与参演人员合影……茹烟回到家已将近十一点，她仍然很兴奋，晚会场景一次次地在眼前闪回，使她久久难以入睡。

第三十一章　心归何处

1

文河最美四月天时，茹烟离开工会，回到政治处副主任的位置上。职场上的人事变动因果相连、环环相扣，她知道，这次岗位调整缘于王实前不久调往省黄河监狱。没有了夫妻任职上的回避情形，巩狱长、魏政委他们自然不会让她在工会大材小用。

看着任职文件，茹烟心生一种失而复得的快感。在工会的两年多时间里，她差不多已经适应了，觉得跟柳梅跳跳舞、组织几次文体活动、时不时地外出学习几天、没事了看看书听听音乐的日子也挺惬意的。

不过，茹烟的得意和欢欣之情是内藏于心的，就像她盼望回到原来的工作岗位不言语，只是不露痕迹地行动一样。

两年多前，自己因王实的晋升被调离政治处，现在，又因王实的调离回到政治处。这是一个并不两全其美的结果：她不想让王实去外地，因为两个孩子正上初中，王实去了外地，自己在政治处又忙，势必少了对孩子的关照。

她找了魏政委，对她的顶头上司开门见山地说："感谢领导对我的信任，让我重回政治处。只是我身体不太好，王实又去了外地，两个孩子马上升初三了，我怕担当不了此任，辜负了领导重托，还请领导考虑其他人吧。"

听了她的话，魏政委沉吟不语，没有直接表态，而是温和地同她讲起自己的人生经历，说到他当年刚插队下乡时的心理落差以及后来工作上的起起伏伏，说到自己怎样克服工作及家庭的矛盾，魏政委说的时候还给她递了个橘子。

当茹烟为之动容时，魏政委不失时机地把谈话引入正题，恳切地说政治处很需要她回来，说现在物色一个会办事办会的人容易，但要挑一个像茹烟这样既能办事办会又能写材料的人可太不容易了，虽然她无法回到党委秘书的岗位，宣教工作同样很重要，监狱党委对她寄予了厚望，希望她不要推辞。

魏政委的话正说到茹烟心里，她带着很理解领导、为领导分忧解难的神情欣然领命。

2

一旦进入角色，茹烟便开始了表面风光内心忧伤甚至遍体鳞伤的日子。繁重的任务压得她喘不过气来，她不仅要完成预先安排的工作，大量的临时任务还等着她去完成。

在她逐项落实着年度教育培训工作实施方案时，沈主任向她传达党委会精神，说："为吸取省××监狱服刑人员袭警事件的沉痛教训，监狱要开展为期一个月的集中警示教育，你抓紧时间安排。"警示教育开始一周后，魏政委让她立即制订监狱防暴队训练计划，说："这是适应监狱面临的复杂严峻形势的需要，加强物防技防的同时更要注重人防，防暴队就是监狱的一道移动围墙，这道特殊围墙是否坚固，很大程度上取决于防暴队员的综合素质。"茹烟知道这是党委为进一步提高监狱处置突发事件能力的针对性举措，政治处要为中心工作服务，肯定得抓紧落实。

纷繁芜杂的事务与人员配备很不成比例，宣教上只有她和另一名不会写材料但工作很踏实的女警，只要上了班，她俩几乎就没有停歇的工夫，经常忙得顾不上喝口水，加班加点更是常有之事，这样的状态和节奏自然带来了不凡业绩：截至六月底，她们先后完成了"讲党性修养、树良好作风、促科学发展"专题教育实践活动各阶段的工作，组织了新录用监狱人民警察培训、年度内首次干警应知应会知识测试，牵头组织了刑罚执行科、狱侦科等四个职能部门的专项业务培训，开展了为期两个月的防暴队警体训练。

……

写到半年工作总结里的上述事项说起来只是一句话或一段文字，可是当一幕幕工作场景在茹烟的脑海里回放时，她真切地感受到艰辛和不易，大到撰写一份数千字的工作汇报、组织一项活动，小到制作一个表格、通知一次会议，她和同事都要一件件地用心去做、去落实。还有那些零零碎碎的活儿，如向上级报送材料或报表、整理台账、各种评先评优，虽然在别人看来没什么，它们却是宣教工作不可缺少的一部分，都要不厌其烦地一点点完成。

依茹烟多年来的工作作风，对每件事情尤其是重要事项，无论她愿不愿意做，也不管难易如何、分内分外，她都会认真对待，不单单满足于按时完成、不出差错，还力求有好的效果。她的费神费力就可想而知了。

褒奖顺理成章地随之而来，茹烟被监狱党委评为"二〇〇九年上半年共产党员先锋岗"，被推选为省级优秀警官，还被奖励到浙江参观学习。

面对荣誉，茹烟固然高兴，更多的却是心酸和无奈：父亲因病住院半月余，自己仅看望过一次；儿子学习成绩下滑明显，从年级二百多名退步到四百多名，班主任曾将她叫到学校，郑重其事地让她多尽些家长责任，多关心一下孩子学习，这让茹烟心里很不是滋味；繁重的任务让她的身体频出状况，不是颈椎痛，就是腰肌劳损，干眼症状也在加重，几个月来，例假再次呈现紊乱状态。

当领导们夸赞她，当周围人向她投以钦佩的目光的时候，有谁能够体会到她的心酸和无奈？夜深人静时，她不禁自问：我固然是一个好党员、好警官、好中层领导干部，可我是一个称职的女儿和母亲吗？难道这是我想要的人生状态？好像不是啊，起码不全是。

当茹烟这样想时，内心就感到烦躁和迷茫，开始对工作产生了几分厌倦之心，然而，一项接一项的任务只容许她短暂地顾及自己的感受，她像受了伤的将士，来不及养好伤就得投入下一场战斗，就得兢兢业业地尽职尽责，继续当领导心目中的好党员、好下属、好警官。

进入七月，为迎接中华人民共和国成立六十周年开展的各种活动让她忙得不可开交，除了省厅安排的"庆祝中华人民共和国成立六十周年征文比赛"、省局组织的演讲比赛，还有监狱自行组织的歌咏比赛、知识竞赛，为了在比赛中争先创优，取得良好效果，每项活动、每个环节她都得精心准备，认真组织实施。

一件件工作等着茹烟去落实，一项项任务等着她去完成，这让她心力交瘁，八月底，她终于累倒了，连日来的高负荷工作使得她身体免疫力下降，先是重感冒，而后颈椎病发作，脑袋如生锈的轴承般无法在脖子和肩膀组成的底盘上灵活转动，锥心的头痛更让她难以忍受。

住院治疗期间，领导、同事和朋友们轮番来探望茹烟，可她最盼望的是王实能回到她身边，哪怕能靠在他宽厚的肩膀上打个盹儿。可是，王实在外地，回来仅一天就走了，对她的关爱多是电话里的温情问候，让她怨不得也恨不得，有时她会带情绪地挂断他的来电，过后又独自一人悄然落泪。

不过，她知道自己不能把柔弱、撒娇、随性、哭鼻子的小女子一面作为常态，她是好党员、好警官，是政治处副主任，是领导的左膀右臂，是一名受了伤的将士，疗伤之后依然得回到前线。

3

后来，一项活动或者说一段话动摇了茹烟之前的想法和态度，打破了她的心理平衡，她内心一时感到迷茫，开始重新思考职业价值取向之类的问题了。

十一月中旬，宣教上组织了一场先进事迹报告会。会上，六监区监区长桂珉做了典型发言，他说了这样一段话："我热爱监狱工作，并始终把它当成一项事业来做，而不仅仅是当作一个养家糊口的职业，我愿意为它奉献青春、汗水和一切！"

这句话对茹烟的影响可以用"振聋发聩"来形容，其实，当她审阅五个发言人的稿件，初看到桂珉这段话时，内心就被触动了，只是这种感觉没有桂珉在台上发言时那么强烈。

座无虚席的监狱大礼堂里，桂珉站在鲜花簇拥的发言台后面，掷地有声地讲出了这段话。听到这段话时，不知道其他同事什么反应，茹烟有强烈的战栗感滑过全身，继而感慨万千。

台上，桂珉看起来依然高大威武，只是满脸沧桑、头发灰白的相貌与他刚过四十的年龄不太相称。茹烟记得，她刚认识桂珉时，桂珉红光满面，头发乌黑浓密。今昔对比，茹烟不禁唏嘘不已，就算岁月再神偷，桂珉大量的白发也来得太早了啊！

不过，听了桂珉如何长年累月地做好平凡琐碎的监区日常工作，如何天天不厌其烦地教服刑人员明辨是非、矫正恶习，如何"在岗一分钟，安全六十秒"，如何当好监区长，如何兼顾安全、生产、队伍建设等方方面面的工作，茹烟似乎一下子明白了个中缘由。

茹烟知道，这段话并非桂珉为沽名钓誉或出风头而说的冠冕堂皇之言，这是他对监狱警察的职业意义、价值的真实定位和诠释。"事业"与"职业"，一字之差，境界大不相同，在监狱警察这一职业不被世人熟知的社会环境下，桂珉不自卑自轻，反而能体会到自己所从事职业的重要性和神圣性，心无旁骛地把它当成自己毕生追求的事业，清晰地知道自己努力的价值所在，满心欢喜地投入其中。

作为同行的茹烟知道，这需要有着不掺杂质的热忱、无比强大的定力和持之以恒的毅力才能做到！

"我把职业当成了什么？除了养家糊口，我把它当成了和大学同学相比的重要尺码，把领导的赏识、职位的提升、名利的拥有当成了职场成功的重要标准，当成了亲友面前的体面谈资……"

茹烟自问自答着，不禁一阵汗颜，其实，她也曾经想过职业的事业感，至少在某些时刻她有过这样的想法，可是她做不到。上班近二十年来，无论在哪个岗位，她对待工作只是出于职责和义务，有时也会对工作产生几分喜爱感，但从没想过将它作为毕生追求的事业，时常夹杂着名利思想和虚荣心：想升职提拔、想博得领导青睐、想出人头地，而且这种思想在当了监察室副主任后与日俱增。

茹烟想起了一句话：志在山顶的人不会贪念山腰的风景。如果说职业是山腰，事业是山顶，风景和格局孰高孰下，自见分晓。

茹烟还想起另一个把职业做成事业的人，她的姨表妹谷兰蕙。谷兰蕙是文河市著名人文景点汉陵的导游，小茹烟两岁，1993 年大学毕业分配到汉陵上班。

当时汉陵满园荒草、残垣破庙、游客稀少，表妹住的宿舍里老鼠乱窜，晚上睡觉时还被老鼠咬过手指，就在这样艰苦孤寂的工作环境里，表妹和同事们像原始拓荒者一样用汗水改变着汉陵的旅游环境。她是个有心人，在干好工作的同时研究历史、搜集资料，自编导游词，用心为游客讲解，努力让游客对汉陵留下美好的印象，游客与日俱增，她也成了文河市的一名优秀导游。

随着时间的推移，表妹越来越发自内心地喜欢上汉陵这片特殊"领地"，体会到工作的价值，更难能可贵的是，游客对墓主人的敬仰、对汉陵有关知识的渴求以及汉陵景区提升自身品位的需要促使她有了强烈的使命感和责任感，她要立志写一部这方面的专著！

一旦心中有了太阳般明亮的梦想，便有了在黑暗中摸索的勇气和向着太阳奔跑的力量。她白天忙于讲解，晚上挑灯夜战，尝尽了刻骨铭心的寂寞和孤苦，也忍受了各种流言蜚语，历时近十年终于实现夙愿，写成《汉陵》一书。

茹烟是几个月前得知表妹成了作家的，当时，她并未想到把表妹的心路历程和非凡举动归纳为桂珉所说的"把职业当事业来做"，只是敬佩表妹的同时心生感慨，联想到了自己。

她与表妹的职业相似，一个是监狱工作者，一个是陵墓讲解员，工作环境也都很单调，但表妹面对这些不彷徨不抱怨，像汉陵里的翠柏一样，不向往居于闹市的依依杨柳，也不艳羡公园里的似锦繁花，深深植根于供它养分的那片"领地"，经风沐雨地顽强生长着，给人们带来阴凉和芬芳的同时形成了独一无二的风景。

茹烟知道，表妹的事业有成并非刻意为之，其成长历程也不复杂，就是努力做好本职工作，在认真和充满热情的付出中逐渐体会到自己所从事职业的价值，从游客需求中找到自己努力的目标，然后把职业做成了一份事业。

4

报告会后，茹烟反复默念着、思考着桂珉的那句话——把职业当事业、把职业当事业……我怎么不像桂珉那样心有定力、心有所依？为何总是摇摆不定？我似乎一直在追求职业的意义、职场上的成功，可是，真的追到了吗？实现了吗？

深想一下，茹烟觉得自己欠缺的不是责任心和敬业精神，而是对监狱警察这个职业的高度认同感，她没有桂珉那样稳定而喜悦的心态，内心总是随着岗位的调整、职位的变换而起伏不定，追求的是名利浮华之类的东西，也就达不到将职业升华到事业的思想境界，找不到心理平衡的支点。

茹烟想：我已近不惑之年，一颗心不能再像无线的风筝一样飘来荡去了，应该有稳定的职业价值取向了，也应该达到"不以物喜，不以己悲"的境界了。其实，我也想有一份喜爱并笃定追求的事业，可是，这样的事业到底是什么？是眼下正在从事的宣教工作吗？仔细想想不是，因为我不是发自内心地喜爱它，只是出于政治处副主任这一职位的吸引力、基于想获得领导赏识才去做好它，仅此而已。那么，我钟情的事业究竟在哪里？

第三十二章 再次考证

1

不管什么样的培训，只要能离开岗位、放下工作，离监狱环境远远的，都会像鸟儿出笼一样欢喜雀跃，若能碰到自己感兴趣的培训，遇上老朋友或结识几个新朋友，那就更快乐了。这是茹烟和她的监狱警察同行们的共同感受。

二〇一一年三四月间，省监狱管理局组织的心理咨询师国家职业资格考前培训就是合茹烟心意的学习，西岭监狱包括茹烟、董文宇、何竹、唐韵、郑媛在内的五名干警参加了这次培训，她的两个好朋友——省东川监狱的苏玉卿、省黄河监狱的赵华也来了。啊，真高兴！

培训安排在省局附近的一家酒店内，上课及食宿都在那里，茹烟与何竹同住一间，苏玉卿、赵华也分别与其单位的人住在一起，不过她们都在一个楼层，不影响她们相互邀着吃饭、逛街、散步。

开班仪式上，省局政治部和教育处的负责人分别讲了话，指出当前形势下提高监狱警察心理健康水平的重要性和加强服刑人员心理矫治工作的必要性，分析了系统内监狱警察的心理健康状况和服刑人员心理健康指导工作的现状，强调指出大力加强监狱警察心理咨询师队伍建设的紧迫性，要求大家珍惜这次培训机会，认真听讲，刻苦学习，遵守培训纪律，力争考试人人过关。

茹烟知道，近几年来国家越来越重视监狱在维护社会和谐稳定方面的作用，社会公众对监狱工作的期待值也越来越高，同时，监狱面临日益复杂严峻的执法环境，相应地，加强监狱管理、从严治警的措施和制度也越来越多，诸如"干警一日执勤规范""监狱人民警察执法过错责任追究办法"，等等。

所有这些，提高监狱管理水平、促进社会和谐稳定的同时，也让监狱警察越发感受到日益增加的工作压力和履职风险，社会大众也许只知道岁月静好、万家灯火的背后是公安干警的负重前行，殊不知，这其中也包含着众多监狱警察的默默奉献。

久而久之，监狱警察的身心健康问题日益凸显，警察突发疾病甚至猝死的现象时有发生，这不仅影响了监狱的安全稳定，还影响到服刑人员的改造质量、警察队伍的士气、警察自身及其家庭的幸福，比如，有些干警因终日劳累而导致躯体疾病，有些干警特别是中年干警产生不同程度的职业倦怠感。

服刑人员的心理健康状况也不容乐观。随着监狱物防、技防、人防水平的提高，发生脱逃、暴狱等恶性事故的概率降低，同时，受刑事法律政策变化、服刑人员家庭变故、狱内人际关系等种种因素的影响，服刑人员中产生焦虑、抑郁等心理问题、心理障碍的人员增加，自杀概率增高，给监管安全带来隐患。

茹烟对省局举办这次培训班的意义和针对性深有感触，近几年她对心理学的兴趣与日俱增，不用领导强调，她自然会当个好学生。

各监狱参训人员的座次是事先定好的，自第一排起，自左至右依次为省第一监狱、省第二监狱……省西岭监狱位于第二排，茹烟不喜欢离讲台这么近的位置，听课效果倒是比后排好很多，况且，何竹、苏玉卿与她左右相邻，赵华与她前后斜对着。够惬意了！

省局把培训安排得既规律又紧张：每天上、下午各三节课，晚上一个小时的复习时间，每次上课前或课间休息时播放的音乐让学员们感到片刻的轻松。

茹烟每天累并快乐着，通常是提前十分钟与何竹一起到教室，边听音乐边温习书本。有时，音乐会带走她的思绪，她会不由自主地把这次培训和考三级资格证时的情景对比。同样是一群学习心理学的人，大体相同的内容，但不同之处也很多：每周听一次课变成高强度的天天听课，同学是清一色的监狱干警，没有了人员构成上的多样性，却平添几分熟悉和统一。

2

除了讲社会心理学的女老师照本宣科、让人感到乏味外，几位老师的讲课水平和风格比较符合茹烟的期待：讲变态心理学的"老先儿"已年近古稀，但心理年龄至少要比生理年龄年轻十岁，讲课风趣幽默，把各知识点都总结成顺口溜，学起来省力不少且容易记牢；讲心理测验技能的高个男老师是中原大学的知名教授，能把枯燥的公式讲得通俗易懂、融会贯通；讲心理诊断技能的老师于二〇〇二年在省城开了一个心理咨询室，具有丰富的实践经验，善于运用案例生动阐释所讲内容。

茹烟最喜欢讲课最多的牛老师。牛老师嘴唇很薄、微弓着背，茹烟的目光更多的时候是落在她粉白的皮肤和匀称的身材上，年仅三十二岁的她真是了得，把基础心理学、发展心理学、咨询心理学和心理咨询技能四个部分讲得异彩纷呈，其嗓音具有主持人的特质，让人听起来非常舒服，她在课堂上会适时组织大家做些有趣的心理游戏，教大家在焦虑和疲惫时如何放松。

不过，每个老师都会时不时地告诉他们"必考"的章节和内容，这让茹烟感到有些煞风景，她学习可不是单冲着考试来的。

茹烟再次学习心理学，并无厌烦感、重复感，相反，她依然对它怀有极大兴趣，且能听出新意，还有新发现。比如，一个神经元，牛老师会把它和新生儿的健康成长联系起来，说到要让婴儿尽量多接触人，家里亲戚可以轮番去看婴儿并传递爱的信息以刺激其体内神经元的发育，这样孩子长大后性格不易孤僻。

学习中，茹烟注意到不同章节表述的"中等程度"现象：中等强度的愉快情绪有利于人的认识活动和操作效果，中等频率的重复说服效果最好，中等强度的动机活动效率最高，人与人之间中等频率的交往彼此喜欢程度较高，婴儿气质具有中等程度的稳定性，能唤起人们中等强度的畏惧信息取得的说服效果最佳。

茹烟不禁暗自感叹，心理学还能衍生出如此生活化的应用价值！

参加学习的上百人中，有一个学员格外惹人瞩目，他就是省黄河监狱的李政委，听赵华说，李政委特别喜欢心理学，平时经常虚心地向她请教，得知这次培训没有人员职务上的限定后，李政委欣然报名。他非常用功，课间，茹烟的眼睛余光可以瞥见他不停地记录着，专注的坐姿基本不变，课间休息的十分钟里，他经常向老师问这问那，比其他学员辛苦的是，上完一天课后，他还得回单位处理公务，次日一早再赶来上课。

讲到合理情绪疗法中"产婆术"式的辩论技巧时，老师把那段有名的"苏格拉底与失恋者的对话"内容放到投影仪上，然后问谁愿意现场模拟一下对话情景。茹烟勇敢地举了手，李政委也举了手，于是老师让他们分别扮演失恋者和苏格拉底。

让茹烟意想不到的是，李政委普通话说得很标准，声音、语调能配合内容抑扬顿挫，声情并茂又沉稳理性。刚开始，茹烟因紧张显得拘谨，李政委不急不缓的男中音就像安抚身心的佛乐，使得她很快进入角色，体验了一次从未有过的角色扮演。

报考三级心理咨询师的学员占大多数，只有董文宇、茹烟、赵华、苏玉卿和省禹南监狱一年轻男警考二级。他们五人成了老师之外的老师，别的学员经常向他们讨教，这让茹烟感觉很好，很乐意将自己的学习心得分享于人。

不过，多数时候，他们是比其他人需更用功的学生，除三级考试内容，他们还要掌握内容高深的二级技能，要准备案例分析报告和个人成长报告，让茹烟感到特别有压力的是，考试时要接受面试官的综合评审，考试能否通过，这是一关键环节，其他四人对面试也有不同程度的畏惧心理。

组织者仿佛知道他们的心思，四月中旬，省局专门安排一下午的时间组织模拟面试。几位老师模拟考官的身份和语气提问茹烟、赵华、董文宇几个人，之后，对他们的表现一一点评，重点指出问题和不足，然后从着装、表情到应答时的注意事项等细节一一告诉他们，怎么做才能使考官"按绿灯"的可能性更大些。

"刚进考场时，如果真感到非常紧张，不妨坦诚地对考官说'对不起，我现在有点儿紧张'。遇到回答不上来的题，不要不懂装懂，不妨谦虚地说一句'这个问题我还没有把握，回去后我再认真看看书'，这样老师反而会有一个好印象。……"

茹烟把老师的话一一默记心里，对面试不那么担忧了。

模拟面试后，其他学员开始复习，茹烟、赵华他们则边复习边继续听课，学习二级技能一本书。二级技能只有三章内容，可每章学起来都让茹烟感到吃力，不过，始终未减的兴趣成了她攻下堡垒的强大驱使力，认真听课—反复做题—看书查漏补缺—再做题巩固的有效循环，让她发现自有规律可循。

然而，培训接近尾声时，非但没有轻松感，茹烟的心情反而越发低沉，情绪越来越焦躁。每天要做上百道题，大量的概念、人名、量表、公式让她眼花缭乱，她的思考和反应能力随着题量的增多而减弱甚至消失，看到题目只是机械地给出答案，有些题目做两三遍仍会出错的现象让她既好笑又沮丧。

她偏爱的案例题一旦看多了便不再觉得鲜活生动，反而如麻醉药般让她的思维越来越迟钝，渐渐失去分析判断力，更可怕的是，案例中一个个心理晦暗扭曲的当事人幽灵般在她眼前不停地晃动，他们的焦虑、抑郁、强迫、惊恐、偏执、敌对、精神病性等诸多病症一一向她袭来，病毒般吞噬着她的身心，让她晚上难以入睡、噩梦连连，每一天都觉得度日如年。

何竹比茹烟的反应更强烈，多次对她说："这种学习简直像犯人坐监一样难受，我向神祷告都没有用，再待下去我要发疯了！""干脆咱们回去算了，反正现在是复习。"茹烟知道何竹本来对心理学兴趣就不大，只是单位派她来，加上有茹烟做伴，前期表现还可以，这些天却不行了，逃课、烦躁，恨不得插翅飞回家。茹烟有着差不多的感受，可她表面上还得装作冷静和顾全大局，因为她是单位指定的队长，不能随意说话和行事。

见说不动茹烟，何竹自有计策。一天下午下课后，她对茹烟说："酒店的饭吃腻了，晚上我请客，咱们外面吃去。"茹烟怔了一下连忙说："好啊。"

酒店南面的一条饮食街里，她与何竹进了一个干净雅致的餐厅，坐定后，何竹点了菜，还要了两瓶啤酒。茹烟瞪大眼睛问她："要喝酒啊？我可不行哦。""没事儿，啤酒喝不醉人，今天咱们放松一下。"何竹说完让服务员打开瓶盖给她们各自斟上，不等菜上来就端起大酒杯对茹烟说："何以解忧，唯有啤酒，来，祝咱们学习早日结束！"

茹烟与何竹碰杯后喝了一口，何竹则仰脖一饮而尽，然后咂咂嘴、扭扭头说道："爽！"这时菜上来了，她俩边吃边喝边聊，何竹的话渐渐多起来："一个月了，咱们跟苦行僧一样没有回过家，没有逛过街。这还是一个女人过的日子吗？""咱们抛家别子来学习，目的是提高心理健康水平的，可越学越焦虑，越学越抑郁，我不学啦，也不拿证了，我要回家！我想我儿子啦！"……

茹烟刚开始还能控制住情绪并安慰何竹，当她听到"我要回家，我想我儿子"一句时，眼泪一下子模糊了双眼，"好！咱们明天就回家"脱口而出，何竹激动地说："我的主任姐姐呀，你说话可要算数！"

何竹说完，继续与茹烟对饮，她俩一会儿泪眼迷离，一会儿放声大笑，茹烟能感觉到食客们朝她俩投过来的异样眼光，可她们才不管这些，不知不觉间，桌子上已竖起三个啤酒瓶。茹烟比何竹喝得少一些，意识还没有被完全麻醉，迷离中，她感到店里食客已不多，就摇晃着站起身把账结了，然后使劲儿拉起何竹走出饭店，两个闺密相互搀扶着回到酒店，没有洗漱就躺倒在床，晕乎乎地睡去。

偶尔的放纵产生了魔力般的效应，次日早晨醒来，她俩相视一笑，伸伸懒腰后迅速穿衣起床，早饭后像培训初期一样兴冲冲地走向教室，所有的消极想法和痛苦感受随酒意散去，书上说的心理调适方法开始起作用，不再去想做题有多枯燥，也不再想日益临近的考试有多令人焦虑，她们时时提醒和暗示自己：内心要强大起来，不要被案例中心理失常的当事人拖到悲观失望、情绪异常的泥沼里去。

3

五月榴花红时节的一个周末,茹烟汇入浩浩荡荡的心理咨询师资格考试人员队伍,走进考场,三个半小时的笔试时间,大量的题目,平均每一分钟要做完一道题才能把答卷写完,因此,她注意力高度集中,大脑飞快地运转,等中午十二点半考试结束时,她觉得自己像写完一份颇有难度的公文一样疲惫。

午饭后,何竹和大部分人都回家了,董文宇、茹烟、赵华、苏玉卿和禹南监狱的年轻男警还要参加被安排在次日下午的综合评审,即面试。

赵华退了房间,和茹烟住在一起;苏玉卿喜欢安静,一个人住了一间。她们三人小睡一觉后聚于茹烟所在房间里,开始读背并互相提问,后来轮流当考官模拟面试场景,末了,还兴致勃勃地讨论了面对考官时的发型、服饰、表情、站立姿势、说话语气,说到兴奋处忍不住演示一番。

晚上,她们决定放松一下,先是美餐一顿,三人点了六个菜、要了一瓶红酒,她们边吃边聊。赵华说下半年各监狱要成立服刑人员心理健康指导中心,她准备去;苏玉卿说她也准备去,而且她就在教育科,可以近水楼台先得月,还说二级证一定得拿到手,有了金刚钻才好揽瓷器活;赵华问茹烟去不去,"去呀,这工作肯定有意思。"茹烟脱口而出。苏玉卿接过话说:"去了,就当不成政治处副主任了,你舍得吗?""哦,是的,我——"茹烟一时语塞。赵华说:"烟妹呀,你现在职位不错,不用着急做决定。"

后来,她们又聊起孩子,聊起生活,聊起开心的事……她们聊个没完,也难怪,明天下午面试完就要分别了,下次见面说不准什么时候呢,彼此自然依依不舍。

回到酒店已十一点,也许是几天下来太劳累,也许是三人的笑谈让身心得以放松,那天晚上,茹烟很快入睡且睡得很沉,一觉醒来,已是早晨六点。

新的不寻常的一天来临,当茹烟想到下午的面试,内心不由得一阵紧张,曾在脑海里回放了无数次的问题又浮现眼前:"考官到底会问哪些内容?""会不会刁难我?""自己能通过吗?"……她躺不住了,索性起身对着穿衣镜一边小声地念念有词,一边观察自己的肢体语言。

刚睡醒的赵华看她这样"神经质",禁不住扑哧一笑,然后坐起身说:"不用担心,咱们准备得这么充分,肯定能通过的。你要不放心,等会儿吃完饭,把玉卿、文宇和那个男孩儿叫过来,咱们再模拟一遍。"

听了赵华自信的话，茹烟感觉不那么焦虑了，忙说："好的好的。"

面试于下午两点正式开始，他们五人提前一个小时来到考场外等候，这等待的一小时让茹烟感到非常难熬。中午天还好好的，一派初夏的怡人景象，突然却乌云密布，刮起大风来，她们又没有地方躲，茹烟的眼睛被迷得睁不开，想必脸色也不再是粉红的了，口红也不再湿润了，最糟糕的是头发被吹得有些凌乱，来之前精心梳理的发型已有些走样。这可怎么见考官啊？

沮丧中，茹烟终于看到工作人员打开考场的大门，她和同伴们迅速穿过大门后按照指示牌进了候考室。在候考室里，还没仔细看完黑板上的考试须知，茹烟就被安排填写一张表格，表格刚一填完，她便被叫到名字。

在考场所在的走廊里，她快速掏出小圆镜照照脸部，用手整理了一下头发，刚补涂完口红，工作人员就示意让她进考场，已经来不及把自己调整到最佳状态，她只好做了一个深呼吸，让自己迅速镇定下来，走到考场所在的教室门口，手贴胸口长吐一口气后轻轻敲门，听到一声"请进"，她竭力稳住步态进了考场。

两个女考官端坐在那里看着茹烟，她的心不由一紧，之前听不少考生说女考官比较难说话，有的还很挑剔。天！今天遇到的两位会是这样的主吗？

庆幸的是，一位五十岁左右、盘着发髻、穿着优雅的女考官对茹烟投以欣赏、温和、期待的眼神，这让茹烟的紧张心情很快平复下来，也使得十分钟的面试如同八段锦一样平滑顺畅。

当茹烟将表格双手递给那位女考官并与其眼神相遇后，顿时有了自信，转身镇定自若地走到离考官两米远的正前方，面带微笑地等待着考官发问。

"先做一下自我介绍吧。"另一位四十多岁、短发、休闲风格装束的女考官利落地对茹烟说。茹烟按要求开始自我介绍，当听到茹烟来自监狱系统时，那位年长考官充满好奇地问她有关监狱的一些事情，茹烟自然对答如流。

接下来的专业问题对茹烟而言非常简单，诸如"心理学有几大流派？""精神分析的代表人物是谁？他有哪些观点？"等，茹烟一边回答一边想，问题这么简单，莫非考官有意让她通过？正当她感觉良好时，短发考官突然问："认知行为疗法都有哪些？代表人物分别是谁？"

这个问题并不难，但茹烟一时难以说全，停顿中不由紧张起来，年长考官又一次向她投以温和、期待的眼神，于是她很快又镇定下来，不慌不忙地说出能够想到的内容，最后补充一句："不好意思，这个问题我记得不够全面，回去再看看书。"沉默片刻，两位考官小声交流了一下，然后短发考官说："好，你可以离开了。"

茹烟面对两位考官，认真地鞠个躬，说了句"谢谢"后离开考场。出了考场，她如释重负地迈着轻快的步伐踏上返家之路，车上，年长考官的面容和眼神总在她眼前闪回。

两个月后成绩公布，不出茹烟所料，基础知识、技能、综合评审三项考试均通过，她脸上露出开心的笑容，又想起那位与她有眼缘的女考官。

第三十三章　遗憾终生的选择

1

茹烟站在单位三居室住房的客厅，面朝两个南向卧室的方位，犹豫着，不知该进哪个房间。

小一点儿的房间是女儿君荷的卧室，里面是一种安静迷蒙的氛围，奇怪的是，有一只鳄鱼般的黑色动物（姑且叫它"黑黑"吧）趴在地面一动不动地瞪眼看着她，茹烟感到很恐惧，不敢上前，想躲避它，扭身离开。这时，已故多年的奶奶从大门处进到客厅，不说话，只是示意她的孙女儿不用害怕，可以试探着摸一下黑黑。奶奶说得应该没错，她相信奶奶，于是小心地走近黑黑，胆怯地摁了一下它的背，让她没料到的是，黑黑立即在室内欢快地窜来窜去。看到这个情形，她不再感到害怕，反而觉得黑黑有些可爱了。

稍大点儿的房间本来是茹烟和王实的卧室，却不见了双人床，只看见一群披红挂绿的儿童和妇女，脸上都化了浓妆，兴高采烈地准备上台表演节目，桂莉也在其中，看见茹烟后，连连向她招手，让她和她们一起表演节目，桂莉还说她们的舞蹈节目很可能得一等奖呢，让茹烟不要错过拿奖的机会。

茹烟动了心，左脚向房间里挪动了一下，想跟桂莉她们一起上台，不知怎么的，她鬼使神差地又退出来，转身进了黑黑待着的那间房。

这是茹烟做的一个梦，一个日有所思夜有所想的梦。做梦的头一天，她把苏玉卿约到茶馆里，品茗聊天，吐露心声，说自己的困惑和纠结。

茹烟略显激动地说："玉卿，自通过二级证考试后，我离开政治处的想法越来越强烈，我也要像你和赵华一样，去服刑人员心理健康指导中心，因为我忽然意识到，这个地方才是将兴趣和工作完美融合的绝佳平台，在这里，我才能把职业当成事业来做，对，把职业当事业来做，我跟你说过，这是我的一个好

246

朋友说的话，桂珉，你知道他的名字。"

苏玉卿以她一贯的沉静语气说："既然喜欢，既然到了那里可以把职业当成事业做，那就去吧。"

"可是，可是我又舍不得政治处副主任的职位，这是我多年打拼的结果，不想轻易丢掉啊。"

苏玉卿呷一口茶说："当然，这一职位可以给你带来体面和荣光，如果继续干下去，说不定你还会高升，成为职场的佼佼者。走这条路也未尝不可，咱们周围多少女警都梦想成为这样的人呢。只是，你现在又非常渴望去用心理学帮助服刑人员，我知道，这对你来说是一个两难选择，鱼与熊掌都想要，又都不愿舍弃。"

茹烟沉默不语。过了一会儿，苏玉卿继续说："每个人对成功和人生价值的理解不一样，我跟你的想法有所不同，在我看来，体现人生价值的领域很广，不仅仅是职场上的功成名就，自我实现又何尝不是一种有价值的活法呢？所以，我对你的建议是，听从内心的召唤，仔细觉察一下什么是你最向往的，一旦认准了，就要排除一切阻挠和诱惑。如果你认同我说的话，就不难选择了。"

苏玉卿的话让茹烟豁然开朗，给她以十分镇定的力量，其实她知道自己"最向往的"是什么，也清楚"内心的召唤"在哪里，只是一时舍弃不了一些东西，才想让苏玉卿帮她坚定主意。

茹烟想：自己已四十有二，应该不惑了，要为内心真正的渴望和向往而活，为了心中的向往，她宁肯舍弃现有的领导岗位！

怀着这样的意念，茹烟做了上述之梦。依梦的背景和氛围，结合她学到的释梦知识，她试着解析了这个对自己有着非凡意义的梦。

已逝去的奶奶代表心中的智慧指引，房子代表了她的内心世界，两个房间是不同愿望和想法的象征，安静朦胧的小房间象征着她对服刑人员心理健康指导中心的看法和想象，黑黑代指服刑人员，从恐惧到敢于触摸再到觉得它可爱的心理转变，说明那里的工作不仅不可怕反而有其神秘和乐趣所在，是可怕还是可爱，取决于自己的认识和行动；大房间代表她对政治处工作的看法和感受，就像梦境中时时要准备上台演出一样紧张而怕出错，尽管她常常处于舞台中央受人瞩目，表面上看光鲜亮丽，可是，台下的痛苦和压力有谁能真正体味？

也许此梦并非只有一个确定的解释，不过，目前，茹烟愿意这样理解它，至于其他寓意，就留待以后慢慢领悟和回味吧。

"梦是潜意识开出的最美的花"。它真神奇，在梦中指引自己进入那个安静并有黑色动物的房间，说明潜意识不想让它的主人再犹疑不决，及时以梦的方式告诉她该怎么选择。

当茹烟准备按照梦的指引做出选择时，身心顿觉自由、轻松和舒展，啊！从此她可以怀着无比喜乐的心情从事钟爱的心理学事业了，可以在一个关押男犯的监狱里以女心理咨询师的身份发挥自己的独特作用了！别了，曾使她羡慕、追求和拥有的领导职位；别了，表面风光内心忧伤的日子；别了，无力掌控人生方向的岁月！

2

然而，茹烟高兴得为时尚早，她的想法和选择最终没能落于行动。

毕竟是一个重大决定，还是要向王实"通报"一下的，茹烟已猜想到王实不会同意她的选择，却没想到他的反应会那么激烈："放着好端端的副主任不干，去当一名普通干警？想过到那里要直接和犯人打交道吗？""你就不怕出现什么闪失？""如果你去其他部门我不反对，可是去教育科，我不同意！"……

王实连珠炮似的发问激起茹烟一头怒火，她没想到身为管教副监狱长的王实会说得如此庸俗，反对得如此干脆，他平时口口声声地喊着要重视服刑人员的心理健康，还说要充分发挥女警心理咨询师的优势，可他私下里竟说一套做一套！

人啊人，即使亲密伴侣，也不见得了解彼此的真实想法，无法让他（她）和你时时合拍，也难以预测他（她）将会想什么、做什么。

如果上述情形搁在过去，茹烟肯定会针锋相对地驳斥王实一番，如今，她不会这么做了，她已学会有意识地管理情绪，懂得如何用温和、智慧的方法对待那些情绪激动甚至失控的人，包括周围的亲人。她以平静的语气不紧不慢地对王实说："如果你在五年前对我这样说话，我可能会大发雷霆，但现在不会了。你说和犯人打交道不安全，可是，目前的心健中心除了董文宇，其他全是女的，她们都不害怕，我怕什么呢？"

听了她的话，王实方知自己的一番话显得粗暴了，于是改以温和的语气说："对不起，刚才我伤着你了。我知道你这几年对心理学情有独钟，也理解你的想法，只是现在子豪和君荷上了高中，正是关键期，我又在外地，需要你多操心，所以你真想换个部门，我也不反对，只是你别去心健中心，我真的不希望自己的媳妇儿近距离接触犯人。你想在心理学方面体验和实践，可以参加社会上组织的活动嘛。"

茹烟白了他一眼说："我要把这话传出去，看能把你臊成啥样！一个堂堂的处级领导干部竟然思想这么不开通，这么自私！""咱俩就在家说说嘛，我真是为你着想。""你要真为我着想，就应该同意让我去，去社会上学习是有限的，再说业余时间差不多都给了孩子，我哪儿还有工夫参加外面的活动？"茹烟故意板起脸说。"反正，你去哪个部门都行，就是别去心健中心。"王实仍固执己见。

茹烟知道一时改变不了王实的态度，只好暂不与他论个高低，搁置一段时间，说不定事情会有转机。

王实的态度让茹烟感到很受挫，可细想一下，他的话不是没有一点道理。女警与服刑人员接触的安全隐患她是知道的，十几年前，她亲眼看到的服刑人员劫持女工的情景仍历历在目，后来，她也陆续听到过其他监狱类似的情形。她相信大多数服刑人员不会伤害到帮助他们的女警心理咨询师，但是，不怕一万，只怕万一啊！鳄鱼毕竟是鳄鱼，它能否变成人可不一定，这毕竟是茹烟梦境里的情形。

如果自己真遇到被服刑人员骚扰或侵害的情况怎么办？如果舍弃了领导职位，自己是否对远离领导的视线、他人非议、待遇降低等情形真的都无所谓？还有，心健中心办公室设在服刑人员活动区，若去那里上班的话是不能带手机的，每天要反反复复地进出好几道门，刷十余次门禁卡，还要接受严格的安检，因此，在里面上班的女警都想出来，她却反其道而行之。

一想到这些，茹烟就准备打退堂鼓，觉得王实的话"忠言逆耳利于行"了。算了，还是留在政治处，继续表面风光内心忧伤的日子吧。

之后，大学好友李诗华的归来让茹烟彻底打消了去服刑人员心理健康指导中心的念头。二〇一二年五一期间，诗华回文河探亲，两个好友久别重逢，自是欣喜万分，诗华说，她这次回来，除了探亲访友，还要处理法律顾问单位的一些事情。原来两年前，文河一家上市公司聘请李诗华为常年法律顾问。

茹烟感慨地说："你的业务越做越大了啊，一年下来收入不少吧？"诗华毫不掩饰地说："那当然，一年不挣几十万、上百万，怎么敢在律师圈混？不过，比起李向南、侯发、吴远他们男生，我差远了。"茹烟听了羡慕不已，又一听吴远的名字，心顿时被刺痛了一下，同时，莫名其妙地涌起几分自豪感。

照例，每次相聚，诗华这个"班情发言人"都会向茹烟"通报"同学们特别是广东同学的近况：欧阳序由肇庆市副市长提为市长；温舒平当了法制局局长；游芳三天两头外出旅游，买的衣服和护肤品如何高档……

够了！够了，我不要再听了，同窗四载的同学啊，你们升官的升官，发财的发财，买名牌的买名牌，送孩子出国的出国，国内游国外游，花巨款让自己逆生长……我们曾经是一个起点，我也很优秀，也在不停地上升、奔跑，可我怎么总是赶不上你们呢？哦，我们不是一个起点，我们的家境、地域、背景不一样，当然，性格、追求也不一样，所以，毕业二十余年后，我们的差距出来了，命运不同了。

好吧，我无法跟你们比，但我可以跟自己的过去比，可以在文河的小天地里比。我是单位女警中的佼佼者，领导赏识和器重的中层领导干部，我有一对双胞胎儿女，我们的收入虽不如你们，去不了高档美容院，买不起上万元的名牌服饰，实现不了国外游，但日子过得也挺好，挺好。

茹烟本来想跟诗华说说自己选择上的困惑，想听听诗华的意见，可听了诗华的一番"通报"，她改了主意。

3

和李诗华相聚的当晚，茹烟又做了一个梦，梦里，她去了监狱服刑人员心理健康指导中心。教育科科长和副科长董文宇护送她到那里的，他们以一个中层领导干部到新部门任职的规格为她举行了隆重的欢迎仪式，科长、心健中心负责人董文宇、心健中心副主任唐韵依次发言，对茹烟的加入表示热烈欢迎并给予她很高的评价和期待，她听不清他们说的什么，心里却是激动的。

欢迎仪式结束后，科长回了科里，董文宇接着给她介绍心健中心的情况，唐韵、郑嫒忙着腾柜子让她放东西，她俩还把《服刑人员心理与矫正》《箱庭疗法》等专业书籍拿给她看。

后来，茹烟仔细打量起新的办公环境，长方形的办公室宽敞明亮，面积足有三十平方米，浅棕黄色的窗帘将偌大的房间衬托得温馨宁静，办公设施与政治处明显不同：六张带有半米高隔断的写字间式办公桌呈两排相连，一桌一电脑，最显眼的是，每个电脑显示屏上面卡有一个小小的人脸图案的摄像头，韦志苓介绍说它用于网上心理咨询，西面靠墙是三组崭新的浅灰色办公柜，东面墙上安装有投影仪，南面墙上靠门口处挂有一块白色写字板。环视一圈后，茹烟感到很舒服。

再后来，她走出办公室，继续欣喜地看着、望着。心健中心位于服刑人员生活区与劳动改造区之间的狱政楼一楼，西面与狱政管理科相邻，办公室外面是一条用玻璃窗封闭的前檐式走廊，太阳照进来显得很亮堂，地面和廊柱两侧摆满了吊兰、金枝玉叶、绿萝、仙人掌、长寿花等绿植和花卉。

　　站在走廊往外望，映入眼帘的是她每次进入监狱区都会驻足欣赏片刻的静心园，园子小巧精致，富有生机：红柱碧瓦的六角翘檐亭醒目地伫立在一池碧水中央，圆水池里，从四个方向欢快地不断涌出丈余高的喷泉。梦里，茹烟仿佛也感到了丝丝凉意，三叶草、月季、桂花树、玉兰树、棕榈树等各种花草树木错落有致地点缀在水池四周，亭、水、草、花、树自成一景，东面依势修筑的罗圈椅形高墙上的爬山虎长得茂密繁盛、翠绿欲滴，它们连成一大片，在雾气腾腾的喷泉映衬下，犹如绿色瀑布一泻而下，为静心园增添了生机和神韵。

　　茹烟欣喜地观赏着静心园，过了一会儿，她的眼神不经意间投向右前方两排高大挺拔的松树上，它们在微风中轻轻摇摆着枝条，似乎在向她招手，说："嘿，美女警官，我们也是监狱的一道风景线呀。"茹烟莞尔一笑，心想：可不是嘛，这两排松树与她的工龄相同，像威武挺拔的武警战士一样，它们几十年如一日地守卫着监狱大门，护卫着监狱安全，当之无愧为狱苑的一道别样风景。

　　望着眼前的一切，茹烟的心情甚是愉悦。

　　再后来，茹烟醒了，喜悦消失了，不无遗憾地继续在政治处上班，不过，她把梦记录了下来，将美好的感觉珍藏于心，她还希望这样的感觉能再次孵化出新的梦境，极有可能呢。

第三十四章　芳菲何须竞

1

居家隔离第五天。

天清气朗，暖阳驱走了冷风，白云在蓝天上自由自在地飘移、变幻和神游，远山隐约可见。这是茹烟喜欢的冬日景象。上午十点以后，阳光透过宽大的玻璃窗洒在阳台上、绿叶上、摇椅上，并渐渐照在沙发上、书桌上、床上，使本来已开了暖气的房间更加温暖。

啊！如此宜人的天气，应该邀三五好友外出游园、拍照，或者与伴侣在古老的城墙根处晒暖、打盹儿，做一个历史与现实邂逅的梦。

可惜，这只是白日梦。

可恶的新冠病毒，你已肆虐快两年了，我也禁足快两年了，除了去省会一趟，除了探望王实，我已有七百余天没有出过文河市了。近期小区又出病例，我已窝在家里五天了。好憋闷啊！

上次出游是什么时候？哦，前年，也是十二月，不过是月底，我和四个室友相聚三亚，戏海水、吹海风、踏海浪、喝椰汁、穿椰林、购美衣、忆芳华、看《芳华》……

一想到三亚，茹烟顿时心驰神往，再也无法安静下来做家务、听书、弹古筝，眼前不时浮现三亚行的一幕幕场景来，她索性走到书柜前，取出两本厚厚的相册，打开来欣赏，回味往日时光。自有了数码相机和智能手机，她像其他人一样很少洗照片，不过，年岁渐长后，想法有所改变，觉得把有纪念意义的或者自己满意的照片洗印出来整理成册，比放在手机里更直观，更不易丢失，更具形式美。

她先翻开家庭相册中自己的个人照，这部分精选了自己从大学时期到最近的照片，具体说，是从一九八七年到二〇一九年间的个人照。

首页上，是她芳华年代的倩影，长发飘飘、裙袂飞扬的清纯形象在大学校园里、在汉湖和东湖边定格。茹烟慨叹自己彼时风华正茂的同时，久远的自卑和失意心绪倏忽间又涌到意识最前端。

照片中，她穿的两件大摆裙，一件是李诗华的，一件是凌馨月的。穿室友的衣服，只因自己当时没有太像样的，她来自农村，同室五人中囊中最羞涩，难以置办料子好、式样新的衣服，毕业前，当同室五人相约拍照留念时，诗华见她左试右穿也不满意的样子，就主动献出一件玫红色大摆裙，馨月也借给她一件粉红色碎花裙。温暖之外，也让她自卑。

照片中的她含着淡淡的笑意。含着笑意的照片是洗了几十张送给同学们做纪念的，她只想让他们若干年后看到微笑的她，而不是一个愁容满面的女同学。

笑容背后是自卑、失意的内心。别的同学且不说，同室五人中，数她分配得最不理想。伍丛彦去了湖南省人民检察院，凌馨月被分到海南省政府法制局，吴凯华如愿以偿地留校任教，李诗华去了广州一家知名的中外合资公司，而她，分到了中原省西岭监狱。

当时，她心里难过万分，同室四载，却有着迥然不同的归宿！是自己不够优秀？并不是啊。

当时，茹烟认为自己命运不济、倒霉透顶，觉得室友们一个个都像戏里的主角一样光彩照人地站在舞台中央，她则像个背景般的角色，很难引起观众的注意，很难像室友们一样成为时代的宠儿。

时过境迁，现在她不这么认为了。茹烟暗暗想着。看看数十年后的三亚行照片吧。照片里的她，姿态各异、神采飞扬、自信愉悦，或眺望大海，或踏浪奔行，或躺卧沙滩，或倚树而立，或开心一笑，或凝眸沉思……当时的她多么惬意舒心呀！

单从服饰看，已今非昔比，十余张照片里，是她身着四套不同风格衣裙的绰约身姿，当然全是她自己的衣裙，且质量上乘。几乎每套衣裙都配有相应的项链、耳坠、手镯等，或玉饰，或珍珠，或琥珀。

茹烟乘兴打开第二本相册，这本题为"曾经"的相册收集了自大学时起的友人合影照。大学之前她也不乏好友，比如，何竹，遗憾的是那时没有合影，所以光影岁月就从大学开始展开。

首页上，是她和室友的合影。已不鲜亮的照片中，五个女大学生的美丽、灵动、活力和清纯依然具有视觉冲击力，茹烟端详着被班男生称为"五朵金花"的她们：伍丛彦个高肤白，发微卷、深眼窝、高鼻梁，有几分洋人貌，只是眼睛不大，照相时总不笑；凌馨月的眼睛像黑葡萄，睫毛长而浓密，身材好，不过刚入校时总爱穿运动装，她会跳舞，照相时很会摆姿势；吴凯华个儿高且身材丰腴，五官标致，外号"杨贵妃"，性格开朗，照片中总是"最佳笑星"；李诗华漂亮洒脱，活泼俏丽，穿着时尚，她脸部立体感强，侧面照很美；茹烟呢，比馨月、诗华略矮些，但她比馨月白、比诗华瘦，因而显得娇小柔美、温婉清雅。看过她们合影的人多以为她是南方女子，以为丛彦、凯华是北方姑娘。走出照片，许多人也常常这么认为。

照片中，五人的站立顺序基本固定，自左至右依次为丛彦、馨月、凯华、诗华和茹烟，这是她们从大姐到五妹的年龄顺序。以后她们合影时，大多按这个视友情如亲情的顺序站立。

看着昔日照片，茹烟觉得青春年华的她丝毫不逊色于室友们，某些方面甚至要超过她们。可是，贫穷、分配单位不理想让她当时乃至之后很长一段时间里都陷入自卑、失意的心绪中，让她总想着有朝一日能自信地与室友们站在一起。

当翻看最后两页的三亚行照片时，茹烟觉得自卑、失意的心绪已荡然无存，与室友们站在一起，何止是自信？简直是志得意满、优越感十足！

三亚行时，茹烟的自信不是秀出来的，愉悦不是装出来的，皆由内而外自然散发。时隔近三十年后，尽管她仍然是五个室友中较"贫穷"的一个，无法跟自小家境优越的丛彦相比，也无法跟高收入的诗华相比，她只是一个饿不着也撑不着的监狱警察，她的丈夫也是监狱警察，但他是一个高级警官，是一狱之长，这除了让她感到体面外，还带来了生活品质的提高。

尽管她与那些一掷千金的阔太太还差得远，但她不再为买不起心仪的衣服而懊丧，不再为一只爱而不得的玉镯而苦恼，不再为进不起文河的中高档美容院而无奈，也不再为无钱外出游玩而失落……

她的愉悦也来自幸福的家庭。儿女双全且学业有成，丈夫职位步步高升，自己虽说不上功成名就却也有体面的职位，她有什么理由不满足、不如意呢？

从思想层面讲，她也毫不自卑。近三十年的职业生涯让她不再自轻自怜，不再心猿意马，对监狱警察这一职业产生了很高的认同感和自豪感。律师、检察官、大学教授固然称得上社会精英，监狱警察照样令人尊重，社会的安宁需要公安干警"风霜雪雨搏激流"，同样也需要监狱警察在大墙内的默默坚守。

2

茹烟合上相册，走出书房，躺在摇椅上，闭目遐思，往事浮现。

她和室友相聚鹿城，并不全为游玩，看望凌馨月是一重要原因。早在二〇一五年，凌馨月因高血压并发症患上麻烦的肾病，原本身体康健、身材颇佳的她日渐消瘦，加上丈夫外遇的打击，她日渐形销骨立，气色愈来愈差。见丈夫花心难收，为了过安宁日子，不致使身体因此垮掉，她与丈夫协议离婚。欣慰的是，领导和同事们很关照她，减轻和分担她的工作任务；为了更好地养病，二〇一七年年初，经单位批准，她由海口调往三亚。

茹烟、伍丛彦、吴凯华、李诗华四人本打算二〇一七年国庆节一起去三亚看望馨月，可丛彦和茹烟需要加班，凯华和诗华也各有各的俗务，之后几个人一直约，直到二〇一九年年底才遂了愿。

凌馨月是个自尊心很强的人，即使有病，也不希望别人同情她，把她当病人看待，况且她的肾病尚处于中间级别，未严重到需天天上医院的程度，所以，五个室友相聚的几天里，很少谈论馨月的病情，她们只是像其他游客一样尽情地玩，这样反而让馨月很开心。

茹烟现在回想起来，三亚游堪称豪华游。

她们住在亚龙湾的一个高星级酒店里，亚龙湾是一个拥有滨海公园、豪华别墅、会议中心、度假村、海底观光世界、海上运动中心、高尔夫球场、游艇俱乐部等国际一流设施的热带海滨旅游度假区，有"东方夏威夷"之美誉。

入住的酒店让茹烟大开眼界。服务台不像别的酒店设于一楼，而是在六楼，从六楼到三楼她和馨月合住的房间，乘电梯无法直达，需在两层楼之间兜兜转转绕半天，如迷宫一般。

房间里，面朝大海的窗户装着复杂的遥控窗帘，茹烟记得，当时她和馨月琢磨了好一阵子，也没能打开窗帘，"老十"的两人只好求助服务生，服务生给她们讲解了半天，她们才大概知道窗帘怎么开合。

最让茹烟感到新奇的是，有着很多按钮的马桶坐上去温温热热的，很舒服，她以前只知道智能马桶不用厕纸，并不清楚它还有加热功能，当时她曾想，若将来她再买房子，一定买个这样的马桶，多了舒适、少了麻烦。

这样的房间自然价格不菲，一天三千元，就算茹烟负担得起，她初闻此价也咋舌不已，不过，当丛彦提议选择亚龙湾时，她并未表示反对。为什么要反对呢？亚龙湾可是"天下第一湾"，那里有着湛蓝湛蓝的天空、明媚温暖的阳光、清新湿润的空气、连绵起伏的青山、千姿百态的岩石、原始幽静的红树林、洁白细腻的沙滩。

这样的美景她不愿错过，她虽不是富婆、阔太太，却也早已不是大学时的穷酸样儿了，偶尔奢侈一回，她能负担得起，关键是不能在室友面前丢份儿，不能让丛彦、馨月、凯华几个南方人瞧不起她这个北方人。当时她就是这么想的。

她们在该酒店住了两天，六千元，这差不多相当于茹烟两年前的月薪。俗话说，钱花到哪儿哪儿美。海边距住处仅约两百米，果然海水清澈、沙滩细白、椰树高耸、青山葱茏、环境清幽。一时间，那片海、那一方梦幻般的风景几乎专属于她们。

茹烟、丛彦、凯华和诗华四人都不是第一次去三亚，因而她们这次没有再去南山、天涯海角等景区，除了去奥特莱斯和免税店逛街购物，她们在亚龙湾待的时间最久，拍照最多。

亚龙湾呈现给她们最迷人的风情，她们也报之以最饱满的热情。兴奋快乐的情绪在滨海公园里已酝酿得很充分，美景让她们忘记年龄、忘记工作、忘记一切，中年大妈瞬间变成青春少女，平时正襟危坐的检察官、不苟言笑的警官、慷慨陈词的律师、为人师表的教授的身份统统被她们抛到九霄云外，她们笑啊闹啊，换着花样拍照——手舞足蹈跳跃的、头顶头呈十字形躺着的、两两背靠背席地而坐的、糖葫芦般紧紧靠着的。

及至到了海边，激昂的情绪就像海浪般一波一波地奔涌，她们玩得越来越嗨，拍照姿态越发地纵情恣意：或坐或躺沙滩椅，或倚或搂椰子树，或弯腰戏水或仰望蓝天，正面的、侧面的、背对镜头的、戴圣诞帽的……

海边疯够了，她们就去奥特莱斯和免税店过购物瘾。五人中，除馨月外，其余四人的消费均在万元以上。茹烟的收获：一件五千多元的羊绒大衣，一套四千多元的护肤品，一个上千元的手提包，一件上千元的连衣裙，共计一万两千四百多元。

这个数字已够令人瞠目了，不过，开支远不止这些。考虑到馨月的病情、作为同室情谊的物化表达，丛彦、凯华、诗华和茹烟四人商量后每人送给馨月五千。加上路费、食宿等开支，一趟三亚行下来，茹烟总共花了近三万元。

天啊！怎么花了那么多钱？自己怎么如此奢侈？

对往事的回想让茹烟大吃一惊，这钱足够母亲五年的生活费，比得上哥哥半年的辛苦所得，相当于弟弟四五个月的收入了。

自己为什么这样奢侈呢？与室友们比阔？证明自己已不再贫穷？享乐思想作怪？

为什么要比？为什么要一直跟室友们比呢？即使现在工资比以前高了许多，即使自己的丈夫当了领导，若论经济实力，你茹烟永远也比不上丛彦，比不上诗华，甚至比不上凯华和馨月，可你三亚行的消费水平一点儿不比她们低，甚至有过之而无不及。

细究起来，茹烟觉得这一切都是自己由来已久的自卑心理及由此衍生的过度自尊心理在作怪，攀比心和虚荣心也起了推波助澜的作用。

以前不是寒酸得穿你们的衣服吗？现在根本不用了，不仅不用，我还要比你们穿得更讲究、更漂亮，而且我自以为着装比你们有品位，气质比你们优雅。

我的工作单位比不上你们吗？如今我不这么认为了，不认为比你们矮三分了，我不会像以前那样羞于向别人提及自己在监狱工作，也不会因为他人（包括你们）一句贬低监狱或监狱警察的话而不知如何应对，进而心里难受半天，相反，我对"监狱"一词怀有莫大的兴趣和亲切感，因为，我对监狱由衷地充满了感情。这一点，你们也许懂，也许不懂，不过，懂与不懂都没关系。

3

对往事的回想让茹烟感到脸红，感到自己是那么肤浅、狭隘和可笑。

牡丹雍容华贵，玫瑰美丽动人，梅花高洁脱俗，荷花香远益清……花各有芬芳和品格，也有各自的局限或缺点，牡丹花期短，玫瑰带刺，梅花含毒，荷花不易让人接近……她们各有各的芳姿，也各有各的优劣或特性，何必一较高下？又怎能比出个高低来？

对于常被以花相比的女人，又何尝不是？"敦煌的女儿"樊锦诗比她的双胞胎姐姐看上去要老许多，可谁又能说她不是美丽的女性？冻龄女神赵雅芝固然是抵抗衰老的成功范例，年已古稀仍容貌可人，但若论其他成就，又怎能与叶嘉莹、屠呦呦等杰出女性相比？

茹烟啊茹烟，你不妨再来和如今的室友比较一下吧。

如今的伍丛彦，肥胖、白发、皱纹、驼背，加上离婚，这些都让你唏嘘不已，可是，你能比得过她的骄人业绩和工作强度吗？她曾被评为"全国优秀检察官""湖南省三八红旗手"，她所有的荣誉都是无数个案子和无数个辛劳的加班换来的。

　　凌馨月，是最让你感慨万分的一个。你一直以为馨月无论工作和生活都是成功的、圆满的，有钱、职位高、家庭幸福，生活在空气质量极佳的海南岛，事实也大抵如此，可一场大病完全改变了这一切。

　　这个改变对馨月来说是巨大的，对你而言是具体的。你记得刚到三亚时的情景吗？走出机场看见馨月的一刹那，你还没来得及激动，心酸和怜惜的感觉已涌上心头，馨月身穿一件宽松的灰色连帽休闲衣、黑裤、旅游鞋，脖颈处围着素色围巾，显得老气的装束加上暗沉的黑皮肤，让你一时惊愕万分。

　　"我现在有病，只想着怎么舒服怎么穿，确实没有以前讲究了，嘿嘿。""唉，我现在这个样子，穿得再漂亮也拍不出什么好照片啦。""我得病不到一年，老公就有了外遇，刚开始我还试图阻止他与那女的来往，后来一想，既然他心已出笼，我也无法再给他满意的夫妻生活，何必强拘一起呢？不如给他自由，还我安宁。""虽然离了婚，但我希望他好，毕竟一起生活了那么长时间，再说他好了，孩子才会好。""烟妹呀，你的状态挺好的，身体健康、气色红润，又注重保养，看着比我年轻不少呢，工作、家庭都不错，特别是一对龙凤胎孩子，多让人羡慕啊。"……

　　刚到三亚的第一晚，你和馨月直到凌晨一点才睡，馨月推心置腹地跟你说了一番长话，这番话打碎了你为馨月头上罩的一圈光环，也让你猛然想起那句诗：你站在桥上看风景，看风景的人在楼上看你。

　　再说说吴凯华吧，身为法学院副院长、教授，肥胖、头发稀疏、面色萎黄、唠叨、着装普通等特征为她组合了一个中年大妈的形象，不过，你可不要小瞧你这个三姐，凯华能走到副院长、教授的位置，其领导才干和业务水平自不必多说，最让你羡慕的是她桃李满天下，全国每个省、自治区、直辖市都有她的学生，而且她的很多学生都是打心眼里敬重她、喜欢她。此外，凯华还烧得一手好菜，这似乎与她繁忙的工作很矛盾，但凯华就是这么厉害，你只有叹服的份儿。

　　至于李诗华，你的文河老乡、闺密，按说你和她不应该比，没必要比，尽管你俩性格不同、穿衣风格不同、志向不同，甚至价值观也不同，但你和她作为五人中的北方人，关系自然更亲密一些。然而，关系再亲密的两个人，也有各自的心思，也有与对方暗中较劲的时候，因为你希望她好的同时也希望你不比她差。以前，你常常羡慕诗华有钱、做事果断、接受新事物快、接触社会面广，羡慕她经常天南海北地跑，羡慕她比你早十年坐了飞机，总之，你对她的羡慕多于她对你的羡慕，为此你的心情常常失落。

　　别的不说，诗华的吃苦耐劳精神你能比得上吗？她极少像你一样睡过午觉，经常坐很早或很晚的航班，大年三十还要写法律文书。还有，她的法律情怀和思想境界你能比得上吗？她当了几十年的律师，始终热情不减，始终没有放弃法律业务的学习，与时代同步，法律素养颇高，更难得的是，她做律师不光为了丰厚的收入，还积极履行律师的社会责任，热心参与公益诉讼、捐资助学、扶贫攻坚等活动，引起良好的社会反响。

当茹烟想到这里时，"平和"一词很快浮现于脑海，由这个词她还想到了和室友们一起看的电影《芳华》，想到了电影里的何小萍和刘峰。她们在三亚的第二晚，共同忆起大学时光，说到兴奋处，丛彦就提议看《芳华》，该部电影热播于二〇一七年年底，那晚她们是通过房间里的投影仪看的，除了丛彦和茹烟，其他室友都看过。

这部电影以它旋律优美的主题曲、直抵人心的故事情节、唯美的舞蹈画面征服了茹烟的心，尤其是主人公何小萍、刘峰的坎坷命运让她难以忘怀。尽管经历过困苦磨难，不被善待，但他们从未泯灭人性中最可贵的善良、正直、勇敢、坦荡等品质，难怪片尾处那段旁白只提到了他们二人的名字。"我不禁想到，一代人的芳华已逝，面目全非，虽然他们谈笑如故，可还是不难看出岁月给每个人带来的改变。倒是刘峰和小萍显得更为知足，话虽不多，却待人温和……"

再次品味这部电影，茹烟觉得何小萍和刘峰身上最吸引她的品质是平和。因为心态平和，他们忘却恩怨，温和地面对昔日的战友；因为心境平和，他们不以物喜、不以己悲，知足常乐。

也许是电影的启示，也许是人生况味带来的思考，三亚相聚时，伍丛彦曾说过这样一段话："凡事但求半称心。上天是公平的，不会让所有的美好都集中在一个人身上，美貌、财富、官职、好身体、好心情以及幸福家庭，每个人的一生中能占四五样就很不错了。"

这段话道出了她们共同的感受和人生状态。茹烟深以为然，可是，她当时为什么没有以这种心态行事和看待室友们呢？

茹烟从躺椅上坐起来，睁开眼睛，走到客厅，喝了一小杯水，带着问题在室内来回踱步，不断地问自己：五个室友中，你最应该做到心态平和，因为你学过心理学，可你为什么没有做到呢？难道你的心理学白学了吗？

其实，仔细想想，你也做到过，比如，对待孩子的方式，对待多数的人和事，你都能做到，并且你的确经常觉察自己的言行，以检验自己是否偏离了心理学的真谛，也经常像清除电脑垃圾一样清除自己大脑内有违平和的想法和认知，可潜意识太强大、太顽固，有意无意间就会变成意识，左右自己的思维和行动。茹烟啊茹烟，看来你还需时时清理，时时觉察啊！

第三十五章　狱警回访

1

二〇一二年九月中旬的一天，董文宇接到一项任务，科长让他和七监区监区长韦志杰一起回访刑满释放人员丛艺新，说这是监狱的统一行动，有十余名刑释人员被纳入回访范围，教育科、刑罚执行科等管教科室的多名男警以及部分监区干警参与到这次行动中，每两人一组。董文宇听了很高兴，他乐意做这样的事情，何况丛艺新是他一手带过的人。

回访刑释人员是监狱的习惯做法，不定期进行，主要是对他们回归社会后两三年内的表现情况进行调查，回访也叫"改造质量调查""全面考察"，有时省厅局统一组织，有时监狱自行组织。

入警以来，董文宇第二次接受这样的任务，第一次是在一九九四年的春天，那次由省司法厅统一组织，西岭监狱回访了一九九一年刑满释放的八十七名犯人。当时，他和一名老干警前往省内东部某县回访一个四十多岁的刑释人员，记得调查结论是"表现良好"，他还大致记得那次监狱的整体回访结果：属于"表现好"和"表现一般"等次的占绝大多数，有一人"表现差"，一人"重新犯罪被判刑"。

"但愿这次调查结果比上次更好吧。"董文宇一边回忆，一边这样想着。

丛艺新对董文宇来说是相当熟悉了，他是西岭监狱乃至全省监狱系统有名的粉笔画高手。教育科任职十几年来，董文宇从科员到副科长，再到主任科员级副科长兼心健中心负责人，他几乎见证了丛艺新从囚犯到自由人的全过程，目睹了丛艺新在绘画特别是粉笔画方面的成长轨迹和可喜成就。在董文宇看来，丛艺新与他的关系，固然是警囚之间的关系，其实也是师生、朋友般的关系。

去年八月，科长给他看一封刑释人员的来信并让他负责处理，来信人说自己出狱后有了事业和家庭，但心里仍然有迷茫和困惑，不知道该怎么办，恳请监狱警官指点迷津，这个写信人就是丛艺新。

按照科长的授意及信中所说，董文宇及时给丛艺新回了信，记得信中他说了这样一段话：体现人生价值，可以有多种途径，而最有意义的，才是最正确的。你已经是一名合格的公民，相信自己，按自己的想法勇敢去做！

丛艺新很快回了信，说他知道该怎么做了，非常感谢监狱警官再次为他拨开迷雾，指明方向。

一年过去了，丛艺新应该发展得不错吧？带着美好的意愿和猜想，董文宇拨通了丛艺新留的电话号码。

接到西岭监狱教育科警官的电话，丛艺新又惊又喜，他打心眼里欢迎警官们来，白天因忙碌顾不上多想此事，不过，他特别交代妻子，说有重要客人明天来店里并嘱咐她买些新鲜水果。夜晚躺在床上，他浑身疲累却无睡意，于是起身拿了一本书漫不经心地翻着，身旁的妻子已入睡，他的思绪穿过一行行字和一幅幅画回到了过去。

前年初冬时节，广告部刚开业不久，生意惨淡已让他愁肠百结，流言蜚语更让他受不了，什么"他一个劳改释放犯懂什么技术，瞎胡闹，纯属骗人！""请他做广告，小心骗人啊！"……那段时间，他觉得自己快要被击垮了，甚至产生了关门不干的念头，心想：刑释人员创业怎么这样艰难？我早已改邪归正，在绘画方面的成就可圈可点，高墙外的人们啊，你们对我的偏见何时才能消除？

苦闷之际，丛艺新下意识地想起了相信他、看好他的监狱警官，于是，他把自己的处境和感受写信告诉了曾经挽救和教育过他的西岭监狱教育科的警官们。很快，他就收到了回信，警官一边帮他出主意，一边鼓励他正确面对重返社会后的困难和歧视，同时，警官们积极与文河市社会劳动保障部门联系，请政府出面协调解决他的困难。这是他后来才知道的。

此后，他的生意有了较大起色。所谓双喜临门，恰在此时，一个他中意的女孩走进他的生活，女孩经常来店里看他画画，在给店里帮忙时还与他探讨绘画和书法，原来女孩是文河市美术学校毕业的，共同的志趣和爱好让他和她有永远谈不完的话题，两人最终走到了一起，于去年五一结了婚。他很清楚，如果不是"画为媒"，不是绘画带给自己的自信和积极向上的人生态度，年近四十又身为刑满释放犯的他是不可能把黄花姑娘娶到家的。

监狱警官的支持和幸福小家庭的建立促使他下定决心把广告部办下去，然而，生意逐步好转的同时，他有了新的困惑和苦恼。

去年夏天，他在广告部门口搞创作的时候，常常引得附近一个小学的学生们前来观看，还有许多学生向他请教，当时生意不是特别忙，他便在周六、周日为这些小学生办起了义务培训班，不久，他的两个学生在文河市少年宫举办的书画赛中获了奖。这让他一下子名声大振，以前所有的议论和白眼都变成赞许和尊重，生意也马上好了起来，慕名而来的学生越来越多，不少家长还提着礼物过来，把他的大门堵得水泄不通。

是继续办义务培训班，还是全力以赴做生意？他一时犯了难，如果继续办培训班，势必影响生意，可如果让他放下那些渴求知识的孩子不管，又实在不忍心。这时，他又想起了监狱教育科的警官，再一次静下心来给他们写信，警官在回信中没有具体告诉他该怎么选择，但帮他分析了做生意与办义务培训班的关系，让他相信自己，只要认为是有意义的事情，就勇敢地按自己的想法去做。

看信后，他不再犹豫，和妻子一起开始了"周一至周五营业，周六周日办义务培训班"的经营模式，虽然收入少了些，心里却是快乐自在的。他很清楚，没有监狱警官的点拨和鼓励，就没有他丛艺新的今天。

"几点了还不睡？"妻子沙哑的低语将丛艺新的思绪拉回现实。"睡，现在就睡。"他说着放下书，熄了灯，侧身搂了妻子睡去。

2

次日上午，韦志杰和董文宇前往丛艺新位于文河市丹西区景新路北段的门店，他们边走边聊。韦志杰说："艺新的举动真是不一般，宁愿少挣点儿，也要义务教学生画画，没有一味地掉到钱眼儿里，像这样的生意人，满大街能找出几个？"董文宇说："是的，志杰哥，艺新是我们的骄傲，这与你当初对他的挽救和教育分不开呀。"韦志杰说："我带他时间短，比不上你。"董文宇说："哥谦虚，刚入监那段时间可是关键期，这就好比粉笔画，你把轮廓和基底已经勾描出来了，我只管填色润图，省劲儿多了。"韦志杰拍拍董文宇的肩膀，笑着说："你挺会比喻啊。"

说话间，他们已到了景新路与琴书路交叉口。韦志杰说："咱先不直接到店里，从这个路口步行进去。"董文宇听了，立刻竖起大拇指说："哥高明！"韦志杰的用意是要一路佯装不知地向沿街市民们打听丛艺新门店的位置。

他们没有失望。被问者纷纷热情地说："哦，就是'艺新POP广告部'义务教小学生画粉笔画的老板哪！我们都知道……""他是个热心人！"……市民们的一番评价让韦志杰和董文宇很高兴，他俩加快脚步，直奔丛艺新的店铺，只见门口正上方悬挂着醒目的"艺新POP广告部"黑底金字店牌，两边各挂着"周六周日不营业"和"义务绘画培训班"两个长条状招牌。

韦志杰朝店里喊了一声"艺新——"，"哎呀——，韦警——，韦老师，快请进。"说话间，丛艺新已三步并作两步地走到了店门口，他满心欢喜地同韦志杰和董文宇握了手，"欢迎两位老师！"丛艺新一边说一边恭恭敬敬地把两位恩人迎进店里。

落座后，丛艺新让一个面容俊秀、皮肤白皙、头扎马尾、中等个儿的年轻女子去洗水果。"这是我媳妇儿。"不等韦志杰和董文宇开口，丛艺新即做了介绍，女子内敛地朝他们笑笑，转身去了店后面，不一会儿，她端了一盘葡萄和一盘香蕉过来，放在茶几上，轻声说了句："吃水果吧。"韦志杰说句"谢谢"后拿了一个葡萄，董文宇拿了一个香蕉。

寒暄中，韦志杰扫视了一下房间，二十余平方米的店铺很有艺术氛围，物品丰富却并不凌乱，机器设备、墙柜、电脑、绘画工具、字画样品、绿植各就其位……除了小夫妻俩还有两个人，大概是顾客，丛艺新的妻子给他们端过水果和茶水后便与顾客低声商谈了，韦志杰对丛艺新说："你先忙。"丛艺新摇摇头说不用，他媳妇儿能应付得了。

既这么说，韦志杰、董文宇就和他攀谈起来，问他现在生意怎样，都有啥业务，教的学生有多少，等等。丛艺新说现在生意还不错，每月平均净收入一万元左右，谈及办义务绘画培训班，他显得自豪而淡定。"能让我把学到的绘画知识服务于社会，并且为孩子们做些事儿，我觉得很有成就感，即使少挣些，我也情愿。""我对前来求学的孩子们是来者不拒，不过，对提着礼物的家长们是一概拒之门外的。"……

听着丛艺新发自肺腑的话语，韦志杰和董文宇向他投以赞许的目光，对他的做法给予了高度评价。韦志杰说："你现在不光生意做得好，还义务教学生画画，像你这样的生意人全文河市也找不出几个呀。"丛艺新不好意思地笑了笑，认真地说："韦老师过奖了，钱是挣不完的，够用就行了，但学生的美学教育不能等，看到我教的学生一天天在进步，甚至获了奖，我比挣钱还高兴哩。你们帮了我那么多，我要学会感恩并回报社会。"韦志杰和董文宇听了满意地点点头。

聊完生意，韦志杰又问他小日子过得怎样，有孩子没，丛艺新说妻子贤惠能干，小家庭很和睦，暂时还没孩子，等忙过这段时间再说，韦志杰就以兄长的口吻语重心长地劝他该抓紧时间要孩子了，丛艺新忙说："是，是，我母亲也老催我呢。""我说嘛，你老大不小了，你母亲咋会不急着抱孙子？"韦志杰笑着说道，然后拿了一个葡萄放到嘴里。"嗯，韦老师，我知道。"丛艺新听话地点点头。

这时，从门外走进来一个短卷发、圆脸、中等个儿、身材已发福的老太太，右手提了一个购物袋，丛艺新见了连忙走上去接住袋子，并对老太太说："妈，韦老师、董老师他们来看我了，你还认得他们不？"老太太看着韦志杰和董文宇怔了一会儿，然后恍然大悟似的说道，"哦，你们是西岭监"，没等她把"狱"字说出来，丛艺新连忙用食指在嘴上"嘘"了一下，并赶紧接话说："他们是教过我的老师。"

老太太看看店里的顾客，瞬间明白儿子的用意，也连忙改口说："哎呀，看我这记性，连韦老师、董老师都认不出来了。你们百忙之中抽时间来看艺新，真是太感谢了！"她的语气里充满恭敬和感激，韦志杰这时已站起来，对老太太说："听说艺新这个广告部做得不错，我们就过来看看。""谢谢！谢谢你们来看艺新！"老太太又向两位警官表达恭敬和感激之意。

"你们坐，快坐。"见韦志杰和董文宇还站着，老太太忙说道。"妈，您也坐。"丛艺新搬了一把椅子放在老太太后面，老太太坐下后就让韦志杰和董文宇吃水果，韦志杰摆手说不用客气，他说："刚才我在跟艺新说让他小两口抓紧时间给你生个胖孙子哩。""可不是嘛，我都急死了，眼看都四十的人了，还能拖到啥时候？我跟他说过多次，他总是说等生意稳定了再说，您可得帮我劝劝他啊！"老太太的语气和表情里满含焦急和无奈。

这时韦志杰看着丛艺新说："艺新，我看你现在的生意已稳定下来，要小孩不会影响到啥，你妈已六十多岁的人了，还没有抱到孙子，她能不着急？韦老师我再要求你一回，把这当成目前头等事儿考虑，好不好？"丛艺新不好意思地摸摸后脑勺，忙说："好，韦老师，听您的。"

又聊了一会儿，韦志杰和董文宇起身告辞，临走时，董文宇对丛艺新低语道："回去我跟领导汇报一下你的情况，改天邀请你给学员们讲一讲你的创业经历，分享一下你这几年的感想和做法，愿意吗？""我愿意。"丛艺新爽快答应。

3

董文宇着手写丛艺新的回访情况汇报前，先找出他的档案、专题报道等材料，详细询问了曾带过他的几个干警，第一次全面了解到丛艺新在西岭监狱服刑期间的整体情况。今昔对比，董文宇不免感慨，如果没有干警大量的倾心付出，昔日害人恶名传的丛艺新怎会有今天创业育人美名扬的可喜局面？

丛艺新一九九四年刚入狱时不满二十岁，青春年少的他没想到会被判死缓这么重的刑，心想这辈子完啦。他天天目光呆滞、情绪低落、意志消沉，加上在外过惯了灯红酒绿、奢侈腐化的生活，面对大墙内生活的清苦和监规狱纪的约束，感到无所适从，常常独坐一隅，忧心忡忡。干警三番五次找他谈心，他总是唉声叹气地说："不用谈了，就我这样，出去了也是废人一个，什么都干不了，过一天算两晌吧！"

然而，干警们没有放弃他，想尽一切办法不厌其烦地做他的思想工作，找来许多绘画方面的书籍给他看，鼓励他要正确面对人生挫折，通过努力完全可以使生命变得充满色彩。

在干警的鼓励帮助下，丛艺新终于焕发出了改造热情，业余时间一头扎进色彩的海洋，用画笔尽情描绘着自己心中的春夏秋冬。每次遇到难题，教育科干警便认真对他进行指导，还积极帮他找素材、查资料。经过几年的努力，丛艺新在书法、绘画等方面都取得了不小的成就。

后来，接到干警让他研究粉笔画配方的重任后，丛艺新经过长达一年多的反复试验，终于克服黑板挂不住粉笔颗粒的技术难题，确定了粉笔画的润色图案和配方，成为省西岭监狱粉笔画的开拓者和奠基人。

随着监狱职业技能培训的蓬勃发展，在监狱领导的大力支持下，丛艺新办起了粉笔画培训班，将这一艺术形式推广到了全监狱，从此，粉笔画在西岭监狱扎了根。丛艺新和他的狱友"徒弟们"所画的粉笔画集油画的凝重厚实、国画的飘逸洒脱、摄影的逼真灵秀、水粉画的轻柔明快、水彩画的疏朗淡雅于一身，让人难以相信它们是用粉笔画成的。

伴随着粉笔画绘画技巧的日臻完善，粉笔画的名气也越来越大，后来引起了省局领导的重视和省内其他监狱的关注，继而在西岭监狱开办了全省粉笔画培训班，使粉笔画这一艺术形式在全省监狱系统得到了发扬光大，成为监狱文化中一道靓丽的风景线。

付出总有收获，取得艺术成就、获得优异成绩的同时，丛艺新也在不断地收获着政府给予的各种奖励，二〇一〇年六月，踌躇满志的他带着对新生的向往走出了监狱大门。回家后，在家人和朋友的支持下开起了"艺新POP广告部"。

看完国内期刊《黄丝带》的专题报道，董文宇的思绪回到电脑前，很快理出了写作思路，并用一上午的时间写好回访情况汇报，接下来，他还要落实丛艺新来狱做新生典型事迹报告的事宜。

第三十六章 播撒心灵阳光

1

当茹烟纠结一番后仍然回到原来的职场轨迹时，她的好友苏玉卿心意笃定地换了岗位，在省东川监狱满怀热忱地忙碌着。

从教育科副科长到服刑人员心理健康指导中心主任，苏玉卿很满足、很知足，领导让她继续兼任副科长，她坚辞不受，她要专心致志地做好新岗位的工作。自十几年前女警中心开展服刑人员心理矫治业务以来，一直没有一个独立机构承载这项日显重要的工作，现在，这样的机构终于应运而生，她怎能不欢欣鼓舞？怎能不珍惜领导成全她的这个机会？又怎能不全力以赴？

专业的事情由专业的人来做，这一点，苏玉卿是胜任且自信的，她已通过国家二级心理咨询师职业资格考试，已有六七年的自我成长和心理学实践经历，然而，当她思虑如何开好头起好步时，面对四个有三级证却没实践经验的同事，依然感到了压力。

毕竟服刑人员不同于社会人员，而且工作的对象是男性，目前服刑人员的心理状况究竟如何？心理问题都有哪些？如何确保包括她在内的四个女心理咨询师的人身安全？需要先开展哪些活动？如何与监区协同做好这项工作？这些问题，以前她曾考虑过、分析过，但都不系统，缺乏针对性，现在不同，所有问题都需要她一一理清，制订出详细计划并逐一落实。

先易后难，先基础后专项。苏玉卿和同事们认真地、不厌其烦地在上千名服刑人员中开展心理测评，建立心理档案。

接下来，兴致颇高的同事们嚷嚷着要苏玉卿组织一次沙盘游戏，让他们观摩一下。尽管苏玉卿只是体验过社会人员参与的沙盘游戏，尽管她一想到和服刑人员近距离接触就有些发怵，作为心健中心的领头雁、主心骨，她必须身先士卒，呼应同事们的期待，不给自己丢脸，也不让领导失望。

不怕！你不是阅读过张日昇的《箱庭疗法》吗？不是参加过社会上的沙盘治疗课程也亲身实践过吗？那就来吧！

沙盘室里，当入监教育监区的六名服刑人员呈一排站在苏玉卿对面时，他们或漠然或游移或满不在乎的眼神让她心生畏惧，身子不由自主地往后退了一下，事先准备好的引导语突然从脑海里消失了，嘴巴想张开，却不知怎么说才好，于是她用左手轻摁胸口，"别害怕，别紧张"，她暗示着自己，然后语气不自然地问了一句："你们来到这个房间后是什么感受？"服刑人员均不语。

苏玉卿并不气馁，接着问："当你们看到木制的沙箱、细软的沙子、五颜六色的沙具，是不是有回到童年的感觉？"这时有一两个服刑人员点头，看见有人和她互动了，她很高兴，神情也变得自如了一些，温和地说："你们刚入狱，要学习服刑人员行为规范、参加队列训练，要为适应监狱生活做各种各样的准备，今天的沙盘游戏主要是想让你们放松一下，这不是心理测试，不必顾虑，也不需要考虑好坏对错问题，只要将自己选好的沙具放在沙箱里，将自己的想法表现出来就可以了。"

讲完这一席话，苏玉卿注意到，六名学员从刚进来的立正姿势变为稍息或其他较随意的站姿，嗯，不错，他们已准备跟随她进入充满童趣的沙盘世界了。

趁暖场气氛正好，苏玉卿即介绍游戏规则，之后，她让六个学员依次上前触摸和感受沙箱、沙子，但他们并没有马上行动，经她再次鼓励和引导，他们这才默不作声地把手伸进沙箱中。

体验了手与沙接触的感觉后，苏玉卿让他们转身看看并熟悉一下摆满三个柜子的沙具，于是他们转过身，开始观察形态各异的沙具，有的还小声交流着看法。约五分钟后，苏玉卿宣布游戏正式开始。

六个学员按照站立顺序依次取沙具往沙箱里摆放，一同事在苏玉卿旁边记下每人每次摆放的沙具名称，她则专注平静地观察着每个人的表情、动作，有三个学员特别引起了她的注意。

位列第三的那名五十开外的学员眼神诡谲不定，高颧骨、尖下巴的脸庞让苏玉卿看了心生畏惧；排在队尾的年轻学员总是和前面五个人保持较大距离，目空一切的样子，别的学员专心看沙具时他的眼睛却瞅向窗外，别的学员取沙具时态度认真，而他每次都是随手拿一个就放上去。

等六轮的沙具摆放程序将要结束时，又一学员引起她的注意。该学员所取沙具全部摆放在沙箱的一个角落处，与其他学员的沙具离得远远的。苏玉卿心想：这个戴眼镜、斯斯文文的年轻学员，到底有着怎样捉摸不透的内心世界呢？

体验作品、分享感悟阶段给苏玉卿留下了深刻印象。沙箱中间花红草绿、山间凉亭、小桥流水的公园景观与角落处由小屋、书、笔、鳄鱼等沙具构成的封闭小世界形成鲜明对比，几个学员的分享给苏玉卿的感觉如同满天乌云要遮住太阳一般，他们身上让人心酸的忧伤、让人揪心的沉郁和让人愤怒的不羁在明亮的房间里弥漫，影响着苏玉卿的心绪。

当第一个学员腼腆地说，他摆放的小女孩沙具代表他一岁多的女儿时，眼睛开始发红，他不好意思当着大家的面掉泪，便随即转身背对苏玉卿。是啊，对女儿怀有深切的爱，却不能尽父亲之职，思念女儿而不得常见，苏玉卿能感受到他的锥心之痛。

看到这场面，房间里一时寂静无声，过了一会儿，苏玉卿轻轻对他说："对不起，让你流泪了。"听到这句温暖的话，该学员转过身来伤感地说："没事。"苏玉卿看着他泪痕未干的年轻面庞，心里很不是滋味，不知该怎么安慰他，只是下意识地说了句："如果你需要帮助，可以向心理健康指导中心提出申请。"该学员听话地嗯了一声。

此后，那个把沙具放在角落的戴眼镜学员的分享活跃了气氛。这个学员不仅善谈，语言也富有表现力，说到自己曾是大学本科生，当过中学老师，喜欢看书等经历和爱好时，语气里洋溢着自豪感，但说到他因诈骗罪被判死缓时，语气随即低沉了许多，眼神也黯淡下来。他二十多岁，入狱不到一个月的时间，很不适应监狱环境，悲观迷惘的情绪时常侵扰着他，不愿与他犯交往，也不愿他人来打搅自己的世界，不知该怎么度过漫漫刑期，没事时就以读书来打发时间，角落里的小沙盘基本反映了他的内心状态，他还说他学过心理学，对照书中所讲，自感有躁狂和抑郁的双相障碍……

听了该学员的叙述，苏玉卿心里沉甸甸的，很为他惋惜，沉吟片刻后说："喜欢读书是很好的习惯，希望你继续保持。刚入狱不适应环境是比较普遍的现象，尤其像你这样入狱前接受过高等教育的学员，不过，你不要心灰意冷，多找干警谈谈心，多和家里联系，也可以申请心理咨询，随着时间的推移，相信你能从目前的状态中走出来。"这名学员半信半疑地点点头，其实，苏玉卿虽这么说，心里却是没底的。

轮到队尾的那名学员分享时，他显出一脸不屑、很不耐烦的样子，从嘴里蹦出一句"就是随手摆上去的嘛，有鸡巴儿啥感觉啊"。这让苏玉卿一时愕然，胸中的愤怒火苗般直往外喷涌，她平时最不喜欢别人说话爆粗口，何况这个人是一名服刑人员。他分明没有把她这个警官和心理咨询师放在眼里！第一次组织沙盘游戏，这个落拓不羁的学员就让她难堪，让她下不来台，这让她的颜面和尊严往哪儿搁？以后还怎么组织活动？还好，站在一旁的教育监区干警及时呵斥了这名学员，他表面上看起来老实了，苏玉卿也很快意识到自己情绪的起伏，随即调整了状态，引导学员们对本次沙盘游戏做了总结。

回办公室的路上，心健中心唯一的男同事也是副主任的王超赞许地对苏玉卿说："苏主任不简单啊，遇到意外情况不慌不忙，情绪控制得很好，这一点值得我们学习。"苏玉卿摇摇头说："不行，不行，差点儿控制不住场面了，也不知道对他们说的话合不合适。""别谦虚，我真觉得挺好的。"

苏玉卿知道王超的话是发自内心的，便不再说什么。过了一会儿，她突然问："你觉得那个说脏话的学员在监狱能改造好吗？"王超嘿嘿一笑说："能否改造好我不好说，不过，像他这样的分下去后，监区干警自有办法对付他，你看着吧，半年后他就不是这副德性了。"

东川监狱的第一次沙盘游戏有惊无险地结束了，苏玉卿的思绪仍沉浸其中，感触很多，她在工作手记中这样写道：

看似随意、简单的沙盘游戏，没想到能映射出服刑人员丰富隐秘的内心世界，里面有思念的寄托，有对未来的期望，但更多的是灰暗、忧伤以及捉摸不定……整体上进行得挺顺利，同事们评价也不错，可我心情的沉重多于喜悦：流泪的年轻学员能每月一次地见到女儿吗？他妻子是不是跟他离婚了？眼神诡谲不定、高颧骨、尖下巴的学员到底是个什么样的犯人？（一定要查查他的档案！）；能说会道的"眼镜"学员，让我想到哈姆雷特的那句经典台词"生存还是毁灭，这是一个问题"；说脏话的学员为什么到了监狱里还是一副狂放不羁的样子？像他这样的犯人，心理矫治对他有用吗？让他认罪服法、服从监规狱纪才是干警目前应做的事情吧？这个学员让我很失颜面，但他也让我对犯群的复杂性有了进一步的感性认识，思考到一些问题，所以我不恼他。

2

沙盘游戏之后不久，苏玉卿为服刑人员做了一次团体心理辅导，算是在同事们面前做个示范。对苏玉卿来说，这其实也是第一次吃螃蟹，除了鼓足勇气，她还得全力以赴，阅读相关书籍，向她的好朋友赵华请教，收集服刑人员的心理动态，用十余天时间准备课件……从内容确定到环节设置，从挑选心理游戏到选择背景音乐，每个细节她都一丝不苟。

狱内教学楼二楼多功能大厅。"相约金秋——团体心理辅导"的红色标题醒目地在电子显示屏上循环移动，在两名干警的看管下，十六名生产监区学员已整整齐齐地坐在大厅中央，恭迎着苏玉卿和她的心理咨询师同事们的到来。

进了大厅，苏玉卿让女同事把存有乐曲和课件的 U 盘交给负责播放的学员，然后和副主任王超、女同事一起走到台前。舒缓悠扬的钢琴曲《梦中的鸟》在宽阔的大厅里回荡起来，苏玉卿看到学员们拘谨的神情放松了一些，王超向学员们介绍完苏玉卿后便和女同事站于台侧，只留苏玉卿一人站在十六名学员的正前方。

"各位学员上午好！"苏玉卿微笑着问候，而后，她观察他们的眼神，很复杂，有专注和期待，还有猜疑、退缩、胆怯、漠然甚至是回避。也难怪，高墙电网内的服刑人员，需要为他们的犯罪行为付出代价，没有自由、难以与亲人团聚、人生跌入低谷，他们无论是因漫长刑期产生的无望感，还是因家庭变故滋生的焦虑，抑或是自我封闭的迷离，往往外显出悲观、犹疑、烦躁、麻木和漠视的态度，需要心理咨询师的坦然接纳和耐心引导，才能让他们打开心结、坦露心迹。

想到这儿，苏玉卿继续温和地说："今天很高兴为你们做团体心理辅导，你们当中有的人参加过这类活动，有的第一次参加，不管哪种情形，我都希望你们放松下来，也希望今天的活动能使你们的心情轻松和明亮一些，带给你们金秋时节一般的舒朗之感。（停顿一会儿）那么，先带你们做个游戏好不好？"他们齐声说："好。"于是她将学员分为两组，带他们做"解开千千结"的游戏。

随着游戏有序推进，苏玉卿看到他们脸上生动的表情和配合的眼神多了些，有一组学员在短时间内将"结"打开，八名学员都显得兴高采烈，有的主动到另一组学员身旁，启发他们怎样找到结的源头。兼具趣味性和教育性的游戏打破了坚冰，融化了冷漠，让学员们增强了团结协作意识，更重要的是，他们从中明白了生活虽然有时像一团乱无头绪的绳结，但只要抱着积极乐观的态度，静下心来慢慢理顺，总会有解开它的办法。

游戏结束时，现场气氛明显活跃了许多，苏玉卿趁热打铁进入核心环节——阅读美文、讨论互动、播放视频、分享感悟。阅读美文环节开始前，当苏玉卿问"谁愿意起来朗读一下文章"时，一名戴眼镜的年轻学员自告奋勇站起来，苏玉卿很快认出他即是那次沙盘游戏中犯诈骗罪的中学老师。

"眼镜"学员用相当标准的普通话朗读心理短文《困境即是赐予》和《不要夸大逆境》，他声情并茂，语调抑扬顿挫，整个大厅都弥漫着他富有磁性的声音，以至于朗读完毕时其他学员仍然保持着很专注的样子。

当苏玉卿问及听短文后的感悟时，有几个学员相继站起来发言，有的说，

《不要夸大逆境》告诉我们这个世界上没有绝望的处境，只有对处境绝望的人；有的说，既然因犯罪判刑来到了监狱，就要把心安下来，努力转变心境；有的还向苏玉卿提出新的减刑政策给他们带来的困惑等问题。苏玉卿略加思考后给予解答，一旁熟悉监区工作的男警做了补充。

播放视频环节让现场归于平静的同时也把活动推向高潮，不足四分钟的《鹰之重生》让每一个在场的人都感到震撼。鹰作为世界上最长寿的鸟类，大家共同目睹了它怎样在其四十岁时经历一百五十天的痛苦蜕变实现重生的过程。

从学员们观看视频的专注目光里，苏玉卿能感受到他们内心深处的悸动，也能感受到他们对自由的无限渴望。谈及观看视频后的感受时，一位学员说道："看了这个视频，我震撼了！哪里有堕落，哪里就有拯救。联想到自己，我要想新生，就必须像鹰一样咬紧牙关经受痛苦的洗礼，脱胎换骨，才能获得重生！"

……

活动接近尾声时，大厅里响起潘晓峰那深情、舒缓、略带沙哑的歌声，这时，苏玉卿和女同事为每位学员发"团体心理辅导反馈表"，在他们填写反馈表时，苏玉卿留意观察着每个人的表情和反应：

有的低头认真填写；有的对歌曲感兴趣，问她是什么歌；有的在认真思考，"眼镜"学员就是其中的一个，苏玉卿以充满信任的目光期待着他，他与苏玉卿的目光对视了一下，脸上露出一丝不易察觉的微笑，然后低下头开始动笔，"生存还是毁灭"，他会选择前者吧，苏玉卿这样想着；还有两三个学员拿着笔和反馈表出神，像在沉思，更像是以表面上的无动于衷拒绝填写。

反应不一的情形让苏玉卿的心情很复杂，欣慰、感激，还有沉重和担忧，她很想走到不愿填表的个别学员面前问问原因，转而一想又止步了，作为心理咨询师、作为监狱警察，她知道大墙内的特殊人群比社会一般人群有着更多的心理困扰或障碍，他们内心的迷茫、失落、焦虑、恐惧、忧郁和无望感不是一次团体心理辅导就能排解掉的，需要一个过程，甚至是长期的过程。这次不写不配合没关系，还有下一次，苏玉卿有耐心等待，她需要耐心等待。

活动结束回到办公室，苏玉卿把收集到的反馈表仔细看了一遍，内心充满了温暖和感动。

——今天对我来说收获特别大，对今后的人生目标很有启发。

——听老师讲课心里非常愉快，希望老师以后经常给我们做心理辅导。

——积极的心态对自己未来的改造太重要了，人生重新开始就要从心开始。

——在活动中，女心理咨询师身着便装，让我忘掉了这是监狱，忘掉了她是警官，我没有了防范心理，心扉打开了。活动就像一场及时雨，我有一种相见恨晚的感觉！

——今天的活动我很感兴趣，深受启发，以前我不服从管理，不愿劳动，不听干警的话，今后我要积极出工，不再顶撞干警了。

——从我个人的心理认知上反省了自己犯罪的原因，不劳而获、投机、侥幸等心理让我成了一名诈骗犯，入刑后，消极、迷茫的心理又让我不敢面对现实。今天的活动让我能够正视、分析这些不健康心理的特点和原因，知道了一些如何自我矫治的方法，有勇气去克服它。

……

让苏玉卿感到惊讶的是，有个学员竟赋诗一首，表达他参加活动的感受和对心理咨询师的感激之情。

心灵之约

让我们围成一个圆

将心紧紧靠拢

请她——我们的心理咨询师

用情感的药棉

来擦拭我们布满伤痕的心灵

她那亲切的话语像绵绵春雨

滋润着我们干涸的心田

她那和蔼的目光像涓涓溪水

冲洗着我们难言的隐痛

小小游戏"解开千千结"

打开了我们长久的心结

默契的配合

松弛了我们紧绷着的神经

就是这短短的对话

使我们相互敞开了心扉

就是这瞬间的沟通

让我们了解到彼此的性情

就是这珍贵的"心灵之约"

将伴随并影响着我们的漫漫人生

感谢你——心灵工程师

感谢你——心灵医生

感谢你为我们的付出！

让我们知道了雄鹰的重生历程

我们期盼着

像那雄鹰能重返蓝天

我们渴望着

再一次心灵的约定！

3

到了二〇一二年年底，东川监狱服刑人员心理健康指导工作已全面展开，心理健康教育、沙盘游戏，团体心理辅导、个体咨询、音乐放松治疗、心理危机干预⋯⋯在苏玉卿的带领和影响下，各项业务全面开花，五名心理咨询师逐渐从新手向行家里手转变，他们自我成长的同时也提升着服刑人员的心理健康水平。

苏玉卿和同事们的用心和努力得到东川监狱党委的认可和好评，负责管教工作的领导特意嘱咐政治处编写一起专题简报，把心健中心成立以来的工作成效加以总结和宣传，简报的标题是"播撒心灵阳光，助力教育改造"。

上述种种，茹烟都清楚，她虽然没有像苏玉卿一样去服刑人员心理健康指导中心，心却去了那里，无论西岭监狱还是东川监狱，无论苏玉卿还是其他心理咨询师，他们的点滴成长都像磁铁一样强烈吸引着她。

第三十七章　婚姻触礁

1

飞往南昌的航班上，茹烟无心欣赏窗外的云海景观，她面无表情，内心却波翻浪涌，愤怒、委屈、伤感、失望……种种情绪和感觉充斥着她的周身，虽然比在家里减弱了些，但仍然像邻座一对年轻情侣的柔声低语般让她心烦意乱。机舱里坐满了人，他们或一家老少几口或三五好友或是情侣，唯有她孑然一身，从心到形，她都与这样的氛围不相协调。

对王实的强烈怨愤让她不管不顾地踏上旅途，坐上文河到省会所在地机场大巴的那一刻，她就有些后悔，可若继续待在家，糟糕的情绪会鞭炮般随时炸响，不仅王实没好日子过，两个孩子也会遭殃。总之，今年的春节怎样都过不好了。

茹烟已忘了上次和王实怄气是什么时候，本以为二十年的婚姻已进入平稳期，再也不会有大风大浪，即使有风吹浪打也会经得起考验，稳如磐石，可是，那条该死的微信搅得家里无法安宁。

昨天，大年三十傍晚时分，她揉好饺子面后坐下来休息，趁这工夫拿起手机回一下拜年信息，只听得王实的手机也在不停作响，于是她拿起来随意看了看，大同小异的新年祝福，只是王实收到的信息多一些，语气更显恭敬，毕竟，他现在已是省黄河监狱党委副书记、政委，自然有不少人趁节日表达一番心意。

准备放下手机时，铃声又响，茹烟拿起一看，顿生疑惑，继而恼怒，"悠悠长长的是思念，悲悲喜喜的是回忆，酸酸甜甜的是祝福。想你！新年快乐！"

这哪是拜年？分明是借拜年传递情话！到底是谁敢这么大胆？茹烟瞅了瞅微信名——"在水一方"，哼，可真有诗意！

茹烟既好奇又恼怒地进入"在水一方"的相册，果然是一美女，啊，这不是赵华吗?! 她亲爱的朋友曾经是婚外恋的受害者,现在怎么变成了施害者呢? 不应该啊! 哦,不对,不是赵华,这个女人不戴眼镜,比赵华年轻一些,身材更窈窕些,那她是谁呢? 怎么跟赵华如此相像? 难道是赵华的妹妹? 王实跟赵华的妹妹好上了?!

想到这个,茹烟的脑袋嗡地一下蒙了,定定神后,她站起身,准备冲到厨房问王实个究竟,忽然意识到不妥,大过年的不说,子豪和君荷已是高三的学生了,当着他们的面大动肝火算哪回事啊! 罢罢罢,先问问再说,于是她把王实叫到卧室,关上门。

"看看吧,这信息咋回事?"茹烟语调不高却带着强烈的不满和质疑。

王实接过手机看了看,茹烟注意到他脸上掠过紧张、尴尬的神情,很快又恢复正常。

"可能是她发错了吧。"王实故作轻松。

"发错了? 怎么会这样巧合?"

"巧合的事到处有。"王实依旧在抵赖。

"对,是巧合,如果我没猜错的话,这个女人是赵华的妹妹,对吧?"

"啊? 是,你认识赵华?"王实听了她的话显得很惊讶。

"想不到吧? 我们不仅认识,还是好朋友呢。如果你不照实说,我可要问问赵华怎么回事了。"茹烟一副不依不饶的样子。

"别别别,她是赵华的妹妹,在办公室上班,我们只是上下级关系,真没什么,她可能是发错了。"王实尽管心虚,表面上仍显得很无辜。

"不说是吧? 那我可打电话了,她微信里现成的手机号!"

"大过年的,你给人家打电话算哪回啊?"

"那你打,问问她为啥要给你发这样的信息!"

"这,这不是为难我吗?"王实摊开双手说道。

茹烟听他这话、看这态度更气恼了,她不由分说地将那女的微信给删了,然后把手机摔到床上,坐在床边扭转头,不再理王实,王实一时手足无措。

沉默片刻,他弯下腰仰脸看着茹烟轻声说:"媳妇儿,大过年的别生气了啊,不吉利! 咱们包饺子去?""不吉利拉倒! 今天你不说清楚,我跟你没完!"茹烟起了高腔。

"吵什么呀? 不怕邻居笑话!"见儿子推门进来,茹烟迅即意识到嗓门有些大了,让孩子听到他们争吵,她很羞愧,于是不再怄着,走出卧室,准备年夜饭。

从新闻联播到春晚,茹烟都没怎么说话,王实想跟她搭讪却怕讨个没趣,只好也不多说，懂事的子豪想通过说俏皮话来缓和爸妈之间的紧张气氛，但往年除夕洋溢在家里的祥和氛围如今已稀薄得像高原上的氧气。春晚的一个个喜乐节目并未消减茹烟心中的不快，特别是当她看到王实居然因为某个小品笑出声来时更加气愤，王实没心没肺的态度比那条信息更让她气恼！

九点刚过，茹烟便去了卧室，心烦意乱地浏览着微信朋友圈，送新春祝福的、晒年夜饭的、晒花卉绿植的、晒全家福的、晒旅游过年的……这一夜，仿佛每个人、每一家都幸福得不分享出来就过不去似的。

也许他们都真心快乐，果真如此，他们的幸福只会反衬出茹烟的痛苦，她索性撂下手机，躺在床上生闷气。片刻后，一个大胆的想法在她心底蹦出——独自离家出游！王实，你不是跟我闪烁其词吗？不是不顾我的心针扎一样疼而你还能笑得出来吗？好，那你自便吧，为了不在孩子面前丢丑，我不跟你吵，我走，离你远远的，眼不见心不烦！

2

大年初一，上午。

王实去母亲处走了一趟返回家后却不见了茹烟，看看表，才九点多，按惯例，新年第一天的这个点儿茹烟刚梳洗打扮完，等着他把早饭端上桌。现在，她去哪儿了？小区转悠？不太可能，天冷，还刮着风。值班？没听说。

王实忽然慌了神，茹烟的反常与昨晚两人的口角肯定有关！于是，他赶紧打茹烟电话，关机！他给何竹打电话，问茹烟是不是排了班，何竹说她在四川玩，不清楚，让他问问桂莉，王实又打桂莉手机，桂莉说茹烟年前值过班了，还疑惑地问他怎么了，王实忙遮掩说，问清楚了好做假期安排。

放下电话，王实的脸色变得凝重起来，心里很是不安，茹烟到底去哪儿了？岳父母家？不可能，明天才回娘家嘛，退一步说，即使她回娘家了，也不便打电话问岳父母啊。

眼看着时针已过了十一点，仍然不见茹烟的踪影，王实开始心生恐惧：她莫不是离家出走了？想到这儿，他立马起身找茹烟的包，看柜子里的衣服，包似乎少了一个，衣服看不出有啥变化，旅行箱没动，看来她没走远。可是，就算她没出文河市，王实也着急啊。"我妈去哪儿了？""我妈有事吗？"子豪和君荷的发问更让王实焦急不安，哥哥王健又打电话催他们快去母亲那里，无奈，他穿上外套，和孩子出了门。

276

客厅里，母亲、哥嫂、弟媳王晓清及两个侄子一边看电视一边交谈着。进屋后，王实跟他们连声说"来晚了，来晚了"，嫂子问他茹烟咋没过来，他撒谎说："茹烟值班。"母亲问："那她能回来吃饭吗？饭都准备好了。""她说回不来，让我们不用等她。"母亲就说让王实给茹烟送点儿吃的，王实说不用，嫂子、弟媳再劝，王实坚持说不必，并把话题转到别处，十二点半时，一家人围坐一起，吃并不团圆的团圆饭。

特有的节日氛围、温馨的亲情交流、重播的热闹春晚暂时掩盖了王实内心的不安和焦虑，他给母亲频频夹菜，同哥哥碰杯叙话，问嫂子弟媳近况，给侄子发红包，想在这个难得的团圆日好好弥补一下亏欠的亲情。

看着母亲苍老的面容和满头银发，王实很伤感，生活好了，儿女们成家立业了，母亲却老了，王实现在能尽到的最大孝心就是多给母亲一些钱，逢年过节时多给些礼物，因为他无法像弟媳一样能常伴母亲左右，也不能像哥哥那样能经常回来看望母亲。

想起哥哥，王实心里也不是滋味，哥哥下岗后去一水泥厂上班，活又累又脏，工资不高，嫂子是乡村教师，工资也不高，不过侄子倒很争气，去年考上了武汉大学。

弟媳王晓清现在是西岭监狱财务科副科长，她和王祺的儿子不仅文化课好，还有音乐天赋，从五岁起就学钢琴，已过了钢琴七级，去年考上了中央音乐学院。如果弟弟还活着，这该是多美好的一个家庭啊！可惜王祺早早离去，留下孤儿寡母，尽管亲朋好友都劝说晓清再找个人成个家，可她执意不肯，说她和王祺的感情没有人可以替代，离开了她和王祺一起生活了几十年的地方，她的感情就失去了寄托，她的人生将不再有意义。

王实对比了一下，觉得他和茹烟的小家庭是弟兄三个中最好的，他和茹烟的职务、收入都不低，儿女皆有，聪明漂亮且学习不错，还都有特长，君荷从小就学跳舞，子豪乒乓球打得好。最重要的是他和茹烟很恩爱，是这个家得以幸福和睦的基础。

恩爱？王实品味着这个让他脸红的词，尤其和弟媳王晓清相比，他更是羞愧得无地自容。

的确，他和茹烟是恩爱的，他爱茹烟，过去爱，现在还爱，茹烟也是爱他的，举个简单的例子吧，尽管现在他们两地分居，每天一次的通话或视频却必不可少，通常是他打给茹烟，偶尔他忘了，茹烟就会打给他，即使再晚都没有间断过。

不过，让他惭愧的是，如今，他对茹烟的爱已失去了专一性，失去了爱的初始模样。

茹烟的怀疑和质问不是空穴来风，他的确出轨了，茹烟的生气是完全应该的。只是，新年第一天，本来完美的团聚少了茹烟，好端端的一家缺了重要一员，母亲、哥嫂和弟媳嘴上虽不说什么，心里肯定会画上一道，若下午茹烟能回来还行，若不回来呢？还有明天，她若不回，怎么去探望岳父母？再一想，王实觉得这些都不重要了，关键是茹烟现在何处？有人身危险吗？唉，这都怪他！

下午。

若是往年，王实喝了酒至少能睡两个小时，可今天迷糊一会儿后就再也睡不着了，他再次给茹烟打电话，仍关机！他意识到事态的严重性，报警？那样会惊动周围一圈人，不妥。到底该怎么办呢？去哪儿能找到她？遇事一向沉稳有思路的王实这时没了主意，焦急、恐惧和酒力的混合作用使得他头疼发蒙、心悸口渴，他下了床去倒水喝，屋里只他一人，君荷和子豪还在母亲那边，看来哥嫂他们还没走。

跟哥嫂说说一起去找茹烟？那样的话，他们准会问他和茹烟怎么了，那他该怎么解释？总不能照实说吧？不行，那样的话，自己在哥哥特别是嫂子和弟媳面前多丢份儿！再等等吧，茹烟应该不会有事的，王实这样想着。可是，纵然没事，茹烟晚上若还不回来，两个孩子能给他这个当爸的好脸色吗？明天又怎么去见岳父母？

晚上。

入住酒店后，茹烟稍事休息便前往酒店附近的一个商业中心，她需买些物品，出门时走得匆忙，随身包里仅有手机、身份证、银行卡、钥匙、柔肤水和眼霜几样东西。

她进了一家大型综合商场，从一楼逐层往上转，先后买了乳液、精华液、隔离霜、内衣、毛巾等物品，到达五楼美食广场时已七点多，这时她才感到又饿又累，南昌米粉、瓦罐煨汤、藜蒿炒腊肉、酒糟鱼等特色美食让她不知选哪样，她凭眼缘和感觉，进了一家瓦罐煨汤店。

吃罢饭，茹烟准备回酒店，走到电梯口时看到不少人往楼上去，她很好奇，于是随人群到了六楼。一个偌大的溜冰场顿现眼前，第一次见到这样的室内溜冰场，茹烟兴奋地快步走近，很快，一个潇洒身影吸引了她的目光，从面貌推断，这个潇洒身影的年龄应在六十岁以上，让茹烟惊疑的是，这样一个身材瘦高、神态安然的老者怎么练就了如此高超的技艺呢？只见他时而徐步前行，时而滑翔如飞，时而腾空跃起，时而俯身旋转，尽管全场人的目光大都随着他在移动，有的人吹口哨以示赞叹，身姿轻盈的老者仿佛置身于无人之境，忘我投入地滑着、舞着。

看老者一圈圈地从她眼前滑过，茹烟不禁心生感慨：如果婚姻也像这个老者溜冰，而不像需要两人配合的交谊舞，那么就会怡然自得，醉心于一人世界，也就不会有烦恼、痛苦和失望了，可是，婚姻不可能像一个人溜冰啊。

返回酒店的路上，身处异乡的茹烟感到了莫名的孤独和忧伤。

3

大年初二。

王实一醒来就给茹烟打电话，依然关机，看来她一时半会儿不想理他了。怎么办？本来他计划上午去岳父母家，中午吃完饭就回单位，身为政委，关键时段要坚守岗位。可现在，唉，都是自己惹的祸！他知道是赵颖的信息让茹烟生气了，本想着等孩子不在家时跟茹烟解释一下，谁知她气性恁大，竟以离家出走的方式来抗议他对婚姻的不忠。

该怎么收场呢？向茹烟道歉、告饶甚至当着她的面扇自己耳光都不成问题，问题是现在找不到她人啊，更麻烦的是，若今儿上午茹烟仍不回来，他怎么向岳父母交代？可是，就算茹烟不回来，他也得去见岳父母啊，患胃癌的岳父身体状况很差，他这个当女婿的已有几个月没去探望了，今天说啥也得去。

想到这儿，王实立即起床，洗漱，做饭，喊孩子起床。"我妈没回来，怎么去啊？"子豪叫道。"咱们仨去，你姥爷身体不好，我平时忙，你们功课又紧，这过年放假了，咱们一定得去瞧瞧。"王实的语气不容商量。九点多时，王实驱车前往茹家凹。

滕王阁。

天阴沉着，空气湿冷，茹烟凭栏眺望，江面上雾蒙蒙的，赣水并没有很清澈，江渚上鲜有绿树花草，更谈不上江南风情，也许心情和天气使然，王勃描绘的"落霞与孤鹜齐飞，秋水共长天一色"的宏丽景象与她所见相去甚远。

此时此刻，她只觉得寂冷，于是转身进了阁楼，里面暖和一些，她退掉羽绒服的帽子逐层游览，到了四楼，有个演出刚开始，身着汉服的一名年轻女子正弹奏古筝曲《渔舟唱晚》，四个同样着古装的姑娘在其身后翩翩起舞，茹烟饶有兴致地驻足欣赏着，看着那女子用纤细手指优雅灵巧地拨弄琴弦，她瞬间产生了学弹古筝的冲动，准确地说，是再次产生了这种冲动，数年前，她跟柳梅学跳舞时就有过这个想法。

看完演出，茹烟坐下来歇息，趁这工夫需要打个电话，不是给王实，是给母亲，早上从酒店出来时她先去了移动营业厅，买了一张新卡装进手机，旧卡取出放在包里，然后开机。她拨通母亲手机，问了家里情况，谎称自己这两天因单位临时有事走不开，等初五以后回去看他们，母亲将信将疑地"哦，哦"着，还说让她注意身体，"不用担心我"，她惭愧又心虚地对母亲说。

放下电话，她的鼻子酸酸的，这是她第一次大过年的不回娘家，其实，她完全不必因何竹发的一组四川风光照选择出远门，想消散胸中愤懑，可以在文河市附近转转，不愿见王实，就住在市内的家里。不过，现在想这些已无济于事，花近两千元买了机票出来，总不能看个滕王阁就回家了吧。

茹家凹。

茹烟的母亲放下电话不久，王实和两个孩子就进门了，母亲本来就中意王实，现在女婿当了领导，有出息了，更是笑脸相迎、嘘寒问暖。王实见岳母如此热情，心里很是不安，解释说茹烟有个好朋友临时有事，让她替值个班，她抹不开面子就答应了，王实本以为岳母会追问下去，不料，岳母说茹烟刚才跟她打过电话了。

打过电话了?! 王实又惊又喜，这么说，茹烟有消息了? 王实激动得想即刻就给她打电话，又一想觉得不妥，于是他装作无事地跟岳父母唠起家常，问起岳父病情。

坐在煤炉旁的岳父有气无力地和王实说化疗后吃不下饭，王实听着很难过，便说了些安慰的话，岳父穿得很厚，戴个鸭舌帽，脸色蜡黄、颧骨突出、脸颊深陷、双手皮包骨头，岳父向来话不多，加上有病在身，更没几句话了。

岳母在厨房忙碌着，王实本应去帮忙的，因有心事，便到门外，赶紧拨打茹烟的电话，仍关机，奇怪! 难道她给岳母打电话后又关机了? 王实来回踱着步，忽然，他灵机一动，回到院里，跟岳母说手机没电了，想借岳母手机打个电话。

岳母不假思索地说，手机在屋里桌子上放着，让王实自己拿，"好，好"，他转身去了屋里，拿起岳母手机，拨通李狱长的电话，问单位今天情况怎样，李狱长说一切正常，王实就说家里有点事，明天回单位，李狱长说"没事、没事"，王实道声"你辛苦"后挂了电话，然后迅速查看来电号码并记下来。

一个陌生号码! 时间显示是 9：56，根据岳母说的"刚才"，王实推断这应该就是茹烟打过来的，回拨过去? 看着身体羸弱的岳父，王实立即意识到不妥，他再次到门外。"喂——，妈——"，电话那头传来茹烟的声音，"是——我。"

王实胆怯地说，"滴——滴——"，没等他说下一句，电话就挂了。不接就不接吧，通了就好，王实想。

若在自家，他会再次拨茹烟电话，在岳父母家，他不便这样做，决不能让老人知道他们闹矛盾了！王实决定给茹烟发信息，思索一会儿，他打开自己手机，编辑了几段文字，然后一一发送："对不起！我惹你生气了。你现在哪里？安全吗？我和孩子们在茹家凹，不方便跟你多说。""关于那条信息，等你回来了，我详细跟你解释，好吗？""我明天要回单位了，你赶快回来吧！不然孩子没人管。"发完信息，他即刻返回院里，这时岳母已做好饭。

南昌。

前往秋水广场的路上，茹烟收到王实的信息，看内容后，心情好了些，尽管详情还不得而知，但他总归是认错了，不过，她不会给王实回信息，没那么轻易原谅他，哼，回去看他怎么解释！他明天回单位，能回几天？两个孩子在家行吗？自己明天回？可明天没有票啊，不管了，既来之则安之，茹烟打定了主意，后天回。

只是，她的心始终游离于风景之外，无法安宁，平时出来倒也罢，可现在是春节，况且独自一人，子豪和君荷怎么看他们的母亲？王实家里人知道了会怎么想？就因为王实一条让她不能容忍的信息离家外出，自己未免太任性了吧？

仔细想想，其实也没什么大不了的，婚姻中的双方，有几个能做到一辈子的心无旁骛和对伴侣的绝对忠诚？看看周围吧，姑妈和姑父的婚姻算是上等的，可这样的太少了啊！"前世拯救银河系，月老让我遇到你。琴瑟和谐度一生，真是我的好福气。""前世拯救银河系，月老让我陪伴你。煎炒烹煮调美味，诗酒花茶笑声飞。如兄似父情妹妹，敬你爱你真情意。琴瑟和谐甜似蜜，你恩我爱永相依。"

这是姑父和姑妈彼此唱和的诗句，前两天姑妈发给她的，虽然语言直白朴实，但了解他们的人都知道，这是他们金婚五十年的真实写照。

茹烟自然也能感受到他们之间忠贞不贰的浓浓爱意，记得她和王实定终身时曾暗下决心，要像姑妈和姑父那样永远地琴瑟和鸣，回想起来，他们和姑妈的婚姻还差一些，什么原因呢？王实为什么会有外遇？自己不够爱王实？王实现在职务高了，心变野了？还是现在世风日下了？茹烟感到困惑和茫然。

第三十八章　人生若只如初见

1

初三早上八点多，王实即回到省黄河监狱，他先和李狱长碰了头，做了交接班，然后到狱内各处看看，回到办公室已十点半。他靠在椅背上休息，冬日暖阳照进屋内，略显刺眼，他起来把窗帘拉了拉，又坐下，节假日特有的寂静氛围让他开始想心事、理思绪。

他是二〇一二年十二月任黄河监狱党委副书记、政委的，赵颖是该狱办公室副主任，工作上的原因，赵颖跟他接触较多。赵颖不仅长得标致、个子高挑，且很能干，交办给她的事儿没有让人不满意、不放心的，领导交代的她能做好，领导没有交代的她也能想到并能做好，这样的女下属哪个领导不赏识呢？有的监狱领导还时不时地跟赵颖开开玩笑。

不过，与赵颖有亲密关系之前，自己是不曾同她说过玩笑话的，那他和她是怎么走到一起的？又是如何一发而不可收的？王实回想着自己和赵颖的交往过程。

刚来黄河监狱时，晚上若没应酬，他爱去警体中心打羽毛球，巧的是，他每次去，几乎都能碰到赵颖，她的球技不错，跟她打球很顺畅。休息时，赵颖会给他杯子里添水，时间一长，他感到不大对劲，总跟一个俊俏女同事打球，算哪回事呢？于是，一个月后，他不再去了。

之后不久的一天，赵颖来他办公室汇报工作，问他怎么不打球了，他撒谎说最近事儿多顾不上，赵颖就说"有空了还去吧，您白天忙了一天，晚上锻炼锻炼有益身体健康"，当时他不置可否地应了一声，终究也没再去。

打球会不会让赵颖心生涟漪，王实不得而知，但他敢肯定的是，那次吃饭唱歌期间，赵颖明显对他表示了好感和爱意，而他的心弦也在那晚被赵颖拨动。

去年九月的一天下午，省局办公室主任和一名女同志来狱调研，局办公室主任是王实的警校同学、好朋友，尽管他十二分地不想应酬和喝酒，但他没有理由不参加晚上的饭局，其中陪同的就有监狱办公室李主任及副主任赵颖。那天的饭局气氛很轻松，他和老同学说说笑笑，几乎没有上下级的感觉。席间，大家都喝了酒，他虽然没醉，但酒席结束时已晕晕乎乎、步态不稳，他和老同学互搂着肩膀出了酒店大门。

后来不知怎么地，李主任把他们带进一家 KTV 歌厅，就在那晚，就在那个灯光摇曳的包间里，他和赵颖的关系发生了微妙变化，有了难以言说的亲近。

先是老同学扯开嗓子吼，接着他俩合唱，然后老同学和赵颖对唱，轮到他和赵颖对唱时，屏幕上显示的是《花好月圆夜》。这首歌他和茹烟多次唱过，很熟悉，所以他毫不迟疑地站起身，拿起话筒投入地唱起来，刚唱两句，大家都鼓掌叫好，轮到女声时，赵颖投入地深情演绎着每一句歌词，唱完后还以温柔缠绵的眼神示意他接男声。

歌厅氛围很容易快速滋生逢场作戏的男女之情，何况赵颖唱得不错，这首歌被他俩演绎得淋漓尽致，屏幕上显示出"100 分"的好成绩。他俩在一片掌声中坐回沙发，也许是太兴奋，也许是赵颖有意靠近他，落座时，两人的臀部和大腿外侧碰在了一起，顿时一阵麻酥酥、热烘烘的感觉传遍他的全身。他本想把身子挪开一点。可赵颖散发着淡淡香味的身体磁铁般强烈地吸引着他，使他无法动弹、不愿挪开。不仅如此，他感觉自己的胳臂碰触到了赵颖饱满的乳房尖儿，软软痒痒的，他裤裆内迅速撑起一顶小帐篷，尴尬的情态让他腾地站起来，端起一杯啤酒仰脖喝起，李主任迅速给他斟上，于是他又端起杯和老同学等人一一碰杯。

朦胧斑驳的灯光下，其他人也许察觉不出他和赵颖之间的秘密，心如撞兔的他渐渐平静下来，为了不至于太激动，他没有再和赵颖对唱，还有意和她坐开些。

当晚，他竟梦到和赵颖忘情地享受云雨之欢，醒来时，他发现身子底下湿乎乎的一大片。

后来发生的一切很"合乎情理"、很"自然"，在他办公室里、在不被人知时、在他和赵颖含情脉脉的对视中，他俩狂热地相拥、亲吻，他的激情被年仅三十八岁的赵颖唤醒，他因和茹烟两地分居而积聚起来的男性能量被"及时"释放，他觉得自己年轻了、舒展了，也陶醉了。

罪过！太不应该！当他从温柔乡里清醒后，感到无比的后悔和自责，不断地责问自己：你都干了些什么呀？你曾经对茹烟发誓说一生只爱她一人，茹烟也的确值得你爱她一生，如今，你怎么变了呢？你怎么面对茹烟？茹烟，一个才貌双全、优雅知性、如江南般的女人啊，当初你那么深情地爱着她，觉得她就是你生命里的唯一，这才过了多长时间，你就变了？难道审美疲劳了？还是自己地位高了、心猿意马了？

追根溯源，王实觉得自己真的变了，变得不知足。自当上处级领导干部特别是政委后，他的视野开阔了，交际圈渐渐大了，听闻一些领导干部或商界老板找情人、养小三的传言，刚开始，他很反感，甚至排斥，可听得多了，就逐渐习以为常，觉得没什么可大惊小怪的，有时还会冒出自己何时能遇上一个红颜知己的想法。

尽管如此，尽管主动靠近他甚至向他献媚的女性不少，但以前他都能发乎情止乎礼，不会做出非分之事，可面对赵颖，他怎么就把持不住自己呢？赵颖身上究竟有什么迷人之处？

赵颖美丽、能干、善解人意，她的美不同于茹烟的娇美、柔美，是一种健美、有活力的美，与人交往中她又很谨慎，既不露声色地展示了女性魅力，又不会给人以轻佻之感……王实不得不承认，他是喜爱赵颖的，但，即便这样，他也不会越轨，慎独、慎欲，这是他常常告诫自己的两个词，可是，就在那晚，他的情感，不，是情欲被点燃、被激发，他再也难以自持，他要得到赵颖，他也能得到赵颖。

一旦打开了情欲的魔盒，人就像服食了罂粟一样难以自拔。

在内疚和矛盾的心态中，他一边痛恨着自己，一边在赵颖的温柔乡里越陷越深。不过，他还没有完全失去理智和分寸，他告诫自己喜新但不能厌旧，单位没有事一定要回家，每天和茹烟联系一次；要求自己在公共场合绝不与赵颖有暧昧之言行；提醒自己节假日绝不给赵颖打电话、发信息，也不许赵颖给他打电话、发信息。

两人基本上配合得很默契，可是，这个春节，赵颖是怎么了？

王实回想着、思索着，不知该如何向茹烟解释，又如何取得她的原谅。说赵颖发错信息了，显然是掩耳盗铃的说法，况且赵颖姐姐跟茹烟是好朋友，自己若睁眼说谎话，只能把事情往越来越糟的境地推。

年三十晚上之所以那么说，是因为孩子在家，又大过年的，不好多说什么，现在呢，照实说？那非把茹烟气晕不可，很可能她会提出离婚。啊？离婚？王实可从来没想过离婚，一个领导干部决不能拿婚姻当儿戏，这可是跟自己的政治前途紧密相连的，再说，他还爱着茹烟，还有一双可爱的儿女，怎么能轻易离婚呢？如果茹烟真提出离婚，他决不答应，哪怕让他跪地求饶，接受茹烟的任何惩罚，和赵颖从此一刀两断，他也不离婚。

反复掂量后，王实决定向茹烟摊牌，等他回家后就说，他已做好了应对茹烟不原谅他、与他大吵大闹、提出离婚等种种情形的准备。

又一想，他觉得当面说不如写封信，孩子们在家，今年面临高考，当面说的话，尴尬不说，万一情绪激化了就难以收场，也达不到预期目的。于是，他找来纸笔，给茹烟写信。

写信是久违的事情了，二十年前，他给茹烟写过一封情真意切的信，向茹烟表明了心迹，从此两人很快步入幸福的婚姻生活。记得当时是在自家那个仅有六七平方米的小房间里写的，在只有一个二十五瓦灯泡的昏黄光线下，在陈设简陋的小屋内，在那个不平静的夜晚，他表达了对茹烟既炽烈又含蓄的爱。

如今，在他十余平方米的设施齐备的政委办公室，在一个白天或夜晚都有明亮光线的房间里，在一个每天听着无数次"报告"或者"王政委"的场所，在这个每天要批阅大量文件并不停地签上大名的地方，他要给自己的妻子写信，准确说是做检讨、承认错误，一个原则性的错误。这种感觉怎么怪怪的呢？

王实一时没有思路，不知从何处下笔，他的办公室可是下属们经常向他小心翼翼地汇报工作，或战战兢兢地向他做检讨的地方，现在反而向别人做检讨了，不行，感觉不对，还是回到住处写吧。

回到住处，坐在书桌前，王实理着头绪、想着措辞。

说事实之前先向茹烟道歉，拿出满心诚意和愧意道歉。事实部分照实说？对，照实说！但又不能太实事求是，跟赵颖相好的次数可以少说，本来也没几次嘛，另外，与赵颖走到这一步，自己并没有很主动。这样说，或许能减弱茹烟的怒气吧。

最后，表明自己的态度，那就是与赵颖一刀两断。啊？一刀两断？想到这个，王实顿时没了底气，感觉这个词若写到信上的话是那么假，那么苍白。

他闭上眼，深吸一口气，又重重地呼出一口气，思想在断与不断之间徘徊：断，何其难也？何其不舍啊？可是，若不断，他的婚姻将面临瓦解之运，他的政治前途也将暗淡下去，可自己还想往前走啊，远的不说，晋级监狱长是指日可待的事情，如果因男女私情误了前程，那就得不偿失了。

必须得断！别无选择！拿定主意后，一个想法突然浮现于王实的脑海：监狱不是即将成立国有资产管理科吗？向李狱长建议一下，把赵颖调去当科长，这样赵颖就不会经常在他眼前晃了，因为国资科不归他管，这个新科室又不在办公大楼里，他和赵颖自然就从空间上拉开了距离，只要他不主动，对赵颖"冷酷"一些，两人的关系就会慢慢疏远，直至退回到初始的同事关系。

想好后，王实拿起了笔。

2

看着王实的信，茹烟一阵头晕目眩，双手不住在颤抖，心仿佛在滴血。她不愿相信王实背叛了她，不愿相信那条微信是一个与王实有了肉体关系的女人发的，更不愿相信这个女人是赵华的妹妹，然而，王实承认了、招供了！他的确有了外遇，的确有了婚外情，他带着万分的悔意向她坦白了自己的"罪行"，求她原谅，求她饶恕！

原谅？饶恕？怎么可能?！王实，你太可恶可恨了，才当了几天领导干部，尾巴就翘到天上了？就忘乎所以了？你也不扪心自问一下，当初若不是我命运不济、分来监狱工作，若不是我考律师、考检察院失败，我怎么可能嫁给你这个只有中专文凭的穷小子？这些年你努力地往上爬，一方面是为了你自己，另一方面还不是为了能和我缩小距离，让我可以平视你？

这几年来，何竹时常提醒我，要我对你留心点儿，说男人有了权有了钱就容易变坏，容易找女人。我不以为然，觉得你绝不是那种人，觉得我们的感情历经岁月的磨砺已固若金汤，风刮不进，雨淋不到，可是，铁的事实证明，我错了，错估你了！

王实，你这个伪君子，我那么一心一意地爱着你、爱着这个家，你却出轨了，要不是那条信息，要不是你亲口承认，我至今还蒙在鼓里！你真是深藏不露啊，每次回来，你我的床笫之欢一次也没少，你的激情和爱意丝毫未减，家务活你一点儿也没少干，每天一次的通话一次也未少。

不但没少，这半年来你甚至做得更好，我原想这是你不常在家的缘故，谁料想是你做了亏心事的反应！我怎么这样傻、这样迟钝？怎么没有察觉到你的细微变化？

实在可气啊！你曾开玩笑似的对我说过，找我这样的女人不放心，若我们的婚姻出现婚外情，那必定首先是我。我也开玩笑地对你说："嘿嘿，有可能。"

王实，如果我也像你一样出轨，我早出轨了！你知道我的大学同学段亦鸣离了婚来找过我吗？知道有的领导除了夸我能干还怎么夸我女性美的吗？知道一些男同事以及我接触的外界男士是怎么欣赏和赞美我的吗？知道他们中有许多比你高比你帅比你文凭高比你官大比你有钱吗？

在他们为我心动时，在他们说着让我心动的话、做着让我心动的事时，我知道他们的心思，知道他们不是没有"邪念"。遇到心仪于我而我也欣赏的男性，自己也心猿意马过，可是，我感情的天平砝码很快回归到你这边，回到家庭，回到孩子身上。

我没有给你戴绿帽子，你反而给我戴了绿帽！真是岂有此理！

茹烟越想越气，越想越委屈，两个字立刻浮现眼前：离婚！对，离婚。这样的婚姻有维持的必要吗？她曾经听赵华说过，夫妻之间什么气都能生，唯独床上的气不能生。是的，她可以忍受王实吃饭吧唧嘴，可以忍受他说话偶尔爆粗，可以忍受他抽烟，可以忍受他喝了酒不洗脚上床，可以忍受他一个多月不回家，唯独忍受不了他对她不忠！

离婚？谈何容易？两个孩子正值高考季，节骨眼上她和王实离婚，不是把孩子往火坑里推吗？自己已四十好几的年龄，即使离了婚，哪儿那么容易找到好男人、负责任的男人？不，已经没有这样的男人了，初恋吴远已让她伤心欲绝，如今丈夫又让她失望透顶，她还怎么相信男人？

还有，王实也许不为她着想，可她忍不住要为他考虑：若离了婚，王实的政治前途势必受影响。看看周围吧，有几个党员领导干部离婚的？他们宁愿貌合神离，宁愿痛而不言，宁愿离了婚还在一个屋檐下住着，也决不离婚，他们都懂得"两害相权取其轻"的道理。

茹烟也懂得，王实走到这一步并不容易，虽然有他因公牺牲的父亲的因素、有唐主任的举荐、有程狱长的赏识以及后来许多领导的赏识或提拔，有同事、朋友们的支持，终归与他自己的努力是分不开的。

茹烟至今记得，刚上班时，为了圆满完成轴承套圈试生产任务，在寒冷的冬夜、在简陋的监管条件下，王实和三大队的同事们整整值守了十个小时；她还记得，王实当狱政科科长后的第一个春节，从年三十到大年初二，为妥善处理一个死亡服刑人员的善后事宜，他三天都没有回过家；当西岭监狱管教副狱长后，也是一个冬夜，陪上级检查工作组忙了一天的他不顾劳累，深夜十一点赶到医院，看望病重的服刑人员；到省黄河监狱后，一段时间因工作忙碌，他曾一个半月没有回家。

······

说心里话，王实职位一步步提升，茹烟嘴上没怎么说，心里却是高兴的、自豪的，觉得自己没看错人，当初的选择没错。

茹烟还清楚，王实升职后，特别是当了省黄河监狱政委后，他们的好朋友韦志杰曾一度严重心理失衡，羡慕嫉妒之余，找领导换了岗位，离开任务重、风险大的生产监区，去了相对轻松的安全生产监督管理科。他觉得自己被提拔为处级干部的希望渺茫，便不再像以往那样兢兢业业工作了，不求有功但求无过，去年还跟他朋友合伙做起了生意。

茹烟问自己：王实好不容易走到了让人羡慕的职位，成了职场上的"鲸鱼"，拥有比科级干部更为广阔的天地和更为光辉的未来。现在，你作为他的妻子，要把他这一切毁了吗？要让他前功尽弃吗？

回答是否定的，即使王实再让她失望和屈辱，她也不愿意这么做，"一日夫妻百日恩"，何况，王实对她一向不错，她怎么忍心这样呢？

王实信中最后说，他已下决心和那女的一刀两断，不再有牵连。谁信呢？若他在别的事情上表决心、发誓愿，茹烟会相信，情感之事，她不信，也无法相信。可是，不信又怎样？总不能雇个私人侦探，暗地里打听王实以后的行踪吧？

茹烟又想，可以侧面问问赵华，必要时让她跟妹妹谈谈。不妥，不妥，茹烟很快否定了这个想法。家丑不可外扬，赵华是自己的好朋友，再说王实和她妹妹交往时间还不算长，尽量不要扩大事态。

那该怎么办呢？茹烟一时心乱如麻，寝食难安。

第三十九章　有你陪伴不孤单

1

居家隔离第十天。

上午十时许，茹烟正在听有声小说《主角》，她的好朋友赵华发来微信视频通话。"烟妹呀，刚才发信息你没回，忙什么呢？新闻上说，文河最近有确诊病例，离你那里近吗？你可要小心哦。"屏幕里的赵华笑意盈盈、容光焕发、语气轻松又充满对茹烟的关心。

"不好意思，赵姐，刚才在听小说。确诊病例就是我们小区的，现在我被禁足在家了，你看我好可怜哦。"赵华的好状态感染了茹烟，她的语气也显得轻松且带着几分调皮。

"是吗？那你真的要小心才是。生活物资不缺吧？"赵华关切地问。

"不缺，小区有供应蔬菜包，再说我一个人也吃不了多少。"

"哦，那就好。你要照顾好自己，王政委给你打电话了吗？不知他现在情况怎样？"王实曾当过赵华所在的省黄河监狱政委，赵华仍以昔日职务称呼老领导。

"谢谢赵姐关心。一个月前去看过他一次，状态还行吧。本来打算前两天去看他的，谁知渠安监狱因疫情停止接见了，也不知什么时间能恢复。"茹烟平静地说。

"不知渠安监狱开通网络接见没，我们监狱开通了，不过得符合一定条件才行。"

"不敢奢望视频接见，再说看见他穿囚服、剃光头的样子，我心里也不舒服，他这段时间若能打个电话，我就知足了。"

"也是，不过，这一波疫情估计不会持续多久，相信你很快会见到他的。"

"但愿吧。"

"疫情形势下接见控制得严，不然我一定去看看王政委，他在黄河监狱的时候，跟李狱长都很重视犯人心理健康工作，他们在的那几年，我们干得特顺特有成效，有一个咨询案例还被司法部选中，编辑成书了。还有啊，那两年我和同事们出去学习也多，凡是能参加的，李狱长和王政委都让我们参加呢。"赵华的语气里充满了感激之情。

"这主要是人家李狱长和管教狱长的功劳，跟王实关系不大。"茹烟澄清事实般地说。

"就算监狱长和管教狱长再重视，没有政委的支持，也肯定不行啊。"

"谢谢姐这么高看王实。"

"不是高看，是王政委确实干得不错，也给干工办了不少好事嘛，只是可惜了！你下次去看他，带我问声好啊。"

"好。"

两人又聊了一会儿，赵华问苏玉卿最近怎样，茹烟说玉卿近况不错，她在玉卿的心理工作室帮忙，玉卿的精力和兴趣主要放在青少年问题上，因疫情反弹，目前面对面的咨询停了，线上咨询还保持着，另外，玉卿和她最近都在咨询师之家的平台上学习，玉卿还准备以咨询师的身份入驻其中。赵华听了很兴奋，说她随后也去咨询师之家里看看。

说到这里，赵华就说好久没和苏玉卿聊了，不如三个人一起聊，茹烟说行，两人各自挂断手机，由赵华在她们三人的小微信群里发起通话。

"哈喽，玉卿好！好久不见了。"当苏玉卿上线时，赵华笑着用手打招呼。

"赵姐好，茹烟好。"苏玉卿虽跟她们打着招呼，脸上却没有多少笑容，相反，显出一种烦恼忧愁之态。这对苏玉卿来说是罕见的，她一向性情沉稳，心境平和，喜怒不形于色。

见苏玉卿异于往常，赵华忙问："卿妹，看你脸色不大好啊，怎么了？是谁让我们的苏美人儿心烦了？快跟姐说说。"赵华半开玩笑道。

"就是啊，玉卿，遇上什么事儿了？"茹烟也关切地问。

"嗨，不瞒你们说，这会儿心情正糟呢，我刚从家里出来十几分钟，公园里散散心。"

"跟谁生气呢？老公？孩子？"赵华问。

"还能跟谁？我老公呗。"

"生什么气呀？你跟你老公向来不是挺好的吗？"茹烟有些纳闷地问。

"因为我女儿，这两天我俩闹别扭。"苏玉卿说。

苏玉卿有两个孩子，大的是男孩，因六岁时生一场大病成了智障儿童，苏玉卿夫妇就申请生了二胎，女儿是她的第二个孩子，今年上高三。

"你女儿不是挺好的吗？学霸一个，长得又水灵，要我有这么一闺女呀，高兴还来不及呢。"赵华不解地说。

"女儿一直让我很省心，可最近一周有些反常，竟然不上学了。她平时有什么话都跟我说，这次，我问了半天，才知道她遇上情感困惑了，她看上班里一个长得像鹿晗的男生，可人家对她不冷不热，这让她很失颜面，无心学习，情绪低落，不愿意上学。"

苏玉卿继续倾诉道："其实，女儿几天不上学我并不过分担心，早恋也能理解，我们经常做咨询也知道，这种现象经常会发生在高中生身上，只要我们家长不惶恐、不责备，耐心引导和陪伴孩子，情况慢慢就会好转的。可是，她爸爸这次不知怎么了，对女儿大发雷霆，说再有几个月就高考了，不上学怎么能行？我老公这一吵不当紧，女儿不但不上学，连饭也不吃了。刚才，我趁女儿下楼取快递时说了我老公两句，谁知他说我还是心理咨询师呢，怎么也说话不冷静、带情绪了？我说，咨询师怎么啦？我又不是木头、机器人，我是一个活生生的人！是人，当然就有喜怒哀乐了。"说着说着，苏玉卿情绪又激动起来。

"其实听起来没多大的事儿，你老公是不是正处于更年期呀？哈哈——"赵华故意调侃道，茹烟听了也跟着笑出声来，苏玉卿只是苦笑了一下。赵华接着对苏玉卿说："你先别急，你老公可能这两天心情不好，又看女儿不上学一时心急，才说了气头话，也许过两天他的态度就转变了。"

"道理我都懂，只是他这样一发脾气把事情弄得更糟了，女儿不上学不要紧，不吃饭，我能不着急吗？"

"我的咨询师妹妹呀，给别人做咨询的时候是十二分的智商和情商，轮到自己的家人，这智商和情商就变成三分了？不要紧的，你当妈的心情我理解，可你女儿既不是抑郁症，也不是厌食症，平时一向正常，你害怕什么？放心吧，饿不坏的。孩子只是听了她爸爸的话一时气不过，闹阵子情绪，我觉得你跟她爸不妨来个冷处理，静观其变，说不定过两天就会好的。"赵华半轻松半郑重地说。

"听赵姐这么一点拨，我心里好受多了。"苏玉卿轻舒一口气，之前的愁容被几分笑容代替，沉默片刻，她问："赵姐最近挺好吧？看你状态很好啊。"

"感觉还行吧。不过，我认为，好状态是自己调出来的，相信你俩都会认可这句话，对吧？"

苏玉卿和茹烟都"嗯"了一声。

赵华接着说："其实我也有烦心事儿。这不是今年升格当了奶奶嘛，我本来是攒足了劲儿准备带孙子的，可儿媳非要让人家妈带，把我晾在了一边，刚开始心里真是不舒服啊，可不舒服又能怎样？如今已不是婆婆一手遮天、说一不二的时代了，咱得与时俱进，不是吗？后来我一想，嘿，这样挺好，省得我操心费力了，也省得我腰椎病复发了。"

"孩子们在哪儿？"苏玉卿问。

"在深圳。现在网络发达，想孙子了就视频一下，也很方便，人家不让咱出力，那就出钱呗。挺好，挺好，哈——哈。"赵华轻松愉快地说着。

"时间过得真快呀，赵姐都当奶奶了。"苏玉卿感慨道。

"可不嘛，我明年就退休了。"赵华说。

"啊？你该退休了？"茹烟惊讶道，她于两年前晋升为四级高级警长，又是中层实职，可以到六十岁才退休，退休对于五十一岁的她来说还比较遥远，赵华又比她大三岁，猛一听赵华退休，她有些适应不过来。

"是啊，我明年九月就退了。"赵华安然答道。

"退了准备做什么？"苏玉卿问。

"先休息一段时间，然后准备去太阳村帮忙。"

"去太阳村？哦，对了，你们新太市有个太阳村儿童救助中心。"苏玉卿说。

"很佩服赵姐啊。玉卿你还记得吗？2015年，省局在你们监狱组织了一个心理矫治经验交流会，我去听了，赵姐作为五个典型发言人之一，讲的就是她对一个服刑人员的十岁女儿进行长期的针对性心理疏导，从而让女孩变得积极阳光，最后考上大学的案例，这个女孩就是太阳村的。"茹烟有些激动地说。

"你们也知道，救助中心都是那些因父母双方均服刑在狱，或父母一方在狱服刑、另一方已死亡、无能力或其他原因无法得到有效监护的未成年子女，这个公益项目关乎'两代人的重生'，可以有效防止父母出监狱、孩子进牢房的悲剧重演。我认为这是很有意义的事情。"

"是很有意义，赵姐的打算真不错，只是长期跟这些孩子打交道会很累啊。"苏玉卿担心地说。

"累肯定是累的，但只要它有意义，值得去做，我就会乐在其中。"

"记得省女子监狱一个副监狱长退休后就去了救助中心。"茹烟说。

"对，女子监狱的王副狱长，她是救助中心的发起人之一，中心能发展到今天，她功不可没，因放心不下可怜的孩子们，她退休后申请去了那里，今年已经七十二岁了。"赵华说。

"很佩服你啊赵姐，只有我们监狱警察才会深切关注到服刑人员子女的命运和未来。"苏玉卿由衷赞道。

"你也很了不起呀，开办一个心理工作室，并且还做得不错哦。"

"赵姐过奖了，要不是近几年犯人心理矫治工作处于下滑状态，我不会开这个工作室的，现在又遇上疫情，总不能让学到的东西荒废了吧？"

"也是。"赵华若有所思地说。

"听你俩这么一说，我很自惭形秽啊。"茹烟黯然神伤道。

"烟妹，快别这么说，咱三个人里你职务最高，肯定得以工作为重，不像我们俩，你还可以干将近十年呢，再说，我觉得你把生活安排得挺充实的，业余时间去玉卿那里帮忙，挺好的嘛。"赵华安慰茹烟。

"什么以工作为重呀？我现在跟混日子差不多，王实出事后，我感觉无法再在政治处待下去，也不想见人，就申请去了离退科，那还不是跟半退休一样？"茹烟有点儿沮丧地说。

"可惜了呀，烟妹。不过，王政委出事不代表你有事，不代表你矮人三分，叫我说呀，你该咋样就咋样，何必顾虑那么多？从政治处出来也行，只是离退科待着有些乏味了，我觉得你可以考虑换个部门。"

"赵姐说得对，你跟我俩不同，还有八九年的光景，不能老在离退科待下去。"苏玉卿附和道。

"谢谢你们，让我想想。"茹烟感激地说。

三人又兴致盎然地聊了一会儿。

2

挂断电话后，茹烟仍沉浸在愉悦和沉思之中。和两个好朋友聊天谈心多么愉快呀！她一人在家，加之疫情防控措施严密，尽管她能够有意识地自我调节，可以用学习、弹古筝、练瑜伽来充实时间，用自我暗示驱走孤独和寂寞，但她内心里是渴望与人联系，特别是与亲人、友人联系的，人生活在关系中，哪怕是异地相逢、网络聊天，也让她喜悦，让她感到了温暖和关爱，增添了对抗孤独、单调和不良心绪的力量。

想必赵华和苏玉卿也会这么想，也有这样的感觉吧？特别是玉卿，刚通话时还是愁容满面，等三人说到开心处时，她竟也随着赵华哈哈大笑起来。啊，看到她笑，我也好开心。这就是友情的力量，互相支持的力量。

赵华已当奶奶了，快退休了，时间过得好快啊，两人认识的时候都是工会副主席，十余年过后，人生轨迹各有不同，赵华像苏玉卿一样很清楚自己喜欢什么、要什么，不犹豫、不彷徨，一直致力于服刑人员心理健康工作。

赵华说她退休后去太阳村，茹烟初听感到诧异，现在想想也是顺理成章的事，符合赵华的一向意愿。茹烟知道，在全省监狱系统服刑人员心理健康指导工作普遍处于低谷时，赵华参加了新太市的心理志愿服务活动，为那些经济拮据又需要心理服务的群体送去心灵阳光，她曾多次去太阳村，对收留的服刑人员未成年子女进行心理帮扶。

回想赵华的话，想到她已做的和继续要做的事，自惭形秽的感觉再次浮现于茹烟心头。自从王实出事后，她羞于见人，尤其是单位的众多同事，丈夫成了罪人，有何颜面去面对他们？有何心情去强装笑脸？因此，王实出事后一个月，她就向领导申请离开政治处，领导也很体谅她，准许了她的申请。

去离退科这几个月来，每天见到的是寥寥几个人，每天的事情也是有数的几件，她觉得倒也适合自己的境况，只是，她已渐渐感到无聊乏味，如果不是在苏玉卿那里做点事，她真不知道这漫长的时日该怎么熬过去。

今天与赵华、苏玉卿一番聊天，让她喜悦的同时，也让她思考自己的未来。她忽然萌发了一个念头：离开离退科，去服刑人员心理健康指导中心！圆自己一个曾失落的梦！这个念头一旦产生，她立刻变得兴奋起来，对，去那里，和赵华、苏玉卿她们一起，忠于内心，不慕浮华，爱自己之所爱，做自己所想做。

赵华说到了我心里，其实，我之前也这么想过，现在赵华帮我肯定和强化了这个想法。是呀，王实犯了罪，不代表他的妻子有罪，不代表他的妻子就低人一等，进而不敢做她想做的事，不敢说她想说的话。他犯罪，对我是有影响，对孩子的未来也有影响，但不代表他的家人得用一生去为他的罪过买单，去付出不应有的代价。

我为什么要在离退科隐匿下来呢？为什么要惧怕见人呢？我完全可以去服刑人员心理健康指导中心啊。尽管现在疫情挡道，这块工作暂时停摆，但我可以等，我比赵华和玉卿有年龄优势，有职务上的优势，可以工作到六十岁，还有充裕的时间供我弥补曾经的遗憾。

　　不去心健中心多可惜啊！三年前西岭监狱改扩建任务完成，也建成了全新的心健中心，几乎占了狱内教学楼一层楼的地方，足足有七间房，预约等候室、个体咨询室、团体辅导室、心理治疗室、心理宣泄室、中央控制室等一应俱全。明显上档次的是团体辅导室，它足有四十多平方米，配备隐藏式黑板，安装多媒体设备，辅导室分成两个区域，两个区域间安装单面镜子，这样开展活动时既有利于保证心理咨询师的人身安全，又有助于消除服刑人员的防备心理。这样崭新、宽敞、专业化的工作环境，不好好利用，不是可惜了吗？

第四十章　父亲走了

1

二〇一四年四月初，茹烟父亲，王实的岳父病逝。岳父弥留之际，除了茹烟及她的亲人，王实也陪在身边，当医生告知他们父亲已无生命体征后，霎时间，茹烟一家人都陷入哀痛之中，王实当然也很悲伤，岳父在世时待他不错，没有给过他一个脸色，也没有说过他一句不是，但他知道，此时更重要的是赶紧料理后事，为茹烟分担责任。他想，这也许是弥补两人感情裂痕、让茹烟回心转意的好机会，自己得好好表现一下。

那天晚上，王实几乎没有合眼，与茹烟及内兄、内弟共四人分两班为岳父守灵，每两小时轮换一次。

凌晨一点至三点，他和茹烟值守，刚开始，茹烟跟他拉开距离坐着，后来她竟慢慢靠近他，再后来，干脆用两只胳臂紧紧抱住他的左手臂，头却扭向一边，王实心里一阵窃喜，但并不作声，任由她抱着，他能感到她紧张的身体里充满了恐惧。

天并不冷，茹烟的手和胳膊却是凉的，于是他用双手紧捂住她的双手，她并不拒绝，还把头靠在他肩膀上，却仍然不看他，不看就不看吧，反正他知道此时被需要就行了，于是，他斗胆搂住她的肩膀，两人紧紧依靠着，依然不说话，就那样彼此依偎着。

这是他和茹烟自春节闹矛盾后的第一次肌肤之亲，一丝丝欣喜像灵屋外朦胧柔和的月光般在他身体里流淌，不过，他只能稍稍地体味一下，并不敢让它恣意生长，这是岳父的停尸之地，一个充满着沉寂、哀肃、阴森、恐惧气息的场所！不然，岂不是罪过？

次日，天刚蒙蒙亮，他们四人便一同商量丧葬的具体事宜，要办的事儿很多：请村里的长者坐镇指导，请阴阳仙儿看墓地，找人挖墓，准备棺床，装殓，入土。他们简单吃点东西后就分头行动，马不停蹄地一件一件去落实，茹烟得去镇上买几十种必需品，内兄和内弟承担的任务最重，要找阴阳仙儿，要找人挖墓……

王实也一刻没有闲着，按村里长者的吩咐，他跑前跑后、忙这忙那。其它的活没什么，准备棺木则让他费了不少劲儿，岳父的棺木事先仅是几块木板，需要现装现涂油漆，可村里仅有的几个壮劳力都在挖墓，腾不出手来弄这事。见此情形，王实二话不说就找来锤头、钉子等用具，在长者指点下装钉棺木、油漆，等完工时，已很久不做体力活的他累得腰酸背痛，头也被油漆熏得恶心想吐。

一长者见他这么勤快、肯卖力，不住地向岳母夸赞说："你这女婿真好，小璐真有福气！""我这女婿就是好，你们不知道，他在单位是处级领导哩。"岳母语气中透着自豪和夸耀的意味。听了岳母的话，长者露出惊讶的神情，禁不住又夸王实一番，说他一点儿都没官架子，肯下身份干这活真是难得，王实便谦恭地说这是应该做的。

正说时，茹烟从镇上回来了，她自然是听到了他们的对话的，虽然没言语，脸色和眼神已流露出对他的几分满意。不过，王实想，这种时候可不能沾沾自喜，他还要打起十二分的精神和茹烟他们一起把丧事办完办好。

2

那天，王实和茹烟回到家已是深夜，王实筋疲力尽，浑身像散了架一样，他顾不上洗脚就一骨碌爬上床，很快就睡着了。不知什么时候，迷迷糊糊中，他感觉身边有个人，再一摸，是茹烟！他顿时清醒过来，啊，太让他高兴了！要知道，他和茹烟已几个月没合睡一张床了，兴奋和激动让他本能地将茹烟揽入怀中。

茹烟也紧紧搂住他的腰，感到自己忽然被拉进一个温暖静谧的房间，房间的门和窗关得严严实实，全身的恐惧被关在门外，她和王实在房间里跳舞、荡秋千。

罪过！父亲刚入土，大悲之时竟然行大乐之事！从父亲住进医院到入棺下葬的十余天里，除了接打电话，茹烟不曾翻看过手机，也没有听过音乐、看过电视，她知道父亲的时日不多，在他弥留之际和亡故之时，她要全身心地陪伴他，片刻的分心和娱乐都是对父亲的不敬，都会让她心惊神悸。

现在，自己竟然寻了云雨之欢，这种行径是多么可耻可恶啊！为什么会这样？茹烟闭眼思索着，王实均匀深长的鼾声有节奏地在她耳畔回响，若在平时，她很不耐烦听他打鼾，此时感觉却不同，心里反而很安稳，就像草原上藏獒的吼叫吓跑了狼群一样，王实的鼾声赶走了欢爱之后又向她幽幽袭来的恐惧感。

哦，是恐惧，恐惧让她做了不该做的事！为父亲守灵时，刚开始，她还不怎么害怕，虽阴阳两隔，毕竟躺在她面前的是至亲，后来，看到父亲脸上盖着的条格青方巾、被黑蓝色大衣裹着的僵硬瘦削的遗体以及放置于墙壁上如幽灵般的蜡烛，恐惧感逐渐控制了她，特别是屋外传来猫头鹰"咕咕咕咕——喵""咕咕咕咕——喵"那阴森可怖的叫声时，她更是吓得毛骨悚然，浑身都起了鸡皮疙瘩，她是不由自主地靠近王实并紧紧依偎着他的，他的陪伴让她比较安然地度过了一个恐惧之夜。

昨晚回来躺床上后，尽管浑身疲累，她却无法入睡，父亲僵冷的遗体、遗物、阴阳仙儿布满阴气的脸、孝衣、花圈、棺木、墓洞……所有这些都不受意识控制地在她眼前来回闪现，她的身子时不时地会紧缩或震颤一下，她越想把它们屏蔽掉，它们就越像是被山洪裹挟着的树木、石头、动物、家具等物什一样向她汹涌奔来，让她无处躲藏。

看看时间，已凌晨一点，尽管白天可以不上班，她也不能任这种无边的意象把自己吞噬掉，于是她来到王实身边，再次寻求抵御恐惧的勇气和力量，本来她只想让王实抱紧自己，只要他抱紧自己，她脑海中的恐惧画面就会像电视被关了电源一样消失，可是，王实久旱逢甘霖，哪里肯放过她？他迅速把她融化，她也身不由己。

茹烟醒来时室外已很亮，哦，八点了，她怎么睡得这么沉？王实早起了床，他说，饭已做好，子豪和君荷上学去了，他等她起来一块吃，她心里泛起几分柔情和感动，好像回到了他们以往的温馨生活场景。等她彻底清醒后，又觉得哪里不对，暗想：站在眼前的王实还是以前的那个王实吗？不是了！当她这样想时，泛起的柔情和感动随即减退，她没有理会王实，面无表情地起床、洗漱。

等她梳洗完毕，王实已将热好的饭菜端上桌，茹烟心里又泛起几分柔情。这是王实的一贯做法，每次欢爱后，他都表现得特别殷勤。他轻声说：吃吧。茹烟还是不作声，也不看他，只是温顺地拿起筷子。

吃到一半时，王实说："咱爸刚走，我知道你心里很难过，但是你也得保重自己，前段时间你家里、医院地来回跑，这两天又是紧赶紧地料理后事，肯定很累，我很想在家陪你几天，可单位事情多，我不好再请假了，今天就得回单位，你在家要照顾好自己，买些好吃的补补身子，我周末就回来。""嗯。"茹烟点点头，下意识地吸了吸鼻子，王实看她伤心欲哭的样子，便柔声说："快吃吧，汤都凉了。"

饭罢，王实洗了碗筷后便起身回单位了，茹烟顿觉屋里空荡荡的，一时间，她心中充满了孤寂、哀伤和恐惧，她真的不想让王实走，想让他继续陪伴身边，她不知道晚上自己会不会失眠或做噩梦，唉，一切只能自己扛着了。

她忽然想起母亲说过的一句话——男人是女人的胆，没错，当生活出现变故时，当身处恐惧或危险之中时，女人怎能没有男人的保护和分担？她茹烟又怎能撇开丈夫王实，一个人独自面对恐惧和孤寂？

正当茹烟沉思、感慨时，母亲打来电话，问她啥时间回去，她忽然想起，昨天母亲说让她帮着把父亲的遗物再清理一遍，便说："中午吃完饭就回。"母亲说："中。"挂了电话，她开始想中午吃什么，冰箱里没什么菜，只有两袋冻饺，先凑合一顿吧，她浑身无力，懒得出去买菜，况且眼睛红肿着，怎么能让别人看到她这样呢？

这样决定了以后，茹烟便觉得轻松了些，于是她躺回床上，半眯着眼，悲伤的心情、静穆的气氛让她很快陷入对父亲的回忆之中。

刚出生十几天时，她因夜里老哭，加上身边还有个与她仅差不到两岁的哥哥，二十二岁的母亲显得有些不耐烦，埋怨父亲说"老大没离手，老二就又来了"，这时，父亲对母亲说"你可不能错待咱闺女，闺女是爸妈的小棉袄，现在累些，将来说不定咱们会享闺女的福哩"。这是母亲不止一次向她提起的往事，每每听到这话，她总是被父爱的柔软深深打动，总会想象着那个温馨情景里的年轻的父亲该是怎样的慈爱面容！

记得四五岁时，她和哥哥围坐于父亲膝前，父亲一字一句地教他们唱《小燕子》《我爱北京天安门》等儿歌，父亲跟村里其他只会种地、不识几个字的男人不同，他上过高小，喜爱文艺，年轻时是村里文艺宣传队的队长，有一次乡里赛歌，父亲还得了第一名。这也是听母亲讲的。

还记得父亲很会削苹果，他削的皮儿薄且宽窄均匀，从头到尾几乎不断，茹烟儿时经常立在父亲面前，用小手捏着苹果皮的一端，等长长的软尺般的果皮离开果肉时，就把它盘在手里把玩，那种快乐不亚于父亲带她去文河市唐城公园游玩时的喜悦。

她小时候体弱多病，几乎没有一个冬天不感冒不咳嗽，麻烦的是她不会吃药，经常一杯水喝完了，药还含在嘴里，没办法，父亲只好给她打针，刚开始，父亲领她到村卫生室打，后来看她经常生病，干脆自己学会了打针。记得她六岁那年伏天得了急性肠炎，一时身体虚弱得下不了床，父亲中午顶着烈日翻沟越岭地去为她买药。

父亲每次从他所在的乡中学回家，总会给她带些书籍和文具，有时会在集市上给她买些衣服和鞋子，记得她七岁时父亲给她买过一双金鱼图案的浅棕色凉鞋，小芹及其他同伴们都说好看，她也觉得好看。那种美滋滋的感觉仍然记忆犹新。

记得上初中时，有一天她跟父亲说，班里有个男生欺负她，一向不爱惹事的父亲竟然到学校将那男生训斥了一顿，当时她只是觉得父亲为她撑腰解了气，等她有了孩子后，才深深理解了父亲当时并不理智的护犊之举。

父亲爱看书、字写得好、文笔也好，记得茹烟姥爷去世时是父亲撰写和念诵的悼词，声情并茂、感人肺腑。悼词？她突然想起昨天因忙碌没顾上给父亲写悼词，不过，即使写了也没时间念啊，等父亲三周年时补上吧。

……

想着想着，茹烟禁不住泪流满面，她用毛巾擦擦脸，看时间已十一点多，于是下了床，用热毛巾敷了一会儿眼部，脸上补了水和乳液，把冻饺取出，等着孩子们回来。

3

下午两点多，茹烟回到老家时见母亲在床上躺着，母亲说血压又高了，头疼头胀，见她回来了要撑着身子坐起，她赶忙说不用，让母亲休息，她来整理父亲遗物，母亲说晓丹和晓静在家，让她俩帮着收拾，茹烟说行。其实，父亲的遗物昨天已清理得差不多，该烧的烧，进棺材的进棺材，今天主要是扫尾。

多亏了侄女晓丹和晓静，她们跟母亲共同生活时间长，对箱子、柜子、抽屉及角角落落要比茹烟熟悉得多，因而基本上是她俩在动手翻找。先是找到了父亲整理的那本相册，茹烟特意看了父亲的照片，照片中，青年时的父亲身材修长、腰板挺直、长脖长腿、高鼻剑眉、英气勃发。"你爸就是穿身劳动布衣裳也好看、时髦。"她仿佛又听到了母亲经常同她提起的一句话。

看着父亲的照片，茹烟不禁感叹：以前怎么没有意识到父亲帅气呢？她、哥哥和弟弟都有着笔直的身材和强人一等的容貌，这除了母亲的遗传，还得感谢父亲的优良基因啊。

"姑，你看！"正当茹烟陷入回忆时，晓丹高举一个 B5 纸大小的黑皮夹让她瞧，她惊奇地接过皮夹，只见上面赫然写着一行字——"武汉政法学院第二届大学生秋季运动会留念"，自己参加过校运动会？还发过纪念品？屈指算来，黑皮夹距今已有二十多年了，可是保存仍然完好，皮夹表面没有明显的裂痕、露白和破损。

睹物思人，茹烟黯然神伤，她早已忘记何时把这个皮夹送给父亲了，在她眼里，它根本算不上什么贵重物品，父亲却把它奉若珍宝地保存着，准确地说，是保存着对她这个大学生女儿的骄傲和自豪！

这让茹烟想起1987年的夏天，当她把大学录取通知书拿给父亲看时，不善言辞的父亲虽然没有多说什么，脸上却洋溢着幸福的笑容，而后，他请了电影放映队，在村里连放了三个晚上的电影，庆贺女儿在村里第一个考上大学。

茹烟还记得，她第一次离家去远方上学是父亲护送的，临走前，她和父亲先到市内姑妈家，姑妈见父亲给十七岁的女儿熨衣服，便说："都多大了？让她自己熨。""她一直上学，不会做这些。"会做衣服的父亲淡淡笑着，并未放下手中的熨斗。

……

回忆又模糊了茹烟的双眼，父亲啊父亲，您对女儿的爱既深长又细密，可是，您在世时，我怎么就没有体会到它的可贵并且还漠视它了呢？

"这是爷爷给我买的录音机。"晓静的话打断了茹烟的思绪。"你爷还给你开过家长会哩。"母亲接过话，"妈，您睡好了？"茹烟轻声问道。"睡会儿好一点，头不疼了。"说完，母亲看看她带着泪痕的脸，长叹一声说："唉，你爸在世时不觉得有啥，这走了才想起他的各种好来。年轻时你爸对我好着哩，我说啥就是啥，俺俩刚结婚时，在咱家后面的坡上走，他会拉着我的手，现在想想都觉得怪不好意思。""你俩还挺浪漫嘛。"茹烟想以轻松隔离悲伤。"不知道啥叫浪漫，反正你爸那时候可听我话。"

茹烟接着帮母亲回忆道："记得我爸跟您一起织布、带您看电影、给您染头发，后来您一有病、血压一高，他就去跟我说，让我买药，每次他去我家都是着急忙慌的样子，我爸对您很上心的。""你还记恁清楚？"母亲有些惊讶，茹烟肯定地说："那当然了。""他这次住院前还交代我要注意身体，别让血压再升高了。"母亲补充了一句便不再言语，茹烟也陷入沉思。

十几分钟后，晓丹过来跟她们说："奶，姑，该翻的地方我们都翻了，没啥东西了。"茹烟说："好，你们歇歇吧。"晓丹和晓静分坐在母亲两边，一人搂了母亲一只胳膊，看了这情景，茹烟心想：自己都很少与母亲这么亲近过，她知道俩侄女是母亲从小带大的，跟闺女差不多，虽说晓丹和晓静上班的上班，谈朋友的谈朋友，但她们会经常回来看望母亲。

"奶，我今晚还陪您睡，甭怕啊。"晓丹体贴地对母亲说。"中，明天你都该走了，要不是今晚你姑得回去照顾你弟弟妹妹，你们就不用陪我了。""没事，姑，我和我姐陪我奶。"晓静也表了态。茹烟感激地看着她俩，连声夸她们懂事。

"晓丹，回去吃饭吧。"她们正说着时，只听茹烟的新嫂子过来叫晓丹和晓静回去，晓静说不回，母亲就劝她说："你姨姨和你爸不经常回来，你们难得聚一次，回去吧。"听母亲这么一说，晓丹和晓静才起身回了自家。

虽说晚上不陪母亲过夜，但茹烟决定吃了饭再回市里。和母亲一起做饭时，母亲忽然说起父亲的不是来，说父亲去世前的那段时间吃饭很挑剔，稍不顺意就跟她发脾气，还摔过碗，茹烟就说那是因为他生病，情绪才变得易怒无常。

一说起父亲的不是，母亲又历数起让她伤心的往事来，什么父亲不会干农活了，没本事了，不会挣钱了，尤其是说到找女人，母亲的情绪变得激动起来，刚开始茹烟还耐心听着，后来忍不住就对母亲说："父亲已不在了，说这些干啥？现在只记着他的好就行了。"母亲听后一时不语，过一会儿又絮叨起来，平时没什么，但此时此刻，茹烟听不得母亲多说一句父亲的"坏"，"别再说了，我不想听！"她强硬地打断了母亲，一说出口就后悔，逝者不可欺，生者犹足惜，于是她赶紧向母亲赔不是，转移话题，说起新嫂子的种种好来。

返城路上，茹烟仍在想着母亲的话，母亲是爱恨交织啊！对父亲，她又何尝不是爱恨交织？她曾经恨父亲固执，她多次劝他戒烟，少看电脑多运动，可父亲听不进去，她恨父亲上了年纪后与母亲生气、闹别扭……可是，不知怎么的，现在茹烟已没有了怨恨，充溢在她心里的满是对父亲的爱和愧疚。母亲，你为什么就不能原谅父亲呢？

给父亲过"一七"时，茹烟和哥哥弟弟在坟前默不作声地、肃穆地进行着祭奠程序。母亲站在他们身后六七米远的地方，刚开始，母亲只是默默地看他们放祭品、烧纸、磕头，突然只听得"哇——"的一声，茹烟回头一看，原来母亲双手捂脸痛哭起来。茹烟赶紧过去扶住母亲，母亲足足哭了有六七分钟，她劝也没用，直到哥哥放完鞭炮，母亲还在哭。母亲的哭声悲怆凄凉，边哭还边说着："你走了让我咋过哩？啊——啊——你老傻呀，叫你少抽点烟你就是不听呀——啊……"

经茹烟再三劝慰，母亲才止住哭声。这时，茹烟才体会到母亲对父亲深深的不舍，才感到自己以前并未真正洞察母亲的心，才认识到母亲对父亲的爱远远大于恨。

返回家里的路上，母亲对几个孩子说道："人这一生短着哩，眨眼儿的工夫都过完了，我感觉跟你爸结婚还没多长时间，他可都进坟墓了。你们都好好过日子，这俗话说'父母高，夫妻厚'，现在不珍惜，等知觉的时候都晚了，后悔也来不及了。"茹烟觉得母亲这话仿佛是专讲给她听的，其实，她并未告诉母亲她和王实令人担忧的近况。

4

父亲的离去让茹烟悲痛之余，也让她开始重新思考人生、思考婚姻，思考她和王实关系的何去何从，自她和王实冷战以来，自王实写信供述了他的婚外情后，茹烟一直想着是否和他离婚。

离了，对孩子的高考乃至一生都不利，无法向母亲和姑妈交代，自己面子上挂不住，生活中的实际困难，难以抵御的孤独和恐惧，对王实仕途的影响……

若不离，她着实咽不下这口气，着实恼火和憋屈，不知道她和王实的婚姻质量今后会怎样的一落千丈，一种怎样的惨淡情景。

婚姻啊婚姻，你是这世上最复杂、履行起来最困难的契约；婚姻中的男女双方啊，如果只把爱与不爱、忠诚与背叛作为维系或解约的条件，那么，这世上的婚姻还能留存几桩？这个社会将会是什么样子？

罢、罢、罢，还是维持这有了裂痕的婚姻，继续履行这最复杂的合同吧。母亲的话没错，"父母高，夫妻厚"，王实对我的好大于不好、恩多于怨，父亲离世这段时间，他表现确实不错，能感觉出他真心替她分忧，感觉出他真心不愿拆散这个家。

身心的感觉也在告诉茹烟不宜离婚。几个月来，她浑身有一种说不出的紧张感和沉重感，胸口时不时地疼痛，她心绪不佳，食欲差，脾气坏，经常胡思乱想，晚上休息不好，缺乏安全感。有时她会担心自己被气出什么不治之症来，就赶紧喝一些开胸顺气丸之类的药，赶紧做瑜伽舒展身体，赶紧去逛逛街、听听音乐……

二十年的婚姻生活，她发现一个规律：凡是和王实关系融洽时，她的身体就轻松和舒展，心情就安宁愉悦，做什么事就能集中注意力，效率就高；反之，则会很糟糕。

也许，今生与王实有着不解之缘吧，那就原谅他一次，宽容他一次，给他时间，等他归心于自己。

两人和好后一个月，王实送给茹烟一份惊喜：一个白色的和田玉镯。这玉镯颜色纯正、细腻温润，茹烟不禁顿生喜意，又一想价格必然不菲，就问王实，他说"只要你喜欢就行"，说着还亲自为茹烟戴上，说她跟了他这么多年，总算给她买了件像样的礼物。

玉镯与茹烟光滑细腻的手腕相映生辉，与她国风的服饰相得益彰，与她温雅知性的形象相融相协。啊，太美了！

茹烟心底涌起一阵激动和幸福感，她早就想拥有一只这样的玉镯！王实太懂她心思了！二○○年大学同学聚会时，室友伍丛彦手上的那只白底飘绿花的玉镯不知让她羡慕了多久，不知在她眼前晃动了多少次，不知让她心理失衡了多少次，不知期盼了多少次，如今，她终于也有了一只心仪的玉镯，能不高兴和激动吗？

后来，她的幸福感渐渐散去，开始心生疑窦：这玉镯至少值两万元以上，王实哪来的这么多钱？他的工资卡历来都是茹烟拿着，难道他有小金库？难道他有不义之财？当然，王实当了领导干部以后，茹烟会给他一些钱，毕竟现在日子好过了，王实又是场面上的人，不能让他太紧巴太寒碜。

可是，一向俭省的王实这次出手也太阔绰了吧？就算他弥补过错，也很出乎茹烟的意料啊！他到底哪儿来的这么多钱？带着这些疑问，她再次问王实，王实说玉镯是在他一好朋友处买的，市场价三万八，他只给了个三折价。

茹烟听了似觉合情合理，不过，心中疑虑仍未消除，王实的朋友是个什么样的朋友？人家为什么对他这么好？王实身处官场，会不会犯错误？

只是，对玉镯的无比喜爱让茹烟的疑虑渐渐淡化，夫妻情感的弥合让她不愿多想不利于家庭和谐之事。

第四十一章　借你梦一回

1

"奶奶，是您吗？我不是在做梦吧？"李新惊喜地走向奶奶。

"是我，我是奶奶。"奶奶满怀慈爱地看着李新。

"奶奶，我想您，做梦都想您！"李新激动地跪步上前，给奶奶磕头。

（奶奶摸摸李新光光的头）"新啊，奶奶也想你，我最牵挂的就是你了，奶奶虽然走了，但我在天上一直看着你，你在这里要好好劳动，好好吃饭，照顾好自己，争取多减刑，早日回家，奶奶希望看到你健健康康地走出监狱大门，规规矩矩做人，踏踏实实做事，早日成家立业。"

"您怎么就撇下我走了呢？您不知道，前些天我还想自杀呢，我只想着离开这个世界就万事大吉了，现在您这么一说我才知道，如果我死了更对不住您，也对不住母亲和姐姐。您的离世给我带来了这么大的伤痛，那如果我自杀了，她们该有多难过？（稍停顿）以前，我从没想过这些问题，只想着一死了之，现在明白了，我的生命不是我一个人的，它属于我，也属于奶奶您，还有母亲和姐姐，所以我不能太自私，不能死，我只有好好活着，才是对您最深的怀念和最大的孝心！"李新动容地说。

（奶奶抚摸着李新的脸）"新啊，有你这话，我就放心了。"奶奶说完慢慢退出舞台。

"嗯，我会听您话的，好好活下去，活下去。"

（李新睁开眼，站起身，声音渐高）"奶奶，奶奶，奶奶——"

不见了奶奶，李新伤心地呼唤着、寻找着，眼里噙满泪水，《水墨丹青凤凰城》空灵、梦幻、低缓、悠远的旋律依然在大厅回响。

茹烟早已被这幕场景感染，眼含泪花，一时竟忘了自己也是剧组人员，直到《虫儿飞》那纯净明澈的童声响起，她才用纸巾揩拭一下双眼，旁白道，"从此以后，李新走出悲观厌世的情绪泥潭，积极投入劳动改造，后来还参加了监狱组织的服刑人员粉笔画比赛并获奖"，紧接着，最后一幕上演……

等李新手捧粉笔画作品站在舞台中央的画面定格时，董文宇激动地说了声"OK"，随后向茹烟竖起大拇指，茹烟同样也很兴奋，她知道，心理情景剧《走过心灵的雨季》排演成功了！不久就要在服刑人员迎新春文艺晚会上正式演出了。

"今天的排练效果好棒呀！"唐韵忽闪着大眼睛笑逐颜开地说道，她在剧中扮演奶奶，不过这时她已脱离角色，显得本性十足。扮演李新"魔鬼"一面的学员萧艺良说："唐老师说得对，刚才站在大厅后面的几个同改没看完就出去了，你们别误会，不是演得不好，是剧情入了他们的心，再看下去，他们会泪崩的。""哦，是这样啊，如果他们看完最后一幕就会破涕为笑了。"茹烟接过话。

"咱这个剧有放有收、有悲有喜，情节曲折，剧本写得好，大家演得也好，郑嫒把心理咨询师的表情、语气、姿态拿捏得都很到位，还能控制住场面和节奏，唐韵把一个善良慈爱的农民老奶奶演活了，赵国安投入角色很深，准确演绎了李新的喜怒哀乐和曲折心路。李新和奶奶对话一场戏是全剧的高潮部分，演得很精彩，唐韵和赵国安先是打动了自己，然后打动了观众。"

董文宇总结似的说道，稍停顿一会儿，他指出几处小小的不足，茹烟又做了补充，而后，唐韵和扮演李新"天使"一面的学员钱勇问演出时的服装和道具都落实了没有，董文宇略加思索后一一做了答复。

2

十余天后，腊月二十一上午九点，省西岭监狱服刑人员二〇一五年春节联欢晚会在狱内教学楼二楼多功能大厅准时举行。这是一次备受关注的晚会，顾狱长（巩狱长退休后的接任者）前来观看，文河电视台记者也受邀来狱采访，本来就铆足了劲儿的学员演员们更卖力了，喜气洋洋的开场舞之后，小品、独唱、相声、唢呐、戏曲、三句半、快板、书法绘画……一个个节目次第登场。

政治处特别是宣教部门向来与教育科联系紧密，服刑人员的有关活动茹烟时不时地会参加一些，春节联欢晚会也看过几次，她常常感叹于服刑人员的多才多艺，今年，他们各具特色的表演依然吸引和打动着她。

唱豫剧《穆桂英挂帅》的学员男扮女声，一开嗓便让人感受到豫剧名旦马金凤的神韵，唱腔颇见功底，一招一式也有板有眼，茹烟看到观众学员中有几个用手在腿上打着拍子。

唢呐独奏《一枝花》裂石流云般的曲调摄人心魄，节奏明朗活跃，旋律时而炽烈欢腾，时而柔美动人，表演的学员身穿民族服、头扎红绸巾，茹烟是第二次看他表演，感觉其技艺比往年又有精进，他以饱满的精气神熟练地变换着曲调，乐器仿佛与他的身体已合二为一，在他的嘴和鼻孔间快速自如地闪移着，让人叹为观止。

赵国安、萧艺良和另一名年轻学员合唱的粤语歌《红日》刚劲有力，韵味十足，节奏感强，观看的学员都不约而同地跟打起拍子。茹烟的眼睛被那个年轻学员吸引，她认得他是八监区的，二十出头的年纪，长相和神态很像她一个大学男同学，只见该学员边演唱边弹吉他，身子收放自如地摇摆着，一身白礼服衬得他颇有艺术气质。

《红日》唱罢，赵国安和萧艺良退场，年轻学员又独唱了一首自编自创的歌曲《曾经的路》，曲调哀婉低缓、催人泪下，记得去年他就唱过原创歌曲《母亲》。

茹烟想：如果不是被判刑入狱，正值花样年华的他应该在高等学府里深造，或许会在央视"星光大道"的舞台上一展身手，想必也会像她的男同学一样展翅高飞，实现人生梦想了吧？唉，可惜了！

晚会精彩纷呈、高潮迭起，正当茹烟暗自感叹时，董文宇的小声提醒传到她耳边："我们要过去了。"茹烟看一眼节目单，第十个节目二胡独奏《赛马》后就是情景剧《走过心灵的雨季》，于是她赶紧起身，和唐韵、郑媛一起，跟随董文宇从领导座位后面轻手轻脚地走到舞台右侧，她看到赵国安、萧艺良、钱勇三个学员已在舞台左侧立定，等待上场。

"某天晚上，五监区包夹罪犯姜某反映李新意欲自杀，副监区长王杰立即安排对其进行二十四小时包夹管控，同时向监区长汇报，监区长指示稳定其情绪、谈话教育，必要时向心理健康指导中心申请心理危机干预。"

"董主任接完电话，当天上午即安排咨询师郑媛介入李新的危机干预。两年前，郑媛曾给有睡眠障碍的李新做过数月的咨询，她本以为有原先良好的咨访关系做基础，危机干预会很顺利，谁知首次咨询时，李新对她很抵触。"

……

剧情在茹烟的旁白中一幕幕展开，刚开始，她担心这个非娱乐性节目会让观众走神，在郑媛和赵国安演绎两个心理咨询的场景时，她扫视了一下台下，只见他们目不转睛地望着舞台，表情专注。看来她多虑了，于是把目光转向舞台，赵国安已很快进入角色，他把李新的强烈情绪、内心挣扎、认知变化等通过表情、语气、语调及肢体动作生动地呈现了出来，观众的心绪随着他的举动而起伏，郑媛则驾轻就熟，像旋转餐桌上的轴承底座一样，看似不显山不露水，却稳稳地承托着不断旋转的桌面。

"你知道心疼母亲、为她着想，这一点非常好。每个人活着都不容易，你的母亲尤其不容易，她本应该享儿子的福，现在，她咬着牙、拼了命地来帮你交罚金，难道说——（稍停顿）你认为你死就是对她最好的报答吗？"郑媛的语调不高不低、不紧不慢。

"我……我……"，李新再次抱住头，很痛苦的样子。

"李新，其实你是幸运的，还有亲人在为你能早日出狱努力着，你想想，周围是不是有不少人和你情况差不多，有的可能比你更困难？但他们并没有用死来逃避问题和苦恼，他们是怎么做的？"郑媛趁势引导。

"你说得有道理，难道我错了吗？让我想想……"李新沉默了一会儿说道。

舒缓悠扬的钢琴曲《梦中的鸟》渐渐停止，舞台灯光变暗，郑媛和李新在茹烟的旁白中退场，灯光又亮，董文宇扮演的副监区长王杰上场，他拨通心健中心的电话："……郑媛，告诉你一个情况，李新奶奶去世了，他这两天情绪低落，经常一个人在监舍里哭，我觉得有必要对他进行心理疏导。时间？嗯，让我想想，我们上午要研究减刑，下午吧？好的。"

（王杰退场后，监区办公室场景转换为心理咨询室）李新像个无助的孩子一样对郑媛哭诉他失去奶奶的痛苦，郑媛感同身受、两眼欲泪，知道这时任何语言的安慰都不如温暖安静的陪伴，她如深潭一般接纳着李新急流瀑布式的倾诉和痛哭，本以为急流跌落后会变得平缓，谁知后来他变成了不择方向的急流，"本来我想自杀的，万万没想到奶奶先我而走了，我好害怕！不如我也跟奶奶一起去算了"。

听了这话，郑媛心里一紧，意识到奶奶的死对李新打击很大，稍加思索后，她决定因势利导，促使李新醒悟。

"李新，我们来做个体验好吗？"

"好。"

"请你闭上双眼，调整呼吸，用一种最舒服的姿势坐着，然后在脑海里回忆奶奶的样子，想象着奶奶此刻就站在你面前，什么发型？什么服饰？在干什么？如果你看到了就睁开眼睛。"（在郑媛缓慢地说着时，身穿对襟棉袄、头围方巾的奶奶慢慢上场，《水墨丹青凤凰城》的音乐由弱渐强地响起。）

"奶奶，是你吗？我不是在做梦吧？"

"是我，我是奶奶。"奶奶满目慈爱地看着李新。

……

唐韵和赵国安倾情演绎这一幕时，茹烟望向台下，令人感伤的场景让一些学员开始低头、抹眼泪，后来她听到吸溜鼻子的声音。"你们千万别入戏太深，别再跟着李新流泪了"，她这样默想着，上次排练时一些学员离开的情景让她担心，不过，事实证明她的担心多余了，学员们的反应只是恰到好处地烘托了李新的境遇，场合的正式性有效隔离了他们被剧情引发的痛苦和悲伤。

最后一幕的气氛轻松愉悦，展示出李新矛盾的内心世界以及最后战胜自己的过程，富有舞台效果。除了真情实感和演技，服装和道具的作用不可小觑，萧艺良身穿一袭黑袍，手持钢叉，阴暗冷酷的形象加上阴阳怪气的声调，把李新的"魔鬼"一面活脱脱地呈现给观众。钱勇则是一袭白衫，肩插两根金色翅膀，他手捧书本，充分展现了李新乐观自信、积极向上的一面。

"要相信自己能行，即使得不到名次也没关系嘛，再说画画时你的心情很好，会忘了自己是一名犯人。重在参与，别想那么多了。""天使"继续给李新打气儿、鼓劲儿。

"你是一个赎罪的人，不配享受生活的美好，我再提醒你一次，别忘了自己的身份啊！"斜眼横眉的"魔鬼"继续给李新泼冷水。

"好了好了，你们别再争了，我决定了，我要参加比赛。"李新握紧拳头，拿定主意。

"好啊，好啊。""天使"高兴地拍手。

"去吧去吧，到时候得不到奖，可别怪我没提醒你。"垂头丧气的"魔鬼"恶狠狠地说道。

"知道你们都是为我好，但我参加比赛不是为了输赢，而是想展现一下自我，不想辜负警官们对我的期望。"李新拉着"天使"和"魔鬼"的手，心平气和地说。

茹烟如释重负地念出最后一句旁白："一个月后，李新的粉笔画作品在监狱比赛中获得二等奖。"

"感谢监区警官对我的教育和帮助！感谢心理咨询师对我的信任和陪伴！谢谢你们！"李新手执粉笔画鞠躬致谢。

赵国安话音刚落，董文宇、茹烟、唐韵、郑媛以及萧艺良、钱勇依次上台站成一排鞠躬谢幕。"哗哗哗——""哗哗哗——"，热烈的掌声响了足有半分钟，当茹烟直起身时特意望了一下领导席，顾狱长和其他领导都在鼓掌，顾狱长朝他们微笑着，眼神里充满肯定和赞赏。

<h1 style="text-align:center">3</h1>

演出结束后，茹烟仍兴奋不已、沉浸其中，啊！终于遂愿了，终于借《走过心灵的雨季》填补心中遗憾了，即便这是一次不那么纯粹的填补。

去年十月，董文宇找到她说，服刑人员心理健康指导中心准备排演一部心理情景剧，他和唐韵、郑媛等人商议着写了一个剧本，想让茹烟看一下，提提意见。董文宇还说排演情景剧是心健中心二〇一四年需要重点落实的年度任务之一，监狱领导很重视，指示要排演出一部高质量的情景剧来，所以，他不敢掉以轻心，知道第一步需把剧本打磨好。可是，他自感水平有限，想请既是心理咨询师又是监狱"一支笔"的茹烟把把关。

茹烟欣然应允。自心健中心成立，自她决定留在政治处而不去心健中心后，说"身在曹营心在汉"未免言过其实，但她的确经常关注着那里的情况，有时梦里还会神游于此，成了董文宇，成了唐韵或者郑媛。董文宇知道茹烟对这块工作感兴趣，便经常向她这个师姐"汇报"情况。因此，董文宇和同事们近几年来所做的事情她大体都了解。

了解归了解，以前她并未介入其中，可能董文宇觉得她在政治处太忙，要写的材料太多，不便多打扰她，这一次，董文宇急切地、诚心实意地求助于她，足见该事的重要性和紧迫性，她有什么理由拒绝呢？不，她不会拒绝，即使再忙，她也要抽出时间来认真地看看剧本，也会怀着极大兴趣帮董文宇这个忙。

当她深入剧情时，当她思索着如何完善剧本时，感觉自己已不再是局外人，不再是政治处副主任，而是一个心理咨询师，一个帮助服刑人员的女警官了。

剧本说的是一个服刑人员在心理咨询师和监区干警的共同帮助下怎样摆脱心理危机、怎样走出心理困境的故事，根据郑媛所做的一个真实个案改编而成，服刑人员包新伟是该故事原型。董文宇把郑媛所做个案的一些资料也给了茹烟。

茹烟对包新伟并不陌生，他曾是王实弟弟王祺带过的服刑人员，王祺因公去世后，监狱为其整理的先进事迹材料里提到过包新伟，他是粉笔画高手丛艺新的得意门生。

从个案资料中茹烟进一步了解到，包新伟因破坏交通工具罪被判处死缓，九九年入狱，总体表现较稳定，不爱多说话，学习粉笔画后变得自信、开朗了许多，因积极改造先后三次被减刑。

二〇一一年下半年，包新伟因妻子提出离婚、担心孩子处境而情绪不稳，长期失眠甚至做噩梦，那段时间，他无心习作粉笔画，变得烦躁不安。应监区申请，董文宇指派郑媛为包新伟做心理疏导和个体咨询，效果良好。

包新伟的自杀危机发生于二〇一三年五月，监区干警及董文宇、郑媛先后历时近三个月才让他摆脱危机，重新拾起画笔，逐渐回归正常的改造之路。

茹烟接触并写过多种类型的文字材料，读过邓旭阳的《心理剧与情景剧理论与实践》一书，也看过央视《心理访谈》节目里的情景剧演示，真要让她动笔修改剧本却不是件容易事。

董文宇说，西岭监狱从未排演过心理情景剧，没有先例可循，领导又要求那么高，他感到压力很大。对茹烟来说，又何尝不是第一次？她写过小品剧本，也写过舞台剧本，但心理情景剧不是小品，也不是一般的舞台剧，到底该怎样修改和拔高呢？她一时没有头绪。

难归难，茹烟并不惧怕，她喜爱这样的事情，也愿意自我突破，就像在工会组织晚会时，她故意参演一个戏曲节目而非轻车熟路地唱首歌一样。

看了几遍董文宇提供的剧本，再仔细阅读邓旭阳的书，又看了有关视频，茹烟觉得心里有了谱。其实，剧本原稿基本样貌还是可以的，如果让她打分的话，可以打 80 分，心理情景剧的基本内容、心理技术的运用、依据真实案例又遵守保密原则等方面都处理得很好，只是存在层次不够清晰、顺序安排不够合理、语言不够生动贴切、观赏性不够强、心理咨询场景设置过多等问题。

针对存在的问题，茹烟和董文宇进行了沟通和商讨，在此基础上，她开始认真修改剧本。白天忙，她只能晚上加班，董文宇交给她剧本十天后，一个新剧本诞生。

董文宇看了新剧本甚是满意，说心理情景剧排演从此进入快车道了，茹烟本以为万事大吉，再没她什么事儿了。谁知没过几天，董文宇又找到她说，想让她在剧中担任旁白者的角色，她说自己很忙、怕顾不上，董文宇就说她只需一周参加一次，有时间的话参加两次，每次也就一个多小时。话至此，她只好接受了这份"轻松"任务。

未曾料到的是，董文宇"得寸进尺"，排演过程中，他竟让茹烟和他一起当指导者，说她熟悉剧情，又有舞台经验，茹烟坚辞不受，但董文宇诚心诚意邀她，她实在难以拒绝。谁让她喜欢呢？谁让董文宇知道她喜欢呢？

旁白容易，指导者可不是闹着玩的。一定的舞台示范能力、剧情的把握、对主角内心活动的观察、不替主角说话也不与主角直接对话，做一个引导者和支持者，让团队的力量和智慧帮助剧中主角处理问题，促进团体成员的自我教育与共同成长。这是书中对指导者的要求。

要把理论运用于实践，谈何容易？茹烟的压力陡然增大，她再次回想书上的话，再次观看视频，然后依葫芦画瓢地将其用于剧中。

刚开始，茹烟觉得自己就像初学跳舞，只会跟着柳梅的舞步机械地变换姿态，不过，随着心理情景剧排练的逐步深入，她渐渐有了感觉，加上以前组织新春晚会的经历、近些年心理学的专业学习，渐渐有了自己的理解和领悟，渐渐多了灵活性。

每次排练时，她时而站在舞台侧面，时而站在舞台前方，既当解说员又当指导者，除了必要的言语和说明，大部分时间里，她都在静静观察着台上每一角色的表情、肢体动作、情绪变化，对比着每一角色的言语表达和身心投入程度与剧情是否契合，体会着角色的舞台感染力和剧情发展的吸引力。

从去年十一月到服刑人员羊年春晚正式上演这三个多月里，只要能抽出时间，茹烟就参加排练，董文宇他们自然付出得更多，演出形式、背景音乐、道具、灯光、谢幕方式等方面都在不断调整和优化，排练过程中，根据参演人员的建议，剧本又做了进一步的打磨，以求更贴合服刑人员改造生活实际和每个演员的说话习惯。

功夫不负有心人，在他们的共同努力下，西岭监狱第一个心理情景剧终于诞生，《走过心灵的雨季》终于达到了他们预想的效果，比预想还要好的效果。

茹烟想：如果她以后能时不时像这样参与到心健中心的工作中，倒不失为一件快事，既保有了当政治处副主任的面子，又能实现内心意愿。又一想，觉得两全其美的事哪儿能经常让她遇到？也许服刑人员团体心理辅导她有机会参与一两次，但个体咨询、沙盘游戏、危机干预等，她能参与吗？有时间参与吗？

她知道，这些只能听董文宇他们说说，或者看看他们编写的工作简报。想到这儿，她的心情便有些沮丧。

第四十二章　狱史展览

1

回到本职工作上，茹烟可没有排练心理情景剧时那般惬意，身为政治处副主任，任务成堆、案牍劳形、经常加班是她的常态，想到的、没想到的事儿，每天排着队地等待她去完成。

狱史展览就是她没想到的一项大任务。二〇一五年四月初的一天，周政委召集会议，参加会议的有政治处主任安泉、出监教育监区教导员金博文、劳动改造科副科长赵龙、离退休人员管理科副科长韦志苓，还有茹烟。

岁月流转，人员更替，职位变迁。二〇一二年三月，魏政委调往其他监狱，从省函谷监狱调来的周政委接替其职位。安泉先后任狱侦科科长、办公室主任，沈主任升任省东川监狱副狱长后，他便接了政治处主任一职。至于金博文、赵龙、韦志苓，则是在西岭监狱内山不转水转。

会议伊始，看大家一头雾水又急于知道究竟的样子，周政委就解释说："你们也许不明白监狱为什么现在要举办狱史展览，其实，这件事本该去年做的，因为截至去年三月，我狱建狱已满六十年了，当时顾狱长和我曾商议着要好好庆祝一下，除了召开建狱六十周年纪念大会，还准备搞一个狱史展，但去年事务繁多，单全国文明单位复验一项就牵扯了我们很大精力，所以当时只是开了个会，狱史展一直拖到今年。这样一说，大家明白了吧？"

说到这里，周政委停顿下来，扫视他们一眼，最后把目光落在金博文身上。紧挨安泉坐的金博文立即直起前倾的身子，以恭顺的目光看着政委，然后一手托笔记本一手握笔，一副洗耳恭听、随时记录的样子，其他人也以相似神情和动作看着周政委。

周政委很配合下属的表情和动作，接着讲道：

"狱史展对我、对你们在座各位都是一项全新的工作，非常具有挑战性，省西岭监狱六十一年的历史怎么总结，发展阶段怎么概括，监狱精神如何提炼，监狱变化如何展现，等等，这一系列的问题都需要你们多动脑筋、拓展思路、收集资料、多方请教、相互商议、反复斟酌，还要发扬不怕吃苦、连续作战的精神，才能圆满完成这一重大任务。

"因此啊，我让安主任和茹主任在全狱范围内挑选精兵强将，你们三个我都比较了解：金博文是监狱有名的笔杆子，科室、监区都待过，经验丰富，新点子多，相信你的参与能让这次狱史展办出新意、办出特色；赵龙摄影技术好，狱史展离不开大量的图片，这正是你发挥特长的时候，尽管你们科事儿很多，但为工作大局，还是把你抽出来了；韦志岑做事踏实认真，听说你参与过监狱志的编纂工作，从小又在这儿长大，要我说呀，论起西岭监狱的历史，在座的各位，韦志岑最有发言权了。"

说到这里，周政委看着韦志岑轻松地笑了笑，他想在严肃话题中加点儿活泼元素的表达方式起了效果，大家听了他的话也笑了，"就是，就是"地附和着，周政委表情复归严肃地接着说：

"至于安主任和茹主任，就不用多说了，狱史展是监狱今年的一件大事，更是政治处特别是宣教上近期要着力办好的一件事，所以你俩的担子也很重啊。狱史展的具体落实由茹烟和金博文负责，以博文为主。安主任要积极做好组织协调和服务工作。"安泉听了忙点头称是。

接下来，他们就具体事项进行了商议。最后，周政委补充说："会后，你们要迅速拿出个方案来，明天向我汇报，确定后立即付诸实施，这项工作四月二十六日前要完成。博文有什么需要或困难及时向安主任他们提出，必要时可以直接跟我说。相信你们一定会不负重托，向监狱党委和全体干工交出一份满意答卷的。""是，周政委，保证圆满完成任务！"金博文站起身响亮地表了态。

再开会、讨论、对比、补充、向政委汇报、监狱长同意，最终确定下来的方案是：将六十一年的建狱史按先后顺序分为六个阶段，六个阶段分别配以相应文字和图片，此外选取一个有代表性的警察世家作为省西岭监狱发展的缩影，收集该家庭的相关照片进行展示，再加上监狱精神、前言、结束语，共十个部分，以展板陈列的形式展出。

狱史展览的标题：六十一载风雨路，一部狱史铸警魂。

2

确定下来的方案需要按照具体步骤去落实。四月八日至十日是四人分头行动的初期，赵龙、韦志苓收集并筛选图片，金博文和茹烟组织部分离退休干工召开座谈会。

座谈会在离退休人员管理科进行，到会二十余人，有韦志苓八十多岁高龄身体仍健朗的父亲，有退休多年的秦政委、常副狱长等监狱领导，有曾经任科长、监区长的老干部，还有退休后依然是副科级职务的一般老民警，此外有两个退休工人，年龄大都在七十岁以上。

座谈会持续的两个小时里，茹烟看每个前辈的眼神都充满敬意，笔不停地记录着他们所说的话，尽量不漏一个字，但是，她坐在那里，浑身却是不舒服的。置身于一群秃顶白发、满脸皱纹的老头中间，单是说话时带出的吐沫星子甚至口臭味，长期在监区工作养成的让茹烟心悸的大嗓门就让她受不了。

老人们兴致很高，金博文的不断提问以及他和茹烟专注倾听、认真记录的样子更激发了他们回忆往事、述说历史的热情和兴趣，他们虽然满口的"红薯腔"，却大都比较善谈，韦志苓的父亲虽然不多说，别人说的时候却是支起耳朵仔细听的，有时还颤巍巍地补充几句。

座谈会结束后，金博文问茹烟有何收获和感受。"嗯，让我想想啊，"茹烟沉吟片刻说道，"它就像，就像我十年前的一次夏日旅行，那时，我乘绿皮火车去山东青岛和日照，旅途中酷热难耐，车厢里气味难闻、声音嘈杂，当时真想中途返回，可是，想看到大海的强烈愿望吸引着我，最终也真的看到了自己想看的风景，当我深情拥抱大海、流连忘返地追逐浪花、徜徉在温暖细腻的沙滩和清澈的海水里时，觉得路途中的一切难耐和煎熬都是值得的。""哎哟嗨，比喻得真有诗情画意呀，说得我现在都想去海边了，哈哈哈！"金博文显得很兴奋，一双不大却很机敏睿智的眼睛看着茹烟。"那去呀！"

谈笑过后，金博文脸上的笑容转为思索、庄重的神情，茹烟知道他要发表结论式的感慨了。"你说得没错，这次座谈会开得很有必要！我从老干部身上感受到了什么是优良传统和监狱精神，这些俭省得常年穿着旧警服的老前辈，这些文化程度不高，把'肯尼迪'说成'肯尼由'、把'邪路'念成'牙路'的老民警，这些满口土话的老同志，这些外表有几分农民相的老头儿，他们骨子里却有着我们这代人不具备或者欠缺的东西，比如，对党的监狱事业的无限忠诚，艰苦奋斗的意志、自强不息的精神、无私奉献的境界、豁达乐观的态度都让我们钦佩，值得我们学习啊！"

"确实是，我和你看法一样，这些老同志是西岭监狱的活历史，是狱史展宝贵的资料来源，他们让我对监狱的过去有了更深入的了解，特别是他们编的顺口溜形象生动，让我仿佛看到了他们几十年前的工作、生活场景。"茹烟赞同地说道。

"欸，你这么一说，我倒有了一想法，随后咱们可以把这些顺口溜适当运用到狱史展览中，说不定效果会不错。"金博文的话让茹烟一阵兴奋，她知道这是个好主意，也暗暗佩服金博义那善于提出新颖见解的敏捷思维。

金博文和茹烟在收集资料基础上编写着狱史展所需文字的同时，韦志苓和赵龙的图片收集整理也进展得很快，他们先期搜集到一万余张图片，和金博文、茹烟商议后，只留用了五千余张，然后又补拍了上百张，接着是给每张图片配文。

在茹烟和金博文看来，图配文绝不仅仅是"×年×月×日摄于龙安县硫磺矿"或者"省西岭监狱组织防逃演练"之类简单、备忘录式的说明，这样中规中矩的说明固然必不可少，活泼随意、诙谐幽默、虚实结合等风格的图解也是他们想采用的。

狱史展览不是狱务公开，它应该以灵活多样的形式展现监狱教育改造质量的不断提高、监管安全设施的逐年改善、警察执法水平的不断提升、警察和服刑人员文体活动的不断丰富等方方面面的内容。

因此，当金博文和茹烟把所有图片都配了文字时，他们用一天半的时间进一步修改，力求既能准确反映图片内容，又能达到风格多样、凝练传神、吸引观众的效果。

金博文、茹烟原以为按既定思路和进度于二十六日前完成任务不成问题，可是，他们于十五日突然接到周政委指示："过几天徐厅长来我狱检查工作，狱史展览工作要提前，你们务必于二十一日前完成任务，二十一日上午九点前，展板要陈列到警体中心的广场上。"

天！这不是要命的事儿吗？金博文、茹烟他们知道，这是基层单位的惯常做法，趁上级领导检查工作或调研之机，以壁报、展板等形式推出一些落实上级部署情况或单位的独特做法，借此向上级领导展现工作成效。殊不知，为了博得上级领导的几句表扬和对基层工作的肯定，具体工作者要经历一番怎样的身心煎熬啊！

尽管金博文、茹烟他们几个心里不是滋味，可政委的指示就是命令，就是运动员开赛前听到的哨声或枪响，他们必须调动身上每一个活跃细胞，全神贯注地投入战斗中去。情急之下，可以使人昏了头脑、乱了手脚，但也可以激发潜能，让人的大脑高速运转，使思路更加清晰。

金博文、茹烟、韦志苓、赵龙属于后者，这是他们自身素质的体现，也是他们多次经受历练的结果。

赶任务电脑不够用，茹烟和赵龙的两台笔记本拿来就是；多次往返单位与广告公司之间，不忍心让司机跟着他们频繁加班，那就开自家车去广告公司，晚上回家再晚也不怕。缺少反映警服变化的照片，来不及征集和补拍，那就找来自家的照片补上。众人面前展露自家从未公之于众的照片并非他们所愿，但低调的做人风格在紧急时刻要让位于大局，让位于他们要实现的目标。

3

从十六日到二十日的五天时间里，他们先是进一步斟酌文字和选定图片，而后交付广告公司设计排版，接着修改、校对、印刷、出展板、布展。

说起来一句话的事儿，做起来就没那么容易了，比如图片，不仅要全面核对监管改造、监狱生产、文明创建等方面的图文，每一大项又有若干子项，像监管改造就包含了狱政管理、刑罚执行、狱内侦查、教育改造、生活卫生五个方面的内容，文明创建涵盖的内容更加广泛。

此外，他们还要整理核对反映监狱环境、交通工具、警察住房、着装、文化生活及子女上学等方面的图片，力求多维度地展现监狱在时代变迁中真实多彩的面貌，唤起全体西岭监狱人的回忆，让他们从今昔对比中感受到监狱执法水平的提升、监狱警察地位的提高和待遇的改善。因此，直到广告公司排版定稿前，图文都在不断地调整或补充。

将图文交给广告公司并非万事大吉，广告公司并非只为西岭监狱一家服务，何况在金博文、茹烟他们眼里已过了数十遍的图文对广告公司来说是陌生的，设计排版过程中还会出现很多新问题。因此，金博文他们需要像家长陪孩子写作业一样，从早到晚地在广告公司盯着、催着。

虽然不是他们手拿鼠标操作电脑，却一点儿也不比广告公司的人省心，他们紧盯电脑的同时，还要不停地思索，考虑哪个地方不对、不合适，以便随时提出，好让广告公司的人调整和更正。

根据金博文、茹烟他们的经验，这种做法效率最高，不然的话，别说二十日他们将十块展板利利索索地放在警体中心，即使到了二十六日也难以交出成果，周政委的指示就会落空，徐厅长来了也看不到狱史展览。

狱史展览如期举行，持续了半个多月，先在警体中心展出，而后在干工生活区、服刑人员生活区展出，观看者除了上级领导、驻狱检察室人员、驻狱武警官兵、监狱警察职工及其家属，还有服刑人员，反响总体良好。

徐厅长说："省西岭监狱能在短时间内推出这样大型的狱史展览，形式新颖，内容翔实，对于展现新中国成立以来监狱取得的非凡成就，展现监狱教育改造成果，发扬老一辈监狱警察的优良传统，激发年轻一代监狱警察的使命感、职业自豪感，都具有非常重要的作用。中原省众多监狱中，建狱史超过六十年的有不少，但你们在狱史整理和宣传上开了先例，走出了新路，你们要继续走在前列，有条件的话可以在展览的基础上筹建一个狱史馆，将狱史展览的成果固定下来，具体怎么做，你们可以考虑，比如，再补充一些内容，像监狱大事、英雄模范什么的，此外还要增加实物部分，将狱史馆打造成一个对外宣传的窗口和监狱警察教育基地。"

这番话自然让顾狱长和周政委等监狱领导满心欢喜，金博文和茹烟他们听了也很高兴，同时，他们也感受到了新的压力。徐厅长走后不久，金博文和茹烟等人立即投入筹建狱史馆的新的艰巨任务中。

毋庸置疑，监狱领导对狱史展览是满意的。顾狱长说："十块展板无论从内容、图片到设计排版、色彩搭配都很好，三大篇章六个阶段准确概括了省西岭监狱六十一年光辉曲折的发展历程，反映了监狱执法理念的不断成熟，展示了监狱工作的不断进步，通过举办狱史展览，可以引导广大干警进一步了解历史，珍视当前，展望未来，增强大家献身监狱事业的使命感和责任感，从而推动我们的各项工作再上新台阶。"

周政委可能觉得一把手把该说的话都说得差不多了，他只提了一个方面，即"瞧这一家的六十年"板块，他说："这个板块像一棵大树的横切面一样，生动反映了省西岭监狱的发展变迁，富有生活气息，让人看了很亲切，接地气，效果好。"

其他监狱领导也都从不同角度对狱史展览给予好评。驻狱检察室人员和驻狱武警官兵看到展板上有不少关于他们的图文介绍，同样很高兴。

不过，从人员数量和反馈的丰富性上看，广大警察职工才是观看狱史展览的主力军，在崭新的承载着六十一年狱史的十块展板前，他们或默不作声地阅读文字，或饶有兴趣地观看图片，或独自一人前倾着身、背着手专注地品味每一张图片、每一段文字，或三三两两谈笑风生地指着图片议论……

想把数百人观看狱史展览时的情态样貌全面准确地描述出来是一件困难的事儿，但有一点可以肯定，警察职工们观看的角度、注意的重点以及评价诸方面都和领导不大相同，他们说出的话远比领导的鲜活生动、诙谐风趣：

"过去的人看着真土气！""这谁呀？哦，是秀玲姨，打个小洋伞还挺时髦呵。""宏喜叔开着偏三轮警车还怪威风哩。""快瞧，那时韦志杰还光屁股哩，哈哈哈！""劳改干警也是地下工作者？没错，他们工作在直井一百多米深、坡道一里多长的矿井下面，你说是不是吧？""井下带班三件套：胶鞋、斧头、安全帽。""野外劳动没监墙，安全只能靠人防。""路不平，灯不明，到处都是破窑洞，吃穿像个贫下农。""晴天一身灰，雨天一身泥。""一条裤子穿两代，补丁摞补丁。""献了青春献终身，献了终身献子孙。"

……

显然，二十世纪八十年代以前的图文是警察职工们关注和欣赏的重点，对于或黑白或发黄的照片里带有时代烙印的身影，对于和现在截然不同的工作生活场景，对于顺口溜中形象描述的远去了的监狱历史，年长的警察职工感叹着时光飞逝和沧桑巨变，青年警察职工感到新鲜好奇的同时庆幸着他们生长在物质条件优越的新时代。

当然，金博文、茹烟、韦志苓和赵龙几个也观看了狱史展览，但他们观看时关注的点与其他人有所不同。他们会仔细察看展板上有无谬误之处，哪怕一个标点符号的误用、一张照片色彩的不如意，都会让他们心生遗憾。

他们还会留意观看者的神情和评价，就像电视节目里做完一道大菜等待评委打分的厨师一样，心里既欣喜又不安，不管领导和警察职工对狱史展览的评价再好，他们的自评分总是要略低一些的。他们总觉得，狱史展览应该达到的效果与它实际达到的效果之间还存在着差距。

"咱们是不是太投入、太上劲儿了？"狱史展览结束时，茹烟对他们几个说。"是的，茹姐，我们太上劲儿了。"一向不爱多说的韦志苓接过话。"这就像看自己的获奖照片，别人都觉得好，可自己总能从中找出些瑕疵，比如，明暗度处理得不够理想，人脸的左右两半不够对称……"赵龙三句话不离摄影。

4

徐厅长的建议在省西岭监狱很快得到落实。五月中旬，狱史馆筹建工作正式启动，这是规模更宏大、时间更持久的狱史展览，领导深知这项任务的艰巨性，除了原班人马，又增加了六名工作人员，并将所有人员分为三个组——基建组、实物收集组、图文整理组。

基建组由监狱行政科科长和两名工作人员组成，主要负责对警体中心一个面积两百余平方米的大房间进行装修改造；实物收集组组长为工会副主席高云，成员由政治处和办公室各一名警察组成，主要负责搜集整理反映监狱历史风貌的实物；图文整理组仍为金博文、茹烟、韦志苓和赵龙四个人。

三个组分头行动开始前，一行十人在周政委的带领下参观了文河警察博物馆。它是继北京、上海警察博物馆之后建成开馆的第三家警察博物馆，也是国内建设最早的一家省辖市公安局警察博物馆，总面积七百余平方米。

本着学习借鉴的目的，周政委带领狱史馆筹建人员走进位于文河市公安局大楼二层的警察博物馆。

左面墙上，庄严醒目的"文河警察博物馆"几个宋体黑字映入眼帘，字上方是以古钟、利剑和盾牌为主要元素构成的馆标。迎面看到的是一组气势恢宏的仿铜浮雕，以公安民警追击犯罪分子的战斗场面为主要内容，有着不同寓意的长城、五星、盾牌以及飞翔的鸽子和盛开的牡丹等背景图案，把浮雕衬托得厚重大气又充满温情。这组浮雕有一个让无数公安警察也让监狱警察为之动容的名字——"为了母亲的微笑"。

往里走，依次是文河公安发展史展厅、人民警察主要职能展厅、刑事侦查与大案要案展厅、公安英烈厅等。茹烟、金博文他们或仔细听讲解员介绍，或屏息静气地观看，或小声交谈几句、感叹一番，每个人都被馆里陈列的无数文字图片及实物吸引着、震撼着。

自一九八〇年以来牺牲的四十多位公安民警的照片和遗物让他们心情沉重又充满敬意，当茹烟看到文河市公安系统第一位烈士郝金林的塑像时，油然而生一股自豪感，因为郝金林是她的老乡；文河市一九四八年上半年解放时，公安局的交通工具竟然是一头驴，讲解员说，当时文河市仅有两头牲口作为交通工具，其中一头就给了公安局，从这件小事足可见文河市政府对公安工作的重视；文河市第一侦察队队长申中良的一句话"我不要职务，只要任务"让参观的人无不动容，茹烟暗自敬佩，这是怎样的一种境界啊！

……

然而，茹烟他们的参观并非像游客走马观花地过一圈了事，猎奇和长见识不是他们的主要目的，博物馆的筹建过程、展示内容、设计风格、布展规则诸方面才是他们需要了解和关注的重点。陪同周政委参观的文河市公安局王副局长是桂珉的同学兼好友，自然乐于向他们介绍有关情况。

　　参观结束时，王副局长还让女警讲解员送给他们几本《走进文河警察博物馆》一书，"你们想要知道的内容大部分都在这里面，筹建博物馆可是一件劳心费神的辛苦活，该书的执行编辑是我们局一个相当优秀的女民警，因为筹建博物馆，头发都白了，人也老了许多。所以，你们得做好艰苦奋战的心理准备呀！"王副局长看着周政委感慨地说。周政委笑着说："不怕，你们公安民警能吃苦，我们监狱民警照样也能吃苦。"

　　当他们走出文河警察博物馆时，初夏的阳光正暖，温润的风吹拂着每一个人的面颊，甚是惬意，街上车水马龙、秩序井然，能听得见与博物馆一路之隔的街心游园里传过来的笛子声、乐曲声、甩鞭声，老人们以各自喜欢的方式安享着晚年，孩子们在安全的学校环境里上着课，中青年们在为生计和事业忙碌着。

　　这一切，在旁人看来也许是司空见惯的景象，茹烟平时感受也不深，此时此刻，她却深切感受到，美好生活的背后是无数公安民警默默辛苦的付出，是他们与犯罪分子一次又一次的殊死搏斗，当然，岁月静好的背后也有包括她在内的无数监狱人民警察的默默付出，有他们一代一代的奉献、拼搏和坚守。而这一切，人们平时是感受不到或者说感受不明显的，只有在他们的生命及财产遇到危险，社会秩序被犯罪分子破坏时才能深切认识到。

　　不过，这又有什么关系呢？即使不为人所知、不为人所理解，他们照样奉献着、拼搏着、坚守着。茹烟忽然想起郁钧剑唱的那首《什么也不说》，这首歌是唱给军人的，她觉得也同样适合于公安和监狱领域的民警，"……什么也不说，祖国知道我，一颗博大的心啊，愿天下都快乐，都快乐"。

第四十三章　如果没有他

1

　　二〇一八年七月十五日晚七时许，文河市丹西区景新路上华灯初上、人来人往。这条已有近百年历史的老街两边店铺林立、生意兴隆，建筑和装饰去年被政府提升改造为民国风格的商业步行街，烟火气、复古风和现代感相融相谐。

　　一个高大魁梧、背部微弓、目光坚毅、面容黝黑的中年男子出现在这条路上，他肩背一个深棕色皮包，自南向北而行，步履稳健从容。他左右张望着，眼神里并未流露出对某一店铺的特别兴趣，只是瞅两眼就移开，又望向下一家店铺，好像在寻找什么，几分钟后，他停在店牌为"艺新广告"的商铺前，定定神，走向店里。

　　"艺新——"男子朝正在和一年轻人说话的丛艺新喊了一声。

　　"向生哥到了！快进，快请进。"店主人丛艺新惊喜地抬起头，起身迎到门口，与男子热情握手。

　　被称为"向生"的男子半开玩笑道："你老弟也不到外面迎我一下，不够意思。"他说着也握了丛艺新的手，然后在其肩膀上拍了一下。

　　这位男子叫荀向生，从遥远的广东来到文河，他与丛艺新已好几年没见面了，彼此却丝毫没有陌生感。

　　"哥冤枉我，一下午我不知在门口站了多少回，这会儿正好来个客户，不承想慢待哥了，晚上自罚几杯，中吧？"

　　"可中，我没意见。"荀向生爽朗地笑了。

　　进得店里，丛艺新给媳妇介绍了荀向生，说荀哥从广东来文河办点事儿，他媳妇笑着和荀向生打了招呼，两人坐定后，她又是端茶，又是上水果，然后与年轻客户商谈起来，好让丛艺新与客人说话。丛艺新与荀向生寒暄几句后说：

"先去吃饭，咱哥俩边吃边聊。"荀向生说："行啊，客随主便。"

丛艺新拿起早已装好的一瓶白酒和荀向生走向店外。"弟妹一起去？"荀向生客套道。"你们去吧，店里离不开人呢。"丛艺新媳妇微笑着说。

文河风情酒家。丛艺新带荀向生直接进了预订包间，他叫来服务员点了六个菜，然后开瓶、倒酒，荀向生一摆手说："先声明啊，我只喝二两，你知道，明天有任务。""没事，睡一觉就好了。""要没任务，哥一定喝，酒逢知己千杯少嘛，可今天真不行，咱都是过来人，懂得自律的重要性，你说呢？"

听了荀向生的话，丛艺新说："好吧，为了你的光荣任务，弟就不强人所难了，不过，明天晚上你可得放开啊。""好，一定，一定。"

说话间，菜已上桌四个，两故友端起酒杯，并无多少客套。"欢迎哥来文河！""谢谢老弟！"之后直奔各自想说的话题。

"哥了不起呀，短短六七年，就成为一个拥有上百万资产的公司老板，老弟佩服！快跟弟说说，你是怎么走到今天的？"丛艺新的眼神里充满敬佩和期待。

"嗨，没啥了不起，就是努力加运气呗。二〇一一年出来后，我直接去了梅岭市，心想着若能要回我原来的毛织加工厂，就不用白手起家了，那多省劲，只是十几年过去，厂主人换了好几个，要回是没戏了。但我不想离开梅岭，那里有我难忘的青春记忆，有我的妻子阿兰，是我毁了她的一生，如果她没有遇见我，很可能不会出车祸，也不会早早地离开人世，我深感对不起她，她生前我不能好好陪，现在我自由了，要好好守护她，弥补我的过错。"荀向生喝了一口酒说道。

"可你总不能一直活在过去呀，你也就五十来岁，完全可以开始一段新的生活，只要不忘了她就行嘛。"

"咱们这些人有几个女的愿意跟？我可没你那么好的运气，人家女孩主动送上门，再说，我们还有个儿子。"

"对了，你儿子好像是在广州一家化妆品公司吧？今年多大？你怎么不去他那儿？父子俩在一起照应着多好。"丛艺新说道。

"是，小亮今年二十九了，这小子混得还不赖，现在是公司销售部经理，不过，他正谈朋友的时候，我去跟他掺和啥？再说我对化妆品也不懂，我最感兴趣的还是毛织和制鞋。"

"毛织、制鞋是你的拿手活啊，哥，我佩服你的是，你为了把制鞋技术学精学透，二〇〇九年主动向监狱申请不减刑，当时这消息在狱内一传出，好多人还以为你脑子进水了呢。要不然啊，你和我一样，二〇一〇年就出来了。"

"哈哈，你还记得这档子事儿？当时他们这样认为很正常嘛，都盼着多减刑，我却反着来，这不是脑子进水是啥？不过，我认为在里面多待半年值，之前制鞋手艺我已基本掌握，但掌握得还不够全面，机器故障的发现和排除是短板，这些在那半年都大有长进，什么高频机、喷胶机、过胶机、打扣机等等，它们的脾性我现在全都熟悉，工人别想糊弄我。"荀向生笑着说道。

"那哥在梅岭是凭制鞋手艺扎下根儿并发展起来的吧？"丛艺新与荀向生碰了杯问道。

"没错，我看要回自己的厂无望后，就去一家制鞋厂打工，一年后即被厂方聘为技术顾问，两年后升任技术总监，干到第四年，机遇来了，厂长因女儿患重病需要花钱治疗，也需要陪护，他问我愿不愿意接手厂子，我当时一听愣住了，这个厂子的资产上百万呢，我哪儿有那么多钱？再说我不能乘人之危呀，厂长见我不肯答应，就说他很欣赏我、看好我，相信我不会把厂子搞砸，最后还说了一个我可以接受的方案，那就是我先筹资二十万给他，余下的九十万分四次付清，余款付清前，工厂所有权暂不转移。"

"可二十万对我们刚出来的人说也是一天文数字啊，你怎么凑齐这笔钱的？"丛艺新问。

"我儿子帮我凑了十几万，张黑子、戴克、赵老福几个人也帮我凑了些。"

"黑子、戴克、赵老福？他们跟你在一起？"丛艺新惊奇地问。

"是啊，他们出去后一直没有稳定的事做，听说我在梅岭干得不错，就先后过去了，刚开始，我把戴克、赵老福介绍到其他厂里，黑子跟着我，后来我接手厂子后，戴克和赵老福也过来了。"

"他们能行吗？黑子这人还算老实、不惹事，戴克和赵老福你能驾驭得了？不怕他们连累你？"

"如果咱们都不相信他们能变好，那这世上就没人能信了，所以，我想试试，目前来说他们还行，没给我添什么乱。"荀向生与丛艺新碰杯说道。

"你可以学监狱的做法，把他们编成互监小组，让他们相互盯着。"

"不必，用人不疑，疑人不用，退一步讲，一旦他们哪个不好好干或给我捅娄子，我可以根据合同辞退他们啊。"荀向生摆摆手说。

"哥在生意场上有一套，又有大胸怀，佩服！"丛艺新又竖起大拇指。

"你再夸，我可就飘到天花板外了啊。"荀向生嘴上虽这么说，心里却挺舒服，心生无限感慨。

想当年，擅长绘画的丛艺新心高气傲，加上刚入狱情绪低落，一般学员他根本不放在眼里，几乎不与他们说话，不知怎么的，对他荀向生却是例外，教他学画画、跟他做朋友，不过，荀向生对这个小他十岁的弟弟多数时候是敬佩的、仰视的，直到他主动放弃习美室的优越环境，申请去毛织车间并为监狱毛织生产做出了突出贡献后，丛艺新渐渐开始仰视他了，说能交上他这样的朋友真是三生有幸。其实，他荀向生又何尝不是呢？一个初中没毕业的农村娃，能和一个有文艺气质的城市男孩在狱中结识并成为挚友，相互温暖和激励，共同度过漫漫刑期，难道不是他荀向生的幸运吗？

"哥，喝酒。"丛艺新的话把荀向生的思绪拉回现实。

"哦，好，不过，我就这杯中酒啊。"荀向生与丛艺新碰杯后抿了一小口，然后他问："你咋样？生意不错吧？"

"还行，我没你那么大雄心，文河这地方经济也没沿海发达，十几年下来，除了买套房子、添几台设备，手里没几个闲钱。"

"咱们做生意的不都这样，挣点儿钱都扩大再生产了。"荀向生说。

"不过，我已很知足了，有份自己喜爱的职业，有个好老婆，往后余生，别无他求。"

"你们没有孩子吗？"荀向生疑惑地问。

"没有。"

"怎么回事？你老婆不是很年轻吗？你的毛病还是她的问题？"

"她的。不过，我不能因为这把人家休了呀，当初要不是我会画画，长相也说得过去，一个二十多岁的漂亮女孩能嫁给我？哥，记得你跟我说过，做人得讲良心，得知恩图报，她一心一意跟我打拼、过日子，我更得无条件地对她好了，没有孩子就没有吧。"

"你们可以抱养一个。"沉默片刻，荀向生说道。

"她不肯，说二人世界就很完满。"

"看来你们很幸福啊，老弟，祝福你！"荀向生说完与丛艺新再次碰杯。

两人又聊了一会儿，荀向生的手机响起，"喂，董科长，你好！嗯，嗯。""我吃过了，住在丹苑广场附近的如家酒店，明早你不用接我，我打车过去，八点准时到。真的不用，哎呀，那，那好吧，我七点半在酒店门口等。"

荀向生挂了手机，丛艺新说："是董文宇吧？这人不错，他还家访过我呢，后来我去监狱做报告，也是他接待的我。"

"是不错，能把咱们当人看，善于发现学员的闪光点。本来今晚他非要请我吃饭，我说想见见你，他说让你也去，我跟他开玩笑说，他要在场，我和艺新想说点儿你们警察的坏话就不成啊，还是让我们单独见吧，他看我执意不去，就不再坚持了。"

"这说明监狱对你远道而来做报告很重视嘛。"丛艺新说道。

"监狱待咱不薄，既然董科长邀请了，再远我也得回来。"

"哥说的是。"

"时间不早了，咱们这就撤？"

"行，你好好睡一觉，明天精神抖擞地做报告，明晚老弟给你送行。"丛艺新说着与荀向生碰杯。

"好，明天见。"

2

荀向生沿来路返回如家酒店，他走到景新路与人民路交叉口，折向西，过一个红绿灯，再往前走，经过一个十字路口时，触目惊心的一幕发生了。只见一辆法拉利轿车横冲直撞地自南向北驶过，正在人行道上自南向北行走的一个年轻小伙被撞飞在地，荀向生正欲上前看个究竟，又见车很快就要撞到他右前方的一个女孩身上，"不好！"说时迟那时快，他一个箭步飞奔上前，把女孩猛地往右一推，而他，随着一声巨响猝然倒地，很快失去意识。

王君荷从草丛里爬起来，看到头部流血、躺倒在地的中年男子，她惊呆了，浑身哆嗦着，一时不知如何是好。"快打急救电话呀"，不知是幻听还是路人的提醒，她迅速拿出手机拨打120。打完电话，她走到男子身边，双膝跪地，从包里取出纸巾摁在他头部渗血处，几张纸巾很快用完。她一阵慌乱，心里很害怕，不知道男子会不会死，这时，一个老太太递给她两包纸巾，她说声"谢谢"后赶紧取出几张压在男子头部。

荀向生很快被送到文河市中心医院，王君荷在急救室外坐立不安地等待着，她忽然想起该给母亲打个电话。

接到女儿电话后，茹烟万分惊讶，她立即换了衣服，拿了包和车钥匙飞速赶往医院。女儿一见她，便扑到她怀里，一声"妈——"后便哭泣起来，茹烟抱紧女儿，当看到急救室门上的"肃静"二字时，她捧起女儿的脸，做了个制止的手势，女儿不再哭泣。

母女俩坐下来。茹烟问："车祸究竟是怎么发生的？"君荷说："我当时快要走过人行道了，只听身后轰的一声，正准备扭头看，冷不防地被人猛推了一把，紧接着又是一声巨响，我吓坏了，一时不敢抬起头来看，等我从草丛里爬起来时，看见送来的这个人倒在地上，我这才意识到是他救了我，于是我赶紧叫救护车，为他止血。"

茹烟问:"这人多大年纪? 长啥样?"君荷说:"五十多岁,比我爸看着稍大些,个儿很高,身材匀称。""哦,多亏了这个好心人,希望他平安无事。"茹烟双手合十道。

"伤者家属在吗? 过来签个字。"医生拿着一张单子从急救室出来,朝门外喊道。

"哦,在。"茹烟走上前。

"已做了初步的伤情检查和处理,不过他伤势比较严重,目前处于昏迷状态。他叫什么名字? 你是他什么人?"

"医生,他有生命危险吗?"茹烟急切地问。

"现在不好说,看他能否度过创伤后的危险期,我们会尽力施救。说一下他名字,你和他的关系。"医生说着,右手执笔,一副准备记录的样子。

"医生,是这样的,这位好心人救了我女儿,我并不认识他,不知道他的名字,不过听我女儿说,他比我年纪略大些,就把我写成他表妹吧。"

"妈,他叫苟向生。"君荷手拿一张身份证对母亲说,随后让医生看。

"啊? 你说什么? 苟向生?"茹烟惊讶地问。

"是啊,怎么了?"君荷对母亲的惊讶神色感到纳闷。

"没,没什么。"茹烟心潮起伏,声音有些颤抖。

"看能否联系到伤者亲属,实在联系不到,你就签字吧。"

听了医生的话,茹烟回过神来,平静地说:"这位伤者我认识,他只有一个儿子,远在广东,一时过不来,我来签字,费用我出。"

"好,那你签字吧,今晚他留观在这儿,明天一早我们把他转到脑神经外科,做全面的检查和治疗。"

"好,谢谢医生。"茹烟说着接过单子,签名交费。

做完这些,茹烟看一下时间,已是夜里十一点,她和君荷坐在长椅上,君荷问:"妈,你怎么会认识这个人?"茹烟说:"他曾经在西岭监狱服过刑,你爸带过他。""哦,一名犯人哪。""他可不是一个普通的犯人,会画画,是监狱里的一个能人。听说他出来后干得也不错。""哦。"茹烟又强调说:"不管他是什么身份,都是你的救命恩人。""知道了。"

聊了一会儿,君荷已有些困意,头靠在茹烟肩膀,微闭双眼,默不作声。茹烟却无一丝困意,默想着今晚发生的一切,一切来得太突然、太巧合,女儿今晚去她高中同学家玩,返回途中,一辆醉鬼驾驶的豪车险些撞到她身上,因为遇到了一个好心的勇士而有惊无险,而这个人居然是苟向生!

怎么会是苟向生呢? 他不是在广东吗? 怎么会现身在文河市的街上? ……

带着一连串疑问，茹烟轻轻取出女儿手里的荀向生的包，希望从中发现一些重要信息，包里有身份证、银行卡、名片、笔等物品，还有一份用 A4 纸打印的材料，茹烟立刻拿出材料来看，共四页。

开头写道："全体学员们，大家上午好！我叫荀向生，曾经也是你们其中的一员，今天，我怀着无比激动的心情做这个报告，感到非常荣幸，感谢西岭监狱的领导让我重回第二故乡，感谢教育科董警官为我提供了一个和你们交流学习的机会……"

看了开头，茹烟已猜出个大概，荀向生来文河很可能是去西岭监狱做报告的，听说他这几年干得不错，已成了大老板，还招收刑释人员到他公司就业。董警官？不就是教育科科长董文宇吗？等下问问他就知道了。

茹烟继续往下看，荀向生先是介绍了他出狱后找工作、艰苦创业的情况，然后说他不会忘记西岭监狱的警官们对他的关心和帮助，他会尽自己所能去奉献社会。他举了几个事例，其中一个是这样的：

当他得知梅岭市的太阳村校舍坍塌，太阳村负责人正多方筹资建校的消息后，他想起了令人心酸又欣慰的往事，当年自己服刑在狱，儿子因妻子出车祸丧失劳动能力上不起学，是一个叫茹烟的女警官多方联系，儿子才得以在梅岭的太阳村上学念书。如今，太阳村有了困难，他怎能袖手旁观？想到这儿，他立即将六万元汇至太阳村账户，并在附言栏中注明："此款为村建校专用，以表我向太阳村致谢的诚意。"

啊，荀向生是一个懂得感恩的人，这么多年过去了，他还记得帮助过他的女警官，这个女警官就是她茹烟。

材料中有这样一段话："我是从监狱走出来的，对服刑人员改造中的各种困难有着刻骨铭心的感受。这几年我招收了几个刑释人员，将来我的事业做大了，需要用人时，还会继续考虑从优秀的刑释人员中录用，给他们提供就业岗位，为社会做点贡献……奉献社会就是成就自己。"

看完材料，茹烟首先想到的是赶紧给董文宇打个电话，荀向生做报告的时间应该是明天上午，而他现在昏迷不醒、生死难料，董文宇并不知道这些情况，明天一早肯定要做各种安排，等待荀向生前往监狱。

茹烟准备拨通董文宇手机时，又改了主意，已是深夜，不再惊扰董文宇了吧，若听到荀向生出车祸的消息，他准会赶过来，今晚没有什么事，自己和女儿在医院待着就行了，何必让董文宇也跟着担惊受怕？

次日一早，茹烟给董文宇打了电话，半小时后，董文宇即和教育科的小方赶到医院，他问了茹烟详细情况，自责地说："荀向生要是有个三长两短，我就成罪人了，是我向领导建议并邀请他来狱做报告的。"

"我跟你一样是罪人，他是为救我女儿才被撞成这样的。咱们可怎么向他儿子交代呀？"茹烟说。

"你不用过意不去，依苟向生的为人和个性，他遇到这种情况一定不会袖手旁观，我们现在就祝愿他早日苏醒吧。"

茹烟"嗯"了一声，稍停片刻，她说："你有他儿子的联系方式吗？医院让尽快联系到他家人。"

"应该有，我找找。"董文宇说完打开手机，从通讯录里翻找着，可找了半天也没找到，他想了想说："可能是在我办公室的通讯录里。"

"我回去取。"小方立即接过话。

"行，快去快回。"董文宇说。

"好的。"小方说着迅疾转身离开。

小方走后，董文宇分别给主抓管教工作的张副狱长、教育监区徐监区长打了电话，说上午的报告会因故取消，他向张副狱长汇报了苟向生遭遇车祸的详细情况。张副狱长电话里说，他会尽快代表监狱党委来看望苟向生，并要求董文宇、茹烟他们配合医院全力做好苟向生的救治工作，有情况随时向他汇报。

打完电话，董文宇对茹烟说："你一夜没睡，回去休息一下吧，这儿我看着。"

"医生说上午要把苟向生转到脑神经外科，等转过去我再走。"茹烟说。

"没事，一会儿小方就回来了，我们两个人在这儿就行。"董文宇坚持让茹烟回去休息。

"好吧，我中午过来。"说完，茹烟和君荷离开医院。

回到家，茹烟简单洗漱一下就上了床，起初她怎么也睡不着，脑袋昏沉沉的，一会儿想象君荷描述的车祸情景，一会儿又担心苟向生的伤势不知到底会怎样，有没有生命危险。如果苟向生因救君荷死去，那她今后将永远背负上愧疚的十字架，内心将永远无法安宁！

后来她又想，也许这是善有善报吧，她曾经善待了一个服刑人员，帮助了苟向生，所以才会有福报，女儿才幸免于车祸。这是冥冥之中的天意。

不！茹烟你怎么能这样想？难道你帮助苟向生是为了让他来报答你，为你做出牺牲甚至生命的代价吗？难道你付出了善良和热心，就得有回报吗？退一步讲，即使善有善报，你也不能要这样的善报！

激烈的思想活动渐渐停止，意识渐渐消失，疲惫的茹烟睡着了。等她醒来时已是中午十二点半，起床后她准备去厨房做饭，谁知君荷已叫了两份外卖。

"我给我爸打电话了。"君荷边吃边说。

"哦，那省得我打了，你爸怎么说？"

"他说今天有事，明天回。"

"好。等会儿你跟我去医院吗？"

"去呀，我得去照顾我的救命恩人。"君荷忽闪着大眼睛说。

"这才懂事嘛。"

母女俩一点二十到达医院，荀向生已被转到脑神经外科的重症病房，暂时仍不让非医护人员接触。

董文宇对茹烟说："荀向生目前生命体征还算稳定，不过，因大脑受伤严重，经检查，有颅内出血、脑水肿等情况，医生说需要清淤血、消肿，还要配合滋养脑细胞、滋养神经等药物治疗，十五天之内是危险期。"

"希望他能度过危险期。"茹烟听了既欣慰又担忧。

"我们都希望。哦，对了，我已联系上他的儿子小亮，小亮下午就到文河，另外，上午肇事司机的父母来了，说儿子喝酒闯了祸，他们做父母的既生气又痛心，现在只能尽力挽救伤者生命，伤者的医疗费用他们全包，还说要请最好的护工，一个不行就两个。"董文宇说。

"儿子闯下大祸，父母害怕儿子死或判重刑，就用钱铺路，弥补损失，他们愿意出钱就出吧，荀向生除了远在广州的儿子，没有其他亲人，请护工照顾也行，我们每天轮流来看看他。"

"我也是这么想的。"

"肇事者的父母怎么这么快就知道伤者住哪家医院了？"茹烟不解地问。

"要有人管伤者啊，我上午给公安局打了电话，现在有监控，各种信息都联网，很容易查出来的。"王君荷接过话。

"嗯，是这么回事，君荷很聪明，反应很快。"董文宇夸赞君荷道。

"谢叔叔夸奖。"君荷俏皮地笑了笑。

下午，公安局的人来到医院，问了王君荷事发当晚的情况，做了询问笔录，办案干警说，醉酒司机连撞两人，另一个年轻小伙已当场死亡。

听到这个，茹烟不禁一阵心惊肉跳，后怕万分。如果君荷走在年轻小伙的后面，那现在已阴阳两隔了；如果没有荀向生挺身而出，把生的希望留给一个陌生女孩，把死的危险留给自己，那现在躺在病床上的将是君荷，不，说不定君荷已没命了，什么出国和前程，以及四口之家的幸福等，都将化为乌有。

想到这里，茹烟再一次感到庆幸，再一次对荀向生产生深深的敬意和感激。她在心里默默祈祷着：勇敢的人，好心的人，你快苏醒过来吧！

　　一周、十天、半月、一月，荀向生虽然脑部已消肿，血循环也基本恢复正常，却仍然没有苏醒。

　　君荷出国日期渐渐临近，茹烟却没有多少喜悦，愧疚之情反而与日俱增，甚至有几分负罪感。如果荀向生不救君荷，他现在将会在公司里忙碌着，事业将稳步向前，恢复自由后的人生之路将越走越宽广，他儿子荀小亮也不会奔波于广州与文河之间，工作不会受影响。如果荀向生醒不过来，她怎么面对失去双亲的小亮？怎么能够坦然地送君荷出国、享受安逸的生活？

　　九月十六日，在愧疚和不安中，茹烟和王实送君荷出国，航班经上海虹桥机场飞往美国洛杉矶，看着飞机加速、升空，茹烟的心却在往下沉，荀向生那张昏迷不醒的脸再一次浮现于她的脑海。

　　忽然，她的手机响起，是荀向生的护工打来的。"茹姐，他醒过来了，眼睛开了，手也动了。""啊？你说什么？他醒过来了？！真的吗？"茹烟吃惊地连连问道，王实也惊喜地看着她。"是的，醒了。"护工肯定地说。茹烟听了激动地说："太好了，我这就回去。"挂了电话，她喜极而泣，和王实不约而同地相拥在一起。

第四十四章　人生剧变

1

茹烟怔怔地坐在沙发里，神情凄然，脸带泪痕，茶几上的手机不停在响，她却无心看一眼，任由呼叫她的人焦急等待着、胡思乱想着。几分钟后，房间里恢复了寂静，她无精打采地拿起手机查看，原来是君荷发起的微信视频通话，是远在大洋彼岸的女儿！

茹烟心里一咯噔，她不接听，君荷会不会起疑心？不！不能让女儿知道家里发生的一切，那样女儿会崩溃的，会影响她学业的，纵然天塌下来，她自己顶着，不能让孩子们受牵连，或者说少受牵连。想到这里，茹烟起身去到梳妆间，洗脸、敷眼、梳头，然后整理一下客厅，等待女儿的再次呼叫。

六七分钟后，手机再响，茹烟立即摁下接听键，不等她开口，君荷就着急上火地说："妈，急死我了，刚才怎么不接呀？在干吗呢？"

茹烟撒谎说："刚才我在厨房做饭，没听见。"

"响那么长时间都没听见？"君荷疑惑地问。

"真没听见，抽烟机声音大。"茹烟继续撒谎。

"好吧。我给您买了套护肤品，明天应该会到，祝老妈女神节快乐！"君荷说着还给她一个飞吻。

"谢谢闺女，也祝你节日快乐，不好意思，妈没给你买什么礼物，等会儿发个红包吧。"

"好呀，来者不拒，嘻嘻。"

"最近忙吗？"茹烟问。

"挺忙的，该毕业了，要实习、考试，还要准备毕业论文。"

"注意劳逸结合，多吃点儿、多锻炼，少去公共场所，身体好了才能应付得了学业和疫情。"

"哎呀，知道啦。妈，看您脸色不好啊，身体不舒服吗？"

"没，没有，今天中午你何阿姨来了，我们俩说话，没睡午觉。"茹烟竭力掩饰着。

"家里没什么事吧？"君荷半信半疑地问。

"没有。"茹烟强作镇静。

"没有就好，我爸经常不在家，您要照顾好自己啊。"

"好，你安心学习，不用惦记家里。"

······

与女儿的通话像注入墨汁的清水般一时稀释了茹烟悲伤、恐惧的心绪。女儿在美国一所常春藤大学读研，三年来学业一直很优秀，独立生活能力比出国前明显提高，现即将毕业，前程似锦。儿子呢，虽未出国，却在国内一线城市读研，学业诸方面都不错，目前正备考国家法律职业资格证，说毕业后拟留广州或去深圳。

儿女双全，又才貌双全，茹烟知道，周围不知有多少人羡慕她和王实养育了这样两个优秀孩子，羡慕他们这个幸福的四口之家！

一想到王实，茹烟的心陡然沉重下来，从今天起，四口之家的幸福和团圆将不复存在，别人对她和王实的羡慕将变成惋惜、同情、猜疑、鄙夷甚至是愤恨。

今天，二〇二一年三月七日，是一个比噩梦还要噩梦的日子。上午九点，茹烟正和政治处主任商议一件事情时，一个陌生电话搅乱了她平稳的心境，且让她一天都心惊胆战，陷入无边的恐惧之中。这个电话是文河市纪委一干部打的，说有公务需要她配合，并让她立即回干工家属院的住宅。

她惊慌失措地走到自家所在的楼栋单元门口，以为纪委的人会在这里等她，谁知没有，于是她惴惴不安地上楼，心跳加速、两腿发软，黑压压的一拨人已在她家门口等候，其中还有西岭监狱纪委的连主任。

连主任对她说："这是文河纪委和公安局的工作人员，奉命执行公务，茹主任配合一下吧。"连主任刚说完，一个四十多岁、中等个儿的人接着说："我们马上要搜查你家里的一些物品并制作清单，还要就有关事项找你谈话，形成记录，确认签字。你可以电话联系一位近亲属或者周围邻居、所在单位等人员作为见证人。整个搜查过程我们将全程录音录像。这是搜查令和我的证件。"他一边说一边向茹烟出示搜查令和工作证，其他几个人也随即出示了证件。

不待茹烟听完、看完，她已两眼发黑，身体因支撑不住而靠在墙上，几乎要瘫坐在地。"茹主任，茹主任。"恍惚间，她听见有人在大声喊她，胳臂也被人搀扶着，后来，她看见搀她的人是连主任，连主任的眼里透着痛心和无奈。"茹主任，你坚强些。"连主任安慰道。

是的，我得坚强些，不能让人看笑话！想到这儿，她慢慢站了起来，说："我，配合你们的工作。"说完，她从包里取出钥匙，打开门。

进屋后，连主任招呼来人坐下，也许纪委和公安局的人怕茹烟出什么意外，一时都沉默不语，表情也不像刚才那么严肃了，过了一会儿，中年纪委干部语气温和地说："你不必害怕，我们一切都会按规矩来的。"

茹烟问："是我丈夫王实出事了吗？怎么称呼你？"

一个三十多岁的人对她说："是的，他是文河市纪委第三纪检监察室的王主任。"

茹烟的心震颤了一下，定定神又问："要我怎样配合你们？"

王主任说："联系一个离你最近的亲属或朋友，现在就来这里做见证人，另外，你把家里上锁的柜门和抽屉打开。打通电话后，把手机暂时交给我们保管，等工作结束还给你。我们的工作全程录音录像。"

听到"全程录音录像"一句，茹烟下意识地扭头看了一下，果然有个年轻人正在她身后不远处肩扛摄像机拍摄着。官员家里被搜查必须全程录音录像，她是知道的，只是她现在因为王实进了镜头，不免内心又一阵紧张和惶恐。

顾不上害怕了，眼下得按照王主任的指示打电话、开锁。她快速想了想，决定给王实的姐姐王玲打电话，王玲的丈夫是西岭监狱一名警察，他们就住在干工生活区。打通电话后，茹烟只说家里有事，让王玲赶快来一趟，王玲感觉到了她语气的异常，连忙说："好，好。"

打完电话，茹烟把手机给了一名工作人员，随后她取出两把抽屉钥匙协助工作人员开锁。接下来，她并不需要做什么，偶尔回答一下王主任或其他工作人员所提问题。

王玲到来后，一看满屋的人，还有摄像机，惊愕万分，平时口齿伶俐的她这时只能机械地听从工作人员的问询和安排，和茹烟紧挨着站在一起，紧张得用一只手扣住茹烟的手，欲言又止。

屋里并没有什么声响，纪委的人默默查找着他们认为应该查找的物品，突然，一工作人员拿一张银行卡问茹烟："你是否知道这张卡？"茹烟一时愣住了，这是一张中国工商银行卡，她并没见过，很明显，这是王实私藏的。天哪！怪不得家里被搜查，王实啊王实，你私藏的会不会不止有银行卡？

"你是否知道这张卡？"工作人员再次问道。

"我不知道，这是在哪儿找到的？"茹烟如实回答并问道。

"书房的一个俄罗斯套娃里。"

"俄罗斯套娃？"茹烟惊讶地问。俄罗斯套娃是女儿君荷有一年去哈尔滨游玩时买的，书柜里摆了两个，君荷卧室摆了几个，茹烟除了君荷刚买回来时好奇地一个个打开看了看外，平时她只把套娃表面的浮灰擦一下，不曾将它们打开过。

"是的。"工作人员一边做着记录一边问，"你确认不知道这张卡吗？"

"真不知道，我为我说过的话负责。"茹烟肯定地说。

工作人员不再说什么，走向王主任，让王主任看搜查笔录，王主任仔细看了看，然后说："签字吧。"

接下来，茹烟和王玲阅看搜查笔录和物品清单、签字、摁手印。

搜查完茹烟家的单位住宅，纪委和公安局的人又让茹烟带他们去了文河市的一套房子，也就是现在的这个家，一切依然按程序进行。

茹烟和王实共有三套房子，除了被搜查的两套，还有一套，是位于文河市内的学区房，小三室两厅，子豪和君荷上大学后，茹烟就将它租了出去，直到今天，依然是出租状态，因而只是登记在物品清单里，并未遭到搜查。

纪委整理的物品清单里，除了那张工行卡让茹烟感到害怕和疑惑外，其它物品并未引起她多少担忧。她知道，王实轻易得来的钱都用在君荷出国上了，家里没有存款，这些年来，她和王实除了供养两个孩子，还要接济双方老人乃至兄弟姐妹，所以，除了三套房子，他们没有其它太值钱的物品，这三套房子也没有花很多钱，单位这套小三室一厅是房改房，市里的两套商品房均购于房地产市场低迷时。

可是，为什么突然冒出一张工行卡？王实为什么不跟自己说？里面到底有多少钱？十万？二十万？加上君荷的出国费用，不就一百多万了？

茹烟越想越害怕，一时竟冷汗涔涔，恐惧、懊悔、孤独包围着她，她已意识到，家里正经受一场前所未有的重大变故，噩梦刚刚开始。就在今天，家里被搜和王实被带走是同时发生的事情，中午，她接到何竹电话，何竹说，她一个在省函谷监狱上班的朋友告诉她，王监狱长上午被从办公室带走了，问茹烟知不知道，是不是真的。

何竹的话让茹烟吃惊却不感到意外，她有气无力地说："应该是真的，我家里上午被搜了！"

"啊？被搜了？上午？"何竹同样吃惊。

"是。何竹，我感觉天要塌下来了，好害怕。"

"别怕别怕，天塌下来有地撑着呢。"

茹烟苦笑了一下，默不作声，后来她郁郁而哭，何竹又安慰了她一番。

何竹，此时此刻，我感到无边的恐惧和黑暗包围着我。王实让纪委带走了，留置了，可能两三个月，也可能五六个月，这段时间，他手机被没收，我没办法请律师，与他音讯全断，不知道他的事到底有多大，不知道他会以什么样的态度面对审查和调查，不知道他在里面能否想得开，会不会寻短见。

我好孤独、好害怕，你能来陪陪我吗？

2

茹烟打开所有的屋灯，反锁大门，然后蜷缩在沙发里。看看表，晚上八点一刻，她还未吃晚饭，不想吃，也不知道饿，屋里寂静无声，她想给何竹打个电话，问何竹能过来一下，拿起手机，犹豫片刻，又放下，心想：时候不早了，何竹住在市内，还是别打搅她。

也许是亲密朋友间的心有灵犀，茹烟正盼着何竹能来时，何竹在家里正心神不宁，她对桂珉说："茹烟家里出这么大的事儿，她肯定一时受不了，不知道现在咋样？要不我过去看看，晚上陪陪她？"

"搁谁身上都受不了，行，咱俩一起过去。不过，现在晚不晚？"桂珉说。

"才八点多，不晚。"何竹说。

"那咱现在就去？"

"要不我一个人去吧，你明天再去。"

"晚上你一人开车我不放心，我送你过去，到她家坐一会儿就回。"

"好吧。"

正愁苦孤独时，茹烟听见有人敲门，她警觉地走到门口，通过可视系统观看门外动静，一看是何竹和桂珉，赶忙开门迎进挚友。

何竹和桂珉并未多问白天的事，表情也没有过分严肃和担忧，他们只是看似随意实则小心地和茹烟聊着，茹烟觉得他们的到来就像是她一人在家时打开的电视，播放的内容已不重要，驱走孤独的声音才是她最需要的；他们的到来又像是心理咨询师陪伴在她身旁，让她感到温暖，感到自己的身心都被扶起来、托起来，不会瘫倒在地了。

桂珉走后，何竹陪茹烟坐在那里，有一句没一句地聊着。

何竹的陪伴让茹烟不再感到恐惧，时间不知不觉已至深夜，茹烟问何竹要不要睡，何竹其实不太困，又想茹烟受了一天的惊吓，便说："困了，咱睡吧？"茹烟说"好"，于是两人简单洗漱一下，躺在一张床上。

床头灯发出温馨的黄色光，两个好友一人一被窝，并排躺着，像在学校时一样。两人都睁着眼，一时默不作声，在何竹想着茹烟今晚能否睡个安稳觉时，忽听茹烟低声说："我头晕。"何竹问："你平时血糖低吗？""不低。""是不是饿了？晚上吃饭没？"何竹坐起来问。"没胃口，只吃了个苹果。""那肯定是饿了，家里有牛奶吗？我给你热去。"何竹说着就下了床。"哎呀，不用。"茹烟也坐起身要拉何竹躺下。何竹说："饿着咋行？我给你弄吃的去。"

茹烟一坐起身，头晕得更厉害了，只好躺下。几分钟后，何竹端了一杯热腾腾的牛奶过来，茹烟赶紧坐起来，接过牛奶。何竹又去拿了一小块萨其马，茹烟说喝杯奶就行，何竹执意让她吃，她只好听话地吃了。

补充能量后，茹烟感觉好了许多，却没了睡意，靠在床头，又胡思乱想起来。她担心自己这样会影响何竹，就说："要不你去那屋睡？那样你能睡安稳些。"何竹想了想说："今晚我就是来陪你的，你睡不好，我也睡不踏实，不妨咱俩说说话吧。""行。"

沉默片刻，何竹低声说："桂莉离婚了。"

"啊？离婚了？啥时候的事儿？"

"上周，她不让我跟你说，嫌丢人。"

"看来她把我当外人了。"

"我要不是她嫂子，她也不会跟我说的。"

"唉，真是一家不知一家啊，没想到桂莉和志杰会走到今天这地步。"茹烟感慨道。

"志杰生意做赔后，他俩的关系就一天不如一天了，现在志杰债台高筑，又面临被判刑的命运，桂莉怕连累到她和女儿，就离了。"

"志杰不是只欠别人钱吗？怎么会面临被判刑的结局？"茹烟不解地问。

"他欠合伙人钱，可他这两年生意一赔再赔，还不了，合伙人告到法院，经法院判决仍执行不了，合伙人很生气，就以虚开增值税专用发票为由又将他告到法院，听说数额较大，一旦查证属实，他就要坐几年了。"

"志杰真是不值啊！当初他如果不做生意，好好当他的监区长、科长，别说四高，三级高级警长也能解决，他和桂莉也不至于分道扬镳。"茹烟惋惜地说。

"可不是嘛，当初我和桂珉劝过他，他不听，说他在官职上不可能再有上升空间了，那就走赚钱这条道，日子过得滋润。"

"以前志杰不是这样的，后来他变得我都不认识了，是不是桂莉影响了他？"

茹烟问。

"人都是会变的。也许志杰受了桂莉影响吧，桂莉跟我们不一样，争强好胜、注重名利，追求世俗的成功，不过，我觉得主要问题出在志杰身上，以前我们可能不太了解他。"何竹说完，见茹烟一时不接话，又补充道，"这话其实我不应该说，也就跟你说说啊。"

茹烟思索片刻感慨道："何竹，现在看来，只有你家是最圆满、最幸福的。当初，桂珉没有像王实一样走上处级领导岗位，也没有像志杰刚做生意那几年赚得盆满钵满，你也没有像我和桂莉一样当了中层领导、提了四高，可是，桂珉有定力，你有一颗平常心，安稳日子慢慢过，如今风平浪静，所以，你们才是人生的赢家，不像我们，唉——"

"桂珉没有多大能耐，也容易知足，我吧，你也知道，向来不求混出个啥名堂来，日子过安稳就行。"

"你说对了一半，桂珉可不是没有能耐，他是活得通达。"

……

两人聊着聊着，不知何时睡着了。

次日，三八妇女节，何竹没有去单位参加活动，依然陪伴着茹烟，做饭、刷碗、宽慰……在茹烟最脆弱和最需要的时候做着一个挚友能做的一切。

看茹烟吃得少，何竹劝慰道："孩子不在你身边，你现在一人在家，不好好吃饭，身体很快会垮下来的，事情已经这样了，纪委一时半会儿不会有结论，王实几个月之内你也见不到，如果你不照顾好自己，咋能承受了这一切呢？现在官员被带走的也不是一个两个，你不必心理负担过重，要是从此你像那霜打的茄子一样，不怀好意的人说不定还看你笑话呢。所以，该吃吃，该喝喝，该咋生活咋生活。"

自被搜家那天起，何竹断断续续在她家待了五六天，慢慢地，茹烟不再那么恐惧、忧虑和担忧了。

第二个给茹烟打电话、来家看望的是苏玉卿。苏玉卿是三月八日下午来家的，见何竹在，她没有多说什么，也没有待多久，临走时，她给茹烟推荐了一个名为"潮汐"的手机 APP，说里面有很多放松音乐，若心绪不佳或失眠，可以听听，效果不错。苏玉卿走后给茹烟发了两段信息——

你现在正经历人生中最大的一个坎儿，就像我当初经历父母离异那道坎儿一样，我不想用什么大道理或人生经验来安慰你，记得你曾跟我说过，柽柳不会轻易被风雨雷电击倒，因为它有发达的根系，立得稳，我们女人最好的模样是既能做春柳，也能做柽柳。

还有，如果你感兴趣，可以跟我学练瑜伽，它对稳定身心和舒缓神经很有帮助。

桂莉也来家里了，一个人来的，照例说了一番安慰话，可是茹烟感觉她的到来和安慰好像是走过场、不走心，与何竹和苏玉卿相比，她的到来和安慰就像是没有加上呼吸的舞蹈，只有形式没有内容，更谈不上神韵。不过，桂莉能来看望她已经不错了，毕竟，她的境况比自己强不到哪儿去。

当茹烟这样想时，觉得桂莉仍不失为一个好友，尽管两人曾有过明争暗斗，也有过貌合神离，还因韦志杰做生意需要贷款，桂莉请她做担保被拒绝而对她耿耿于怀，甚至有一段时间不理她……但是，桂莉毕竟是她在西岭监狱认识的第一个同龄人、结交的第一个朋友，是她和王实的红娘，也是何竹的小姑子。

想到这儿，茹烟忽然有一个想法，等她心情好些了，邀何竹和桂莉一起坐坐，就她们三人，她还打算去看一下韦志杰，他现在很惨，比王实还要惨，债务、离婚、无房、被追诉，也许帮不了他什么，但作为朋友，她至少可以送去精神安慰，发自内心的安慰。

3

时间一天天过去，茹烟的心绪渐渐平复，不过，她不可能像何竹那样做到真正的心安神宁。王实被带走半个月了，一点儿消息都没有，他现在情况怎样？会主动交代问题吗？那张工行卡究竟有多少钱？王实到底能判几年？她自己现在能做些什么？孩子们问起爸爸，她该怎么说？能瞒到什么时候？……

这些问题每天都在茹烟心里打转，让她无法安宁，终于有一天，她忍不住给李诗华打了电话，想让诗华给她指点一下、出出主意，她还想让诗华当王实的律师。她本不想跟诗华说的，一来觉得丢人，二来觉得纪委审查阶段律师也没办法，先不着急跟诗华说。

诗华接到她电话，自然吃了一惊，不过很快恢复平静，对她说："你要想开一些啊，咱班的盛仁、苏明文不也进去了吗？这几年形势紧，政法单位又是重灾区，没办法的事儿。"

"嗯，我知道。"茹烟应道。诗华直来直去的话风让茹烟有点儿不舒服，不过她说的确是事实，不光她们班，校友中也有不少出事的，比如，文河市的冯谷青。

"王实涉案金额有多少？"诗华问。

"不太清楚，可能有一百多万。"

"那就是三四年喽。"

"诗华，我现在怎么做能减轻他的罪责？"

"积极退赔，把能变卖的资产都变卖了。"

"我现在只有三套房子，一套得留着住，一套租出去了，一时收不回来，单位那套也卖不了几个钱，再说不是说变现就变现的。"

"租的房可以通知承租人说因家里急用钱需提前收回房，可以给人家补偿一些违约金。房子先挂出去，反正从纪委审查到法院判决得有好几个月时间呢。"

"好吧，谢谢你！"

"客气什么？我最近准备回文河一趟，到时候去看你啊。"

和李诗华通话后，茹烟心里好受了许多，她想：如果卖两套房子，大概会有一百二三十万，加上那张工行卡，差不多能抵住王实的涉案款了吧？哦，不够，还有罚金，少则十万，多则三四十万，这钱去哪儿凑啊？

三月二十九日，茹烟收到一个来自广州的顺丰快递，她以为是李诗华寄来的，打开一看，竟让她惊讶不已！里面有一封对折的信和一张中国建设银行卡。她急切地打开信，先看落款，原来是吴远！天哪，吴远怎么会给她来信？还有一张银行卡！她的心一时狂跳不止又惊诧不已，又急切地读起信来——

茹烟：

你好！

收到这封信和银行卡，你一定很奇怪、很吃惊，我能想象得到！因为你一定觉得我在这世上消失了，不会再以任何方式出现在你的视线里了，也许你仍然恨我，会拒绝我，但我已顾不得这些，依然要向你表达我的心迹和心意。

其实，你这些年来的情况我都了解，相信你很容易猜得出，我是从李诗华那儿得知一切的。你可能会纳闷：以前为什么不见我的只言片语，现在怎么突然出现了？我的想法是，你若过得幸福快乐或者平安无事，我不会打搅你的，心里除了不该有的醋意外，唯有默默的祝福！可我知道，你目前正遭受不幸，身心都在经受煎熬，我得知后坐卧不安，觉得自己再也不能听而不闻、袖手旁观了，我要为你做点什么，这样我才能心安！

茹烟，你一定想知道当初我为何那么快有了女朋友并闪婚，现在我为你解开这个让你恨我一生的谜吧。我回到惠州后不久，母亲即被查出患了肺癌晚期，在生命的最后半米里程中，母亲希望看到她唯一的儿子结婚成家，姐姐受母亲之命给我介绍了一个女孩，因为我心里装着你，对她没有什么感觉，她却对我一见钟情，母亲也很满意，为了不惹母亲生气，我便和她迅速订婚。

我深感对不起你，就让李诗华转告你，我已有女朋友并准备结婚，但交代她不要告诉你背后的原因，目的是想让你尽快忘了我、恨我，好重新开始新的生活。

也许这样说仍然不能让你原谅我，其实，我也不能原谅我自己，现在想想，年轻时的想法和做法未免太简单、太草率，如果人生能重来，我一定会做出不一样的选择！

这张卡里有三十万元，密码是 521521，如果你不喜欢这个密码，可以更改。恳请你收下这笔钱，也请你千万不要以为这是我对你的帮助和施舍！不，它是我对你欠下的情债，是你几十年来的精神损失费，是让我心灵得以安宁的自我救赎金。其实，这钱在我看来远远不够，暂表心意吧！

往事不忍回首，万般滋味在心头。你知道吗？每当我听到或唱起《晚秋》这首歌，就想到了你，想到了我们的曾经。请允许我默默为你唱起这首歌，并将它作为信的结尾吧：

> 在这个陪着枫叶飘零的晚秋
> 才知道你不是我一生的所有
> 蓦然又回首，是牵强的笑容
> 那多少往事飘散在风中
> 怎么说相爱却又注定要分手
> 怎么能让我相信那是一场梦
> 情缘去难留，我抬头望天空
> 想起你说爱我到永久
> 心中藏着多少爱和愁
> 想要再次握住你的手
> 温暖你走后冷冷的清秋
> 相逢也只是在梦中

吴　远

2021 年 3 月 27 日

信未读完，茹烟已泣不成声，她把信放在胸口，全身颤抖着，几乎站立不稳，平静的心再次被初恋男友掀起情感风暴，她一时搞不清生活捉弄了她还是厚待了她，不知道该接受还是拒绝吴远给她的三十万元。

记得一篇文章里曾说，人过五十不动情。是的，她早已不愿为情伤、为情悲、为情喜，吴远是她心底早已结痂的一块美丽疤痕，她永远都不想解开它，只愿和王实平平静静度余生，哪怕他判刑入了狱，她也不离不弃。

风暴过后，茹烟觉得可以坦然面对吴远的来信和银行卡了，她想起了那句话：一笑泯恩仇。

第四十五章　羞望来时路

1

居家隔离的第十四天，最后一天。

下午。茹烟准备做瑜伽时，手机响起，一看是个陌生的固话号码，她便挂了电话，谁知对方又拨过来，想再次挂断时，她忽然感觉这不像是骚扰电话，区号属于中原省渠安监狱所在的渠安市，难道是王实打来的？亲情电话卡办好了？她一阵激动，赶紧接通电话。

"喂，茹烟，我是王实。"电话里传来熟悉的男中音。

"啊？果然是你！现在可以打亲情电话了？"

"是，电话卡刚办好。"

"哦，能打电话就好，本来打算上月底去看你，可小区里报告了一个确诊病例，我已两周没出家门了。"

"我也盼着你来，因疫情这里暂停接见了。近段时间，我一直通过电视关注着文河的疫情变化，大致情况我知道，可没想到咱小区里也有了病例，外面比狱内情况复杂，你一定得小心，保护好自己。另外，你一人在家，吃饭不要对付，尽量别吃剩饭，该炒菜就炒菜，我知道你爱吃水果，可水果代替不了蔬菜。还有，晚上把门锁好，注意安全……"王实的话语中充满关心和爱怜，他知道通话时间只有短暂的十分钟，所以恨不得一口气说尽想说的话，一次表达完对茹烟的牵挂。

"嗯，我知道。"听着王实唠叨却满含爱意的话，茹烟鼻子酸酸的，心里暖暖的。这番话的内容已不重要，重要的是她从中感受到了久违的被关爱，意识到自己的男人并未人间蒸发，他虽然被高高的围墙隔成与自己截然不同的世界，长期与自己身处两地，但他时时在想着自己，记挂着自己的安危。

"茹烟，君荷和子豪现在怎样？"王实急切地问。

"挺好的，两人今年都硕士毕业了，君荷等疫情形势好转了就回国，子豪在广州一家公司打工，有个消息要告诉你，他俩都谈朋友了！"茹烟兴奋地说。

"是吗？好消息，他们都找的什么样儿的？"

"君荷找了个老外，美国小伙，子豪找了个广东的富家小姐。"

"啊？这，这出乎我的意料啊，靠谱吗？"王实有些担心地问。

"靠谱不靠谱我也说不准，不过听君荷说美国小伙对她不错，他们是同学，小伙子比她大两岁，在中国待过三年，他们将来一起回中国……子豪和女朋友也是同学，是女孩追的他……"为消除王实的疑虑，茹烟把君荷和子豪的情况详细地叙述了一遍。

"只要他们觉得合适，就由着他们吧，我们不好多干涉。咱的孩子咱清楚，相信错不到哪儿去。"

"我也这么想。"茹烟轻声说道。沉默片刻，她问："你最近怎样？"

"还好吧，这两天我在写一份悔罪书，监狱录制警示教育视频用。"王实的语调平静却透着伤感。

"哦，那你好好准备。"茹烟心里一阵难过，却又装作无事地说。

"茹烟，我，我真后悔，唉，悔不当初啊！"

从王实的语气里，茹烟能感受到他平静的心绪开始变得起伏不平，正欲说些安慰话时，电话那头传来一个陌生的声音："时间快到了，跟你爱人说些别的吧。"

这一定是监听电话的干警，茹烟一看手机，七八分钟已经过去，于是她加快语速说："王实，别想那么多，世上没有后悔药，反思一下过去的思想和行为是必要的，但主要是未来的路怎么走，相信你不会让我失望的。"

"嗯，我不会让你失望。"

"还有钱吗？"茹烟问。

"有，在这儿花不了多少。"

"那好吧，等过段时间能接见了，我再给你。"

"好。"

"再——见。"王实的语气里透着不舍。

"再——见。"茹烟话音刚落，电话那头已挂断了。

茹烟静默片刻，喝口水，调整一下情绪，打开手机里的清心瑜伽视频，打坐在瑜伽垫上，双目微闭、心跳渐缓，随着胸腹部缓慢的一起一伏，她的身心越来越安宁，越来越放松，仿佛进入了无我境界。她在一招一式中慢享着时光，不知不觉，天色渐暗，等她做完全套动作，对面楼里已有人家点亮灯火了。

神奇的瑜伽，叫我如何不爱你？叫我如何能离得开你？没有你，我真不知道该如何让一颗恐惧、焦虑、孤独的心安静下来，不知道如何度过王实出事以来的难熬日子，你就像一日三餐一样让我感到不可或缺，有了你，今后几年的一人世界我不怕了。

想到这里，茹烟不禁对苏玉卿再次心生感激之情，是苏玉卿推荐了瑜伽这一适合她身心状态的运动，使她度过了那段心理脆弱期。

晚上，茹烟做了一个梦，一个让她感到恐惧、迷惑又愉悦的梦。

同事张宏喜带着她走在孟阳县城一条窄窄的胡同里，后来他们进了一栋居民楼的二楼一住户家。客厅里很暗，一个胖胖的面容安详的老太太坐在靠窗位置，面朝里，她周围有几束鲜艳的大朵假花，右前方的长条桌上放着供烧香用的圆瓷盆，桌子靠墙处立着一块大大的方形黑石板，上面有类似素描般的图案，具体是什么，茹烟一时看不清。屋顶被香火熏得黑黑的。

"啊——啊——嗯——"，阴森森的景象惊醒了茹烟，意识像个责任心极强的保镖一样及时赶跑了让她恐惧的潜意识。她本能地用被子裹紧身子，过了一会儿，她打开灯，睁开眼，顶灯、白色屋顶、淡雅的壁纸、温馨的窗帘、实木衣柜，所有这些让她确认自己是在家里，并非梦中那个可怕的房间。她手捂胸口，长舒一口气，又过了好一会儿，起来上了卫生间，然后躺下、裹好，但是没有关灯。

不知过了多久，又进入梦乡，梦境并不随她的意愿，又到了坐着慈祥老太太的那个可怕房间。她抓住张宏喜的衣袖，张宏喜也像父亲一样拉着她，说"甭害怕，这是我大姐家"，然后他们坐在桌子对面的沙发上，看老太太的神情，张宏喜似乎事先已跟她说过他们要来以及为何事烧香了，老太太没有多说什么，站起身，直接拿了一大把香在桌子前稍低头弯腰，双手前后摇了几下，然后点燃香，插在瓷盆中间。

"开始吧。"老太太扭转身坐回椅子，看着茹烟轻声说。茹烟一阵纳闷，她看看张宏喜，那神情的意思：你让我来烧香拜佛，要祈求什么呀？张宏喜仿佛知道她心思似的，轻声说："为王实求个平安吧。"

茹烟不信这一套，觉得张宏喜好笑又多事，怎奈人已到此，只好顺境行事，于是她跪拜在地，像模像样地三拜过后，老太太看着正燃烧的香对她说："这香是向里倒的，说明你心很诚，你男人不会有事的，甭担心。"

静默一会儿，老太太看着几乎在同一高度燃烧的香不住地感叹说："这把香烧得多齐呀，像是一根香在燃着一样，嗯，这闺女可善良，心地可平和，就凭这两点，都能避开很多麻烦事儿……"

茹烟一听激动得又拜了三拜。"许愿吧。"老太太对她说，茹烟赶紧挺立上身，头抵在合十的双手上，微闭双眼，口里默默祈祷着。

"起来吧。"听到老太太的话，茹烟站起来，坐回沙发。这时，张宏喜起身、跪地，让老太太为他烧香祈福。趁这工夫，茹烟打量起桌上的黑石板来，仔细端详一番后，她认出那图案原来是观音的刻像，观音的面部轮廓和裙裾线条不够精细和优美，但安详慈悲的面容和神韵还是具备的。一看是观音，茹烟顿时感到不再恐惧了。

醒来后，茹烟甚是困惑，她怎么会做这样一个梦？这个梦要告诉她什么呢？她回想着、思索着、感受着梦中的情绪。印象较深的是老太太说的两句话："你男人不会有事的。""这闺女可善良、心地可平和。"这两句话让她心里很舒服、很惊奇，尤其是第二句话对她触动很大，善良、平和，这两种美德或者说处世态度，她真的具备吗？

细想想，她身上的确具有善良、平和的品质：与人为善，不坑人害人，不踩着别人的肩膀往上爬，尽力维护同事间的团结，能少一事就少一事；不与哥哥、弟弟计较谁孝敬父母更多，能以宽容之态原谅王实的出轨，能与他同甘苦共患难，重情重义，让王实充满希望地度过牢狱生活。

还有，她能以一颗悲悯之心对待身陷囹圄的服刑人员，以"爱我所恨"的胸怀帮助儿时好友小芹的丈夫，为荀向生找到失联多年的儿子、通过好友李诗华要回他借给同事的两万元，资助厚辉姐姐路费，为多名服刑人员提供心理帮助，把他们拉回正常的改造轨道。

……

然而，老太太的话让她喜悦的同时也让她脸红，她知道自己离老太太所说的"善良""平和"还有距离。就拿王实的出事来说，她越来越觉得自己有不可推卸的责任，这其中就有不善良、不平和的因素。假如当初她不接受王实送的来历有些不明的玉镯，假如她能够心态更平和一些，不与大学室友们比个高低，假如她不贪图享乐而追求高消费，假如她能当个"廉内助"，哪怕只是秉持一种与王实相反的态度或立场，王实也许不会偏离原有的人生航道这么远吧？

善良是什么？平和又是什么？依茹烟现在的理解，是不沾不洁净之财，是不以物喜不以己悲，是不断去除心地的杂质，是说话行事始终从有益于社会出发，或者至少是不危害社会。

这是她近一年来才悟到的，可惜，晚了。

梦中，老太太根据一把香的燃烧形态判断她"善良""平和"，当然有迷信、臆测的成分，让茹烟感兴趣和深思的是，她为什么会做这样一个梦？这个梦对她有何启示？

她经常做梦，对梦怀有浓厚的兴趣和好奇心，会时不时地记下自己认为有意义的梦，学心理学后还参加过梦的课程，让心理咨询师分析过自己的梦。

这个梦让她想起多年前曾做过的一个梦，那是她去广东出差的前夕，梦见自己和室友李诗华坐在大学校园外的汉湖边，两人望着波光粼粼的湖面，一时默不作声。后来李诗华走了，她依旧望着远方，忽然，一只水鸟在她头顶盘旋，她并不害怕，反而抬起头，仔细欣赏它洁白的羽毛、明亮的眼睛。正与鸟儿对视时，水鸟凑近她耳旁用悦耳的声音说："去监狱挺好的呀，你是一个天使，带着光明和善意，到那里完成你今生最神圣的使命吧。"

善良、善意，善意、善良，茹烟回忆着梦境，默念着两个梦里呈现的意思相近的两个词，蓦地，她似乎明白了什么，悟到了梦的真谛：善意和善良是她与生俱来的品性，只是多年的世事变迁后，她的思想受了蛊惑，心灵蒙了尘埃，言行有时偏离了她天然品性的轴线。

梦在提醒她，要时时检视自己的思想和行为，时刻不丢掉像金子一样的可贵品质，发扬它、坚持它，这样，自己今后的人生之路才走得稳当、坚实。

2

王实回到监舍，又喜又悲。喜的是终于和茹烟通话了，君荷和子豪都已谈了朋友，也许不久的将来，他们都将建立各自的小家庭。孩子们有个好归宿，当父母的该多么欣慰啊！他打心眼里感到高兴。

然而，喜悦感很快消失，他服刑在狱，刑期三年半，这三年半的时间里君荷和子豪很可能会结婚，他却无法像其他父亲一样操办孩子们的婚事，也无法见证他们的幸福时刻，退一步讲，即使能够参加婚礼，他一个戴罪之人，怎么有脸站在众亲友面前？又如何能够坦然地听孩子们叫他一声"爸——"？

不想那么多了，自酿的苦果自己咽，怨不得别人，还是做好眼前事吧。忏悔书刚开了个头，需抓紧时间写，三天以后要交给管教干警，管教干警并未规定统一格式，只说要把基本情况、犯罪事实、犯罪动机、思想根源、悔罪表现等情况写清楚。

"我叫王实，汉族，一九六八年四月出生，中原省龙安县人，在职研究生学历，一九八九年七月参加工作，历任办事员、科员、中队长、副监区长、科长、副监狱长、政委、监狱长等职，二〇二一年九月二十七日因受贿罪、挪用公款罪被判处有期徒刑三年零六个月，判处罚金二十万元，同年十月十六日被送入中原省渠安监狱服刑。我的犯罪经过是这样的……"

王实坐在床前，看着写了一页半纸的悔罪书，思绪翻涌、五味杂陈，与他看似平静的面部表情形成鲜明对比。对于写悔罪书，他并不抵触，相反，渠安监狱的安排与他内心的想法不谋而合，入狱两个月来，他不断在回想，不断在反思，正想把这些诉诸笔端。

盯着"悔罪书"三个字，他再次陷入回忆和沉思。

良好的愿望、助人的动机可以成为犯罪理由吗？显然不可以，然而，他的犯罪正是从良好的愿望、助人的动机开始的。

二〇一四年春节，茹烟发现他有外遇，便离家出走、跟他怄气，直至四月岳父病故，茹烟才开始跟他和好，后来他买了一只和田玉镯送给茹烟，用以表达自己回归婚姻的诚意，这让茹烟高兴万分，因为茹烟早就想要一只像样的玉镯。

玉镯是在他一朋友处买的，卖给别人三万八千元，朋友只给了个极低的折扣价，一万一。俗话说，没有无缘无故的爱，朋友归朋友，可人家不是傻子，之所以给他这么低的价位，是因为有求于他。

当时他任省黄河监狱政委，朋友找到他说："王哥，听说你们监狱正在搞改扩建，老弟我的建筑公司想找点儿活干，哥你别有顾虑啊，我跟李狱长已说过了，他表示同意，说一定要把活干好，还说让我跟你也说一下。"

身在官场的人一听这话就明白，朋友是懂得官场之道的商场老手，走的是"稳妥"的上层路线，既然监狱长都同意了，他有什么理由反对呢？况且他们还是朋友。

朋友顺利接下了部分关键工程。不久，在一个他周末值班的日子，朋友到他办公室，拿出一个沉甸甸的大信封放在桌子上，说这是一点儿感谢之意，请他一定收下。当时，他态度坚决地拒绝了朋友，说只要把工程做好就是对他最大的感谢，无奈，朋友只好收起装着一摞现金的信封。

之后，朋友又找到他，问他买不买玉镯，他一听有点儿心动，因为他一直想给茹烟买只玉镯，就问朋友："谁卖的?"朋友说是自己开的一个珠宝店，主要卖和田玉，这两年同行竞争太厉害，不好干，想把存货处理了，转行干别的。

和田玉是茹烟的最爱，他就问朋友玉镯怎么样，价格如何，朋友显然有备而来，从包里取出一只白色玉镯让他看，他不懂玉，不过仅凭外观和手感，他就知道这只玉品质不俗，如果戴在茹烟手上，一定会与她的温婉气质相匹配。

"这么好的玉镯，一定价格不菲吧？"他问朋友。"你眼力好啊，这是店里最好的一只玉镯，对外卖三万八。""你别吓唬我，我可买不起，你还是收起来吧。"他向朋友摆摆手说。"嘿嘿，王哥先别急嘛，卖给别人三万八，给你，肯定不会这么高的价格啦。你看这样行不行？成本价一万一，另送你一个如意玉坠。其实，这样说不厚道了，我本来想送给你的，可是知道你不收，只好卖给你。"

他一时没言语，心里盘算着该不该买这只玉镯。买吧，朋友在监狱揽有工程，自己不该与其交往过密，尤其不该有利益往来；若不买，他觉得失去了一个很好的机会，一个让茹烟如愿以偿的机会。

最后，他决定买下玉镯，他给自己的理由：我是买，不是无偿接受，更不是要，况且，现实中确有卖家以成本价卖给顾客商品的情形。

想到这里，王实摇摇头、叹口气，心里骂着自己："糊涂啊糊涂，你怎么会犯这样低级的错误？你看似没有收礼，貌似没有违纪，可你怎么不深想一下，朋友为什么单单给你这么低的成本价？还不是你对他承接工程有用？其实，并不是你有用，是你的职权有被人利用的价值，他见你不收现金，就换个花样送你所谓的'感谢费'，你当时急于向茹烟示好，急于弥补自己的过错，就昏了头，鬼使神差地答应了。唉，你呀！"

这些年来，你看过、学过那么多违法违纪案例，接受过那么多次警示教育，难道不清楚你的行为与一些落马官员低价买房、低价买昂贵物品是一样性质的吗？

不，你清楚，你也知道党的十八大以来中央反腐败的决心和力度，可是，你仍然抱有一种侥幸心理，觉得自己这点儿事与社会上那些大大小小的"老虎"贪污腐化的情形相比，简直是不值一提，觉得有些官员比你的行为严重得多，可并没出什么事，觉得纪监委一时找不到你的头上，只要自己勤勉尽责，以出色的工作业绩"弥补"自己的"小污点"，就会平安无事。

唉，要想人不知，除非己莫为。

王实懊悔地想着，不禁又摇了摇头，仿佛要把过去的自己像川剧变脸一样摇掉、揭掉。

他又想起了自己另一张走向犯罪的面孔。二〇一四年九月，哥哥王健找到他说，水泥厂倒闭了，没活干，自己原来干过汽修，想开个汽车修理部，问王实能不能借点儿钱。王实问缺多少，哥哥说自己凑了四万，王玲给了两万，妹妹王静给了一万，弟媳王晓清给了一万，还缺十二万。

王实知道哥哥对他这个当"大官"的弟弟寄予了厚望，他也同情哥哥的境况。自春节和哥哥聊天时起，他心里一直都不是滋味，哥哥在他兄弟姊妹几个中经济状况最差，他总想着怎样能帮哥哥一下，如今哥哥向他开了口，他怎能不答应呢？只是数额大了些，上哪儿去弄这十二万呢？他和茹烟的工资基本处于月光状态，别人家一个孩子，他家两个，每月还要给母亲、岳母一些钱，茹烟手又大，爱买衣服爱美容，况且这些年家里又买房子又买车的。

哥哥以为他很有钱，才说了"十二万"这个数字，当然，哥哥的猜想有一定道理，在普通老百姓眼里，一个正处级官员能没有钱？可是，他这个监狱政委真没宽裕的钱。

自二〇〇六年升任副监狱长后，踌躇满志的他给自己立了一个规矩：不收礼、不收钱、减少吃请，不向有求于自己的人去要、去借。但现实中，他发现很难做到，就变通了一下规矩，把"不收礼"改为不收贵重礼品。八年来，为了守这个规矩，他严格自律着，想方设法抵御着。

哥哥要的十二万怎么办？说自己没有这么多钱？不，他不忍心让哥哥失望。向朋友借？他知道，只要自己开口，朋友肯定会"借"的，可他不愿这么做，他要严守自立的规矩，走到监狱党委副书记、政委的岗位上不容易，他得谨慎和珍惜。

他自己倒是有七万元的私房钱，是他背着茹烟积攒下来的，他一向节俭，虽然工资卡给了茹烟，可自从当了副监狱长后，茹烟每月会分出两人工资总额的四分之一给他，有时多一点，有时少一点。这些钱他大都攒着，以备急需，茹烟手大，他就得手紧些。

不巧的是，这笔钱他存成死期了，要到二〇一五年三月才到期，他不想提前支取，那样的话，会损失几千元的利息收入。

思来想去，他做了一个让他后悔终生的决定：利用自己主管财务之便，安排有关人员从监狱企业财务中支取公款十二万元。

当时他是这么想的：支取的十二万元公款只是暂借几个月，待自己的存款到期，再想办法凑点儿就可以还上了。

半年后，他倒是神不知鬼不觉地还上了这笔公款（事发后还是被查了出来），然而，用于还账的钱，除了自己的存款及半年内积攒的一万多元，余下的三万多元却是不干净的，是过节他收下属的礼金和红包。

回首往事，王实追悔莫及，痛恨自己没有始终如一地守住底线、守住规矩。其实，从买玉镯开始，他就不知不觉地被别有用心的人拉下水了，脑子已经不清醒了，及至哥哥借钱，他已经如吸毒般无法自拔，为及时还上公款，他破例收了下属的礼金，尽管事后他忐忑过、后悔过，并以"下不为例"告诫自己，但看到并无什么大碍，慢慢就心安理得了。

此后，他依然恪尽职守、忘我工作，在省黄河监狱创建成全国文明单位、改扩建成省内一流监狱等方面做出了突出贡献，他也因业绩突出于二〇一六年九月被提任为省函谷监狱党委书记、监狱长。可惜的是，拒腐防变这根弦在他脑海里已经松了，不那么起作用了，当了监狱长之后，权力更大，说话更算数了，当然，大的原则问题尚能把握住，他还没有到完全利令智昏的地步，只是，他曾为自己立的规矩就像被污染过的水，不再清澈见底了。

女儿君荷出国需要钱，需要大量的钱，单靠他和茹烟的工资，无法实现女儿的出国梦，这也是他受贿的一个重要动因。从二〇一六年到二〇二〇年年底，他先后六次收受建筑商、私营业主现金共计一百一十七万元，收受下属礼金共计十六万元。其中二十万元他存到了工行卡上，没有告诉茹烟，放在书房的一个俄罗斯套娃里，这样做，他并非对茹烟有二心，而是想给家里留点儿备用金。

贪腐就像吸毒，不沾便罢，一旦沾上，你就逃不脱了，而且会越来越上瘾，越来越欲罢不能；贪腐又像赌博，赢了还想赢，输了想捞回来。

细想一下，当他与赵颖发生婚外情时，就已经迈出了官员违纪的第一步，后来买玉镯、借公款、收受贿赂是用一个个更大的错误"弥补"之前的错误，是一次次难以自拔的毒瘾发作。

悔罪书里仅仅写这些吗？说自己犯罪是出于良好的愿望、助人的动机？他曾看过一个相似案例，一个中纪委纪检员犯罪也是为了弥补亲情和还感情债。不，这固然是诱因，但绝不是官员走向犯罪之路的根本理由，没有任何客观理由可以成为贪腐的借口，只能从主观上找原因，从内心深处找根源。

这个根源是什么？他曾多次想过、反思过，表面上看，是自己太看重家庭、太注重亲情，过不了感情这一关，实际是自己的人生观、价值观发生了动摇，廉洁奉公的信念发生了动摇，没有始终把国家利益、监狱事业放在第一位。用心理学的话说，是自己的本我凌驾在了超我之上；进一步讲，是自己内心的恶盖过了善。

想到这里，他再一次懊悔莫及，常听父亲说过，世上没有后悔药，为人做事要想好。一想到父亲，他更加羞愧了，父亲因追捕逃犯牺牲，他却锒铛入狱，将来出狱了，有何颜面去父亲的墓碑前祭拜磕头，去向父亲说起他不堪的现在？

"世人都道神仙好，唯有功名忘不了！古今将相在何方，荒冢一堆草没了。世人都道神仙好，只有金银忘不了！终朝只恨聚无多，及到多时眼闭了……"

望着铁窗、高墙、电网，王实忽然想起《红楼梦》里那首《好了歌》，如果"神仙"换成"官员"，说的不就是他吗？从"不太好""较好""良好"到

"好"，他走了数十年，从"好"到"了"却只走了六七年，他的人生从零到一，再从一到零，不！是从一到负十、负一百、负一千。政治生命没了，名声没了，家庭毁了。早知这样的"了"，何必追求曾经的"好"？

王实想流泪，想大哭一场，但这是监舍，一个住着十几个罪犯的房间，不是他放声大哭的地方和环境。如果没有疫情，他也许能找心理咨询师倾吐一下心声，现在却不能够，于是，他起身去了一趟卫生间，平复一下心绪。回到监舍，见两个同改打饭回来，他才知道该吃晚饭了，于是他也拿了碗筷去打饭，心想：吃了饭，去图书室继续写悔罪书。

第四十六章　此处依然是吾乡

1

年底，省西岭监狱组织了一个茶话会，参会人员为连续在监狱系统工作满三十年的在职警察，共二十余人，茹烟位列其中。会上，每人收到一份来自中原省司法厅的礼品：一个荣誉纪念章和一本证书。

茹烟记得，她在纪委工作时，五十多岁的温纪检员就领过一枚从事监狱工作三十年纪念章，当时，茹烟觉得自己离这样的日子还有好长好长的一段时间呢，怎么？眨眼的工夫就轮到自个儿了？

与会的同事们对收到礼品的反应不一，有的喜悦，有的感慨，有的无所谓，有的说不如发点钱实惠，茹烟的反应有些与同龄人相同，有些不同，不过，会上她并未过多地表达自己的感悟和想法。

茹烟同志：

您在监狱系统辛勤工作三十年，为中原监狱事业做出了积极贡献，特颁发此荣誉纪念章。

中原省司法厅
二〇二一年十二月

等茹烟回到自家的静谧空间里，再次默念着荣誉证书上这简短的一句话，端详着圆圆的、金灿灿的纪念章，思想一时竟有些恍惚。"我来西岭监狱有三十年了吗？""我已是温纪检员那样的老干部了吗？"

眼睛停留在"三十年"这几个有些刺眼的字上，茹烟似信非信地自问着。

一阵恍惚之后，从脑海中不断涌现出的种种回忆、现今的世事景物给出了不容置疑的答案！没错，是三十年了，她的工龄比一些新警的年龄还要多好几年。时间过得真快呀！

能不快吗？省西岭监狱周边的景象以及监狱的人、事、物变化多大啊！看呐：横穿监狱的国道已扩建成双向八车道的环城路，文河市地铁二号线业已建成并从附近经过了；监狱干工曾经只能靠一天四趟的公交或"拦车"出行，如今，监狱附近不仅有发往市区不同方向、班次密集的多路公交，干工私家车更是普遍，出行困难早已成为历史，着警服拦车早已成为笑谈；监狱西南边杂草丛生、砾石和垃圾遍地的金明河沿岸已被政府改造成桃红柳绿的湿地公园。

再看干工生活区，茹烟刚上班时，生活区像一个大工地，几乎看不到树木花草，现在，房前屋后生长着郁郁葱葱的玉兰树、桂花树、石榴树、银杏树、牡丹、月季、鸢尾、三叶草，等等。曾几何时，这里的人们晚上只能靠看电视、打牌、喝酒打发时光，如今，早打太极拳、晚跳广场舞的景象已司空见惯，时不时还能听到"谁家玉笛暗飞声"。

上班以来，茹烟经历了省西岭监狱两次大规模的基建、改扩建，二十世纪九十年代的白墙红瓦办公院、劳动服务公司、职工子弟小学、职工医院、沿街小商铺、苹果园、菜地、污水沟早已成了照片和记忆。

监狱领导换了一拨又一拨，昔日的主任、科长、大队长已是满头银发、步履蹒跚的老头儿、老太太，有些已不在人世；监狱警察的录用由她那个时代的分配制演变成现在的招录制，警察服装也从她刚上班时的橄榄绿改为现在的藏青色，警帽、肩章、警鞋的式样已记不清改换了多少次，九十年代身着警服上街、逛公园、拍照的现象早已不复存在。

一路走过三十年，她现在已是单位奶奶辈的人了，不管情愿与否，都有同事的孩子的孩子时不时地要称呼自己"奶奶""姥姥"了，奶奶辈的她在年轻同事眼里是老干部，是省西岭监狱的活历史、活档案，就像当年她眼里的张宏喜、温纪检员他们那一辈监狱警察一样，她经常会给好奇的小年轻们述说省西岭监狱曾经发生的悲喜故事。

……

当茹烟回想着一切的一切时，思绪像调水调沙后的黄河水般奔腾激荡、滔滔不息，三十年的世事变迁啊，如果让她说、让她写，三天三夜也说不尽、写不完。

"三十年没有换单位，从一而终地在监狱工作，意味着什么？"思绪奔涌后的茹烟这样问自己。荣誉纪念章与她曾经获得的几个三等功奖章不同，它仅仅是工作资历的见证，是对她厮守监狱警察岗位三十年的肯定。

不过，这三十年的坚持对她而言非同寻常啊！

它意味着她对监狱警察职业从否定、鄙视、逃避到融入、认同和热爱的态度转变；意味着她从彷徨、自卑、消极、失望、灰暗到积极、自信、乐观、淡定、安然的心灵蝶变；意味着她深切认识和体验到了监狱工作的意义和价值所在，对职业有了很高的认同感和自豪感。

她坚定的内心如同根系发达的柽柳，不会轻易被风雨雷电击倒。

现在，她不会因为任何一个人有意无意的不友好眼神而心情糟糕好半天，对自认正确之事不会因外界因素而轻易改变，当然，她更不会耻于向别人提及自己在监狱工作，也不会因为他人一句贬低监狱的话而不知如何应对，进而心里难受半天。

相反，她对"监狱"一词怀有莫大的兴趣和亲切感，每当电视上、书本里或别人口中有关于监狱的节目或叙述，她会立刻兴奋起来，急切地想去看、去了解，因为，她对监狱由衷地充满了感情。

啊！此心安此处，此处是吾乡。

2

后来，茹烟的心情暗淡下来，看着空荡荡的家，想到身在狱中的王实，觉得自己的上述种种只不过是一种"阿Q式"的自我安慰，是一种自欺欺人般的自我感觉良好。

不是吗？你在监狱工作，你的丈夫却是一名囚犯；你为你是一名监狱警察而自豪，你的丈夫却是让人耻笑的贪官污吏；你说你对监狱充满了亲切感，你失去自由的丈夫却时时想远离它。

茹烟啊茹烟，这难道不是莫大的讽刺吗？难道不是命运跟你开了个戏剧性的玩笑吗？

想到这里，茹烟自嘲地摇摇头，觉得之前簇拥于脑海的美好想法只不过是收到荣誉纪念章和证书后的一时兴奋和激动，是对监狱一厢情愿式的依恋和忠诚。

真的如此吗？如果真的如此，你这三十年活得有什么意义？对坚守了三十年的监狱还有什么依恋可言？余下的近十年职业生涯岂不是度日如年？

不是这样的，不是非黑即白，非好即坏，好好想一想，再好好想一想。

　　你常常把自己和监狱、和监狱警察职业的关系比作一桩不寻常的包办婚姻：初始，监狱选择了你，你却极不情愿地跟了他；丑陋的他一天天变得美起来、帅起来，想方设法取悦你，留住你的人和心，你不再鄙视他、远离他，开始跟他好好过日子了；再后来，你觉得他越来越有可爱之处，越来越值得依靠和托付，便觉得这桩包办婚姻是不幸中的万幸，你便更多地付出爱，渐渐地，你觉得你对他的爱已经相当于他对你的爱，甚至超过他对你的爱。

　　就在你暗下决心，人生后半场要把自己的身心毫无保留地献给他时，他却使起坏来，让你恐惧、伤心、焦虑，让你怀疑自己是否跟对了他。

　　然而，事实证明，你识破了他善意的"伎俩"，经受住了他的考验，重新获得了内心的自由和舒展。

　　如今，你更懂得了"监狱"二字的含义，懂得了它蕴含的人生况味，懂得了它体现的辩证法。监狱，是自由之人应时时想到失去自由是多么悲哀的地方，也是失去自由者体会到自由可贵、重塑人生的地方；监狱，是让你看到恐惧中有温情、孤寂中有关爱的地方；监狱，是身体被困、心灵却可以自由翱翔的地方。监狱，让你得意时看到落魄、失望中看到希望，让你真切地看清好与坏、尊与卑、荣与辱、善与恶之间如何相互转化，有时是瞬间的转化。

　　这样一想，茹烟便觉得王实犯罪入刑并不全是坏事，于她，只不过是再经历一次身心炼狱的过程罢了，只要自己不惧怕，不自轻自贱，不生活在别人的眼神和议论中，又有什么关系呢？

　　不可否认，她是一个职务犯的妻子，是服刑人员亲属，另一方面，也是她需看重的一面，她是一个独立个体，王实如今的身份固然让她尴尬和难以启齿，不过，丁是丁，卯是卯，她依然是一名监狱警察，依然具有四级高级警长的职位，依然可以光明正大地上班，依然享有自己作为一名监狱警察该享有的权利。

　　这道理，也许不少人都能想明白，何况自己是一个监狱人呢？

　　走出心之狱，此处依然是吾乡。

尾 声

二〇二一年十二月三十日，茹烟收到中原省渠安监狱"即日起恢复亲属会见"的通知，这是所有服刑人员亲属都期待的消息，她自然也不例外。两个月了，对别人来说可能只是短短的平凡的六十天，对她却是如此漫长和不寻常，她仿佛经历了一轮又一轮春夏秋冬，经历了人生一次又一次酸甜苦辣。

茹烟心想：恢复会见正当时，不寻常的二〇二一年即将过去，明天是辞旧迎新的日子，她决定在这个特别的日子去探望王实。

晚上，她不到十点就上床休息，以便次日早点儿赶路，可翻来覆去总睡不着，一大堆想法在脑海里轮番闪现。

再次与王实四目相对时，准备跟他说些什么？会见时间有限，上次通话时所说就不重复了，跟他说家里一切都好，还说自己打算元旦后即向领导申请去服刑人员心理健康指导中心？王实会说：心健中心现在停摆了，封闭执勤模式下女警又进不了监狱，去了没事做。也是，不过，我会在希望中等待，在等待中希望。

茹烟又想：王实现在真实境况到底如何？是真的适应了监狱环境还是在她面前故作坦然？他下一步怎么打算？是混刑期还是像荀向生和丛艺新那样积极向上？他现在是一副怎样的面容？胖了还是瘦了？他梦见过自己吗？明天见到他，他还会情不自禁地拉自己的手吗？明天我穿什么衣服？

……

许久，茹烟才迷迷糊糊睡着，她做了一个颇令她震撼的梦。

通往她刚上班时住过的一排平房的那片空地上，也就是热衷于农民生活的老干工们经常晒秋的地方，为了让一只普通的猫华丽变身，让它成为一只高飞的大雁或者苍鹰什么的，王实用手臂把这只猫在空中来回送了几下，其作用类似于飞机升空前的加速助飞，猫很快像只鸟一样飞到平房与陇海线之间的上空，离地面约有十几层楼高的距离，陇海线在平房南边约五百米的位置。

梦中的茹烟好像能预知一切，断定猫不会死，可当她看到猫离地面那么高的距离时，心里不免阵阵地紧张，为这个弱小生命的安全担忧。

不大一会儿，猫返回起飞之处，重重地摔落在地，茹烟就在它的左后方看着，猫的头部看起来是摔蒙了，接着它的肝、胆、胃、肠等内脏随鲜血一涌而出，后来圆滚滚的小身躯逐渐扁平，瘫在地上，一动不动。茹烟在梦中惊呆了，她睁大眼睛望着可怜的猫，深深地替它捏了把汗，不知它能否活过来。

又过了一会儿，猫苏醒过来，慢慢将头部抬起，接着它显得越来越有生机了，后来，王实把它抱到一个齐腰高的方形水泥台子上。这时，猫的脸部变成了一个漂亮的小女孩的脸，大大的眼睛，粉嘟嘟的嘴唇，皮肤白而光洁，具有果冻般的质感，非常惹人喜爱。

这一幕让茹烟甚感惊奇，这猫变的女孩不就是幼时的自己吗？那一瞬间，一向不爱养猫养狗的她决定把猫抱回家，养女儿一般地把它养大。这样想着的时候，她继续看着猫，觉得它起死回生后不仅完好无损，而且变得如此美丽健康，心里不免欣喜万分。

再后来，一时消失的王实不知从哪儿冒出来，把猫变的女孩抱入怀中，眼神中充满怜爱，端详一阵后，他站在茹烟身旁，语气肯定地说："它像你，也像我。"茹烟纳闷地问："它明明像我，哪一点儿像你了？"王实并不回答她，只是淡然一笑。

茹烟在喜悦和困惑中醒来，她仔细回想着梦中景象，感受着梦的氛围。动物，她经常梦到，狗、蛇、鸟、兔等，不一而足，猫却很少梦见，猫惨死而复生的意象第一次出现在她梦里，猫死而复生后变成人更让她惊奇。

梦里，当她看到猫被王实送上高空又重重地摔在地上，她是恐惧的、担忧的，不过这种情绪没有持续多久，随着猫的复活，恐惧转化为惊喜，惊喜是梦的情绪的主基调。

在茹烟曾经的所有梦中，这个梦无疑是稀有的、不寻常的，她必须把它记下来，于是她打开灯，披衣坐起，拿出床头柜里的记梦专用本和笔，一边回想一边记叙梦境，尽量不漏掉一个细节。

记完梦境，她开始洗漱，护肤，做早餐，吃饭。其间，她不由自主地想昨晚的梦境，试着解析它的意义，一些观点相继涌入她的脑海："猫有九命。""猫代表魂魄。""梦中若出现小女孩、小男孩的意象是一种好的征兆，他（她）某种意义上代表着自省，意味着心灵成长进入一个更高的阶段。"……

在一次梦的系列网课上，茹烟首次听到上述观点，她至今还记得申荷永、冯建国、陈侃等老师讲课时的语调和表情，因为感兴趣，她曾多次播放老师们的讲课录音，对一些她认为重要的内容还做了笔记。

不论梦的氛围，还是按老师所说，这个梦寓意都不错，只是有一点不理解：梦中，猫并没有变成小男孩，王实为什么说猫也像他呢？我很想探究一下这个问题，也很想深入分析一下此梦。元旦后找我的心理咨询师江兰做个分析？不，不，还是找冯建国老师，他这方面更胜一筹。

　　吃完饭，茹烟走到梳妆间涂口红、戴耳坠、梳头，再次端详镜中的自己，不能说容光焕发，却也是面色滋润、神情安然。

　　八点半，茹烟出了门，开车缓缓驶离小区，驶向通往渠安市的高速公路。二〇二一年的最后一天，天气晴和，太阳已经升起，并未感到刺骨的寒冷，她没有开车内空调，只是打开音乐，让滋养身心的旋律伴随她一路前行。

　　一路上，茹烟心神宁静，不喜不悲，可当她再次踏入通往中原省渠安监狱会见室的专用道，看到熟悉又陌生的高墙电网，看到武警岗楼，看到身穿警服的同行，心情不由得陡然沉重下来，脉搏跳动加剧，不过，心绪的起伏并未持续多久，她很快平静下来，安然自若地向会见室走去。

后 记

金秋时节、人生之秋，《真幻人生》一书脱稿了。《荆棘鸟》作者考琳·麦卡洛仅用一年业余时间就完成了五十余万字的创作，三十余万字的《真幻人生》我却用了十倍于她的时间。这说起来让我汗颜，但我仍然很欣慰。

自幼喜爱文学，高考时阴差阳错地填报了法律专业，虽然一直喜欢，却并未像许多作家那样年轻时期就开始创作和发表作品，很长一段时间，文学在我脑海里如植物人般长睡不醒。随着年岁渐长、阅历渐丰、感悟渐多，它竟然复苏了，突然在某个时刻，我萌生了想写点儿东西的想法，写什么呢？不知道。直到二〇〇九年，才真正产生创作这部小说的明确意念，当时，我有意无意地在百度上看到一篇题为"谈监狱文学创作"的文章，文章是一名叫刘颖的监狱警察同行在江苏监狱网上发布的，刘颖在文中说：

"就目前状况而言，监狱文学创作在我的直觉里不是枝繁叶茂、生机蓬勃，简直瘦弱得有些伶仃。在监狱系统的文化领域，文学创作尤其是纯文学是鲜为人提及、提倡的，偶有一两篇文字也是'羞答答的玫瑰静悄悄地开'，似乎也自感登不了台面。""社会流行文学创作里对于监狱的描写，每每缺乏对监狱的正面表达。""通过文学形式诠释现代监狱理念，进一步展示现代监狱警察精神，在社会公众中，塑造监狱警察的良好形象。""振兴监狱文学，促进监狱文化建设，在当前尤为必要和迫切。"……

读罢此文，我顿有知音之感，且忽然有了目标和方向：写一部监狱题材的纯文学作品！这种感觉和想法让我激动不已、欣喜万分，此后，我的心一直跟着梦想在跳动。

然而，行动起来谈何容易。没有明确的立意和思路、工作繁忙等因素使得梦想一直悬空着，直到二〇一二年，我才真正开始《真幻人生》的创作，只是未料到这一写就是十余年之久。这也许是我天赋尚缺、未经过系统的专业学习，也不具备秦少游对客挥毫的快速成文能力等因素所致吧。

不过，创作时间长度的拉长也不无益处，比如，立意和思路在创作中不断清晰、深化和拓展，新的素材被不断吸收到作品中。起初，对监狱进行正面表达、展现主人公茹烟的心路历程是我主要考虑的，后来看到时不时地有身为官员的同事或同学落马，他们人生的大起大落让我感到痛心、惋惜之余也引发了我的思考，于是把这一重要方面注入作品，重新构思。

创作的过程就像一个身体不够健壮的人攀登一座高高的山峰。尽管我在单位从事过十余年的文字工作，有对文学发自内心的热爱，但真正去谋篇布局、构思立意、遣词造句时，却体会到了艰难，认识到了自己的不足和欠缺，常常是想好了构思和情节，却不知该如何用最恰当的语句把它们表达出来，也经常为了准确且富有美感地叙述一段话而呆坐电脑前半天打不出一个字。眼疾、腰疾等身体的不适也是导致创作走走停停、停停走走的重要原因，记得二〇一四年的五月，干眼症造成的眼疲劳严重到几乎看不清电脑屏幕上的一个字，即使脑袋里再有思路和灵感，眼睛和手也不得不停下来。

心手随梦想而动的过程固然劳神费力，却是充实和愉快的，每当我完成一章又一章的写作，就像爬山登上一级又一级的台阶一样喜悦，知道离山顶又近了一步。我曾停歇过、焦躁过、气馁过，偶尔有那么一瞬间也曾想过放弃，最终还是选择一往无前，坚定地朝着山顶攀登、再攀登！

创作的初衷只是想表达我想表达的，没有想急于成名，所以我沉得住气，利用业余时间不慌不忙地写啊写。该部小说从落笔到完稿历经三次大的修改，部分章节修改的次数更多，为的是能向广大读者奉献出一部用心用情之作，一部能登上台面的作品。

《真幻人生》的主角是一对监狱警察夫妻——茹烟和王实，第一主角是茹烟。作品以中年茹烟去监狱探望服刑的王实为切入点，通过回忆和当今两条线索展开茹烟的心路历程、王实的人生剧变过程，通过真实和梦幻交织的方式展示了茹烟对王实从警察到囚犯的身份转变的反思和对自己人生之路的反思。

基于反思，茹烟感慨人生亦真亦幻、真幻难辨。回忆使她认识到外显的人生不一定是真实的、是自己想要的，潜意识反映出来的人生虽然梦幻，却更接近本心和人性。

围绕着上述主线和主旨，作品时跨三十年，比较全方位地穿插描述了以中原省西岭监狱为代表的一个新中国当代监狱的发展样貌，通过茹烟的眼睛让读者看到监狱人民警察的工作和生活场景，洞察他们的内心，关注他们的命运。

监狱人写监狱，当然离不开监狱的真正主角——服刑人员。作品以相当篇幅描述了服刑人员的劳动和生活场景。作品还着重刻画了他们中的两个典型人物——荀向生和丛艺新。

在处理监狱警察和服刑人员的关系上，作品没有简单地以管理者和被管理者、教育者与被教育者的线性思维来叙述和推进故事情节，而是充满感情地、多角度地展现两者的关系和互动。这是现实中本来具有的情形，可能有些比书中描述的更生动更感人。

作品基于现实而写，融入了作者的一些人生体验，这样说，并不意味着它是一部纪实小说，也不是一部自传体小说。

还有一点需说明的是，作品中的"监狱人民警察""监狱警察""监狱干警""干警""警官"等称谓均指的是监狱具有公务员身份的管理者，"罪犯""犯人""囚犯""同改""学员""服刑人员"等称谓均指的是在监狱内服刑的被管理者，之所以有这么多称谓，是不同语境的需要。

关于作品介绍，就写这么多，挂一漏万，在所难免，那就留待读者朋友们仔细体会吧。

最后，我想表达感谢！感谢各级领导、同事以及省内外的一些同行，特别是给我提供了意见建议的同行们。我更要感谢洛阳市作家协会副主席王群芳、洛阳电视台黄筱峰、洛阳市孟津区作协副主席杨水林、洛阳市千唐志斋博物馆副馆长许光中、洛阳积仁医疗器械有限公司杨红霞、中华儿童文化艺术促进会研学旅行委员会副秘书长刘朋朋等友人的大力帮助和支持。

感谢家人的理解、支持和鼓励，还要感谢我自己，感谢自己的心无旁骛和持之以恒。

鉴于能力和水平有限以及初次写作等因素，作品一定有不尽如人意和不足之处，敬请广大读者评判指正。

杨丽冰

2022 年 10 月 6 日于洛阳